AQUOREA

INSPIRA

M.G. FERREY

AQUOREA

INSPIRA

1ª edição

Galera

RIO DE JANEIRO

2025

REVISÃO
Mariana Rimoli
Renato Carvalho

PREPARAÇÃO
Wendy Campos

CAPA
Quel Martins

CIP-BRASIL. CATALOGAÇÃO NA PUBLICAÇÃO
SINDICATO NACIONAL DOS EDITORES DE LIVROS, RJ

F447a Ferrey, M. G.
Aquorea : inspira / M. G. Ferrey. - 1. ed. - Rio de Janeiro : Galera, 2025.

ISBN 978-65-5981-586-9

1. Ficção portuguesa. I. Título.

CDD P869.3
25-96724.2 CDU 82-3(469)

Gabriela Faray Ferreira Lopes - Bibliotecária - CRB-7/6643

Texto revisado segundo o Acordo Ortográfico da Língua Portuguesa de 1990.

Direitos exclusivos de publicação em língua portuguesa somente para o Brasil adquiridos pela
EDITORA GALERA RECORD LTDA.
Rua Argentina, 120 – Rio de Janeiro, RJ - 20921-380 - Tel.: (21) 2585-2000,
que se reserva a propriedade literária desta obra.

Impresso no Brasil

ISBN: 978-65-5981-586-9

Para os meus pais,
que me ensinaram o significado do amor incondicional
e a nunca desistir dos meus sonhos.
Para os leitores que acham que este livro é sobre eles. É, sim!
Sejam gentis, sejam corajosos.
Kia kaha!

PRÓLOGO

PASSAVA DA MEIA-NOITE QUANDO ANADIR PEGOU OS OBJETOS QUE reunira durante a tarde e os guardou na mochila impermeável marrom--escura: um pequeno álbum de fotografias com imagens da fachada de sua casa, do filho — ainda bebê, na adolescência e no dia do casamento —, das suas netas também em diferentes idades; um perfume Chanel n.º 5 na embalagem original com o lacre ainda intacto; o livro *Grandes esperanças,* de Charles Dickens; e o companheiro de sempre — um cachimbo Tankard, de madeira, que comprara com o primeiro salário recebido como chefe de equipe.

Olhou em volta e sentiu um enorme pesar por saber que não voltaria a ver aquela casa nem as árvores frondosas ao redor. Não mais sentiria o ar fresco do rio entrar pelas janelas, nem voltaria a contemplar noites estreladas. A Casa de Musgo fora construída pelos avós, deixada para os pais e, então, herdada por ele. Era uma casa humilde, construída com barro, tijolos finos e grande dedicação. Em outros tempos, na parte da frente havia um pequeno jardim; agora era apenas a continuação da floresta, com três degraus largos que davam acesso a uma varanda.

Anadir fechou os olhos e inspirou profundamente, sentindo a emoção transbordar. Mas a decisão estava tomada. Só a adiara por causa das netas.

Não fazia uso da casa havia quarenta anos. Fora abordado por inúmeras imobiliárias, que ofereceram um bom dinheiro para comprá-la, mas Anadir nunca foi capaz de abrir mão dela. O aluguel se revelara mais proveitoso, pois poderia mantê-la no patrimônio da família.

Certamente, na sua ausência, a família apreciaria aquele legado e lhe dedicaria todo o amor e atenção necessários. Mas apesar de se sentir em paz com o que estava prestes a fazer, continuava extremamente angustiado e preocupado com os seus.

— Não seja bobo, eles vão ficar bem — disse a si mesmo, recitando em voz alta o mantra que repetia havia meses, sempre que pensava a fundo no assunto.

À porta, pousou a mão direita na maçaneta, mas, em vez de girá-la, virou-se e suspirou longamente, olhando uma última vez para a casa.

Apagou a luz, saiu e trancou a porta, escondendo a chave debaixo do tapete da entrada. Virou as costas e percorreu a curta trilha através da floresta até o seu barco, sem olhar para trás.

Passados vinte minutos rio acima, desligou o motor e a luz do barco e remou até a Garganta do Diabo. O barulho e a força da água que caía do alto da catarata agitaram tanto a ele quanto ao barco, que balançava sem parar, mas achou que aquele era um bom local. Avistava ao longe a névoa de luz da sua cidade, Foz do Iguaçu. Pegou a mochila com as recordações, olhou para o céu estrelado e disse em voz alta:

— Adeus.

No mesmo instante, atirou-se na água e não mais voltou à superfície.

1
VICISSITUDE

Mãos quentes e grandes percorrem o meu corpo, deixando um rastro de eletricidade nas coxas nuas. O olhar dele é intenso, quente, apaixonado. São os olhos, tão vibrantes, que não me permitem desviar o olhar do seu.

Ele me puxa pela cintura e me coloca no colo, de pernas abertas. Lábios carnudos percorrem o meu pescoço, traçando uma linha invisível de beijos. A boca encontra a minha orelha e a mordisca, porque sabe que é o meu ponto mais sensível. Numa voz rouca, sussurra o meu nome com prazer: Arabela…

Sento na cama de um salto, os olhos arregalados. Meu peito sobe e desce rapidamente, ao ritmo de uma respiração descompassada. Minha camiseta está completamente encharcada de suor. Um arrepio sobe pela coluna até o couro cabeludo.

É o terceiro sonho erótico que me acorda esta semana. Suponho que seja um recorde para uma virgem.

Mas o que está acontecendo comigo? Nem sequer tenho namorado.

Desabo na cama, de barriga para cima, os braços afastados do corpo. Puxo o travesseiro que está sob a cabeça e o coloco sobre o rosto. Enterro a cara com força e dou um grito breve, mas forte, para libertar toda frustração.

Fecho os olhos e faço um esforço para me lembrar deste último sonho, tão vívido. São os olhos de sempre, a única imagem recorrente. Uns olhos que ora me olham com desejo, ora com fúria, e me chamam continuamente para viver aventuras. De um tempo para cá, venho tentando ignorá-los, mas sem sucesso.

O despertador berra. Estico o braço para silenciá-lo, mas assim que o toco, ele cai no chão. Estremeço, arregalo os olhos e os esfrego de forma frenética.

Eu me levanto, cambaleante, direto para o chuveiro. Abro a torneira e entro, sem nem sequer pensar que a água pode ainda não estar quente. Prendo o cabelo num coque bem alto, me molho e espalho o sabonete líquido pelo corpo. Meus seios estão maiores, reparo agora. Para uma adolescente de dezessete anos, não durmo muito. Não me lembro da última vez que não sonhei. Tenho sonhos lindos, mas inquietantes e perturbadores.

Ao voltar para o quarto, observo minhas queridas plantas, salpicadas aqui e ali em várias tonalidades de verde. A maioria são cactos e suculentas. Não me dão muito trabalho, mas gosto de cuidar delas e da vida que trazem ao ambiente. Abro a porta do armário e fito meu reflexo no espelho. As sobrancelhas e os cílios pretos, em conjunto com os olhos verde-acinzentados e as olheiras profundas, me dão um ar abatido e doentio. Pareço mais pálida do que o habitual.

— Ara? — A voz estridente da minha irmã me assusta. — Hoje tenho de sair de casa mais cedo. Anda logo. — Ouço-a reclamar depois de abrir a porta do meu quarto.

— Cinco minutos, Benny — digo, e ela desce de novo as escadas.

Meu instinto me diz que tenho de estar o mais confortável possível para conseguir sobreviver a este novo dia. Aprendi cedo a confiar no meu instinto. Não seria a primeira vez, e muito menos a última, que os meus sonhos, receios e impressões se revelariam certeiros.

Visto uma blusa de alças, enfio um jeans e calço os All Star. Estico os lençóis, pego o despertador, inerte e chateado no chão, e o coloco de volta na mesinha de cabeceira.

Ainda perdida nos meus pensamentos, ouço um estrondo vindo do térreo e o que me parece ser um grito abafado e alguém chorando. Corro escada abaixo para tentar descobrir o que aconteceu.

Entro na cozinha e a minha atenção se volta para o chão, onde encontro a caneca favorita do meu pai partida em mil pedaços. Dizia "Te amo, Pai". Havia sido um presente meu no último Dia dos Pais; e, desde então, ele a usa todos os dias para tomar o seu café matinal. Quase sinto pena, mas o pânico estampado nos rostos da minha família dissipa de imediato essa sensação. A minha mãe e a minha irmã choram compulsivamente. Meu pai está pálido, feito uma estátua de cera. E Colt, o meu melhor amigo e o único rapaz que beijei, está enchendo copos com água da torneira.

— O que aconteceu, mãe?... Pai! — exclamo, com a voz trêmula.

Minha mãe, que nunca soube disfarçar uma má notícia, é traída pelo tom de voz.

— É uma carta do Brasil. É sobre o seu avô.

Colt vem para junto de mim e me entrega um copo de água.

— O meu pai... O seu avô... O vovô...

O meu coração acelera, irregular, ao ritmo das palavras do meu pai.

— O que aconteceu? — insisto.

— O vovô... morreu. — Meu pai fala pausadamente, como que anestesiado. A cor desaparece do seu rosto e ele recosta na poltrona da sala aberta para a cozinha. Observo a carta que trouxe a fatídica notícia presa entre os seus dedos e vejo os sanduíches de queijo esfriando em cima da bancada de mármore preto.

Eu sabia! Eu sabia que o meu instinto estava certo e que o dia não seria bom. Merda!

— Não! — Um grito sufocado é a única coisa que passa pela minha garganta apertada. Sinto o suor frio brotar pelo meu corpo como se eu rodopiasse em looping em uma montanha-russa a cem quilômetros por hora.

Colt apoia a mão no meu ombro e fala alguma coisa que não entendo. Tem uma voz rouca que ainda não é a voz forte de um homem mais velho, ainda contém um toque de doçura. Quando me viro para encará-lo, ainda atordoada, ele desvia os olhos, constrangido, e tira a mão como se eu tivesse lhe dado um choque. Desliza as alças da mochila pelos ombros e a deixa cair no chão. Afinal de contas, nenhum de nós vai para a escola hoje.

— O que diz a carta? Quero ler.

Meu pai me estende a carta.

— Ele saiu na semana passada no barco e não voltou. Encontraram a embarcação, sem vestígios dele. Iniciaram as buscas há cinco dias, mas querem que eu vá até lá para encerrar os trabalhos e dar o corpo como desaparecido.

— Eu vou com você.

— Entendo que queira ir, filha, mas tem a escola... — Então ele se cala. — Está bem, pode vir comigo — conclui, resignado, me abraçando com força. Sabe que não vale a pena argumentar, porque vou convencê-lo a deixar que me despeça do vovô.

Meu avô Anadir imigrou para os Estados Unidos após a morte da minha avó, quando meu pai tinha três anos. E aqui se radicou. Trabalhou muito, conseguiu construir uma boa vida. Proporcionou ao filho os estudos que ele próprio nunca teve e ajudou meus pais a nos criarem. Nunca mais se casou. Dizia que vovó fora, e seria sempre, seu único amor. Por vezes, eu o encontrava olhando para uma concha, falando sozinho. Talvez uma forma de se sentir mais perto da vovó. Há seis meses ele regressou ao Brasil, sua terra natal. Fiquei triste desde então. Sempre vivi aqui, em Atlanta. É um bom lugar para se morar: uma cidade organizada, frenética e alucinante. Tem tudo que se possa desejar. E, claro, o maior aquário do mundo.

— Ara, quer ir lá para fora? — Colt está com um ar muito sério. Estou habituada a vê-lo sempre sorridente.

— Sim.

Colt me conhece bem o suficiente para saber que o ruído da rua me distrairá, mas em vez de ir para a porta, ele se dirige à cozinha. Ouço a porta da geladeira abrir e fechar uns segundos depois.

Chego mais perto da minha irmã, passo a mão em seu cabelo e lhe dou um beijo na testa.

— Benny, vai ficar tudo bem, prometo. — Mantenho a cabeça dela encostada ao meu peito. Benedita tem o nome da nossa bisavó paterna. Sempre achei que era um nome formal demais, mas à medida que ela foi crescendo, posso dizer que lhe cai com perfeição. Ela é mais nova que eu, e muito diferente de mim em todos os aspectos. Cabelo loiro e olhos azul-escuros, como a mamãe. Apesar da sua postura séria, é um pouco imatura. — Quer ir lá para fora?

— Não. — Ela me solta e enterra o rosto no pescoço da mamãe.

Eu me aproximo, e minha mãe acaricia meu rosto com o braço livre e me puxa para um abraço coletivo.

Colt passa por nós, pega minha mão e me guia com delicadeza até o exterior, como se eu fosse quebrar. Ele nunca me tratou dessa forma.

— Também não precisa exagerar — protesto, já do lado de fora.

— O que foi?

— Não vou ter um treco.

Mas, na verdade, estou um tanto desorientada e ele é o meu porto seguro nesse momento.

— Eu sei — concorda, só para me agradar.

No jardim da frente, observo as dálias sedosas. Fecho os olhos. Deixo que o ar morno da manhã de junho me envolva. Esse ritual sempre melhora meu humor. Menos hoje.

Inspiro.

Com o peito cheio de ar, penso que faltam apenas duas semanas e meia para a escola terminar. Estou no último ano do ensino médio e sonho com mais liberdade. Quero conhecer lugares exóticos e viver perto do mar. O oceano me fascina desde a primeira vez que o vi, com apenas dois anos. É a minha recordação mais antiga.

Adoro aprender coisas novas, mas o conceito de escola não faz sentido para mim. Tenho uma média excelente e poderia ir para qualquer universidade que quisesse, mas essa não é minha prioridade no momento.

Ao contrário da minha mãe — que ao longo do último ano não se cansou de falar sobre o assunto e todas as semanas trouxe para casa um folheto de uma universidade diferente —, eu queria tirar um ano sabático para viajar, mas lhe prometi que pensaria no assunto e pesquisei duas universidades que parecem atender aos meus requisitos. Sem contar a ninguém, enviei minha candidatura.

Suspiro, de volta ao presente.

— Sabe, sinto que ele está bem — confesso, por fim, o que me diz meu coração.

— Ara, se prepare para o pior — murmura Colt, com um tom de medo. Tira do bolso traseiro da calça uma barra de chocolate preto, parte um pedaço grande e me dá.

— Tenho certeza de que ele está bem.

— Mas você leu a carta. Não o encontraram.

Contemplo a docilidade dos seus olhos cor de mel e sinto o impulso de beijá-lo. Eu me inclino para ele, que se aproxima também, tocando meu rosto com a mão. E é neste instante que vejo, nitidamente, os olhos que me perseguem em sonhos. Esses sonhos são sempre acompanhados de uma sensação de bem-estar e conforto. Também de dor, revolta e confusão. É a primeira vez que os vejo acordada. A sensação é a mesma. Me afasto de Colt disfarçadamente e ele esfrega as mãos na calça. Dá para ver que está envergonhado, o que para um rapaz com a aparência dele é inédito. Ele faz o tipo de… basicamente, qualquer garota. Tem cabelo escuro, liso e curto, desgrenhado. Ao longo dos anos, teve várias namoradas, que o ajudei a conquistar com algumas dicas. O que lhe sobra de charme lhe falta em jeito. Embora não entenda nada de rapazes nem de namoros, sei o que nós, garotas, queremos. E do que gostamos. Por isso, sempre que ele me pedia conselhos, eu o ajudava.

No ano passado, no meu aniversário, fomos a um show. Não sei se por causa do entusiasmo, do calor, do barulho, ou de tudo junto, ele foi buscar uma bebida no bar e, quando voltou, me beijou inesperadamente. Um beijo hesitante, a princípio. Depois, longo e saboroso. Foi o meu primeiro e único beijo. Não sabia bem o que esperar, só conhecia as descrições dos livros e das histórias que minhas amigas contavam. Comigo não houve fogos de artifício nem senti a cabeça rodopiar, mas acho que não foi um beijo ruim. Ele já tentou me beijar outras vezes, mas, por receio, nunca me deixei envolver dessa forma, embora agora tudo que eu deseje seja me envolver de verdade. Talvez pela devastação que ocorre dentro de mim. Mas não posso induzi-lo a um erro que poderá custar nossa amizade. Não estou certa do que o meu coração quer e, até saber, terei cuidado.

— Vamos para dentro? Eles precisam de nós.

E só quero fugir dessa situação embaraçosa o mais rápido possível, penso.

Colt coloca a mão no meu ombro e me olha com ternura. Seus olhos quentes fazem com que eu me sinta a pessoa mais sortuda da face da Terra por tê-lo como amigo.

— Ara, eu vou com você para o Brasil.

Sei que, mesmo que me oponha, será impossível convencê-lo a não estar ao meu lado. É o momento mais marcante e triste da minha vida. Ele sempre esteve presente em todas as situações importantes: desde o meu primeiro recital de balé até a prova de natação para as competições juvenis nacionais, no fim de semana passado. Sempre ao meu lado. Tento fazer o mesmo por ele, desde o divórcio dos seus pais, quando ele tinha apenas nove anos. Foram tempos tão difíceis que lhe custaram um ano letivo; e é por isso que estamos na mesma série.

Ao voltar para casa, recordo que, na semana anterior, falei com vovô por telefone sobre os resultados da competição de natação. Ele ficou muito satisfeito por saber que consegui me classificar. Contei que também estou treinando para uma prova de apneia. As suas últimas palavras foram: "Eu te amo. Estarei à sua espera no mundo real dos sonhos." E desligou.

Quando entramos, sou surpreendida pelo fato de o meu pai estar pesquisando um voo para cinco pessoas, mas não comento. Eu me limito a abraçá-

-lo com força. O cabelo que herdei e o tom de pele escuro que eu gostaria de ter herdado lhe dão um ar de menino. Um menino que parece ainda mais perdido que eu. Meu coração se parte um pouquinho mais ao vê-lo assim.

A viagem é longa e cansativa. Após dois voos intermináveis, finalmente pousamos em Foz do Iguaçu. Meu pai se adianta e vai até o balcão da locadora providenciar o carro que alugou pela internet, enquanto nós esperamos pelas malas junto à esteira rolante.

Na saída, somos recebidos simpática e efusivamente por profissionais encarregados de abordar os turistas que chegam a todo instante. Oferecem transfers para os hotéis e serviço de táxi.

Consigo responder a algumas perguntas simples e agradecer em português os cumprimentos que vamos recebendo. Depois de uma reunião familiar, decidimos ficar na casa do vovô em vez de nos instalarmos num hotel. É o que ele desejaria.

Paramos algumas vezes para pedir informações, até que entramos numa estrada de terra batida, ladeada de grandes árvores. O caminho está coberto de pedras, folhas secas, galhos e pequenos ramos partidos dos quais meu pai desvia como se estivesse em uma prova de obstáculos. O cheiro fresco da terra é agradável e o ar quente é carregado de umidade.

— Chegamos.

À nossa frente, uma casa alegre, recém-pintada de amarelo-queimado, destaca-se na paisagem como um girassol num campo de golfe. As portas brancas, imaculadamente pintadas, revelam cuidados recentes.

Eu já a tinha visto numa fotografia que meu avô guardava no seu álbum, mas ao vivo a casa parece ainda mais idílica. Um pouco à frente, por entre as densas árvores, fica o rio onde vovô aprendeu a nadar e a pescar. Parece uma paisagem saída de um conto de fadas. Pela expressão nos seus rostos, percebo que os outros estão sentindo o mesmo que eu.

— Pelo que me lembro, as chaves ficam sempre debaixo do tapete — anuncia meu pai. Sobe os degraus até a varanda e retira a chave do esconderijo.

Estou nervosa. É incomum me sentir assim. Consigo, quase sempre, controlar as minhas emoções de forma a transmitir calma e segurança, mas não estou me saindo muito bem neste momento.

Meu pai abre a porta e espreita. Minha mãe pousa a mão esquerda e acaricia as costas dele, num gesto de conforto. Ele dá o primeiro passo. Entramos, calma e ordeiramente, ainda em silêncio, como se esperássemos atividade dentro de casa. A porta dá diretamente para uma sala com uma mesa antiga e convidativa, pensada para acomodar uma grande família e ocasionais convidados.

Abrimos duas janelas com venezianas de madeira, a claridade e o ar fresco invadem o ambiente. Os raios de luz beijam as paredes e o assoalho. A casa se transforma, de verdade, numa visão deslumbrante.

Os tons escuros da mobília, as cores alegres das cortinas, a textura dos sofás e os cheiros agradáveis fazem qualquer pessoa se sentir bem-vinda. A saudade do vovô e a sensação de que ele está em segurança ficam ainda mais fortes.

Benny pega um papel de cima da mesa da sala e começa a ler em silêncio.

— O que é isso? — pergunto.

Ela encolhe os ombros.

— É para o papai. — Ela o entrega para ele, que começa a ler lentamente, mas em um tom de voz alto o suficiente para que possamos ouvir:

Querido Caspian,

Não chore a minha partida, porque estou feliz. Estou onde há muito tempo queria estar: com a sua mãe.

Tenho muito orgulho de você, do homem que se tornou e da linda família que construiu. Por isso, não estou arrependido e sei que tomei a decisão certa. Este é o momento de deixá-los.

A Casa de Musgo é sua agora. O meu único desejo é que a conheça e mostre às meninas onde o avô nasceu, cresceu e foi feliz.

Mary, obrigado por ter cuidado sempre tão bem deste velhote. Você é a filha que nunca tive. Fico tranquilo por saber que está ao lado do Caspian. Sei que posso contar com você para segurar as pontas.

Benedita, você é meu tesouro. Não tenha medo. Seu espírito é bondoso. Acredite em você.

Ara, minha querida neta, não se esqueça de que os sonhos são como o mar: infinitamente profundos e reais. Não há impossíveis. Estarei à sua espera no mundo real dos sonhos.

Amo muito vocês.

Anadir

Uma carta simples, sucinta, que diz tudo. Vovô se suicidou. Não foi acidente, nem acaso. Ele quis pôr fim à vida, nos próprios termos. Nem posso acreditar. Recuso a acreditar nisso. E aquela estranha frase de novo.

— Será verdade, pai? — pergunto.

— É a letra do seu avô — confirma ele, num tom monocórdico.

No dia seguinte, tratamos do funeral. A insistência de vovô para que eu aprendesse português se revela bastante útil, já que mais ninguém se interessou. Sinto-me orgulhosa e agradecida a ele, ainda que pouco saiba falar sua língua materna.

O dia do adeus é muito difícil. Jogamos flores no rio Iguaçu, um gesto simbólico. Depois, durante a leitura do testamento, somos informados de que vovô é, afinal, dono de uma pequena fortuna. A área circundante à casa — que ele alugou, durante anos, a turistas — integra o Parque Nacional do Iguaçu. Seus bisavós adquiriram os terrenos e construíram neles antes da proibição da lei. E eles valorizaram bastante ao longo dos anos.

Parece que a região é muito visitada por turistas, durante todo o ano, devido às famosíssimas cataratas do Iguaçu, compartilhadas por Brasil e Argentina, que se pode avistar do outro lado do rio. Também ficamos sabendo que a herança foi dividida entre mim e a minha irmã. Essa notícia arrebatadora nos deixa em estado de choque durante longos minutos. Colt parece afogueado com o excesso de informação. Ou será que é o calor? Não sei, pois continua tão estático e invisível como uma lesma numa alface.

— Sei que é difícil, mas nada de tristeza. Era isso que o seu pai queria — diz o rechonchudo advogado ao se despedir de nós. — Era um amigo e um homem extraordinário. Tenho certeza de que seria exatamente isso que o Anadir desejaria — conclui, movendo os ombros largos e a grande cabeça com uma expressão de pesar e emoção

— Obrigado, doutor Jonas — retribui meu pai.

Dr. Jonas Rasteiro, um homem de quase sessenta anos e constituição forte, é advogado e amigo de infância do meu avô Anadir. Filho de um juiz norte-americano e de uma jornalista brasileira, nasceu nos Estados Unidos, onde os seus pais trabalhavam, e lá se formou. Numa das viagens à terra natal da sua mãe, conheceu Aline, uma jovem brasileira com quem acabaria casando. Assim, por aqui ficou, mas sem nunca perder o contato com o meu avô.

— Se precisarem de alguma coisa, não hesitem. Estou sempre à disposição — diz, batendo nas costas do meu pai, talvez com força demais.

À tarde, satisfazendo um pedido específico do testamento, temos um itinerário planejado. Como o advogado nos explicou, o meu avô queria que nos divertíssemos e fôssemos felizes na sua terra. Preparou tudo para a nossa chegada. Vamos conhecer a Usina Hidrelétrica de Itaipu, o Parque Nacional do Iguaçu e as cataratas.

No entanto, as possibilidades envolvidas na hipótese de "suicídio" martelam em minha cabeça. Mas ainda não estou preparada para falar no assunto.

No fim da visita à usina — que o meu avô ajudou a construir, em 1975 e 1976 —, percorremos o parque num trem ecológico que nos permite ver as diferentes e variadíssimas espécies de animais, árvores, flores e, sobretudo, borboletas que existem nesse santuário.

No final do percurso, somos convidados a fazer o Macuco Safari. Primeiro, acho que seremos levados à selva de jipe, para ver animais ainda mais exóticos e selvagens, mas somos pegos de surpresa quando nos entregam coletes salva-vidas e nos indicam uma enorme lancha rápida. Ela flutua no rio largo e turvo e já há algumas pessoas acomodadas.

— Eu não vou — diz Benedita, assustada.

— Vamos, Benny, vai ser divertido — tento convencê-la.

— Se a sua irmã não quer ir, não faz mal. Não precisa ir, filha — tranquiliza-a minha mãe.

Estou sem paciência para mais uma das suas birras; me volto para Colt, encolho os ombros e reviro os olhos em sinal de desistência. Ele sempre foi muito mais paciente do que eu. Estamos parados ao lado de um carrinho de sorvete e peço cinco picolés ao homem simpático que anuncia as maravilhas dos seus doces gelados. Entrego um para cada um.

— Sente-se perto de mim. Não vou te soltar, prometo — sugere Colt. — Se cairmos na água, caímos os dois. Que tal? — Ele tenta parecer entusiasmado enquanto passa a mão pelas costas da minha irmã para incentivá-la.

— Está bem, vamos. Mas se eu não gostar, vão ter de me aturar — retruca Benny.

E eu não tenho a menor dúvida de que ela cumprirá a promessa.

Minha mãe pisca para Colt em sinal de agradecimento. Enquanto isso, meu pai já foi para o barco e está de braço estendido ajudando as pessoas a entrar, mas algo me distrai. Uma borboleta, quase do tamanho da minha mão, pousa em meu cotovelo. Não me mexo para não espantá-la. As cores vivas, as asas desenhadas e quase translúcidas me lembram uma pequena fada cintilante. Fica ali alguns segundos como se me cumprimentasse e depois voa para as árvores. Eu a sigo com o olhar, mas a perco de vista.

Vou para o barco, encaixo as alças da mochila nos ombros e entro. Já não há lugar nos bancos e, por indicação do guia, sento na borda do barco.

O barco avança lentamente em direção a umas cataratas menores, enquanto o guia nos dá instruções com o entusiasmo de quem o faz pela primeira vez.

Benny se agarra a Colt de tal forma que ele quase fica roxo com a força do abraço. Sorrio diante da cena.

De repente, avançamos a toda velocidade em direção a uma cachoeira gigantesca. O guia a chama de Garganta do Diabo. O vento e as grossas gotas de água que caem lá do alto atingem meu rosto e sinto uma imensa gratidão pelo meu avô. Olho para o meu pai. Ele está com um sorriso semelhante ao meu e percebo que também começa a se sentir em paz.

Para que todos possam contemplar essa maravilha da natureza da mesma perspectiva, o barco dá um giro completo, como um pião, a poucos metros da imensa queda-d'água.

É tudo tão rápido. Não sinto sequer meu corpo escorregar na borracha ao ser projetada do barco. Tento me orientar e tenho um vislumbre dos rostos assustados dos outros passageiros.

A água me atinge como uma marreta. Agito os braços para que me vejam nessa imensidão de água. Bato as pernas com força para sair dali, mas nem o colete me mantém à tona, e o desespero começa a se instalar.

Luto com todas minhas forças! Um redemoinho se forma em torno de mim, prendendo meus movimentos.

No meio daquela imensa massa de água, tento localizar minha família. Olho para cima, para ver se há alguém ou alguma coisa a que me agarrar, mas continuo a ser sugada para baixo.

A espiral, cada vez mais forte, acaba por me vencer. Fecho os olhos e tento colocar em prática minha habilidade de prender a respiração. Faço o possível para não entrar em pânico, mas percebo que estou sozinha, prestes a me afogar. E também que morrerei, aqui mesmo, se ninguém me ajudar. Mentalmente, grito por socorro, mas é inútil. Ninguém me ouve.

Penso na minha família, em Colt. Sinto uma dor aguda por saber como todos vão sofrer com a minha perda. Desejo que saibam o quanto os amo. E me arrependo de tudo que não fiz.

A água se torna mais densa, escura, e uma sensação de calma toma conta de mim. A umidade gelada inunda meus pulmões e eu sei exatamente o que me espera. *Vovô, estou indo ao seu encontro!*, é a última coisa que penso antes de me entregar ao meu destino.

2

SUPERFÍCIE
— JUNHO —
COLT

NÃO É DESCULPA. É UM FATO. NÃO CONSIGO ME CONTROLAR. Posso culpar a idade, os hormônios, ou até mesmo dizer que esse tipo de comportamento é inato em nós, homens. Mas a verdade é que não consigo me controlar quando estou perto de Ara. Ou melhor, até consigo, mas acabo agindo de um jeito patético e ridículo. Resumindo: pareço um completo estúpido. Sempre me pergunto se ela percebe. Ou se ao menos repara em mim. Somos amigos desde criança — desde que me lembro, aliás —, e gosto do jeito dela; sempre disposta a partilhar e a ajudar os outros. Está nos pequenos detalhes. Avisar a uma colega que tem uma mancha na roupa, devolver algo que alguém deixou cair, ajudar um idoso com as compras ou a atravessar a rua. Ela nem percebe, é instintivo. E isso fez de mim uma pessoa melhor, também. Porque, com o tempo, percebi que esses pequenos gestos podem fazer toda a diferença no dia de alguém.

Comecei a perceber os meus sentimentos por ela por volta dos treze anos, na escola, quando a observava de longe, isolada, lendo, com os olhos verdes penetrantes escondidos pelo cabelo, enquanto distraidamente enrolava uma longa mecha no dedo. Fiquei absorto, como se tivesse sido transportado para um outro mundo, um universo paralelo onde só nós existíamos. É óbvio que todos ao redor perceberam, e fui alvo de piadas durante uma semana. De lá para cá, aprendi a ser mais cuidadoso em esconder minhas emoções, mas não desisto de tentar fazer com que ela repare em mim. E não apenas como amigo. Muitas vezes, peço uma opinião sobre garotas nas quais não tenho o menor interesse, só para ver se ela tem ciúmes. (Definitivamente, sou um babaca.) Também faço questão de estar sempre presente em todas as ocasiões importantes. Não porque ache que isso poderá jogar a meu favor, mas porque realmente gosto e me importo com ela. Ela e sua família são também minha família.

Já nos beijamos uma vez. Estávamos num show e ela me olhava com aqueles enormes olhos astutos, cheios de desejo, quase pedindo que eu a beijasse. E foi o que fiz. Quando voltei do bar, de onde a observava, nem hesitei, apenas dei o que ela tanto ansiava. Foi um beijo apaixonado e não entendo por que ela nunca mais aceitou nenhuma das minhas tentativas posteriores.

Ara se dedica à escola e aos hobbies com o mesmo afinco. Muito disso se deve ao fato de a mãe dela ser enfermeira e trabalhar por plantões, o que faz com que Ara tenha de ajudar o pai e a irmã em casa. E também por causa de Anadir, que eu — com muito carinho — chamo de "avô", apesar dos ciúmes que isso provoca nos meus avós biológicos. Era um homem fantástico, que ficou viúvo ainda jovem e não voltou a se casar. Eu achava que o nosso amor seria assim: único.

Às vezes me pergunto se é amor verdadeiro ou obsessão. E, também, como eu reagiria se abrisse meu coração e ela me rejeitasse.

Já se passaram trinta e seis horas desde o seu desaparecimento, e ainda revivo aquele momento como se fosse agora. E, cada vez que penso nele, sou invadido por pânico e ansiedade.

O barco nos transporta rio acima; enquanto tento tirar algumas fotos com o celular, observo Ara, que está sentada à minha esquerda, na borda do barco. Ela sorri para os pais, tentando se livrar do cabelo que se agita contra seu rosto. Benny chama a minha atenção com tapinhas suaves na coxa, apontando o indicador em direção às colossais cataratas que emergem diante de nós. Quando me dou conta, Ara já está na água, lutando para não afundar.

Não hesito antes de me atirar atrás dela. A corrente é forte. Nado com todas as minhas forças, desesperado para alcançá-la, quando sou puxado para trás e bato com as costas no barco. Solto um grito e me contorço para me libertar e poder socorrê-la, mas dois pares de mãos me puxam para dentro do barco, onde todos assistem aterrorizados à tragédia que se desenrola diante de nossos olhos.

Um barco vazio logo encosta ao lado do nosso e os outros passageiros passam, um a um, em segurança, para serem levados de volta à terra. Benny chora e Mary grita, descontrolada, agitando os braços no ar, para alguém fazer alguma coisa. Os tripulantes atiram boias na direção de Ara, mas a corrente é tão forte que a arrasta mais para o fundo a cada segundo que passa. Caspian, o pai dela, tenta com outros dois tripulantes agarrar Ara da mesma forma que fizeram comigo. Eu me preparo para pular novamente, quando uma mão musculosa bate no meu peito e me segura com força pelo colete salva-vidas. Para tentar, de alguma forma, acalmar a sensação de pavor que me domina, empurro o homem com violência, mantendo os olhos fixos nos dele.

— Tire as patas de cima de mim — berro, sacudindo os braços freneticamente, pronto para lhe dar uma cabeçada se ele não me largar.

Os minutos que se seguem até chegar um barco com mergulhadores duram uma eternidade. Assim que se aproximam do local, dois homens se atiram na água. Nesse momento, olho para o meu relógio e começo a contar. Precisam encontrá-la rápido, porque receio que, com a força da correnteza, ela possa ter sido levada para o fundo numa questão de segundos.

Agora, para onde quer que eu olhe, enxergo a cabeça de Ara e o colete laranja boiando. O nosso mundo desaba vendo as horas passarem, e nem sinal dela.

Ainda não voltamos para casa, simplesmente continuamos aqui, à espera. Desde a primeira hora de buscas, Caspian conseguiu convencer o comandante — o tenente-coronel Chernovic do Batalhão de Busca e Salvamento do Corpo de Bombeiros — a deixar que um de nós, ele, Mary ou eu, vá junto no barco das buscas.

Benny se revolta quando lhe dizemos que achamos melhor ela não sair com o barco e, desde então, ela se recusa a falar conosco.

Faço o possível para me manter atualizado, tento observar e entender como eles organizam as operações de resgate. Absorvo o máximo de informação que consigo e, quando o tradutor chega, eu o bombardeio com perguntas sobre tudo que está sendo falado. Ele traduz todas as minhas dúvidas e os meus questionamentos.

Jet skis, lanchas rápidas, helicópteros, mergulhadores e equipes de salvamento foram acionados e, neste momento, há quase trinta pessoas no local. Dividiram o rio em partes. Uma equipe de mergulhadores a montante e outra a jusante, varrendo a área a partir do Marco Zero. O acesso é muito difícil, devido às fortes correntes, o que dificulta muito o trabalho e coloca em risco a segurança dos mergulhadores.

A Lua já está alta no céu, e estou retornando à terra com o último barco, que encerra as buscas por hoje. Já deviam ter terminado há muitas horas, desde o pôr do sol, mas continuaram, com a ajuda de grandes holofotes. Porém, agora, devido à fraca visibilidade causada pelo nevoeiro que começa a se formar e ao cansaço, até eu reconheço que eles precisam parar.

— Não, não podem parar. Minha filha está por aí, em algum lugar. É a minha filha, vocês entendem? — grita Mary para o chefe que lidera as buscas assim que o ouve dar ordem de retirada e convocar todos para retornarem às seis e meia da manhã, em ponto.

— Minha senhora — começa o homem negro de pele clara e cabelo curto e escuro. Fala inglês com grande dificuldade, muito pausadamente. — É quase uma da manhã. Os meus homens estão cansados e não há visibilidade. Temos de descansar um pouco e regressaremos logo pela manhã. A senhora também devia descansar um...

— Não! — exclama Mary. — Vocês não podem parar agora. A minha filha é uma excelente nadadora. Ela foi levada pela corrente e deve estar inconsciente, agarrada a alguma coisa. Um tronco de árvore ou qualquer coisa. O senhor tem filhos, comandante? — A fala de Mary é apressada, sem pausas para respirar.

— Sim, minha senhora — responde o homem, pacientemente.

— Se fosse seu filho, o senhor pararia para descansar? — dispara, com os olhos esbugalhados e vermelhos de tanto chorar.

Caspian intervém.

— Mary, eles têm razão — diz. — Você precisa descansar um pouco. E as crianças também. — Ele olha para Benny ao enfatizar a palavra "crianças". Ela está sentada dentro do carro, no assento do motorista, com a porta aberta para ouvir a conversa, e não parou de chorar.

Mary encara o marido com um olhar hostil, e ele a puxa contra o peito e a abraça. O som abafado do seu choro é de partir o coração.

— Mary, que tal eu levar você e a Benny para casa, para descansarem um pouco? Ela não vai descansar sem um de vocês por perto. — Pouso a mão nas costas dela, mas não tiro os olhos de Benny, que agora está deitada no banco de trás do carro. — Assim, nós poderemos ficar por aqui.

Não sinto cansaço, apenas medo. Apesar de saber que só nos resta esperar até as seis e meia da manhã, não quero me afastar. Mary levanta ligeiramente o rosto do peito do marido e a sua expressão está mais suave. Os olhos turvos, sem vida.

— E vocês, quando vão descansar? — retruca, preocupada.

— Tem razão — diz Caspian, apertando o corpo esguio da mulher contra si. Ele fecha os olhos e beija a cabeça dela. — Vamos todos para casa. Vão indo para o carro. Já volto.

Passados uns minutos, encontro Caspian junto a uma das mesas de plástico brancas, olhando fixamente para um pedaço de papel.

— Elas estão à nossa espera — aviso.

Acho que ele nem me ouve.

— Perdi os dois. — Ele passa a mão pelo cabelo despenteado, e continua. — O meu pai e a minha menina — diz, agitando no ar o papel que tem nas mãos. É a carta que Anadir deixou. — Já li e reli esta carta e não consigo encontrar uma justificativa para o que ele fez. Cogitei a hipótese de ele ter uma doença terminal, mas hoje de manhã falei com o médico dele, que me assegurou que ele estava saudável como um touro. E sempre me pareceu feliz — murmura.

— Ele foi feliz e teve uma vida plena — digo, numa tentativa inútil de lhe dar algum conforto. Não sei mais o que dizer, por isso apenas coloco a mão no seu ombro e permaneço ao seu lado.

— Você gosta muito da minha filha, não é? — pergunta, num tom de voz monocórdico.

— Não gosto, apenas — sussurro. — Ela é a minha melhor amiga e confidente. Acho que é a minha alma gêmea e que um dia ainda vou conquistar o coração dela.

Mesmo na penumbra, vejo a expressão no rosto de Caspian mudar. Percebo que fica incomodado ao me ouvir falar de Ara, planejar um futuro com ela, como se ela estivesse aqui, conosco.

— Vamos encontrá-la, Caspian, tenho certeza. A Ara é forte, e se alguém é capaz de sair dessa, é ela.

No fim da frase, minha voz é quase um sussurro. Não posso garantir que Ara tenha sobrevivido, mas até encontrarmos o seu corpo, para mim, ela continua viva.

— Vamos — murmura, resignado, encolhendo os ombros. Ele se levanta lentamente, como se tivesse envelhecido dez anos. — Tenho de reconfortá-las. — Algo se transforma nos seus olhos.

É típico dele, tentar reconfortar todos à sua volta enquanto o seu mundo desmorona. Viro meu corpo e passo o braço em torno de seus ombros, numa tentativa de consolá-lo.

— Vamos. Eu dirijo — digo.

Chegamos à casa e Caspian vai direto para a cozinha. Minha intenção é ir para o quarto, tomar um banho, beber um café e fazer hora até sairmos, às cinco. Mas Mary pede que eu espere enquanto ela prepara um lanche rápido para comermos. Ofereço ajuda, mas Caspian já está montando os sanduíches em um ritmo frenético, como se eles fossem a solução para todos nossos problemas. Mary abre a porta do armário alto e encontra uma garrafa de vodca. Pega um copo; seu olhar é vago e cheio de sofrimento. Fico admirado, porque nunca a vi beber, mas compreendo, sinto vontade de fazer o mesmo. Ela, porém, abaixa os braços, enche o copo com água e bebe tudo de uma vez, como se saciar a sede pudesse aplacar a dor. Saio da cozinha com uma xícara de café e uma de chá. Eu me sento na mesa de centro de madeira, em frente ao sofá, onde está Benny, com um olhar perdido. Pouso o meu café e lhe estendo a xícara de chá.

— Como você está? — pergunto. Seu rosto oval está corado e os olhos, que costumam ser azuis, estão quase pretos.

— Por que essa pergunta num momento desse? Como acha que estou?

— Desculpe. Só quero ter certeza de que vai conseguir descansar um pouco. Você é como uma irmã para mim, Benny. Sabe disso, não sabe?

— Sei. E sei também que está apaixonado pela minha irmã e que nunca teve coragem de se declarar. O que isso faz de você? Um covarde! — A voz dela é rouca e ríspida, carregada de ódio. Em tantos anos de convivência, nunca ouvi Benny falar assim com ninguém.

— Você está triste e cansada. Por que não tenta descansar um pouco? — aconselho, colocando minha mão no seu joelho.

— Me deixe em paz! Não aguento mais ouvir sua voz! — dispara, cuspindo as palavras de um jeito rude, e se levanta em um rompante para subir as escadas que dão acesso aos quartos.

A voz de Mary me impede de ir atrás dela. Esfrego as têmporas com o polegar e o indicador direitos e inspiro profundamente. A menina está fora de si e alguém precisa trazê-la de volta à razão. Sei que está sofrendo, mas todos estamos.

— Deixa — pede Mary. — Ela só está confusa. Sabe o quanto ela adora você.

Eu me levanto, pego um sanduíche do prato na mão de Mary, dou um beijo em seu rosto desolado e vou para o meu quarto.

Consigo descansar algumas horas e às seis e quinze chego, de novo, ao acampamento montado como base das buscas. Anadir me ensinou a dirigir quando eu tinha catorze anos, e me lembro do orgulho que senti quando mostrei a Ara a minha mais recente habilidade. Obviamente, ela só parou de chatear o avô quando ele lhe ensinou também. Passado um mês, nós dois estávamos ansiosos para completar dezesseis anos e poder tirar a habilitação.

A ansiedade só cresce durante o percurso de trinta minutos até a base das buscas. *E se eu nunca mais vir a Ara?*, penso obsessivamente.

Ficou combinado que serei o primeiro a sair com o barco, e Caspian chamará um táxi para levá-los até o local ao meio-dia, horário que sai outra equipe. À minha frente há três enormes tendas brancas, que protegem o equipamento, os instrumentos, as mesas e as cadeiras do sol intenso. Policiais, bombeiros e investigadores estão ocupados em computadores, analisando documentos, papéis e mapas. Ao meu lado direito, a três metros de distância, vejo o comandante dos bombeiros prestar declarações. Ele segura uma foto contendo a descrição de Ara e a mostra ao grupo de jornalistas e curiosos agrupados ao seu redor.

Atravesso a estrada, a passos apressados, para evitar ser visto pelos jornalistas. Quando me aproximo da cancela improvisada, ouço o meu nome.

— Colt, não é? Mário Fabrici, Record News. — Apresenta-se um jornalista de cabelos escuros, da minha altura, mas não tão magro. Está acompanhado de um cameraman. Seus olhos, cor de avelã, são vibrantes e alertas.

Não falo nada.

— O senhor é o namorado? Ara era boa nadadora? Pode nos falar um pouco sobre ela? Uma fonte segura nos disse que um dos seus hobbies era a natação. É verdade? — Ele não faz uma pausa nem para respirar, e fala inglês com um sotaque perfeito.

Sinto o estômago revirar e o gosto amargo de bílis na garganta. Minha vontade é mandá-lo à merda, mas reprimo o insulto e grito:

— Era, não. É — digo, sem olhar para ele ou para o cameraman, enquanto um policial me deixa passar.

Ouço-o continuar a falar, mas acelero o passo. Ouço a última pergunta ao longe:

— Acha possível que ela esteja viva? — Ele formula a pergunta em inglês e depois em português.

Sinto medo e não sei como reagir, por isso faço uma promessa a mim mesmo: nem que demore a vida inteira, eu vou encontrá-la. Ou morrerei tentando.

Neste momento, não há mais nada a fazer. Talvez apenas reunir forças para enfrentar o que nos espera. Ou tentar fazer algo para me sentir vivo de novo, ainda que por um breve instante.

Saio de perto da confusão e, em vez de acompanhar o rio, me embrenho na floresta, pouco densa nessa área, à procura de um local onde não possa ser visto, ouvido ou incomodado. Preciso ficar sozinho. Sem pensar muito, pego o celular e aperto o um; o número de discagem rápida de Ara. Ouço a mensagem familiar: "O número chamado está desligado ou fora da área de cobertura. Deixe sua mensagem após o sinal." A seguir, o *bip* que antecede a mensagem gravada. A ideia de ouvir a voz de Ara me dá um aperto no estômago: "Olá. Aqui é a Ara. No momento não posso ou não quero falar. Você tem o direito de permanecer calado. Se quiser, deixe uma mensagem, mas o que disser será gravado e poderá ser usado contra você."

Um calafrio percorre minha espinha, e a esperança de encontrá-la com vida se esvai do meu corpo.

3
RESGATE

Ouço ao longe o som de passos sobre o cascalho. Um ruído oco e vazio. Sinto o corpo pesado e me forço a acordar. Um cheiro muito suave e doce me envolve.

Meus braços e pernas balançam no ar, ao mesmo ritmo, mas o coração bate devagar. É um alívio perceber que alguém me carrega no colo. Pisco com dificuldade, pois meus olhos ardem como se tivessem sido borrifados com álcool. E começo a recuperar a consciência, agitada pela memória aflitiva da sensação de afogamento. Ouço um ruído de água, semelhante ao som da catarata que deu origem a essa situação, e vislumbro pedras e seixos ao longo do caminho que o meu salvador percorre, numa passada larga e determinada.

Quero abrir os olhos e ver um rosto familiar. Quero sentir que tudo vai ficar bem e não passou de um grande susto. Quero rir da situação, daqui a uns anos. Esse pensamento me dá forças para virar a cabeça e abrir os olhos.

Para meu espanto, dou de cara com enormes olhos azuis. Um azul--claro como água cristalina, tão familiares quanto aqueles que povoam meus sonhos. Só que esses são reais. Reais demais. Atordoada, ergo lentamente o braço na direção daquele rosto. Preciso ter certeza de que é de verdade, e não a minha imaginação me pregando uma peça. De olhos semicerrados, encaro o rosto impassível.

Reúno a pouca energia que me resta, toco de leve o maxilar forte. A barba por fazer arranha minha mão, e sinto um formigamento percorrer todo o meu corpo e um arrepio na espinha que me faz abaixar bruscamente o braço.

— Quem é você? — pergunto com muito esforço.

Ele me encara intensamente e, por breves segundos, vejo um lampejo de doçura em seus olhos, até que ele desvia o olhar. Sinto um aperto no peito, e as palpitações e o suor frio recomeçam. Sei que vou perder os sentidos de novo, mas não consigo evitar.

Diante dos meus olhos há um teto branco, muito liso, com a sanca iluminada. Levanto ligeiramente a cabeça e vejo paredes igualmente lisas. Na parede oposta à cama há um armário. Ao meu lado, uma mesa transparente com o que me parecem ser instrumentos médicos e, do lado direito, uma cadeira de aspecto não muito confortável, em tons terrosos, com a minha roupa dobrada e empilhada com todo cuidado. Vejo o meu relógio de pulso no topo da pilha. Levanto o lençol grosso e macio, de um tecido que eu não conheço, entre o algodão e o linho, e me dou conta que meu pulso e minhas pernas estão envoltos em ataduras transparentes e viscosas.

Devo estar no hospital. Olho, mas não há ninguém ao redor, nem sequer uma campainha. Eu me sento com alguma dificuldade. Estou zonza e enjoada. Meus ouvidos estalam como se tentassem se ajustar à pressão. Me recosto na cabeceira da cama e torno a fechar os olhos por uns segundos, inspirando e expirando lentamente, várias vezes, para que o meu corpo volte a relaxar. Faço nova tentativa de abrir os olhos e fixo num ponto: o espelho ao lado do armário. Na posição em que estou, não consigo ver o meu reflexo, mas isso não importa agora. Tudo que quero é reunir forças para me levantar e procurar meus pais.

Finalmente, consigo pôr um pé no chão e, logo em seguida, o outro. Um calafrio percorre meus pés e se espalha por todo o corpo, arrepiando os pelos dos braços. É estranho, pois o chão não está assim tão frio, e deduzo que devo estar muito debilitada. Apoio a mão na cama e me levanto com cuidado, até sentir que consigo manter o equilíbrio. Vou até ao espelho e, para minha grande tristeza, pareço bem mais pálida e doente do que imaginei. Alguns hematomas muito roxos sobressaem na minha pele clara. Ao aproximar mais o rosto para inspecionar o corte acima da sobrancelha e avaliá-lo, toco no espelho por acidente e dou um salto para trás.

— Mas que merda! É água! — exclamo, assustada.

Estico o dedo na direção do espelho e o mergulho lentamente na parede de água. Uma comichão percorre meu dedo. É uma parede de água tão fina e silenciosa que parece mesmo um espelho. Uma ideia muito inteligente. Ainda incrédula, pego a roupa e o meu relógio de cima da poltrona, que, agora percebo, é feita de pedra.

Este hospital é muito estranho, penso.

No momento em que volto a me aproximar da cama para me sentar e me vestir, ouço uma batida à porta.

— Entre — digo, com um sorriso. Penso imediatamente no meu pai. Viro com a intenção de correr para abraçá-lo quando vejo olhos familiares, que não são os do meu pai, espreitarem pela porta quando ela se abre. Mal posso acreditar no que vejo. Ou melhor, em quem surge diante de mim.

— Vovô?

Os últimos dias me marcaram profundamente, mas hoje, sem sombra de dúvida, está sendo o mais estranho de todos.

— Ara, minha neta querida. — Ele sorri, de braços abertos.

Estou tão confusa, minha cabeça lateja com inúmeras perguntas, mas a felicidade é tamanha, que apenas me atiro em seus braços.

— Você está vivo! — constato, levantando a cabeça do seu peito e fitando-o nos olhos.

— Sim. Estou aqui — diz ele. — Você está bem? Como se sente? — prossegue, com um ar mais sério e preocupado.

— Estou bem, vovô. Mas como é possível? Nós recebemos uma carta, pensamos que você estava morto.

Ele abre os braços e sorri, para me assegurar de que está vivo e bem.

— Há quanto tempo estou dormindo?

— Há quarenta e oito horas. — Noto uma mudança de expressão no seu rosto.

— Já falou com o papai? — Continuo a bombardeá-lo com perguntas.

— Ainda não. Calma. Vamos sentar aqui. — Ele me pega pela mão e me leva cuidadosamente para a cama.

Nós nos sentamos lado a lado, com as pernas para fora da cama. Como ele não responde às minhas perguntas, observo-o por alguns instantes. A pele está mais escura, com um ar saudável, e ele parece ter emagrecido uns quilos. O novo visual lhe cai muito bem. A barba, perfeitamente aparada, mede uns dois centímetros e está cada vez mais branca. Usa uma calça marrom-escura, do mesmo tecido dos lençóis da cama, e uma camisa branca fina e macia. Mas está descalço. Quando me concentro novamente no seu rosto, percebo sinais evidentes de preocupação.

— Estou morta, vovô? Morri e vim parar aqui com você. É isso? — pergunto, sem pensar muito no que estou dizendo.

— Não, Ara, você não está morta. Mas compreendo que esteja nervosa e confusa.

— Então o que está acontecendo, por que essa cara? Não está contente em me ver?

Ele pega na minha mão e a aperta.

— Estou felicíssimo em te ver e por você estar bem. Muito feliz mesmo. Mas... tenho de te explicar muitas coisas.

— Que coisas, vô? E que lugar é este?

Ele suspira longamente e deixa os ombros caírem. Depois, levanta-se e começa a andar de um lado para o outro, olhos fixos no chão.

— Você se lembra das histórias sobre um mundo fantástico que eu costumava contar quando você e Benny eram pequenas?

— Sim.

— Lembra-se daquela sobre um pescador que quase se afogou, mas foi salvo por uma princesa que vivia no fundo do mar?

— Sim, claro que me lembro. Era a minha preferida; a do pescador rabugento e da princesa sereia.

— Bem, Ara, não eram apenas histórias, e o mundo de que eu falava não é fantasia — diz, por fim, quase num sussurro.

Agora tenho certeza: estou mesmo morta ou o meu avô perdeu o juízo, penso.

Paira um silêncio e ele observa atentamente minha reação.

— Quer dizer então que vou poder conhecer uma sereia?

Faço um esforço para parecer o mais natural possível, pois não quero que ele se preocupe demais com minha reação ao seu comportamento insano.

Ele dá uma gargalhada entusiasmada e me puxa contra o peito com o braço. Eu reajo com um sorriso, sem saber o que dizer. Meu avô está completamente fora de si. *Será demência? Ele acredita mesmo nesses absurdos!*

— Você sempre me surpreende. É melhor eu te mostrar. — Ele me dá a mão e me ajuda a levantar.

— S… sim, claro. Para onde vamos? — Quero saber.

— Vista-se que te conto tudo. A roupa está ali, acho que é do seu tamanho. — Com um sorriso largo, aponta na direção do armário embutido na parede. Então sai e fecha a porta do quarto.

Relutante, mas sem querer contrariá-lo e, com isso, piorar o seu quadro de delírio, abro o armário. Lá dentro, vejo um trapo pendurado. Não há outro modo de descrevê-lo — é um trapo. É granuloso como areia, mas, ao mesmo tempo, macio como seda ao toque. No entanto, adoro a cor: verde-água, minha cor favorita. Vovô não se esqueceu. Desconfiada, coloco-o em frente ao corpo, diante do "espelho-d'água", tentando entender como vesti-lo. É um vestido bastante decotado, sem costas, com a saia irregular. Penduro-o novamente no armário e opto pela minha roupa, que está em cima da cama. *Muito mais confortável*, penso, com um sorriso.

Eu me visto com alguma dificuldade, por causa da dor que irradia por todas as terminações nervosas do meu corpo. Abro a porta do quarto, e vovô está à minha espera do lado de fora, com um ar ansioso. As sobrancelhas franzidas o denunciam.

Ao seu lado está uma mulher um pouco mais baixa do que ele. O cabelo cinzento, comprido e cacheado emoldura o rosto oval e terno. Veste uma túnica clara, cor de coral, sem mangas. *Outra que perdeu o juízo*, penso de imediato, e acho que não consigo esconder minha impaciência enquanto ensaio um sorriso amarelo.

Porra, no que você me meteu agora, vô?, penso, irritada. Mas, ao olhar com mais atenção, reconheço nela alguns traços, e o seu olhar amistoso me parece muito familiar.

O meu avô se posiciona à minha frente e não me deixa avançar mais.

— Ara, quero te apresentar Raina Amos. — Parece um garotinho envergonhado. — Sua avó.

Ao terminar a frase, sai da minha frente, me deixando cara a cara com ela. Fico atônita, sem saber o que dizer. *What the fuck?*

— Minha neta Ara. — A voz é melodiosa e agradável. — O Anadir me falou tanto de você. Que bom te conhecer, finalmente.

Sua expressão é maternal; e ela me envolve em um abraço apertado.

Retribuo desajeitadamente o abraço, que, apesar de tudo, me transmite uma sensação reconfortante.

Olho atordoada para o meu avô, que me lança um sorriso com os olhos marejados. Só vi meu avô chorar uma vez, quando se despediu de nós para voltar ao Brasil, portanto, a coisa é séria. *Mas o que está acontecendo? Vovó não estava morta?*

— A senhora é que é a Sereia? — brinco, com toda a confiança, sem saber mais o que dizer diante da situação. — Também já ouvi falar muito a seu respeito. Pelo visto as histórias que vovô nos contava na hora de dormir eram sobre a senhora.

— Pode me chamar de você, Ara — pede Raina. Assinto com a cabeça.

— Sim, eu queria que se lembrasse dela e a conhecesse da melhor forma possível, sem assustar você ou revelar toda a verdade — prossegue meu avô.

— Que verdade?

— Vamos dar uma volta. — Raina pega minha mão e a apoia no braço. Fico envergonhada e um pouco desconfortável. Começamos a andar e vovô se posiciona ao meu lado. Percorremos, lentamente, um corredor bem iluminado, de paredes muito brancas e lisas.

— Vivemos aqui há milhares de anos. Até agora, conseguimos, com alguma dificuldade e com o sacrifício de todos, manter nossa civilização em segredo — conta Raina. — Se nos descobrissem, as consequências seriam desastrosas.

Aqui onde?, penso. Mas tenho medo de perguntar e ouvir os disparates que possam ter para me contar. Aceno com a cabeça para saberem que estou atenta. Só quero encontrar alguém lúcido e me mandar daqui.

— Um dia, durante uma pescaria, quando eu tinha mais ou menos a sua idade, formou-se uma grande tempestade. A embarcação virou e fui trazido aqui para baixo. — Eles se entreolham com uma ternura que nunca vi meu avô dirigir a ninguém. Nem mesmo a nós, suas netas queridas.

Quê? Para baixo? Meus ouvidos se aguçam. Talvez essa conversa não seja tão absurda quanto parece. Vamos ver...

— Para baixo?

Vovô ignora a pergunta.

— De início, não fui bem aceito. Como todos os recém-chegados, tive de provar o meu valor e mostrar minhas verdadeiras intenções.

— Foi então que nos apaixonamos — retoma Raina. — Éramos jovens e achávamos que a força do nosso amor seria capaz de alterar as leis do universo.

— Você é mesmo minha avó? — pergunto, quase num sussurro, ainda incrédula.

Raina para e se vira de frente para mim, mas sem soltar meu braço. Então, devagar, assente com a cabeça.

— Não percebe a semelhança? — pergunta ela com um breve sorriso.

— Não entendo. Se aceitaram você aqui, porque teve que partir? Por que não escolheu ficar?

Raina responde por ele.

— Foram tempos conturbados e uma decisão muito difícil, mas tomada em conjunto. Foi extremamente doloroso para mim deixá-los partir, mas estávamos no início do que achávamos que se tornaria uma guerra e não queria sujeitá-los a qualquer tipo de violência. Sabia que, se eles saíssem, o Anadir faria de tudo para que o nosso filho usufruísse de todas as oportunidades que a vida na Superfície teria para oferecer. Nunca perdi a esperança de que ele um dia encontrasse o caminho de volta para casa. — O sorriso dela se desvanece e os olhos se tornam mais escuros.

— E por que não foi com eles? — Neste momento reparo que estou entrando no delírio coletivo desse casal de idosos tão fofos.

— Porque era o meu dever ficar.

Ela não diz mais nada. Vejo que é um assunto delicado e não quero tornar as coisas mais constrangedoras. O corredor que percorríamos desemboca num largo pátio.

— Bem-vinda a Aquorea — diz Raina, com um gesto amplo do braço.

Que lindo!

— E você veio morar aqui, vovô? — Encaro-o, incrédula.

— Sim, decidi que, uma vez que vocês já não precisavam de mim, estava na hora de voltar para casa.

— Nós fomos ao Brasil. Fizemos seu funeral! — exclamo, indignada.

Fito seus olhos, que escurecem e brilham.

— Sei que foi difícil para todos, mas eu precisava tentar, estava na hora. Já estou velho. Se não viesse agora, poderia nunca mais voltar.

— E está aqui há oito dias? — pergunto, confusa.

— Dez. Quando você chegou, ficou inconsciente por dois dias. — Ele baixa o olhar. — Mas parece que nunca fui embora. Não é, meu amor?

Ele olha para Raina com ternura; parece um garoto apaixonado. Ela sorri e pega a mão dele.

— Você nunca saiu do meu coração. Assim como nosso filho — diz ela, com lágrimas nos olhos. — A esperança que tenho de voltar a vê-lo só desaparecerá com o meu último suspiro.

— Nós o veremos de novo. — Ele enxuga as lágrimas com as costas da mão e solta um longo suspiro. — Vou buscar alguma coisa para você comer. Deve estar com fome. — Dá um beijo rápido no rosto de Raina e acelera o passo, como se fugisse de nós.

— Sim — respondo, embora ele já esteja distante. Na verdade, não sinto fome alguma, e parece que não sentirei tão cedo.

Estamos perto de um prédio imponente, todo transparente e muito brilhante, que se destaca entre as construções menores e mais simples. Tem formato de espiral, é largo e muito alto.

Diante de nós há uma estrada, que, deduzo, deve ser a estrada principal. O chão não é de asfalto nem de terra batida, numa cor entre o cinza e o bege muito claro, e brilha como resina. Percebo que nunca vi aquele material. Ao longo da estrada corre um rio largo, que a acompanha até perder de vista. Uma série de pontes brilhantes, com detalhes intricados e cornucópias desenhadas, cruzam o rio, que se divide em braços menores pelas artérias da cidade. Olho para ambos os lados e conto rapidamente seis pontes. Meu avô atravessa uma delas. Do lado de lá do rio vejo pessoas, aparentemente nos seus afazeres cotidianos. Observo-o, agora um pequeno ponto ao longe, quase irreconhecível, caminhando em direção a uma banca, e percebo que deve ser uma espécie de mercado.

No alto, do meu lado esquerdo, de onde o rio desce, avisto um grande aglomerado de árvores em tons de verde-esmeralda, que, apesar da distância, parecem altas e frondosas. No chão, mais perto de mim, pequenas flores azuis e vermelhas despontam em meio a um manto verde de uma relva baixa, semelhante a musgo. Uma flor marrom, com apenas quatro pétalas, salpicada de pontos amarelos, chama minha atenção. As folhas parecem vigorosas e eu tenho vontade de colher uma, mas não sei se é permitido, então, me contenho.

— Raina, não estou entendendo uma coisa... Continuamos no Brasil?

— Não, aquele é só um dos vários portais para chegar aqui. Estamos em algum lugar no oceano Atlântico, a milhares de metros de profundidade, debaixo de água, rocha, lava e sal.

Eu me pergunto como é possível haver luz, árvores e ar, tantos quilômetros abaixo da Superfície.

— E como nunca ninguém encontrou esse lugar? Com a tecnologia que há hoje em dia: sonares, mapeamento marítimo...

— É quase impossível nos encontrarem, mas precisamos nos proteger — observa Raina, compenetrada.

Nem nos meus sonhos mais belos vi algo semelhante. Seguimos para o lado direito, onde há dezenas de árvores frutíferas: umas muito semelhantes a cerejeiras, carregadas de uma fruta redonda, vermelha e com um aspecto de gelatina de morango.

— Que fruta é aquela? — pergunto, apontando para as cerejas.

Raina abre um sorriso divertido, com genuína surpresa.

— São *kerrysis*. E a árvore tem o mesmo nome. É deliciosa e também tem propriedades medicinais.

Ao meu redor, quedas-d'água estreitas e delicadas vertem das paredes — na sua maioria, brancas — no meio da vegetação verde-jade.

Ao fundo, num campo bem delimitado à margem do rio, vejo um grupo de pessoas, não sei bem se aquilo é um jogo ou uma luta. E, nas proximidades, há um grande cais com embarcações prateadas brilhantes atracadas.

— Este é o Riwus. Nosso rio de água doce — explica Raina, como se lesse meus pensamentos. — Ele nos fornece boa parte do que precisamos para viver, por isso o respeitamos muito. Foi ele que trouxe você até nós. Só a quem tem uma ligação muito forte com o nosso mundo é concedido o privilégio de entrar — continua ela. — Essa triagem é feita pela água, que funciona como um portal para Aquorea. Existem vários pontos de entrada espalhados na Superfície, como aquele que trouxe você.

— Mas por quê? Por que eu?

— Só a água sabe. Talvez pelo amor que tem por seu avô e pela forte ligação entre vocês.

— Coma alguma coisa, Ara — interrompe meu avô, esticando a mão para me entregar as coisas que comprou.

Ele carrega um cesto com diferentes tipos de fruta, quase todas desconhecidas para mim, e uns bolinhos pequenos e escuros. Então me oferece um dos bolinhos, que aceito, relutante; sinto o aroma e depois dou uma mordida despretensiosa.

— O rio? — De repente, me recordo dos olhos azuis. — Mas lembro que alguém me carregou no colo — argumento.

— Sim, foi o Kai quem encontrou você. Ele está dando treinamento. Já vamos falar com ele. — Meu avô aponta para um rapaz alto, no meio do grupo que avistei há pouco.

E então eu o vejo, por inteiro, pela primeira vez. Grita e dá ordens para que façam exercícios, tal qual em um campo de treinamento. Enquanto o observo à distância, ele ergue o rosto duro, os maxilares contraídos, e me olha fixamente, como se pressentisse minha presença. Baixo os olhos e me sinto estranhamente envergonhada e desconfortável com aquele olhar penetrante.

À medida que nos aproximamos, entendo melhor do que se trata. São jovens, divididos em grupos, treinando um tipo de luta. Sem dúvida, eu gostaria de aprendê-la. Dois rapazes corpulentos e bem musculosos — um deles com cabelo bem preto e encaracolado, na altura dos ombros, o outro com a cabeça raspada — lutam e se movem agilmente pelo chão, com movimentos coordenados, como numa dança, trocando violentos socos no rosto e no abdômen. Um grupo de cerca de vinte jovens os rodeia, assistindo em delírio à luta. O de cabeça raspada é derrubado e se debate no chão. O outro o prende sob o peso do corpo e ri, entusiasmado, incentivando-o a desistir. Frases como "Boa, Monitor" e "Muito bem,

Wull" são ditas em tom de voz alto e convincente. Por isso, deduzo que Wull é o cabeludo e que deve ser o professor deles. Apesar de ver pessoas de todas as raças e etnias, percebo que, tal como meus avós quando se dirigiram a mim, eles também falam inglês.

Um casal mais ou menos da minha idade está junto do rapaz que me resgatou. O garoto demonstra como usar um objeto que tem na mão. Parece um arpão de pesca, preto e brilhante, embora bem menor. A ponta, em forma de lança, é incrivelmente afiada. Reconheço o objeto, porque o meu avô tinha um para fazer pesca submarina. Sem hesitar, ele aponta para um alvo a grande distância e dispara, acertando no centro.

— Kai — chama Raina, serenamente. — Venha aqui, por favor.

Então, todos os outros olham para nós. Ou melhor, para mim, a "penetra". Sou invadida por uma sensação de angústia. Não gosto de chamar a atenção, procuro ser o mais discreta possível. Na escola, fico sempre no meu canto e falo apenas com quem se dirige a mim, embora prefira a companhia dos livros. E agora, todos me olham com ar de espanto e de admiração, como se eu fosse um animal raro num jardim zoológico.

— *Na wai i kii ki a koe Kai mutu*? — grita Kai, num tom de voz rouco e vibrante, em um dialeto que desconheço. Para mim, soa como uma sopa de letrinhas.

Observo-o de canto do olho.

— O que ele disse? — pergunto a Raina.

— "Quem mandou vocês pararem?" — explica.

Vejo-o assentir para Raina. Dá as últimas instruções aos seus alunos e se aproxima de nós numa passada firme. Não sei o que fazer com as mãos, portanto, decido enfiá-las rapidamente nos bolsos da calça.

Meus olhos vagueiam, uma e outra vez, na direção dele. Usa bermuda preta, uma camiseta da mesma cor, e está descalço. Olho ao redor e percebo que todos estão descalços, inclusive Raina. *Mas o que há de errado com essa gente?*

— Posso ajudar, Raina? — pergunta Kai, num tom de voz suave, sem me dirigir uma palavra ou um olhar.

— Ara, esse é Kai Shore — apresenta Raina.

Sinto um aperto na boca do estômago. Minhas mãos suam dentro dos bolsos e me sinto mais atrapalhada do que o habitual. Seus maxilares fortes enaltecem o rosto simétrico. Deve ser um ou dois anos mais velho que eu.

— Kai — diz Raina, bem devagar —, esta é Arabela Rosialt. Você a resgatou do lago e ela quer te agradecer.

Ele contrai de novo os maxilares, como se reprimisse algo que gostaria de dizer. Então, vira-se para mim em um gesto lento e mecânico, com as mãos atrás das costas. De perto, percebo que é muito mais alto do que eu. Pequenas gotículas de suor salpicam sua pele. A postura é rígida quando fixa os olhos em mim.

Por que essa reação? Nem sequer me conhece... Então por que me salvou? Fico um pouco intimidada, mas faço um esforço para erguer a cabeça. Encaro-o com determinação, tiro a mão direita do bolso, passo-a rapidamente pela coxa para limpar o suor e a estendo para cumprimentá-lo. Fico de braço estendido, à espera.

Agora, seu rosto transmite hesitação, como se ponderasse seriamente se deve ou não me tocar.

— Rosialt — balbucia. A voz baixa, controlada. Parece genuinamente surpreso com a minha postura. Arqueia a sobrancelha esquerda e arregala os olhos. Ainda com uma das mãos atrás das costas, numa postura defensiva, estende a outra e me cumprimenta com um aperto forte demais. Seu antebraço está coberto por uma manga de pele ou uma espécie de armadura preta delicadamente trabalhada, que quase chega ao cotovelo. Durante alguns segundos, me perco naqueles contornos e gravuras. Sinto uma corrente elétrica percorrer meu corpo e os arrepios que se seguem chegam a locais que eu nem sabia que existiam. É a primeira vez que admiro seu rosto com todos os sentidos despertos, mas é como se o conhecesse desde sempre.

— Shore — respondo, no mesmo tom.

Faço um enorme esforço para parecer calma e olhá-lo nos olhos. É quase impossível não me distrair com seus olhos tão claros e avassaladoramente profundos. Ainda sinto os pulsos elétricos percorrerem meu corpo, embora já não tão intensos. Kai está estático, como que em transe. Continua a apertar minha mão, tão forte que meus ossos doem.

— Desculpe pelo transtorno que causei. Você, com certeza, tem coisas melhores para fazer do que salvar garotas que despencam magicamente de cachoeiras — acrescento, tentando parecer indiferente.

Assim que termino de falar, sinto uma pontada de satisfação vingativa pelo comportamento sombrio dele, e isso me anima. Seus olhos faíscam e ele aperta ainda mais minha mão. Contraio os músculos e todo o meu corpo estremece, mas me recuso a demonstrar o quanto ele me afeta. Enfim, consigo puxar a mão daquele casulo. *Está doendo pra caramba!*

— Já "pesquei" muitas outras — diz ele, bruscamente, e vislumbro um sorriso sarcástico e muito sutil aflorar em seus lábios. Ao dizer isso, despede-se de mim com um aceno de cabeça quase imperceptível. Então, vira-se para Raina e Anadir e repete o gesto. Dá meia-volta e regressa para junto dos outros, no mesmo passo obstinado.

Não posso acreditar que ele me disse uma coisa dessas. Que babaca!

Sinto o rosto e o pescoço ferverem e as mãos trêmulas. Raina me observa, com um sorriso largo, e me dá um tapinha no ombro.

— Lamento por isso. — Raina parece envergonhada com a atitude dele, mas há um toque de diversão em seu rosto. Mas meu avô olha para Kai com uma expressão feroz, como um tigre concentrado na presa.

— Ele só é... Bem, é complicado. Vamos continuar? — acrescenta Raina, tentando justificar o comportamento de Kai.

Meu coração pede um último olhar furtivo para Kai. Embora já esteja longe, ele me olha intensamente no mesmo instante em que me viro em sua direção. Desvio imediatamente o olhar, imaginando se ele sente o mesmo nervosismo. A julgar pela expressão séria e firme estampada em seu rosto, me parece que não.

Seguimos em frente pela mesma margem do rio. Centenas de pessoas andam pela rua e todas me encaram. Algumas acenam com a cabeça, sorrindo com entusiasmo, outras me observam com curiosidade, e há aquelas que me olham com desconfiança. Meu avô lança olhares de reprovação às pessoas que tentam se aproximar, pelo menos umas cinco vezes. Talvez seja uma forma de me proteger para que eu possa assimilar com mais tranquilidade tanta informação.

Atravessamos algumas pequenas pontes nos braços mais estreitos do rio, dispersos pela cidade. Ao observar os edifícios com mais atenção, constato que são baixos, de dois ou três andares, e feitos quase inteiramente de vidro. E me pergunto se será vidro ou água, tal como o espelho do hospital. Há centenas dessas habitações, todas brancas, idênticas. É uma grande cidade, mas sem um único carro. Um ou outro edifício mais alto se destaca, mas todos têm a mesma estrutura arquitetônica reta, moderna e transparente.

Estreitas ruelas serpenteiam entre os edifícios. Ao fundo de uma delas, avisto um enorme jardim colorido.

Percorremos o que ainda me parece ser a rua principal. Raina e o meu avô caminham lado a lado, em silêncio, com um sorriso nos lábios e leveza no rosto. Durante pelo menos uma hora, acompanhamos o vasto rio, onde, aqui e ali, flutuam pequenas embarcações. Passamos por áreas diferentes, umas mais iluminadas, outras mais escuras, com maior ou menor inclinação, com mais ou menos vegetação, umas mais urbanizadas do que outras, mas todas extremamente cuidadas e limpas. Se não soubesse onde vim parar, diria que estou numa cidade qualquer das que conheço na Superfície, embora esta seja mais limpa e ordenada.

Inclino a cabeça para trás e vejo grandes luzes e cristais suspensos em pontos estratégicos, de forma a iluminar casas, ruas, jardins e algumas partes do rio.

Como é possível terem luz? Não estou disposta a discutir o assunto neste momento e também não quero enchê-los de perguntas. Deixo a questão para mais tarde. O ar está úmido e quente, e sinto o corpo todo pegajoso, por isso tiro o moletom que visto por cima da regata de alcinha e o amarro na cintura.

A estrada se torna mais estreita. Caminhamos agora junto ao leito do rio, a poucos metros da água. As paredes ao redor também são brancas, mas parecem compostas de grandes grãos de areia sobrepostos, e o chão de resina brilhante dá lugar a um calçamento de pedras irregulares, de cor clara. Após uma curva acentuada, atravessamos uma última ponte, onde o ruído é ensurdecedor. Há quatro barcos pequenos e prateados atracados, e dois rapazes, vestidos de preto, estão sentados no píer, conversando com os pés na água.

— *Hey* — dizem eles acenando com a cabeça na nossa direção.

Olho para baixo e vejo uma queda-d'água de dez metros de altura. Olho para longe e me deparo com um cenário inesperado. A essa altura, sei que já deveria esperar tudo... mas ainda não estou mentalmente pronta para absorver tantas novidades. Paredes brancas como cal cercam uma lagoa de água azul-celeste, com dezenas de bangalôs perfeitamente alinhados. Vista daqui de cima, mais parece uma imagem saída de uma revista de viagens paradisíacas.

— Salt Lake, nossa casa — diz Raina.

— Sua casa... — repito, num tom incrédulo.

— É uma lagoa de sal. O rio deságua aqui e, como o leito é poroso e permeável, a água se mantém sempre no mesmo nível.

Ela aponta para o norte, de onde viemos, para o curso do rio.

Saímos da ponte e deparamos com uma ampla escadaria. Descemos e continuamos a andar por uma passarela de madeira que dá acesso às casas. Viramos à esquerda e percorremos outra estrutura semelhante, embora mais estreita, passando por alguns bangalôs. São lindíssimos. Minimalistas. Algumas portas estão abertas e vislumbro pufes e sofás espalhados pelo interior, com uma aparência bem mais confortável do que a cadeira do hospital. As casas são todas idênticas, construídas em madeira clara. E o telhado, de tecido branco, é pontiagudo. Estou fascinada e o meu coração parece acompanhar o meu deslumbramento com uma batida irregular e acelerada, como um cavalo a galope. Viramos à direita e meu avô passa a mão em frente a um pequeno visor, sem tocá-lo. A porta desaparece. São paredes de água, finas, silenciosas e opacas, que não permitem ver o interior.

— Bem-vinda — diz ele. — Enquanto você se recuperava na clínica, coletaram suas impressões digitais, bem como amostras de sangue, saliva, tecido. Faz parte da burocracia de ser um habitante de Aquorea. Tomei a liberdade de cuidar disso, pois queria agilizar a sua saída assim que acordasse.

— Como assim, habitante de Aquorea? Tenho de ficar aqui? — pergunto.

— Não se preocupe com isso agora. Quando passar a sua mão neste visor, as cortinas de água também vão ativar ou desativar. Assim, você terá acesso a outras coisas na cidade, como os estabelecimentos públicos. Terá tempo para explorar tudo mais tarde.

— E nunca, nunca passe por uma cortina de água ativa — aconselha Raina.

Nenhuma palavra me ocorre. Não consigo sequer esboçar um sorriso.

— Entre — convida Raina. — Espero que se sinta à vontade. Esta é sua casa também.

Obedeço. Parece uma casa perfeitamente normal. Tem um enorme hall, com pufes redondos, e para todo lado que olho só vejo branco. Desço um degrau para a sala, que também tem uma cozinha aberta e um corredor, que presumo — com um certo receio — dar acesso aos quartos. Todos os móveis, porém, pairam no ar, a alguns centímetros do chão. Uma escadaria larga e totalmente transparente surge no canto direito. Há mais um andar.

— Seu quarto é ali — indica meu avô, apontando para um cômodo no fim do corredor. É um corredor largo, com cerca de seis metros de comprimento e duas portas, uma em frente à outra.

Sigo pelo corredor e entro no quarto. Tem uma cama grande, suspensa no ar, e pontos de luz criam uma iluminação perfeita. A parede ao fundo, onde está encostada a cabeceira da cama, é bege, a do lado esquerdo é totalmente transparente, e as outras duas são brancas, assim como o teto.

— Aquela janela também é de água? — Aponto para a parede transparente.

— Sim, também — responde Raina com um sorriso largo, e sai do quarto.

Uma porta, do lado direito, dá acesso a um banheiro espaçoso. Fico satisfeita, pois sempre compartilhei o banheiro com minha irmã. Vovô me explica rapidamente onde apagar e acender as luzes, e como ativar e desativar a janela de água.

— É também possível regular a opacidade da janela e escolher diferentes cores, que funcionam como um sistema de cromoterapia — explica. — Nosso quarto é no andar de cima. Aquele ali é para hóspedes. — Sorri, apontando para o quarto da frente.

— Vô... você sabia que eu viria?

O rosto dele fica muito sério.

— Não sabia, mas digamos que tinha esperança que, se a minha intuição estivesse certa, a água arranjaria uma forma de trazê-la para cá.

— Mas por quê? E como tudo isso é possível?

— Como respiramos ou o coração bate, querida?

Eu o ignoro.

— E os meus pais? Tenho de avisá-los que estou bem. Devem estar desesperados.

— Você está cansada. Amanhã conversamos e tudo parecerá menos confuso.

— Estou mais preocupada do que cansada. Tenho de avisá-los. Como faço?

— Vamos resolver isso. Tudo a seu tempo. Agora você precisa descansar. Eu a tirei da clínica com a promessa de que a ajudaríamos a se recuperar em casa — diz ele, já na porta, me deixando a sós com meus pensamentos.

Toda essa situação me deixa angustiada e não consigo jantar. Após a insistência de Raina, como mais alguns daqueles bolinhos que meu avô trouxe do mercado — os quais, conforme descobri, são feitos de algas — e bebo um chá de ervas, doce, com aroma cítrico, antes de lhes pedir licença para me retirar. Preciso ficar sozinha e refletir sobre o que está acontecendo.

Quando me deito, sinto o corpo moído e latejante. Quero descansar. Preciso descansar. Tiro o relógio do pulso e o deixo numa prateleira na base da cama. Olho para o mostrador: são 2h17. Não sei se está quebrado ou se a hora aqui é diferente... Mais uma pergunta a fazer.

Encosto a cabeça no travesseiro, mas continuo a me sentir agitada. Aqueles olhos azuis continuam a me assombrar num canto não tão remoto da minha mente. Cada vez que penso no nosso encontro, há apenas algumas horas, sinto o sangue ferver e a adrenalina borbulhar pelo meu corpo. Sinto vontade de bater em alguma coisa.

E por que meus avós têm um quarto para mim? Vovô disse que estavam à minha espera. Tudo me parece suspeito. São coincidências demais.

Das últimas vezes que conversamos ao telefone, ele falou por enigmas e me disse que estaria à minha espera no mundo real dos sonhos. Ele sabia que eu viria encontrá-lo.

Há um mundo desconhecido, abaixo da superfície da Terra há milhares de anos, e eu vim parar aqui sem saber o porquê. Mas essa loucura tem de ter uma explicação lógica. São perguntas para as quais pretendo, com toda certeza, obter respostas.

4

SORTE? OU TALVEZ NÃO

QUASE NÃO PREGO O OLHO E ACORDO COM A CABEÇA PESADA. Não sonhei com os olhos transparentes e cintilantes, mas sim com o dono deles. Não me surpreende, mas me deixa inquieta. Passo pela cozinha e não encontro ninguém. Vou até o hall, mas a cortina de água está ativa e não consigo ver o lado de fora.

Volto para o quarto e entro no banheiro. O lavatório é uma concha enorme, muito polida, com um búzio pequeno no lugar da torneira. Tateio um pouco e, assim que minha mão toca o búzio, um fio de água começa a jorrar para a concha. Enquanto escovo os dentes, olho ao redor à procura de um local para tomar banho. Vou investigando onde estaria a ducha ou a banheira enquanto me dispo, mas não encontro nem uma coisa nem outra. No chão, no centro do cômodo, há uma ranhura em círculo com cerca de um metro e meio de diâmetro. Vou até lá e olho para cima. Como não vejo nada no teto, baixo os olhos e reparo num pequeno botão ao lado da circunferência desenhada no chão. No instante em que o toco, surge uma fina redoma ao meu redor, que se inunda de jatos de água morna, vindos do teto.

Permaneço embaixo da água até a minha pele ficar enrugada. Quando por fim saio do banho, sinto-me surpreendentemente relaxada. Passo os dedos pelo cabelo, com movimentos largos, para me pentear, e o prendo num coque desalinhado no alto da cabeça. Vou até o armário, para saber quais as opções de roupa; escolho um macacão azul-petróleo de brilho acetinado. O guarda-roupa é composto de peças brancas, pretas e também em diversos tons de marrom, verde e azul, mas a maioria são vestidos e saias. O modelo que escolho cobre as minhas pernas, mas não tem costas nem mangas, e a parte da frente tem uma abertura até o umbigo com uma única faixa no meio. Apesar de ter percebido ontem que o pessoal daqui é desorientado o suficiente para andar descalço, prefiro calçar meu All Star.

Volto à cozinha e continuo sem encontrar ninguém. Pego uma fruta de uma travessa que paira e gira lentamente no ar, acima da mesa. Sento num pufe branco confortável na varanda, em frente à porta de entrada da casa. Alterno meu olhar entre a porta e a fruta. A fruta é redonda como uma laranja, mas tem uma casca fina, de cor turquesa; dou uma mordida cautelosa, mas logo me dou conta de que é doce e suculenta. Deixo as papilas gustativas fazerem seu trabalho e minha boca se enche de um sabor com leve toque de anis.

Não quero ficar presa nessa casa. Quero sair para explorar e, estranhamente, pretendo encontrar Kai para confrontá-lo pelo modo como me tratou ontem.

Descarto quase de imediato esta ideia. Não ficarei aqui tempo suficiente para me importar com o que um sujeitinho problemático pensa de mim. Olho para o visor que permite ligar e desligar a cortina de água e decido arriscar. Eu me levanto e me aproximo com a mão esticada. Assim que minha mão passa diante do pequeno visor, a água para automaticamente. Fico aliviada por meu avô ter falado a verdade.

Ainda está escuro, as luzes no exterior estão mais fracas do que ontem. Uma espécie de lusco-fusco, semelhante, talvez, ao alvorecer da Superfície. Perambulo por entre as casas e, como não vejo ninguém, sigo em direção à ponte da queda-d'água. Ao chegar à ponte, observo-a minuciosamente e noto que é feita de selenita branca, quase translúcida. A parca luz penetra pelas estrias perfeitas e uniformes, conferindo-lhe o brilho inconfundível do cristal. Olho para cima e ao redor para observar a forma como a luz é refletida pelos túneis luminosos através de cristais estrategicamente posicionados. Vejo vultos com roupas escuras dentro de buracos escavados na rocha e nas passarelas suspensas que ligam os diversos pontos de Aquorea. Um deles me cumprimenta:

— *Hey* — diz.

Aceno com a cabeça e continuo.

Sinto o corpo pegajoso de umidade. Preciso mesmo de uma roupa mais fresca.

— Olá, Arabela Rosialt.

Viro o rosto e vejo uma garota de olhos escuros e curiosos, que me observa. Mas o que me chama mais a atenção é seu cabelo brilhante e turquesa. Ela veste um short e uma camiseta bem curtos e está toda suada, mas sorri de orelha a orelha.

— Ara — corrijo, com um ligeiro sorriso. — Olá.

— Meu nome é Isla. Sou uma Iniciada. Todos os dias venho correr até Salt Lake com meu pai, mas ele é mais rápido e já está voltando. — Arfa para recuperar o fôlego. — Gosto mais de correr com meu irmão, porque ele ao menos tem a decência de esperar por mim. Mas, como ele costuma vir de tarde, nossos horários nunca batem. Terei o maior prazer em levar você para conhecer a bolha. — Ela faz uma pausa, embora pareça ter fôlego de sobra para continuar.

— Bolha?

— Sim. Não é bem isso, mas nós a chamamos assim, de brincadeira. Na verdade, é uma gigantesca gruta envolta de pedra e água, muita água.

Gosto de Isla de cara. É autêntica e sinto por ela uma empatia que nunca senti por nenhuma das minhas colegas de escola ao longo dos anos. Sua aparência frágil e delicada lembra a minha irmã.

— Você vai lá para cima? — pergunta.

— Sim, acho que sim.

— E vai a pé?

— Sim, acho que sim — repito. — E você?

— Também. Eu te faço companhia.

Andamos devagar. Isla tagarela o caminho todo. É engraçada e me faz rir, com vontade, ao me contar como organizava corridas de tartarugas com os amigos quando era criança. Não eram só as tartarugas que participavam. Eles montavam nelas, por isso deduzo que sejam animais grandes.

— Por que faz tanto calor aqui? — pergunto, a certa altura. — A temperatura, nesta profundidade, não devia ser mais baixa?

— O magma do vulcão que nos envolve deixa a temperatura mais alta e estável. Não temos as estações do ano que você conhece. Aqui é sempre assim, quente. A água doce nos mantém vivos, e a temperatura e a umidade nos permitem plantar árvores e fazer colheitas que nos dão alimento.

— Desde ontem estou pensando nisso. E também no fato de haver claridade!

— Não precisa ficar quebrando a cabeça, é só perguntar. — Isla sorri. — Os cristais nos fornecem energia e luz. Também extraímos eletricidade da água, claro.

— Aqueles cristais? — Aponto para o teto.

Ela assente e seus olhos cintilam de empolgação. O cabelo curto e vibrante, de pontas desfiadas, agita-se ao som da sua voz. Isla é divertida.

Quando acelera o passo, tento acompanhá-la. O tempo corre depressa. Já no centro, passamos pelo imponente edifício em forma de espiral que vi ontem. Tem cerca de trinta andares. Dentro de uma sala, no andar térreo, vejo crianças com grandes óculos escuros recostadas em pequenas poltronas brancas, dispostas em filas. Mas são as salas ao lado que me chamam a atenção. Fileiras de estantes altas, equipadas com escadas, repletas de livros. *Será a biblioteca? Preciso ir lá.*

— O que é isso? — Aponto para o edifício enorme.

— É o Colégio Central. Abriga as escolas e o Centro de Consílio. É aqui que o Regente e os seus conselheiros, os Mestres do Consílio, tomam todas as decisões importantes.

— Então, o Regente é... tipo... o presidente?

— Exato. Os Mediadores, uma das nossas Fraternidades, têm a responsabilidade de ouvir as queixas, as opiniões e as sugestões da população. Depois as apresentam aos Mestres do Consílio, que compõem o gabinete que aprova as novas regras e os novos regulamentos, e trabalham diretamente com o Regente.

— O que elas estão fazendo? — pergunto, apontando para as crianças.

— Estão aprendendo. São aulas virtuais. Cada um tem um ritmo próprio de aprendizagem, por isso esse método é mais eficaz. No final do dia, nós nos reunimos com o tutor designado, para elucidar eventuais dúvidas. Começamos a aprender muito cedo — explica. — Aos quatro anos já sabemos ler e fazer contas; durante o processo escolar aprendemos a falar diversas línguas, bem como matemática e química avançada, astronomia e física, entre outras ciências.

Fico empolgada por saber que dão tanto valor ao aprendizado de matérias diversificadas.

— Então, devem terminar os estudos muito cedo, não? — questiono.

— O processo de aprendizado dura a vida toda. — Ela me olha com espanto, como se eu fosse um ser de outro planeta e não apenas a vizinha do septingentésimo andar. — Sou uma Iniciada, o que significa que já acabei os meus Estudos Primários e estou prestes a começar os Estudos Avançados. Falta pouco — diz, orgulhosa.

— Estudos Avançados? — repito.

— Sim. Funciona de forma muito simples, na verdade. Até os dezesseis anos, frequentamos os Estudos Básicos, Primários e Iniciados. A partir dessa idade, escolhemos qual caminho queremos seguir nos Estudos Avançados, que são divididos em dois anos: o Primeiro Estágio e o Segundo Estágio. Podemos escolher ser Cultivadores, Curadores, Mediadores, Protetores, Permutadores etc. Estudamos e dedicamos nossa vida à profissão e à Comunidade, sempre pautados pela confiança e o respeito mútuo.

— Ah… Que interessante!

— Eu vou ser Protetora, como eles — anuncia, entusiasmada, acenando com a cabeça na direção do rio. — Por isso, nas horas livres, tenho intensificado meu treino. Todas as manhãs, pratico corrida até Salt Lake.

Viro a cabeça e o meu corpo acompanha o movimento. No mesmo local de ontem, um grupo treina uma luta com armas. Todos usam o mesmo uniforme preto, mas é diferente do uniforme dos que estão nas "tocas" altas. Esse deve ser o usado nos treinos. Meu coração gela ao perceber que sou observada pelos olhos límpidos e translúcidos de Kai, que me fita com um olhar pungente.

Droga! Ele está sem camisa, com o cabelo preso na nuca, em dreads finos. Tenho de admitir que, apesar de não ser nada simpático, ele é lindo de morrer. É alto e esguio. Está afastado dos outros e faz uns exercícios que desconheço. Uma mistura de alongamento e tai chi, com movimentos enérgicos e repetidos. Os músculos rijos, bem definidos, são dignos de uma capa da *Men's Health*. E aquelas entradinhas em V, aqueles oblíquos perfeitos, desenhados sem o menor esforço.

Percebo um meio sorriso nos seus lábios carnudos. E, como ele acabou de paralisar minhas funções cognitivas, retribuo o sorriso com um ar abobalhado.

Será que está sorrindo para mim? Percebeu que não há motivo para me tratar como me tratou ontem e resolveu ser gentil? Inexplicavelmente, a ideia me deixa de ótimo humor.

— Aquele ali no *campus* é meu irmão, o Kai. Foi ele quem te salvou. — Isla sorri.

— O quê? — Estou atônita. Como é que essa criatura doce e simpática pode ser irmã de um bruto daqueles?

— O rapaz que está sorrindo para mim é meu irmão — insiste Isla, como se eu fosse tapada. — Foi ele quem te encontrou — continua ela, apontando na direção de Kai, que agora abre um largo sorriso na direção da irmã.

Por que todos fazem questão de salientar que foi ele quem me salvou? Que chatice! Parece uma provocação e só serve para alimentar aquele ego enorme.

Fico vermelha de vergonha e irritada comigo e com os meus pensamentos ridículos. Um grupo de garotas olha para Kai da mesma forma que eu, mas ele parece nem reparar nelas.

— O que eles fazem? — balbucio, tentando esconder meu constrangimento.

— São os Protetores, a nossa guarda. Eles nos defendem de intrusos. — Seu semblante é sério, mas seu olhar não deixa transparecer qualquer preocupação, como se isso não fosse algo tão importante assim.

— Mas o que fazem, exatamente? — insisto.

— São encarregados de patrulhar a área e manter os Albas fora da nossa área.

— Albas?

— Uns seres maus que, às vezes, procuram alimento nas nossas terras. Mas não se preocupe, eles não conseguem entrar. — O sorriso é despreocupado. Não a conheço, mas não consigo imaginá-la lutando ou patrulhando seja lá o que for. Tem um rosto oval e angelical, a pele muito clara, quase cinzenta. — Vamos lá falar com eles.

Sinto-me insegura e minhas pernas mais parecem gelatina. Então surge um aperto na garganta e um nó no estômago; não consigo respirar direito e estou com as palmas das mãos suadas. Não suporto a ansiedade de encará-lo de novo. Esfrego as mãos no macacão para secá-las e minha respiração acelera.

Para meu alívio, Isla não vai para junto do irmão. Em vez disso, aproxima-se de um pequeno grupo que está ao lado do *campus*. Quando chegamos perto deles, ela me apresenta.

— Amigos, esta é Ara Rosialt, neta da Raina e do Anadir.

Sorrio.

— Ara, estes são o Gensay e o Beau. — Ela aponta para os rapazes. Um deles parece incomodado com minha presença, nem se digna a olhar para mim. O outro sorri de orelha a orelha, sem emitir som, como se nunca tivesse visto uma mulher. Isla os ignora com um encolher de ombros. — E estas são a Mira e a Sofia — acrescenta. Mira está com os olhos colados num livro, e só desvia a atenção dele por um segundo para me dizer um brevíssimo "Oi", acompanhado de um sorriso rápido. Logo me identifico com ela, porque normalmente sou assim.

— Prazer! — Sofia me oferece o seu melhor sorriso e se aproxima de mim para me dar dois beijinhos, um de cada lado do rosto. Ela é da minha altura e tem olhos grandes e expressivos.

— Beleza? — digo, sem pensar, para o grupo.

— Beleza?! — repetem, confusos, trocando olhares e sorrisos cúmplices.

— Tudo bem? — reformulo. — Prazer.

— "Beleza" parece legal — diz aquele que julgo ser Beau com um sorriso brotando nos lábios. — Acho que vamos adotar o "beleza". O que acham? Para fazermos a forasteira se sentir em casa. — Ele me olha de soslaio com uma piscadela e um sorriso simpático.

— Beleza, Ara! — gritam, em conjunto, achando graça.

São todos simpáticos — menos Gensay, que fala pouco e me olha com desconfiança — e começam a conversar comigo como se eu fosse um deles, mas ainda assim curiosos para saber mais sobre mim e a vida "lá fora".

Falam sobre assuntos interessantes e têm um senso de humor muito afiado, o que me faz esquecer por um momento da presença de Kai, poucos metros atrás de mim. Mira está agora ao meu lado comentando sobre as mais recentes técnicas de medicina, e eu a escuto, encantada.

— Ara, desculpe interromper, você já se sente integrada ou ainda está em choque? — pergunta Beau.

Mira o encara com uma expressão contrariada por ter interrompido seu raciocínio.

— Ainda estou em estado de choque…

— Quando estiver andando por aí descalça, saberemos que já se adaptou — diz Sofia, apontando para os meus pés. — Apesar de eu adorar os seus tênis. São da *Converse*, não são?

— São. — Sorrio, porque acho engraçado ela conhecer a marca. — Mas é mais provável que gaste as solas antes disso — confesso, encolhendo os ombros e franzindo o nariz, enquanto levanto ligeiramente o pé.

Eles caem na gargalhada e rio com eles. É a primeira vez que me sinto integrada num grupo, sem ter de fazer esforço ou fingir.

Estou de costas para Kai, mas quase posso jurar que sinto seu olhar cravado em minha nuca. Dominada pela curiosidade e com o bom senso ainda entorpecido, eu me viro para olhá-lo, como quem não quer nada, e vejo que ele nos observa como um falcão. Olhos semicerrados e lábios apertados em uma linha reta. Estremeço e me retraio, virando-me, de imediato, para meus novos colegas. A avaliar pela postura deles, também reparam no comportamento estranho de Kai.

Durante a conversa, descubro que Mira é um ano mais velha que eu, está no segundo nível dos Estudos Avançados, e se prepara para se tornar Curadora. A paixão dela é cuidar dos outros, e ela tem um talento natural para a pesquisa, motivo pelo qual seus superiores já lhe atribuíram uma posição de liderança num projeto. É baixa, os olhos e o cabelo encaracolado são pretos como carvão. A pele negra, mas num tom mais claro, típico de alguém que nunca se expôs ao sol, deixa transparecer as veias no rosto, pescoço, mãos e braços. Ela olha com estranheza para Kai, e depois para Isla.

— O que aconteceu com seu irmão? — pergunta.

— Vocês também repararam? — Isla responde com outra pergunta.

— No quê? — pergunta Beau, completamente alheio.

— O Kai está estranho — afirma Mira.

— Por quê? Está menos babaca que de costume? — provoca Beau, com um sorriso que chega até os olhos.

Gensay sai do seu torpor e dá uma gargalhada, estampando um sorriso travesso.

— Beau, não admito que fale assim — grita Isla. Com um olhar fulminante, ela espeta um dedo no peito de Beau, em defesa do irmão.

— Calma, pequenina — diz Beau em um tom carinhoso e brincalhão. Ele pega o dedo dela e finge que vai mordê-lo. Ela o puxa rapidamente e abaixa o braço junto ao corpo.

Obviamente, não digo nada, só me faço de desentendida e fico na minha, para ver a que conclusão eles chegam, mas me divirto com a interação deles.

— É, está, sim. — Sofia está de frente para os treinos e a vejo observar alguém de alto a baixo. Deduzo que seja Kai, e não a culpo. Semicerra os olhos e, por um breve instante, franze o nariz em sinal de desaprovação. Num piscar de olhos, sua expressão muda. — Depois eu pergunto o que aconteceu — conclui com um sorriso largo.

"Depois"? Será que ela é namorada dele? Ela parece legal demais para ele.

— Não sei. Ele anda assim há alguns dias — completa Isla.

— Rosialt, cuidado!

Ouço um grito abafado, à distância, quase como um sussurro. É a voz de Kai. Mesmo estando de costas, percebo um zumbido vindo na minha direção. Como se tivesse olhos na nuca, me viro e sei instintivamente o que fazer. Apenas alguns nanossegundos após o grito de advertência, o objeto avança à toda velocidade na direção da minha cabeça, cortando o ar com um som agudo e girando no próprio eixo. Uno as mãos bem em frente ao nariz e, quando meus pulmões se enchem de ar de novo, o objeto já está preso entre as palmas das minhas mãos, a míseros milímetros do meu rosto. Um arpão!

Só então os que me cercam percebem o que acaba de acontecer e gritam, assustados.

Agora, sim, estou em estado de choque. Largo o arpão, e o som do metal contra o chão me faz estremecer. Mas estou imóvel, de olhos arregalados, sem emitir uma palavra.

Os outros gritam temendo pelo meu bem-estar. Todos me rodeiam e perguntam se estou bem e como fiz aquilo, mas não sei responder. *O que foi isso? O que acabou de acontecer?*

— Ara, você está bem? — Isla está tão assustada quanto eu. Ela passa um braço pelas minhas costas, numa tentativa inútil de me consolar. Pelo seu tom, percebo que se trata de uma situação incomum.

— Estou — sussurro. — Quem atirou aquilo? — pergunto, por fim, tentando recuperar as forças, olhando para os jovens que treinam com arpões.

— Acho que foi a Umi. — A voz de Isla soa fraca e decepcionada.

Kai caminha apressadamente na nossa direção, com uma expressão séria. Afasta quem se atravessa em seu caminho e para abruptamente ao meu lado. Continuo sem acreditar no que acabei de fazer e sei que devo isso, em parte, a ele, por ter me alertado.

— Você está bem? Está ferida? — pergunta Kai, genuinamente alarmado. Ele examina nervosamente minha cabeça, para ver se tenho algum ferimento ou arranhão. — Aquela cretina da Umi!

— Estou bem — digo, assustada com a sua reação. — Obrigada por ter me avisado. Se não fosse por você, nem sei o que teria... — Não termino a frase. Nem quero pensar no que poderia ter acontecido. Tenho enganado a morte vezes demais nos últimos dias. Isso não vai acabar bem.

Ele não presta atenção e continua tomado por um frenesi, à procura de sangue. Os dedos desesperados e quentes começam a me deixar trêmula. Estou gelada e esqueço de respirar. *Respira, respira.*

Agarro as mãos dele, que sem querer puxam meu cabelo, e o encaro fixamente, como quem tenta chamar a atenção de uma criança.

— Estou bem, é sério. O arpão nem encostou em mim. Consegui pegá-lo antes de me atingir. — Então me abaixo, pego calmamente o objeto do chão e mostro para ele.

Ele se recompõe imediatamente ao ouvir minhas palavras e recua dois passos para manter uma distância entre nós. Endireita-se e o rosto endurece.

— Ela apanhou o arpão com as mãos — diz Gensay a Kai, com o ar mais natural do mundo.

— Como conseguiu? — Kai está cético.

Sofia, plantada ao lado dele, apenas me observa.

— Sim. Como fez aquilo? — pergunta, num tom autoritário.

Kai dá um passo à frente, para ficarmos de novo cara a cara.

— Como fez aquilo? — A voz rouca e o olhar ansioso dele fazem meus joelhos tremerem. E tento, desesperadamente, manter o equilíbrio.

Encaro seus olhos. Estão mais escuros, em tons de azul-topázio, irradiando um brilho perigoso. Faço um esforço para me concentrar e ignorar meus devaneios.

— Já disse. Ouvi você gritar para eu ter cuidado e o resto não sei explicar, foi tudo muito rápido, mas acho que foi um golpe de sorte.

— Eu não alertei você — resmunga ele entre dentes, balançando a cabeça em sinal de negação. Vejo nos olhos dele que é verdade.

Sua postura se torna tensa mais uma vez, sua expressão se transforma e os olhos agora parecem indiferentes. Vira as costas e caminha em direção ao *campus*. Eu o observo, perplexa. Ele se aproxima de uma garota loira, que deduzo ser Umi, a responsável pelo incidente, e a agarra pelo cotovelo, levando-a para longe enquanto discutem.

Todos os jovens que estavam na sessão de treinamento com Kai se aglomeram à nossa volta, comentando minha proeza.

Que ótimo! Justo eu que não gosto de chamar atenção...

— Será que consegue fazer isso outra vez, Ara? — pergunta Beau, já com uma expressão calma. Ele tem olhos pretos e o cabelo da mesma cor, com reflexos avermelhados. Feições fortes e um corpo magro que sobressai nas roupas justas. Mas seu tom de voz é meigo.

— Posso até tentar, Beau, mas corro o risco de morrer — respondo secamente, demonstrando que quero pôr um ponto-final no assunto.

O resto da manhã transcorre sem incidentes. Meu avô soube do ocorrido e veio ver como estou. Tranquilizo-o, dizendo que foi apenas um susto, um erro de trajetória do arpão, e que a garota não teve culpa. Mas, no meu íntimo, depois de refletir sobre a expressão assustada de Kai, não tenho tanta certeza.

Isla e Beau me convidam para almoçar. Percorremos as ruelas estreitas e chegamos aos portões gigantes do jardim que avistei ontem. Vejo samambaias-choronas e papoulas de diversas cores e tamanhos. Flores semelhantes a tufos despontam do chão, como algodão-doce. Glicínias de troncos largos, retorcidos e nodosos vertem cascatas de flores em tons de rosa-pálido. Trilhas perfeitamente desenhadas e alinhadas dividem os diferentes segmentos de cor, a perder de vista. Um belo arco-íris infinito.

— Que lindo…

— Este é o GarEden. É a Fraternidade dos Curadores: são médicos e pesquisadores de saúde; extraem dessas plantas e ervas a maioria dos nossos remédios. Alguns têm a sorte de viver ali — comenta Beau com um sorriso, apontando para umas casas elevadas por entre a vegetação.

— Quantas Fraternidades existem? — Lembro de Isla ter me falado da Fraternidade dos Mediadores hoje de manhã.

— São várias. Temos os Cultivadores, os Pescadores e os Tecelões. Eles se encarregam, respectivamente, dos produtos da terra, da água, e da confecção dos diferentes tecidos, do design e da produção das roupas.

— E não se esqueça dos Permutadores, que vão todos os dias, bem cedo, para o mercado, distribuir os bens essenciais. Todos eles vivem ao norte, perto das chácaras, onde há mais luz e as temperaturas são mais frescas — acrescenta Isla à explicação de Beau.

— Mas a Fraternidade mais incrível é a dos Mediadores, claro — completa Beau com um sorriso largo em um tom brincalhão para Isla, e deduzo que ele é integrante dessa Fraternidade.

— Não podia ser mais convencido, hein? A melhor de todas é a dos Protetores.

— A única coisa que eles sabem fazer é correr e bater nas coisas. O que há de espetacular nisso? Pelo menos nós usamos a cabeça para outras coisas além de dar cabeçadas.

— Olha, Beau, não comece com suas gracinhas, sabe muito bem que...

Beau solta uma sonora gargalhada, que interrompe a linha de raciocínio de Isla.

— É tão fácil irritar você!... Adoro te ver assim. Só espero que não se chateie comigo depois que aprender a lutar — retruca ele, com a mão na barriga de tanto rir.

Ela rosna e revira os olhos, dando-se por vencida. Eu rio da brincadeira e do entusiasmo deles.

— E os mais velhos, como minha avó, por exemplo? Pertencem a que Fraternidade?

— Permanecem para sempre na Fraternidade que escolheram. Sua avó foi Mediadora. E mesmo sem exercer algum cargo, eles são considerados os mais instruídos, têm uma voz muito ativa e participam de quase todas as deliberações importantes: uma tarefa que desempenham a título honorífico.

Nos prédios baixos, perto de nós, há mesas espalhadas por uma área ampla, uma espécie de pátio. Caminhamos até uma mesa onde está uma garota com um cabelo cor de fogo que escorre até o meio das costas. Com um sorriso torto, ela me examina dos pés à cabeça.

Reconheço seu companheiro; é o rapaz de cabelo raspado que vi em uma luta bem intensa com o colega de cabelo comprido.

— Esses são a Petra e o Boris. — Isla olha para mim. — Esta é a Ara — acrescenta, tocando delicadamente meu ombro.

— Beleza! — diz Boris.

Encaro Isla um tanto envergonhada. Mal cheguei e já sou o assunto do momento. *Que maravilha!*

— Aqui as notícias não correm — explica Beau. — Elas voam! Agora o cumprimento da moda vai passar a ser “beleza”. — Ele ri, passa uma perna por cima do longo banco de madeira e faz sinal para que eu faça o mesmo. Aperto a mão de cada um deles antes de me sentar.

— Aperto de mão forte. Gostei disso — comenta Petra. — Detesto quando aperto a mão de um peixe morto.

— O que você fez hoje foi incrível! — exclama Boris, enquanto saboreia um prato com algo semelhante a um espaguete escuro, legumes picados e mariscos.

Não sei muito bem o que dizer, e não quero parecer louca ao repetir que ouvi o aviso de Kai.

— Foi só sorte — limito-me a responder.

— Sorte ou não, nunca ninguém conseguiu fazer isso. Devíamos pedir para incluírem esse exercício nos nossos treinos. Não acha, Petra?

— Foi um puro golpe de sorte. Olha para essa *Tampinha*, não acredito que ela conseguiria fazer de novo, mesmo que quisesse — responde Petra, enquanto me avalia.

— Concordo. Nem pretendo tentar — retruco, com um sorriso fraco que não alcança os meus olhos.

— Como é o mundo na Superfície? — pergunta Boris, sorvendo uma ostra e me fitando com curiosidade.

— É... — Não percebo bem aonde ele quer chegar com essa pergunta. — É normal — respondo, finalmente, com um encolher de ombros.

— O que fazem para se divertir? — A cabeça de Boris é raspada, exibindo algumas cicatrizes profundas, e, tal como quase todos os outros, ele é de uma palidez extrema; seus músculos parecem pedras redondas e volumosas.

— Saímos. Temos bares, baladas, mas o que mais fazemos são festas na casa dos amigos. — Depois de dizer isso, fico com a impressão de que eles não devem fazer a mínima ideia do que são bares e baladas. — Baladas são estabelecimentos com música muito alta, onde podemos dançar e beber — acrescento, com cautela, um pouco sem jeito. — Não curto muito esse tipo de coisa, mas o pessoal da minha idade adora — concluo.

Petra coloca o cotovelo em cima da mesa e apoia o queixo na mão.

— Então de que tipo de *coisa* você gosta? — pergunta, semicerrando os olhos, confusa.

Não entendo o porquê da curiosidade sobre como passo minhas horas livres, mas presumo que deva ser mais direcionada às atividades na Superfície do que à minha pessoa.

— Ah… acho que de livros. — Se ainda não sabiam, agora têm certeza de que sou a habitante da Superfície mais chata e desinteressante que poderia ter aparecido por aqui. — Sou caseira. — Encolho os ombros, numa tentativa de me justificar.

— Então, temos que mudar isso! — A voz de Isla é super-hiper-mega entusiasmada, como se tivesse acabado de tomar dez cafés.

— Sim, vamos mostrar como a gente se diverte por aqui — acrescenta Beau, assentindo com rapidez e encarando os amigos.

Os olhares cúmplices e animados escondem segredos. Meu estômago se contrai diante da possibilidade de se tratar de algo perigoso. Gosto de adrenalina, mas, num mundo diferente, as regras também podem ser diferentes.

Devo ter ficado pálida, porque Petra abre um sorriso de orelha a orelha e diz:

— Não se preocupe, não é nada absurdo. É divertido. Você vai gostar.

Seu tom de voz e seu sorriso me transmitem uma simpatia genuína.

— Então, está combinado. Você vai com a gente — sugere Boris.

5
COLISÃO

Olhos azuis transparentes e gritos de desespero e angústia dominam os meus sonhos. Vou para a ducha. Quando olho para as minhas pernas, quase tenho um treco. Quantos pelos! Preciso descobrir um jeito de me depilar. Desativo a água e saio da ducha sem me preocupar em pegar uma toalha. Deixo pegadas molhadas pelo chão e abro os armários para procurar algo que possa usar. Penso em chamar minha avó Raina para me ajudar, mas não tenho tanta intimidade assim, e também não sei se está dormindo, por isso ignoro o pensamento.

Entre vários instrumentos que não conheço há uma pedra azul muito fina, quase como uma lâmina, com um bonito cabo de madeira. Passo-a no dedo indicador direito muito de leve; gotas de sangue caem no chão e levo o dedo à boca para amenizar a dor. Encontrei o que precisava; agora é só rezar para não ficar sem as pernas. Quero muito vestir um short verde que vi ontem no armário.

Já pronta, vou até a cozinha, onde encontro os meus avós recém-ressuscitados preparando o café da manhã. Conversam e riem com ternura. Como meu avô conseguiu ficar tantos anos longe da pessoa que ama? E ela? Foi uma decisão em conjunto, claro, mas imagino a dor que sentiram quando se separaram durante tantos anos. Quanto mais penso nisso, mais angustiada fico.

— Bom dia.

— Ara! — exclama Raina, quase correndo na minha direção. Ela me abraça e pousa um beijo terno na minha bochecha. Ontem, quando voltei para casa, fez o mesmo gesto.

— Como se sente? Descansou melhor hoje? — Meu avô não tira os olhos do que está preparando no balcão, como se evitasse olhar para mim.

— Sim, dentro do possível... — minto. Sei que ele anda preocupado com a minha privação de sono nos últimos meses, por isso resolvo esconder que sonhei a noite inteira que me afogava num imenso índigo de estrelas cintilantes. — Vovô, meus pais e a Benny devem achar que estou morta. Preciso contar que estou viva...

Meus avós se entreolham num longo silêncio.

— Por favor, diga alguma coisa — insisto.

Ele se aproxima, então me abraça e acaricia meu cabelo.

— Querida, eles vão saber que está viva, prometo. Mas agora tente conhecer mais deste mundo esplêndido em que vivemos, e que também é seu.

Eu me afasto dele. Estou revoltada com suas respostas evasivas.

— Não entendo, vovô. Está sendo egoísta. — E, no meu íntimo, sei que ele está escondendo alguma coisa de mim. — *Ok*... Então, se não se importam, vou andando — digo, enquanto pego uma fruta.

— Não vai, não. Sente-se, você precisa comer. — Raina passa um braço sobre meus ombros e me conduz até um dos bancos altos no balcão.

À minha frente há um buffet repleto de frutas, pãezinhos, iogurtes, frios e alguns peixes também. Tudo parece tão apetitoso e o cheirinho é tão delicioso que pego um prato e começo a enchê-lo com um pouco de cada coisa. Meu estômago ronca alto. Não sabia que estava com tanta fome. Ontem não jantei, fui direto para o quarto e fingi que estava dormindo quando Raina me chamou. Não sei o que se passa comigo, mas tenho dificuldade de estar na companhia deles e ter conversas triviais.

— E então, já fez muitos amigos? — Meu avô mantém um tom neutro, mas cheio de expectativa.

— Conheci algumas pessoas ontem. Bem simpáticas. — Evito mencionar o incidente com o arpão. *Aconteceu mesmo ou foi só um sonho?*

— É mesmo? Espere só, você vai se integrar muito bem aqui, há tantas coisas que pode fazer. — A voz de Raina é calorosa e esperançosa. Meu avô pousa a mão sobre a dela, e ela suspira.

— É verdade, há muitas coisas que podem te interessar. Pergunte aos seus novos amigos — incentiva meu avô com uma piscadela. — Pode aprender uma profissão ou um hobby. Há muitas opções, você pode se tornar Mediadora...

— Sim, já sei — interrompo. — Já me explicaram. Mas obrigada — agradeço, ao ver seu olhar triste. Com certeza eu preferiria que ele tivesse me explicado tudo isso.

— O Anadir me contou que você tem talento para esportes, talvez os Protetores sejam o local mais indicado para você — diz Raina.

Não acho má ideia. O fato de ser também uma forma de estar mais perto de Kai me faz cogitar a possibilidade, e não entendo por que quero estar perto dele. Eu deveria apenas ignorá-lo. Por outro lado, isso significaria ficar neste mundo estranho, enquanto meus pais, minha irmã, e até o Colt, sofrem todos os dias pensando que morri.

— *Ok*. Vou pensar — digo, de má vontade. Eu me levanto, recolho a louça suja de cima do balcão e a levo até a pia. Lavo tudo em silêncio, enquanto meus avós conversam. Quero sair para dar uma volta e refletir sobre minhas opções. — Se não se importarem, vou dar uma volta — anuncio.

— Quer companhia? — pergunta meu avô, com um sorriso terno.

Quero ficar sozinha. Sempre gostei da companhia dele, mas estou magoada com as meias-verdades que resultaram nesta situação confusa demais.

— Hum... se não se importar... É que combinei com o grupo de ontem... — digo, encolhendo os ombros, talvez de forma um tanto exagerada.

Não sei como passei de alguém que nunca mentia para mentir com tanto descaramento, mas preciso de espaço para pensar no que está acontecendo comigo. E não sei o que me impele a querer conhecer tudo que me rodeia em tão pouco tempo. É quase tão forte quanto uma necessidade fisiológica.

— Tudo bem, pode ir. Divirta-se. — Ele expira lentamente.

— Até mais. — Aceno com a mão, já saindo.

Gosto da sensação de frescor nas pernas. Ontem, com o macacão, senti muito calor. Faço o mesmo percurso até o centro, pensando em como tudo ao meu redor é lindo e surreal. Pessoas passam por mim e me cumprimentam. Algumas até param para falar comigo e se apresentar. Sinto-me acolhida, são todos tão simpáticos. Bem... Nem *todos*. Aprecio cada flor, cada pássaro que voa mais baixo, as borboletas coloridas que também parecem querer me dar as boas-vindas e, principalmente, a cor do rio. É de um azul tão claro e translúcido que me faz lembrar dos olhos de Kai. Será que foram os olhos dele que me atormentaram durante tanto tempo? No meu íntimo, sei que sim.

— Ara, quer experimentar tiro com arpão? — grita Boris, animado, ao lado de Petra, quando me vê passar do outro lado da rua, em frente ao Colégio Central. Nem reparei que andei tanto. *Acho que não foi um sonho, afinal.*

Olho de relance. O mesmo grupo de meninas de ontem está de plantão na beirada do campo de treinos e observa Kai, entre risinhos e cochichos. Se por acaso me viu, ele me ignora por completo. Está afastado de Boris, corrigindo a postura de um rapaz de aparência mais frágil que luta contra Umi. Fico incomodada com a sua presença, mas Petra faz sinal para me aproximar. Caminho até eles.

— Ei, *Tampinha*! — grita Petra, com um tom divertido. — Estávamos aqui conversando e concluímos que você devia experimentar tiro com arpão. O incidente de ontem nos fez pensar que isso pode ser um talento natural. — O tom de voz dela é prático, como se quisesse testar uma teoria.

— Sim, é melhor do que ficar perambulando por aí como um peixe apático com tripanoplasmose, esperando as aulas terminarem — completa Boris com um sorriso largo. Eles me tratam como se eu fizesse parte do grupo a vida toda.

— *Cenourinha*! Boris! — Cumprimento-os, fazendo questão de arranjar também um apelido para Petra. Ela torce o nariz, mas faz de conta que não se importa. — Está bem, vamos tentar.

Estou empolgadíssima. Ontem, entre uma espiada e outra, consegui observar alguns dos movimentos. Só não tive coragem de tomar a iniciativa e pedir que me deixassem disparar.

— Espera! O que é isso aqui? — Boris pousa o dedo no meu esterno. Olho para baixo para tentar entender o motivo da preocupação e então ele desliza o dedo para cima. — *Bip*! — Ele solta uma gargalhada descontrolada, divertindo-se com a brincadeira de imitar o som de uma buzina no meu nariz.

Sorrio. Petra não entende a graça, mas Boris continua rindo sem parar, com a mão na barriga.

— Sempre quis fazer isso! Li uma vez num livro. Fiz certo? — pergunta, tão animado que eu não tenho coragem de lhe dizer que é uma brincadeira para crianças.

— Sim! Você me pegou.

— Vamos ao que interessa — começa Petra, interrompendo a brincadeira. — Este é o meu arpão, projetado para se adaptar à anatomia da minha mão, mas você vai disparar com ele.

É um arpão pequeno, com menos da metade do comprimento dos arpões que conheço.

Observo o alvo à distância. Um peixe longo e estreito, pendurado pelo rabo, a vinte metros de onde estamos.

— Querem que eu acerte *nele*?

— Sim, o peixe está morto, não vai sofrer, se isso faz você se sentir melhor. Além do mais, vamos comê-lo depois, então não é desperdício — responde Boris com um sorriso radiante. É mais alto do que eu, mas os ombros largos e o tronco musculoso fazem com que pareça mais baixo do que é. Apesar de parecer rude, Boris tem o sorriso fácil e é bastante simpático.

Pego o arpão que Petra me passou e observo a ponta afiada. É uma arma. Não posso me esquecer disso, preciso manejá-la com cuidado.

Fico tensa e sinto meu corpo vibrar de emoção. Respiro fundo algumas vezes até conseguir acalmar meu cérebro. Ao observá-los ontem, reparei que sempre expiram no instante em que disparam. Posiciono os pés para garantir estabilidade, afastando-os um pouco, e elevo o braço, apontando para o peixe. Nesse instante, sou invadida por uma inexplicável autoconfiança. Como que por instinto, sei exatamente o que fazer. Uma estranha calma me envolve. Semicerro os olhos, sem hesitação.

— Vou acertar na cabeça.

Ouço gargalhadas à minha volta. Outras pessoas se juntaram a Boris e Petra para me avaliar, mas isso não interfere na minha concentração. Disparo. O arpão transpassa o centro da cabeça do pobre peixe e crava na madeira ao fundo. No mesmo instante, ouço um burburinho atrás de mim.

A euforia toma conta do meu corpo e sinto que seria capaz de passar o dia fazendo isso. Manejar o arpão, aprender a lutar, fazer o que eles fazem. Sei que Kai não ficaria feliz com minha presença, e só de pensar nisso meu estômago revira, mas, neste momento, não quero nem saber. *Ele que se dane.*

— Muito bem, Ara — comenta Petra, num tom avaliador que revela uma pontinha de inveja.

— Eu sabia. Você leva jeito. Ninguém pega uma flecha em pleno ar a não ser que tenha nascido para isso — confirma Boris, dando uma cotovelada nas minhas costelas com força demais.

— Ela não deveria estar aqui. — Kai se dirige a Boris em voz baixa com um tom de censura. Os outros que me observavam se dispersam rapidamente e voltam apressados para seus postos de treinamento.

Eu nem percebi ele se aproximar. *Tinha que vir estragar o momento.* Kai me lança um olhar rápido e mortal, como se me repreendesse. Os ombros sobem e descem ao ritmo acelerado da respiração.

— Pare com isso — diz Boris, com gestos desajeitados, em minha defesa. — Ela tem um talento natural que não deve ser desperdiçado. Além disso, estamos precisando de alguém que consiga acertar alvos à distância.

— É verdade, chefinho — apressa-se Petra, passando a mão ao longo do rabo de cavalo reluzente, com ar sedutor. — A *Tampinha* leva jeito.

Falam como se eu não estivesse aqui, e me sinto incomodada.

Kai cruza os braços em frente ao peito e encara Petra com um olhar que diz para não desafiá-lo. Ela levanta os braços em sinal de rendição, vira-se para mim enquanto dá meia-volta e encolhe os ombros antes de se mandar dali.

— Eu tentei — murmura, com um revirar de olhos dramático quando passa por mim. Sobe a ladeira pouco íngreme, para perto de uma *kerrysis*, e começa a comer uma fruta despreocupadamente.

Pouso a mão no ombro de Boris, e ele me olha com uma expressão de derrota.

— Boris, não se preocupe. Já estou indo embora. — Não quero causar problemas para eles. Petra e Boris estão no Segundo Estágio, e não serei eu a causa de não conseguirem concluí-lo. Seja lá o que isso represente *aqui embaixo.* E depois viro o rosto para Kai, porque não consigo ir embora sem lhe dizer umas verdades. — Não sei qual é o seu problema comigo, cara! Está com medo que eu roube o seu lugar?

Sou fulminada por olhos abrasadores. Kai mantém um sorriso presunçoso nos lábios, mas não me responde.

— Aquele alvo está *parado*, Boris. — O tom de voz é sarcástico e devastador, pondo em dúvida a minha capacidade. — Ela fica sob sua responsabilidade.

Kai não olha mais para mim. É como se eu não existisse. Sinto-me insignificante e angustiada com tamanha frieza. Tenho vontade de retrucar alguma grosseria e ir embora, mas a curiosidade e a vontade de aprender são mais fortes.

— Ele não deixa de ter razão — constata Boris, encolhendo os ombros largos. — Vamos ver se consegue acertar alvos em movimento — diz, com uma piscadinha.

A empolgação cresce dentro de mim, o que me faz esquecer imediatamente das palavras de Kai. Tudo que quero é me concentrar e aproveitar a oportunidade de aprender as técnicas que eles estão dispostos a me ensinar.

— Você é melhor com a mão direita ou com a esquerda? — pergunta Petra, que retorna saltitante para junto de nós. Acho que ela me vê como seu novo projeto pessoal.

— Sou canhota — respondo.

— Então, vamos lá — começa Boris, pegando meu braço esquerdo. — Isto é uma pistola de arpões. — Enquanto fala, ele prende um objeto cilíndrico e metálico que vai do cotovelo ao pulso. Não é muito grosso e tem algumas reentrâncias pequenas e redondas, como o tambor de um revólver. Sinto o peso. É leve como um controle remoto de televisão. Numa avaliação rápida, reparo no nome "Petra" gravado na parte lateral, de metal brilhante. — Ela é usada em atividades de patrulhamento e vigilância. É uma arma muito veloz e letal, por isso, cuidado. Estou confiando em você — avisa, arqueando a sobrancelha e lançando um olhar rápido na direção de Kai. Não consigo evitar que um sorriso cúmplice surja em meu rosto.

Concordo e sinto uma onda de emoção percorrer minhas veias.

— Este botão é a trava de segurança, e aqui, abaixo do pulso, há outro, para o disparo. Só toque nele quando a arma estiver apontada para o alvo. Você precisa cerrar o punho e abaixá-lo para não se machucar com os arpões — explica Petra. Escuto atentamente todas as instruções, e nos afastamos um pouco mais do grupo.

— Vou começar lançando estas peças no ar. — Boris mostra uns blocos brancos, do tamanho de uma folha A5, que ele encaixa numa máquina. — O princípio é o mesmo. Mantenha a calma, controle a respiração e se concentre no alvo. Não tenha pressa.

— *Ok* — digo, baixinho, quase para mim mesma.

— Pronta?

— Pronta — respondo.

Ouço um baque forte, e o primeiro objeto é arremessado no ar a toda velocidade. Fico desorientada. Pareço uma barata tonta, com o braço esticado para cima, olhando para todas as direções. Segundos depois, ouço o alvo bater com força no chão. Petra solta uma gargalhada sincera, que me deixa envergonhada. Mostro a língua para ela, que responde com uma expressão provocante e teatral.

— Humm... Tão grande e vermelhinha. Os homens lá da sua terra devem gostar — diz, com um sorriso atrevido. Arregalo os olhos com uma expressão de choque.

— Petra — grita Boris. — Se não está aqui para ajudar, vai encontrar alguma coisa útil pra fazer, garota! — repreende ele. Não aguento e acabo soltando uma gargalhada. Os dois parecem um casal de idosos discutindo sobre a educação da filha mais nova.

— Só você pode brincar, é? — Petra revira os olhos. — Tudo bem. Ele está lançando o alvo para a frente, e não para trás, então, tente acompanhar o movimento e visualizá-lo no ar.

Respiro fundo para me acalmar e apenas aceno com a cabeça. Estou compenetrada. Faço pontaria e acompanho o som do segundo objeto sendo lançado no ar, observo-o girar diante de mim, muitos metros acima da minha cabeça. Sigo sua trajetória até ter certeza de que acertarei em cheio quando disparar.

Levo o dedo ao gatilho e aperto quando o alvo inicia a trajetória em direção ao solo. Ouço um ruído seco e, quando abro novamente os olhos, vejo o bloco no chão com o arpão espetado no centro. Petra comemora minha vitória, o que lhe rende outra reprimenda.

Boris faz lançamentos sucessivos e eu consigo acertar quase todos os alvos. Erro mais um, quando ouço um grito grave, que me desconcentra. Com os braços no ar, Kai faz gestos insistentes para que se aproximem.

Todos ficam em estado de alerta. Apressada, Petra retira a pistola de arpões do meu braço e corre para junto do grupo.

— Temos que ir. Vai para casa! — grita Petra, por cima do ombro.

— Beleza, Ara! — grita também Boris, sem olhar para mim.

Vejo-os se juntarem aos demais, agora reunido num grande círculo entre o campo de treinos e a estrada. São cerca de quarenta pessoas e Kai está no centro.

Em menos de cinco segundos, começam a correr e entram, em grupos pequenos, nos barcos atracados no píer. Fico parada, observando-os descer o rio. As silhuetas se tornam cada vez menores até desaparecerem por completo.

— Ara? — Ouço uma voz masculina atrás de mim e dou um salto, levando as mãos ao peito. Quando me viro vejo Beau e Sofia. Vestem roupas parecidas: bermudas azuis até o joelho e camisas brancas sem mangas. A única diferença é que a camisa de Beau tem botões e a de Sofia tem uma gola alta rendada.

— O que está fazendo aqui sozinha? — pergunta Sofia, admirada. Ela tem uma mancha em forma de flor, em um tom de vermelho suave, do lado direito da testa, que desce quase até o olho. Ontem, não havia reparado nesse detalhe.

— Ah, nada... Estava me divertindo um pouco com a Petra e o Boris — explico. — E vocês? — Faço a pergunta e logo me arrependo, pois a única intrusa aqui sou eu.

Eles caminham devagar em direção ao Colégio Central, e eu os acompanho.

— Estamos trabalhando. O Beau é meu vassalo — brinca Sofia.

— Ei! — reclama Beau. — Até parece. Entendo mais disso do que você. Já esqueceu quem resolveu o conflito com os Grinson? E quem teve a ideia da emenda ao Código de Princípios Morais? — Sorri, alegre e orgulhoso, ao relembrar seus grandes feitos.

Entre os transeuntes, avisto Mira e levanto o braço para cumprimentá-la. Mas ela não vê, porque vira o rosto muito depressa, acelera o passo e desaparece no meio das casas. Parece chateada, ou talvez preocupada com algo.

— Está bem, está bem. Você nasceu para isso, admito. Mas sou sua mentora, portanto, mais respeito. — A voz sai assertiva, mas amigável.

— E agora que já acabou a diversão — Beau aponta para o campo vazio atrás de nós —, o que vai fazer? — Sua expressão é indecifrável.

— Acho que vou para casa.

— Se quiser pode vir comigo. — Seu sorriso é esperançoso e sedutor.

— Está bem, eu vou — digo, sem pensar. — Espera... para onde?

Ele abre ainda mais o sorriso.

— Tenho que ir até lá. — Aponta na direção da floresta verde-esmeralda, ao norte. — Vamos, assim você conhece os cultivos, é uma área muito bonita. Talvez uma das mais bonitas. Você vai gostar — declara.

— Você vai também, Sofia?

— Não, tenho muito que fazer por aqui. Mas vá, sim, Ara; preciso de alguém para mantê-lo na linha. Você pode ser meus olhos e ouvidos — diz ela, em um tom descontraído.

— *Tudo bem*, eu vou. O que vai fazer lá?

— Vou contar a boa notícia para alguns Tecelões que pediram autorização para iniciar experiências de tecelagem com muco de mixinas.

— Muco de quê?! — exclamo, com um arrepio.

— As mixinas têm a forma de uma enguia e vivem nas profundezas. Quando se sentem ameaçadas, e para se defender de predadores, elas secretam grandes quantidades de um filamento viscoelástico que forma um gel muito pegajoso, que asfixia o agressor.

— Isso parece tão nojento!

Eles soltam uma gargalhada alta, e as pessoas que passam por nós nos olham com um sorriso.

— Eles querem estudar as propriedades dessa substância e recriar em laboratório as proteínas do muco para usarem na fabricação de tecidos para os uniformes dos Protetores — conclui Beau.

— Que interessante! Um pouco nojento, mas ainda assim interessante.

Ele sorri.

— Beau, cuidado com o que você fala, para não criar expectativas altas demais sobre esse projeto.

Sofia se despede de nós em frente ao edifício do Colégio Central. Na magistral praça onde fica o prédio, um grande grupo de pessoas debate com um indivíduo que está no topo da escadaria. Todos ouvem pacientemente e falam sem se interromper.

— O que eles estão fazendo ali?

— Estão em Assembleia — explica Beau, e acrescenta: — Quando há algum assunto da Comunidade para resolver, nos reunimos aqui, na Praça. É mais espaçoso. Hoje, são apenas alguns Permutadores que tentam mudar a localização dos seus bazares, devido à erosão da rocha, mas, às vezes, quando os assuntos são realmente sérios, a praça toda fica lotada.

Após alguns minutos de caminhada, o ar está ligeiramente mais fresco.

— Então, você é Mediador, certo? A Fraternidade mais legal! — brinco.

Ele ri.

— Ainda não, mas serei. Estou no Segundo Estágio, falta pouco.

— E a Sofia?

— A Sofia é Mediadora desde o ano passado. Ela é um ano mais velha que eu, tem dezenove anos. Os pais gerenciam um restaurante no centro, mas ela nunca gostou dessa área. Ela tem outros objetivos, ambiciona o poder. — Ele ri e sinto que estou perdendo alguma piada interna.

— E você, sempre quis fazer isso ou foi incentivado pelos seus pais?

Apesar de ter me candidatado a duas universidades, não sei bem o que quero fazer. Admiro pessoas que, desde jovens, sabem o que querem da vida. Gosto de fazer tanta coisa que não consigo me definir como apenas médica, bailarina ou editora. Gosto de todas essas coisas e são elas que me definem.

— Sim, o meu pai é um Mediador. E a minha mãe... — Ele se cala e fica tenso, olhando para os pés perfeitamente alinhados, e então suspira. — Minha mãe também era — diz, por fim. Ao ver o seu rosto corar e as lágrimas aflorarem, percebo que algo grave aconteceu.

— Ah, Beau, me desculpe. Não era minha intenção...

Maldita curiosidade!

— Tudo bem. — Ele me interrompe. — Ela morreu quando eu tinha sete anos.

— Lamento muito. — Pouso a mão nas costas dele para reconfortá-lo, e ele me olha agradecido.

Caminhamos por uns quarenta minutos ao longo do rio quando vemos um rosto familiar: Gensay. Ele é filho de Cultivadores e frequenta o Primeiro Estágio, seguindo os passos da família. Está num imenso campo de milho, com as maiores espigas que já vi. Normalmente, quando vou ao supermercado, compro as espigas já cozidas, para grelhar. A expressão dele é carrancuda. Beau acena e eu o imito. Ele retribui com uma careta e seguimos nosso caminho.

— Nossa, que simpático — brinco, ao notar o mau humor de Gensay.

— Ah, não liga para ele. O humor dele é sempre igual ao de uma mulher *naqueles* dias — explica, num tom descontraído.

— Ei! Os homens também têm *aqueles* dias.

Ele cai na gargalhada. Beau é engraçado, amável, e parece gostar de mim de forma genuína. A garota que o conquistar terá muita sorte. Já eu, sou outra história. Por diversas vezes me questionei se há algo de errado comigo. Todas as minhas colegas têm ou tiveram um ou vários namorados, e até minha irmã, que é um doce de menina, está de namorico com um colega de turma. Talvez as minhas expectativas sejam altas demais.

Não! Eu me recuso, não vou treiná-la.

No momento em que ouço essas palavras, paro abruptamente e me viro, atordoada, para ver onde está Kai. Olho ao redor e não vejo ninguém além de nós num raio de dez metros, mas tenho certeza de que ouvi a voz dele.

— O que você disse, Beau? — pergunto, achando que estou perdendo a cabeça.

— Eu falei que foi ali que você "caiu" — repete, apontando para uma pequena cachoeira que deságua num pequeno lago.

— Que estranho... — Faço uma pausa de alguns segundos, ponderando se devo continuar a pensar em voz alta. — Pensei ter ouvido a voz do Kai — digo, por fim.

— Ah, o Shore tem esse efeito nas pessoas, de tão irritante que é. — Sorri. — Mas não, acho que ele não está por aqui — comenta, parecendo pouco interessado nas minhas paranoias.

Não está por aqui? Então, como o ouvi? *Estou realmente perdendo o juízo, preciso ir embora deste lugar.*

— Podemos ir até lá? — Aponto para o lago.

Ele acena com a cabeça e segue o caminho à esquerda.

— Ouvi dizer que ele tem infernizado a sua vida — diz Beau. A voz é carregada de preocupação por mim, e de censura a Kai.

Não quero causar problemas a ninguém.

— Nem tanto. Até me deixou começar a treinar com a Petra e o Boris.

— Ainda bem. Ele consegue ser um completo babaca, às vezes. Mas não se intimide. Se precisar de alguma coisa, pode contar comigo. — Passa a mão pelo nariz e o coça algumas vezes. Seu olhar parece envergonhado, quando ele estica o braço e me cutuca de leve com o cotovelo.

— Então, esse é o portal?

Fico impressionada ao ver a lagoa redonda, ladeada por seixos cor de carvão. Lembro-me do som e dos vislumbres dessas pedras pretas no dia em que Kai me resgatou. É o culminar de uma parede de pedra igualmente escura e lisa por onde a água escorre, sedosa e brilhante. A água é tão límpida e transparente que os lírios-d'água parecem pairar acima dela. À nossa volta, uma clareira de relva verde e fresca é adornada por pequenas flores coloridas. Entre elas, a mesma flor marrom salpicada de amarelo.

— Sim. Um deles.

— Então, se eu mergulhar aqui, volto para a Superfície?

— Receio que não funcione assim. — A risada dele é baixa e comedida, mas sincera. — Você só estaria mergulhando em um lago.

— É tão lindo — constato, boquiaberta. — Quantos portais existem?

— Acho que para entrar há vários pontos de acesso, mas para sair há apenas um. — Ele enfia as mãos nos bolsos, suspira e se apressa em dizer: — Não sei onde é, só o Consílio e alguns Anciãos têm esse conhecimento.

Então me ocorre que talvez não queiram divulgar essa informação com receio de que alguém se sinta tentado a fugir.

— Vocês costumam sair para o nosso mundo? — Sinto minhas bochechas corarem, ao perceber o quanto a pergunta soa tola. "Nosso mundo"; que bobagem. — Quero dizer, o mundo lá fora, sabe? O lugar de onde eu vim — corrijo, toda atrapalhada. Que vergonha, é melhor me calar. Abaixo o rosto e os meus olhos encontram um seixo achatado, pequeno e de formato irregular. Apanho-o do chão. Adoro a sensação de formigamento que causa na minha mão. Sem pensar, coloco-o no bolso.

— São raros os que conseguem sair. E, quando saem, é por pouco tempo, em caso de extrema necessidade. Sabemos muito sobre o mundo da Superfície e, para ser sincero, não o invejamos em nada.

— Então, se alguns Anciãos sabem como sair, talvez minha avó seja uma delas?

— Por quê? Quer ir embora? — pergunta, alarmado, sem me responder.

— Tenho de tentar... Pelos meus pais — digo, num tom de voz baixo e melancólico, quase triste. — Você me entende, não é? Quero que saibam que estou viva. Será que estou mesmo? — murmuro a última parte.

Ele me olha, consternado, e pousa a mão em meu ombro.

— Está, sim, pode acreditar. Tudo será como tiver de ser. Se está aqui, é porque há um motivo muito forte. Caso contrário, a água não teria trazido você.

— Já me disseram isso, mas deve haver uma maneira — insisto. Passei a acreditar no destino, pois, de outra forma, como poderia explicar tudo isso? Mas acredito, também, que nós somos os senhores do nosso próprio destino. Não podemos simplesmente ficar de braços cruzados à espera de que as coisas aconteçam.

— Posso ajudá-la a investigar, se quiser. E em troca, terei o prazer da sua companhia. Mas ficarei triste se você for embora — diz, fazendo beicinho. — Foi uma sorte o Kai estar aqui naquele momento, senão você teria se afogado.

Lá vamos nós outra vez. Uma salva de palmas para o fantástico Kai, meu herói.

— Sim, já me falaram isso — resmungo, resignada. — O que ele estava fazendo aqui, afinal?

— Não sei, ele é um cara muito estranho. Olha, a tecelagem é ali.

A atmosfera do local é harmoniosa, fresca e calma. Alguns animais de grande porte pastam descontraidamente. São parecidos com zebras, mas com listras brancas e amarelas, e têm um chifre na cabeça, como o de um unicórnio. Separadas por uma cerca há aves de grande porte, mas com umas asas minúsculas em comparação com seu tamanho descomunal. Porém os que mais me chamam a atenção são uns animais azuis, pequeninos, de pelo longo e reluzente, com orelhas igualmente compridas e caídas e uma crista de pelo no topo da cabeça. Saltam entre as videiras baixas, felizes em meio a brincadeiras. Um deles para de saltitar sobre as pedras e se aproxima de nós. Posso jurar que está sorrindo para mim. É um pouco maior que a palma da minha mão, e os seus olhos pretos são simpáticos e curiosos. Tem uma pequena mancha branca na orelha esquerda. Ele se aproxima e roça o pelo macio nas minhas pernas. Abaixo para cumprimentá-lo com um afago, e ele se vira de barriga para cima.

— Que fofo! — digo.

— Sai daqui. Xô — diz Beau, agitando a mão.

— Não me incomoda. — Mas o bicho sai saltitante, assustado com a mão que o afugentou.

— Que praga! São chatos.

— São lindos.

Estou encantada com a atmosfera desse lugar. As casas parecem brotar diretamente da terra, como se fossem embutidas na relva e na pedra. Os telhados são planos, cobertos por jardins. Uma espiral de fumaça se eleva de algumas chaminés, o que torna tudo mais acolhedor. Eu me pego pensando em Colt e em como ele, com certeza, faria uma referência ao *Condado* se estivesse aqui. As colinas abrigam fileiras de casas. Pequenos riachos e delicadas cascatas despontam por todo lado. Bem no alto, no teto, que deve ficar a mais de quinhentos metros de altura e cobre toda a área dos cultivos e das casas até a floresta, pendem enormes blocos de cristais em tons de azul-celeste e amarelo, semelhantes a espadas largas e irregulares, que irradiam uma luz intensa, recriando um belo dia de sol.

— Uau. O que são? — Aponto para o céu.

— São *fhesty-kut*. Algo semelhante ao que vocês da Superfície conhecem como jeremejevita. É um mineral, ou uma pedra preciosa, como costumam chamar. Potencializada com a ajuda das nossas lâmpadas, é o que temos de mais parecido com a luz natural. Ali é uma das Salas de Energia, um dos principais pontos de distribuição de energia de Aquorea. — Aponta para longe e para o alto. — Venha, vamos entrar — diz.

Ele me puxa pelo braço e entramos numa casa grande, redonda como um moinho.

No fim da reunião com os Tecelões, ficamos para almoçar na casa de Edgar, o chefe da Fraternidade dos Cultivadores. São tão simpáticos, praticamente nos agarraram pela mão e nos obrigaram a sentar, e não tivemos alternativa senão ficar. Servem uma carne suculenta e macia, que eles me garantiram que eu nunca tinha provado.

A tarde passa depressa, todos gostam muito de Beau e ele gosta de verdade do que faz. É um excelente ouvinte, isso faz com que as pessoas se sintam à vontade para contar tudo e mais alguma coisa. Descobrimos, entre outras inconfidências, que a filha mais nova do choroso casal — Joane — engravidou "mais cedo" do que o esperado e agora eles terão um par de mãos a menos para ajudar. Edgar, por ser chefe da sua Fraternidade, sente-se na obrigação de dar o exemplo e acha que a família caiu em desgraça. Beau os felicita e reconforta, dizendo que daqui a uns anos terão um par de mãos a mais para ajudá-los; é tudo uma questão de perspectiva. Eles ficam radiantes com a ideia. Só voltamos quando todos já haviam terminado o trabalho. Beau estava com olhos brilhantes e um sorriso estampado no rosto ao longo de todo o caminho de volta. Não consigo evitar achar graça do seu jeito e apreciar a companhia tão agradável.

— Obrigada pelo dia de hoje, Beau — digo, quando chegamos ao edifício do Colégio Central, onde vamos nos separar. Ele ainda tem de fazer os relatórios e apresentá-los a Sofia. — Foi muito agradável.

— Eu que agradeço pela companhia. Pelo menos, hoje não foi tão entediante como nos outros dias.

— Depois do que vi, duvido que tenha algum dia chato — brinco.

— Não, na verdade, não tenho — brinca. — Talvez possamos repetir. — A voz sai mais baixa, e ele fica vermelho quando desvia os olhos dos meus e encara os pés.

— Sim, claro. Adoraria. Gostei muito do seu trabalho, é bem interessante. Você é uma mistura de advogado e psicólogo — brinco de novo.

— Não! — exclama. E acho que a voz dele sai mais alta do que o pretendido. — O que quero dizer é... Gostaria de sair comigo?

Por essa eu não esperava. Não sei o que responder. Gosto dele, acho-o simpático e atraente, mas não para um encontro. Ao ver a dúvida estampada no meu rosto, ele acrescenta:

— Como amigos, óbvio.

— Ah, sim. Óbvio. Depois combinamos. A gente se fala — digo, como se tivéssemos os números dos celulares um do outro e pudéssemos nos comunicar, a qualquer momento para marcar um encontro. — Bem, vou andando, estou cansada — acrescento, e não é mentira.

Aceno, já a caminho de casa. Ele acena de volta e me observa partir.

A luz está mais suave e há menos movimento do que havia pela manhã. Quase não se vê ninguém na rua, mas os restaurantes estão lotados e as casas iluminadas indicam que as pessoas já retornaram ao lar para o merecido descanso. Acho que, basicamente, a rotina é igual à das pessoas na Superfície: acordar, trabalhar, comer, dormir.

A estrada de resina dá lugar ao caminho estreito coberto por grandes pedras brancas, mais próximo do rio. Apesar de ser um pouco mais escuro do que no centro, eu me sinto completamente segura. Talvez por sempre ter morado em Atlanta. O rio está da mesma cor: claro e azul, o que dá alguma iluminação extra à estrada.

Um arrepio percorre meu corpo e instintivamente coloco as mãos nos bolsos. Sinto a pedra que trouxe do lago, num cantinho, e a tiro do bolso para apreciá-la mais uma vez, agora que estou sozinha. É perfeita e, sob a luz suave, tem um brilho azulado. Paro a fim de observá-la de todos os ângulos e estico o braço para o lado do rio, onde há um estreito feixe de luz que se derrama do alto. Ouço alguém praguejar no mesmo instante em que sou atingida por algo pesado e caio no chão. A queda é desastrosa e sinto meu corpo emaranhado ao de outra pessoa. Esbarro em uma perna, um braço, um tórax…

— Você está bem? — pergunta uma voz preocupada.

Abro os olhos. Estou deitada em cima do peito de Kai, nossos corpos estendidos e perfeitamente encaixados. Minha mão está agarrada à sua camiseta preta e sinto os batimentos acelerados no peito musculoso. Ele está debaixo de mim e me segura pela cintura com as duas mãos, como se tivesse amparado minha queda. O corpo dele ferve e o meu se incendeia com seu toque. Sinto as mãos trêmulas, e meu olhar permanece fixo em seu rosto.

— Você se machucou? — repete, num sussurro.

A mão dele encontra a minha e a envolve enquanto ele senta, sem esforço aparente, comigo no colo, e me desliza sobre as pernas. Nossos rostos estão próximos. Reparo na cicatriz acima do olho esquerdo que atravessa sua sobrancelha, de alto a baixo. Ele estende a outra mão, a que tem a armadura de pele, na minha direção e, por um momento, tomo um susto, mas ele apenas afasta uma mecha de cabelo que cai sobre meus olhos e a prende atrás da minha orelha.

— Não. O que aconteceu? — pergunto, confusa.

— Sei lá. Eu vinha correndo, então você parou de repente e a gente trombou. — Ele me encara com um ar agressivo por um momento. — Não olha por onde anda? — grita, e me olha fixamente. Os olhos meigos de apenas alguns segundos atrás dão lugar a um olhar fulminante, quase mortal.

— O quê? — rebato, ainda mais alto. — Você estava atrás de mim, deveria ter desviado.

— Atrás de você? — Seu sorriso é cruel. — Vai sonhando — provoca, com sarcasmo.

Esse cara é um babaca! Vai sonhando? Quem ele pensa que é? Só porque tem os ombros mais perfeitos, uma cor de cabelo que destaca os olhos, o maxilar forte e um perfume que é um misto de madeira e mar? *Para com isso, porra!*

— Você deve se achar o máximo, né!? — exclamo e aperto a ponte do nariz com os dedos para conter minha irritação e, talvez, algumas lágrimas. Nunca alguém me deixou tão fora de mim como ele. Que criatura insuportável!

— Não acho, eu sei. Pensa que eu não percebo você me olhando como se quisesse me devorar? — Um sorriso radiante toma conta de seu rosto.

— Você é um imbecil — disparo, e arregalo os olhos quando reparo que nossas mãos ainda estão juntas e ele desenha, com o polegar, um círculo imperfeito nas costas da minha mão. Ele segue o meu olhar e a solta. Como não reparamos nisso antes? Acho que estávamos envolvidos demais na discussão.

Sua reação é de choque. Como se nunca tivesse sido insultado. Ou talvez não saiba o que significa "imbecil", mas, pelo tom da minha voz, acho que não é difícil adivinhar. Eu me levanto, toda apressada e atrapalhada, e acabo pisando em suas pernas e nos pés descalços, mas não me importo. Espero que a sola do meu tênis deixe marcas na pele dele. Solto a mão com que me segurava à roupa dele. Vejo que não perdi a pedra na confusão da queda e suspiro de alívio.

— O que você tem aí? — rosna ele.

— Não é da sua conta. — Ajeito a roupa. Aliso o short e a camiseta, e endireito a postura para parecer mais alta. Ele é enorme e um pouco intimidante.

— Mostra logo! — Ele me segura pelo braço e avança na minha direção, tentando abrir minha mão à força.

— Para! — Eu o empurro, mas a proximidade dos nossos corpos me faz estremecer e eu o encaro, prendendo a respiração. Ele abaixa o rosto e retribui o olhar, mas não consigo decifrá-lo. Suas pupilas se dilatam. Meu peito dói, como se meu coração estivesse prestes a explodir.

— Não quer mostrar, não mostre — retruca. Ambos despertamos daquele torpor quando ele dá um passo firme para trás. Não sei bem por que, fico triste por já não estarmos mais tão perto. — Pensei ter visto… — Então se cala. Não termina a frase, como se se arrependesse do que ia dizer.

— Pensou ter visto o quê? — pergunto, curiosa.

— Nada, nada. — Balança a cabeça e desvia o olhar, então passa a mão pelos dreads presos e suspira. Sinto seu hálito e, sem perceber, fecho os olhos para absorvê-lo. *Mas o que há de errado comigo?*

— Fala. O quê? — exijo saber. E abro a mão para lhe mostrar a pedra. Está mais brilhante e azulada que antes, como uma safira. Parece mais uma pedra preciosa do que um seixo comum.

— Onde a pegou? — Há uma expressão indecifrável e estranha em seus olhos.

— Na lagoa, ao norte. Aquela onde você me encontrou — admito, hesitante.

— Foi até lá?

— Sim, com o Beau — respondo, sem dar grande importância ao assunto. — E a pedra, o que tem ela? — Abano ligeiramente a palma da mão aberta em frente aos seus olhos, para ele se concentrar.

— A pedra? É só uma pedra. — Ri. — Como você não queria me mostrar, resolvi testar o quanto é teimosa. Já percebi que não é diferente das outras — ataca.

Ai, que babaca!

— E você é um doce de pessoa — disparo, com sarcasmo, e guardo a pedra no bolso.

— Não queria dizer "babaca"? — Semicerra os olhos.

O quê? Será possível?

— Não... você é mesmo um docinho.

— É o que as garotas costumam dizer. Então, o Beau te levou...

Convencido de mer...

— Sim. Ele me levou para conhecer aquela área. — Não sei por que ainda me dou ao trabalho de continuar essa conversa.

— O Beau... — Ele ri, mas acaba engasgando e começa a tossir.

— O que foi?

— Nada. Só acho que devia escolher melhor suas amizades.

— Escolher melhor minhas amizades?! Como você, por exemplo?

— Não. Não acho que isso seja possível.

Algo se parte dentro de mim. Não sei por que ele fala comigo dessa maneira.

— Acho que pelo menos nisso estamos de acordo — concordo, e ele semicerra os olhos. — E, se quer saber, ele é muito mais simpático do que você. Querido, até.

— Querido? — Agora ele cai na gargalhada.

— Sim, querido.

— Então é um potencial namorado?

O quê?

— Nunca se sabe — retruco, com satisfação.

— Ele não serve para você.

— Quem é você para saber quem serve ou não para mim?

— É um mulherengo.

— E você não? Com seu "pelotão" de fãs fiéis sempre atrás de você?

A expressão dele é confusa, como se não soubesse do que estou falando.

— Afaste-se dele, Rosialt. Você não o conhece. — A voz sai grave e pungente, mas não me intimida.

— Perdeu a cabeça? Se quer saber, passamos uma tarde maravilhosa. Repetiremos em breve!

— Óbvio, eu acredito. Um verdadeiro tédio. Deve ter gostado porque lembra aquela vidinha chata que você levava lá na Superfície.

Fico boquiaberta. A maldade dele não tem limites?

— Você não sabe nada a meu respeito — grito, mais alto do que esperava, enquanto minha raiva atinge níveis recordes. Dou-lhe as costas e começo a andar.

— Rosialt… — chama, em um tom de voz que soa como… preocupação?

— Fale comigo quando resolver ser mais educado — provoco, sem parar de andar.

— Espere sentada, princesa — rebate, com sarcasmo. Não me dou ao trabalho de responder. Continuaríamos a discutir, e não estou com disposição. Estou cansada. Ele não gosta de mim e já deixou isso bem claro. — Além do mais — acrescenta —, foi você quem me chamou de imbecil. — Ouço uma risadinha, como se achasse graça, e um sorriso se insinua em meus lábios.

Ainda bem que estou de costas e ele não me vê. E ainda bem que ele sabe o significado da palavra imbecil. Quando dou por mim, logo após fazer uma pequena curva, estou correndo como nunca, para fugir dali.

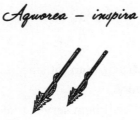

Passo a mão pelo visor e entro em casa. Raina anda de um lado para o outro, de cabelo preso e o rosto franzido.

— Ara, onde estava, querida? Ficamos tão preocupados — diz ela.

Olho para o meu avô, sentado tranquilamente no sofá "fumando" seu cachimbo apagado, enquanto lê um livro. Poderia jurar que ele nem percebeu minha presença.

— Desculpem. Estava com o Beau. Ele foi me mostrar os campos de cultivo e acabamos almoçando e passando a tarde toda lá. — Omito a última parte do meu dia.

— Com o Beau? Que bom, ele é um ótimo rapaz. Tem um coração de ouro e é muito inteligente. — O sorriso de Raina não podia ser mais contagiante e ela parece uma vendedora de um canal de vendas tentando me convencer a comprar uma frigideira.

— Sim, ele é simpático — concordo.

— Eu disse que ela estava bem.

Meu avô não desgruda os olhos do livro. Deve ser bom, para deixá-lo assim tão fascinado. Vou ver se ele me empresta.

— Desculpe, Raina, não queria preocupá-la. O Beau disse que alguém já deveria ter avisado vocês de que estávamos lá. Se aqui existisse celular, eu mesma teria avisado — brinco.

— Não tem problema. — Ela leva as mãos ao rosto preocupado e suspira. — Você já é uma mulher. É só que, como ainda não conhece bem a cidade, tenho medo que se perca. E, realmente, saberíamos, se tivéssemos ido ao centro, mas seu avô se enfiou no sofá e até agora não saiu dali.

— Nossa menina sabe se virar, já te disse. — Então, tira os olhos do livro e pisca para mim.

— Vamos, sente-se, fiz o jantar. Nós já comemos, mas guardei para você — diz Raina.

Estou fisicamente exausta e emocionalmente desgastada. E, ainda por cima, Kai consegue ser tão... tão... *Não! Insuportável, é o que ele é.*

— Raina, desculpe... Mas acabei comendo alguma coisa antes de vir para casa e estou sem fome. E estou tão cansada que só quero mesmo ir dormir. — A última parte é verdade. Quero ir para o quarto, ficar sozinha. — Tem problema?

— Não tem. Pode ir, descanse. Nós também já vamos subir.

— Boa noite.

Fecho a porta, recosto nela e suspiro de alívio. O quarto está quase às escuras, mal-iluminado, mas a janela de água adquiriu um tom esmeralda que lhe confere brilho e alegria. Adoro as cores e não mexo em nada. Tiro os tênis e os arremesso para o lado.

Deixo a roupa cair no chão e sinto o suor escorrer por todo meu corpo. Nas costas, na barriga, na testa e no rosto. Não, no rosto são lágrimas. Pesadas e grossas, que caem descontroladamente. Por que ele tem prazer em me humilhar? Parece que gosta de me ver sofrer. *Que mal eu lhe fiz? Mas, mais importante ainda, por que isso me incomoda tanto?*

Faço algo que anseio há várias horas: tomar banho. As lágrimas se misturam à água. Essa água é tão revitalizante! Causa um efeito de Cinderela no meu corpo, mas estou tão exausta que me obrigo a ser rápida. Só quero cair na cama. Penso nos meus pais: *como estarão neste momento?*

Enrolo uma toalha ao redor do peito, com o cabelo ainda molhado pingando em minhas costas, e volto ao quarto. Meus olhos ardem, e imagino que estejam vermelhos e irritados, mas nem me dou ao trabalho de me olhar no espelho. Jogo a toalha em cima da cama e abro as portas do armário. Pego uma camiseta macia e uma calcinha.

— Ai — ouço alguém praguejar. — Rosialt! — Alguém chama baixinho.

— Vovô? — pergunto. *Não, porra! Meu avô não me chama assim.* A luz se acende e dou de cara com Kai, com uma expressão atônita, olhando para meu corpo nu. Grito, e ele se vira de costas, num sobressalto. — Você só pode estar de brincadeira! — digo, tentando conter os gritos, e corro para a cama para pegar a toalha. Enrolo-a rapidamente ao redor do peito.

— Você está bem? — pergunta em um tom suave.

— Se estou bem? Mas que merda de pergunta é essa? Não, Kai, não estou bem. O que está fazendo aqui? — sussurro alto, tentando não deixar meus avós ouvirem. O quarto deles é no andar de cima, mas mesmo assim...

Ele se vira e a expressão carrancuda se transforma num leve sorriso. Como ele não diz nada, cruzo os braços e faço uma cara de "estou-esperando-uma-resposta".

— É... que você sumiu — explica, num tom crítico. Franzo o cenho. — Estávamos conversando e você desapareceu tão depressa que fiquei preocupado. Pensei que tivesse se perdido. Ainda chamei por você. Como não te encontrei no caminho, resolvi vir aqui.

Preocupado? Não entendo essas oscilações de humor.

— Nós não estávamos conversando, Kai. Estávamos discutindo. — Será possível que ele não percebe isso? — E eu não desapareci. Eu corri.

— Correu? O caminho todo?

— Sim, o caminho todo. Por quê?

Ele encolhe os ombros. Está todo suado, da mesma forma que eu estava quando cheguei.

— Nada. Você é rápida. — Ele olha ao redor, observando o quarto, e fixa os olhos no chão. — Devia ser mais organizada. Quase caí outra vez porque tropecei *naquilo*. — Aponta meus tênis com o pé.

— Você só pode estar de brincadeira com a minha cara! Ainda não se cansou de me insultar? — Minha voz sai baixa, mas séria, sem emoção. Avanço na sua direção segurando a parte da frente da toalha e me abaixo para apanhar os tênis. Ele me olha de relance, mas com intensidade, e eu me sinto completamente exposta. Caminho de volta até o armário e fico parada, segurando a toalha com uma mão e os tênis com a outra, esperando que ele saia.

— Você chorou? — Ele passa a mão pelo cabelo. A voz dele é agitada.

— Não.

— Chorou, sim — afirma, dando uns passos na minha direção; recuo instintivamente. — Isso não pode acontecer. — Seu olhar é de quem se importa. De quem se importa *de verdade*.

Fico furiosa e um calor sobe até meu rosto. Agora, sou eu que dou um passo na sua direção, e ficamos a poucos centímetros um do outro.

— E daí se eu chorei... o que te interessa? — Minha voz está colérica, mas hesitante. — Não me diga que de repente se importaria se acontecesse alguma coisa comigo?! — Rio diante da pergunta retórica, e ele solta um suspiro profundo. — Aliás, como entrou aqui? Por acaso você é ladrão nas horas vagas?

— Você deixou a cortina de água aberta — explica, e tenho a sensação de que dobra um pouco os joelhos para o nosso olhar ficar mais próximo. Mas sou eu que estou na ponta dos pés, quase como uma bailarina. Relaxo lentamente, torcendo para que ele não tenha reparado.

Ops! Entrei tão esbaforida em casa que esqueci de ativar outra vez a cortina. Eu me afasto dele.

— De nada — retruca.

Se ele quer um agradecimento, pode esperar sentado.

— Agora que já viu que está tudo bem e já me insultou mais um pouquinho, pode ir embora.

— Sim, já vi *tudo*!

Um calor irrompe pelo meu peito quando os tênis que estão na minha mão saem voando a toda velocidade em direção à cara dele.

Ele consegue pegar um, já o outro acerta em cheio seu nariz.

— Ai! Não precisa ser violenta. A gente já sabe que você consegue acertar alvos *parados* — reclama, massageando o nariz, mas um sorriso brincalhão surge em seus lábios.

Cretino!

— Sai daqui!

— Até mais, Rosialt. — Ele acena ligeiramente a cabeça antes de virar as costas e sair.

Quase consigo ouvir meu coração se despedaçar. Por que me sinto tão mal? Não deveria. Ele pareceu mesmo preocupado e veio ver se eu estava bem. No outro dia, no incidente com o arpão, também teve uma reação semelhante, até se transformar num brutamontes outra vez. Sento na cama e as lágrimas escorrem novamente sem que eu as sinta cair. Acho que nunca derramei tantas lágrimas em tão pouco tempo. Nem mesmo quando soube que, supostamente, meu avô estava morto.

6

EMBAIXO

Os últimos dias foram tranquilos. Tenho saudades dos meus pais e a cada momento que passa fico mais preocupada com eles. Voltei a falar com o meu avô sobre o assunto, mas ele sempre arranja uma forma de evitar ou banalizar a situação, tentando me tranquilizar. Passei a maior parte do tempo em casa, pensando. Exceto ontem, quando fomos jantar na casa de uns vizinhos. Meus avós ficaram radiantes com minha companhia, então resolvi me esforçar um pouco mais para acompanhá-los e tentar arrancar informações de Raina sobre os portais. O jantar foi muito agradável; o casal, mais ou menos da mesma idade dos meus avós, é vegetariano. A comida estava tão bem preparada e os alimentos tinham um sabor tão bom, tão natural, que comi tudo com o maior prazer. Tentei não pensar muito nos meus atritos com Kai, mas sem sucesso.

Comecei a ler *Grandes esperanças*, de Charles Dickens, que meu avô me emprestou. Mas nem isso surtiu o efeito desejado. E, para meu espanto, umas sapatilhas de balé, bastante desgastadas, apareceram penduradas na porta do meu armário. Dancei até cansar e me senti menos sufocada, mais livre e eternamente agradecida aos meus avós.

Estou deitada na cama, encarando o teto. Tento encontrar alguma imperfeição para me distrair, mas é tão liso e branco que nem isso me ajuda. É fim de tarde e imagino o que meus novos amigos estarão fazendo. Só os conheço há poucos dias; será que posso considerá-los meus amigos? E será que eles me consideram sua amiga?

— Psiiiuuu. — Ouço um assobio baixo e alguém espreita antes de entrar no meu quarto.

— Então, *Tampinha*?

Eu me apoio nos cotovelos e encaro três figuras que sorriem para mim. Petra, Isla e Mira.

— Oi, *Cenourinha*! — respondo a Petra. — O que estão fazendo aqui?

Tenho plena consciência de que meu rosto se ilumina.

— Viemos te ver — diz Isla.

Ela veste um macaquinho azul-claro, combinando com seu cabelo, que está preso com dois pequenos coques de cada lado. Senta-se na cama, com as pernas em posição de lótus, e as outras a imitam. Eu me sento e assumo a mesma posição. Estou de costas para a cabeceira e as três estão à minha frente, Mira entre Isla e Petra. Isso nunca me aconteceu, nunca tive amigas que me visitassem. Exceto Colt, óbvio. Mas ele está sempre lá em casa e me conhece desde criança, então, acho que não conta. *Como ele deve estar?* Pensando que estou morta, sem dúvida.

— Sim. E arrastar esse seu traseiro para fora da cama. Está deprimida, por acaso? — pergunta Petra, sem rodeios. Mira a olha com uma expressão de censura, e ela revira os olhos. — O que foi? Estudei isso. É uma doença que existe lá em cima e que afeta milhões de pessoas em todo o mundo.

— Eu sei o que é depressão, Petra. Mas a Ara não está deprimida, não é? — Mira abana a cabeça, como quem já desistiu. — Ela só está triste e precisa se divertir.

— Não, não estou. Estou apenas cansada... acho.

— Como pode estar cansada se não sai daqui há dias? — reclama Petra, no seu tom característico. Ela não é indelicada, apenas direta. E gosto disso. Queria ser mais como ela e não ter sempre tanto cuidado com o que os outros pensam.

— Como é que você sabe?

— Aqui todo mundo sabe de tudo — responde Isla.

— Percebi...

— A Raina esteve com o meu avô e disse que você não estava muito bem, que devia estar doente — explica Mira.

— Estou bem. Talvez seja o *jet lag* — brinco.

— Ótimo, porque hoje vamos sair — declara Petra.

— Hoje?! Para onde?

— Vamos nos divertir. — Isla sorri e olha para as amigas.

— Tínhamos combinado há alguns dias, lembra? — pergunta Petra. Ao ver meu olhar confuso, explica: — No dia em que nos conhecemos, o Beau disse que íamos te levar para sair.

— Vamos, vai ser legal. São só alguns amigos. Vamos jantar — revela Isla, juntando as mãos em frente ao rosto, como se suplicasse.

Tenho vontade de sair de casa, mas não quero arriscar outro encontro ou discussão com Kai. Aqui, ao menos, sei que ele não viria. *Ou viria?* Não. Não vou! Quero evitar qualquer confronto com ele, para não dizer ou fazer algo de que me arrependa.

— Agradeço o convite, mas...

— Não é um convite — interrompe Isla.

— É a porra de uma intimação! — exclama Petra, com um ar firme e teatral, para depois cair na gargalhada.

— Anda, Ara. É divertido — instiga Mira. Se Mira gosta, e ela é uma rata de biblioteca, assim como eu, acho que não fará mal.

— *Ok*, *Ok*, eu vou. — Recosto na cabeceira, me dando por vencida. — O que devo vestir? — Desencosto novamente e olho para elas.

Isla inclina o corpo e me dá um abraço. Encosta a bochecha à minha e solta um gritinho de entusiasmo.

— Fico tão feliz — comemora, alto demais, e me afasto, rindo. — Algo leve e fresco. É um jantar molhado.

— Molhado? Vamos jantar dentro de água?

— Sim — responde Petra, sem mais explicações.

— Anda, levanta! Toma uma ducha e se veste. Vou para casa me arrumar — diz Isla, levantando-se da cama. Petra pula da cama e Mira continua parada à minha frente.

— *Tá bom* — digo. — Vou só avisar os meus avós de que não vou jantar. Onde vai ser?

— Já avisei a Raina que não vai jantar — responde Petra, num tom solene. Semicerro os olhos, um claro sinal de perigo, mas ela se limita a mandar um beijo estalado pelo ar. — Vai ficar, Mira?

— Já alcanço vocês — responde Mira, sem olhar para trás.

— Com certeza, sim. — Petra ri, num tom debochado. Mira revira os olhos, mas mantém a postura séria. Sorrio. Que personalidade tem essa garota. — Encontre a gente na entrada do GarEden. Vou só trocar de roupa e nos vemos lá.

E sai, com Isla atrás dela.

Excelente. Estou aqui há apenas uma semana, e já deixo que me arrastem para festas sem o direito de opinar se quero ir ou não. Mas fico feliz por ter um grupo de pessoas que, apesar de conhecer pouco, considero amigas. E por elas parecerem gostar genuinamente da minha companhia.

— Ara, você está bem mesmo? — pergunta Mira, assim que as outras fecham a porta do quarto.

— Sim — minto. — Por quê?

Seu rosto demonstra preocupação.

— Sei como pode ser difícil a adaptação aqui. E como o choque pode provocar disfunções físicas e psicológicas.

— Estou bem, Mira. — Faço um esforço para tranquilizá-la e convencer a mim mesma que essa nova fase da minha vida não tem nada de extraordinária; que é perfeitamente natural ter sido arrastada, por portais de água, para um mundo que só deveria existir em livros de ficção. — É sério, não precisa se preocupar — reforço.

— Sabe que, se precisar de alguma coisa, pode contar comigo.

Ela desliza pelo colchão e se aproxima um pouco mais de mim, coloca a mão sobre a minha e a aperta ligeiramente. O sorriso dela é tão bonito e meigo que me traz uma sensação reconfortante. Cubro a mão dela com a minha outra mão.

— Obrigada, querida — digo. Acho que é a primeira vez na vida que chamo alguém assim.

— Quanto à Umi… Ela é uma boa pessoa. — Mira fala com medo. — Ela é órfã, sabe. Isso não é desculpa para o que ela fez, se é que foi de propósito. Não consigo acreditar que ela seja capaz de uma coisa dessas.

— Não sei, mas a verdade é que meu cérebro podia ter virado mingau.

— Não estou tentando defendê-la nem justificar o que ela fez. Mas tudo tem um contexto. Ela perdeu a mãe aos cinco anos. O pai não lidou bem com a morte da esposa e começou a descontar na pequena Umi. Ela sofreu muito nas mãos do pai, antes de ele morrer de um infarte fulminante, quando ela tinha apenas doze anos. Ela cresceu perturbada e revoltada com a vida.

Levo a mão ao peito, só de imaginar o sofrimento daquela menina.

— Nossa, que horror!

— Os pais da Isla foram um grande suporte, ajudaram e a orientaram enquanto crescia. Ela os ama muito, e Ghaelle, o pai da Isla, é o motivo da Umi ter ingressado nos Protetores. E acho que ela vê o Kai como um irmão mais velho. É muito protetora, mas às vezes ultrapassa todos os limites.

Não sei se é bem como um irmão que ela o vê, penso.

— De qualquer forma, não entendo por que ela fez o que fez. Mas também não tem importância. Estou bem. Não guardo rancor.

— Acho que, no fundo, ela tem um coração bom. Mas está correndo o risco de ser destituída. Algumas testemunhas disseram que ela queria te acertar, e estão cogitando afastá-la da Fraternidade dos Protetores. Ela vai sofrer demais, esse sempre foi seu maior objetivo.

Não conheço a garota. E, se ela tentou mesmo me matar, merece ser punida. Mas que motivos ela teria para isso? Com certeza foi um acidente. Depois do que Mira me contou, espero que ela não seja considerada culpada.

— Acho que tem razão. Também não acredito que tenha sido de propósito — concordo. — E espero que não a afastem da Fraternidade.

— Mudando de assunto. Posso, hum... fazer uma pergunta? — Mira retira a mão do meio das minhas, apoia-a nos pés e olha para eles.

— Sim, claro. — Reparo que está envergonhada com o que pretende me dizer, mas tento encorajá-la a ir em frente. — Fala. O que foi?

— Naquele dia... — Ela gagueja. E eu assinto com a cabeça para incentivá-la a continuar. — No dia em que te vi em frente ao Colégio Central com o Beau e a Sofia, você foi aos Campos de Cultivo. — Sua afirmação soa como uma pergunta. Ela continua a não me encarar. *Pensei que ela não tinha me visto...*

— Sim, fui — respondo sem rodeios. — O Beau estava indo para lá e perguntou se eu queria acompanhá-lo.

— A Sofia também foi?

— Não, só nós dois. Por quê?

Será que ela gosta de Beau e acha que tenho esse tipo de interesse nele?

— Por nada... Você gosta dele, não gosta? — Sorri ao me olhar nos olhos.

— O quê? — Eu já devia esperar por isso. Ela gosta dele, obviamente, e acha que sou sua rival ou algo do tipo, mas não sou. Ela é tão linda e inteligente. E, na verdade, gosto do Beau, mas não assim, como ela imagina. — Se gosto dele? Sim, Mira. Gosto. Mas apenas como amigo — explico. — Da mesma forma que gosto de você, da Petra, da Isla, da Sofia... E até do Gensay — brinco.

O rosto dela se suaviza, mas, ao mesmo tempo, os olhos parecem desanimados. Não quero perguntar diretamente se ela gosta dele como algo mais do que um amigo, não quero deixá-la envergonhada. Mas é evidente que sim.

— *Ok* — responde. Um sorriso aflora em seus lábios bem desenhados. — Bem, tenho de ir. Vou deixar você se arrumar. — Ela desliza da cama e se levanta.

Eu pulo ao mesmo tempo e me despeço dela com um abraço.

Tomo uma ducha rápida. Passo a lâmina novamente pelas pernas, axilas e virilha. Então me seco e vou para a frente do espelho-d'água. Espalho pelo corpo o hidratante que Raina deixou para mim no banheiro; tem um aroma de flor de laranjeira e rosas. Aplico o creme no rosto também, porque adoro o toque aveludado que dá à minha pele. Apesar de não sair de casa há alguns dias, não estou com um aspecto tão ruim assim, o descanso me fez bem. Mas estou ainda mais pálida, quase poderia ser confundida com uma nativa de Aquorea. Penso em colocar uma maquiagem leve, já que Raina abasteceu meu armário com vários produtos, mas, como elas disseram que é na água, decido não usar nada além de mais uma camada de creme. *Hummm... É delicioso mesmo.* Visto o short verde que usei há uns dias. É muito confortável e fresco, apesar de um pouco curto. Ponho um top — da mesma cor — que só cobre meus seios e, por cima, uma camiseta preta com um decote profundo e pontas esfiapadas que mal chega ao umbigo. Sinto-me confortável. Calço meu All Star e saio.

Quando chego à entrada do GarEden, já estão todos à minha espera.

— Desculpem o atraso — digo, acelerando o passo.

— Beleza, Ara! — ouço do grupo que me aguarda.

Sorrio de volta. A moda pegou mesmo.

— Não faz mal — tranquiliza Beau com um sorriso.

— E a Mira? — pergunto ao dar falta dela.

— Foi chamada de última hora para uma análise de DNA celular de uma nova planta híbrida que clonaram — explica Isla, com um longo suspiro, visivelmente chateada pela ausência da amiga. Eu também fico triste. — Como você está? Já esqueceu o episódio com a Umi? — A pergunta é sincera; ela parece apreensiva. Acha mesmo que eu estou assim por causa da Umi. E não deixa de ter um pouco de razão.

— Estou bem. — Não quero que saibam que meu estômago se revira toda vez que penso nos meus pais, nem das situações constrangedoras com Kai.

— Mas não se preocupe, a Umi já foi repreendida. Durante uma trezena, terá de limpar as instalações dos Protetores sozinha. E, enquanto isso, estou tomando providências para expulsá-la da Fraternidade dos Protetores — esclarece Sofia, com um sorriso travesso.

Lembro do que Beau me disse sobre Sofia ser Mediadora há um ano e gostar de exibir seu poder. E agora pretende fazer isso impondo a lei e a ordem.

— Meu irmão vai cuidar do assunto. Tenho certeza de que não será preciso nada tão drástico — conclui Isla, olhando de lado para Sofia. Reparo uma troca de faíscas naquele olhar, uma antipatia entre elas.

— Sim, foi sem querer, ela não queria me acertar. Por mim, não acho necessário fazer isso — comento, recordando o que Mira me contou.

— Da Umi espero tudo! É apaixonada pelo Kai há anos e gosta de marcar território.

— Mas também não acredito que ela chegaria a esse ponto — retruca Isla. — Até porque ela não tem nada contra a Ara, que acabou de chegar. — Ao dizer isso, olha de soslaio para Sofia, que está com os braços cruzados à frente do peito, esperando para retaliar.

Então, o motivo da discórdia entre elas é Kai, claro. Mas eu nem sequer estava perto dele… Bem, a garota é paranoica, já percebi. Nota mental: ficar longe de Kai. Ainda bem que ele não está aqui. Sinto como se um peso de duzentas toneladas saísse do meu peito.

— De qualquer forma, está sendo averiguado. Talvez também peçam que dê sua versão dos acontecimentos. Terá de testemunhar, mas será avisada com antecedência, se for o caso. Pode ter certeza de que não voltará a acontecer, Ara. Fique tranquila. — Sofia pisca para mim.

Ser ouvida? Eu? Eu estava de costas, não vi nada. E, sinceramente, não consigo acreditar que ela tenha feito de propósito, não tem motivo. Se me perguntarem, direi exatamente isso. O que me incomoda mais é achar que estou fora de mim, pois sei que ouvi Kai me avisar. Não entendo por que ele negou. Preciso ter certeza de que os que estavam ao meu lado também ouviram, e aproveito a oportunidade para perguntar, sem revelar muito.

— Ainda bem que o seu irmão gritou para eu ter cuidado, senão o desfecho teria sido outro. — Apresso-me a dizer, antes que Isla abra a boca com algum comentário para Sofia.

— O Kai gritou? Não, acho que não. Pelo menos, eu não ouvi, mas também estava concentrada na nossa conversa.

Perdi o juízo de vez! Acho melhor escutar a voz interior que me diz para esquecer esse assunto.

— Aonde vamos? — Tento distraí-los da conversa que começa a se formar.

— É surpresa — responde Petra, num tom conspiratório. Então olha para o grupo e começa a saltitar. A mão está cheia de *kerrysis*, as cerejas de aparência gelatinosa, que ela come descontraidamente.

— Essa roupa ficou muito bem em você — elogia Sofia.

— Obrigada. Vocês estão lindas. Todas vocês. Tenho preferido roupas mais frescas e, como me disseram que seria um jantar molhado, achei melhor vestir essa — digo. Observo as garotas, todas com shorts curtíssimos e tops ainda mais curtos do que o meu. Apesar de achar que acertei na roupa, estranhamente, sinto como se estivesse coberta demais.

— Só falta uma coisa — diz Beau, me estendendo a flor marrom e amarela que tive vontade de colher desde que cheguei. Ele me olha com um sorriso, mas torce o nariz. — Eu não gosto, mas reparei que você passa muito tempo olhando para elas.

Agradeço com um aceno de cabeça, prendendo-a sob o relógio. Fico envergonhada e com receio de que eles — assim como Mira — pensem que tenho algum tipo de interesse em Beau além de amizade. Mas ninguém parece se importar, porque todos já estão caminhando em meio a uma conversa descontraída.

— É linda. Como se chama? — pergunto, admirando a flor que Beau me deu.

— São *mhalgi-myrth*. Ou *trovescos*, seu nome popular.

— Tive vontade de colher uma desde a primeira vez que as vi.

Ele me olha com um sorriso encantador.

— Ainda está calçando isso? — diz Gensay em tom desaprovador, quando atrasa o passo e se junta a nós.

Encolho os ombros.

— Por que vocês andam descalços, afinal?

— Ninguém te explicou ainda? — Petra, sempre de ouvidos atentos, olha para trás e parece chocada por eu ainda não saber algo tão importante.

— Não, ainda não.

— Bem, então vou deixar essa explicação para a Mira. Tenho certeza de que ela vai adorar te explicar o motivo. Em termos científicos, óbvio. — A voz sai com uma pitada de diversão.

— Mas hoje vai ter que ficar descalça — salienta Gensay, entediado.

Avançamos em direção ao norte, mas desta vez não seguimos junto ao rio, como quando fui com Beau, e sim por ruas internas. Passamos por ruelas sinuosas e inúmeras pontes: umas largas, outras com pouco mais de dois metros. Eu me lembro das fotografias que vi da lua de mel dos pais de Colt, quando viajaram pela Europa e conheceram Veneza.

Durante o dia, Aquorea tem muita luz e todas as flores desabrocham. O colorido das plantas e das árvores contrasta com o branco das casas e a cor clara do pavimento das ruas, como num quadro. Mas, ao fim do dia, quando todos terminam seu trabalho, tarefas ou estudos, ganha um brilho semelhante a uma noite muito estrelada, em tons de laranja e amarelo.

Na orla da floresta, paramos junto a uns teleféricos, parecidos com os das estações de esqui, e nos sentamos dois a dois. Sento ao lado de Petra e percebo — pela sua expressão — que Isla não está nada contente por se sentar com Sofia. Assim que nos instalamos, uma barra de segurança desce até nossas pernas.

— Quer? — Petra abre a palma da mão e me oferece a fruta.

— Não estou com tanta fome, é melhor eu esperar o jantar.

— Coma. — Ela pega uma e enfia na minha boca. — Por via das dúvidas...

É docinha e tem a consistência de gelatina firme. É muito boa, parecem balas de goma.

Com sua animação contagiante, ela começa a cantar a plenos pulmões.

— *Are you ready to fly-yyyy-yyy-yyyyy? Together we'll reach for the sky-yyy-yyy-yyyy.*

— Rozalla! — Olho para ela, surpresa ao ver o seu belo sorriso branco radiante de alegria. Minha mãe costumava ouvir essa música num velho toca-discos que os pais deixaram para ela. — Como você conhece?

— Conhecemos muito do mundo exterior, das suas tradições e cultura. A minha música preferida é a *pop*! Quem vem de "fora" traz sempre algo para compartilhar. Mas quero saber mais, muito mais! E você é a minha nova fonte oficial de informações — revela, sorridente.

— Está bem...

— Gosto das letras estranhas nas músicas de vocês! — exclama, com um encolher de ombros. — Principalmente, aquelas que falam de amor — provoca, enfiando o dedo indicador na boca aberta para simular o vômito.

Sorrio, e ela me devolve o sorriso com uma breve piscadela. O seu rosto é imponente, com um formato oval bem delineado e simétrico, e os olhos verdes muito brilhantes. Aquela máscara de durona que ela insiste em usar desmorona toda vez que sorri.

Subimos em direção à floresta, em grande velocidade. A adrenalina explode nas minhas veias. A altitude é cada vez maior. Ao olhar para baixo, nesta parte do caminho, reparo que já não passamos por casas há algum tempo. Viajamos por entre as árvores altíssimas da floresta, que até agora eu só tinha observado de longe. *Aonde estão me levando?* Sinto-me segura com eles, mas uma sensação de desconforto permanece em algum recanto do meu corpo e não me deixa relaxar. Apesar de já quase não haver luz, há pontos estratégicos iluminados, onde os Protetores de guarda com quem cruzamos nos cumprimentam com um "*hey*" entoado, quase cantado. Numa dessas vezes, acompanho o coro e os saúdo também. O veículo continua, veloz, e desfruto do vento no rosto com um sorriso que aquece meu coração.

Como não me dizem para onde vamos, aproveito para perguntar a Petra o que aconteceu na outra tarde, quando Kai os chamou.

— Por que abandonaram o treino tão de repente no outro dia?... — pergunto.

— Ficamos sabendo de um ataque perto de Salt Lake — responde, de testa franzida, como se estivesse revelando um segredo.

Salt Lake? Mas é onde vivem os meus avós.

— Ataque?

— Sim. Mas era apenas uma simulação. Para testarem se somos rápidos para intervir.

— Que bom! Achei que alguém tinha se machucado. E a simulação foi um ataque dos Albas?

— Ninguém se machucou — assegura. — Sim, os Albas.

— Qual o motivo dos ataques?

— Eles vêm à procura de alimento, mas têm se tornado bastante agressivos.

— E não há uma forma de impedi-los de entrar?

— Eles vêm dos pântanos ao sul de Salt Lake e conhecem bem a área. Nós mantemos os postos de vigia e mudamos diariamente as rotas de patrulhamento, mas eles são rápidos e fortes.

— Pensei que Aquorea terminasse em Salt Lake! Não há nenhuma estrada para além da lagoa de sal.

— Nós vivemos numa gruta, Ara — diz, com um sorriso. — Se reparar bem, há trajetos e túneis nas rochas, que até a maioria dos habitantes desconhece.

— Estamos chegando! — exclama Beau.

— Por quanto tempo consegue prender a respiração, Ara? — acrescenta Sofia, num tom de voz sarcástico e animado, enquanto salta da cadeira.

Eu estava tão absorta na conversa, que não reparei que subimos além do topo das árvores. A vista aqui é de tirar o fôlego. As pontas das árvores em bico compõem padrões ordenados e graciosos, a perder de vista, como merengue em uma torta de limão. Embaixo, à distância, as luzes dos candeeiros cor de fogo de Aquorea cintilam, como pequenos pontos dourados incandescentes, e as pontes brilham como se tivessem luz própria. O céu de cristal, agora mais escuro, torna a cor do Riwus um violeta profundo onde se derramam os barcos prateados. A cidade é gigante e pulsa vida, com todas as lojas, cafés e restaurantes abertos e repletos de gente. E, ao fundo, Salt Lake. Mais uma vez, penso que poderia ser uma cidade de qualquer parte do mundo na Superfície... se eu não soubesse que estou a milhares de metros abaixo dela.

— Aqui é a nascente do rio — comenta Petra —, e nós temos de saltar ali — graceja, apontando para o rio embaixo com o longo indicador.

Estamos em cima de uma rocha proeminente, suspensa sobre uma cascata. A queda-d'água é larga e faz um U ao longo da montanha. Relembro a cascata da Garganta do Diabo, em Foz do Iguaçu, e a minha boca fica seca. As águas se precipitam violentamente para dentro de uma lagoa colossal, com reflexos verde-claros, que dá início ao longo curso do Riwus.

— O quê? Estão de brincadeira! Quantos metros tem isso? — pergunto, assustada.

— Uns quarenta, mais ou menos — funga Gensay.

— Não vai dizer que está com medo! — brinca Sofia com um sorriso nos olhos.

Acho que "medo" não é suficiente para descrever. Talvez "pavor" seja uma palavra melhor para o que estou sentindo. É uma altura enorme. Ninguém consegue sobreviver a um impacto desses. Ou será que consegue?

— Estou um pouco nervosa — confesso, tentando amenizar.

— Não fique, é seguro. Você já me disse que nada bem — frisa Isla para me tranquilizar.

— Sim, mas nunca fiz nada desse tipo.

— Faça como eu. Não pense muito e se joga — recomenda Beau. Dito isso, dá três passos largos e rápidos e salta.

Corro para a frente para ver o mergulho, mas, quando me inclino, ele já desapareceu. Eu me deito no chão fresco e observo a mancha de espuma causada pelo impacto do seu corpo. Fico petrificada e sou invadida por um misto de emoções. Um gosto amargo enche minha boca e a adrenalina inunda cada terminação nervosa do meu corpo. Quero muito experimentar. *Afinal, até já morri!*

— O segredo é mergulhar de cabeça e nadar sempre para baixo, até o Underneath — explica Sofia. — Até lá, se tiver coragem. — Algo muda no seu rosto enquanto se atira do precipício.

— Underneath? — pergunto.

Isla se deita ao meu lado.

— O lugar onde vamos jantar. Não avisei que era molhado?

— Pensei que íamos comer *na* água, e não *debaixo* d'água.

— Eu mergulho com você e mostro o caminho — diz Isla, ficando de pé e me puxando pela mão para me ajudar a levantar.

Petra sorri e, com uma expressão exagerada de medo, grita antes de se lançar no abismo:

— Até já!

Gensay resmunga algo que eu não entendo e se lança como um pássaro voando do ninho.

Quantas vezes eles já fizeram isso? Parece fácil, digo para mim mesma. Terei de usar toda minha coordenação motora, toda minha agilidade, para ganhar o máximo de impulso possível e não me esborrachar contra a parede de pedra. Tenho apenas uma coisa a meu favor: não há vento que possa me desviar do trajeto.

— Tire os tênis. É mais fácil nadar descalça. Pode deixá-los aí, depois voltamos para pegar — diz Isla.

Sigo o seu conselho e tiro os tênis. Um formigamento brota na sola dos meus pés e uma onda de energia percorre meus nervos, uma ligação com a terra e com a vida. É com essa calorosa sensação de bem-estar que visualizo nitidamente o rosto de Kai, como se ele estivesse diante de mim.

— Vamos?

— Sim... — Aceno afirmativamente apertando a camiseta com a mão esquerda, como se o gesto aliviasse, de alguma forma, a pressão que sinto dentro do peito.

Isla corre em direção ao precipício, e eu a sigo, impulsionando o corpo para a frente no final, de forma a me distanciar o máximo possível da parede de rocha.

— Afinal, não queremos chegar atrasadas ao aniversário do meu irmão — grita Isla, já no ar.

O quê?!!!

Estico os braços em pânico, mas me sinto livre. O ar me envolve. A sensação de leveza é maravilhosa. Vejo a superfície do lago se aproximar vertiginosamente e sinto o impacto da água fresca no meu corpo. Isla continua a nadar em direção ao fundo e eu a sigo. A luz se infiltra pela água, por isso consigo vê-la sem grande dificuldade. Ela para diante de um tubo e enfia os pés lá dentro.

Faz sinal com a mão para que eu a siga, depois desliza para o interior. Observo-a escorregar pelo tubo até desaparecer, e faço o mesmo. A água me suga e eu deslizo rapidamente, como nos tubos dos parques aquáticos que costumava ir quando criança. O fluxo d'água começa a diminuir, até quase desaparecer. Ainda estou a certa velocidade quando alcanço o final do tubo e sinto meu traseiro bater no chão duro. Derrapo alguns metros, por estar com a roupa molhada, e, assim que o meu corpo para, permaneço imóvel no chão. De barriga para cima, pernas e braços abertos, desfruto da calma depois da descarga de adrenalina. Apalpo o chão, e é macio. Ainda bem!

Ouço atentamente: há música, pessoas rindo e falando alto. Abro os olhos e sibilo, mortificada.

— Kai!

Ele está de pé, inclinado sobre mim, com uma expressão estranha e séria, me analisando como se eu fosse de outro planeta. Suas feições estão suaves e a sobrancelha franzida, mas os olhos estão tão claros, azul-bebê, e brilham mesmo com a luz escassa.

— Você veio mesmo... Adorável.

— O quê? — pergunto, sem ter certeza de ter entendido direito.

— Não falei nada. — Ele encolhe os ombros.

Levanto como se meu corpo tivesse molas. Ainda um pouco atordoada, fito-o com um ar avaliador, tentando discernir se ele disse mesmo aquilo ou se foi, mais uma vez, imaginação minha. Estamos a pouco mais de um metro de distância, como que hipnotizados, enquanto tento decifrar o que ele está pensando.

Olho atentamente ao meu redor e constato que o espaço é surpreendentemente lindo. É uma gruta, e o teto é uma cúpula de cristal translúcido. No exterior, silhuetas de golfinhos e pequenos peixes ensaiam um ágil bailado na água clara. O chão é liso, preto e muito brilhante.

A iluminação é toda feita por velas. As chamas refletem no chão escuro e tornam o espaço fascinante e acolhedor. A decoração consiste unicamente em alguns pufes e mesas espalhadas com aperitivos e um balcão branco comprido, parecendo feito de madrepérola, onde são servidas bebidas coloridas. No teto, alinhados ao comprimento do bar, três grandes candelabros de velas. Atrás do balcão há uma parede, também branca, com garrafas, frascos, copos e frutas de todas as cores e formatos.

Em um canto do bar, um grupo entoa uma melodia simplesmente fabulosa. Tocam uns tambores finos, que parecem acompanhar as batidas do meu coração. Um tipo de *beatbox* tribal surreal. Todos se divertem e dançam. Reparo, também, que há alguns casais aos beijos e amassos nos cantos mais escuros do salão.

Muitos deles estão com as roupas secas, o que me leva a pensar em três opções: 1) já estão aqui há muito mais tempo e tiveram tempo de se secar; 2) atrás daquela parede branca existe um estoque de roupas secas e, se for o caso, também quero algumas; 3) existe uma outra entrada que não inclui saltar de um precipício para o abismo, mas os meus supostos amigos quiseram ver se eu me acovardava ou morria. *Tem de ser a terceira opção, certo? Senão, como saímos daqui?*

— Grande entrada, garota — diz Boris, me arrancando dos meus pensamentos. Seus olhos estão ligeiramente vidrados e o hálito cheira a álcool, percebo dois pequenos copos com um líquido transparente em suas mãos. Ele me entrega um, pisca para Kai e brinda com o copo dele no meu. — Vira!

Examino o copo, mas confio nele, por isso bebo de um gole. Não tem gosto de nada. É água.

— Eu sabia que não me decepcionaria! — diz ele com um largo sorriso. De braços abertos, ele me agarra pela cintura e me levanta no ar por um momento e depois me coloca no chão.

Kai ainda olha para mim, mas encara Boris por instantes com um olhar tão ameaçador que ele se afasta de mim como se eu cheirasse mal. Acho esse comportamento muito estranho. Será que Kai não gosta que eles convivam comigo?

— Então, amiga, o chão precisava de um abraço? — brinca Petra. Ela segura um copo meio cheio de uma bebida verde-clara e beberica descontraidamente enquanto, com a outra mão, torce a água das pontas do short.

— Estou bem — respondo, séria, e uma nuvem de fumaça sai da minha boca. Inspiro e expiro, a fumaça continua a sair densa e branca como a de uma chaminé.

À minha volta todos riem. Começo a rir também e, quanto mais rio, mais fumaça sai.

— Uma *dragona*! — diz Boris, entre gargalhadas e roncos altos.

Acho que ele quer dizer um dragão fêmea.

— Filho da mãe! — Dou um tapa no braço dele, rio e lá se vai mais uma baforada de fumaça.

— Não pode faltar, é tradição! — Boris pisca para mim e sopro em cima dele. — Já vai passar.

— Ficou com a bunda dolorida, Ara? — pergunta Isla, em tom de brincadeira, com um sorriso tão largo que mostra até os dentes do siso. Depois, dirige-se a Kai. — Maninho! Parabéns! Vinte anos! Está ficando velho — grita, emocionada, e se joga nos braços dele.

— Obrigado, pequena. — Kai envolve-a num abraço, e a minúscula irmã praticamente desaparece nos seus braços. O sorriso dele é tão sincero, tão meigo, que me custa acreditar que seja a mesma criatura que me azucrina desde o dia em que cheguei. *Quase* me derreto por completo diante da cena.

Ela o larga, e Boris lhe dá um abraço apertado, com tapas fortes nas costas, aos quais Kai retribui.

Sofia se junta a nós poucos segundos depois.

— Também quero — anuncia, com seus lábios grossos e bem desenhados. — *Parabéeens* — canta, com um olhar lânguido e a voz melosa, enquanto envolve os braços na cintura dele e o aperta contra os seios.

Ele passa a mão pelos dreads, retribuindo o abraço apenas com um braço. Sofia lhe dá um beijo sonoro e demorado no rosto. Ele sorri, depois a afasta, mas deixa o braço em volta da sua cintura. A roupa dele está seca, mas ele parece não se importar que a de Sofia esteja toda molhada. Também pudera!

Então é verdade, é aniversário do Kai! Para o qual nenhum dos meus amigos me disse que estava sendo arrastada. Para o qual não fui convidada e no qual entrei de penetra. No qual a minha presença parece desagradar imensamente o aniversariante. E para o qual não trouxe um presente.

Será que eles costumam dar presentes? O que vou fazer?

7

EU, MADALENA ARREPENDIDA

Penso rápido. Não queria estar aqui, mas estou. No aniversário de Kai. E tenho de dizer alguma coisa, não posso ficar aqui parada, à espera de que todos cheguem à mesma conclusão: sou mesmo uma esquisita. Minha garganta está completamente seca e irritada, por isso pego, sem permissão, o copo das mãos de Petra e dou um gole generoso. Ela me olha de lado e franze o cenho. O líquido é doce, mas forte, e me faz tossir. O álcool parece queimar minhas narinas e tenho de fazer um esforço hercúleo para que minha voz não falhe. Não sabia que tinha álcool; se soubesse, não teria bebido.

— Ah, é seu aniversário… Parabéns. Desculpe, não sabia. — Faço questão de frisar. Percebo que a expressão dele se suaviza e seu rosto já não está tão severo. — Ninguém me disse, senão teria trazido um presente. — Suspiro e mordo o lábio. Coloco as mãos nos bolsos, numa tentativa frustrada de disfarçar o nervosismo e, com a boca de lado, sopro para tirar o cabelo do rosto. No fundo do bolso do short sinto o seixo que trouxe do passeio com Beau à área de cultivos.

Toco e envolvo o seixo na palma da minha mão. Sinto uma eletricidade irradiar dele que me preenche a alma. E, de todas as atitudes que tive perante Kai desde que cheguei, esta é provavelmente a mais ridícula. Tiro a mão do bolso e a estico na direção dele; com a palma aberta e a pedra escura no centro, contrastando com a minha pele clara. Ele me fita, intrigado, e esboça um pequeno sorriso de espanto e incredulidade.

— Uma lembrancinha — digo apenas. — Não tive tempo de ir às compras — brinco.

Calmamente, ele tira o braço que envolve a cintura de Sofia e chega mais perto. Ela revira os olhos e dá uma risada meio descontrolada.

De repente, vejo Umi atravessar a sala, como um furacão, na nossa direção. Ela passa por Sofia, acotovelando-a de propósito. Seus lábios estão apertados.

— Ei! — Num grito, Sofia mostra seu descontentamento. Umi a olha de esguelha por cima do ombro e simplesmente a ignora, como se não fosse nada.

— Uma pedra? — grunhe Umi, colocando-se ao lado de Kai. — O que ele vai fazer com *isso*? — O riso dela é malicioso, e, por algum motivo, sua atitude começa a me irritar.

— Hum, não sei... O que ele quiser. — Encolho os ombros. — Pode servir de peso de papel — digo com sarcasmo. — Nós temos o hábito de oferecer presentes que tenham algum significado para o aniversariante.

Tento insinuar que sei que a lagoa tem, de alguma forma, um significado especial para ele, mas acho que somente Kai entende a mensagem. Por mais absurdo que pareça, isso me agrada. Estou dando explicações demais para Umi, mas me sinto sob pressão, como se estivesse sendo avaliada.

Na Superfície, se aparecesse numa festa sem presente, fosse um pack de cerveja, uma garrafa de vodca ou uma bugiganga qualquer que estivesse na moda, correria o risco de ser excluída para sempre. Não que isso me preocupasse, porque vivia muito bem sem todas as festas de fim de semana, de verão e de aniversário, mas aqui não quero ser excluída.

— Está ótimo. — Kai intervém sem emoção no rosto, mas não esperava que sua voz saísse tão grave e profunda, quase melodiosa. Ele estende a mão e, ao tocar na pedra, sinto as pontas quentes de seus dedos roçarem na minha pele. A pedra ganha um tom incandescente, brilhante e azul, como no outro dia. A sensação me faz estremecer e, de repente, minha respiração se torna ofegante. — *Mauruuru* — sussurra ele, ao fazer aquele aceno quase imperceptível com a cabeça. Eu o encaro, confusa, mas meu coração dispara de emoção, quando ele repete em inglês. — Obrigado.

— Você agora está em todo lugar — continua Umi, maliciosamente, focando a atenção em mim. Apoia-se no ombro de Kai, como quem se encosta confortavelmente em um sofá. — É bem resistente, já vi que não morre com facilidade — acrescenta num tom mordaz.

Eu me contenho para não fazer uma cena. Acho que serei obrigada a concordar com Sofia sobre essa garota ser uma desmiolada e ter mesmo tentado me matar. Minhas mãos tremem e sinto os músculos latejarem. O coração martela no peito como se estivesse prestes a explodir. O sangue borbulha em minhas veias como um ácido. Sinto vontade de avançar nela e lhe dar uma surra. Não entendo por que ela me incomoda tanto. Apesar de não ser nada agradável, sempre lidei razoavelmente bem com esse tipo de pessoa. Costumo apenas ignorá-las, por isso nunca me incomodaram. Não entendo por que ela me afeta tanto. Percebo então que não são as palavras dela que me incomodam, mas, sim, a maneira como ela está tão à vontade com Kai. O fato de ela poder tocá-lo e estar próxima dele, e eu não. O que estou sentindo é ciúme... Um ciúme intenso e doentio. *Estou ferrada!*

Kai, surpreso, olha para Umi de olhos semicerrados e cenho franzido, então desvia rapidamente o ombro e ela se estatela no chão. Arregalo os olhos, surpresa.

Bem feito, penso, rindo por dentro.

Kai me olha, admirado, como se tivesse ouvido meu comentário cruel, e me lança pela primeira vez um sorriso genuíno, sem qualquer traço de cinismo, que derruba todas minhas defesas. Os músculos do meu rosto ganham vida própria e, quando dou por mim, estou sorrindo também. Sofia cai na gargalhada, como eu gostaria de fazer. Boris tenta ajudar Umi, que, irritada, esperneia e dispensa a ajuda dele, entre protestos e palavrões. O olhar dela é cortante, e tenho certeza de que, se pudesse, desta vez me matava mesmo.

— Vocês dão pedras de presente? — Isla, confusa, ignora por completo a cena de Umi.

Solto uma gargalhada sonora e trêmula, que os faz olhar para mim com ar perplexo.

— Não — digo, nervosa. — Oferecemos algo que seja do nosso gosto ou do agrado do aniversariante. É que tive de improvisar.

— Ah, *tá*. Achei estranho. Mas é engraçado. Devíamos adotar essa tradição. Até porque tenho visto nos bazares algumas coisas que gostaria de adquirir, mas não fica bem chegar lá e levar tudo — sorri, envergonhada.

— Você aprende rápido, Isla — comenta Gensay. Pensei que ele estava no meio da multidão, e quase dou um salto quando o ouço falar bem ao meu lado. Continua parecendo entediado.

— Aqui a gente só dá um abraço, então vai lá — dispara Petra, enquanto bebe o último gole do copo. Vejo um sorriso brincalhão por trás do copo transparente.

Que sacana!

Kai parece achar graça.

— Sim, a tradição aqui são os abraços — repete Boris.

O quê? Mal me aguento sem vomitar. Meu estômago revira de nervoso e fico gelada. Deve ser por causa das roupas molhadas, penso. Não posso abraçá-lo, ainda por cima diante dessa gente toda e da namorada. *Será que Sofia é mesmo namorada dele? Hum... dispenso, estou bem assim,* penso. *Prefiro a morte!*

— Bem, acho que já chega de *presentes* por hoje. — Kai franze a testa e massageia vigorosamente a nuca, como se aliviasse a tensão.

— Uma bebida, bela donzela? — oferece Beau. — Essa é das boas, e não faz fumaça.

Estende o braço e acena com um pequeno copo de *shot* em frente ao rosto. A bebida é escura, e só de olhar sinto náuseas. Seu tom ousado me surpreende. Bem diferente daquele Beau acanhado de sempre. As roupas informais e molhadas lhe caem bem. A camiseta e o short largo lhe dão um ar menos formal e mais descolado. Penso numa forma de recusar gentilmente sua oferta.

— Ela não bebe! — rosna uma voz masculina.

Kai conversa com Petra e retribui o abraço de parabéns, mas consegue interferir na minha conversa com Beau. *Óbvio!* Petra o solta e o encara com o mesmo ar perplexo de todos nós. Mas, ao contrário dos outros, seu olhar tem um toque de diversão. Como se quisesse ver como ele vai sair dessa enrascada. Com ênfase na palavra *enrascada*, sorrio para mim mesma.

— Não? — pergunta Beau, virando-se para mim com um olhar interrogativo.

— Ela... — Kai continua, mas a voz sai baixa, e ele pressiona as têmporas com força; é um gesto que faz com frequência. — Essa pirralha é muito nova para beber. Não quero que acabe bêbada aqui — diz, com um tom irritado.

Quem ele *pensa* que é para saber o que eu posso ou não posso fazer? Não sabe nada a meu respeito! Ele não me quer aqui, já entendi, mas aqui estou, e agora não vou embora! Até porque não sei como. Não costumo beber, é verdade, mas poderia, se eu quisesse! E é o que vou fazer agora.

Meus músculos ficam tensos. O coração parece querer saltar do peito. Sou arrebatada por um sentimento de raiva tão, mas tão forte, que sinto minhas pernas fraquejarem. *Como sempre, Kai no seu melhor.* Há alguma coisa nas suas provocações que traz à tona o mais frágil em mim. Mas também desperta o mais forte e, talvez, o pior.

— Aceito — respondo, com um sorriso radiante e obviamente forçado. — Manda ver, Beau!

Brindo com o meu copo no dele e bebemos em um gole só. Minha língua pinica, a garganta arde, meus olhos se enchem de lágrimas, mas continuo sorrindo.

— É assim que se faz, garota. Mostra para essa gente do que você é capaz — grita Petra, em tom encorajador.

— Pode me dar outro, por favor? — consigo pedir a Beau com uma voz melosa e arrastada.

Um brilho feroz trespassa os olhos de Kai, que escurecem, tornando-se quase pretos. Mas não lhe dou o prazer de desviar o olhar. Ele tem de entender que não me intimida e que não sou nenhuma "pirralha". Apesar de neste momento estar agindo como tal. Alguém me puxa pelo braço, mas continuamos de olhos fixos um no outro. Seria capaz de ficar horas contemplando esse rosto, os olhos maravilhosos, o corpo delicioso. *Ah, para com isso, garota!*

— Amigoooss!

Um grito altíssimo e grave chama nossa atenção, e nos viramos para ver de onde vem aquele som. O rapaz de cabelo comprido que lutava com Boris no meu primeiro dia está em cima do balcão, com um enorme copo na mão. Parece animado e tenho a impressão de que está um pouco "alegre" demais. Sei que já ouvi o seu nome algumas vezes, mas não me lembro.

— Quem é? — pergunto a Isla.

— É o Wull. Também é monitor, como o meu irmão. Mas treina os do Primeiro Estágio.

— Amigos, hoje vamos beber até cair e tomar más decisões. — Gritos de entusiasmo e aprovação ecoam por toda a sala. — Mas, antes, quero dar as boas-vindas à forasteira.

Ergue o copo na minha direção e todos os olhares se voltam para mim. Talvez devido ao álcool, não me sinto envergonhada por ser o centro das atenções. Minhas bochechas se erguem num sorriso e rugas se formam ao redor dos meus olhos.

— Obrigada! — digo.

Ele se vira para Kai.

— E a você, meu irmão! Que esta noite seja exatamente como deseja. Já sabe, dê asas à imaginação — grita, num tom brincalhão, enquanto ergue novamente o copo e o bebe de um gole. Kai também tem um copo na mão e bebe de um gole só ao mesmo tempo. Wull salta para o chão e dá um beijo nos lábios de um rapaz que o olha com ar de perdidamente apaixonado. Ele o envolve com um braço e com o outro faz um gesto para as pessoas se aproximarem deles.

— E aquele é o Suna, do Primeiro Estágio — explica Isla. Não consigo desviar os olhos deles, porque formam um casal lindo e encantador, que exala cumplicidade.

Todos nos aproximamos do bar. Isla coloca o braço sobre meu ombro, Petra faz o mesmo do outro lado, e eu coloco instintivamente minhas mãos nas costas delas. Os demais se juntam ao lado do balcão, entoando uma música em coro:

Saudações
Heey Heey
Saudações
Heey Heey

Para ser aquoreano
Regras tem de aceitar
Ser da terra debaixo do mar
E com os extremos lidar

Heeeey Heeeey
Heeeey Heeeey

Povo de tantas virtudes
Generosos, resistentes
Almas mais puras não há
Nem há melhores combatentes

Aprendemos a ser felizes
Nesta terra de bem comum
Estamos alerta e conscientes
Que é um por todos, todos por um

Heeeey Heeeey
Heeeey Heeeey

Oriundos da terra
Submergidos no mar
As trevas dirão
Se irá escapar

Meu coração se aperta ao ouvir o último verso. Alguém me entrega um copo de uma bebida gelatinosa, transparente, com umas gotas cor-de-rosa boiando. E bebo. O licor é espesso e quente na minha garganta, caindo como uma bomba no meu estômago. Sinto a cabeça leve e o corpo solto. Olho em volta, atordoada; vejo Kai, na ponta oposta do bar, com Sofia e outras pessoas. Ele me lança um olhar estranho e reprovador. O sorriso que me deu, há apenas dez minutos, parece ter se dissipado no ar.

— Vamos dançar — diz Isla.

Ela me arrasta pelo braço até o meio da pista. O álcool corre em minhas veias e me deixo levar pelo som ritmado e alegre da música. Beau se junta a nós e me entrega mais um pequeno copo. Dá outro a Isla, que nem hesita em virá-lo de uma vez, de olhos fechados, ao som da música. Ela é tão boa na dança! Não sei se aguento mais uma bebida. Reluto um pouco, mas o encorajamento de Beau me leva a beber. Tudo parece mais fácil. Os movimentos saem fluidos e acho que nunca dancei tão bem. Meus pensamentos estão nítidos… ou turvos, não sei. Tanto faz. Até a presença de Kai parece irrelevante, e parei de procurá-lo com o olhar.

Quando abro os olhos novamente, não sei minutos ou horas se passaram. Beau está com as mãos na minha cintura, eu estou com os braços ao redor do seu pescoço, e dançamos com o corpo bem colado um ao outro. Fico confusa por não me lembrar de como cheguei aqui. Ele parece reparar, pois sorri, pega minhas mãos e as beija com ternura antes de soltá-las. É tão carinhoso... Mira tem razão em gostar dele. Mira! Repreendo-me mentalmente com veemência. Ainda bem que ela não está aqui para presenciar essa cena. Que merda de amiga sou eu?! Acho que estou bêbada, mas tento não dar muita importância nem pensar demais nesse fato, porque me sinto muito bem e relaxada.

Minhas bochechas queimam e estou com muita vontade de fazer xixi.

— Vou fazer xixi — grito, para ninguém em particular, fazendo um movimento no ar com a mão para indicar que estou saindo. Beau acena com um sorriso largo e pisca para mim. Acho que está gostando de me ver assim. Isla nem me ouve. Dança com um rapaz, os dois completamente agarrados, e fico um pouco perplexa por Kai não intervir. *O brutamontes do Kai, tão insuportável!* Não sei como tem amigos. Onde andará ele? Deve estar por aí num canto qualquer agarrado com a Sofia.

Ou com Umi.

Ou qualquer outra...

Cambaleio entre os corpos quentes e suados. O cheiro de álcool me enjoa e só quero poder sentir ar fresco, mas me lembro de onde estou. No fundo de um poço. Afasto o pensamento antes de entrar em parafuso ou, pior, perder o controle. Vou até a ponta do balcão, o lado oposto onde vi Kai pela última vez; não quero cruzar com ele de novo hoje. Nem pensar!

Sigo pela abertura que passa pela parte de trás do bar. Vai dar em uma sala ainda menos iluminada do que o bar, mas mais fresca. O chão é irregular e paro a fim de admirá-lo. É feito de rocha. Tento não cair quando olho para o teto. Também já não é transparente, é apenas rocha. Inalo o ar fresco algumas vezes e sinto o peito descomprimir. A sensação é ótima e o meu corpo estremece. Nesse momento, ao me desequilibrar, dou um passo para trás sem querer. Ouço um grito abafado em meio à música de fundo. Viro o mais rápido que o meu corpo permite para me desculpar.

— Desculpe, não queria pisar em você — digo, ajustando a minha visão no escuro. *Porra!* Quase tenho um treco quando uns olhos azuis brilhantes lançam faíscas na minha direção.

— Outra vez? Presta atenção por onde anda! — A voz de Kai é autoritária e rude. Ele observa os meus pés descalços e seu rosto de alguma forma se suaviza.

Fito-o de olhos arregalados, sem saber o que dizer. Não quero falar com ele. Giro com leveza nos calcanhares.

Uma mão me segura pelo pulso e me puxa para trás. O movimento quase me faz cair. Aparentemente, a minha coordenação motora não é muito boa sob efeito de álcool. Sacudo a mão num movimento rápido e ele ri, mas dá mais um passo na minha direção, diminuindo o espaço entre nós. Seus dentes são ainda mais brancos vistos assim, de perto. Não sei por que ele não sorri mais. Para *mim*... Veste uma camiseta preta com decote em V e um short da mesma cor. Posso ver os músculos por baixo da camiseta. Desvio o olhar rápido demais, acho.

— O que aconteceu com os seus pés? — pergunta Kai ao observar as feridas e os pequenos cortes nos meus pés maltratados, por causa dos dias que passei dançando trancafiada no meu quarto.

Num olhar rápido, constato que estão mesmo feios, até no escuro. Encolho os ombros.

— Dancei — respondo apenas.

— Está bêbada! — Sua voz assume um tom condescendente.

— Não! — minto. — Estou ótima, nunca estive melhor. Até agora. — Gosto da coragem que o álcool me dá. E dou uma risadinha alta.

— Que beleza...

Um elogio? Oooh... Mas depois reparo nos braços fortes cruzados diante do peito, nas sobrancelhas arqueadas, e vejo que está falando do meu estado, não da minha aparência. *Ops!* Reviro os olhos. A presença dele faz meu corpo esquentar de novo. Tiro o elástico do pulso e prendo o cabelo num coque desmazelado, bem no alto da cabeça. Não estou nem um pouco preocupada com a impressão que possa estar causando, porque não dou a *mínima* para a opinião dele. A sensação de frescor no meu pescoço é agradável, mas continuo com uma enorme vontade de fazer xixi.

— Por um momento pensei que estivesse sendo educado — digo, irritada.

Ele me lança um olhar confuso e depois sorri da minha afirmação. Estica o braço e repete o mesmo gesto da noite da nossa colisão; prende uma mecha solta do meu cabelo atrás da orelha. Fico imóvel.

— Não. Continuo o mesmo homem das cavernas — esclarece, com sarcasmo, girando o dedo indicador no ar para apontar o espaço à nossa volta. — Não devia beber tanto. Não está acostumada e pode passar mal. — O olhar é ríspido, mas a voz sai quase preocupada.

Encolho os ombros. Não estou com disposição para discutir, só quero encontrar um banheiro, senão vai acontecer uma tragédia. A minha bexiga já está latejando.

— Estou bem. E não estou a fim de discutir com você. Hoje não.

— O banheiro é ali. — Aponta para uma entrada de onde sai alguma luz, no canto esquerdo da caverna. — Vai lá, antes que mije nas calças.

Uma expressão de perplexidade invade meu rosto e levo a mão à boca para esconder um sorriso nervoso.

— Você é um grosso — digo, então me viro e acelero o passo, contendo o riso que me invade, na esperança de aguentar chegar ao vaso.

— Também é sempre um prazer ver você, Rosialt. E fico feliz que tenha gostado das sapatilhas de balé.

Eu me viro para confrontá-lo, mas ele desapareceu em meio à escuridão. FOI ELE!

Nunca mais vou beber tanto, penso enquanto lavo o rosto com água gelada na pia do banheiro. Algumas garotas entram, me cumprimentam pelo nome e sorriem para mim. Sorrio de volta e examino minha aparência no espelho-d'água. É pior do que pensei. Espeto o dedo e ele afunda no fino fluxo de água E, ao retirá-lo, sinto uma leve dor.

— Não devia fazer isso — adverte uma garota, com um vestido rosa-shocking até os pés. Olho-a, envergonhada. *O que será que eu fiz?* —

Não devia enfiar o dedo na água. Pode se machucar. A tecnologia que usamos torna a água fibrosa, e se ficar em contato muito tempo com o corpo, pode até matar. São como pequenas lâminas espetando a pele. Esses espelhos não fazem tão mal, mas as portas, por exemplo... não tente fazer isso. Vai acabar dura no chão! — Ela sorri e faz uma careta de medo diante da ideia.

Continuo a olhar para seu reflexo através do espelho e agradeço com um aceno de cabeça. Já estou parecendo aquele *sujeito*. Ela sorri e diz:

— Até mais, Ara.

Rio baixinho por não saber o nome dela e coloco novamente as mãos em concha para enchê-las com água fresca. Repito o gesto algumas vezes. Parece estar surtindo efeito e começo a pensar com mais nitidez. A dança com Beau... Que vergonha! Se arrependimento matasse... Espero que ele não se lembre. E Kai, mais uma vez, sendo... Kai. Não me penteio e saio do banheiro com o rosto ainda molhado.

Nesse momento, tentando ajustar meus olhos de novo à escuridão, sinto uma mão agarrar meu braço. Eu me viro rapidamente para reclamar com Kai, ao mesmo tempo que reprimo um sorriso que, sem querer, me aflora aos lábios.

— Então, menina linda! — Um rapaz com olhos de predador me examina de alto a baixo, demorando-se mais tempo na altura do meu seio. Dou um puxão, mas sua mão não se mexe e ele aperta ainda mais o meu braço.

— Ei! Me solta — exijo e levo a mão livre, com força, ao seu peito para impedi-lo de chegar mais perto de mim. Ele é forte, e nem se move com a minha tentativa patética de empurrá-lo. Repreendo-me por ter bebido tanto, acho que teria capacidade de derrubá-lo se estivesse em condições normais.

— Ah, não se faça de difícil.

Ele passa a língua nos lábios e com a outra mão toca meu cabelo, enquanto cola o corpo ao meu. O hálito dele fede a álcool e a esgoto. Minhas mãos tremem e o estômago começa a se revirar, sinto uma acidez e o vômito chegar à minha garganta. Olho em volta à procura de ajuda, mas a maldita gruta está vazia e escura. Escura demais. E o som de vozes, gritos e música alta ao longe inunda o espaço ao lado.

— Fiquei te olhando dançar. Estava tão animada!... Dança para mim — ordena, os olhos malévolos cheios de malícia.

— Para! — grito, com a voz trêmula, na tentativa de que alguém me ouça. Sei que no banheiro feminino não tem ninguém, portanto, tenho de me virar sozinha.

— Vamos nos divertir. Do jeito que você gosta.

— Me larga, seu babaca!

— Acha que é melhor do que eu só porque vem da Superfície?

A voz dele é nojenta. Sem soltar meu braço, ele cambaleia, deslizando a mão que estava no meu cabelo para meu pescoço, e o aperta com força. Com a mão na minha garganta, ele me levanta no ar e dá dois passos. Minha voz falha e começo a fraquejar. Tento acertar uma joelhada no saco, mas ele está com o braço esticado e se mantém afastado o suficiente para que minhas tentativas de chutá-lo fracassem.

— Tire as mãos dela, babaca! — A voz de Kai é pungente. Ele surge de repente, como um raio, e avança no rapaz que me impede de respirar.

Ao ouvi-lo, o desconhecido me solta e caio de bunda no chão. Levo as mãos ao pescoço e tento respirar, mas sinto como se uma bola estivesse na minha garganta.

— Calma, cara — diz o bêbado. — É só uma garota. — Aponta para mim e solta uma risada descontrolada.

— Filho da puta! — Kai, que é muito maior, parte para cima dele. Ouço uma pancada seca e o meu agressor leva a mão no rosto, gritando. Kai lhe dá outro soco na cara, que o derruba no chão no mesmo segundo. — Nunca mais toque nela! Vai embora. Já! — Kai faz o gesto com o braço, como se estivesse enxotando um cachorro. Ele se levanta com dificuldade, gemendo. Seu nariz está torto e o rosto coberto de sangue, sujando sua roupa. — Amanhã me entendo com você! — vocifera. Depois, apoia-se num joelho e abaixa ao meu lado. — Rosialt? Ele te machucou?

Permaneço sentada no chão duro e irregular de rocha. Os braços dele me envolvem; ele me puxa para perto. Enterro o rosto na curva do seu pescoço e inspiro o aroma fresco de eucalipto. Meu corpo se agita em frenesi e minha mente acelera. Fico completamente atônita com a atitude dele. Seu toque é terno, suave, e meu corpo relaxa. Ficamos assim uns minutos, com as mãos dele em mim: uma das mãos na minha cintura e a outra na minha cabeça, me pressionando e ligeiramente contra o peito.

— Você está bem? — repete.

Assinto com a cabeça ainda pousada no seu pescoço. Ele se afasta, lentamente, e me levanta com toda delicadeza. As solas dos meus pés doem sobre a rocha irregular.

— Estou bem.

— *Kia kaha.* — Fala tão baixo que me faz aproximar mais para poder ouvi-lo. Há angústia em sua voz e os seus olhos. Apesar de ainda cintilarem no escuro como dois faróis que me guiam, estão mais escuros. Kai levanta a mão e passa os dedos de leve exatamente onde dói. Os olhos se estreitam ao observar por um longo momento meu pescoço. — Está marcada. Vou matar aquele babaca! — Ele se vira para procurar o sujeito de novo e eu me surpreendo quando agarro o braço dele com força para impedi-lo. Não que ele não mereça, eu mesma quebraria de bom grado as duas pernas dele, mas Kai já quebrou o nariz do cara; acho que é o suficiente.

— Não! — peço. — Não vá. Já chega, por favor... Estou bem — repito. Não quero que ele arranje problemas. Não que eu ache que isso vá acontecer, pois todos parecem ter respeito por Kai. Ou medo...

Kai para e se vira para mim. Inspira pesada e lentamente, como se absorvesse todo o ar ao nosso redor. Abre a boca para falar, mas não o faz. Os lábios dele são carnudos e sua respiração está frenética. Aproxima-se de mim, toco seu rosto e minha respiração segue o mesmo ritmo da dele. Abraço-o e me aproximo mais. Nossas bocas estão a poucos milímetros. Consigo sentir seu hálito fresco e a respiração ofegante. Deixei de raciocinar para apenas sentir. Sei que somos totalmente incompatíveis, mas nossas almas estão interligadas e têm vontade própria. Sua mão desliza, muito devagar, do meu rosto para a nuca, e a minha cabeça acompanha o movimento como se cada terminação nervosa estivesse ligada a ele. Ele ergue meu rosto para encontrar os meus olhos, e nesse momento morde o seu lábio inferior. Quero repetir aquele mesmo gesto com os meus dentes no lábio dele. Sinto seus dedos longos no meio do meu cabelo, e cada folículo piloso se arrepia.

— Você tem um cheiro tão bom. — A voz dele é grave, profunda e repleta de desejo.

Meu corpo se incendeia e tenho certeza de que vou entrar em autocombustão ao seu toque. Kai aproxima um pouco mais a boca e quase toca na minha. Não sei quanto tempo mais irei aguentar. Estou completamente sóbria, mas a confusão na minha cabeça é grande demais para tentar entender o que está acontecendo. Desejo tanto tocá-lo. Preciso sentir esses lábios.

— *Kaore e taea e au** — murmura ele. Olhos cerrados de desassossego, enquanto retira a mão do meu rosto e recua.

— P... por quê? — Minha voz sai embargada, num lamento confuso. Estou paralisada e deixo os braços caírem ao longo do corpo. De olhos arregalados, pensando que fui rejeitada ou que ele fez tudo isso para zombar de mim. Agradeço estar na escuridão para que ele não veja meu estado lamentável. Meu coração bate freneticamente como as asas de um beija-flor. Se houvesse um buraco no chão, eu rastejaria até lá e desapareceria dentro dele! Não deve ser difícil encontrar uma fenda para me esconder numa gruta. Não posso me esquecer de procurar.

A boca dele abre para falar, mas somos surpreendidos pelo som da voz de Sofia.

— Aí estão vocês. — Fala em voz alta, animada. Deslizo um passo para trás, aumentando a distância entre nossos corpos, quando vejo que ela se aproxima rapidamente. Kai não se mexe e mantém os olhos nos

* Não posso.

meus. — O Beau está te procurando, Ara. — Ela sorri e pisca para mim, como se essa fosse a melhor notícia da noite.

— Já vou. — Tento esboçar um sorriso, sem sucesso, e me preparo para me afastar.

— Eita, o que aconteceu com você? — pergunta, preocupada, pousando os dedos no meu pescoço e observando de perto as marcas. — Kai?

O olhar dela é ameaçador e furioso.

— Acha que fui eu? — Ele rosna de olhos semicerrados enquanto a encara. — Foi o maldito do Asul! — Ele gesticula com os braços, severamente. Sofia fica com uma expressão ainda mais perplexa, e decido encerrar de vez essa situação embaraçosa.

— Está tudo bem, não se preocupe. — Olho somente para ela. Não me sinto capaz de encarar Kai, neste momento. E julgo que nunca mais conseguirei.

— Mas o que aconteceu? Ele te atacou?

— Acontece que *ela* não deveria estar aqui. — Kai não me deixa responder e aponta na minha direção. Os olhos vidrados e raiados de fúria. — Droga, vai embora! — As palavras soam como facas afiadas e meu coração fica pesado como a Lua.

Apesar de ter desviado o olhar do seu, sei que ele também não me olha. Sofia pousa a mão no braço dele, numa tentativa de acalmá-lo. Ela encolhe os ombros e vira a cabeça na minha direção, sem entender o que se passa. Não permitirei que ele me humilhe mais. Não mais. Nunca mais...

Sem olhar para nenhum deles, volto para o bar, onde a música, o calor e o cheiro me parecem agora ainda mais densos e rarefeitos. O peso no peito, a sensação de vazio e a ardência nos olhos aumenta a cada passo que dou.

— Aí está você! Pensei que tinha fugido. — A voz de Beau é tranquilizadora e meiga.

— Não. — Nego com a cabeça, com uma tentativa fraca de sorriso.

— Parece triste — constata ele, aproximando-se de mim. Os olhos param no meu pescoço e passa a mão com um suspiro exasperado no cabelo. — Quem fez isso? — Sua voz assume um tom grave e protetor.

— Estou bem. Já passou. Por favor, não quero falar mais nisso. — Minha voz ameaça falhar, e a vontade crescente que sinto de chorar aumenta drasticamente por saber que há alguém que se preocupa comigo.

Ele tenta argumentar, mas olha para mim e vê que não lhe direi mais nada. Seus olhos pretos brilham em concordância, e, ao vê-lo assim transtornado, de cabelo despenteado, acho-o mais atraente do que tinha percebido antes. Sem controlar meus instintos e pensamentos, colo meus lábios aos dele. Ele se surpreende, mas me agarra e geme baixinho contra a minha boca. A língua dele se enrosca com a minha. O sabor é doce, do licor que me deu para beber antes. Ele se afasta, e abre um sorriso que chega aos olhos.

— Vamos comemorar. — Pega minha mão e me leva para o bar.

O que eu fiz? Nesse momento penso novamente... Se arrependimento matasse, eu não saía desta gruta viva.

Eu me arrasto para fora da cama com a boca seca como areia e o corpo em completo caos. Nauseada e com uma sensação permanente de quase desmaio, vou tropeçando até o banheiro. Tudo dói. No meio do caminho, paro e olho para os pés. Estou calçada, mas com o tênis esquerdo calçado no pé direito e vice-versa. Pelo menos não me esqueci de buscá-los, mas certamente não fui eu quem me calcei.

Não me lembro sequer de como cheguei à cama. Sinto como se tivesse bebido o meu peso em álcool.

Ai, meu Deus! Meu primeiro porre!

Tomo uma ducha e visto uma calça larga e uma camiseta do mesmo estilo, recuperando um pouco da minha dignidade. Encaro meu reflexo no espelho e vejo as marcas roxas dos dedos de Asul impressas no meu pescoço. Lembro de como Kai agiu de modo superprotetor, só para estilhaçar o meu coração logo depois. Um arrepio eletrifica minha espinha, mas decido afastar o pensamento. Saio do quarto e encontro a casa vazia. *Ótimo!*

Pelo tom alaranjado das luzes lá fora, já deve ser meio da tarde. Tento comer alguma coisa, mas parece que nada passa pela garganta. Decido ficar em casa descansando e para curar a ressaca. Quando volto para o quarto para retomar a leitura de *Grandes esperanças*, reparo num copo com uma mistura verde, parece uma vitamina, e um bilhete onde leio: "Beba!" Pego o copo, com fraqueza, e o cheiro. Não cheira tão mal como parece, então experimento um pouco. Está morno e é adocicado, mas não muito. Antes que perceba, já bebi tudo com prazer. Pego o livro e começo a ler.

Devo ter apagado mesmo, porque acordo com Raina clareando a janela do meu quarto. Nem percebi ela entrar. Ainda estou na mesma posição em que estava antes de adormecer, meio sentada, encostada à cabeceira e com o livro caído no peito.

— Olá, dorminhoca — diz ela, enquanto acende mais algumas luzes. — A noite ontem foi animada! É melhor não fazer isso muitas vezes, a não ser que queira matar seu avô do coração.

Ainda de olhos semicerrados e com a cabeça latejando, deslizo o corpo para ficar deitada e esticar a coluna, usando os cotovelos como apoio. Tento focar minha atenção nas suas palavras, mas é seu rosto que me chama a atenção. Ela exibe um sorriso resplandecente e divertido.

— Que horas são? — Uma pergunta inútil, visto que ainda não vi ninguém, sem ser eu, usando um maldito relógio. Numa espiada rápida em meu pulso, confirmo que passa das onze da noite. — Já está na hora do jantar? — reformulo.

— Sim. E hoje temos uma visita.

— Visita?

— Sim — diz, ao sair do quarto.

Espero que não sejam pessoas chatas... nem muito faladoras. Hoje não aguentaria nem uma nem outra. Estou com uma dor de cabeça lancinante e por isso não tenho vontade de aturar ninguém. E se for Kai? *Ou pior.* Se for Beau? O nosso beijo... Eu o beijei. Por que o beijei? Meu estômago se contrai ao lembrar disso. A noite de ontem foi um desastre. Tento deixar esses pensamentos de lado. Quanto mais penso, pior me sinto.

Estou indisposta, mas lavo o rosto, aplico um pouco de creme e base na tentativa de cobrir as marcas do meu pescoço. Não faço um trabalho perfeito, mas dá para o gasto. Puxo o cabelo para a frente dos ombros para esconder os hematomas. Visto a calça jeans, a camiseta e calço os tênis. Preciso me sentir confortável e de algo familiar. Inspiro fundo algumas vezes, ganhando tempo e coragem para sair do quarto.

Quando saio do corredor e chego à cozinha, vejo o cabelo azul de Isla dançar enquanto conversa com Raina e a ajuda. Reparo que há somente quatro pratos. Ufa! Que alívio.

— Ara! Eu me convidei para jantar. — Isla deixa as travessas no centro da mesa e me dá um abraço apertado, ao qual eu correspondo.

— Que bom, fico feliz — admito.

— Você está bem? — pergunta ela em voz baixa, quando Raina vai até a bancada da cozinha para buscar mais comida. Como se as cinco travessas que estão em cima da mesa já não tivessem comida suficiente para um batalhão. O rosto dela não demonstra preocupação excessiva, o que me leva a crer que nem Kai nem Sofia lhe contaram o que aconteceu ontem à noite.

— Estou. E você?

— Com uma ressaca *superficial*. — Isla põe a mão na boca para abafar o risinho e fala ainda mais baixo. Eu a encaro, intrigada. — É um trocadilho — explica. — Em vez de dizermos "do outro mundo", associamos as coisas estranhas e diferentes à Superfície.

— Ha, ha, ha... — Rio da piada sem graça. Se fosse outro dia qualquer, acrescentaria algo como: "E eu estou com uma ressaca *profunda*." Mas não estou nos meus melhores dias e não quero ter que lhe contar o que aconteceu, não saberia por onde começar.

— Parece cansada. Dormiu bem?

— Até dormi, mas acho que também bebi demais — admito.

— Sentem-se, meninas — ordena Raina, com simpatia. Traz mais uma pequena travessa com aqueles pãezinhos pequenos e fofos que adoro. A farinha deles faz um pão leve, que parece derreter na boca. Não me canso de comê-los.

Sentamo-nos lado a lado e continuamos a conversar. Isla, sem cerimônias, pega uma travessa e coloca três colheradas de legumes no seu prato e me serve também a mesma quantidade. Observo sua desenvoltura.

— Sabe, você está assim porque aqui não temos o mesmo ritmo circadiano da Superfície; ele é influenciado pela maior ou menor exposição à luz. Por isso não nos regemos pela mesma unidade de medida de tempo: as horas — explica Isla.

— Claro que o ritmo circadiano das pessoas da Superfície é influenciado pelos ventos, as marés, a temperatura etc., mas principalmente pela luz solar, por isso que o nosso é diferente, porque não temos dia nem noite — intervém Raina.

— Exatamente. Temos tempo para trabalhar e tempo para descansar. Mas como não temos sol, não temos o "dia" e a "noite". Extraímos a energia que alimenta a cidade dos cristais e das grandes turbinas hidráulicas no mar. Assim conseguimos mimetizar o dia por meio dos cristais e das luzes. O ciclo de vinte e quatro horas que rege todos os seres vivos não nos afeta da mesma forma. Pense nas plantas dentro de uma estufa; nós disponibilizamos a luz de que precisam para se desenvolverem e crescerem. Aqui embaixo, somos iguais.

— Mas, então, aqui um dia não tem as mesmas vinte e quatro horas da Superfície?

— Sim, contamos o mesmo número de horas para termos os mesmos dias do ano, mas as usamos de forma diferente.

— Também não temos estações do ano, evidentemente — constata Raina quando se senta em frente a Isla. — Temos épocas de colheita. Há três ao longo do ano, cada uma com a duração de quarenta dias, rigorosamente. Elas são influenciadas pelas marés e pela quantidade de luz que recebemos. Por isso o *timing* precisa ser perfeito.

— Eu fico muito confusa. Porque, como não usam relógio, não entendo como todos conseguem chegar na hora aos lugares.

— Deixamos fluir. O nosso organismo já está tão automatizado que sabe quando é hora de acordar, comer e se divertir. — Isla exibe um sorriso radiante.

— Sabe quando coloca o despertador, mas acorda antes de ele tocar? É porque o nosso corpo se adapta à rotina. E você está se adaptando muito bem — intervém meu avô, descendo as escadas e se sentando do outro lado da mesa, à minha frente.

— Acha mesmo? Meu corpo está sempre dolorido e nunca consigo me situar.

— Você se sente assim porque aqui dormimos menos tempo. Por isso trabalhamos quatro dias e descansamos um — explica Raina.

— Para entender melhor, imagine o seguinte: trabalhamos das seis às vinte e duas horas. As oito horas restantes são usadas para jantar, conviver e dormir. Você tem dormido entre três a quatro horas, apenas. Talvez o seu cansaço venha daí, mas vai ganhar resistência, assim como nós — conclui Isla.

— Então acho que está explicado. É que toda vez que olho para isto, fico confusa. — Levanto a mão e mostro o relógio. — Está marcando quase meia-noite, mas aqui estamos nós, jantando.

— Mas é simples. Em vez de pensar nas coisas em termos de dia e noite, ou horas, pense em intervalos de tempo. O ciclo em que estamos acordados é um intervalo de tempo e o ciclo em que estamos dormindo é outro.

— Então, um dia tem dois intervalos de tempo? — questiono, não totalmente certa de que entendi.

— Isso mesmo. É fácil, está vendo? — incentiva Isla, toda contente.

Encolho os ombros.

O restante do jantar passa num piscar de olhos. Isla fala sem parar de suas tentativas para fortalecer o corpo e ganhar mais massa muscular, para daqui a dois meses — ou cento e vinte intervalos de tempo, como ela diz — ingressar nos treinos dos Protetores para o Primeiro Estágio. Durante todo o jantar, sempre que teve de fazer uma referência ao tempo, ela me pede para converter em intervalos de tempo, para se certificar de que eu havia entendido. E para me corrigir, como aconteceu algumas vezes, porque eu estava distraída pensando no irmão dela. O jeito como ele parece se aproximar só para recuar logo em seguida me confunde muito. Tem uma máscara de durão, mas quando preciso, ele está sempre lá para me ajudar. No entanto, me descarta e despreza no minuto seguinte.

Não posso me permitir ficar sozinha com ele de novo. É constrangedor. Há um clima tenso e estranho.

E acabamos sempre discutindo. Sem falar na namorada. Será que Sofia é namorada dele? *Para com isso; não é da sua conta!*

— Ara! — Isla olha para mim rindo muito. — Não é, Ara? — repete ela quando vê que não respondo.

Não sei o que responder, porque me desliguei da conversa há algum tempo, ao que parece. Mas aceno com a cabeça, em concordância.

— Estou impressionado — admite meu avô. — Você não costuma gostar de reuniões sociais.

O quê? O que eu perdi? Respiro fundo antes de falar.

— Como assim? — Tento dizer algo que não denuncie a minha ausência espiritual.

— Você acabou de concordar com a festa que o Consílio está preparando em sua homenagem, e achei que não conseguiria convencê-la a ir nem arrastada — explica ele.

Uma o quê? Não posso acreditar! É o que dá ficar com a cabeça nas nuvens pensando em um cara que provavelmente tem namorada, além de oscilações de humor preocupantes. E que eu quase beijei. E no cara que beijei apenas porque me senti rejeitada pelo cara que eu queria que me beijasse. Se Mira descobrir... Uma pontada de tristeza me atinge diretamente no coração. Tenho de contar para ela. Amanhã, sem falta. Quero que saiba por mim. Vou lhe explicar que foi um erro e, sei lá, culpar o álcool. Uma desculpa esfarrapada, mas terá de servir. E isso não vai se repetir.

— É já daqui a nove dias — diz Isla, sem conter a euforia. Ela gosta mesmo de festa. Tenho um vislumbre dela dançando com aquele rapaz ontem à noite e tento afastar rapidamente o pensamento da minha cabeça, porque, se fosse minha irmã, eu a levava embora e a colocava de castigo por beber daquela maneira. — Que são...? — Sei que está à espera de que eu faça a conversão para intervalos de tempo, tal como fez durante todo o jantar.

— Dezoito intervalos de tempo — digo. — E como exatamente será essa festa?

— É um jantar especial, para te apresentar formalmente à Comunidade — explica Raina.

Meu avô e Isla me olham com estranheza, certamente achando que eu já devia ter entendido isso.

— Bom, é que não sou exatamente fã de festas, então me não me animei muito com a ideia. Além do mais, acho que não ficarei aqui tempo suficiente para ir a essa festa. A minha vida é na Superfície.

Isla troca um olhar com meus avós e encolhe os ombros ignorando o que digo.

— O tempo passa tão depressa que, quando se der conta, já chegou o dia. E não se preocupe, vai adorar. É só uma reuniãozinha.

Isla sorri, uma vez mais, eufórica.

8

SALÃO RUBY

A verdade é que nove dias se passaram rapidamente. Nesses últimos dezoito intervalos de tempo, meus avós quase não me deixaram respirar. Fui apresentada a praticamente todos os amigos, o que nos fez almoçar, lanchar ou jantar quase sempre na casa de um deles.

Petra apareceu várias vezes aqui em casa para confirmar que eu "não estava mesmo com depressão". Numa dessas vezes me trouxe uma enciclopédia dos aquários mais bonitos do mundo, em outra, um enorme vaso com vários tipos de plantas, parecidas com suculentas — algumas delas com pequenas flores estranhas —, e, da última vez, um uniforme para quando eu ingressar nos treinos dos Protetores.

Raina insistiu, algumas vezes, para que fosse com ela fazer um vestido sob medida para a festa, mas recusei, sempre de maneira gentil. Não quero lhe dar trabalho e tenho roupa suficiente para anos no armário. No entanto, acompanhei-a algumas das vezes que foi fazer a prova do seu vestido. Numa dessas vezes, vi Kai ao longe, e todo o meu corpo ficou elétrico. Kai acompanhava uma senhora que andava muito devagar, com o apoio de uma bengala, e conversavam alegremente enquanto ele carregava um grande cesto com comida. Estaria carregando as compras para ela? Essa imagem não saiu da minha cabeça por dias.

O cabelo de Raina está preso num coque elegante, ao estilo Audrey Hepburn, e traz uma maquiagem leve, em tons terra, que lhe dá um ar mais jovem. O vestido é longo e fluido, num tom pastel, cor de pêssego. Um cinto fino de brilhantes adorna sua cintura e dá um toque sofisticado à simplicidade do vestido.

— Estou pronta. Gostou? — Com ambas as mãos, pega na saia, faz uma pequena reverência e gira para me mostrar o vestido.

— Adorei, vó — digo, me sentando na cama para observá-la melhor. A expressão dela muda e fica emocionada. Vejo uma lágrima surgir em seus olhos e percebo que é porque, pela primeira vez, a chamei de vó. — Está linda. — Sorrio, saio da cama e lhe dou um abraço para quebrar a emoção do momento. Afasto-me e vou até o armário.

— Obrigada, querida. — Apesar de estar revirando as peças de roupa para decidir o que vou vestir, ouço-a fungar. — Precisa de ajuda? Posso ajudar com o cabelo, se quiser. Seu avô está terminando de se arrumar.

— Não, obrigada. Só vou tomar uma ducha rápida e me arrumo num instante.

Rapidamente desapareço para o banheiro, e minha avó sai do quarto para me dar privacidade. Enquanto tomo banho, penso na escola, que já terminou. Desde que cheguei, anoto os dias num papel, para me orientar no tempo, pensando no que minha família estará fazendo. Certamente teria ido ao baile de formatura com Colt. Ainda não havíamos falado sobre o assunto, mas estava implícito que, nesse tipo de situação, iríamos sempre juntos, até algum de nós ter outra companhia para levar. E agora vou a outro baile… sem ele.

Quando saio, encontro em cima da cama um conjunto cor de mostarda, com minúsculas pedras bordadas que lhe conferem um brilho intenso. Em cima há um cartão que diz apenas "Você é especial, minha querida". A roupa consiste num top tomara que caia, que só cobre o seio; uma calça muito justa, que fazem conjunto com um vestido que vai até a coxa, preso apenas num dos ombros, deixando o outro descoberto. Um dos lados é completamente aberto, permitindo ver a calça e o tomara que caia. Minha avó fez uma surpresa. Sorrio para mim mesma.

Decido arriscar e experimentá-lo, pois não me senti nada mal com as roupas novas que tenho vestido até agora. Concluo, com satisfação, que o tecido é fresco e arejado. Prendo o cabelo no alto da cabeça para refrescar o pescoço. Os hematomas quase não são mais visíveis. Nunca liguei muito para a aparência; sempre vesti o que fazia me sentir confortável, sem querer saber se realçava minhas curvas ou se me favorecia. Quando me vejo no espelho, me sinto na mesma hora mais feminina e estranhamente entusiasmada. Gosto do que vejo e concluo que cores vibrantes, no fim das contas, me caem bem. Calço meu All Star e vou de encontro aos meus avós à entrada de casa.

— Que linda! — exclama meu avô quando saio do corredor e chego à sala, onde me esperam. Agradeço aos dois com um sorriso e sopro um beijo terno e lento das palmas das mãos. — Sou o homem mais sortudo deste planeta, e hoje serei certamente o mais invejado por ter estas duas beldades ao meu lado. — Num gesto rápido e nitidamente exagerado, abre os cotovelos para que possamos encaixar nossos braços nos dele. Saímos assim de casa, os três de braços dados.

Subimos as escadas da ponte da queda-d'água, onde há uma embarcação que mais parece um avião. Aguarda-nos atracada no cais que flutua ao nível da água. É de um prateado muito brilhante e tem umas abas laterais largas, levantadas nas pontas, com cerca de um metro e meio cada — lembram uma raia. Há uma hélice em cada asa que faz com que a embarcação pareça maior do que é. Um rapazinho franzino está ao volante, e me pergunto se ele saberá conduzir aquilo.

— Boa noite, Raina, Arabela, Anadir — diz o rapaz com uma saudação simpática e cordial. Apesar de ele saber meu nome, não sei o dele, e acho que nunca o vi.

— Boa noite, Dáguio. Você é a nossa carona de hoje?

— Sou, Anadir. Só eu já fiz uma dúzia de viagens. Porque as senhoras, com esses vestidos, não conseguem andar. — Olha na nossa direção e ri para meu avô.

Entro para a cabine imaculada que acomoda seis pessoas.

— Sentem-se e apertem os cintos, por favor.

Nós obedecemos e o transporte desliza pela água em silêncio absoluto. Ao longe, um barco avança na nossa direção, talvez para vir buscar mais pessoas. Quando passa silenciosamente por nós, reparo que não toca na água. Eu me contorço toda e, com dificuldade, por causa do cinto, ajoelho sobre o banco para olhar para trás e admirar aquela imagem fantástica.

— Mas como é que...

O meu avô sorri, quase orgulhoso, e não me deixa terminar.

— Imagine uma folha caindo... Ela se demora mais tempo no último segundo antes de cair no chão. É o chamado efeito do solo. Cria um "colchão de ar" por baixo das asas do veículo, e ele voa baixinho sem quase gastar combustível. E como o nosso biocombustível, o álcool de cana, é sustentável, não emite gases poluentes. — Ele pisca para mim e me dá dois tapinhas para que me vire para a frente.

Em cinco minutos, chegamos ao centro da cidade. Descemos do barco e atravessamos a ponte mais larga — a Ponte-Mor —, que fica bem em frente ao Colégio Central, do outro lado do rio. A ampla ponte, arqueada, com cerca de trezentos metros de comprimento, também é de cristal. Nunca vim a esta margem do Riwus. É então que percebo que é delimitado por uma parede rochosa alta e irregular, que se estende a perder de vista para o norte. Há entradas talhadas na rocha e dezenas de bancadas e tendas montadas, mas sem material exposto ou pessoas.

— O que é aquilo ali? — pergunto, apontando para as aberturas perfeitamente esculpidas na parede.

— São bazares. É onde fazemos a troca de bens. Não temos moeda própria, por isso cada um vem aqui buscar aquilo de que necessita. Vivemos bem, mas não somos consumistas. Todos somos responsáveis no consumo e temos plena consciência do que necessitamos, por isso há o suficiente de tudo para todos — explica minha avó.

Parece um conceito muito correto. Se todos trabalharem no mesmo sentido, mantendo os mesmos direitos e as mesmas oportunidades, nunca faltará nada a ninguém, o que gera maior satisfação, felicidade e vontade de trabalhar mais e melhor.

Eu me lembro de que, no dia em que cheguei, meu avô veio aqui buscar comida para mim.

— Então é aqui o mercado dos Permutadores?

— É isso mesmo. Precisa vir conhecer; acho que vai gostar. — Meu avô está feliz. E eu assinto com a cabeça.

Deste lado, a vegetação é quase inexistente. Seguimos para sul e, alguns minutos depois, o chão de rocha se torna íngreme. Trilhas e caminhos estreitos, mal iluminados, surgem por todo o lado na própria parede de rocha. Estamos a uma altura do rio muito maior do que do outro lado. Talvez por isso o caminho seja protegido por um corrimão de metal brilhante, para garantir a segurança. Se alguém cair desta altura, certamente terá morte imediata.

Após uma curva, vejo ao longe duas grandes portas de madeira trabalhada. Ambas entalhadas com enormes escamas como base. Numa delas, um atlas do mundo da Superfície — o mundo que eu conheço, com continentes e oceanos. Na outra, mais um mapa, talvez de Aquorea, com símbolos que presumo serem das respectivas Fraternidades e de figuras que me são desconhecidas, esculpido com tamanha perfeição que parece gravado a laser.

Assim que nos aproximamos, as portas se abrem com um rangido suave.

— Este é o Salão Ruby. — Minha avó faz um amplo gesto com o braço.

Entramos numa caverna onde centenas de pessoas nos esperam. *Uma reuniãozinha, não é?* Instintivamente, meus olhos percorrem a sala à procura de Kai, mas não o vejo. Não sei por que, mas me sinto inquieta. O teto abobadado é relativamente baixo e está coberto de milhares de pontos de luz intermitente, que se refletem no chão e fazem lembrar um céu estrelado. O chão, cor de beterraba, é polido e liso, e meus pés escorregam sobre ele como se tivessem acabado de encerá-lo.

Olho ao redor e todos os outros parecem se equilibrar perfeitamente, mas estão descalços. Deve ser esse o truque. As pessoas que preenchem o salão emanam graciosidade e delicadeza. Suas roupas estilizadas foram confeccionadas com perícia e primor. Espartilhos justos adornados de conchas e pedras preciosas; aplicações de penas e contas em vestidos comuns. Vestidos de baile fluidos com ombreiras salientes e decotes generosos; homens em ternos de calça e colete alongado conferem uma harmonia ao ambiente. Alguns cabelos são bem fluorescentes, outros graciosos, e a maquiagem igualmente elaborada. Perto deles quase me sinto sem graça.

As mesas compridas estão cobertas com toalhas brancas, finas e lisas, com um alegre padrão de conchas bordado nas pontas. Há pratos, copos e guardanapos combinando. Travessas e tigelas de comida colorida e cheirosa.

Atrás das mesas há apenas uma imensa janela em arco até o teto, que preenche a parede por inteiro. Uma janela de água. É como olhar para um dos gigantescos tanques do Georgia Aquarium. Alguns holofotes iluminam as profundezas escuras do mar. Destroços inanimados e lodosos de um navio se destacam no cenário marinho, como uma imagem de protetor de tela. Alguns peixes deslizam por entre a estrutura desgastada, coberta de algas, que pendem em cachos e ondulam ao sabor da corrente. Música suave anima o salão.

Minha avó pausa para conversar com uma mulher mais nova, de estatura média e esguia, que me lança um sorriso terno, embora inquisidor. Seu cabelo está dividido ao meio, entrelaçado num lindo penteado, a pele é clara como mármore e os olhos azuis me são familiares. As duas conversam estranhamente baixo e então se afastam.

— Muito prazer, Arabela — brada uma voz masculina e rouca. Não consigo ver bem a pessoa que acaba de me cumprimentar, porque está encoberta por um outro homem mal-encarado, trajado com o uniforme dos Protetores, e com uma postura de guarda-costas. A cabeça dele é desproporcionalmente grande para o resto do corpo e o queixo pronunciado tem uma grande covinha no centro, parecendo dois queixos juntos. Seus olhos são castanhos, encovados, e tem olheiras profundas e escuras. O nariz comprido é estreito como o bico de um papagaio, e o cabelo está penteado para trás.

— Ara, este é Llyr Davis. O Regente do Consílio — diz Anadir, assim que o cabeçudo sai da frente de um homem elegantemente vestido.

Llyr usa um terno preto, de bom corte, e uma camisa do mesmo tom abotoada até em cima. Mas continua a parecer estranho vê-los descalços. Roupas tão formais pedem, sem dúvida, uns sapatos.

Eu me lembro de que o Consílio é o local de reunião da Comunidade, onde todos podem opinar sobre o que acham que deve ser melhorado ou reestruturado e onde são aprovadas leis e ordens. Ele deve ser, portanto, a pessoa com mais poder deste lugar.

— Muito prazer, senhor Davis.

— Pode me chamar de Llyr, Arabela. — Tosse duas vezes na dobra do braço e percebo que sente dificuldade em retomar a conversa, porque sua voz falha antes que ele limpe a garganta. — Já abandonamos há muito tempo essas formalidades. O respeito mútuo não vem do nosso cargo ou do nome, mas, sim, dos atos e de nosso caráter — explica, piscando para mim.

— Certo, combinado.

— Gostaria de ter conseguido me apresentar mais cedo, mas, por algum motivo, acabei adoentado e não quis impor minha presença na casa dos seus avós, sabendo que a encontraria aqui.

Logo atrás, surge um casal mais ou menos com a idade dos meus pais, e se apresentam como Mestres do Consílio: Fredek e Alita Peacox.

— Você está tão linda! Seja bem-vinda — diz Alita, com voz fina e estridente. Detecto em sua voz uma pitada de cinismo. Não é uma mulher bonita, mas é excêntrica, baixa e com curvas bem delineadas. O cabelo curto e cor-de-rosa combina com o chiquérrimo corpete do seu vestido.

É adornado com pedras cor-de-rosa, e penas lilases cintilantes caem das ombreiras até o meio do braço. Um minúsculo chapéu de penas, igualmente lilás, repousa no centro da cabeça, pendendo para a testa. Em qualquer outro lugar acharia tudo isso bizarro demais, mas aqui, neste lugar exótico, faz sentido, e não posso deixar de admirar, deslumbrada.

No entanto, meu estômago revira e todos meus alarmes disparam com as suas palavras.

— Muito obrigada. — Não quero ser indelicada, mas não gosto da forma como ela me observa.

— Ficamos muito contentes com a sua chegada — esclarece o marido, vestido na mesma paleta que ela. Usa um terno listrado lilás, do mesmo tom das penas do vestido da esposa; uma calça corsário justa e um colete comprido, abotoado até o pescoço. Na lapela com debrum cor-de-rosa há um pequeno alfinete com uma das imagens das portas do Salão Ruby.

— Obrigada.

Entretanto, meu avô se afasta um pouco e diz a Alita que quer marcar uma reunião com ela. Tenta falar baixo, mas não o suficiente para evitar que eu ouça parte da conversa.

— Sua presença é, sem dúvida, o acontecimento do século — conclui Fredek, em tom sarcástico, gesticulando efusivamente com o braço direito.

— Espero que goste de sua estadia — intercede Llyr, com um sorriso afável. — Por motivos óbvios, não serei eu a fazer o discurso hoje, mas se precisar de alguma coisa, não hesite em falar comigo.

Fico contente por Llyr interferir e falar em estadia e não em algo mais definitivo.

— Pode deixar. Melhoras!

Meu avô sabe como me sinto em situações sociais, por isso me indica o caminho. Todas as pessoas no salão parecem querer me cumprimentar e falar comigo.

Um homem de pele escura, de cabelo e barba muito branca, como a do Papai Noel, me encara e acena com a cabeça. Cumprimenta meu avô com um toque de ombros e exibe um sorriso largo que me enche a alma de tão sincero que é. Ao seu lado, há uma mulher da mesma idade, com um penteado elaborado em forma de flor.

— Cara Arabela, é uma verdadeira honra finalmente conhecê-la. — Com as duas mãos, pega a minha e a segura. — Sinto como se já fosse um pouco minha neta também, de tantas histórias que seu avô me contou sobre você nas últimas semanas. E sobre sua irmã e o Colt, evidentemente — acrescenta o homem. Apesar de não terem um pingo de maldade, as últimas palavras me atingem bem no meio do peito. E faço um esforço para segurar as lágrimas que se formam.

— Muito prazer, a honra é toda minha — digo com sinceridade. — O senhor é o avô da Mira — afirmo, ao ver as semelhanças nos olhos perspicazes.

— Culpado! Arcas Lowell. — Ele exibe um sorriso radiante. — A Mira está fascinada por você e as histórias que conta da Superfície. Se não estivesse tão seguro da sua fobia por água, diria que está começando a ter ideias. — Ri. Sua voz é grave, com um tom terno e afável.

Gosto dele de imediato.

— E esta bela senhora é a Hensel. — Aponta para a mulher elegante ao seu lado. Seu vestido é simples, até os pés, cor de malva.

— Preciosa Ara, que prazer.

— Igualmente — respondo, com um sorriso. Estendo-lhe a mão, mas ela me puxa para um abraço.

Arcas sorri. Mira me contou que sua avó faleceu há alguns anos; será ela a nova companheira de Arcas? Se sim, formam um lindo casal.

— Serei o anfitrião esta noite. Terei o prazer de te apresentar formalmente à Comunidade. Será uma coisa simples. Farei um breve discurso e depois a apresento e passo a palavra para você. Não precisa se estender muito, se não quiser.

O quê? Ninguém me disse que teria de falar diante de uma multidão. Gelo e fico pálida.

— A Ara nunca se sentiu muito à vontade em falar em público — esclarece Anadir, ao perceber o meu estado.

— Não se preocupe, ninguém está aqui para julgá-la. Apesar de alguns serem um pouco cretinos — diz num sussurro, torcendo o nariz e gesticulando com o braço. — Apenas imagine que estão todos nus. Não é, Anadir?

Eles riem e eu tenho vontade de sair correndo.

— Bastam umas palavras, mas não é obrigada, se não quiser — tranquiliza meu avô.

— Eles só querem um discurso rápido para começarem a comer, portanto, a maioria nem vai prestar atenção — assegura Arcas, com um leve tapinha em meu ombro.

Permaneço estática e muda.

— Bem, vamos lá começar, eles já parecem tigres famintos.

Arcas nos lidera para uma mesa onde já estão sentados Llyr e o casal de Mestres do Consílio, bem como minha avó e a mulher com quem havia parado para conversar. Alguns lugares ainda estão vazios, talvez os nossos e os de mais algumas pessoas que continuam socializando alegremente pelo salão. Cumprimento todos os presentes e me sento ao lado da minha avó.

Arcas se encaminha para o centro do salão, onde há um pequeno palanque, preto e redondo. O que eu acho que é um microfone pende, num fio, desde o teto. O burburinho vai dando lugar a um silêncio absoluto. É um homem alto, com porte imponente. Ao contrário da maioria, está todo de branco. Um terno de três peças que lhe assenta lindamente.

— Obrigado, obrigado — diz, com um sorriso radiante. — Mas hoje não estou aqui para ser idolatrado.

Risos altos ecoam de todas as partes do salão, acompanhados de assobios divertidos.

— Como sabem, e não só porque Aquorea não é assim tão grande, mas porque vocês, na maioria, são uns fofoqueiros, temos entre nós um novo membro da Comunidade. — Mais risos e gritos. — Porém, trata-se de um membro muito especial, pois foi trazido até nós pelo motivo mais poderoso de todos. — Ele me olba com afeição e suspira. O silêncio se torna ainda mais absoluto, e todos o olham com a máxima atenção. Eu, inclusive. Ele tem um carisma cativante. — Amor — diz, por fim.

O quê?! Meu coração dispara e sinto meu rosto queimar.

Um "aaah" percorre o salão e as pessoas se inclinam para a frente nas suas cadeiras para escutá-lo com ainda mais atenção, como que à espera da grande revelação.

— O amor de uma neta pelo seu avô. É a primeira vez na nossa história que duas pessoas da mesma família são trazidas para Aquorea.

Alguns aplausos irrompem e sonoros "vivas" entusiasmados vêm de uma mesa onde está sentado meu grupo de amigos. Olho para eles e sorrio. Kai não está lá.

— Arabela, acredito que falo em nome de todos quando lhe dou as boas-vindas e digo que será muito bem recebida. Agora é uma de nós, um membro da Comunidade e desta família. Uma filha, neta, irmã — diz, com os olhos brilhantes fixos em mim. — Se quiser, a palavra é sua. — Faz um gesto com o braço e me indica o lugar a seu lado.

Minhas pernas estão bambas e, mal levanto da cadeira, meus pés escorregam, e tenho de me agarrar à mesa para não me estatelar no chão.

Ouvem-se risos e alguns comentários, como "tira isso dos pés", que posso jurar ter vindo do Gensay. Nunca tive jeito para fazer apresentações públicas. Até mesmo nos trabalhos da escola em que é obrigatório fazer a apresentação perante a turma, prefiro fazer slides ou vídeos para não ter que falar muito. Mas, apesar de todo o nervosismo, aqui me sinto diferente. Caminho até ele, confiante e com cuidado, praticamente deslizando os pés, como se estivesse de patins. Os cochichos e risinhos não me incomodam, pois o sorriso encorajador de Arcas me ajuda a cada metro que percorro. Assim que me aproximo, ele me estende o braço e me apoio nele para subir ao palco baixo.

— Obrigada, senhor Lowell.

— Arcas — responde, baixinho.

Olho em volta. Todos os olhos estão fixos em mim. Alguns gritinhos interrompem a linha de raciocínio que eu tentava organizar para meu primeiro discurso formal a Aquorea.

— Aí vem eles — alguém grita.

Eu me viro na direção dos olhares e vejo três vultos nadarem, vindos do mar, em direção à janela de água. Não desaceleram e, ao chegarem mais perto, de braços esticados, mergulham habilmente e entram com uma cambalhota para dentro do salão, pondo-se agilmente de pé. *Como conseguem transpor a janela de água? Ah, deve ser por entrarem pelo mar...* Wull traz na mão um peixe que identifico como o alabote; outro homem, mais velho, de pele marrom, com a cabeça raspada e grandes tatuagens no peito e nos ombros, me olha de relance e, com um sorriso largo, encolhe os ombros como se pedisse desculpa pelo atraso. Kai também está ali, à minha frente, vestindo apenas um short molhado e, no pescoço, um cordão com um seixo preto. *Será?* Traz um enorme espadarte na mão esquerda. Não usam máscaras ou cilindros de oxigênio e não aparentam estar ofegantes.

— Desculpem o atraso — diz o homem mais velho, exibindo os grandes bacalhaus que traz em cada mão. — E a interrupção. — Sorri e dá uma piscadinha para mim.

Retribuo o sorriso.

Kai olha calmamente ao redor e fixa os olhos nos meus durante poucos segundos, enquanto me estuda com uma expressão reservada no rosto. Posso jurar que vejo um sorriso maroto, como se algo o divertisse, e novamente ouço, bem no fundo da minha mente, um sussurro... *linda...*

Ficam os três de pé, com a postura ereta e pingando água, com os peixes na mão, à espera que eu fale.

Queria o Kai, aqui está ele.

E continua a sorrir para mim.

— Obrigada, Arcas. — Limpo a garganta antes de falar. — É maravilhoso estar aqui. Se tivessem me dito que existia um lugar assim, eu jamais acreditaria.

Silêncio absoluto no salão. Plateia difícil.

— E se houve algum motivo para eu ser trazida para cá, foi, de fato, o amor. — Meus olhos vagueiam pelo salão, tentando fazer contato visual com o maior número de pessoas. — Vou contar um segredo para vocês. — Alguns se inclinam para a frente para ouvir melhor o que tenho para contar. Conquistei a atenção dos presentes sem grande esforço. — Meu avô Anadir — faço um gesto na sua direção — nunca me contou sobre esse lugar, mas sempre nos levou a acreditar que o impossível pode acontecer, que nossos sonhos podem se realizar. Aqui estou eu. Obrigada a cada um de vocês por me receberem com tanta gentileza. Obrigada por esta recepção e por serem tão amáveis comigo. — Ao pronunciar as palavras, não consigo evitar olhar para Kai, que sorri com uma expressão estranha e amargurada no rosto.

Não tenho mais nada a dizer. Assim que percebem que terminei o discurso, batem palmas efusivamente — talvez com certo exagero. Torno a procurar Kai com o olhar, mas eles já não estão mais lá. Somente o rastro molhado no chão até a cozinha. Ao perceber a minha dificuldade em andar neste pavimento, Arcas me oferece o braço e me conduz até a mesa.

Conversamos um pouco, e estou prestes a me sentar quando vejo Wull e Isla acenarem ao longe. Como quero aproveitar a oportunidade de sair daqui, aceno de volta. Ela está deslumbrante em um vestido tomara que caia amarelo plissado. A tez pálida e as feições delicadas, o nariz pequeno e arredondado, dão-lhe a aparência de uma boneca de porcelana.

— Quer vir para a nossa mesa? — pergunta Wull ao se aproximar. Já está seco e vestido, e aponta para a mesa bem em frente à janela de água, onde está o grupo de sempre.

Olho para meu avô e sinalizo que vou com eles. Peço, educadamente, permissão para me retirar, agradeço mais uma vez a Arcas a gentileza e saio. Dou outra olhadela pelo Salão na tentativa de avistar Kai, e lá está ele sentado justamente à mesa para a qual os meus amigos me levam.

9
NÃO TÃO SEGURO ASSIM

Isla senta-se entre Mira e Petra.

— Quer ficar aqui, Ara? — Wull indica o lugar vazio ao lado de Beau e em frente a Petra. — Eu vou sentar ali. — Aponta para o espaço desocupado entre Sofia e Umi. Pisca para mim e se afasta.

Mira nos observa atentamente. É mais do que evidente que tem uma queda por Beau. Não tive oportunidade de contar sobre o beijo. Espero conseguir contar para ela esta noite. E, acima de tudo, espero que ela me perdoe.

— Olá, Ara — diz Beau. Seus olhos cintilam, alegres.

— Belê?!

— "Belê?"? É mais um dos seus cumprimentos estranhos? Você gosta mesmo de comer as palavras — afirma Gensay, indignado.

— Beleza?! Melhor assim? — questiono, sarcasticamente, em tom de brincadeira, mas ele ignora.

— Ara, Ara, o que tenho na mão? — grita Boris por cima de Beau, agitando o punho fechado no ar. Está com a boca cheia e me oferece um grande sorriso, o que faz com que pedaços de comida saltem da sua boca sem querer. Aceno para ele e não consigo conter o riso diante da cena.

— Ai, Boris. Agora não — suspiro com um sorriso.

Ao seu lado está Kai. Assim que nossos olhares se cruzam, vejo os maxilares dele se contraírem.

— Adivinha, adivinha! — insiste Boris.

— Hum... Nada? — Tento adivinhar.

— Quase — responde ele, entusiasmado, abanando o punho com força no ar. Ele deixou os talheres na mesa, então a brincadeira deve ser mesmo importante para ele, por isso decido entrar no jogo.

— Pão!

— Quase. Continua! — incentiva ele.

Pouso o cotovelo na mesa e o queixo na mão. Finjo pensar seriamente no assunto.

— Pele — tenta Sofia, e me oferece um caloroso sorriso cúmplice.

— Uma harpa! — diz Umi, e sorrio porque acho sua resposta absurda. Será que ela sabe o que é uma harpa?

— Uma aranha.

— O juízo que te falta. — dizem, respectivamente, Isla e Kai ao mesmo tempo: Isla empolgada por entrar no jogo, e Kai em um tom descontraído.

— Quase. — Boris, de olhos arregalados, mostra o punho a cada um dos amigos.

— Quase — digo, por fim. E o rosto de Boris é um misto de desilusão e felicidade.

Abre a mão e mostra a todos. Na palma da sua mão está escrito "quase". Kai ri e lhe dá um tapinha na cabeça, Isla reclama que não é justo e Umi o chama de "bobo alegre".

Sorrio para Umi, inconscientemente, porque nunca tinha visto esse seu lado simpático e descontraído. Quando nossos olhos se encontram, ela franze as sobrancelhas.

— Você se divertiu no Underneath? — pergunta Mira, desviando minha atenção de Umi.

— Sim, tanto quanto me lembro — respondo, rezando para que nenhum comentário tenha chegado aos seus ouvidos.

— Pois é. O *jellyfish* te deixou bem alegre. Você dançou sem parar — confirma Beau com uma cotovelada bem-humorada.

— *Jellyfish*? — pergunto.

— Aquela bebida docinha que você não parava de beber — provoca Sofia, do outro lado da mesa.

— Sim, você é muito divertida! O que mais gostei foi da sua imitação de *dragona*! — Boris solta uma gargalhada grave e abana a cabeça, enquanto limpa uma lágrima do olho com o pulso.

Semicerro os olhos e ele para de rir.

— Gosta de dançar, Ara? — pergunta Isla.

— Sim, desde criança. Dançava até meus pés doerem. A recordação me faz sorrir e olho para Kai num agradecimento silencioso. — Quem me calçou?

Olho para Beau, que nega com a cabeça.

— Não sei. Eu não fui — diz Isla. — Foi você, Petra? — pergunta, olhando para a amiga, que está completamente absorta em pensamentos.

— Hã? Eu não. Nem me lembrei daquelas coisas dos pés. — Petra descarta a ideia com um gesto da mão e joga o cabelo comprido para trás do ombro. A conversa é tão surreal que dá vontade de rir.

Olho ao redor para ver se algum deles me diz quem me calçou e me levou em casa. *Será que foi o Kai, novamente?*

— Quase tive de te carregar no colo. Felizmente, você é mais leve que um *dhihilo* — resmunga Gensay.

Que diabo será um dhihilo?

— Foi você quem a levou para casa? — Petra está tão surpresa quanto os outros. — Parece que debaixo dessa carapaça dura você até é gentil — graceja.

— Obrigada — digo-lhe, com um aceno de cabeça e um sorriso sincero.

Quase posso jurar que consigo ver um dente. Ele se limita a encolher os ombros como se não percebesse o porquê do espanto coletivo.

— Mira, que tal aproveitar para explicar à Ara as maravilhosas vantagens de andarmos descalços? — instiga Beau.

— Ai, então temos palestra para a noite toda — intervém Boris, visivelmente desinteressado.

— Nem todos pensamos apenas em comer, Boris! Se continuar agarrado a essa posta de peixe, terá que pedi-la em casamento! — exclama Mira, irritada. Petra engasga e tosse com a mão na frente da boca.

— Eu quero saber. Explique, por favor — insisto.

— Vou te dar a explicação resumida. — Mira revira os olhos, resignada. — Quando andamos descalços, ficamos em contato com a energia elétrica natural da Terra, e isso equilibra nosso organismo, pois descarregamos o excesso de eletricidade estática do corpo. Além disso, o solo nos fornece energia e fortalece nosso sistema imunológico.

— É sério? Mas que interessante!

— Então, vai experimentar? — pergunta Sofia, subitamente interessada.

— Vou pensar. Lá em cima, na Superfície, é impensável andarmos descalços no nosso dia a dia, a não ser na praia ou em parques e jardins; e, mesmo assim, com cuidado. Além de quase todas as estradas serem asfaltadas, há poluição e sujeira nas ruas, o que nos faria voltar para casa com uma doença diferente todos os dias.

— Deve ser muito triste viver num lugar assim — comenta Isla, com um ar tristonho, enquanto me passa uma pequena travessa com uma espécie de farofa.

— Nem tudo é ruim — respondo, com uma pontada de nostalgia no coração. — O que é isso? — pergunto com a travessa na mão.

— É *vajico*. É muito bom para acompanhar o peixe. É uma farinha feita à base de alguns dos nossos frutos de casca dura. Frutos secos, como o amendoim de vocês.

— Ainda bem que me avisou, porque sou alérgica a quase todos os frutos secos.

— Esses são plantados por nós, Curadores, nas estufas, e não nos campos de cultivo. Têm características e proteínas diferentes daqueles da Superfície. Experimente — diz Mira.

— Obrigada, mas é melhor não arriscar. Quero evitar as experiências de quase morte por uns tempos — brinco.

Boris, agora recomposto, diminui o ritmo e começa a tagarelar e a contar histórias sobre as aventuras do seu grupo de amigos. Tem sempre algo a acrescentar ao que os outros contam, com aquele ar expressivo de bobo da corte.

— Se estamos debaixo de rocha e água, como estou vendo o mar? — pergunto, tentando manter a cabeça ocupada.

— Você está olhando para o Abismo — diz Gensay, apaticamente.

Mas será possível que esta criatura nunca sorri?

— Literalmente — acrescenta Beau, sorridente.

— E como *eles* conseguem respirar debaixo de água? — Faço um gesto com a cabeça na direção de Kai e de Wull.

— Ah, o Wull é um fracote — graceja Boris, bem alto e zombeteiro, para que o amigo possa ouvi-lo. — Um fracote — repete. Wull, que conversa com Sofia, desvia a atenção por um segundo e lhe atira um pedaço de pão. Boris o apanha com a boca, como se o movimento fosse ensaiado.

Mas para onde vai tanta comida?

— E o outro é o meu pai, Ghaelle Shore — constata Isla, orgulhosa, encarando o irmão. Ele olha para a irmã no mesmo instante em que ouve o nome do pai. Sorri e se vira de novo para a esquerda, continuando a conversa com Suna, o namorado de Wull. Pelas suas expressões, a conversa parece boa.

Ah... o pai.

— Não é nada de extraordinário — diz Gensay. Ele tem cabelo castanho-claro, curto e espetado, mas com um aspecto muito macio, parece um espanador. Seu olhar é apático, mas ao mesmo tempo desconfiado e cauteloso, lembra um urso-pardo.

— Como conseguem? — Desta vez me viro diretamente para Petra. Não quero ser intrometida, ainda para mais com *ele* aqui tão perto e atento à nossa conversa, mas a minha curiosidade é mais forte. Tenho de saber.

— Já nascem com esse gene — responde Petra. — Mas também precisam praticar para aumentar a resistência pulmonar.

— Aaah…

Impressionante. Além de habitar num mundo até então desconhecido para mim, esse deus grego consegue também respirar debaixo da água. Sinto-me ridícula ao pensar nos meus quase três minutos de apneia.

— É verdade, não se esqueça de que daqui a dois intervalos de tempo você começa o treinamento comigo e com o Boris. Acabou o descanso — diz Petra. — O chefinho — referindo-se a Kai — disse que, se assumirmos a responsabilidade, você pode ir. — Ela fala tão baixinho que tenho dificuldade em ouvir.

— *Ok*, depois de amanhã, certo? — Uso o mesmo tom de sussurro.

— Sim, amanhã é dia de descanso.

— Para que vai treinar? — Uma voz feminina chama minha atenção. Tinha que ser Umi! Ela está com os cotovelos em cima da mesa e o queixo apoiado nas mãos entrelaçadas. Simplesmente a ignoro e desvio o olhar. Decido não responder à provocação. — Você é tão ridícula! — Ela continua com o que percebo ser um riso contido na garganta.

— Ei, Umi… Se eu fosse você, não a provocava. — Sofia larga os talheres, gira o corpo e se inclina para a frente, para se desviar de Wull e conseguir ver Umi. Não sei bem o que pensar. Não preciso da ajuda de Sofia para me defender das provocações estúpidas de Umi, mas de qualquer forma é bom saber que tenho alguém disposto a me dar uma ajudinha.

— Ah, é mesmo?! E por quê? Está com saudade de ter minha atenção toda para você, é?

— Nem um pouco. Viveria perfeitamente bem sem ouvir sua voz. É só que o namorado da Ara não vai deixar que a chateiem. — Sofia está orgulhosa por me defender e ao mesmo tempo colocar a Umi no lugar dela.

De uma ponta à outra da mesa, a conversa cessa de repente. Os olhares convergem todos na minha direção. O de Kai, inclusive, que me encara com uma expressão interrogativa. Vejo-o, de relance, quando me atrevo a espiá-lo; mãos em cima da mesa ao lado do prato e os punhos cerrados.

Ah, droga!

Fico atônita e sinto o sangue se esvair do meu rosto. Não é assim que gostaria que Mira soubesse que eu e Beau nos beijamos. Na verdade, nem ela, nem ninguém. Foi um erro. Estava bêbada, vulnerável, uma série de fatores contribuíram para aquele episódio, e agora aqui estou eu, na berlinda. Beau é meigo, de uma forma genuína. Qualquer garota terá muita sorte de estar com ele. Mira, por exemplo, é um doce e os dois formariam um belíssimo par.

— Namorado? — Isla desenha um "O" dramático com a boca, visivelmente surpresa, mas ao mesmo tempo abre um sorriso radiante.

— Você não perde tempo! — A voz de Umi é sarcástica, contrastando com sua aparência angelical. Ela tem um rosto comprido; cabelo loiro na altura dos ombros, esticado e atrás das orelhas, o que salienta as maçãs do rosto.

— Sim, o nosso Beau aqui! — Sofia aponta na direção dele e desato num ataque de tosse sem precedentes, enquanto faço que não com a cabeça e abano o dedo esquerdo no ar. Ele me passa o copo de água e bate de leve nas minhas costas, que convenientemente nos faz parecer ainda mais íntimos. Lá se vai minha oportunidade de explicar que não é nada disso.

— N... Não — digo, entre tossidas secas e repetidas. Minha única preocupação neste momento é Mira, e é nela que foco minha atenção. Ela nos olha com ar de espanto, assim como os demais, mas sem fúria. Lágrimas e muco se acumulam devido à força que faço enquanto me debato com o ataque de tosse. Olho Beau para ver se ele entende que tem de negar, mas ele apenas sorri, com carinho e orgulho. Kai bate os punhos com força em cima da mesa de madeira. Talheres, pratos e travessas chacoalham com o pequeno terremoto de irritação.

— Parem com isso. — A voz é grave e autoritária.

Ele se levanta e, num segundo, suas mãos me seguram pelos cotovelos. Ele me puxa do banco, me põe de pé e me dá duas pancadas secas entre as omoplatas. Kai me vira de frente para ele e me dá um guardanapo para eu assoar o nariz. Coloca as mãos nos meus ombros e começa a soprar meu rosto. Estou inerte; corpo e mente paralisados. Ele cheira a mar, cardamomo e canela. Estremeço quando percebo que já não tusso e que estou de olhos fechados sorvendo o hálito dele. *Será que eu poderia fazer um papel mais ridículo?* Abro os olhos e encontro um Kai rude.

Ele solta meus ombros, mas não se afasta.

— Não sei de onde tirou essa ideia, Sofia. Acho que nem o Beau sabia que eram namorados! — Ainda bem que Petra é esperta. Ela dá uma gargalhada como se Sofia tivesse dito a coisa mais absurda das profundezas da Terra.

— Bem, vou dar uma volta. — Ouço Sofia dizer em um tom descontraído. Que sorte a dela de poder sair daqui.

Beau se levanta e pigarreia ao meu lado.

— Você já não tem problemas suficientes. — A voz de Kai é extremamente baixa, para que somente eu o escute. E, novamente, ele consegue entristecer um pouco mais meu coração. Não sei como faz isso nem por que eu permito. Meus pais me educaram para ser melhor do que isso e enfrentar situações como esta. — E *você*, devia tomar conta melhor da sua *namorada*. — A voz carregada de irritação faz com que o corpo de Beau fique tenso e me desperte do meu conflito interno.

— Não somos namorados — grito, alto demais, sem controlar a voz rouca. Soa mais como uma explicação do que uma afirmação. Ainda estou de costas para os outros membros da mesa.

Kai encolhe os ombros, faz uma careta, como se desse uma breve risada irônica sem som, e se afasta. Eu me viro para a mesa: sinto uma enorme necessidade de me explicar. Não quero que Beau nem ninguém pense que temos algum envolvimento romântico.

— Não somos namorados — repito com um sorriso despreocupado. — Só demos um beijo, nada mais.

Minha voz é defensiva e desinteressada, porque minha atenção está concentrada em Kai. Ainda bem que ele não me ouviu falar do beijo. Sem me importar em dar mais explicações, viro as costas a tempo de ver Kai passar por uma porta alta no canto direito do salão. Acelero o passo e tenho de me esforçar para deslizar pelo salão sem cair de bunda no chão. O piso é tão liso que cada passo é um escorregão.

— Ara — chama Petra, mas eu a ignoro.

Estou furiosa. Com raiva. Sigo-o, empurro a porta de madeira com força e quase tenho um ataque cardíaco quando me deparo com um enorme e bem iluminado banheiro masculino. Bem no centro há duas fileiras de urinóis, de costas uns para os outros. Kai está de pé fazendo xixi e levanta os olhos quando percebe o movimento. Seu rosto, com uma expressão neutra, parece indiferente à minha presença. Dou graças a todos os santos por os urinóis da fileira da frente taparem *tudo*.

— Entre. Este aqui do lado está vago. — A voz de Kai é serena, como se estivesse à minha espera para compartilhar o momento com ele.

Arregalo os olhos e levo a mão à boca para reprimir o riso e o choque. Não sei como, mas desde que cheguei aqui me encontro sempre em situações absurdas ou problemáticas. E Kai está sempre presente, para me provocar ou para me ajudar. Na maior parte, para me infernizar. Mas está lá. Sempre.

— Não somos namorados.

— Óbvio que não. Garanto que você saberia se fôssemos. — Um sorriso malicioso surge no canto dos seus lábios.

Este homem me tira do sério.

— Eu e o Beau… — resmungo. — Eu e o Beau não somos namorados. Só para que não haja dúvidas.

— Não precisa se explicar. Eu até te entendo. Ele é tão *queriiido*, te leva para passear pelos campos e tudo. E você, só por acaso, gosta de beijá-lo quando bebe demais.

Merda! Ele viu.

— Como se você tivesse alguma coisa a ver com quem eu beijo ou deixo de beijar. Mas se quer mesmo saber, foi um erro. Agora você já sabe. É só para não andarem por aí dizendo coisas que não são verdade. Não quero confusão — explico.

— Devia ter pensado nisso antes; como em tudo que fazemos. Nossos atos têm consequências, Rosialt.

Ele termina e vai até o lavatório. Fica de costas para mim, mas vemos nossos reflexos pelo espelho-d'água. Estou parada, exatamente no mesmo lugar onde paralisei ao entrar, e neste momento a porta se abre. Um rapaz entra já desabotoando a calça, olha para nós durante dois segundos ainda segurando a porta. Faz um ar de espanto, arqueia as sobrancelhas e sai.

Observo-o. Até o simples fato de vê-lo lavar as mãos me incendeia. Sei que devo responder, não devo deixá-lo pensar que me venceu nessa guerra sem vitoriosos. Mas me recuso a alimentar isso, seja lá o que for.

Os músculos das costas dele se movem debaixo da camiseta. Os braços são rígidos e bem torneados. Até o banheiro é espaçoso e elegante. *Isto é realmente o paraíso.* Não é de admirar que ninguém queira ir embora. Compreendo porque meu avô se apaixonou por Raina e por este povo. Eu mesma me sinto em casa, como se uma parte de mim pertencesse a este lugar. Uma onda de angústia e tristeza me invade ao pensar que não me esforcei o suficiente para voltar para casa. Falei algumas vezes com meu avô desde que cheguei, mas não fiz tudo que está ao meu alcance para voltar. Tenho consciência disso e me sinto, de repente, imensamente culpada. Será que estou sendo insensível por não me importar com o que eles devem estar sentindo? Estou traindo minha família por me sentir tão bem num lugar estranho?

Saio do banheiro e avanço como um furacão por entre as mesas, com a atenção no meu avô, ignorando os amigos que me chamam e todos os que tentam conversar comigo nas mesas por onde passo.

— Preciso falar com você, vovô! — exclamo, com um semblante tenso.

— Diga, querida.

— Podemos conversar a sós, por favor?

Falo baixo para que os outros não saibam o que me incomoda. Ghaelle — o pai de Kai — está sentado à mesa também. Arcas percebe que estou transtornada; olha para mim e assente com um sorriso afetuoso que me enche a alma.

— Claro.

Levanta-se, desculpando-se com os demais, e nos afastamos um pouco.

— Vovô, preciso que me diga como contatar meus pais. Como faço para dizer a eles que estou bem?

Ele não parece surpreso com minha pergunta, mas não me responde, por isso prossigo.

— No dia em que vim parar aqui, eu estava com uma mochila. Não a encontraram?

— Não. Você só chegou com aquilo que estava vestindo.

— Mas tem de haver alguma forma de me comunicar com eles. Devem estar sofrendo demais. Não posso, nem quero, deixá-los assim.

— Eu sei que é difícil. Mas eles vão ficar bem, acredite.

Como ele pode estar tão calmo numa situação dessa? Não é a pessoa preocupada que eu conheço. Parece frio e calculista. Não reconheço nele o homem que ajudou a me criar com tanto carinho e que tem tanto amor pelo filho.

Não é a resposta que espero ouvir, e me penitencio por não ter insistido para voltar para casa desde o primeiro momento. Mas me deslumbrei com este mundo e deixei minha família em segundo plano. *Que merda de filha sou eu, afinal?* Durante grande parte da minha vida, eu me senti diferente, e apesar de os meus pais tentarem por todos os meios me fazerem feliz, havia sempre uma parte de mim que se sentia vazia e distante, como se me faltasse algo. Algo que achava ter encontrado aqui. Mas se o preço a pagar for este — sacrificar a felicidade daqueles que amo —, terei de abdicar deste mundo, mesmo que tenha de viver uma vida pela metade.

— Então, eu vou embora. Não posso fazer isso com eles — declaro, com firmeza.

— Ara, só a água pode levá-la de volta. Foi ela que a trouxe e só ela pode levá-la.

— Não acredito. Isso é papo furado! Tem de haver uma forma — insisto, cruzando os braços em frente ao peito. — Se você voltou, eu também posso, com certeza. Não pedi para vir — respondo com frieza.

— Eu fui embora porque tive permissão.

— Também posso ter permissão. A quem tenho de pedir? Ao Llyr?

Olho para a mesa onde o Regente janta. Meu avô coloca a mão sobre a minha, para que eu fique no meu lugar.

— Queria que fosse assim tão simples. Mas não é, Ara. Vamos pensar com calma, juntos. Prometo que respondo a todas as suas perguntas, mas não aqui e não agora.

— Você já teve sua chance de me ajudar e de não mentir para mim, vovô. Vou dar uma volta.

Estou irritada e não quero continuar com essa conversa, porque tenho certeza de que acabarei dizendo algo de que vou me arrepender.

Dou meia-volta, girando sobre as pontas dos pés, e, em vez de sair pelas portas, entro por uma abertura ao lado da cozinha, sem me importar aonde vai dar. Só quero sair daqui.

O corredor largo e bem iluminado que dá acesso ao salão se torna mais estreito até chegar a um caminho apertado, com pouca luz. Os lampiões cor de laranja são iguais à luminária de sal que meu avô me deu há anos e que eu mantinha sempre ligada no chão do meu quarto. Espero até que minha visão se adapte à penumbra e continuo a caminhar, cautelosamente, pelos corredores escavados na rocha. Ouço o ruído de água num deles, à direita, e sigo nessa direção, num passo acelerado. Sinto o coração apertado ao pensar no sofrimento dos meus pais. O estreito corredor tem luzes a cada poucos metros. O ruído da água se torna mais intenso e nítido, até que alcanço a trilha com o corrimão que me separa do abismo.

Com algum receio, pouso as mãos no corrimão gelado, afastando um pouco o corpo dele. Não tenho medo de altura, mas me aproximo com cuidado, firmo bem as mãos e inclino o nariz para baixo, na direção da água. Cordas grossas pendem ao longo da parede vertical que desce até ao rio. Na água, barcos iguais aos que nos trouxeram para a festa. Outros menores, também prateados, com a proa pontiaguda, e alguns jet skis, com apoios laterais, como os catamarãs.

À distância, ouço vozes, risos e música do jantar em minha homenagem.

Respiro fundo várias vezes. O ar é abafado, mas límpido, não é difícil respirar. Dou dois passos para trás e encosto as costas na parede fresca. Vou escorregando até ficar sentada. Apoio a cabeça na rocha dura, fecho os olhos, e fico ouvindo o ruído da água ao fundo. Queria poder tirar esta roupa.

— Tente não cair. Não estarei sempre por perto.

Meu corpo estremece e abro os olhos. A voz dele já é tão familiar. Ergo a cabeça e dou de cara, de novo, com Kai, as mãos para trás, me observando intensamente.

— Não se preocupe. — É a única coisa que me ocorre dizer neste momento.

— Encantadora, como sempre — diz, com um meio sorriso.

Levanto tão depressa quanto possível e adoto a mesma postura defensiva. O coração parece saltitar de um lado para o outro dentro do meu peito. Agradeço por haver pouca luz, pois estou corada e não quero que ele perceba. É a minha resposta natural a esse estímulo. Como o cão de Pavlov salivava quando ouvia a campainha porque a associava à comida, fico em pânico sempre que vejo Kai. Só não entendo por que razão desejo vê-lo a todo instante. Devo ser masoquista...

Ele está vestido com o uniforme preto da sua Fraternidade, completamente diferente do uniforme dos treinos. Um tecido fino, mas de aspecto resistente, que parece formar pequenas escamas. A calça esportiva, de corte reto, ajusta-se perfeitamente ao quadril. Uma camiseta justa que destaca os ombros largos e o tronco sublime. A roupa tem uns refletores muito finos, quase imperceptíveis, nos ombros e também nas laterais, em todo o comprimento das pernas, que evidenciam ainda mais a altura dele. Agora, tem uma pistola de arpão, como a de Petra, que experimentei, presa ao braço direito, do cotovelo ao pulso. E por baixo da pistola, como que para proteger a pele, a armadura de antebraço que ele nunca tira. Reparei que todos os Protetores a usam, em um ou em ambos os braços. No entanto, os aprendizes apenas usam uma manga de tecido. Ele não é de compleição tão pálida como a maioria dos outros habitantes. Mesmo na penumbra, consigo distinguir o tom bronzeado da sua pele e algumas *nuances* douradas no cabelo. Provavelmente herdado do pai, que tem um tom de pele marrom, como os havaianos.

— Não tem trabalho para fazer? — pergunto num tom seco. Ele não é o único culpado por minha frustração, mas é nele que a descarrego.

— Está bem — responde friamente, num tom de voz calmo e grave, já virando-se para ir embora.

— Tenho certeza de que ouvi você — afirmo, rispidamente, sem me importar de retomar o assunto inacabado: o beijo que dei em Beau.

— O quê? — pergunta, virando-se novamente para mim. Um olhar pungente.

— Quando a Umi lançou o arpão na minha direção, eu ouvi você dizer: "Cuidado, Rosialt." Sei que era a sua voz. Quer me explicar?

— Olha, menina, não sei o que ouviu e espero que não ande repetindo isso por…

Menina?! Não o deixo sequer terminar.

— Não falei nada para ninguém, nem pretendo — explico, indignada. — Só queria que me explicasse qual é o seu problema comigo.

— Não tenho problema nenhum com você. Nem a conheço. — A voz dele não é ríspida, apenas indiferente. Os braços estão ao longo do corpo com os punhos cerrados.

— Exatamente, você não me conhece. Que mal eu te fiz para não gostar de mim? — pergunto, num tom determinado.

Viro as costas para organizar meus pensamentos e o ouço suspirar.

— Quem disse que não gosto? — ouço num sussurro.

Encaro-o de novo.

— As suas atitudes. Parece que está sempre furioso comigo!

Ele me encara ainda mais frustrado e passa as mãos pelo rosto com força.

— Merda! — diz ele, abanando a cabeça.

— Tirou a palavra da minha boca! Por que ficou tão assustado quando pensou que eu tinha sido atingida? E por que me defendeu do Asul? E ainda há pouco, por que veio me ajudar quando eu estava apenas tossindo? Sem falar que me deu sapatilhas de balé! Mas, ao mesmo tempo, está sempre com esse comportamento... sei lá... frio!

Começo a espumar de raiva. Cruzo os braços e franzo a testa. Quanto a ele, parece surpreso.

— Tudo que acontece nos meus treinos é minha responsabilidade, portanto, se ela te acertasse, eu teria sérios problemas. — Ele responde apenas à primeira pergunta.

Minha vontade é gritar com ele. Estou furiosa, por vários motivos, mas falo num tom melodioso e controlado, ao contrário do que esperava.

— Compreendo... Nesse caso, por favor, da próxima vez me deixe morrer — declaro, com frieza. As palavras saem sem que eu pense no que acabo de dizer e um nó apertado se forma na minha garganta.

Ele me encara, aturdido, dá um passo na minha direção, mas eu não me movo. A carótida pulsa no seu pescoço e ele semicerra os olhos como se fosse me dar uma bronca. Não fico para ouvir o que possa ter para me dizer, porque, sinceramente, não me importa. Encerro a conversa com uma única palavra:

— Tchau.

Passo ao seu lado e me dirijo para a festa, percorrendo o caminho ao longo do rio. Quero ficar sozinha, poder chorar e gritar se for preciso. Quero também pensar numa forma de ir embora. Alguém tem de saber como voltar à Superfície. Se meu avô conseguiu sair, eu também conseguirei. Preciso apenas me concentrar e encontrar a pessoa capaz de me dar as respostas de que preciso. Beau disse que me ajudaria a descobrir, por isso vou lhe pedir ajuda. Nem quero saber o que os outros pensam. Não é bem o que sinto, pois, assim que tiver oportunidade, vou falar com Mira e lhe pedir desculpa.

A trilha se torna mais larga e iluminada. À medida que caminho, a tensão se dissipa. E, quanto mais penso, mais percebo que, decididamente, tenho de deixar de me iludir e parar de pensar em Kai da maneira que penso. Esse encontro me abriu os olhos e me confirmou que ele jamais se interessará por mim. Parece até bipolar: ora fica de olhos pregados em mim e me socorre, ora me trata mal. Tenho zero experiência em relacionamentos, mas, independentemente disso, não me parece ser um comportamento normal. Porém o que realmente me incomoda é não entender o que eu mesma sinto. E me sinto mal com isso.

Estou me preparando para comunicar ao meu avô que vou para casa, quando encontro uma pessoa estendida no chão, de barriga para baixo, junto das portas de madeira entalhada do Salão Ruby. Tem as roupas rasgadas e está totalmente imóvel. Sangue escorre de seu cabelo. Levo as mãos à boca e reprimo um grito abafado de pavor. Chego mais perto e me abaixo para ver se está respirando, mas assim que vejo seu rosto desfigurado e ensanguentado, recuo e me levanto rapidamente para procurar ajuda. Esse rosto não me é estranho. Já em direção à porta, ouço-a abrir. É Ghaelle. Ele sorri para mim, mas rapidamente seu semblante passa a consternado quando vê o corpo inanimado.

— O que aconteceu?

— Eu acabei de encontrá-lo.

— Você está bem?

Faço que sim com a cabeça, mas não falo.

Ele olha ao redor, inspecionando minuciosamente, agacha-se junto ao cadáver e o vira de barriga para cima. Está coberto de sangue e as partes descobertas do corpo parecem dilaceradas por garras afiadas. As mãos têm também inúmeros golpes, que suponho serem ferimentos defensivos.

— É o Edgar, o encarregado dos Cultivadores — digo.

— Volto já. — Para um homem tão grande e forte, é bastante ágil, pois desaparece num segundo.

Protetores saem em disparada, dispersando cada um para um lado.

Ghaelle retorna instantes depois com Llyr, o casal Peacox, Arcas e a mulher com quem minha avó havia parado para conversar no início da noite.

Os seis se juntam ao redor do corpo, sussurrando entre si, e me ignoram por completo. Se eu achei que a noite não podia piorar, estava enganada. Sem saber muito bem onde me posicionar ou o que fazer, começo a andar de um lado para o outro, feito barata tonta.

Edgar, coitado... Lembro do almoço em sua casa, a simpatia com que nos receberam. E da filha, mais jovem que eu, que está grávida. Meu coração se dilacera. Impaciente, começo a roer as cutículas, meticulosamente. Então, decido me aproximar para tentar ouvir o que dizem.

— Estão se tornando cada vez mais frequentes — diz Llyr, perturbado.

— Temos de fazer alguma coisa. É necessário garantir proteção permanente — prossegue a mulher de olhos claros.

— Você tem razão. Não podemos continuar assim, Nwil — concorda Alita, num tom pesaroso. As lágrimas escorrem pelo seu nariz estreito e rosado.

Ah, ela se chama Nwil.

Ghaelle fita o corpo com um olhar carregado, a boca retorcida, como se sentisse um gosto amargo. Coloca um braço largo e pesado sobre os ombros de Nwil e ela não se mexe, parecendo à vontade com seu toque.

— Acho que ela deveria aprender a se proteger. — A voz de Arcas sai sussurrada quando olha para mim, e todos os outros seguem o seu olhar.

Por que estaria preocupado comigo?

Passos pesados e apressados ressoam no caminho escuro que percorri há poucos minutos. Kai aparece correndo, acompanhado de Boris. Olha para o grupo e depois para o corpo estendido e inerte no chão ensanguentado.

— Pai, a área está segura e todos nos seus postos — diz Kai. Ele me encara com um olhar inexpressivo e contrai os lábios quando se aproxima e murmura:

— Você está ferida? — Ele já me fez essa pergunta mais vezes do que posso contar desde que cheguei aqui. A preocupação na sua voz é genuína. E, uma vez mais, esse comportamento me deixa completamente confusa. Faço que não com a cabeça.

— Boris, a festa acabou, modo de proteção total. Não quero mais mortes hoje — exige Ghaelle.

— Venha, me ajude a carregá-lo, Boris — ordena Kai ao amigo. E depois vamos ver por onde entraram desta vez.

— Não, Kai. Quero que leve a Ara daqui — diz a voz feminina de Nwil. — E queremos que comece a treiná-la — acrescenta.

Ele desafia a ordem com o olhar e continua a se abaixar para pegar o corpo.

— Faça o que estão pedindo — insiste Ghaelle, calmamente, num tom de voz firme, sem desviar os olhos dele. A cumplicidade entre os dois é evidente. Kai é da altura do pai, embora seja muito menos musculoso.

— Não é necessário, vou com meus avós — explico, na defensiva, tentando evitar mais um momento de tensão.

Todos se viram para mim. Kai se aproxima, contrariado, agarra minha mão e me leva para longe. Os dedos longos e quentes contra a minha pele me deixam arrepiada e meu corpo é de novo percorrido por um formigamento semelhante a uma corrente elétrica.

— Não tem necessidade disso — resmungo, com a pulsação acelerada demais. — Puxo a mão e paro abruptamente.

Ele é também obrigado a parar e me encara com um olhar determinado.

— *Ka patua ahau e koe* — diz, irritado, mas o seu olhar se suaviza no encontro com o meu.

— O que isso quer dizer?

— Nada de bom, nada de bom — suspira. E tenho a nítida sensação de que fala sério.

Inclina-se um pouco, pega minha mão e a aperta com mais força, mas sem machucar, e me arrasta, sem grande cerimônia, para o trajeto que planejava fazer. Limito-me a segui-lo.

Andamos cerca de duzentos metros pelo mesmo caminho pouco iluminado que fiz há pouco. Paramos junto de uma das cordas presas na robusta balaustrada. Kai prende uma roldana à corda grossa e geme baixinho, resignado. Coloca o braço esquerdo em volta da minha cintura e me puxa contra o corpo. Sinto o coração martelar no peito dele. Paraliso e paro de respirar por instantes... até inspirar o cheiro fresco que exala do corpo e do cabelo dele.

Ele me encara ardentemente e eu me vejo refletida nesse olhar. Um arrepio intenso me percorre a espinha e se espalha até os mamilos.

Nunca desejei ser tocada ou beijada por alguém... Até agora.

— Você não devia ter vindo... — lamenta ele, com a boca áspera e quente colada ao meu ouvido. — Idem.

— Hã? — pergunto.

— Nada... — Kai suspira.

Passa agilmente as pernas por cima da balaustrada e desce pela corda, comigo nos braços, como se eu fosse uma pluma. Estou abraçada em volta do seu pescoço para me segurar e deslizamos verticalmente, em direção à água, durante alguns segundos. A parede de rocha passa velozmente por nós a pouco mais de meio metro de distância. Batemos com os pés numa plataforma de madeira flutuante e ele não me solta. Tenho de permanecer agarrada a ele durante mais alguns instantes, para me adaptar ao balanço da água.

— Entre — diz, por fim, apontando para um barco diante de nós. É um dos pequenos e reluzentes e tem uns bancos confortáveis, como o que nos trouxe algumas horas antes para a festa.

Ele se senta ao meu lado, perto demais. Meus músculos estão tensos. Meu corpo todo treme e bato os dentes, mas não consigo evitar. Tento disfarçar o melhor que posso, mantendo uma expressão impassível. Ele aperta energicamente uma série de botões, liga o barco, e deixamos velozmente o local, de novo sem qualquer ruído.

Ainda não tivemos um diálogo que possa ser chamado de normal, e acho que este é um bom momento para começar, visto que nenhum dos dois têm para onde fugir. A não ser que resolva ir a nado. Aperto os punhos no banco, para ficar mais estável, procurando canalizar a minha ansiedade para eles.

— Quem é a mulher que mandou você me acompanhar?

Ele não responde e sorri de leve, arqueando uma sobrancelha. Eu me viro de lado e continuo a olhar para ele, demonstrando que não vou desistir. Ele suspira longamente e responde:

— A minha mãe.

Hum, bem que pensei ter reconhecido aquele olhar.

— Foram os Albas que o mataram? — grito por cima do vento que se faz sentir devido à velocidade.

Uma longa pausa.

— E então? — insisto, irritada.

— Sim, os Albas.

— Quantas pessoas já mataram?

— Você é muito intrometida — comenta, com um ar impaciente, mas consigo vislumbrar um sorriso no canto da sua boca. Não consigo evitar observar o seu porte tão natural e espontâneo, mesmo quando me irrita.

— Quantas pessoas? — insisto.

Terei de repetir todas as perguntas duas vezes?

— Doze, e há mais três desaparecidos.

Kai atraca no píer de Salt Lake e salta para fora, com o barco ainda em movimento. Quando o barco estabiliza, não me estende a mão, mas, sim, o braço dobrado num ângulo de noventa graus, para eu agarrar seu antebraço. Apoio-me nele. Para meu espanto, ele se afasta do pequeno cais e começa a andar em direção a Salt Lake comigo. O som da cascata é tranquilizante.

— Para onde está indo? — questiono.

Ele aponta em direção às casas. Um leve sorriso brota em meus lábios sem que eu perceba.

— Não é necessário. Pode ir, precisam de você lá.

— Não me pareceu que precisassem de mim — rosna ele. Desta vez, sou eu quem o pego pelo braço. Ele para.

— Pode ir.

Percebo a dúvida instalada no seu rosto. Ignorar a ordem dos pais, que provavelmente já estão habituados a esse tipo de atitude por parte dele; ou me deixar em casa em segurança.

— Vai ficar bem? — pergunta, inquieto, de olhos fixos nos meus. Aceno com a cabeça. — Vá direto para casa. E, não se esqueça, feche a cortina de água.

Apresso o passo sem me dar ao trabalho de lhe responder.

10
SUPERFÍCIE
— JULHO —
COLT

As aulas já terminaram e nós não fomos ao baile de formatura. É o último ano no ensino médio e não voltarei a ver alguns colegas. Uns vão para a universidade, para algum canto distante do país, e muito provavelmente construirão uma nova vida lá. Minha universidade dos sonhos sempre foi a Harvard, e chegou uma carta dizendo que fui aceito. Mas nada disso me interessa agora. Neste momento, só o objetivo de encontrar Ara me faz respirar.

Na longa viagem de avião que fizemos para o Brasil, pensei em deixar de ser tão infantil e convidar Ara para ir comigo ao baile. Estava decidido a, assim que chegássemos em casa, pedi-la em namoro de uma vez por todas. Mas não tive tempo…

— Colt. — Mary se aproxima por trás de mim. — Vista isto.

Estende o braço magro com o meu moletom de capuz. Não está frio e a chuva é fina, mas intensa. Quando abaixa o braço, vejo suas mãos tremerem. Ela está exausta. Fecha os olhos por alguns segundos, com a cabeça voltada para o céu, e sussurra alguma coisa baixinho. Tenho a sensação de que está rezando, por isso me viro, de forma a lhe dar alguma privacidade. Desde o acidente, ela não consegue dormir sem tomar benzodiazepina. Encontrei os comprimidos no banheiro, um dia em que ela se esqueceu de guardá-los. Ela pensa que não reparo na sua apatia pela manhã, mas é evidente que a vitalidade que sempre teve desapareceu. Anda sempre sonolenta e confusa. Às vezes temos de repetir as coisas duas e três vezes até ela entender.

Alguns dias já se passaram desde que a equipe de busca e salvamento cancelou o resgate de Ara. Como o episódio aconteceu diante de quase trinta pessoas, não há dúvida de que se tratou de um acidente. No dia em que se soube que as buscas oficiais seriam canceladas, um homem — Luiz Santos — veio conversar conosco e se apresentou como amigo de Anadir. Contou que, quando jovens, fizeram parte do mesmo barco pesqueiro, e que conhece bem a região. Como tem licença para navegar no rio Iguaçu, colocou-se à disposição — pela quantia certa — para continuar as buscas de forma particular.

Então, hoje vamos recomeçar as buscas por conta própria.

São duas da tarde e estamos à espera de que Luiz apronte o barco para acomodar nós cinco. Ele é baixo, mas corpulento, e a sua pele curtida pelo sol faz ressaltar as linhas profundas que o fazem parecer mais velho do que é. Deve estar na casa dos sessenta anos, como Anadir. O barco dele não é como o dos bombeiros. É uma embarcação de pesca, ainda assim robusta, em que o cheiro predominante é de peixe, lodo e iscas. Caspian o alertou, e ele teve o cuidado de tirar as redes e todo o equipamento de pesca e fazer uma limpeza — que deduzo ter sido bem rápida pelo aspecto ainda sujo do barco —, para que as viagens dolorosas se tornem um pouco menos desconfortáveis.

Quem fala sempre é Caspian, devido à sua formação e prática. No entanto, as declarações são curtas e formais. Ele está completamente imerso no trabalho e nas buscas. Quando não está aqui, está no computador, em chamadas por Skype com clientes ou a sua assistente. Pouco dorme; acho que encontrou no trabalho uma válvula de escape.

Neste momento, está sentado no chão molhado, na margem do rio. Com a cabeça entre os joelhos flexionados, está tão imóvel que me forço a focar o olhar para confirmar se está respirando. De repente, um suspiro. E eu também suspiro de alívio. Tento ser útil e, apesar de não querer fazer promessas vazias, tenho lhes dito o que sinto em meu coração: "Vamos encontrá-la, prometo." E, acima de tudo, incentivo-os a não perderem o ânimo e o pensamento positivo, porque não devem desistir.

Ao passar o moletom pela cabeça, minha atenção se volta para o alto, para perto da estrada, na área delimitada usada pelas autoridades, que separa os curiosos e os jornalistas de nós. E, de repente, uma onda de calor faz meu sangue ferver. Sem conseguir disfarçar minha expressão de ódio, quase corro para a cena que mais parece saída de um filme de terror, tentando não tropeçar nos meus próprios pés.

O alvo da minha raiva é Benedita, que se insinua, descaradamente, para o filho da mãe do jornalista Mário Fabrici. Ela o olha por baixo dos cílios, com o rosto encabulado, enquanto enrola uma mecha de cabelo com o indicador direito. Esse gesto me lembra de Ara, que o faz distraidamente sempre que está focada em alguma coisa. Mas Benny faz com um intuito completamente diferente: está *flertando* com aquele cara. O sujeito não desiste e deixa claro que está disposto a usar de todos os meios para conseguir informações. Nem que para isso tenha que se aproximar da irmã mais nova da garota desaparecida.

— Mas que merda você pensa que está fazendo? — Puxo-a pelo cotovelo, tirando-a do transe de seu pseudoencontro romântico, mas ela me dá um safanão, tentando se libertar.

— O quê? — Ela me encara com uma expressão perplexa, como se não percebesse que o que está fazendo é completamente errado.

— O que você está fazendo de papo com esse cara, Benny?!

A voz sai mais alta e descontrolada do que eu gostaria. Mas tenho de trazê-la à razão. E já. Ela tem de entender que a única coisa que interessa a esse sujeito é saber algo além da informação oficial disponibilizada diariamente, agora por Caspian, logo pela manhã e ao final do dia.

— Olha, amigo... — Ele começa a falar com um sotaque britânico, o que me leva a crer que passou algum tempo na Inglaterra. É jovem, pouco mais velho do que eu, então suponho que seja estagiário ou recém-formado. Interrompo-o de imediato.

— Amigo? Vê se me erra, cara — rebato bruscamente na direção dele. — Só para deixar claro, ela é menor, portanto, dê o fora daqui. Desapareça.

Ao perceber que estamos atraindo atenção indesejada, ele levanta as mãos em sinal de rendição, enquanto exibe um sorriso radiante para Benny.

— Você tem meu número — diz, afastando-se no meio das pessoas que ainda permanecem por ali.

— Vai sonhando — rosno, irritado.

— Mas que droga, Colt — reclama Benny, num tom que me faz perceber que está irritada. Puxa com mais força o braço para se soltar da minha mão que ainda continua a segurá-la, os olhos faiscando de raiva e frustração. — Que merda foi essa?

Ela tem agido de modo insuportável ultimamente. Está sofrendo, como todos nós, mas esse tipo de comportamento é intolerável, assim como o tipo de linguagem que começou a usar. Os pais nunca chamam sua atenção e, além de tudo que estão passando, têm sido extremamente tolerantes com suas atitudes, porque receiam fazê-la sofrer mais.

— Você perdeu o juízo? Não sabe quem é aquele cara? Já leu, por acaso, os textos que ele tem escrito? O típico jornalismo sensacionalista, cujo único interesse é vender jornais, independentemente de as notícias serem verdade ou não. Ele teve o descaramento de insinuar que o caso da sua irmã se trata de um suicídio em série em uma família totalmente disfuncional, e ainda começou a tentar adivinhar qual será o próximo membro da família a cometer o mesmo ato de insanidade. Ele não está aqui para te ajudar, Benny, mas, sim, para arrancar informações.

— E desde quando você se importa com quem eu falo ou deixo de falar, hein? — Ela arqueia as sobrancelhas e semicerra os olhos com tanta indiferença que me faz recuar um passo. — Até duas semanas atrás nem sabia que eu existia.

— É sério, Benny? Acha que é o melhor momento para se comportar como uma menina mimada? Pense nos seus pais. Na sua irmã.

— Vai se foder! — O rosto totalmente contraído e carregado de uma frieza que nunca antes pensei ser possível nesta menina. Vira-se de costas sem o mínimo de arrependimento no olhar.

Chuto o chão, com força. Todo meu corpo dói, mas tenho de pensar no bem maior. É óbvio que não vou deixar as coisas assim. Mais tarde, encontrarei uma forma de tentar colocar juízo novamente na sua cabeça dura. Olho para Caspian e para Mary, os dois agora sentados à beira do rio. Benny se aproxima deles, senta-se ao lado da mãe e descansa a cabeça no seu ombro. Mary passa o braço direito pela sua cintura e puxa a filha mais para perto. Visto o capuz, enfio as mãos nos bolsos da calça jeans e caminho, lentamente, para junto deles.

— Vamos — grita o capitão Santos. Dá a partida no barco e uma nuvem de fumaça preta emerge da popa, que envolve uma área de três metros ao seu redor.

Diminuo um pouco o passo enquanto a nuvem de fumaça passa e, quando todos já estão instalados, entro no barco.

Benny está de braços cruzados sobre o peito, olhos ferozes e abrasadores. Mary repara na tensão entre nós.

— Seja o que for que aconteceu entre vocês dois, resolvam isso de uma vez por todas — diz, mordendo o lábio, tentando se conter.

— Não aconteceu nada. Ele que é ri-dí-cu-lo — diz, com a voz endurecida. Assim que estou prestes a abrir a boca para repreendê-la, ela me olha com ar de deboche.

— Benedita! — intervém Caspian, do lado oposto do barco onde está sentado com Mary, ao mesmo tempo que a envolve num abraço apertado. Ela fecha os olhos com força, em sinal de reprovação. — Que modos são esses?

Eu olho para ele e encolho os ombros. Não quero aumentar o mal-estar que sentimos, por isso me sento no único lugar disponível, ao lado de Benny. Ela me olha de soslaio e desliza pelo banco até ficar o mais longe possível de mim. Eu faço o mesmo movimento.

— À noite, temos muito que conversar — aviso. E, sem lhe dar oportunidade de retrucar, eu me levanto e vou falar com Luiz.

— Então, capitão, para onde vamos hoje?

— Pensei em fazermos este percurso menor. Aqui. — Indica um círculo feito a caneta vermelha no mapa gasto que lhe dei e que tem me acompanhado desde o início. Nele, assinalo todos os locais que percorremos, seja do lado brasileiro ou argentino. — Acho que não lhe deram a devida atenção, e como é uma área mais baixa, temos mais visibilidade para dentro da floresta. Estudei as correntes do dia do acidente, 10 de junho, e acredito que podemos ter alguma sorte por ali — explica, no seu inglês precário, mas, ainda assim, compreensível. Há algo na forma como ele fala que me deixa com a pulga atrás da orelha. Parece não estar dizendo toda a verdade.

— Vamos.

— Para onde, capitão? — pergunta Caspian, agora ao meu lado.

— Até aqui — diz ele, indicando mais uma vez o círculo vermelho.

Explico rapidamente a Caspian o que Luiz me disse e ele assente afirmativamente com a cabeça, como se fosse um bom plano.

— Colt — diz, me puxando pelo braço para o lado, enquanto observa o rastro que o barco deixa à sua passagem. — Obrigado por tudo que tem feito por nós. A Ara tem muita sorte em tê-lo como amigo, e a sua mãe está muito orgulhosa de você — diz ele, com os olhos vermelhos, mas sem qualquer indício de lágrimas.

— Caspian, não estou fazendo nada de especial. Sei que vamos encontrá-la e é nisso que temos de focar nossas energias agora — respondo, calmamente, para demonstrar que estou aqui para o que der e vier.

— E ela… — Olha por cima do ombro para Benny, que colocou os fones de ouvido e o capuz do seu moletom, e move os lábios ao ritmo da música "Look What You Made Me Do", de Taylor Swift. — Está insuportável, sente falta da irmã. Já não sabemos mais o que fazer. Eu e a Mary temos conversado e achamos que é pressão demais para ela, ficar aqui e presenciar tudo isso, dia após dia. A Mary quer levá-la de volta para casa. Ver se um ambiente familiar a ajuda e... talvez convencê-la a fazer terapia. O que acha?

Não esperava que ele me perguntasse o que fazer com a filha, mas a verdade é que, desde o desaparecimento de Ara, não houve uma única decisão em que não tivessem me envolvido. E agora que penso nisso, talvez seja esse o motivo para o comportamento intempestivo de Benny comigo. Ciúmes por seus pais confiarem tanto em mim e em meu discernimento em todas as situações. Tudo que fizemos foi apenas para protegê-la, não para deixá-la de fora. Mas talvez estejamos agindo mal.

— Eu falo com ela. Hoje, quando voltarmos.

— Senhor — grita Luiz, em português, girando o tronco para trás ao apontar para um braço do rio mais estreito e baixo. — É aqui.

Dou uma olhada rápida no local e confirmo que, de fato, ainda não estivemos aqui. Ele tem de navegar mais devagar para não bater em pedras e troncos de árvore no fundo. As margens são mais planas, com menos árvores e vegetação menos densa.

— Encoste aqui — pede Caspian.

— Vai descer? — Mary se apoia no braço do marido. — Tem certeza de que é seguro? É seguro? — grita para Luiz.

— Sim, senhora — responde, novamente em português, e pelo acenar afirmativo da cabeça ela entende que sim.

— Não me afastarei muito — assegura Caspian ao sair do barco.

— Tenha cuidado. — Os olhos de Mary estão vidrados e ela tem um ar completamente desamparado. Dá um gole na sua garrafa térmica e reparo que faz uma pequena careta.

O que tem lá dentro não é água, com certeza.

— Também vou. — Salto e a água me cobre os joelhos. — Está gelada — digo.

— Luiz — grita Caspian. — Venha nos buscar daqui a uma hora, ali mais à frente.

Faz um movimento brusco e repetido com o braço no ar para indicar a margem norte. Luiz faz um sinal de positivo com o polegar e se afasta bem devagar, quando os nossos pés tocam em solo firme.

Nós nos separamos para cobrir uma zona maior. Caspian vai mais para o interior e eu permaneço junto ao rio, onde há muitas pedras, buracos e obstáculos para saltar, mas ambos caminhamos a jusante. O terreno é difícil de pisar e por duas vezes escorrego no lodo.

De vez em quando, Caspian grita para saber se estou bem. A brisa que sopra é agradável, e em quarenta minutos avancei muito pouco, pois olho para cada árvore, cada rocha e cada reentrância com atenção minuciosa. Não quero que nada me escape. É um tiro no escuro, e sei que não dará em nada, mas pelo menos *sinto* que estamos fazendo algo. Numa pequenina poça de água, presa entre duas pedras grandes e redondas, algo se mexe. Decido investigar.

Abaixo com incredulidade quando vejo que é o porta-chaves que Ara costuma pendurar na mochila — o porta-chaves que lhe dei. Uma baleiazinha redonda, que funciona também como bola antiestresse. Comprei para ela no ano passado, quando andava mais ansiosa com as competições de natação. Sou invadido por uma onda de suor e começo a hiperventilar. Eu me sento e tento chamar por Caspian, mas a voz não sai. Se isso está aqui, significa que… significa… Eu me forço a interromper a linha de pensamento catastrófica que se forma. Pode significar muita coisa. Pode significar que Ara está perto e viva. Que a corrente a trouxe para cá. Levanto e inspiro fundo. Começo a procurar pela mochila. Afasto freneticamente as pedras e as folhas ao meu redor.

— Caspian. — Dou um berro e alguns pássaros esvoaçam das árvores.

— Caspian — repito. — Encontrei algo.

Ando um pouco mais para dentro da floresta ao seu encontro, mas continuo a vasculhar o chão.

— O que foi? — Caspian vem depressa.

Levanto o braço e mostro o boneco.

— Isso é da minha filha! Onde encontrou?

— Ali, perto da água — explico.

Ele sorri e me abraça como se tivéssemos encontrado um tesouro. Mas me solta logo em seguida, alarmado.

— Então isso significa que… significa…

Eu sei… Eu sei o que significa.

Mais tarde, Luiz nos leva a um boteco para comermos uma típica feijoada brasileira. Não contamos às mulheres o que encontramos, e quando contamos a Luiz, ele disse que teve um *pressentimento* de que ali seria um bom local para procurar. Então, combinamos de voltar no dia seguinte e explorar toda a área de carro. Vasculhar cada canto e perguntar às pessoas que encontrarmos pelo caminho se sabem alguma coisa sobre o paradeiro de Ara.

Mais uma vez, chegamos em casa exaustos, física e emocionalmente.

Quando termino de tomar banho, é tarde e a casa está silenciosa, à exceção do som baixo de uma música que vem do quarto de Benny. Vou até a porta e bato.

Nada.

Bato de novo. Talvez ela tenha adormecido. Ela tem acordado com frequência no meio da noite gritando, com pesadelos, por isso todos estamos em alerta. Normalmente, vai para a cama dos pais depois de acordar do terror noturno e consegue descansar algumas horas.

Abro a porta para ver se ela está bem, mas encontro o quarto vazio.

Deve estar lá em baixo, penso.

O som de um carro arrancando lá fora chama minha atenção. Desço as escadas correndo, abro a porta da frente e só consigo ver a traseira de um carro vermelho-vivo e ouvir o som dos pneus ao longe.

Ela fugiu. Bem debaixo do nosso nariz. Quantas vezes será que já fez isso?

Quase grito por ajuda, mas não o faço. Calço o tênis, pego a chave do carro, que está na mesa da entrada, e tento fechar a porta com um clique inaudível. A partida do motor do jipe faz algum barulho e só espero não acordar Mary ou Caspian. Grande parte da estrada é de terra batida, por isso, há alguns dias, trocamos o Golf que alugamos ao chegar por um jipe robusto, com holofotes, como o da Lara Croft, de *Tomb Raider*.

Acelero para encontrar o carro que fugiu, mas não o vejo em lado nenhum. Sigo até a terra batida dar lugar ao asfalto e vou em direção à vila mais próxima. Dirijo uns dez quilômetros até ver luz e certo movimento. Casinhas, lojas e comércio fechados. Numa praça, em frente a um bar com um mexilhão desenhado, em cuja fachada se lê, em letras gigantes de néon, MEXI-NÃO, há alguns carros parados, e um em particular chama minha atenção.

Estaciono, sem conter um sorriso com o mau gosto na escolha do nome, e saio do jipe. Coloco a mão em cima do capô do carro vermelho. Está quente. Música barulhenta e animada, pessoas bebem e dançam do lado de fora, mas nada de Benny. Entro e esquadrinho o espaço com o olhar. Está apinhado de gente. Caminho um pouco entre as mesas.

Nada.

Encontro um banco vazio ao balcão e me sento.

A bartender pergunta qualquer coisa em português, mas, com o barulho, não consigo entender. Deduzo que esteja perguntando o que quero beber.

— Cerveja — digo com meu péssimo sotaque.

Ela solta uma risadinha e vai buscar a cerveja. Quando volta, deixo uma nota em cima do balcão à espera do troco, mas ela a guarda no decote e pisca um olho maquiado demais. É até bonita, se não fosse tão artificial. Bebo um gole de cerveja.

— Viu uma garota baixinha? — pergunto em inglês e bem devagar, como se isso fosse ajudá-la a entender se não souber falar o idioma. — Assim, baixinha — repito, com um tom de voz que tenta se sobrepor à música, e ao mesmo tempo faço os gestos de que procuro alguém de baixa estatura.

— Não *tô* entendendo nada.

Não entendi a resposta. Meu repertório de palavras em português é reduzido e muito específico. Coisas que fui aprendendo para me comunicar melhor com os bombeiros.

Abano a cabeça. Ela sorri, encolhe os ombros e pousa à minha frente um guardanapo com um número que deduzo ser seu celular. Depois desvia a atenção para um casal que está ao final do balcão.

É assim tão fácil, penso.

Talvez seja disso mesmo que esteja precisando para aliviar minha frustração. Examino o guardanapo e dou mais um gole.

— Ela está lá fora. Saiu pela porta dos fundos. — Uma voz masculina me tira do torpor.

Olho para o meu lado direito e um cara fala comigo em inglês. O sotaque é americano, e é o boné com a frase "I Love Brasil" que me confirma que ele é tão brasileiro quanto eu.

— A garota que procura. A baixinha, de olhos azuis…

— Onde ela está?

— Chegou com um rapaz, pouco antes de você, e foram por ali. — Ele aponta uma porta ao fundo do salão com uma placa de saída de emergência em cima.

— Obrigado, cara.

Eu me levanto, enfio o guardanapo no bolso do short e vou para o fundo do salão.

Assim que abro a porta que dá para a rua, o primeiro cheiro que sinto é de maconha. Só depois é que vejo Benny, de pé, com um copo na mão. Ela exala a fumaça e passa o baseado para o jornalista que está ao seu lado. Com eles há um outro rapaz que ri muito alto, funga e limpa do nariz um pouco de pó, é bem nítido que acabou de cheirar cocaína.

Perco o chão. Quase fico sem reação. Quase. Porque, quando dou por mim, já agarrei Mário pelos colarinhos e o encostei contra a parede.

— Filho da puta — rosno. — Ela é só uma menina.

Ele arregala os olhos e Benny grita, assustada. Enquanto me ordena que o solte, ela me bate freneticamente com a mão.

— Ei. — O outro cara grita e me ataca pelas costas. Um soco bem em cheio nas costelas me faz soltar Mário e me apoiar nos joelhos para recuperar o fôlego.

— O que está fazendo aqui? Por acaso me seguiu? — berra Benny.

— Você vem comigo. Agora. — Arfo, ainda com dificuldade em falar.

Mário aproveita minha vulnerabilidade e me dá um pontapé na cara. Cambaleio. O sangue se espalha pelo chão.

— Para! — pede Benny, assustada.

Pelo canto do olho vejo a porta abrir e fechar rapidamente.

— Dois contra um não é justo. — O rapaz que me disse onde encontrar Benny acerta um soco com tanta força no comparsa de Mário que o derruba no mesmo instante. Benny tenta se esconder atrás do jornalista, que a usa como escudo humano.

Eu me recomponho, envergonhado, e lhe agradeço com um aceno de mão. Ele fica ao meu lado, parado, e observa o que vai acontecer.

— Você vem comigo — repito.

— Não vou. E não há nada que possa fazer — provoca Benny.

— Talvez eu não possa te arrastar pelos cabelos como tenho vontade, mas posso ligar para o seu pai vir te buscar. Acho que ele ia ficar orgulhoso por saber que você anda por aí em bares, usando drogas com esses caras que só querem se aproveitar de você.

— Ele é meu namorado — insiste. — Liga, tanto faz. É isso mesmo de que eles precisam agora, perder outra filha.

Mário enche o peito de ar, mas não sai de trás de Benny. Chego mais perto deles e reparo que os olhos dela estão vidrados e as pupilas muito dilatadas. Ela não consumiu só maconha.

— Nós dois conversamos depois, Mário — digo, com o dedo apontado para ele. — E você, esteja em casa daqui a uma hora, depois disso está por sua conta — digo a Benny.

Me viro e dou um tapinha nas costas do rapaz que me ajudou.

— Deixe ao menos eu te pagar uma cerveja — digo, enquanto com a outra mão limpo o sangue que escorre pelo meu nariz.

Lá dentro, depois de nos sentarmos nos bancos altos do balcão, peço à bartender:

— Duas cervejas, por favor.

Ela leva as mãos à boca, espantada ao ver o estado em que me encontro. Devo estar mal mesmo. Coloca as cervejas à nossa frente, diz alguma coisa ao colega e rapidamente sai de trás do balcão. Percebo um saco pequeno com gelo e um pano em suas mãos. Então me força a girar o corpo para ficar de frente para ela. E se encaixa entre as minhas pernas.

— *Tadinho* — diz, com um beicinho incrivelmente *sexy.*

Meu parceiro de luta sorri e se levanta para se misturar à multidão.

Com o pano, a bartender limpa o sangue e depois pousa o saco com gelo no meu lábio. Estremeço com o frio e com a dor do corte, mas não consigo tirar os olhos daquela boca. Parece concentrada e mordisca o lábio inferior. Passa a língua pelos lábios carnudos com um movimento sensual.

Sinto seu arfar acelerado e o leve roçar dos seus mamilos no meu peito.

Começo a endurecer. Ela sente, solta um risinho com um ar de surpresa brincalhão. Olho em volta. O bar continua cheio e ninguém parece reparar em nós. Puxo-a com força contra o meu corpo. Ela pousa o gelo no balcão, desliza a mão pela minha perna e me toca por cima da roupa. Chupo seu pescoço por instinto. O cheiro do seu perfume é intenso e doce demais, mas ignoro. Preciso disso para me desligar um pouco do que realmente me consome. Com a mão a acaricio por baixo da camiseta. Ela solta um gemido quando meu polegar faz pressão no seu mamilo e as pernas dela pressionam uma contra a outra, com força.

— Vem — sussurra ao meu ouvido.

Pela mão, ela me leva até o banheiro feminino, que tem duas cabines. Por acaso as duas estão vazias, mas se não estivessem não me importaria nem um pouco. Entramos numa delas e ela se encosta na porta. O espaço é apertado, mas ela consegue se ajoelhar e abaixar meu short até os joelhos. Pouso a mão na sua cabeça e pressiono um pouco. Ela crava as unhas nas minhas nádegas. Gemo e ouço risinhos na cabine ao lado. Não reparei que tinha entrado gente. Levanto-a e subo sua saia. Ela veste uma calcinha preta com rendinha vermelha. Quando a dispo, passo a mão entre as pernas e vejo que ela quer isso tanto quanto eu. Estou cada mais excitado. Ela encosta os lábios no meu pescoço e solta um breve "ah".

Um pensamento me ocorre: preciso de um preservativo. Urgente.

Preciso estar dentro dela. Urgente.

— Camisinha — digo. Ela nega com a cabeça e assume uma expressão desesperada. A parte racional que ainda existe em mim insiste que eu vá embora. A outra parte, a parte destruída pelo sofrimento, sussurra que não tenho mais nada a perder.

Preciso me prejudicar, me punir. Ergo-a pelas coxas e a penetro, alheio a tudo que me rodeia.

Ela grita e eu olho para o seu rosto para me satisfazer com sua dor, mas a única coisa que vejo é um mar de prazer. Suas coxas me envolvem, cada vez mais apertadas em volta da minha cintura. Sinto que estou perto do meu limite. O descontrole é tanto que nós dois terminamos, em êxtase.

Saio do bar, sabendo que não era isso que eu queria, nem o que devia ter feito.

Fico sentado ao volante e penso na merda que acabei de fazer.

Estou um pouco mais aliviado, mas a frustração comigo mesmo é grande, porque o risco que acabei de correr foi o maior prazer que tive hoje.

Olho para o relógio do carro. São 23h44. Já passou mais de uma hora. Será que Benny já está em casa? Espero que sim, senão vou fazer o papel de carrasco. Giro a chave na ignição e o rádio começa a tocar uma música que Ara adora. Uma de que ela gosta tanto que, durante mais de um mês, a ouviu sem parar. Pego o telefone e decido que devo convidar Ara para o baile.

11
LIMITES

Na manhã seguinte à festa no Salão Ruby, batem à porta do meu quarto.

— Entre — digo.

Estou acordada porque passei a maior parte da noite pensando na conversa que tive com meu avô; no desinteresse e na frieza dele em relação ao bem-estar da nossa família. Após Kai me deixar em Salt Lake, fui para a cama, mas não consegui dormir, pensando no corpo frio e mutilado de Edgar. E depois uns pensamentos desencadearam outros, até que a noite passou num piscar de olhos.

A porta se abre; é o meu avô.

— Quer vir conosco e alguns vizinhos fazer um piquenique no GarEden?

Apesar de estar extremamente chateada com ele — e ele parecer não reparar ou não estar nem aí —, declino amavelmente o convite.

— Estou com um pouco de dor de cabeça.

— Iria te fazer bem. O Beau vai lá estar. Sei que são amigos; ele ficaria contente em te ver, tenho certeza.

— Obrigada, vô, mas vou ficar em casa, prefiro descansar e ler um pouco — asseguro.

— Voltamos tarde. Logo mais é o funeral do Edgar — informa.

— Também quero ir.

— Quando for a hora, você ouvirá um sinal sonoro. Será no Salão Ruby.

Assinto e ele sai.

Sei que preciso resolver rapidamente essa questão com Beau. Tenho de explicar que o nosso beijo — se é que foi só um, não me lembro — foi fruto, única e exclusivamente, de um conjunto de fatores que me levaram a procurar aconchego. Não quero, de forma alguma, perder a amizade dele, mas não posso lhe enviar sinais contraditórios, quando sei que, para mim, ele será apenas um amigo. Gostaria que pudéssemos escolher por quem nos apaixonamos. Mas, claro, o meu coração é insolente e não faz o que eu mando.

Meus avós saem e eu como um pedaço de pão e bebo um suco de fruta que minha avó deixou em cima do balcão. Sento no sofá e começo a ler, mas não há meio de me concentrar. Preciso rapidamente pesquisar e investigar o máximo possível sobre Aquorea e tudo que envolva a minha chegada. Mas por onde começar? Penso que, sempre que preciso fazer uma pesquisa mais detalhada, recorro à biblioteca. Então, aqui farei o mesmo.

Sigo o caminho que tenho percorrido todas as manhãs, ao longo da margem. Hoje é dia de descanso para a maioria das pessoas, por isso o trajeto está quase deserto, no entanto, os vigias continuam nos seus postos.

A biblioteca do Colégio Central ocupa três andares. Não é só uma biblioteca. É muito mais; um local interativo de aprendizagem onde conhecemos outras culturas, povos, locais, mundos. Logo na entrada, uma garota, pouco mais velha do que eu, me entrega uns óculos por meio dos quais posso fazer o download de toda a informação que desejo. A coleção de livros é bem capaz de ser milhares de vezes maior do que a que temos na biblioteca em Atlanta.

Como eles os trazem para cá?

Cabines privadas equipadas com telas mostram tudo que nossa mente pretende pesquisar. Basta colocar os óculos e o sistema reconhece o assunto que procuramos; de acordo com nossas pesquisas e interesses, o computador nos informa de toda a documentação que existe em papel e em formato multimídia, e até as pesquisas em andamento; fornece uma lista de pessoas com interesses semelhantes aos nossos e agenda grupos de debate para quem quiser participar. Talvez essa seja a maior riqueza deste lugar. Estou encantada, poderia morar aqui neste pedacinho de paraíso.

Tenho certeza de que toda a informação disponível no mundo da Superfície está aqui também: em papel, nos meus tão amados livros; e em formato digital, no supercomputador que calcula as nossas preferências. É extraordinário. Sento numa dessas cabines e deixo a minha mente fluir, focando minha atenção nas informações sobre Aquorea: mitos, histórias, lendas e mapas.

Levo comigo alguns livros e os óculos, para poder consultar minhas pesquisas mais tarde.

No caminho para casa, com as mãos carregadas e o coração pesado, penso se significo alguma coisa para Kai. Será que seu comportamento contraditório quer dizer algo mais do que dá a entender?

Eu me sento no sofá e começo a folhear os livros. Alguns são da Superfície, de editoras que conheço.

Como é possível terem acesso a eles?

Tenho um hábito, ou melhor, um vício, de cheirar todos os livros que passam pelas minhas mãos. E sinto falta dos meus livros, de manuseá-los, de viver suas histórias, tristezas e aventuras. Ainda não tinha me dado conta da falta que eles me fazem, talvez por estar vivendo todas essas aventuras, essas paixões e escrevendo minha própria história.

Um deles é um enorme atlas, que trouxe para casa porque tem uma linda capa de couro toda ornamentada e trabalhada. Abro-o e verifico que é um atlas comum, um mapa-múndi. Folheio-o até encontrar os Estados Unidos e procuro Atlanta. Fecho os olhos e pouso a palma da mão em cima da minha terra. Penso em Colt. Sinto um aperto no peito. Tenho tanto para lhe contar, para compartilhar. Ele adoraria este lugar. Por mais cético que seja, não negaria que Aquorea é um local maravilhoso. Tenho certeza de que, se conhecesse este lugar, ele se apaixonaria da mesma forma que eu. E que, devido à sua maneira de ser — simples, sincero e honesto —, seria bem recebido por todos. Sua personalidade combina com a deste povo talvez melhor do que a minha.

Inspiro, com essas memórias e pensamentos de nostalgia, e tenho uma visão do rosto de Kai. Seus olhos, seus lábios, o cabelo escuro. Abro os olhos, sobressaltada, e os esfrego com força, de tão real que parece.

— Mas que droga! Agora nem pensar no meu amigo posso?

Fecho o livro e pego os óculos da biblioteca. Ao colocá-los, eles se ativam de imediato. Penso no que quero ver primeiro: o mapa de Aquorea.

Surgem vários documentos, dentre os quais seleciono um aleatoriamente. Imagens de Aquorea, as ruas com os nomes bem identificados, assim como os nomes dos edifícios principais da Comunidade. Lá está o enorme edifício em espiral com o nome "Colégio Central" escrito em cima.

Passo para o documento seguinte. Tenho de encontrar algo mais substancial, que me dê algumas respostas. É um mapa com vários planos de Aquorea. Plantas dos arruamentos, das passarelas, das grutas e também de todas as ramificações do rio. Somente agora tenho a verdadeira percepção da imensidão deste lugar. Tem avenidas, ruas, ruelas, e é vasto como uma cidade da Superfície. Mas todas elas terminam sempre noutra rua, como um labirinto. Se seguir uma rua até o final, ela simplesmente dá para a rua mais próxima ou termina numa parede.

Encontro um documento sem nome, que relata a história da "bolha" e fala dos seus primeiros habitantes. Não é muito específico quanto à forma como vieram parar aqui. Fala sobretudo das leis e das antigas famílias, bem como das tradições que devem ser passadas de geração em geração.

Por exemplo: "1) cremar os corpos dos defuntos e repartir as cinzas pelos familiares, para que estes as usem como condimento e tempero no preparo da comida". (*Blergh! Que nojo!*); ou "2) de forma a darem uma vida longa e saudável aos seus filhos, os pais dos recém-nascidos têm de os deixar debaixo de água durante quarenta respirações". Só os mais fortes sobreviverão. Pelas minhas contas, deve dar uns dois minutos.

Fico perplexa! Não acredito que essas tradições ainda sejam praticadas. Pelo menos, espero que não. No entanto, não vejo nada sobre como entrar e sair de Aquorea. Não encontro nada que possa me ajudar e fico cada vez mais ansiosa, então decido dar uma olhada rápida no restante dos documentos na esperança de encontrar algo interessante.

Estou quase desistindo quando o último título chama minha atenção.

Descent.

Ao abri-lo me deparo com uma série de sinais estranhos. É um documento somente de uma página, numa língua que desconheço, mas que tem um mapa onde estão assinalados o que deduzo serem os portais, os pontos de acesso para Aquorea. São seis os países assinalados, entre eles o Brasil, a Nova Zelândia e o Japão.

Os portais espalhados pelo mundo que dão acesso a este lugar. *Será?* Por cima de cada ponto assinalado no mapa há um desenho rudimentar de um animal e um símbolo diferente. Os caracteres são uma espécie de letras desengonçadas com traços. Debaixo do mapa, os símbolos incompreensíveis compõem um texto curto. Ao redor da página há dois lagartos desenhados que formam um círculo perfeito em torno do papel. Eu me levanto e procuro algo em que possa escrever.

Levo um tempo, mas copio a página com a maior exatidão possível. Desde o mapa, o texto, até o desenho dos répteis. Minha mãe sempre me disse que a diferença está nos pequenos detalhes e tendo a seguir essa máxima. Terei de estudá-los com mais profundidade. E tenho de deixar de ser covarde, enfrentar a situação de uma vez e pedir ajuda a Beau.

Depois de guardar os livros no armário do meu quarto, preparo algo leve para almoçar. Um tênue zunido, vindo da porta de entrada, chama a minha atenção. Paro de cortar os legumes para a salada multicolorida, pouso a faca afiada e espero. De novo, o mesmo som. Seco as mãos com um pano e vou até a porta. Não dá para enxergar lá fora e acho que não têm um interfone com câmera. Passo a mão pelo visor e a água para imediatamente de correr. Ainda acho estranha e extraordinária a forma como eles controlam a água a nível molecular, como se fosse massinha de modelar.

— Beau. — Minha voz sai mais alta do que pretendo.

— Estou te atrapalhando, Ara? — A dele é alegre.

Ele me observa e sorri. Retribuo o sorriso. Não estava à espera dele. Nem de ninguém. Mas, de certa forma, estou contente em vê-lo.

— Ah, não... Estou preparando algo para comer. Não foi ao piquenique?

— Eu fui. Mas você não estava, então... Decidi vir te procurar.

— Ah... — digo. — Fez bem. Entra. — Fecho novamente a cortina de água e ele me segue para a sala.

— Eu precisava te ver. Queria saber se está bem, depois do que aconteceu ontem.

Cruzo os braços em frente ao peito para impor alguma distância entre nós.

— Sim, dentro do possível. Foi a primeira vez que vi um corpo!

Ele se aproxima de mim e coloca as mãos nos meus antebraços. Fico estática.

— Pode ser traumatizante. Se precisar conversar, conte comigo. Afinal, não é à toa que você me deu o título honorífico de psicólogo de Aquorea — brinca.

Faço que sim com a cabeça e lhe ofereço um sorriso vago, então recuo.

— Está com fome?

— Faminto. Mas não quero incomodar.

— De forma alguma. Nunca soube cozinhar só para um; faço sempre comida para um batalhão. Sente-se, fique à vontade. — Aponto para o sofá da sala e ele fica de pé me observando. Viro as costas e me afasto para a cozinha.

Organizo mentalmente o discurso que venho ensaiando, e meu coração dispara. É a primeira vez que vou ter uma conversa desse tipo com alguém e não sei por onde começar. Tenho de ser assertiva, mas sem ofendê-lo. Gosto dele, embora não do mesmo jeito que ele parece gostar de mim, e preciso ser cuidadosa para não magoá-lo.

Pretendia comer somente uma salada, mas agora decido cozinhar algo mais. Vou até a geladeira e pego duas postas de peixe fresco, que tempero com um pouco de sal, daqui de Salt Lake, e algumas ervas. Ponho a pedra para aquecer a fim de grelhar o peixe.

— Você gosta de pargo? — pergunto. Apesar de a cozinha ser integrada à sala, falo alto para que ele possa me ouvir. Ao me virar para procurá-lo, percebo que já está sentado perto de mim, com os braços apoiados no balcão da cozinha. Tomo um susto, surpresa. — Gosta de pargo? — repito, num tom mais baixo.

— Adoro. — Ele sorri, e eu também.

Pisco para ele, nem sei bem o porquê. Fico à vontade com ele, e o fato de o ter beijado não me deixa tão incomodada como julguei que ficaria. Mas, ainda assim, não quero criar falsas expectativas.

— Você é mesmo uma caixinha de surpresas. Não imaginava que sabia cozinhar.

— Por quê? — Pego a faca grande e a agito no ar em tom ameaçador. Ele solta uma gargalhada sonora.

— Porque só faltava isso para você ser perfeita.

Não gosto do comentário. Apesar de bem-intencionado, é um tanto machista. Engulo em seco, viro as costas e disponho as postas de peixe em cima da pedra. Concentro minha atenção no som da crepitação da carne.

— Estou longe disso, Beau. Bem longe — digo, sem olhar para ele.

Termino de cortar os vegetais, coloco tudo dentro de uma travessa redonda e funda de madeira e tempero com limão, um pouco de sal e um óleo de uma planta que a minha avó me assegurou ser o segredo da sua comida. Viro o peixe e observo o tom caramelizado. Não quero que esse almoço tenha outro significado para ele, então decido colocar os pratos no balcão da cozinha, frente a frente, e não lado a lado. Ele se ajeita no banco e puxa o prato um pouco mais para perto de si. Pouso a salada no meio dos nossos pratos e retiro o peixe da pedra quente. Salivo com o cheiro que exala pelo ambiente. Então me sento. Ele inspira fundo com um sorriso de orelha a orelha.

— Vamos. Sirva-se — incentivo.

Ele se serve: primeiro uma posta de peixe, e depois salada, passa os talheres para que eu me sirva, mas não espera e começa a comer.

— Está bem gostoso — diz, suavemente, tentando manter o contato visual, mas desvia os olhos para o prato.

— Beau, escuta… — Preciso colocar um fim nisso antes que ele diga algo de que se arrependa. — Eu… Nós temos de conversar sobre o que aconteceu na outra noite.

Ele para de comer e me encara.

— Está falando de quando me pegou de surpresa e me beijou? — O riso é brincalhão e divertido.

— Exatamente. Sobre isso. Queria te pedir desculpa por…

Ele me interrompe.

— Ara, já sei o que vai dizer. Está arrependida.

Prendo o cabelo, que está grudado nas minhas costas, e apoio os cotovelos em cima da mesa.

— Um pouco, sim. Não sei o que me deu. — Escondo o rosto com as mãos.

— Ontem eu reparei no seu comportamento estranho, envergonhado até. Vi que não estava à vontade comigo. E não quero isso; não precisa ficar assim.

— Beau, sei que é a desculpa mais esfarrapada, mas acho que bebi demais e não estava bem. Acabei me deixando levar pelo momento, não pensei. Desculpe.

— Não precisa se desculpar, Ara. Você teve vontade de me beijar, por algum motivo. Eu não esperava, mas gostei muito do beijo. Se quiser me beijar de novo, estou aqui, à sua disposição. — Brinca mais uma vez, e não consigo discernir se ele fala sério ou só quer me deixar à vontade.

Não sei o que dizer. Como se explica a alguém que nunca o verá de forma romântica?

— Beau, você é meu amigo, e gostaria que continuássemos assim. O beijo foi um erro — digo, sem medo. Sei que pareço fria, mas não é minha intenção ser cruel. Pelo contrário, quero deixar tudo bem explicado para que possamos continuar a conviver, sem constrangimentos.

— Está dando muita importância a isso, relaxa. Quero conhecer você e ser seu amigo. E também quero que me veja dessa forma. É só o que peço. — Ele sorri e, mais uma vez, parece surpreendentemente encantador. Gostaria tanto que fosse fácil escolher por quem nos apaixonamos.

— Obrigada. Não queria estragar tudo com a besteira que eu fiz.

— Não foi besteira. E não se preocupe, seremos sempre amigos, nada mudará isso.

Mais tranquila, retomamos a refeição em silêncio. Quando acabamos de almoçar, arrumo a cozinha; Beau fica sentado no banco alto admirando todos os meus movimentos. Eu me lembro da proposta que ele fez sobre me ajudar e aproveito a oportunidade para lhe pedir ajuda.

— Hoje fui à biblioteca. Como é possível terem tantos livros? Vi todos os livros da Superfície e mais alguns.

— Alguns membros da Comunidade têm permissão para sair e coletar informação sobre a Superfície quando é necessário. E trazem tudo que conseguem para nos manter atualizados sobre o que se passa no mundo.

— Quem tem permissão para sair?

— Não tenho essa informação. Não sei quem, quando, nem como — diz com tom assertivo, mas noto uma certa irritação por eu ter tocado no assunto.

Tento disfarçar minha decepção.

— É que encontrei algo muito interessante e gostaria que desse uma olhada.

— Sim, claro. O que é?

Caminho em direção ao corredor do meu quarto.

— Volto já. — Abro a porta do armário e pego os óculos e o papel no qual copiei os símbolos. Retorno à cozinha e lhe entrego o papel. — Conhece esses símbolos?

Beau examina meus rabiscos e acena com a cabeça.

— Sim. Onde os encontrou? — Ele deixa a folha na bancada.

— Encontrei num documento. Veja, é o último. Chama-se "Descent".

Entrego-lhe os óculos, que ele logo coloca, e constato que também devo ficar com o mesmo ar ridículo quando os uso. Beau está concentrado, percebo que está lendo.

— Está em sumério, mas é estranho, porque reconheço poucos desses logogramas.

Tira os óculos e pega o papel novamente. Estuda a folha com extrema atenção, como um médico examina uma verruga: nos mínimos detalhes. Vira-a, somente para constatar que está em branco. Torna a analisar os símbolos e a expressão dele é de quem descobriu alguma coisa. Espero, impacientemente, por algum, qualquer, comentário. E, quando percebo, estou em cima do balcão e também examino o papel. De onde estou sentada, vejo os símbolos ao contrário. Ele pousa o papel.

— Não, não me diz nada. Desculpe não poder ajudar.

Volto a me sentar.

— Tudo bem. Posso pesquisar um pouco mais sobre a língua e tentar descobrir o significado desses símbolos.

— Sim, é um bom começo. Farei o mesmo, mas, Ara, precisa entender que para voltar para a Superfície terá que percorrer um longo caminho.

— É, todos me dizem que a água é que manda.

— A verdade é que só controlamos até certo ponto quem entra. Ou seja, tentamos proteger nossa localização, manter incógnita nossa existência, e nesse aspecto temos tido sucesso e alguma sorte. Mas se a água escolhe alguém para entrar, como no seu caso, não temos como controlar. Já para sair, as coisas mudam de figura, pois é um processo muito burocrático e demorado, decidido apenas pelo Consílio.

— Porque só eles sabem onde é o portal de saída!

— Exato.

— Por que está me ajudando, Beau? Não vai contra os seus princípios?

— Porque acredito que ninguém deveria ficar preso contra vontade. Se a sua vontade é ir embora, mesmo que eu não concorde com essa decisão, acho que deveria ter esse direito. E porque tenho imensa curiosidade para saber onde é o portal e ter alguma aventura na minha vida. Seria unir o útil ao agradável.

Fico com vontade de lhe perguntar se ele sairia para a Superfície, caso fosse permitido, mas não o faço.

Conversamos durante mais trinta minutos e ele vai embora. Fico surpresa por conversarmos amigavelmente e me sinto menos constrangida na sua presença, apesar da confusão que causei. Agora só falta falar com Mira.

De repente, um som belíssimo de búzios do mar me lembra de que está na hora do funeral de Edgar.

No dia seguinte, enquanto caminho para o *campus*, penso no comportamento bizarro e imprevisível de Kai e na forma como me apertou contra o peito enquanto descíamos pela corda até o rio. Ainda sinto o formato da mão dele nas minhas costelas e seu perfume nas minhas narinas. Mas é nas palavras — "você não devia ter vindo" — que me concentro. *Por que me disse aquilo?* Ele não me quer aqui, já deixou bem claro muitas vezes. Mas, por outro lado, é óbvio, até para mim — com a minha inexistente experiência com garotos — que ele nutre algum tipo de sentimento por mim. Não sei se é bom ou negativo, pois ora está sorridente e é um perfeito cavaleiro errante que me protege dos perigos, ora é frio, com um olhar distante e vazio. Será que ele me vê somente como um fardo, alguém que ele tem a obrigação absurda de proteger?

E agora terei que enfrentá-lo novamente. Apesar de Boris e Petra terem lhe garantido que ficariam responsáveis por mim nos treinos, sei que ele estará lá. Para me observar, avaliar e julgar. Além disso, há o que Nwil lhe disse: que deveria ser ele a me treinar. Não me parece que ele tenha a levado a sério.

Contudo, nem toda a angústia causada pelo desconforto que sentirei com a sua presença me desmotiva de querer aprender a manejar as armas, ou do entusiasmo que sinto por aprender a desferir novos golpes. Sempre adorei esportes, e embora nunca tenha aprendido uma luta, minha habilidade parece inata. Nisso tenho de concordar com meu avô. Flui do meu corpo como se a praticasse desde sempre. E, a julgar pelo número de ataques que vem ocorrendo, é, também, um recurso valioso.

Quero dar minha contribuição e ajudar a encontrar os responsáveis pelos ataques, mas para isso preciso me dedicar muito, e treinar mais ainda. Quando chegar o momento certo, vou oferecer a Kai, ou a algum dos seus superiores, a minha ajuda, auxiliando no patrulhamento e na segurança de Aquorea. Isto é, até conseguir arranjar uma maneira de ir embora, óbvio. Mas, pelo menos, quero fazer da minha estadia a melhor e mais proveitosa que conseguir. Começo a encará-la como o período sabático que tanto desejava, apesar da constante preocupação com a minha família.

No *campus*, alguns alunos já estão no alongamento. Olho ao redor e não vejo Kai nas imediações; ainda não chegou. *Ótimo, cheguei primeiro.* O pensamento me deixa desconfortável e meu coração dispara. O simples fato de saber que vou vê-lo me deixa inquieta.

Petra atravessa a ponte, correndo, com outros colegas também vestidos com o traje preto justo que todos os Protetores usam nos treinos. Também estou vestindo o uniforme que ela me deu.

Eu me junto a eles nos exercícios de alongamento, enquanto esperamos pelos monitores. Umi acompanha todos os meus gestos com uma expressão mordaz e fria. Quando nossos olhares se cruzam, juro que a vejo dizer que me vai matar. Ou foi só impressão minha?

Boris e Wull chegam de barco, rio acima, a grande velocidade, ultrapassando algumas embarcações menores de pescadores. Ao chegarem perto de nós, Wull reúne seus alunos — do Primeiro Estágio — e eles se afastam. Boris nos chama para formar um círculo ao seu redor.

— Hoje substituirei o Kai na orientação do treino — diz, com tom altivo. — Vejo que já alongaram, por isso vamos começar com *batuques.*

Ouço a última frase ao longe. *Por que o Kai não vem treinar? Será que aconteceu alguma coisa grave?*

Eu me aproximo de Petra e sussurro o mais baixo que consigo, perguntando se está tudo bem com Kai.

— Não sei, nunca aconteceu — murmura. — É a primeira vez que ele falta ao treino.

O chão desaparece sob meus pés e uma onda de gelo varre meu corpo. Ele me deixou em segurança e foi tentar capturar o assassino do Edgar. E se algo deu errado e ele acabou ferido? Ou, pior, morto? Depois, outro pensamento invade minha mente conturbada: e se ele está querendo me evitar?

Boris continua falando e dando ordens enquanto as pessoas se agrupam, mas eu não o escuto.

— Vamos, Ara. Você está bem? Não está com uma cara boa. — Petra me puxa pelo braço e afasta o rabo de cavalo para trás do ombro. Ela faz esse gesto com frequência, esteja o cabelo solto ou preso.

— Está abafado — digo para disfarçar.

Petra me ensina uma série de posições de ataque para lutas corpo a corpo. E mesmo após algum tempo, ainda não consigo me concentrar nos exercícios.

— Você tem de flexionar as pernas e contrair o abdômen — explica Boris, aproximando-se de nós e me dando uma pancada seca na barriga.

Fico coberta quase até os joelhos numa poça com lama grossa e pesada, que me imobiliza como um gesso grudento. Esse barro prende os meus pés no chão enquanto tento, sem grande sucesso, me esquivar das investidas do punho dele, girando o tronco e agachando, fazendo um enorme esforço para não cair. O exercício exige concentração e equilíbrio, mas parece que não consigo encontrar nenhum deles hoje.

— Assim?

— Isso. Você tem uma boa postura, equilíbrio, e é ágil, use isso a seu favor. No entanto lhe faltam músculos. Precisa se fortalecer e trabalhar o seu lado direito. O que é isso aí? — pergunta Boris, enquanto aponta para meu cabelo.

— Engraçadinho! Não caio mais nessa.

Ele revira os olhos e, de rosto sério, cruza os braços em frente ao peito.

— Não quero te assustar, mas parece uma aranha. E as daqui não são exatamente amigáveis, se é que me entende.

Desconfiada, mas assustada, levo a mão à cabeça e começo a tatear rapidamente.

— Me ajuda, tira! — grito.

— Você cai sempre! Queria experimentar essa também.

— Você me paga, Boris! — resmungo, enquanto aceito sua mão e ele me puxa para fora da poça de lama.

— Vamos, precisa praticar comigo, ou nunca vai aprender. Petra, vai procurar alguma coisa para fazer. Sei lá, fazer as unhas ou adquirir mais daquelas peças de lingerie de que tanto gosta para as suas noites selvagens — diz Boris, com sarcasmo.

Reprimo um sorriso que teima em escapar. Ela revira os olhos, faz um gesto obsceno e se senta no chão, desafiando sua ordem.

Debaixo da expressão dura, os olhos dele cintilam.

Treinamos por quase duas horas, revisando os passos principais da luta corpo a corpo. Ele me ensinou a posição dos pés e a me esquivar do oponente. Quanto a usar o lado direito, sou um desastre, completamente descoordenada.

— É difícil — reclamo. Trabalhar meu lado esquerdo é fácil, mas, ao tentar socá-lo com a mão direita, tropecei e caí mais do que o acertei. Para um rapaz tão bem-humorado e brincalhão, Boris é letal, força pura. Agora entendo por que Kai confia nele.

— Você consegue. Olhos sempre nos do oponente, punhos erguidos e pés bem firmes. Não se esqueça de que terá uma pistola de arpões para facilitar as coisas, mas isso é crucial em qualquer combate.

— Já repetiu isso meia dúzia de vezes, Boris — reclama Petra, deitada com os braços cruzados atrás da cabeça e os olhos fechados. Até pensei que tivesse dormido.

— Por que você não vem aqui e me mostra do que é capaz, Petra? — desafia Boris.

— Meu querido, imagino que a vontade de se roçar em mim deva ser imensa, mas tome coragem e deixe isso para fora do ringue. Porque, se lutar comigo, não vai ficar em condições de mastigar a sua adorada comida.

As narinas de Boris dilatam e ele solta um riso nervoso. Petra permanece deitada, de olhos fechados, com um sorriso triunfante no rosto. Nunca os vi lutar, mas acredito que não seria uma coisa bonita de ver. Petra é fenomenal, transforma-se quando está em modo de combate.

— Preciso descansar — digo, na tentativa de acalmar os ânimos.

Estou encharcada de suor. Por diversas vezes durante o treino tentei ignorar meus pensamentos, mas em vão. Petra se levanta e sacode a poeira da calça.

— Você mandou bem — diz Boris. — Ao contrário de certos falastrões por aí. — Fixa o olhar em Petra e vejo um faiscar entre eles. Afasta-se de nós.

— Que fracote. São todos assim, como você, lá na Superfície? — O tom de Petra é brincalhão.

— Alguns são bem piores, pode acreditar — resmungo, entre dentes, com um sorriso desbotado.

— Você está pálida. Até parece que nasceu aqui. — Petra ajeita o cabelo e dá uma gargalhada sonora. — Sente um pouco.

Obedeço com prazer. Ela me estende uma garrafa com água, que bebo satisfeita. Olha para o lado e alonga o corpo esbelto. Senta-se ao meu lado e assim ficamos observando o que nos rodeia.

— Olha para ele. Todo-poderoso. — Aponta para Boris com o queixo.

Sorrio.

Boris, já completamente recuperado do nosso treino, dá instruções e corrige posturas, enquanto exige concentração e empenho. É um líder nato e, provavelmente, daqui a poucas semanas, quando acabar o Segundo Estágio, será monitor. Kai já deve ter percebido que o amigo tem talento para o cargo, e talvez por isso tenha deixado que ele tomasse as rédeas em seu lugar.

— Quando acabar o Segundo Estágio, o que vai fazer? — pergunto a Petra, para me distrair de outras questões.

— Ao fim dos estudos, recebemos aconselhamento individual sobre o melhor posto para nós. Mas acho que minha vocação é ser combatente. Luto melhor do que ele — declara, objetiva e orgulhosa, olhando para Boris.

— Acha que o Boris vai ser monitor? — pergunto, mas logo me dou conta de que a resposta é óbvia.

— O que você acha? Olhe para ele, parece um peixe dentro d'água — responde, com um sorriso torto. — Se o Kai o visse agora, não sei se ficaria orgulhoso ou irritado.

Ao ouvir o nome dele, meu coração dispara, frenético.

— Por quê?

— Acho que ele está abusado demais. Não acha? — E faz uma careta, com um olhar enviesado na direção dele.

No entanto, seu olhar quer dizer mais do que aquilo que realmente foi proferido. Ela tenta disfarçar com indiferença, mas o olha com admiração e desejo. Como nunca percebi isso antes? Por ela disfarçar bem, com toda essa fachada de "sou dona do meu próprio nariz", e talvez por eu ser uma egoísta e só olhar para meu próprio umbigo.

— Acho que ele será um bom monitor — concluo, sem grande determinação.

— Você parece desanimada. O que aconteceu, quer conversar?

— Estou cansada — digo, simulando um bocejo.

— Eu ainda acho que está deprimida. — Ela mostra a língua e me faz sorrir.

— Que nada. Acho que sou só um peixe fora d'água — brinco.

O que sinto não tem nada que ver com depressão. Acompanhei de perto o divórcio dos pais de Colt e vi a forma como a mãe dele emagreceu, porque se recusava a comer, a tomar banho, e até a se levantar da cama. Foram tempos difíceis que, com muito acompanhamento médico, força de vontade e amizade, ela superou. Tento afastar o pensamento; já não pensava nisso há anos.

— Não. Acho que não é isso. Parece inquieta, preocupada com algo. Pode conversar comigo. Sou boa ouvinte e sei guardar segredo — conclui num tom cúmplice.

Sinto necessidade de me abrir, de desabafar e falar sobre o que tem acontecido. Sei que posso confiar nela.

— Sabe que houve uma morte na festa, não é? — É uma pergunta retórica e, como é óbvio, não espero pela resposta. — Fui eu que encontrei o corpo — sussurro.

— Sim, o Edgar. Fomos todos escalados para reforçar o perímetro em horários rotativos — responde, com o semblante triste. — Portanto, agora, quando não estamos em treinamento, estamos trabalhando.

— O Kai disse que foram os Albas. O que acha? — Não tenho motivos para duvidar dele, mas me parece estranho que, apesar de tanta vigilância, eles ainda consigam entrar.

— É óbvio, quem mais poderia ser?

— Por que vocês não aumentam o número de guardas?

— Tentamos, mas nem todos querem um trabalho tão perigoso. Sabe, a Fraternidade dos Protetores é relativamente recente.

— Como assim?

— Os ataques têm aumentado nos últimos anos. Lembro-me de que, quando era criança, não havia Protetores. Eram dois ou três homens que se intitulavam "A Guarda". Eram poucos; meus pais ainda comentam sobre isso, às vezes.

— Então, por que será que os Albas estão atacando cada vez com mais frequência? O que o Consílio diz?

— Suspeitam que eles estão sem comida e vêm procurá-la aqui. Os ataques agora ocorrem a qualquer intervalo de tempo e em qualquer lugar. Não temos como prever, por isso estamos em constante estado de vigilância. Ouvi o Kai dizer ao Ghaelle que temos de voltar a tapar os buracos que levam aos pântanos. Nós os fechamos, mas, passados uns dias, aparecem outros.

— O Ghaelle é o pai do Kai, certo?

— Sim. O Ghaelle é o chefe da Fraternidade dos Protetores. Foi ele que organizou e treinou os primeiros membros da Fraternidade. Ele é fantástico, uma lenda por aqui. Uma vez, lutou contra dezesseis Albas e os derrotou sem sofrer um único arranhão. Também é o responsável pela estrutura de patrulhamento e proteção, ali — diz Petra, apontando para a enorme estrutura de arruamentos acima das nossas cabeças.

Observo a forma como ela fala e se expressa. Petra também sempre usa roupas que a favorecem, ou talvez, paro para pensar, qualquer roupa que vista lhe caia bem. A postura firme e segura a faz parecer a pessoa mais confiante que conheço. E seu jeito de dizer tudo que pensa, sem filtros, é o que a torna um ser realmente genuíno. Acho que tenho uma *girl crush* por ela.

— Muito interessante.

— A mãe do Kai, Nwil, é uma Mestre do Consílio, o braço direito do Llyr. Ela foi escolhida por unanimidade pela população para ser a Regente, mas abdicou em favor do Llyr, porque o considerava a pessoa mais indicada para o cargo, e queria ter mais tempo para os filhos, que ainda eram pequenos.

— Ah...

Pondero o que ouvi. Mais parece uma lenda urbana. Ghaelle pode até ter lutado contra um bando de Albas e sobrevivido para contar a história, mas se eles são tão fortes como os descrevem — e eu já tive oportunidade de comprovar o que eles podem fazer —, então não acredito que ele tivesse escapado sem um único arranhão. *Como eles devem ser?*

— O Kai puxou ao pai, é um líder nato e um exímio lutador. Já o avô do Kai gostava de lutar, apesar de não ser essa a sua área; era da Fraternidade dos Pescadores. A avó do Kai é colega do Arcas Lowell.

— A Hensel? — pergunto.

— Sim. Eles compartilham a chefia na Fraternidade dos Curadores. Ela é tida como uma Curadora do corpo e da alma. Não há nada que ela não consiga resolver, dizem que tem poderes sobrenaturais. Isso me assusta um bocado, porque li várias das histórias de bruxas da Superfície quando era pequena.

Rio.

— A única diferença entre o Kai e o Ghaelle é que o pai tem olhos castanho-escuros e tom de pele mais escuro, que herdou dos antepassados, o povo Maori. — Petra fala com um sorriso terno, de pura admiração.

Ah, uau. Maori. Deve ser então a tal língua que o Kai fala.

— Sim, e o Kai tem olhos azuis — suspiro, sem querer.

— E você nem gosta, né? — Petra dá uma gargalhada sonora e se deita para trás rindo da sua constatação. Apoia-se nos cotovelos.

— Hã? O quê? — Não acredito que dei tanta bandeira.

— Já reparei no jeito encantado que olha para ele — afirma, com um sorriso de orelha a orelha.

— Até parece. Nem pensar! Ele é bruto e antipático. E, além do mais, tem namorada; não que isso me interesse, de qualquer forma.

Petra se senta novamente, pega a garrafa das minhas mãos e, ao beber, faz um barulho como se estivesse chupando um canudinho.

— Namorada? — pergunta, de cenho franzido.

— A Sofia.

— Ah, não. Acho que tiveram algo, mas nada sério. Há rumores, incitados pela própria Sofia, claro, de que estão juntos, mas nunca vi mais do que um abraço esporádico, e ela sempre grudada nele.

Aceno com a cabeça, incentivando-a a continuar.

— Mas ela não desiste, está sempre em volta dele. Parece uma rêmora! Não sei como ele não se cansa. Ele nunca foi de aturar gente inconveniente.

— Talvez seja porque ela não o incomoda. Quem sabe ele também sente alguma coisa por ela — observo, e sinto um aperto estranho no peito e na garganta.

— Não, eu conheço o Kai. Ele sempre foi diferente, desde criança. A gente ia brincar, mas ele desaparecia. Só voltava na hora de ir para casa. Nunca soubemos para onde ele ia. Às vezes, voltava alegre e sorridente, outras com ar de quem tinha chorado. Nunca o entendi. E tenho certeza de que nunca esteve apaixonado.

— Como sabe? — Meus ouvidos se aguçam.

— Porque uma pessoa apaixonada, mesmo que seja um bruto, como acha que ele é, deixa sempre transparecer algo.

— É... Deve ter razão.

— Garanto a você. Ele tem afeto pela Sofia, sim. Como tem por mim... — Petra interrompe a frase e faz um olhar interrogativo. — Bem, talvez eu não seja um bom exemplo, porque nunca nos beijamos. Ah, você entendeu! Como uma amiga e não como uma namorada. Já com você, é outra história.

— Comigo? — grito tão alto que, por um instante, desconcentro nossos colegas, que continuam diligentemente a seguir as instruções do novo monitor, Boris, que lança um olhar severo na minha direção. Coro e peço desculpas silenciosas.

— Sim, você. Nunca o vi se comportar com ninguém como se comporta com você. Ele age como se não se importasse, mas nunca tira os olhos de você.

— O quê? — Agora tenho cuidado para manter a voz baixa, quase um sussurro. Apoio os cotovelos nos joelhos e formo uma taça com as mãos, onde pouso o queixo. — Deve estar enganada, Petra. Ele não faz outra coisa além de me maltratar. Não sei que mal fiz a ele para me tratar com tanta hostilidade. Não me conhece e me trata como se eu tivesse feito algo terrível. Às vezes, o olhar dele é tão frio e furioso que me assusta.

— Não sei se é bem isso que ele sente. — Ela contempla o vazio, pensativa.

— Por que diz isso?

— Você se lembra do dia em que fui com as meninas na casa dos seus avôs para te chamar para o aniversário dele?

— Sim.

— Foi o Kai que… — começa Petra, relutante, como se ponderasse se deve continuar.

— O que ele disse? — Minha voz sai cortante, e só me dou conta disso quando Petra levanta as sobrancelhas e sorri.

— Nada — garante. — Só me pediu para ir ver como você estava. Inventou uma desculpa qualquer, que estava preocupado porque, como não te viu mais, achou que tinha ficado com medo depois do susto com a Umi, e não queria problemas com os superiores nos treinos por causa disso. — Petra observa as unhas impecáveis.

— Ah…

Será que também lhe contou que me seguiu até em casa e invadiu meu quarto? E que me flagrou nua? Ou que me viu chorar? Não, ele não pode ser tão cretino como aparenta ser.

— E todas as outras vezes que fui lá depois, carregada de presentes… — continua Petra, com cautela.

— Foi ele?

— Sim. Óbvio que não me importei. Já iria lá te ver de qualquer maneira… Mas fiz questão de dizer que não sou burro de carga e que ele devia deixar de ser tão infantil. Mas eram ordens, tive de cumprir e não abrir a boca.

— Não sei o que dizer — sibilo.

— Sim, ele te tira do sério. Mas você gosta, admita. — Pisca o olho e me dá uma cotovelada nas costelas.

— Do mesmo jeito que você gosta do Boris — rebato, mudando o rumo da conversa.

— Você precisa se distrair. Que tal irmos aos bazares daqui a seis intervalos de tempo? — pergunta, com uma careta risonha de quem diz "fui pega".

Fico aliviada por essa conversa terminar aqui, mas estou com a cabeça cheia e agora tenho mais ainda em que pensar.

Sorrio de volta.

Não tenho nada combinado — obviamente — e acho que me faria bem não me trancar no quarto, remoendo os assuntos que me consomem. Se ele faltou ao compromisso do treino, certamente há um bom motivo ou, pelo menos, uma explicação lógica. As más notícias normalmente correm depressa; a essa altura já saberíamos se algo de grave tivesse acontecido. Além do mais, não sei bem como, sinto que ele está bem.

— Sim, vamos. É na noite anterior ao dia de descanso, certo?

— Sim. Vamos no fim do treino e podemos jantar e falar bobagem. Vai ser divertido. Vou dizer às outras para virem também. — Refere-se a Isla, Sofia e Mira. — Vamos encontrar alguma coisa e alguém que combine com você — garante, empolgada, batendo os enormes cílios.

Cada dia que passa penso numa forma de contatar minha família. Se ao menos encontrasse uma maneira de me comunicar com eles... Cogito perguntar a Kai se, no dia em que me "pescou", viu minha mochila, mas além de não ter notícias dele, é improvável conseguirmos manter uma conversa civilizada.

E depois tem a Umi, a louca apaixonada por ele que quer me matar, e vai acabar conseguindo, se eu não ficar mais atenta. Se ela é assim comigo, imagine com Sofia? No entanto, não me parece que Sofia e ela tenham grandes problemas.

12
CONFIRMAÇÃO

No fim da tarde, perambulamos entre os bazares do mercado como o combinado. Admiro a forma calma e alegre como as pessoas andam e fazem compras. Os rostos são tranquilos, serenos e despreocupados. Nada que se assemelhe à Superfície, onde a maioria anda sempre com pressa, estressada e carrancuda. Aprecio os objetos coloridos dispostos nas bancadas e as meninas praticamente me arrastam para duas ou três "tocas" de roupa.

— Vamos, Ara. Se não gostar de nada, a gente vai embora — diz Isla, entusiasmada e esperançosa.

— Não entendo, achei que toda mulher gostasse de roupas novas — comenta Mira com um revirar de olhos.

— Pois está enganada, amiga. Nem todas nascem com o gene da fixação por compras. Posso garantir que noventa por cento das roupas do meu armário foi minha mãe que comprou — digo com uma meia gargalhada.

O pensamento aperta meu coração, e o já familiar sentimento de angústia retorna. Pensar na minha mãe, na minha família, e no que estão passando. No desespero que sentem por não encontrarem o meu corpo. O quanto meu pai deve se martirizar por ter concordado em nos levar na viagem para nos despedirmos do meu avô. E agora, além de o perderem, perderam a mim. Mas estou bem (assim como meu avô, aliás). Se ao menos pudesse avisá-los. Tenho de encontrar uma maneira. Será possível? Ou é pedir muito?

— Experimente essa. — Petra fala num tom prático, jogando o cabelo para trás. — Tem bom corte, vai cair bem em você — garante, me empurrando para dentro de um provador, enquanto me entrega uma calça verde-abacate.

— Está bem, está bem. — Rendo-me.

— Já que está aí, vista isto também. — Isla abre um pouco a cortina do provador e pendura um vestido no cabide.

— E este também. — Sofia joga um short pelo menos dois tamanhos acima do que eu uso e de uma cor estranha. Rio, mas não digo que não gostei. — Se eu vivesse na Superfície, compraria muitas roupas. Adoro a moda de vocês! E os sapatos, então... Teria um armário só para os sapatos. Aqueles *Louboutin*... São tão lindos... — Exala um suspiro profundo e sonhador.

— Nossa! Você tem bom gosto — brinco. — Tudo bem, mas não vou experimentar mais nada — resmungo.

Adquiro duas calças, algumas blusas e o vestido que Isla me obrigou a levar para "uma ocasião especial", em suas próprias palavras. Agradeço à senhora que, profissionalmente, dobra e me entrega as roupas dentro de uma sacola de usar na cintura.

Elas param em quase todas as bancas e experimentam muita coisa, mas estranhamente não levam nada, o que revela que não têm os mesmos hábitos consumistas que nós. Observo algumas bancas de um brilho estonteante. Pedras preciosas de todas as cores estão expostas com tanta simplicidade que parecem simples bijuteria.

— Ara, experimente este — diz Mira, afastando meu cabelo dos ombros para colocar um colar. — É tão lindo. — O rosto dela se ilumina e me dá a sensação de que gostaria mais dele para si própria.

É a primeira vez que vou às "compras" com amigas, e constato que até pode ser divertido. Não desgosto totalmente. E tenho amigas; considero-as minhas amigas. Pela primeira vez na vida, eu me sinto realmente confortável perto de um grupo de pessoas.

Será por serem quem são ou por estarem onde estão? Ou o problema sou eu? Nunca permiti que as pessoas me conhecessem de verdade, sempre vivi escondida dentro da minha concha.

O cordão é fino e delicado, e o pingente, pequeno e transparente, de um azul muito claro. Um azul que me faz lembrar os olhos de alguém... Aqui estou eu tentando me distrair, e ele sempre arranja uma forma de invadir meu pensamento.

— É uma água-marinha. São da gruta Ikaldogsha, a nordeste da floresta. Fica bem em você — diz a mulher atrás da banca.

— Fica mesmo, Ara. Leve — incentiva Isla, entusiasmadíssima.

— Não precisa. Não preciso de mais nada. — Retiro-o. Não posso levá-lo e carregar no pescoço um símbolo que me lembrará ainda mais do que vejo nos meus sonhos.

Quanto deve valer esta pedra? É de um brilho extraordinário e, pela intensidade e transparência, parece ser da melhor qualidade que existe.

— Concordo. Não faz falta nenhuma. Somos Protetoras, não românticas — dispara Petra com uma careta para as amigas. O nariz altivo e a linguagem corporal transbordam uma segurança invejável.

— Ela vai levar. — Mira sorri para a mulher, que, com o braço estendido, aguarda que eu lhe devolva o colar para embrulhá-lo no pano que tem na outra mão. Mira é incisiva e decidida, ótimas qualidades para uma boa pesquisadora.

— Está bem, pronto. Será o nosso presente de boas-vindas, já que gosta de dar pedras de presente — acrescenta Petra, numa fraca tentativa de ocultar um sorriso brincalhão.

Não consigo parar de rir. Como é possível que ela me conheça tão bem?

— Desisto — reviro os olhos, resignada.

— Uma ótima aquisição — diz uma voz grave atrás de mim.

Estremeço quando Llyr, com um sorriso radiante, pousa a mão no meu ombro e o aperta.

— Olá — diz Beau com aquele brilho de sempre nos olhos, carregando um monte de livros debaixo do braço comprido.

Fico perplexa por vê-lo ao lado de Llyr, com roupas semelhantes e uma postura mais formal.

Atrás dele está o mesmo guarda-costas de olhos inexpressivos que vi no dia da festa. É como a sombra de Llyr, e só se move quando o chefe se move.

— Meu filho tem me mantido a par da sua adaptação — diz Llyr num gesto com a cabeça para Beau. — Soube que já começou o treinamento com os Protetores.

Somente agora me dou conta de que Beau é filho de Llyr. Não são nada parecidos. Beau é mais alto, o pescoço largo e uns olhos observadores. É evidente que ele gosta de agradar ao pai e que leva muito a sério o papel de filho do Regente.

Rezo para ele não ter mencionado minhas pesquisas. Acho que o Regente não iria gostar de saber que estou investigando como ir embora de Aquorea. E que o filho concordou em me ajudar! Não quero ser mal interpretada nem parecer mal-agradecida.

— Sim, está sob nosso cuidado, Regente. — Petra não me deixa responder, e mais uma vez fico grata pela sua intervenção certeira. — E tem se saído muito bem.

— Fico feliz em saber. Se precisar de alguma coisa, é só pedir. Ou fale com o Beau — diz, com os olhos carregados de promessas que não consigo decifrar.

— Está tudo bem, não preciso de nada, obrigada — retruco.

— Aproveitem o passeio. — Llyr retoma o caminho, com a sombra colada atrás.

— Até logo, sereias — brinca Beau com um aceno.

— Tchau — respondemos em coro.

— Você está bem? Sei que é difícil — diz Isla em tom de gracejo para Mira. Ao que ela retribui com um longo revirar de olhos e a língua de fora.

Sei a que se referem. Decido ignorar e falar com Mira assim que tiver uma oportunidade.

— Não sabia que o Beau é filho do Llyr. Não podiam ser mais diferentes. E por que ele sempre anda com um guarda-costas? — pergunto, após confirmar que eles já estão longe o suficiente para não me escutarem.

— Desde que a mulher do Llyr, a Grisete, foi sequestrada, ele nunca mais andou sem proteção — explica Petra. — O Adro foi colega do Ghaelle. Aliás, foi treinado por ele, portanto, é também um dos melhores. Como o Ghaelle recusou o cargo, ele escolheu o Adro.

— Então, a mãe do Beau foi uma das vítimas dos Albas? — pergunto, comovida com a situação.

Elas franzem a testa e fazem que sim com a cabeça em sincronia.

— E o pior de tudo é que nunca encontraram o corpo. Ele nunca pôde se despedir da mãe. — A voz de Sofia é serena e triste.

Meu carinho e amizade por Beau aumentam quando penso num menino assustado, sem o amor da mãe.

— O Beau é filho do Llyr — afirmo, apática.

— Sim, e ao que tudo indica será o próximo Regente — constata Petra. — Está se preparando para isso. Conhece todo mundo e tenta estar a par de tudo que se passa, mesmo que não seja do seu departamento.

— É um intrometido — brinca Sofia.

— Do jeito que as pessoas gostam dele, não me admiraria se ele conseguisse o cargo ainda mais cedo do que o pai — diz Mira.

— E aí a Mira será a primeira-dama — provoca Isla, piscando os olhos como uma boneca, para depois dar uma gargalhada espalhafatosa.

— Hum... Não sei não. Acho que ele já tem dona. Não é, Ara? — mais uma vez, Sofia me pega desprevenida com a insinuação. Parece querer a todo custo me empurrar para os braços de Beau.

— Que eu saiba, não — digo, desconcertada com o comentário.

— Até parece. Aquele frangote?! — Mira ignora Sofia e responde a Isla, com um gesto desinteressado. — Preferia me juntar a um *dhihilo.*

Outra vez? Mas o que será um dhihilo?

Mas Sofia tem razão. É fácil gostar de Beau. Ele se dispôs a me ajudar a pesquisar sobre os portais sem nem me conhecer bem. Como agora sei que ele, provavelmente, tem acesso à informação privilegiada, reforço ainda mais a ideia de não estragar tudo e colocar nossa amizade em risco.

A mulher atrás da banca das joias estica o braço para me dar o pequeno embrulho de tecido com o colar. Na mesma banca há um objeto que me chama mais a atenção do que o cordão.

— Para você — digo, baixinho, ao olhar de relance para Mira e lhe entregar o presente. — Vai ficar melhor em você.

Um enorme sorriso ilumina seu rosto. Ela hesita, mas aceita, colocando-o de imediato. E depois faz uma pequena dança desajeitada, mostrando, orgulhosa, o cordão às outras.

Minha atenção continua na banca. Um alfinete pequeno, semelhante ao que Fredek tinha na lapela do colete. Este, porém, tem um símbolo diferente, mas me recordo de vê-lo no documento "Descent". Um V com outro V invertido sobreposto e um traço horizontal bem definido no final.

— Que símbolo é este? — Aponto para o pequeno broche.

— É o símbolo de anastomose. A junção entre os dois mundos: o nosso mundo e a Superfície — responde Mira.

— Para mim, sempre pareceu um jato de água meio destrambelhado. — Isla ri.

São coincidências demais.

— Será que consigo encontrar informação sobre ele na biblioteca? — pergunto.

— Na o quê? — pergunta Isla, confusa, encostando-se na banca de roupa ao lado.

Percebo rapidamente que talvez não seja esse o termo usado por eles. Por que será que Beau não me corrigiu?

— Hum... o lugar onde guardam os livros, a informação, e que todos podem consultar? — explico. — Como a que têm no Colégio Central.

Mira nos olha, confusa.

— Ah... O Receptáculo do Conhecimento! — exclama Petra, batendo as palmas das mãos nas coxas, com um sorriso largo para Isla.

— Receptáculo do Conhecimento. Faz sentido — concordo com um aceno de cabeça.

Isla, Petra e Sofia desatam em gargalhadas altas e profundas, o que me deixa mais confusa.

— Parem com isso. — Mira arqueia as sobrancelhas, com os lábios apertados numa linha fina.

— O que foi? — pergunto, sem entender nada.

As outras três continuam rindo.

— São umas palhaças. Estão zoando com você. Aqui também se chama biblioteca.

Dou um murro leve no ombro de Petra e faço uma careta para Isla e Sofia. Elas avançam, à nossa frente, para outro bazar. Petra experimenta um cinto largo e tenta arranjar uma maneira de prender nele sua pistola de arpões.

— Acha que consigo obter mais informação lá sobre aquele símbolo?

— Só se for na do Colégio Central. Na do GarEden, a não ser que esteja procurando coisas do tipo "o espectro eletromagnético da clorofila", não é o lugar certo para pesquisar — responde com o seu sorriso caloroso.

Na do Colégio Central sei que não encontrarei mais nada. Mais uma vez, fico sem respostas.

No fim do jantar — e à revelia das outras —, Mira e eu nos retiramos mais cedo. A Ponte-Mor — a principal da cidade — está abarrotada de pessoas, que a cruzam nos dois sentidos, e meu corpo começa a suar mais uma vez. Desviamos das crianças que correm e gritam em meio a brincadeiras. Preciso aproveitar o momento para falar a respeito de Beau e das minhas intenções com ele. Amizade, nada mais. Abrir o jogo de uma vez por todas. Apesar de ela, até agora, ter lidado muito bem com a situação. Não demonstra ciúmes, nem teve qualquer comportamento negativo comigo, pelo contrário, continua superamorosa. Não sei como será sua reação, por isso decido dar uma de Petra e ir direto ao assunto.

— Mira, não há nada entre mim e o Beau. Somos apenas amigos. No aniversário do Kai, bebi demais e... — Paro para decidir como continuar. Opto pela verdade. — Bem, na verdade, foi um desastre. Primeiro, teve a Umi sendo, como o esperado, uma víbora; depois, aquele cara me agrediu, e o Kai, como sempre, óbvio, estava lá para me acudir. Ele me deixa tão frustrada, nunca sei com que humor vai estar, e acabamos discutindo de novo — digo, sem pausas para respirar.

— Ele te agrediu? Quem te agrediu? — A voz está alterada. Inquieta. Ela parou de andar.

Giro nos calcanhares e a sola dos meus tênis chia no chão morno de cristal. Fico à sua frente. O trânsito de pessoas à nossa volta continua a fluir e eu me sinto ligeiramente claustrofóbica. Mira usa um vestido cor de laranja muito vivo, que contrasta lindamente com seu tom de pele. Aqui estou eu, confessando que beijei o rapaz de quem ela gosta, e tudo que vejo nela é preocupação genuína.

— Ah, não foi nada. Um cara qualquer. Quer dizer, foi um susto danado, mas o Kai lhe deu um murro e resolveu o assunto. — Rio baixinho ao pensar no meu agressor gemendo, no chão, com a mão no rosto. — Mas o que eu quero dizer é que eu tinha bebido demais. Não é desculpa, claro. Não há desculpa para o meu comportamento e por trair sua amizade dessa forma, mas nunca bebi tanto antes e... não sei, talvez por estar mais vulnerável. Foi só um beijo, acho, e não significou nada. Não há razão para ficar magoada e só espero que me perdoe. — Um enorme peso sai dos meus ombros ao abrir meu coração. Sabia que esse problema estava me consumindo, mas nunca pensei que sentiria um alívio tão grande.

— Ara... Agradeço a sua sinceridade. Mesmo. — Mira pega minha mão e eu sorrio diante do gesto de afeto, que me tranquiliza. — Mas não tenho esse tipo de sentimento pelo Beau.

— Não? — Fico confusa. Até agora, as reações dela, sempre que me viu com Beau, foram estranhas, de ciúme, que ela tentava, educadamente, disfarçar. Sem falar de quando, na fatídica noite antes da festa, na casa dos meus avós, ela me perguntou se eu e Beau tínhamos ido passear. Que outro motivo teria para essas reações?

— Não. — A mão dela aperta um pouco mais a minha e ela baixa o olhar. — Entendeu mal, o meu sentimento é direcionado a outra pessoa.

Será que gosta de Kai? Se for o caso, também não tem de se preocupar comigo. Segundo Petra, ele já teve, ou ainda tem, "algo" com Sofia. Acho que ela percebe que estou com dificuldade em compreender de quem ela está falando.

— Da Sofia, Ara. Eu gosto da Sofia. — Larga minha mão e prende o cabelo atrás das orelhas.

— O quê? — A minha voz sai baixa, mas alegre.

— Nunca disse nada para ela, porque não queria que as coisas ficassem estranhas entre nós. Não sei como contar, até porque já percebi que não sou correspondida.

Ah... Como é possível eu não ter percebido? Todos os sinais estavam lá, mas interpretei mal. Sempre que me via com Beau e Sofia, o seu rosto mudava, mas deduzi, errado, não era por causa de Beau. Sofia. A querida Mira gosta da Sofia.

— Você é correspondida. Talvez não com o mesmo tipo de amor que sente em relação a ela, mas, ainda assim, amizade é amor.

Eu a abraço e ela retribui, então me aperta e me balança de um jeito brincalhão.

— Obrigada por se abrir comigo, Mira. Mas por que não conta para ela? Já percebi que esse tipo de preconceito não existe aqui. Por exemplo, o Wull e o namorado tiveram problemas?

Afastamo-nos e ela suspira.

— Não, claro que não. Sou eu que não me sinto preparada. É estranho explicar, não sei como encarar a minha família e, principalmente, as minhas amigas. Mas sei que com você meu segredo estará bem guardado. Você é toda misteriosa.

— Eu? Misteriosa? — Rio. — E não se preocupe, seu segredo está seguro, óbvio.

Continuamos o resto do trajeto num silêncio reconfortante, até cada uma seguir o seu caminho, com os respectivos segredos guardados a sete chaves.

Os treinos prosseguem. E assim se passaram treze tumultuados dias, desde que encontrei Edgar morto à porta do Salão Ruby. As pessoas andam nervosas e inquietas. E embora não falem abertamente sobre o que aconteceu, a tensão no ar é palpável. Os mais novos parecem não ter ideia de que ele foi assassinado, acham que morreu de causas naturais.

Não vejo Kai desde então, mas todos os dias sinto a sua presença nos meus sonhos, cada vez mais perturbadores e aflitivos. Sonho que luto, dentro da água, para proteger os meus pais e a minha irmã, contra uns seres feios e enormes, com presas afiadas. Kai sempre a meu lado, mas sem interferir nas lutas, deixando-me à própria sorte. Serei eu a culpada do seu desaparecimento?! Não entendo o porquê de me sentir tão integrada e, ao mesmo tempo, tão indesejada num lugar. E isso devo somente a Kai. Acho. É um misto de emoções.

Quero ficar.

Continuar a aprender e a lutar, amadurecer as amizades, pertencer a este grupo de pessoas que já considero minhas amigas.

Mas também quero ir.

Deixar Kai e o seu desprezo para trás e matar as saudades da minha família.

Na maioria das noites, Isla janta na casa dos meus avós, e depois conversamos durante horas a fio na varanda. Conto-lhe tudo sobre a minha família, Benny e meu amigo Colt. Ela nunca me falou sobre o irmão, e eu também nunca perguntei se ele está bem ou mal. Calculo que, se houvesse algum problema grave, ela ou alguém falaria no assunto. Tento absorver o máximo de conhecimento que me é possível para conseguir achar um caminho de volta à minha família. Abordo meu avô mais duas vezes, peço-lhe que me ajude a ir embora, a encontrar uma saída. Ameaço-o, inclusive, de que irei apresentar o meu caso perante o Consílio e dizer que eles têm de me deixar ir porque não pedi para entrar. Mas os meus pedidos são ignorados e ele continua a me pedir que dê tempo ao tempo.

Aprendo a apreciar a vida mais lenta deste local e a conhecer as pessoas pelo nome. E as pessoas também se habituaram a me ver por aqui e a me respeitar.

— Agora é para valer. Mergulhem! — A voz de Wull é estridente para o seu grande porte, e me arranca do meu torpor de pensamentos.

Eu obedeço. Estico os braços e aponto os dedos em direção à água, inclino-me para a frente e mergulho no rio. A temperatura provoca uma sensação agradável no corpo. Penso na estupidez que tem sido andar sempre derretendo de calor, tendo aqui essa imensidão onde me refrescar.

Hoje, o treino é na água. Os dois grupos, do Primeiro e Segundo Estágios, juntos. Estamos em uma parte funda, que não dá pé, e enquanto nadamos temos de desviar de obstáculos naturais e de outros que são jogados de surpresa. A agilidade e a rapidez dentro da água serão postas à prova. Também tenho a oportunidade de experimentar a pistola de arpões dentro da água, e percebo que funciona com a mesma velocidade que em terra firme.

Mas os meus pulmões não aguentam tanto quanto os dos meus colegas e, numa das vezes que subo para recuperar o fôlego, sinto algo me puxar bruscamente. Bato os braços, contorço o corpo, arregalo os olhos e olho para baixo para ver o que me prende. É Umi. Tento chutar com força para me libertar das suas mãos, mas ela não me solta e só consigo pôr a cabeça fora da água por segundos. E então ela volta a puxar.

Ouço um sussurro, como uma memória antiga.

Flexione as pernas. Dê uma cambalhota.

Continuo batendo as pernas e os braços para conseguir um pouco de oxigênio, mas as mãos dela me agarram.

Flexione as pernas com força. Dê uma cambalhota e se solte, ouço novamente, desta vez ainda mais nítido.

Obedeço. O rosto de Umi exibe um sorriso e isso me dá energia para dobrar as pernas com destreza. Dou uma cambalhota para trás, acertando os pés no rosto dela, o que a faz me soltar.

Quem ela pensa que é? O que pretende comigo?

Consigo respirar rapidamente e nadar até a margem, enquanto ela me segue e tenta me agarrar de novo.

— Umi, para com isso — grita Petra, saindo do seu local de treino e nadando na nossa direção.

— Craca! — Aponta o dedo na minha direção, enquanto limpa o sangue que escorre do seu nariz.

Craca? Deve ser o equivalente a vagabunda por aqui.

— Vamos, Ara. — Petra me arrasta pelo braço, mas eu não desprendo os olhos de Umi.

— Ainda não terminei com você. Quem ri por último, ri melhor — dispara ela, ainda com o olhar sombrio.

— Não — grito. — Quem ri por último tem raciocínio lento! — E não consigo resistir a lançar um grande sorriso provocador na sua direção.

A risada alta de Petra me distrai de Umi.

— Quer que ela te mate? — reclama Petra. — Pare com isso — diz, ainda sem parar de rir.

— Qual é o problema dela? — questiono com a respiração acelerada.

— Você ainda pergunta?

— O que está acontecendo aqui? — pergunta Wull, aproximando-se de nós. Boris continua na água, mas reparo que também está atento ao que se passa.

— A Umi, outra vez. Ela ainda vai fazer com que alguém se machuque sério — diz Petra, preocupada e com as sobrancelhas franzidas.

— Deixe que eu falo com ela. Está bem para continuar, Ara? — pergunta Wull, sinceramente preocupado.

— Sim.

— Continue, então. Eu fico de olho nela. Aliás, quer jantar na Fraternidade hoje? Agora que treina com a gente, tem de comer com a plebe. — Ele pisca o olho em sinal de cumplicidade.

Meu corpo dói, mas ela provavelmente saiu com o nariz quebrado. Resolvo não dar o braço a torcer e terminar o treino, sob os olhares atentos de Wull, Boris e Petra, contente pelo convite para jantar na Fraternidade. Estou curiosa para ver onde, afinal, vivem os Protetores.

Meu corpo está mais musculoso devido ao exercício diário. Eu me sinto pela primeira vez à vontade para exibi-lo, por isso, decido experimentar a calça que adquiri na tarde de compras com as meninas.

Como fui ensinada a não aparecer de mãos vazias, decido fazer uma fornada de biscoitos caseiros para os meus amigos. Boris, guloso como é, certamente vai gostar.

As instalações dos Protetores ficam do lado de lá da ponte, na parte rochosa, onde é mais fresco. Sigo as indicações de Petra e passo pelo silencioso Salão Ruby, que está com as belas portas fechadas. Pouso a mão na madeira trabalhada e examino os símbolos, alguns dos quais são iguais aos que copiei no papel. Ando mais um pouco e paro de novo quando vejo a corda por onde Kai desceu comigo até o rio. Toco na corda e um pensamento me assombra: *e se eu nunca mais o vir?*

Continuo até o caminho ficar tão estreito que sou obrigada a andar quase de lado. O corrimão robusto me separa do precipício. A apertada trilha termina e eu sigo pelo único caminho possível, à esquerda. Desço umas escadas largas e íngremes, esculpidas na própria rocha. Eu me deparo com uma caverna ampla e achatada, com a iluminação alaranjada típica das luminárias de sal. Aberturas largas esculpidas em diversas direções levam, segundo as placas de identificação, às salas de treino, ao refeitório, aos dormitórios e aos apartamentos dos Protetores. Sigo o túnel número dois para o refeitório. Petra disse que estaria lá à minha espera.

Para meu espanto, assim que entro na sala de jantar, a primeira pessoa que vejo é Kai. Meu queixo se estatela no chão e meu coração explode em mil pedaços, com emoções ridiculamente contraditórias. Está sentado duas mesas ao lado da mesa onde se encontra Petra, com um grupo de pessoas mais velhas. Cada um deles com as suas armaduras de braços em pele e outros com armaduras que também cobrem os ombros e o peito. Kai ri e parece alegre e bem-humorado, como uma criança despreocupada e sem responsabilidades. Fico em choque. Quando me vê, me examina de cima a baixo. Nossos olhos se cruzam e ficam grudados por uns segundos.

Estava se escondendo de mim? Por isso colocou o Boris como responsável pelos treinos?

Não, não estava... Você deveria ir embora, Rosialt...

A sua voz ecoa nitidamente dentro da minha cabeça. É como uma súplica; quase um lamento, não uma ordem.

Não, não faz sentido; estou tendo alucinações, mas dessa vez tenho certeza, não estou maluca. É a voz de Kai. É a voz dele, não restam dúvidas. Consigo ouvir os pensamentos dele. Um receio me invade. Isso significa que ele também consegue ouvir os meus?

Estou perplexa. Será mesmo possível? Ainda sem desviar os olhos dos seus, faço um esforço para concentrar mentalmente toda a minha energia:

Quer mesmo que eu vá?

Ele não me quer aqui, sei disso desde a primeira vez que o vi, quando acordei nos seus braços e desmaiei logo em seguida. O olhar dele suaviza ao encontrar o meu, fica menos duro, menos tenso, e ele apenas gira a cabeça e continua a falar com a mesma normalidade de antes de eu entrar.

— Ara! — Petra grita, acenando efusivamente, e sou obrigada a esquecer minha angústia existencial. Aceno de volta, em um gesto patético.

Ela está de pé, à minha espera. Veste um minúsculo vestido marrom-claro e mexe no cabelo enquanto fala com um rapaz que não tira os olhos do seu acentuado decote, como se os olhos dela fossem ali. Ao fundo, o ritmo dos tambores que ouvi no Underneath. Uma sensação de amargura misturada com bem-estar me invade.

— Beleza, pessoal? — digo, me aproximando da mesa.

— Beleza, Ara! — respondem alguns deles. Petra sorri para o rapaz e ele se afasta. Senta-se ao lado de Boris, que corta uma grande posta de peixe e começa a devorá-la assim que esta toca no prato. Com a mão livre, serve-se do acompanhamento.

— Trouxe isto para sobremesa. — Pouso o cestinho de biscoitos em frente a Boris, e pisco para ele.

Petra sinaliza para que eu me sente à sua frente, ao lado de Suna. Ele é franzino e de cabelo muito encaracolado, na altura das orelhas.

— Minha heroína! — Os olhos de Boris sorriem, e ele pega não um, mas dois biscoitos.

— Deixe alguns para nós. E isso é para a sobremesa. — Petra repreende Boris e eu sorrio.

— Humm… Estou com fome — diz, enquanto morde os biscoitos. Vejo-o saborear… até perceber de que são feitos exclusivamente de farinha e sal. Cospe tudo e faz um grande estardalhaço quando se debruça por cima da mesa e bebe água diretamente da jarra.

— São de sal! — Pisco o olho para Petra e ela me dá um *high five.*

— Você é má! — choraminga Boris.

— É para você aprender a não se meter comigo.

Pego o cesto, embrulho os biscoitos com o guardanapo e o levanto, mostrando os verdadeiros biscoitos que estão por baixo. Ofereço-lhe um em sinal de trégua. Ele o cheira e o leva à boca com receio, mas sorri quando percebe que são de verdade.

— Você tem uma adversária à altura, cara — brinca Suna.

— Sem dúvida! Mas ela devia saber que com comida não se brinca.

Rimos todos com entusiasmo. Nunca conheci ninguém com tanto apetite.

Apesar do cheiro divino da comida que está na mesa, eu não janto, só belisco. Ver Kai ali, sentado tão perto de mim e todo sorridente não ajuda. Há treze dias que sofro em silêncio, tentando imaginar onde ele estaria, e ninguém me deu qualquer informação. Se estava ferido ou morto. Mas afinal ele está saudável e bem-humorado.

Imbecil. Lindo, mas imbecil!

Uma hora e meia depois, continuo a olhar para o prato com comida à minha frente e pouco participo da conversa.

— Rosialt, posso te acompanhar até em casa? — ouço uma voz baixa.

Olho sobre o ombro e Kai sorri.

Meu coração se esquece de bater. Continuo a olhar para o seu rosto, com ar perplexo, tentando entender se ele disse mesmo aquilo ou se foi novamente um truque da minha imaginação.

— Pronta para ir? Já terminou de comer? — continua, ainda num sussurro. Enfia as mãos nos bolsos.

Não. Não estou, seu energúmeno!, penso.

— Sim. — É o que sai da minha boca. *Porcaria de cérebro estúpido que não faz o que eu mando.*

Petra presta atenção na conversa:

— Não precisa, Shore. Eu a levo, não se preocupe.

Continuo à espera de que meu sistema operacional reinicie.

— Ela não precisa que a levem, Conrad. — Olha para mim e sorri gentilmente. — Mas como vou falar com a Raina, aproveito a companhia — conclui Kai, com um sorriso travesso para a amiga.

— Acho que ela prefere a minha companhia, mas se faz questão, dessa vez eu deixo. — Petra mostra a língua, e ele vira as costas.

Levanto-me, com a mão apoiada na mesa, e lanço um sorriso abobalhado para os demais, sem conseguir dizer uma única palavra.

— Beleza, Ara — dizem alguns dos meus colegas, em sincronia. Eles são tão legais comigo. Se ao menos soubessem usar corretamente o cumprimento. Faço uma nota mental para me lembrar de corrigi-los quando for oportuno, mas a deleto de imediato. Vou deixá-los continuar e, talvez, até me juntar a eles.

Pelo canto do olho, vejo Petra me fazer um sinal de positivo com o polegar. E, usando ainda minha visão periférica, vejo Umi prestes a se descabelar.

— Não vamos de barco? — pergunto, notando que ele não parou nas cordas que descem até o píer.

— Não.

Ah... Queria agarrá-lo outra vez. Cheirar seu pescoço. E talvez dar uma lambida, quando ele estivesse distraído. *Tarada!*

— Você é que sabe.

— O Boris me disse que você é um talento natural para o tiro com arpão. E que também não é nada má na luta corpo a corpo. — A voz dele é calma, como se pesasse cada palavra.

— É sério? Vai mesmo falar de coisas triviais? — Não sei o que me deu. Simplesmente, estou farta de fazer de conta que não está acontecendo algo muito estranho; além do óbvio, claro.

— Do que quer falar, então? — responde, pacientemente, com a voz grave.

E que tal falarmos sobre o fato de eu conseguir ouvir seus pensamentos?, guincha meu cérebro irritado.

Ele me encara e esboça um sorriso.

— Não entendo, Kai, sério. Parece que você tem dupla personalidade. Resolveu conversar comigo como uma pessoa normal? — continuo, irritada e incapaz de controlar meu temperamento.

— Tem razão, não fui correto com você. E estou cansado de lutar contra o inevitável. — Suspira e as suas palavras me desarmam.

— O quê? — A voz sai num sopro.

— Peço desculpa pelo meu comportamento.

Fico boquiaberta com essas palavras.

Lutar contra o inevitável? O que será que ele quer dizer?

— Podemos recomeçar? — Os olhos brilham e ele me mostra um sorriso de dentes brancos. Um dos caninos se sobrepõe um pouco no outro dente, e isso lhe dá um certo charme.

Minhas defesas se derretem e se transformam em fondue de chocolate.

— Por que desapareceu esses dias? — pergunto baixo, não querendo parecer carente. Acho que fracasso terrivelmente.

— Tive uns assuntos a tratar.

— Não consegue me dar uma resposta direta?

Ele olha para mim e esfrega a nuca.

— Estava fazendo meu trabalho. Verificando e reforçando as entradas e as barreiras de segurança. Eu tive de ir… — Suspira.

— Ah… — Meu ar é de espanto e, ao mesmo tempo, de decepção, acho.

— Parece surpresa.

— É, talvez. Pensei que tivesse… — Paro por uns segundos, para ponderar se acabo a frase ou se mudo de assunto.

— Sim? — Insiste, com o cenho franzido e o ar sério.

— Que tivesse ido embora — desabafo, por fim.

— Embora?

— É que ouvi dizer que alguns de vocês conseguem ir à Superfície. Pelo tempo que consegue ficar debaixo da água, não seria de surpreender.

— Não sei. Mesmo que conseguisse... — Não termina a frase. Por algum motivo que eu não consigo imaginar, noto desapontamento no seu tom de voz.

— E por acaso você sabe como faço para ir embora daqui?

— Quer ir embora? — A pergunta dele é quase uma afirmação, mas dita num tom praticamente inaudível.

— Não posso ficar aqui para sempre. Tenho minha família. Meus pais, minha irmã, o Colt. Não posso deixá-los nessa angústia.

— Colt? — Ele me encara rapidamente e, sem um pingo de surpresa, uma faísca de fúria lampeja em seus olhos.

— Sim. Meu melhor amigo.

— Só amigo? — pergunta, com a voz nitidamente carregada de falsa simpatia.

— Por enquanto. — Encolho os ombros. *Estará com ciúmes?* Sorrio internamente.

Decido aproveitar para obter algumas informações.

— E a Umi, é sua namorada?

— Não, é minha aluna.

— De aluna não tem nada.

— Está com ciúmes, Rosialt? — Ele tem coragem para dizer em voz alta o que eu não consigo.

Seus olhos amendoados reluzem, claríssimos. Mesmo aqui, à meia-luz, consigo ver o brilho da sua pele lisa. Está de barba feita, o que realça as maçãs do rosto, fortes como o queixo.

— Não — balbucio. — Só queria saber o porquê das tentativas de homicídio.

— Foi sem querer — afirma ele. — Bem, da primeira vez, pelo menos — conclui com uma gargalhada que me contagia.

— Ahã — resmungo. — E a Sofia?

Mas será que perdi totalmente a vergonha na cara?

— Não.

— Ahã — repito.

— Quer me perguntar alguma coisa? — questiona ele, de cenho franzido e curioso. — Não quero que fique engasgada. — Ele sorri, divertido.

— Não é o que dizem.

— Não sei o que dizem nem que ideias ela alimenta, mas são somente na cabeça dela. — Parece querer se explicar ao ver que eu não engulo a resposta curta e nitidamente falsa.

Kai coloca as mãos nos bolsos, seu ar é totalmente descontraído. À medida que conversamos, também fico mais relaxada. Afinal, ele é um rapaz normal. Os dreads, com reflexos cor de mogno quase imperceptíveis, estão presos na nuca. Eles lhe dão um ar radical, que contrasta com seu rosto. Não me canso de observá-lo. A pele dele parece mais bronzeada. Será?

— Ela é linda. E tem uma queda por você.

— Sim. Ela é bonita, muito bonita — confirma, pensativo.

Eu o observo com um ar duro, enquanto meu rosto se transfigura com a raiva que cresce em meu peito.

— As outras, do seu pelotão de apaixonadas, também são bonitas.

— Pelotão?

— Sim, aquele pelotão que parece idolatrar você toda vez que sai na rua. — Reviro os olhos, com um ar crítico.

— São só minhas fãs fiéis, como você bem disse há algumas semanas — admite, com ar astuto.

— Aquelas que costuma pescar, é?

— É... Com certeza você está com ciúmes. E parece que também não consegue resistir à tentação de me observar — dispara, com um sorriso malicioso.

Então essa é a tática dele. Parece... (engulo em seco) *que funciona.*

— Bem que você queria! — rebato, sem pensar, mostrando o dedo do meio. Ele tenta agarrá-lo, mas sou mais rápida.

— Queria falar com você sobre isso. Tenho pensado muito, e...

Paro de andar. Um segundo depois, ele também para, olha para trás e volta a me encarar.

— O quê? Quer que me junte ao seu *pelotão*? Era só o que faltava! Meu amigo, não tenho nenhum interesse em me tornar uma das suas *garotas*. Como já deu para perceber, não faço o seu tipo. E isso aí — gesticulo, ferozmente, na direção dele, com o dedo no ar em círculos —, obviamente não faz o meu — explico, furiosa, e depois fecho minhas mãos e as apoio nos quadris.

Ele não diz nada, mas está divertido demais para o meu gosto. Semicerro os olhos, à espera de uma resposta.

— Eu só ia dizer que... — Ele interrompe a fala e ri consigo mesmo. — Para falar a verdade, era exatamente isso o que eu ia sugerir. Que você se juntasse ao meu pelotão, o único que tenho. Já que está aqui, devia começar a treinar a sério. — Olha para mim com o rosto impassível.

— Ah... — digo apenas. Que vergonha! *Meu reino por uma gruta onde me esconder, rápido.*

Ele recomeça a andar.

— Mas, pensando melhor, talvez não tenha o que é preciso. Não vou investir meu tempo em alguém que...

— Não, Kai, espera — sussurro e pego seu pulso. Ele para e se vira novamente para mim. — Espera — repito para ganhar tempo e pensar no que dizer.

— Sim? — Ele cruza os braços sobre o peito e vejo um ar travesso em seus olhos.

— Já que insiste, aceito o convite.

— Você é terrível. — Ele balança a cabeça. — Vamos.

Eu o sigo.

— E você é um babaca. Já te disse isso?

— Não. Só me chamou de imbecil. — Aquele sorriso malicioso surge novamente.

— Isso é o que você pensa. Nas suas costas já te chamei de babaca.

— *Ka patua ahau e koe* — sibila.

— É maori! — sorrio. — O que isso quer dizer? Acho que já me disse uma coisa parecida, uma vez.

— Você me mata.

Encolho os ombros e finjo não dar importância. *Ele também me mata!*

— Então, o que precisa falar com minha avó? — A ponte de Salt Lake espreita ao fundo e não quero que a conversa acabe.

— Nada. Só quis aproveitar a oportunidade para conversarmos, já que pareço ser o único que ainda não sabe nada sobre você.

O comentário me surpreende e sinto o já familiar formigamento brotar em minhas entranhas. O estômago se contorce e dá lugar ao nervosismo de novo. Por que ele quer me conhecer? E por que acho que suas palavras não são, de todo, verdade?

— Você fez vinte anos, certo? — pergunto, só para confirmar.

— Vinte — reitera. — E você tem dezessete.

Assinto. Ele parece saber umas coisas sobre mim, afinal.

— Quase dezoito. Faço em novembro. — A frase sai sem querer.

Ele sorri.

A ponte está agora sob nossos pés e o barulho da cascata da lagoa de sal é ensurdecedor. Achei que ele me deixaria aqui e retornaria, mas como ele não para, descemos as escadas que dão para a passarela. Aproveito para atacar com tudo que tenho, no intuito de descobrir a verdade.

— E quando é que vamos conversar sobre o que aconteceu *naquele* dia? — pergunto, achando que ele sabe que me refiro ao fato de eu ter ouvido seu aviso quando Umi me lançou o arpão.

— Rosialt, não vamos entrar nesse assunto — diz, impaciente. Seu rosto passa de calmo a apreensivo.

— Preciso saber que não estou louca nem tendo alucinações — gemo, com o desespero que me envolve. — Já basta sonhar com você há meses e ser trazida à força para um mundo que só existe em filmes de ficção, Kai. Preciso saber que não estou maluca — repito, com os decibéis altos demais.

— Você sonha comigo? — Ele fica boquiaberto e para de andar.

Eu disse isso? Ah, merda! Tenho de controlar minha língua. Agora não há como voltar atrás. Eu me viro e o encaro.

— Não… Sim… Não é bem com você, mas com seus olhos. Percebi que era você quando te vi pela primeira vez — assumo. — Mas já não sonho mais — minto descaradamente, retomando o curto caminho que falta. Ele me segue.

Parados em frente à casa dos meus avós, Kai me examina demoradamente e seus olhos parecem querer dizer algo.

— A partir de amanhã, você treina comigo — diz, por fim.

— Sério? É só o que tem a dizer?

— O que quer que eu diga?

— A verdade. É pedir demais? Se for pedir muito, acho que não podemos ser amigos.

Kai fecha os olhos com força, inspira e um trejeito nervoso atravessa seus lábios.

— Esperava que tivesse o bom senso de não querer ser minha amiga, Rosialt — diz com a voz incrivelmente baixa, aproximando-se de mim. A forma como ele usa o meu sobrenome sempre que quer impor sua vontade é intimidante e excitante.

— Por quê, você é perigoso? — sussurro, com os joelhos trêmulos.

— Só se você me pedir.

Seu aroma fresco me faz estremecer. Minhas pernas fraquejam e meus ouvidos zunem. Ele levanta a mão lentamente e desliza o polegar pelo meu rosto.

— Eu também sonho com você — diz, por fim, com a testa encostada à minha. Nariz contra nariz.

Estamos incrivelmente perto. Sinto seu hálito diretamente na minha boca. Não tenho palavras e não sei o que fazer. A minha respiração está descompassada, as mãos transpiram e tenho a sensação de ter comido borboletas frenéticas em vez de ervilhas.

— Se tiver bom senso, vai se afastar de mim — insiste. — Porque eu… já não consigo mais.

— Eu… eu… — Não sei o que dizer. — Não quero — desabafo.

Ele pega minha mão, que se perde no meio dos seus enormes dedos. Com um gesto suave, ele a passa sobre o monitor. A cortina de vidro se abre.

— Até amanhã, Rosialt. E não, você não está perdendo a cabeça.

Fico parada, observando-o partir.

13
EQUILÍBRIO

Essa noite não sonhei. Assim que abro os olhos, um sorriso ganha vida própria nos meus lábios, sem que eu o controle. Levanto, saltitante, e decido tomar o café da manhã ainda de pijama: uma camiseta e um short solto de um tecido de algas macio e confortável.

Quando chego à cozinha, não tem ninguém. Não há barulho no andar de cima e imagino que meus avós tenham saído mais cedo para o Colégio Central. Com a situação dos ataques, ouvi-os falar que estão elaborando estratégias de proteção e combate, e também pensam em criar um toque de recolher obrigatório. Espero que isso não aconteça e que consigamos resolver as coisas sem recorrer a medidas extremas. Ainda bem que eles não estão em casa; não estou com vontade de explicar meu súbito bom humor.

Clareio a cortina de água da sala. O dia está dourado, como se o sol de julho tivesse escorregado até o centro da Terra só para me dar bom-dia. Já estou habituada aos tons das luzes e sei que ainda não é hora de começar a trabalhar. Tenho, pelos meus cálculos, pelo menos noventa minutos até o dia começar, pois ainda não está claro o suficiente. Sorrio com o quanto, sem perceber, já me adaptei a esta vida.

Pego um pão fino e escuro, e espalho uma compota de flores. É divina e não muito doce, o que eu agradeço. Eu me sento para contemplar o vazio, e a fugaz sensação de felicidade passa a desânimo quando penso nos meus pais. Essas oscilações repentinas de humor tornaram-se uma constante no meu dia a dia. Tento imaginar o sofrimento por que estão passando. Minha irmã está de férias de verão. Será que Colt a apoia como sempre me apoiou?

Não posso me permitir ficar contente, muito menos feliz. Tenho de ir embora, mostrar aos meus pais que estou bem. Fazer as coisas da forma certa, e então depois explicar que vou viajar, fazer o que sempre pretendi. E, se me for permitido, voltar para Aquorea. *Será que me deixam voltar?*

Mas, por agora, apenas por alguns momentos, tenho de deixar esses pensamentos em *stand-by.*

Sou egoísta, eu sei.

Enfrentarei um novo dia. Kai será meu monitor, e eu não poderia estar mais eufórica. Quero deixar para trás as palavras duras que foram trocadas e as provocações entre nós. Sei que ele tem um bom coração e, apesar das suas explosões inexplicáveis, sempre demonstrou preocupação com o meu bem-estar. Volto para o quarto e visto a roupa de treino. Percorro o caminho em direção ao norte com rapidez. É estranha a forma como me adaptei a essas trilhas e caminhos. Ainda há um mês, da primeira vez que os cruzei, me sentia uma estranha neste mundo. Agora, acostumada à pouca luz e ao seu ritmo próprio, considero-o meu.

Os dois monitores — Kai e Wull — estão lado a lado e conversam descontraidamente.

— Hoje, vamos treinar em grupos menores — diz Kai, com voz firme, assim que o grupo se forma ao seu redor. Wull assente com a cabeça. —

Vai ser um treino em altitude. Vocês serão divididos dois a dois, sendo que cada par consiste num membro do Primeiro Estágio e outro do Segundo Estágio. Dessa forma, vocês, do primeiro ano, podem aperfeiçoar a técnica e a agilidade. E os do segundo ano devem testar seus limites e ajudar os colegas a testarem os deles. Foram agrupados mediante as dificuldades até aqui demonstradas, sendo um parceiro mais forte em alguns pontos do que o outro, e vice-versa. Os pares são: Boris e Jamy; Umi e Lhia; Ronald e Suna; Petra e Fargie.

Espero, impacientemente, enquanto ele anuncia os nomes das duplas. Já conheço todos, por isso associo os rostos aos nomes, mas paro de prestar atenção assim que ouço o nome da parceira de Petra.

— E por fim, Kai e Arabela. — Olha para mim sem sorrir.

Arabela? Essa é nova.

De novo, o mesmo Kai sisudo e impessoal. Tenho de ajustar minha postura, porque estou aqui para trabalhar e não posso demonstrar o quanto ele mexe comigo. Até porque não aconteceu nada. Ele só disse que sonhava comigo. Mas, pelo que sei, pode estar mentindo. Mentiu sobre o namoro com Sofia. Petra confirmou que há ou já houve algo entre eles. E não consigo tirar essa droga de pensamento da cabeça.

Olho para Boris, que espera com postura séria que nos mandem dispersar. A julgar pela boa disposição, a *Cenourinha* está radiante por ajudar um aluno mais novo. Quanto a Umi, parece ter engolido um baiacu e me olha com olhos raiados de fel.

— *Haere!* — grita Kai em maori. Fica tão *sexy*... — Venha comigo — ordena ele, aproximando-se de mim.

Eu o sigo. E tenho a percepção, neste instante, de que o seguiria até o fim do mundo se ele me pedisse.

— Você é canhota.

E você é atento!

Estou parada e ele me lança um olhar avaliador. Sob a camiseta justa, um pouco abaixo do pescoço, noto um volume. Imagino se seria o seixo que lhe dei. Com os braços atrás das costas, ele dá uma volta completa, serenamente, ao meu redor, e me examina dos pés à cabeça. Eu me retraio. Mas que diabo!

— Fique descalça.

Essa não!

— Prefiro ficar de tênis.

Ele me observa fixamente, encolhe os ombros e não responde.

— Sua estrutura óssea é boa. Você tem a caixa torácica desenvolvida devido à natação e à dança, mas precisa de mais massa muscular. Temos de trabalhar isso.

Como ele sabe tanto sobre mim e ainda nega?

— O que vamos fazer, exatamente?

— Estique o braço — pede ele, sem responder à minha pergunta.

Estico o braço esquerdo, em direção ao seu abdômen, sem tocá-lo.

— Você já treinou com uma parecida. Mas esta foi desenvolvida especialmente para você.

Kai coloca uma manga de tecido em meu braço e prende uma pistola de arpões, que vai do pulso ao cotovelo. Como meu relógio é estreito e fino, não interfere com o encaixe da pistola. Fico satisfeita, pois é a única recordação física que trago da minha irmã e não quero tirá-lo. Ele também não me pede. Benny me deu o relógio no ano passado. Juntou dinheiro durante seis meses, porque, um dia, a caminho da escola, quando folheávamos uma revista, fiquei encantada por ele. Ela cismou que tinha de me dar, e conseguiu. É medrosa, mas determinada.

Quando tiraram as medidas para o molde? Ah, talvez quando cheguei. Na coleta de DNA e dados biométricos, concluo.

A pistola de arpões é mais leve do que a de Petra e do que as que experimentei nos treinos. E ainda mais brilhante; num tom de ouro rosé. Na lateral tem meu nome gravado: "Arabela." É muito bonita e a minha vontade é poder tocar em Kai e dizer obrigada. Ele está aqui tão perto, é só esticar o braço. Enquanto o meu cérebro dá indicações ao meu braço para se mexer, Kai dá dois passos atrás, como se houvesse interceptado meu pensamento.

Fico constrangida. Ele se limita a me fitar com seus grandes olhos azuis e a esboçar um leve sorriso, quase imperceptível, mas que muda sua expressão toda.

— A maioria dos ataques não acontece aqui embaixo, nas ruas, mas lá em cima.

Giro a cabeça e olho para o alto, para as passarelas que ele indica. Devem estar a uma altura de um prédio de quarenta andares. Mas ainda assim não chegam ao teto, que é muito mais alto, a uns quinhentos metros, talvez.

A estrutura de arruamentos é imponente e robusta, construída com pontes suspensas que percorrem toda a área central e sul de Aquorea. A obra foi projetada pelo pai dele. Como não encontro nada para dizer, ele estuda o meu rosto e continua.

— Como já deve ter notado, nossos treinos abrangem diversas metodologias, técnicas e estilos de luta. Aprendemos e treinamos em terra firme, na água e também em paredes.

— Paredes?

— Sim. Os Albas são rápidos, então, quando conseguimos mantê-los nas trilhas, é mais fácil para nós. Além de terem mais força, desenvolveram a incrível capacidade de se agarrarem à rocha.

— Como são esses bichos, afinal?

— Não são bichos, são seres humanos, como nós. Mas vivem há muito tempo nos pântanos e sofreram mutações para se adaptar ao meio, como as garras retráteis que lhes permitem se deslocar com muita facilidade em escalada. E são muito inteligentes. Não os subestime nunca. No caso de se encontrar cara a cara com um, a primeira coisa a fazer, se tiver chance, é fugir. Se não conseguir, lembre-se de que está lutando contra inimigos com técnicas de luta tão boas ou melhores do que as nossas.

— Você foge quando encontra um?

Ele me olha demoradamente, como se previsse o que estou pensando.

— Não. Luto — diz, por fim, calmamente.

— Então, por que quer que eu fuja? Nunca fui de fugir de uma luta — afirmo, com altivez.

Não que alguma vez eu já tenha entrado numa, mas certamente não fugiria se a oportunidade se apresentasse. Acho eu...

— Confie em mim, é melhor fugir. Pelo menos, enquanto ainda não tem muita experiência — aconselha, sem conseguir abalar minha confiança. — Bem, continuando... Escalam as paredes e muitas vezes conseguem escapar devido à dificuldade que temos em nos movimentarmos como eles.

— Mas por que atacam, afinal?

— Achamos que por escassez de comida. Coexistimos há dezenas de anos, sem problemas, mas há alguns anos começaram a atacar. Primeiro nossas colheitas, depois os animais.

— E as pessoas mortas? São danos colaterais? — Recordo a conversa que tive com Petra.

— No início pensávamos que sim. Até que algumas pessoas começaram a desaparecer. Isso nos levou a elaborar outra teoria. Que talvez gostem do sabor da nossa carne...

Arregalo os olhos e franzo a testa.

— Que mórbido! — exclamo.

— Desculpe, não pretendia... Já tentamos dialogar com o líder deles, mas sem sucesso. Queremos paz e não nos importaríamos de fazer concessões, se nos garantissem que parariam com os ataques.

— Estão dispostos a lhes dar comida?

— Sim. Só queremos a segurança da nossa gente, mas eles não querem negociar, portanto, não existe outra solução. Temos de lutar para nos proteger.

Assinto em concordância. Andamos lado a lado. Seu passo é rápido, mas é fácil acompanhá-lo. Paramos junto a uma parede, na qual pendem, do alto, cordas grossas com nós igualmente fortes. Boris e Jamy estão uns metros à nossa direita e vestem cinturões de segurança. Boris olha para Kai de cenho franzido, mas Kai o ignora.

— Eu não vou colocar um treco daqueles, né? — aponto para o cinturão.

— Não precisa — diz Kai simplesmente.

Imagino que seja porque não subirei à mesma altura dos outros.

De um salto, ele se crava na parede, como se fosse a coisa mais simples do mundo. Estende o braço e me puxa pela mão, aconselhando-me a usar os pés como apoio enquanto as mãos ficam, convenientemente, livres para ajudar a me mover.

— Consegue? — pergunta ao me puxar. Sua voz é preocupada e calorosa.

— Sim. — Faço um esforço para fixar os pés e as mãos nos buracos existentes na parede. Ele tem uma mão suspensa na minha cintura, pronta para aparar a queda, embora sem me tocar.

— Tente aproveitar todos os espaços que encontrar, é a única forma que temos de nos equilibrar. Esse é um exercício que leva muito tempo para aprender. É preciso muita prática, e nem todos são bons o suficiente para usar como técnica de luta.

Assim que me sinto confiante, olho para ele e assinto. Isso basta para ele tirar a mão que paira atrás das minhas costas. Seus músculos estão rígidos e cintilam com a umidade. No entanto, o rosto está relaxado enquanto, pacientemente, avalia meus movimentos e me observa ajustar as mãos e os pés de forma a não cair da altura de cerca de um metro em que estamos.

Nem preciso perguntar se ele é bom nisso, basta olhar para perceber. Ele agarra-se na parede como um lagarto, mas parece pronto a voar se necessário. *Meu Deus!*

— Parece um réptil — deixo escapar num sopro.

— Tuatara! — Ele sorri.

— O quê?

— É o meu réptil favorito. É parecido com um lagarto, mas não é. É um parente distante dos dinossauros.

Uiii!

— E existe por aqui?

— Não.

— Lá em cima?

Ele faz que sim com a cabeça.

— Significa "dorso espinhoso". Acho que combina comigo!

Até ontem, talvez concordasse, mas depois daquele momento à porta de casa dos meus avós, não tenho bem a certeza se seria essa a expressão que usaria para descrevê-lo.

— Nunca ouvi falar. — Pode ser que um dia ouça... Não tenha medo de usar o corpo todo e a sua agilidade. Essa pode ser a diferença entre a sobrevivência e a morte. Use as pernas para dar pequenos impulsos. Pensa no *dhihilo* e na forma como anda.

Outra vez?

— Não sei o que é um *dhihilo*, mas parece que é mais popular do que jujuba por estas bandas.

Ele levanta a sobrancelha em sinal de confusão.

— Jujuba?

— *Dhihilo*?

— *Touché!* — diz ele.

A gargalhada dele me aquece a alma e os recantos mais escondidos do meu ser. Meu rosto cora de vergonha por me sentir estranhamente excitada. Espero que ele não tenha percebido.

— Não sabe? Depois te mostro. Pense numa lebre, então. Na forma como se move e usa as patas traseiras para dar impulso ao corpo — explica.

Devagar, vou dando pequenos passos verticais, movendo um pé de cada vez, encaixando as mãos nas fendas. A rocha está úmida, o que dificulta um pouco o processo. A determinada altura, estamos a uns cinco metros, o pé esquerdo escorrega e meu corpo desliza pela parede rugosa. Uma grande mão me agarra bem a tempo de evitar um acidente.

— Porra, Rosialt. Fique descalça. — Está enfurecido quando me ajuda a encontrar apoio. — As cordas estão aí por um motivo. Use-as, se precisar se segurar.

Minha respiração está ofegante do susto e da adrenalina, mas minha teimosia continua intacta.

— Eu consigo — garanto.

— Eu sei que consegue. — Seu tom de voz é sincero.

— Pelo visto também falam palavrão por aqui. — Tento usar um tom brincalhão, mas devido ao esforço a voz sai mais como um ganido de uma hiena.

— Quando é preciso — responde, mal-humorado.

— Não vai acontecer de novo.

— Se acontecer, você tem duas opções: tirar os protetores de pés ou colocar o cinturão de segurança.

— São tênis — resmungo entre dentes.

— Só sei que são duros — retruca, com um sorriso furtivo enquanto massageia o nariz ao relembrar o episódio em que joguei os tênis na cara dele. — Está avisada. Hoje só precisa conseguir não cair e chegar lá em cima. — Ele aponta para o alto. Seu tom é firme e cortante, como o de um professor irritado com o aluno.

— Quantos metros são? — pergunto, entre as manobras de posicionamento.

— Até o primeiro patamar, vinte. Se conseguir, ganhará uma recompensa.

— Ah, é sério? O quê?

— Depois você descobre.

Após alguns minutos, já é mais fácil me deslocar pela parede. Só tenho de deixar os movimentos fluírem, encontrar naturalmente os espaços a preencher, como um parceiro de dança que acompanha uma coreografia. Em pouco tempo, alcançamos a primeira passarela.

— Quer parar para descansar?

— Não. Estou bem, vamos continuar.

— Óbvio que está. — O riso dele é genuíno.

Olho para baixo e penso por que ele não me colocou o cinturão. A altura já é imensa e a queda resultará em morte instantânea, mas não sinto medo. Pelo contrário, eu me sinto compelida a mais, quero levar meu corpo ao limite, testar minhas capacidades e ver até onde consigo chegar.

Os olhos dele percorrem o meu rosto e encontram os meus. Parece haver admiração neles.

— Não pensei que chegaria até aqui, Rosialt. Você é durona, a Umi tem razão — diz com um sorriso irônico.

— É sério?! Eu aqui tentando não me esborrachar no chão e você ainda faz piada. — Começo a arfar de tanto calor. — Ela me chamou de *cra-ca* — digo devagar e com ligeira irritação, enquanto me concentro no próximo movimento. Mas estou contente, ele está conversando, o que indica estar mais à vontade.

— É para ver se não se distrai com facilidade — provoca.

— Meus professores costumam dizer que eu tenho olhos de falcão e memória de elefante.

— Dá para notar. — Suas sobrancelhas estão arqueadas. — Para te provar que ela consegue ser civilizada, hoje vamos jantar.

— O quê? — Quase tenho um ataque.

— Sim, está decidido. Agora se concentre.

Tenho vontade de mandá-lo a um lugar nada legal. De lhe dizer que não decide nada por mim, muito menos com quem eu convivo, mas a maior parte do meu ser quer estar perto dele, nem que para isso tenha de coexistir com Umi. E, no fundo, sei que ele faz isso para estar perto de mim também. As palavras de Petra começam a fazer sentido.

— Está bem. Vamos ver qual das duas sobrevive à noite de hoje — digo numa tentativa forçada e frustrada de gracejo.

Ele segue devagar atrás de mim. Eu me sinto segura com ele nessa posição, como se fosse amparar a queda se algo der errado. Numa saliência da rocha há um *trovisco*, que apanho e prendo debaixo do relógio. Adoro essa flor, é tão simples, mas tão cheia de vivacidade. Sua fragrância forte, com notas balsâmicas e doces, parece os aromas orientais de especiarias, como a canela e o cravo. Esse odor harmonioso enche minha alma. E, estranhamente, lembra o cheiro de Kai.

Atingimos o nível seguinte e paramos para descansar. Estamos a quarenta metros. Relaxo os músculos e alongo o corpo, depois me apoio no corrimão e observo as pessoas lá em baixo. Do tamanho de gatos. Acho que só agora percebo que o trabalho deles é realmente perigoso. E que eu me arrisco sem motivo, apenas porque sinto emoção e prazer em fazer essas coisas.

— Sabe, lá em cima... — começo, sentando-me encostada à parede de rocha branca. — Na Superfície, vocês ganhariam uma bela grana para fazer esse trabalho.

Kai se senta ao meu lado. Nossos braços estão muito próximos, quase se tocam.

— Para vocês o valor monetário é muito importante, não é?

— Tem o seu encanto poder viver bem e termos as coisas que queremos... que normalmente são caras. — Solto uma sonora gargalhada. — Você não sente o mesmo porque aqui tudo é oferecido de forma natural, todos trabalham para o mesmo objetivo. E admiro muito isso. Mas com os milhões de pessoas que existem lá em cima, esse sistema é impensável e impossível. São muitos interesses conflitantes e monopólios. Muita gente rica que deseja ficar ainda mais rica. Por isso acho que me habituaria rapidamente a esse sistema. Lá há muita pressão, compramos coisas que nem queremos, só porque o vizinho tem. E, muitas vezes, não damos valor às coisas que mais importam.

Após um suspiro, continuo:

— Nunca me senti parte daquela rotina, daquela vida. Sempre achei que havia algo a mais. Queria mais para mim, mas nada daquilo que eu conhecia. Não estou fazendo sentido... — Olho-o, enrubescida, por ser tão fácil abrir meu coração para ele.

Ele perscruta meu rosto gentilmente e de novo escuto aquele sussurro já familiar. *Sente falta da sua família, não sente?* Como ele não diz nada, nem desvia o olhar, mergulho dentro dos seus olhos e concordo com a cabeça.

— Sinto. Muita — digo, por fim.

— Eu entendo. — Ele assente com a cabeça, com um olhar evasivo, talvez até triste? Levanta-se e se prepara para saltar da passarela para a parede.

— Ei! Espera aí, Shore — digo, usando seu sobrenome da mesma forma que ele usa o meu quando quer se impor. — Nem pense que depois disso vai me dar as costas.

— Sim, conseguimos ouvir os pensamentos um do outro — responde, de forma casual.

— Eu sabia. Por quê? Como é possível?

— Não sei. Vamos continuar o treino. A conversa fiada fica para depois, Rosialt — diz em tom de provocação. Apesar do meio sorriso, percebo que ele não quer continuar esse assunto e está incomodado.

— Não. Tenho de saber. Por que não quer falar? Não acho normal — reclamo.

— Porque para mim é normal te ouvir.

— O quê?! — Acho que empalideço e sinto dificuldade em respirar.

— Respira... Calma... — Pousa a mão no meu braço por um instante e vai para a parede.

Inconformada, e incrivelmente chateada por ver que ele está irredutível, passo pela abertura que há na ponta da passarela e tento me agarrar à rocha.

— Essa conversa não acabou.

— Eu sei. Vamos descer.

— Não vamos subir mais?

— Você aguenta?

— Estou começando a acreditar que aguento tudo.

— Eu também, mas hoje não. Não quero que seus braços fraquejem e eu acabe tendo que te raspar do chão com uma colher.

Apesar de tudo, ele consegue me fazer rir com a brincadeira, e ri comigo. Acho que nunca me cansarei desse som.

Nunca.

Desço devagar, com Kai atento aos meus movimentos e esporadicamente me instruindo sobre como melhorar a minha *performance*. Sigo atentamente as indicações, mas meu cérebro está irrequieto. Nós escutamos os pensamentos um do outro. Temos um elo, uma ligação especial. *Não temos?* Quando lhe perguntei, no dia anterior, se Umi era sua namorada, ele disse que não. Mas se sente muito à vontade ao falar nela. São mais do que professor e aluna, e mais do que colegas, são amigos. E Sofia? Ele se esquivou da pergunta como se não fosse nada. Nota-se entre eles uma imensa cumplicidade e ela não desgruda dele. Sofia é sofisticada e inteligente. E discreta. Parece fazer mais o tipo dele do que a Umi, mas por que razão ele mentiria? Podem até ser somente amigos, mas um homem como ele tem muitas pretendentes. E, num lugar tão pequeno, onde todos se conhecem e cresceram juntos, certamente deve ter tido muitas namoradas.

De repente, eu me lembro de que ele me pode *escutar*. Paro abruptamente enquanto tento ler qualquer informação no seu rosto. Ele ri a plenos pulmões.

— Que confusão é essa sua cabeça, Rosialt.

Levanto o nariz arrebitado e faço um ar de choque e consternação, enquanto tento disfarçar meu rosto vermelho.

— O que você quer? Ainda não aprendi a ter mais cuidado com o que penso. — É a única coisa que me ocorre dizer.

— Nem queira saber o que quero, Rosialt. Nem queira mesmo.

Enquanto fazemos os alongamentos ao fim do treino, Kai conversa com Wull e, após uns instantes, chama todos para se reunirem ao seu redor.

— Quem está a fim de se divertir um pouco? — pergunta Wull.

— E jantar fora da Fraternidade? — continua Kai.

Um "sim!" ecoa em uníssono. No mesmo instante, olho de soslaio para Umi e vejo que ela tenta descobrir se eu disse que sim.

— Então, vamos lá. Tomem banho e nos encontrem na Chafarica da Mãe — grita Wull por cima das vozes animadas.

Não entendo bulhufas. Que nome estranho!

— Onde é a Chafarica da Mãe? — pergunto a Petra.

Ela começa a andar em direção à praça do Colégio Central. Apesar de não ser a direção que quero tomar, eu a sigo.

— É fácil. Vá até o cais do GarEden. Siga a rua bem em frente ao cais, até o final. Depois é esquerda, esquerda, direita.

Ela se agacha ao lado de uma *kerrysis* e colhe um cacho para cada uma. São tão deliciosas e suculentas que começo a comer sem hesitar.

— Você gosta mesmo disso — digo, mas ela nem presta atenção.

Observo o cacho que tenho na mão, é mesmo muito parecido com nossas cerejas. Até o formato dos frutos, mas estas não têm caroço.

— Humm... acho melhor comer mais.

Petra continua enfiando as frutas na boca, que já está tão cheia que parece ter uma ameixa em cada bochecha. Tenta mastigar rápido e um pouco do sumo escorre pelo canto da boca.

— Mas por que você come tantas *kerrysis*? Têm algum poder hidratante?

Já a vi parar para comê-las algumas vezes.

— Ah, não... Ou melhor, também. Mas o efeito principal é contraceptivo!

— O quê? — Meu grito sai alto e inesperado. — Como assim?

Ela ri.

— Não se preocupe, pode comer à vontade. Tem vitamina D e antioxidantes que só fazem bem à pele. Não que você precise. — Mostra a língua para mim.

Nunca tinha pensado nisso. Eles aqui embaixo não devem ter látex. Será que têm preservativos? O meu rosto deve transmitir tamanha confusão que ela sente necessidade de explicar.

— Se está imaginando: "E os homens?" Sim, eles também têm proteção, algo parecido com as camisinhas que vocês usam lá em cima.

— Então por que você come isso?

— Primeiro, porque é uma delícia! Nem você consegue parar de comer! — Aponta para a minha mão; já não há mais frutas no cacho. — E também porque nunca se sabe se ele vai estar prevenido. Sabe que os homens andam sempre com a "cabeça nos cristais". As *kerrysis* contêm uma grande concentração de hormônios específicos, que não só impedem uma gravidez indesejada como doenças sexualmente transmissíveis.

— E quanto mais você come, maior o efeito?

— Normalmente, bastam duas ou três. Como mais porque sou gulosa.

Ela dá uma gargalhada e eu me pergunto se o "ele" em questão é o Boris. Sorrio com o pensamento.

— Isso é genial.

— Coma à vontade, mal não faz. Só quem pretende engravidar é que não deve comer. O efeito é imediato e dura pelo menos dois intervalos de tempo para passar. Só é um pouco chato porque assim toda a Comunidade sabe da nossa vida sexual! — À medida que termina a frase, o tom aumenta gradualmente. Vira-se para duas mulheres idosas, sentadas num banco da praça, que nos lançam um olhar acusador. — Pelo menos temos vida sexual! — grita de forma divertida para as mulheres, agora perplexas.

— Uma de nós tem. — Sorrio. — Quer falar sobre isso?

— *Tampinha*, se eu começasse a falar da minha vida sexual, só sairíamos daqui depois de vários intervalos de tempo. E desconfio que você nunca mais seria a mesma. Eu às vezes venho aqui comer só para confundir o pessoal e lhes dar algo para fofocar.

O tom é brincalhão e leve. Sei que está brincando, essa é a tal máscara que ela usa para não mostrar o que sente de verdade.

— Quando quiser você me conta.

— E você, quando precisar, já sabe, coma *kerrysis*. Esse é o mais valioso ensinamento que posso te dar, minha discípula.

Ela me abraça com um ar altivo e brincalhão e caminhamos assim em direção ao cais.

Pego carona num barco que vai para Salt Lake e vou para casa tomar um banho rápido e trocar de roupa. Com alguma relutância, escolho o vestido verde-água que estava no armário do quarto do hospital no dia da minha chegada. O tecido minúsculo acaba ficando lindo em mim. Um pouco curto e decotado, mas não deixo de me sentir confortável. Aplico uma maquiagem leve; apenas um pouco de base, blush, lápis preto nos olhos e máscara de cílios. Pareço outra, e, no entanto, sinto-me mais eu do que nunca, até confiante. Calço o tênis e dou uma última espiada no espelho.

— Até mais — digo aos meus avós, que preparam juntos a refeição.

— Vai chegar tarde? — pergunta minha avó.

— Só vamos jantar — respondo, achando que é explicação suficiente.

— Tenha cuidado na volta.

Assinto com a cabeça.

— Ficamos contentes por estar fazendo amizades ou, quem sabe, até algo mais do que isso… — diz meu avô.

— O quê?

— O Beau… — diz.

Mas que merda!

— Não. É a primeira opção. Ele é só meu amigo.

Mas por que meu avô gostaria que eu namorasse com o Beau? Será que ele acha que isso seria suficiente para me fazer ficar aqui?

— Só pensei… É que ele parece gostar de você.

— Acho que formam um lindo casal — diz minha avó, juntando as mãos em oração. O comportamento deles está ainda mais estranho do que quando cheguei, e sinceramente não estou com disposição para lidar com isso agora.

— Vou indo… Até mais.

Peço a um dos Protetores de plantão em Salt Lake que me leve de barco e desembarco no cais anterior à Ponte-Mor. Olho para uma rua com prédios baixos e, ao fundo, vejo a entrada do GarEden. Sigo as indicações que Petra me deu para chegar ao restaurante e o encontro com relativa facilidade. É um terraço ao ar livre.

Estão todos juntos, alegres e descontraídos. Alguns sentados nos bancos compridos das mesas, onde já há comida servida. Outros em pé, conversando.

Kai está de pé, com um copo na mão, e ri muito de algo que um rapaz alto como ele lhe conta. E, só agora, ao olhar para o grupo, percebo que cometi um erro. O sorriso de Kai desaparece quando me vê e seu rosto adota uma expressão incrédula. Quero desaparecer! Estão todos vestidos com o uniforme dos Protetores.

Kai se aproxima de mim rapidamente, numa tentativa de servir de escudo protetor para os olhares curiosos.

— Uma jogada arriscada — diz ele, num tom irônico. O olhar focado em mim.

— E fracassada.

— Não diria isso. — A sua voz é lenta, os olhos brilhantes percorrem cada centímetro do meu corpo. O olhar dele se detém nos meus lábios, passa para o meu decote e desce até as pernas.

— Vai ficar aí embasbacado, me olhando? — disparo, meio constrangida.

— Se não queria que eu olhasse, devia ter escolhido outra roupa. — Sua voz é rouca, o olhar, voraz.

— Não me vesti para você. De qualquer forma, costuma ser mais discreto, embora não consiga tirar os olhos de mim a todo o instante — digo, com uma emoção arrepiante percorrendo meu corpo e meu olhar fixo no dele.

Suas pupilas se incendeiam nas minhas e o esboço de um sorriso brota no canto dos seus lábios.

— Sabe que eu te acho atraente. — Ele encolhe os ombros como se fosse uma coisa óbvia.

— Sei?

— Óbvio que sabe. — Ele aponta para mim.

Olho para meu corpo, e ele continua:

— Talvez eu não esteja fazendo um bom trabalho em demonstrar.

— Também acho que é capaz de fazer melhor — provoco.

Kai estende a mão e a pousa no meu braço. Os dedos calejados e ásperos fervem na minha pele exposta. Depois baixa o rosto e roça os lábios na minha orelha, quando diz em voz maliciosa:

— Desafio aceito, Rosialt.

— Uau! — O grito de Petra ao caminhar na nossa direção é tão alto que todos se viram. Kai pisca para mim e se afasta para junto dos amigos.

— Pensei que fosse um jantar informal — digo a Petra, com a voz muito baixa, quase como um pedido de desculpa.

— E é. Por isso estamos de uniforme. Se fosse formal, estaríamos vestidos como você. — Ela brinca e eu continuo com a mesma vontade de sumir.

— Por que não me avisou?

— Não me lembrei. — Encolhe os ombros.

— Vou para casa me trocar — digo, já virando para sair quando Petra pega minha mão.

— Não. Agora não vale a pena, todos já te viram. E, além do mais, está linda. Confiança, garota! — diz, com uma palmada no traseiro.

— Ai! Aquela ali ganhou o dia. Está adorando. — Indico Umi com o queixo. Ela ri enquanto passa por mim e entra no restaurante.

— Aquele ali também. — Petra aponta para Kai, que continua com o mesmo ar embasbacado.

— Ah, para com isso. Vamos comer logo, assim posso voltar para casa e morrer em paz.

Petra ri, envolve meu pescoço com o braço e caminhamos juntas até uma mesa.

— Uau, Ara. Isso, sim, é um uniforme! — exclama Ronald, um colega do nosso Estágio. A voz está rouca e ele parece afogueado.

— Mais uma gracinha dessas e você fica sem língua. — Petra saca a faca que tem à cintura e agita na direção dele. — E faço picadinho das suas bolas. — Ela faz cara de má, enquanto eu a pressiono no ombro, para que se sente, e sorrio para Ronald.

— *Tá bom, tá bom*. Só queria dizer que está linda. Foi mal — diz o rapaz, com as mãos levantadas em sinal de rendição.

— Hora de comer, cambada. — Sofia atravessa a porta que leva ao terraço. Traz uma travessa de comida em cada mão. Veste uma calça amarela larga e uma blusa branca justa que evidencia o decote.

— Sofia? — Estou espantada por vê-la aqui. Será que Kai a convidou? Umi logo sai atrás dela, também com uma bandeja com copos numa mão e um grande jarro de barro na outra. Instintivamente, pouso os cotovelos em cima da mesa e endireito as costas. Meu rosto assume uma expressão destemida. Não vou me deixar intimidar, e travo meu olhar no dela. Sofia pousa as travessas à nossa frente e gira o pescoço para ver para onde olho com tanta veemência.

— Ah, só ignore. — Suspira ao perceber que troco olhares intensos com Umi. — Se meus pais não gostassem tanto dela…

— Seus pais? — pergunto, confusa.

— Ah, me esqueci de contar que os pais da Sofia são proprietários deste restaurante — intervém Petra.

— Não é bem um restaurante, é mais um barzinho. — Sofia aponta lá para dentro. — Mas o meu pai cozinha que é uma delícia. Prove isso. — Ela arrasta uma travessa para perto dos nossos pratos. — Espadarte na brasa com molho de tulipas silvestres. É de comer dando graças.

— Ah, eu sabia que seus pais tinham um restaurante, mas não sabia que era este — digo, e acho que deixo escapar uma certa decepção por termos vindo jantar aqui.

— Pois é, coisas do Kai. — Revira os cílios enormes. — Marcar as coisas em cima da hora e trazer trinta bocas para alimentar, quase sem nenhum aviso. Bem a cara dele. Tive de vir dar uma ajuda.

— Claro, fez bem — assinto, e olho para trás para ver onde anda Umi.

— Não se preocupe com ela. Vou ficar de olho. Não sei por que, mas ela adora ajudar por aqui. Principalmente no empratamento e na decoração das travessas e essas coisas — explica com um revirar de olhos para a travessa. — E ainda por cima leva jeito — diz Sofia, fazendo um trejeito crítico com a boca.

— Escolheu a profissão errada — dispara Petra. Sofia e eu rimos.

— Vamos, comam. Volto num minuto.

Minhas pernas continuam bambas, o coração a mil e a cabeça girando. Não paro de pensar nas mãos de Kai percorrendo cada centímetro do meu corpo. O olhar penetrante enquanto junta nossos corpos, o seu hálito quente arrepia a minha pele e me leva ao extremo do prazer.

Parece que já está funcionando, ouço numa voz silenciosa.

Olho para trás rapidamente, sentindo meu rosto arder, e Kai me oferece seu sorriso mais sedutor. Não acredito. Não posso acreditar que ele estava ouvindo.

Sacana!, digo pela mesma via, com um olhar ameaçador.

Decido me servir. Fatias finas de peixe e pão torrado cobertos com um molho lilás exalam um aroma divino. Meu estômago ronca.

Dou uma garfada e logo confirmo que Sofia tem razão. É realmente delicioso. Continuo a comer garfada atrás de garfada quando vejo que Petra ainda nem se serviu e me olha admirada. Cubro o rosto com as mãos.

— Estou com fome.

— Dá para perceber.

— Ah, cale a boca e coma. — Começo a servi-la. Ela olha para trás e eu sigo seu olhar. Boris está sentado e abraçado casualmente a uma garota do Primeiro Estágio. Dou um cutucão com o cotovelo para trazê-la de volta. — Deixa isso para lá. Faça como eu, afogue suas mágoas na comida.

— Não posso, porque vai tudo para o meu quadril. E não tenho apetite, porque me entupi de *kerrysis* — choraminga, mas começa a comer.

— Todo mundo gosta de um belo quadril — afirmo, voltando a minha atenção para o prato.

— É sério? Então que se dane, me passa a travessa.

De repente, começo a tossir descontroladamente.

— Que foi? Você está bem?

— Sim. Acho que é o tempero. — Pego o copo de água e bebo um gole. Mas quanto mais bebo, mais a garganta estreita. Coço o pescoço.

— Espera aí. Isso tem frutos secos. Você não é alérgica a frutos secos? — pergunta, assustada.

— Sim. — Minha voz já sai rouca.

— O que eu faço? Alguém me ajuda aqui! — Petra está em pânico e gesticula com o braço no ar. Nunca pensei que fosse vê-la assim.

Já não consigo responder. Quero dizer a ela que estou tendo um choque anafilático e que precisam me dar uma injeção de adrenalina, porque de outra forma não vou sobreviver. Minha boca está irritada e a língua e os lábios inchados. Começo a transpirar e as náuseas ficam cada vez mais fortes. Petra se levanta e começa a me abanar com o guardanapo, como se isso aliviasse minha terrível falta de ar.

Sou deitada no chão com as pernas levantadas. Estou de barriga para cima e minha cabeça pende para o lado direito. Kai, alarmado, levanta-se da mesa. Todos que estão na mesa o seguem. Todos exceto uma pessoa: Umi. Que continua imóvel e serena observando o desenrolar da cena.

Estou prestes a desmaiar, mas um último pensamento surge na minha cabeça.

Foi ela. Umi.

Acordo exatamente no mesmo lugar onde perdi os sentidos. Abro e fecho os olhos algumas vezes. Ouço um burburinho, mas no meu campo de visão só há quatro pessoas: Petra, Sofia, Kai e uma mulher mais velha que não conheço. Um lenço colorido na cabeça que deixa à mostra o cabelo grisalho salpicado de branco. Kai fala com Sofia num tom cúmplice e baixo. Ambos parecem chateados. A mulher, de pé, segura um recipiente e Petra está ajoelhada perto de mim.

— *Tampinha*!

Sofia e Kai param de falar e me observam.

— E aí? — digo.

— E aí pergunto eu. Você me assustou!

— Pensei que não tinha coração — consigo brincar.

— E não tenho. Só não gosto de ver cadáveres. — Estende o braço para a mulher e troca o pano que tenho na testa por outro mais fresco.

— Foi por pouco. Com o que me trataram?

— Com isto. — A mulher se ajoelha do meu lado direito e indica um emplastro gelatinoso e transparente, colado no meu antebraço. — É *acuadrel*. Adrenalina — explica. — Não se preocupe, você vai ficar bem. Chamamos ajuda e vamos te levar para a clínica.

— Esta é a minha mãe. Salseg — diz Sofia, que continua em pé.

— Fico contente em ver que está melhor e que vai ficar bem. — Salseg pousa a mão gentilmente por cima do pano.

— Obrigada pela ajuda.

Ela assente com a cabeça.

— Vou para dentro. Sofia, pode me ajudar? Tivemos todo o cuidado para não utilizar frutos secos, porque o Kai nos avisou de que alguns de vocês são alérgicos. Não sei como isso aconteceu. — Lastima-se, ao entrar no estabelecimento.

— Eu sei — deixo escapar.

Sofia me olha, transtornada, mas segue a mãe. Ergo a cabeça e fico zonza, mas faço um esforço para me sentar. Meus colegas retomaram seu jantar, tranquilamente. Kai, que costuma vir logo ao meu socorro, está com ar de quem também vai desmaiar.

— Sabe o quê? — pergunta Petra.

— Foi a Umi. Tenho certeza de que foi a Umi.

Kai se agacha para ficar ao nosso nível.

— Isso é uma acusação muito grave. — A voz dele é áspera.

— Tem certeza? — A voz de Petra é amigável.

— Ela teve acesso à comida. Vocês ouviram a Salseg, não usaram frutos secos. E foi ela que empratou, Petra.

— Rosialt, você está desidratada e não sabe o que diz. A Umi pode ser um pouco desbocada, mas não é assassina.

— Claro que você tinha de defendê-la — guincho, enraivecida.

— Não é nada disso. Só estou dizendo que…

— Sabe do que mais? Não importa.

Petra pousa a mão no meu ombro na tentativa de me acalmar. Nossos colegas olham para nós, mas eu não dou a mínima. Encaro Umi e me levanto, com cuidado, para avaliar como me sinto. Vou até ela.

— Eu sei que foi você! — Ela arqueia as sobrancelhas, como se não soubesse do que estou falando. Cínica! — Já me sinto melhor, vou para casa — digo a Kai.

— Mas você não está bem. Precisa ir para a clínica. — Suas feições demonstram inquietação.

— Posso ir para casa e beber muito líquido — vocifero.

— Nem pensar, Rosialt. Você vai para a clínica. Já chamaram alguém para te levar. — Kai fala de forma pausada e firme.

— Não vou.

— Que teimosa! — Ele reclama e começa a inclinar o tronco e a fazer o movimento para me pegar no colo.

Dou um passo para trás.

Nem pensar!

— A Petra vai comigo. — Enrosco meu braço no dela e faço força para começarmos a andar.

Ela encolhe os ombros para Kai, mas me acompanha. Ele não fica para ver, dá meia-volta e entra no restaurante.

— Não vou para a clínica, quero ir para casa. Pode me levar de barco?

— Mas…

— Mas nada. Vai me levar ou terei que ir sozinha?

— Que gênio difícil!! Prefiro a sua versão tímida. Está ficando insuportável.

— É culpa da companhia. — Dou um beijinho estalado na sua bochecha.

Sinto um aperto no peito pela acusação, sem provas que fiz a Umi. E pela forma fria como falei com Kai. Ele não tem culpa nenhuma. Sei que as intenções dele ao organizar esse encontro eram as melhores, que foi única e exclusivamente para me integrar ao grupo. Ainda por cima, teve o cuidado de avisar sobre as pessoas com alergias. Quem mais será alérgico como eu?

— Quem mais é alérgico a frutos secos?

— Ninguém. Só você — responde Petra, enquanto liga o motor do barco.

Após uma noite inquieta e muitas toalhas frias para acalmar minha pele que ainda parecia arder, resolvo ir ao treino. Afinal, o dia de descanso já é amanhã. E quero mostrar que Umi não me intimida.

— Bom dia — digo para o pequeno grupo que já faz alongamentos no *campus*.

— Ara! Como está? — pergunta Fargie, do Primeiro Estágio.

— Bem, obrigada. E você?

Ela parece surpresa com a minha pergunta.

— Também. Pensei que não viesse.

— Por quê?

— Por causa de... nada. Ainda bem que está melhor — diz, percebendo que a conversa não levará a nada.

Afasto-me para a beira do rio e começo a fazer alongamentos. Dois pontos brilhantes aparecem ao sul. Sobem o rio na nossa direção e imagino que sejam Kai e Wull. Atracam no cais do Colégio Central em frente ao *campus*. Umi salta do barco conduzido por Kai. No outro vêm Wull e Boris.

Não é que ficou do lado dela?! Estou mesmo surpresa com o fato de ele não ter acreditado no que eu disse.

Durante todo o dia, não olho para ele, exceto nas várias vezes que ele se aproxima de mim para corrigir minha postura, o que obviamente exige contato visual. Nessas ocasiões, eu o encaro sem qualquer expressão no rosto. Mas, por incrível que pareça, estou mais atenta do que nunca e, com toda essa raiva, os exercícios parecem fluir melhor. Depois da terceira tentativa de falar comigo sem obter resposta, Kai desistiu de tentar.

Sei que esse comportamento é bastante infantil, mas também me conheço e sei que, se falar agora com ele, vou explodir. Não quero isso, por isso prefiro ignorá-lo. Preciso de uns dias para pôr as ideias em ordem, e ainda bem que amanhã é dia de descanso. Ao contrário do que pensava, o dia passa voando.

— Bom treino, pessoal. Bom descanso amanhã — diz Kai.

Me despeço rapidamente dos meus colegas e digo a Petra que amanhã nos falamos.

— Rosialt, uma palavrinha, por favor?

Quando achava que já tinha me safado, Kai me chama... Olho para ele e reparo que Umi está ao seu lado.

Ando calmamente na direção deles, mas todo o meu corpo treme.

— Sim?

— A Umi não colocou nada na comida. Fala para ela, Umi. — A voz de Kai vem carregada de apreensão e está chateado como eu nunca o vi.

— Não, não pus.

— Ah, que bom! Já que você diz, me sinto mais tranquila. — Meu tom é debochado e tento controlar minha revolta. *Como ele pôde me colocar frente a frente com essa garota?*

— A Umi confessou que atirou o arpão na sua direção, mas nunca pensou que teria tanta pontaria de tão longe.

— Só queria te dar um susto. — Umi ri como se fosse uma brincadeira.

Kai a repreende com o olhar.

— Olha, Shore... — Ele levanta as sobrancelhas ao ouvir meu tom tão indiferente. — Agradeço que tente servir de intermediário entre mim e essa sociopata, mas a verdade é que não quero ouvir nada que venha dela.

— Ei! Eu não estou te ofendendo! — protesta a falsa da Umi.

— Ainda — respondo.

— Não é nada disso. Ouça... — Kai mantém o tom neutro.

— Não. Ela já tentou me matar com um arpão, afogada e envenenada. Você é o único que não consegue enxergar o quanto ela é obcecada por você, e a mente deturpada dela acha que eu sou um alvo a abater, porque me vê como uma rival.

Kai está em pânico.

— Se quer saber, o arpão foi mesmo sem querer e no treino foi só para ajudar a melhorar seu desempenho dentro da água. E, *querida*, olha bem para mim. — Faz um gesto de alto a baixo ao longo do corpo. — Você não é uma rival.

— Umi, cala a boca! — Kai está exasperado.

— Tem razão, não sou. Ele é todo seu, *querida*. Não estou competindo.

— Nem eu. — Algo me diz que ela fala verdade, estranhamente, seu tom de voz é sincero.

Resolvo ignorá-la e ir direto ao assunto.

— Já percebi que minha palavra não vale nada por aqui. Portanto, se permitir, gostaria de prosseguir com os treinos, pelo menos enquanto eu não for embora. Se não quiser, é só dizer que não volto mais.

— E quando pretende ir embora? — Ela força um tom divertido.

Ignoro-a uma vez mais, com a consciência de que estou quase no limite.

— Óbvio que você tem que vir aos treinos. Umi, vá embora — ordena Kai.

Ela pisca para mim e se afasta.

— Não esperava que a conversa tomasse esse rumo.

— Mas tomou. Estou dispensada? — Sinto meu coração instável se encher de tristeza e revolta. Uma intensa revolta.

— A Umi consegue ser insuportável, eu sei. Convivo com ela há bastante tempo. Mas não é mentirosa.

— E eu sou? Já entendi! Você acredita nela e eu estou cansada de arranjar desculpas para o seu comportamento inconstante comigo. Mas saiba que não me interessa. Só quero ter certeza de que posso voltar aos treinos sem que ela tente me matar novamente.

Sou curta e grossa e a minha voz permanece fria como gelo. Não estou a fim de discutir a honestidade de uma garota que já demonstrou ser uma dissimulada.

— Pode. Tem a minha palavra de que ela nunca mais vai tentar nada contra você. A partir de amanhã, vai treinar exclusivamente comigo.

Assinto com a cabeça, sem querer pensar no que isso implica, e me viro para ir embora.

— Rosialt?

Paro e suspiro, mas não me viro para ele.

— Você vai voltar? — A voz de Kai sai embargada.

— Óbvio.

E sigo o meu caminho com a sensação de que, afinal, meu lugar pode não ser Aquorea.

14

SUPERFÍCIE

— AGOSTO —

COLT

— COLT — CHAMA MARY. OUÇO A SUA VOZ DOCE AO LONGE E abro os olhos. Os dela estão vermelhos e brilhantes e as olheiras agora estão ainda mais escuras e fundas. — Está acordado? — pergunta, esfregando o nariz enquanto espreita pela pequena fresta da porta.

— Sim.

— Vamos sair. Quer vir?

Tenho ido dormir bem tarde todos os dias, por isso, sempre que posso, tiro uma soneca. O rapaz que me ajudou no bar é gente boa. Tirou umas semanas de férias para fazer um mochilão pela América do Sul. Após aquele episódio, nós nos encontramos nas noites seguintes no bar e eu lhe contei tudo sobre Ara. Acabei cada noite com uma mulher diferente e reparei que isso não é muito a praia dele, pois saía de fininho sempre que eu tentava lhe apresentar uma garota. Era um bom ouvinte e fiquei com pena de ter ido embora. Agora, vou ao bar sozinho, bebo e tento me aproximar de uma moça para curtir um pouco.

— Claro — digo, já bem desperto da minha curta sesta. De um salto, saio da cama e calço os tênis.

— Então, vamos. Preparei um sanduíche para você — diz ao descermos as escadas para a sala.

O hálito dela cheira a álcool, mas não comento. Há uns dias encontrei mais uma garrafa de vodca vazia no lixo; e pelas minhas contas, são cerca de duas por semana. Em cima da mesa há um pão tostado com alface, tomate, queijo e ovo cozido.

— Obrigado, Mary. — Pego o sanduíche e dou uma mordida.

Ela sorri. Esfrega a mão nas minhas costas e me diz baixinho:

— Eu que agradeço.

Seu rosto transtornado parece suavizar quando me olha, assim como sinto reconforto no seu.

Sobre a mesa, ao lado de uma fruteira com bananas e maracujás, há um bilhete para Benny, informando que vamos sair e que chegamos dentro de algumas horas. Ela está dormindo pacificamente no sofá. A pele sedosa brilha com os raios de sol, que se infiltram pela fina cortina. Ela sempre foi magrinha, mas emagreceu uns sete quilos, transformando-se num saco de ossos ambulante. Alimenta-se basicamente de gelatina, chá, um punhado de biscoitos. Desde o dia em que a flagrei usando drogas com o jornalista, ela nunca mais foi conosco nas buscas. Diz aos pais que prefere ficar em casa lendo e descansando, mas eu sei que ela aproveita para se esgueirar e se encontrar com ele. Não é a primeira vez que a vejo dormir durante o dia nas últimas semanas.

Depois do episódio no MEXI-NÃO, falei com Caspian sobre o comportamento perigoso e irracional da filha, mas ele menosprezou a situação. Contei que ela sai às escondidas depois de eles irem para a cama e, com muita dificuldade, contei também que a vi usar droga. Uma vez mais, ele não deu muita importância, dizendo que é apenas a revolta típica da adolescência agravada pelo desaparecimento da irmã. Diz ter a certeza de que a filha tem a cabeça no lugar e não quer pressioná-la ainda mais, pois isso poderá afastá-la irremediavelmente. Pediu para eu não contar a Mary, e assim eu fiz.

Por diversas vezes desde então, andei pela cidade à procura dela, depois de receber mensagens sem sentido do seu celular, e por três dessas vezes tive de arrastá-la de bares duvidosos, completamente drogada. O jornalista sempre arranja uma maneira de desaparecer antes de eu chegar.

Numa das situações, estava tão desesperado que liguei para Ara a fim de pedir ajuda. Esse ritual absurdo que criei me ajuda a me sentir mais perto de Ara. Como se, de alguma forma, fosse obter uma resposta sua à minha mensagem de voz.

— Vamos?

Sou o último a sair e fecho a porta devagar.

Caspian já está sentado no jipe, ao telefone. Esse carro foi uma excelente escolha. Sempre que podemos, vasculhamos as áreas ao longo do rio a que temos acesso, e Mary tem ajudado algumas pessoas de zonas mais remotas com medicação, curativos e conselhos médicos. Acho que ajudar os outros alivia sua dor e serve em parte para preencher o vazio que sente.

Luiz nos aguarda dentro do barco. Temos percorrido o rio em todas as direções. Pondero, uma vez mais, se ele conhecia tão bem Anadir, como diz, pois acho que um verdadeiro amigo não se aproveitaria assim de uma situação tão delicada e difícil para arrancar o máximo de dinheiro. Cerro os punhos e sinto os nós dos dedos doerem pela força que só agora percebo que estou fazendo. Sempre que esse pensamento me vem à cabeça, acabo por refrear as minhas suspeitas: é porque precisa do dinheiro e sabe que podemos pagar. Percebi que a vida dele não é fácil e qualquer dinheiro extra é uma bênção. E ele realmente está ajudando, portanto, afasto os pensamentos negativos.

— Boa tarde — diz ele.

Aí estão duas palavras que aprendi a dizer bem. As saudações de bom dia, boa tarde e boa noite. E mais algumas que me ajudam a me virar quando não tenho ninguém comigo para traduzir. Ele tem um sorriso no rosto, como se escondesse algum segredo ou tivesse descoberto algo de novo. Meu coração dispara na esperança de que seja uma pista relacionada a Ara, mas esmorece quando ele começa a falar.

— O vento está bom para nos ajudar a subir o rio — comenta, de forma natural, enquanto desamarra a corda fina de um tronco velho de uma árvore.

— Olá — respondo secamente num sotaque que penso estar já perto da perfeição. Maldito seja por me dar falsas esperanças.

Mary nada diz e Caspian apenas faz um curto aceno com a cabeça ao entrar no barco. Eles estão exaustos e, apesar de não admitirem, sabemos que, mais cedo ou mais tarde, temos de começar a pensar em voltar à realidade. Ambos têm seu trabalho, e Benny precisa voltar para a escola, que começará em breve. Eu ainda não decidi o que fazer se eles retornarem para casa.

— Então — diz Luiz no seu péssimo inglês. — Para onde vamos hoje? — Como se perguntasse a um grupo de turistas qual das maravilhosas atrações que o local tem para mostrar querem visitar.

Puta que o pariu!

A expressão de Caspian é dura quando o encara, e se limita a tirar o mapa do bolso da calça larga. Deixa-o em cima da proa e, com o dedo rígido, bate no ponto exato do mapa para onde vamos hoje. Sabemos que, uma vez mais, nossa busca não dará em nada. Caspian e Mary se sentam abraçados. Ela de olhos fechados, e ele a contemplar a água que lhe roubou o pai e a filha. Portanto, sim, acho que esses passeios nos ajudam a perceber e a aceitar a realidade.

— Luiz, acha que ainda há alguma hipótese de encontrarmos a Ara? — pergunto baixinho e fico admirado comigo mesmo.

— Sinceramente? — Ele me encara com receio.

Faço que sim com a cabeça.

— A probabilidade é pouca. — Fecho os olhos e suspiro. — Mas não impossível. A floresta é grande. Ela pode estar por aí. Ou então… — Ele se cala.

— Então? — pergunto.

— Pode estar no mesmo lugar para onde foi o Anadir.

Será que ele se refere ao Céu?

— Que lugar?

— Quando éramos jovens... assim rapazes, como você, mas mais fortes, óbvio... e já sabíamos navegar... — Ele começa a divagar e eu o interrompo.

— Fala logo, Luiz, que droga.

— Sofremos um naufrágio e ele ficou desaparecido muito tempo.

— Quanto tempo?

Observo as margens por onde passamos e noto que nas últimas semanas percorremos esse trajeto dezenas de vezes. Já conheço determinados pontos e marcos, como um tronco mais retorcido ou uma curva mais fechada. O leito mais arenoso que forma uma pequena praia...

— Mais ou menos três anos.

— E depois?

— Depois, apareceu e trazia o filho. — Aponta com os dedos nodosos para Caspian. Ele e Mary conversam em tom baixo, mas intenso. Parecem discordar de algo. — A explicação dele foi que ficou tão traumatizado com o susto do naufrágio, que foi procurar trabalho em São Paulo, onde conheceu uma moça e se casou.

— E ela morreu — concluo.

— Sim, parece que sim.

É a mesma história que conheço, contada por Anadir.

— Mas você acha que não é verdade?

— Sim, tenho minhas dúvidas. Acho que foi tudo uma grande farsa. — Ele aumenta a velocidade e eu me desequilibro um pouco.

— Então, onde acha que ele esteve? — pergunto.

— Ali. — Aponta para a água.

— No rio?

— Não. Lá embaixo... — Baixa o tom de voz e se aproxima mais de mim numa postura conspiratória.

— Hum... onde? — Agora estou confuso com a conversa do homem.

— Não sei. Nunca descobri.

— Está bem... E aquele lugar aonde nos levou no outro dia, onde encontrei o porta-chaves? Acha que pode ter alguma relação?

— Talvez...

— Como assim?

— Foi naquela área que o barco do Anadir foi encontrado... Das duas vezes. Há quarenta e tantos anos e agora.

Franzo a testa e me sento em frente a Caspian, pensando nas probabilidades. Ele me resgata dos meus devaneios.

— Como você está? — pergunta Caspian.

— Bem — minto.

— Colt, queremos te agradecer por tudo que tem feito. Todo o apoio que tem nos dado, a nós e à Benny. Sem você, não teríamos conseguido superar isso.

Superar?

— E vocês são o meu apoio.

— Estávamos conversando e decidimos parar.

— Parar?

— Sim, está na hora de encararmos a realidade, vivenciar o luto por nossa filha e retomarmos nossa vida — explica Mary, com um fiapo de voz.

Como eles pretendem fazer isso? Como conseguem até mesmo pensar em trabalho quando a filha deles está desaparecida em algum lugar por aí?

— Não podemos parar, não agora. A Ara ainda continua desaparecida, e nós temos...

— Ela não está desaparecida, Colt. Ela morreu. Temos de encarar a realidade, por mais difícil que seja.

— Não. Não morreu — insisto.

— Você sabe que sim. — Caspian se inclina e põe a mão no meu joelho. — Quanto mais tempo nos agarrarmos a essa realidade fictícia, pior será. Para todos.

— Temos outra filha. Precisamos pensar na Benny, dar um pouco de estabilidade a ela. Já negligenciamos nossa atenção por muito tempo.

Sabia que, mais cedo ou mais tarde, eles tomariam essa decisão, mas tinha esperança de que a adiassem.

— Tudo bem, se é essa a decisão de vocês, tenho de respeitar.

Respeito, mas não concordo.

— Pensamos em fazer uma cerimônia aqui no rio, como fizemos para meu pai. O que acha?

— Como quiserem.

— E depois fazemos o funeral em casa — acrescenta Mary.

Só podem estar de brincadeira.

— Queremos fazer a cerimônia daqui a dois dias. Você nos ajuda?

— Sim — respondo. Mas minha vontade mesmo é dizer: "Nem pensar!"

— Então, no próximo fim de semana vamos para casa. — Caspian dá um beijo na esposa e, com a tristeza estampada no rosto, levanta-se para ir falar com Luiz.

Mary desvia o olhar do meu para esconder as lágrimas que rolam pelas bochechas.

Luiz não ficou contente com a notícia, mas depois de Caspian lhe dar um "merecido bônus", ele afirmou que estará sempre à disposição para o que precisarmos.

Estamos na estrada de terra batida, voltando para casa. Vou no banco de trás e observo minhas mãos. Estão enrugadas e bronzeadas. Algumas manchas surgiram devido à falta de protetor solar, que Mary tanto me aconselha a usar.

— Você conhece? — pergunta Caspian.

— O quê? — Levanto a cabeça e sigo seu dedo indicador. Aponta para um carro que vem de frente. Como aqui não há mais nenhuma casa, sei que vem da nossa. Mas nem precisava, porque conheço o carro esportivo vermelho.

— Desgraçado!

— Que foi? — Mary está alarmada.

— É o jornalista. Eu sabia que eles estavam se encontrando. — Estou exasperado. — Eu te disse, Caspian!

— Você sabia? — Mary dirige a pergunta ao marido.

— Não queria te preocupar, querida.

Percorremos os dois quilômetros que faltam e, quando estamos chegando, Caspian quebra o silêncio.

— Eu falo com ela.

— Não, falamos nós dois — diz Mary.

Para mim, a tal conversa que estão prestes a ter com a filha mais nova já devia ter acontecido há muito tempo.

— Benny — chama Caspian lá de baixo, do hall, enquanto tira os tênis e os arruma num banquinho baixo e comprido que Mary improvisou e pôs à entrada para servir de sapateira.

— Benny, querida. Chegamos — chama Mary em voz alta ao subir as escadas para os quartos.

Entro na cozinha. Penso em beber um copo de água e, depois, pedir a chave do carro a Caspian para ir dar uma volta. Minha cabeça está uma bagunça e preciso de uma boa distração. Já estive mais duas vezes com a bartender. As duas foram tão intensas quanto a primeira, mas ainda não sei o nome dela. Estamos em sintonia; ela não diz, eu não pergunto.

Benny não responde.

— Reparou se ele estava sozinho? — pergunto, saindo da cozinha com o copo na mão.

— Acho que sim.

Um grito agudo de alarme, vindo do andar de cima, me assusta.

— Caspian! Colt! — grita Mary.

Subo as escadas de dois em dois degraus ao lado de Caspian e derramo um pouco de água pelo caminho.

Quando entro no quarto de Benny, eu me deparo com uma cena de terror. Ela está na cama, somente de camiseta e calcinha, deitada de barriga para cima, com a cabeça ao lado de uma poça de vômito. Há espuma branca ao redor da boca semiaberta.

Mary bate no rosto da filha com firmeza, mas ela não reage. Como não sei o que mais posso fazer, passo-lhe o copo de água, e ela derrama no rosto da filha.

— Ela vomitou, o que é bom, mas o pulso está muito fraco — constata Mary. — Temos de levá-la para o hospital agora! Ela precisa de uma lavagem estomacal.

— Chame uma ambulância — pede Caspian.

Uma nota enrolada, comprimidos e carreiras desalinhadas de pó branco estão espalhados pela mesa de cabeceira. Ela teve uma overdose e o miserável a deixou aqui para morrer. Desgraçado!

— Vai demorar muito — argumento.

Pego uma manta que está aos pés da cama, cubro Benny e a pego no colo. Desço as escadas apressado e a coloco no banco traseiro do jipe. Enquanto ligo o carro, Mary entra no banco de trás. Põe a cabeça da filha no colo e Caspian se senta no assento do carona com os sapatos na mão.

Levo menos de metade do tempo esperado para chegar ao hospital. Pelo caminho, Benny dá sinal de vida, murmura qualquer coisa e vomita na calça da mãe. Depois volta a ficar inerte. Paro o carro bruscamente em frente ao pronto-socorro do Hospital Privado. Caspian já está com Benny no colo e corremos os três pela porta automática. O segurança me intercepta e diz que não posso deixar o carro ali. Eu lhe entrego as chaves. Acho que ele percebe meu desespero, porque as devolve e me deixa passar.

— A minha filha teve uma overdose — grita Mary em inglês, para ninguém em particular.

Ela é enfermeira da emergência do Emory University Hospital e acredito que esteja mais do que acostumada a lidar com esse tipo de situação, mas ao vê-la assim, tão descontrolada, percebo que essa é uma outra Mary. A Mary destroçada.

Dois enfermeiros empurram uma maca e vêm ao nosso encontro. Caspian deita a filha.

— Há quanto tempo foi? — pergunta um dos enfermeiros.

— Há uma hora, talvez menos — respondo, uma vez que nenhum dos pais consegue responder.

— O que ela ingeriu?

— Não sabemos. Cocaína, comprimidos... — Mary chora e se agarra à minha mão. Eleva o tom de voz. — Que espécie de pais somos nós, que nem sabemos o que a nossa filha anda fazendo? Não posso perdê-la também. Não posso.

— Vamos entrar. Esperem aqui — anuncia o enfermeiro.

Levo Mary até uma cadeira que encontro livre e a sento. Caspian nos segue até a sala de espera e se encosta na parede. Está branco como cera e não emite um som.

— A Benny vai ficar bem, Mary. — Ela olha para mim, mas acho que não me ouve.

Olho para eles. Fantasmas de uma família outrora bonita, outrora perfeita. Era de esperar que numa hora difícil se unissem, mas a verdade é que cada um de nós escolheu lidar com a morte de Ara à sua maneira: Mary com álcool e comprimidos, Caspian com o trabalho, Benny com as drogas e péssimas companhias, e eu com o meu comportamento de risco, sem me importar se prejudico a mim ou às mulheres com quem faço sexo desprotegido. Cada um de nós encontrou uma forma de se punir, de se culpar pelo que aconteceu a Ara, e de entorpecer essa culpa e esses sentimentos com o que estava disponível. Estávamos todos lá, assistindo a tudo acontecer, como um carrossel que gira sem parar no mesmo sentido, mas nenhum de nós teve coragem de subir nesse carrossel para ajudar o outro. Se tivéssemos agido diferente, não teríamos chegado a esse ponto. Achei que tinha feito tudo para ajudá-los a lidar com o desaparecimento de Ara. No fim das contas, foi a mesma coisa do que não ter feito nada.

Mas isso tem de acabar. E vai acabar.

Hoje. Aqui.

Não vou perder mais nenhum membro desta família.

E agora? Como vou dizer à Ara que desistimos dela?

15
COVIL

— Coma mais, Ara — diz minha vó.

Seu rosto resplandece preocupação maternal. Ao olhar para ela, meu coração se aperta e acho que ela teria sido uma boa mãe se tivesse tido a oportunidade. Mas, pensando bem, será que não teve? Meu avô não poderia ter ficado em Aquorea com minha avó e criado meu pai junto do seu povo?

— Sim, vou me servir de um pouco mais, vó. Obrigada — respondo, terminando devagar o que tenho no prato.

Estou dolorida e sem fome, mas com mais energia do que nunca. Sei que tenho de me alimentar para conseguir aguentar o ritmo de Kai. Volto para casa sempre exausta. Pelas minhas contas, se passaram sete semanas e meia desde o dia em que comecei a treinar com ele. Deixou Boris responsável pelo seu pelotão e se dedica quase exclusivamente a mim, quer me ensinar tudo que sabe. Estamos no início de setembro.

Quanto aos treinos, não tenho me saído nada mal, consegui dar conta do recado em quase todos os exercícios, e tenho surpreendido Kai em inúmeras situações. Depois do incidente do choque anafilático e de Kai ter servido de mediador na nossa conversa, Umi não voltou a me chatear. Lança-me olhares rancorosos durante os treinos, mas não nos encontramos de novo socialmente.

Kai tem sido paciente. Abre-se mais comigo nos momentos em que estamos juntos no *campus* e tem feito um esforço para que eu faça o mesmo, mas a verdade é que, desde aquele dia, não consigo parar de pensar por que nossa dinâmica tem de ser assim: complicada. Cheia de tensão e frustração. Por esse motivo, tento deixar meu coração de lado.

Ele também já não nega que consigo ouvir seus pensamentos. Pelo contrário, *me envia*, em algumas situações, um ou outro pensamento, mas eu já não tenho vontade de esmiuçar o assunto e me esforço para não lhe *enviar* nada. É difícil, porque não sei o que fazer, não estou habituada a ter de controlar o que penso. Mas, como estratégia, sempre que meus pensamentos fogem do controle, penso no mar, nas ondas e no cheiro salgado dos respingos. Não sei se funciona, mas a verdade é que Kai também me parece triste.

A atração que sinto por ele não diminuiu.

Pelo contrário.

Mas a falta de confiança dele em mim me fez recuar vários passos.

Passo a maior parte do meu tempo livre pensando numa forma de ir embora. Beau tem sido uma ajuda preciosa. Passamos horas infinitas na biblioteca pesquisando e damos grandes voltas pelos túneis para ver se encontramos algo remotamente parecido com um portal. Sei que ele está se arriscando por minha causa, ainda mais sendo filho do Regente, e fico imensamente grata por isso. Quanto ao mapa com os sinais que copiei na folha, posso garantir que olhei mais de cem vezes para eles. Em cima de cada uma das seis entradas para Aquorea há um símbolo e o desenho de um animal, que deduzo ser o animal do país ou da região onde o portal se encontra. Uma das coisas que não observei da primeira vez, e que também escapou a Beau, é que o texto de cada uma das seis frases que copiei contém um desses distintos símbolos.

Seis portais com seis instruções.

O círculo formado por dois animais que se parecem com lagartos também me causa estranheza e curiosidade.

Também fui duas vezes à lagoa onde Kai me *pescou*. Cheguei a entrar na água e pedi com todas as forças da minha alma que me devolvesse à Superfície. Da segunda vez, de acordo com o cronômetro do meu relógio, fiquei em apneia cinco minutos e trinta e três segundos. Quebrei o meu recorde e ainda estou aqui!

Petra também sente o meu distanciamento e sempre que tem chance tenta me convencer a me mudar para a Fraternidade dos Protetores, para ficarmos mais perto. Digo-lhe sempre que vou pensar com carinho, mas a decisão que tomei vai no sentido oposto. Resolvi que amanhã vou falar com Llyr e comunicar minha intenção de ir embora. Não contei a ninguém, guardei somente para mim, mas decidi que a minha estadia aqui deve terminar. Eles têm de me deixar ir.

— Está muito bom, Raina — elogia Isla, graciosamente.

Isla, como se tornou hábito, janta algumas vezes por semana em nossa casa.

Quero falar com a minha avó sobre os recentes ataques que já fizeram mais duas vítimas, e o que o Consílio pensa em fazer para fortificar as entradas em Salt Lake.

Pigarreio, para limpar a garganta e fazer a pergunta.

— Vó, vão mesmo implementar o toque de recolher obrigatório?

— Estamos fazendo todo o possível para que não seja necessário. Para que as pessoas continuem com a sua rotina normal. Aquorea sempre foi um lugar seguro, e com o apoio de todos continuará a ser. Ghaelle reforçará o patrulhamento nas saídas de reconhecimento e nas ruas. E aumentamos também a iluminação.

Admirada, Isla nos olha de soslaio:

— Toque de recolher obrigatório? Por quê? Não consigo imaginar um lugar mais seguro do que Aquorea. — Seu tom angelical tem uma pontada de incredulidade.

Isso me deixa irritada. Ela está tão alheia à realidade do que está realmente acontecendo. Eu e minha avó nos entreolhamos para evitar dizer algo que possa alarmá-la. Para Isla, aqui é um lugar primoroso, a terra onde cresceu e se sente segura. Provavelmente, não reparou nas pessoas que desapareceram e morreram, ou então acredita piamente na informação que o Consílio divulga. Quase todos parecem acreditar sem questionar e nada indica que essa confiança possa ser abalada.

— E é, querida — diz minha avó com um sorriso terno e caloroso. — Não dê ouvidos a essas bobagens. — Sorri.

— Pelo que sabemos, as pessoas lá de cima é que precisam ter cuidado. Assaltos, homicídios, estupros. *Argh* — acrescenta Isla com um ar de desdém exagerado.

— Isla, onde você acha que estão todas as pessoas que desaparecem de repente? — Sem conseguir controlar meu temperamento, demonstro a minha irritação. Mas me arrependo assim que falo.

— Ara! — repreende meu avô. — Não — acrescenta, bruscamente, com a testa franzida ressaltando cada ruga.

Isla me olha, pensativa, como se pensasse no que responder.

— Não é minha função saber onde estão as pessoas. A minha função, neste momento, é estudar — diz, por fim.

— Isla, você precisa deixar de ser tão infantil. Para sua própria segurança, é bom que comece a pensar por que existe tanto mistério em torno dos desaparecimentos das pessoas, e por que têm uma Fraternidade de Protetores tão forte. Da qual, aliás, você quer fazer parte.

— Sinceramente, já não sei se quero. Tenho refletido e acho muito mais fascinante ser Curadora, como minha avó — responde, com um sorriso de princesa. Nada que me surpreenda.

— É o que dá não dizerem a verdade às pessoas. — Lanço um olhar de censura aos meus avós. — Ainda vai morrer muita gente por causa dessa bolha imaculada de faz de conta — digo, na direção da minha avó, pois meu avô se levanta para ir buscar o cachimbo. E, com certeza, para respirar fundo, pois não quer me repreender com mais severidade. — O que acha que eles protegem então, Isla? — Fico cada vez mais irritada e minha voz sobe de tom. Não com ela, mas com os responsáveis que fazem questão de que seu povo ande com a cabeça enterrada na areia.

— Sei muito bem o que é cada Fraternidade, o que significam para a Comunidade, e as suas funções. Eu disse que minha função não é saber onde estão as pessoas, nunca disse que não sei o que aconteceu com elas — responde, com rispidez. Consigo enxergar um pouco de Kai em Isla agora.

Ficamos os três sem resposta. Não consigo disfarçar o espanto, e minhas sobrancelhas se erguem. Nenhum de nós consegue responder, portanto, ela continua.

— Tenho a sorte de ter um pai e um irmão que são excelentes no seu trabalho. E o seu trabalho se torna ainda melhor quando envolve pessoas que lhes são queridas, que é basicamente toda a população de Aquorea. Sei o que os Albas têm feito e os ataques que têm perpetrado na nossa "bolha", como você disse e muito bem. Sinto muita tristeza pelos que morreram e os que desapareceram, não pense o contrário. Não ache que sou tão infantil e ingênua.

— Eu não disse isso. — Estou perplexa. — Só estou preocupada com você; com todos, aliás. Acho que não é correto fazerem de conta que nada está acontecendo.

— Não pense, nem por um momento, que as pessoas não sabem dos ataques e das mortes e, também, de um certo jogo de interesses em algumas Fraternidades. Somos um povo perspicaz. O que podemos fazer é nos proteger e mostrarmos àqueles bandidos que não conseguem nos abalar. Não é? — Orgulhosa, encara minha avó com um sorriso.

— Não poderia concordar mais, minha querida — responde minha avó. Ela se vira para mim à espera do meu comentário.

— Bem, depois disso, não vou mais compará-la à minha irmã — digo, com um sorriso. Mas, na verdade, me sinto envergonhada pelo meu comportamento. Eu a abraço e olho para meu avô com uma expressão de desculpa.

Estou mais tranquila por saber que Isla não é tão indefesa quanto aparenta. Pelo menos, sabe o que estamos enfrentando. E como ela há, certamente, outros.

Quando estamos sozinhas, sinto necessidade de me desculpar.

— Desculpe pela minha reação agora há pouco.

— Não faz mal. Entendo seus motivos. Você é uma irmã maravilhosa. Sei como é, porque tenho um irmão igualzinho.

— Tenho meus dias… E altos e baixos ao longo do dia.

— Papo furado. Você adora sua irmã, que eu sei. E teve aquela crise de nervos porque eu te lembro da Benedita.

Ouvir o nome dela aperta meu coração e faz minha pressão oscilar. Uma vontade de chorar me invade, e meus olhos se enchem de lágrimas. Choro tudo que venho guardando nas últimas semanas.

Estou cansada. Depois de Isla me garantir que está bem e chegará em segurança, não a acompanho, como de costume, até a ponte para pegar o barco. Vou direto para a cama.

O barulho indistinto de vozes me desperta do início do meu sono. Eu me recosto na cama para me orientar e tentar entender a conversa. Murmúrios de preocupação e aflição ecoam no corredor, e a voz de Kai me leva a levantar e correr até a sala.

A cortina de água está aberta e Kai fala com os meus avós.

— Você sabe onde a Isla se meteu? — questiona Kai, abruptamente, assim que me vê. Noto que ele me olha de alto a baixo por alguns instantes e seu rosto cora um pouco. Só quando olho para minhas pernas para ver onde ele fixou o olhar é que me dou conta de que estou somente de calcinha e um top curtíssimo, que mostra a barriga. Num gesto ridículo, tento tapar o corpo com os braços.

— O quê? — questiono, envergonhada, ainda tentando obrigar meus *Tico* e *Teco* a se posicionarem nos respectivos postos de trabalho.

— Calma, Kai — tranquiliza-o meu avô ao ver seu rosto apreensivo. E depois se volta para mim. — A Isla não voltou para casa. Sabe se ia passar em algum lugar depois de sair daqui? — pergunta.

— A Isla? — Meu coração estremece. *Ah, não...* — Não, ela não me falou nada.

Kai suspira profundamente. E seu suspiro transborda irritação.

— Obrigado pela ajuda. Raina, Anadir — conclui, com seu típico aceno de cabeça sem nem sequer dizer meu nome.

— Espera — grito. — Quero ajudar a procurá-la.

— Não tenho tempo a perder — avisa, enquanto vira as costas e atravessa rapidamente o piso de madeira.

Não paro para pensar. Corro até o quarto para vestir uma calça e pegar os tênis e a pistola de arpões. Ainda bem que a limpei e a recarreguei antes de me deitar. Ser metódica e organizada está no meu sangue.

Em poucos segundos, estou outra vez na entrada.

— Aonde vai, Ara?

— Vou ajudar no que puder — respondo à minha avó, enquanto me calço apressada, meio correndo, meio andando.

— Tenha cuidado — diz meu avô.

— Terei, prometo — respondo. Ele não tem dúvida de que não faltarei com minha palavra, mas a realidade é que não sei o que nos espera. Já não posso afirmar com toda a certeza que Aquorea seja um lugar inteiramente seguro.

Ele levanta a mão, fazendo esvoaçar um pouco do tabaco de dentro do cachimbo.

Corro o máximo que minhas pernas aguentam. Não há cansaço, não há dor. Só adrenalina e coragem, pois a culpa que sinto por ter deixado Isla ir embora sozinha é amarga como fel. As passarelas de madeira em breve dão lugar a pedra, e vejo Kai subir as escadas que dão acesso à ponte. Sua postura é rígida, o andar tenso. Não me dou ao trabalho de gritar seu nome e pedir que espere, pois sei que será um esforço em vão. Ele caminha na direção de um barco. Tenho de alcançá-lo antes que ele parta. Tenho de conseguir, por Isla e por mim mesma. Corro escada acima e me atiro para o barco já em movimento.

— Perdeu o juízo? — Seus enormes olhos azuis cintilam de surpresa.

— Vou com você.

— Rosialt, não sei o que vamos encontrar. E agora não posso me dar ao luxo de ser responsável por você também — comenta, parando o barco abruptamente, o que me faz desequilibrar.

— Não vai precisar. Quero ajudar. — Curvo-me um pouco e ponho as mãos nos joelhos para tentar recuperar o fôlego depois da corrida.

— Saia ou eu te jogo para fora.

— Experimenta. — Eu me recomponho e o enfrento de queixo erguido.

— Será que você nunca faz o que te mandam?

— Estamos perdendo um tempo precioso — concluo, secamente. — Já falou com a Mira e a Petra?

Deixo Sofia de fora porque sei que elas nunca passam tempo juntas sozinhas.

— Ainda não. Quando meus pais me contaram que ela não apareceu em casa, vim correndo, porque pensei que ela estava com você. A Petra está de vigia na floresta.

— Então, se quiser, eu posso ir à casa da Mira enquanto você checa em outros locais. Que acha?

— Bem pensado. Você... sabe se ela está envolvida romanticamente com alguém? Ela te contou alguma coisa? — pergunta, constrangido por estar se intrometendo na vida privada da irmã.

— Se ela tem namorado?

— Sim.

— Que eu saiba, não. Nunca percebi, e ela nunca me contou nada a esse respeito.

— Então, enquanto você verifica no GarEden, vou chamar o Boris, o Wull e a Umi. E nos encontramos na Ponte-Mor.

Meu cérebro forma o pensamento, mas, felizmente, minha boca consegue parar antes que as palavras saiam. Não posso ser egoísta a ponto de questionar a presença de Umi no salvamento de Isla. Não quando Kai está desse jeito. Posso sentir sua ansiedade, o nervosismo e a concentração máxima em todos os meus poros. Mas, infelizmente, não sou rápida o suficiente para bloquear o pensamento, pois, sem olhar para mim, Kai comenta:

— A Umi pode ser desmiolada, mas é uma excelente combatente. E garanto que ela não te fará mal.

— Não estou preocupada com isso. Por que não chama mais gente?

— Para onde eu acho que vamos, temos de ser discretos. Estou levando os melhores. Confio minha vida a eles. — Ele me olha com uma expressão carregada de preocupação.

Um pequeno *bip* se sobrepõe à brisa, e Kai aperta um minúsculo botão de um dispositivo que tem no ouvido.

— Na escuta — diz, com voz alta para cortar o som do vento.

— Sim, já foi dado o alerta... Não, ainda não. — Ele responde a alguém com frases curtas. — A Rosialt está comigo.

Um breve momento de quietude.

— Sim, veio. — E, neste momento, ele me olha com ar resignado. — Ela vai verificar com a Mira, nos Curadores, e eu vou acordar o Wull, o Boris e a Umi... Até já, pai — diz, apertando novamente o botão.

É notório o orgulho que eles têm do pai. Ghaelle é, de fato, um homem extraordinário. Foi ele que implementou a maioria das estratégias de segurança e aperfeiçoou as lutas dos seus antepassados. Isla me contou que os pais estão juntos desde os quinze anos, quando ainda estavam nos Estudos Iniciados. E nem o fato de Ghaelle ter seguido os Estudos Avançados como Protetor e Nwil como Mediadora os impediu de viverem uma grande história de amor. Optaram por morar nas habitações dos Mediadores, em vez de nas grutas dos Protetores, já com a ideia de constituírem família, pois aquele seria o melhor local para isso. Mais central, mais iluminado e menos inóspito. Nwil é agora uma Mestre do Consílio e Ghaelle o chefe dos Protetores.

Num instante, chegamos à Ponte-Mor. Kai atraca e eu salto sem lhe dar oportunidade de me dar ordens.

— Até já.

— Rápido. Não vamos esperar.

— Certo — respondo, já correndo.

A entrada do GarEden é emoldurada por enormes árvores que formam um túnel de flores que pendem, alegremente, para agradar ao nosso olfato. Corro em direção a um aglomerado de casas. Pequenas casas brancas, com um estilo menos moderno do que as habitações dos Mediadores, assemelham-se bastante às construções na Superfície, com os seus telhados vermelhos. Todas têm um jardim à frente com uma infinidade de tons, que criam efusivamente uma paleta variada, como um arco-íris, brotando de todos os cantos. Recostadas nos troncos de algumas grandes árvores há escadas que levam a delicadas construções de madeira, perfeitamente enquadradas no ambiente. Quase me desvio do meu trajeto para ir apreciar aquelas maravilhosas casas nas árvores. Diminuo o passo quando vejo algumas pessoas que colhem plantas utilizando cestas.

— Desculpem incomodar. Procuro a casa da Mira Lowell. Sabem me dizer onde é?

— Você é a neta da Raina, não é? — pergunta uma delas.

— Sou. Desculpe, estou com pressa.

— Vocês, jovens, estão sempre correndo. Estamos colhendo amostras para uma nova infusão anti-inflamatória. Tem havido muitas queixas de alergias e desconfiamos que poderá ser do pólen *jumird*. — O rosto dela é redondo, tem uns olhos muito pequenos, e uns óculos de madeira na ponta do nariz que lembram um mago. E o fato de estar colhendo folhas e raízes me leva a imaginar que vai fazer alguma poção mágica. Sorrio com o pensamento.

— Ajude-nos na colheita e conhecerá algumas das espécies mais perigosas do reino vegetal — continua a outra mulher, com roupas chamativas que acentuam ainda mais suas formas. — Estas aqui só conseguimos colher num intervalo muito curto, no resto do tempo são extremamente tóxicas. Só em fase de repouso podemos cortá-las sem corrermos riscos — continua, orgulhosa, ao me mostrar, triunfante, uma flor cor-de-rosa coberta de pequenos espinhos pretos.

— Não posso mesmo perder tempo — explico, já virando as costas de um jeito inintencionalmente indelicado.

— Siga até o fim desta rua, e depois, vire duas vezes à esquerda. É a casa com as duas *squimonas* no jardim.

Se a informação sobre as *squimonas* deveria ser útil, a verdade é que desconheço o que seja.

Assim que dobro a segunda vez à esquerda, faço a única coisa que pode me ajudar a encontrar Mira neste momento.

— Mira! Mira! Mira! — grito, a plenos pulmões.

Minha respiração está ofegante, mas não posso parar. Por Isla não posso.

As portas de diversas casas se abrem e algumas pessoas saem para os respectivos jardins.

— Ara?

De camisola de alças, lá está Mira, umas casas à frente. O jardim contempla duas grandes árvores — com troncos castanho-esverdeados muito largos e folhagem de um amarelo vibrante —, uma de cada lado da entrada. Devem ser as tais das *squimonas*. No entanto, ela não está sozinha, e só quando chego mais perto percebo quem a acompanha.

— Mira — digo, quase num sussurro, com uma expressão constrangida pelo barulho que estou fazendo em plena hora de descanso.

Aceno aos pais de Mira, de cujos nomes não me recordo. O avô de Mira, Arcas Lowell, e a avó e a mãe de Kai, Hensel e Nwil, me observam com um ar consternado.

— Arabela — cumprimenta Arcas.

Com certeza estão tentando descobrir alguma informação sobre o paradeiro de Isla. Arcas veste uma túnica branca que ressalta seu tom de pele escuro. Barba, cabelo e sobrancelhas brancas combinam com a túnica e lhe dão um ar angelical. Fala com um tom de voz baixo e melodioso, transmitindo serenidade. Hensel também traja uma túnica, mas de um amarelo-claro com um bordado floral. O rosto amigável a torna bela. Ao olhar para os dois mais velhos, acho que formam um bonito par. E o meu pensamento vagueia por instantes a imaginá-los como dois feiticeiros, por causa da conversa com Petra.

— Que bom ver você, Ara — cumprimenta Hensel pegando minha mão.

Não há tempo para me sentir constrangida por esse gesto tão íntimo de uma pessoa que mal conheço. Por aqui são todos assim, acolhedores e cheios de demonstrações de afeto. Bem, *quase todos.*

— Viu a Isla hoje, Mira?

— Não. Estava dizendo exatamente isso à Nwil e à Hensel. — Acho estranho como eles se tratam pelo nome próprio, sem a preocupação de títulos. E, ainda por cima, pessoas muito mais velhas. — Hoje não a vi, estive o dia todo nos Jardins Suspensos e cheguei há pouco.

— Ela jantou comigo, mas já deveria ter voltado para casa há muito tempo — digo, com a voz fraca. Viro o rosto em direção às duas senhoras. — Então me lembrei de que pudesse estar aqui.

— Nós já procuramos em todos os lugares que pudemos imaginar, e alertamos todos para estarem atentos. Meu marido foi com um grupo para o norte, para a floresta — diz Nwil com o rosto encharcado de lágrimas.

— Nós vamos encontrá-la. Ela está bem — asseguro, com a pouca confiança que me resta.

— Confiamos em você, Ara — diz Nwil. — Sei que vão trazer a minha menina de volta.

— Eu... — Como não sei o que responder, continuo a balbuciar. — Eu...

Mira pede licença e entra em casa.

— Nwil, tenha calma. — Arcas descansa a mão levemente no seu braço. — Não ponha esse peso em cima dos ombros da Arabela. Ela dará o seu melhor, assim como os demais.

— Mas ela é especial — responde Nwil para o vazio, com pouca força e de olhos colados no chão.

Sinto vontade de abraçá-la e dizer que vamos trazer a filha dela sã e salva, mas me falta a coragem e os segundos não param de passar. Preciso voltar ou perco a partida do grupo. Conhecendo Kai, sei que ele cumpre o que promete.

— Ara, beba um pouco de água. — Mira sai de casa com um copo de água na mão direita, que me estende, e um cantil de água na outra, que me põe a tiracolo.

Bebo e lhe devolvo o copo.

— Tenho que ir. Fiquei de me encontrar com o Kai. Vamos continuar a procura.

— Vá, Ara. Confie nos seus instintos — diz Hensel.

Desço as ladeiras de novo em disparada. Observo todos os pormenores que à primeira vista poderiam parecer irrelevantes. Desde que comecei a treinar, desenvolvi uma capacidade, antes adormecida, de me atentar a certos comportamentos. E o mais estranho que notei até agora foi o comportamento da mãe de Kai e aquela conversa: "Mas ela é especial." E é ainda mais estranho porque foi exatamente isso que meus avós escreveram no cartão de boas-vindas que me deixaram com a roupa que me deram para o jantar no Salão Ruby. Decido deixar de lado esse pensamento. Voltarei a ele mais tarde, quando tiver tempo para lidar com coisas insignificantes.

Em frente ao Colégio Central, avisto Kai e Boris, irrequietos, conversando com um grupo de pessoas que os rodeiam. Eu me aproximo. Kai para de falar com o grupo e me encara, à espera do relatório.

— A Mira não tem novidades — relato. — Sua mãe e sua avó estavam lá.

Umi e Wull descem o rio em alta velocidade num barco. Vêm do lado da floresta. Certamente foram falar com Ghaelle.

— Eu pedi para não alarmarem ninguém — diz Kai entre dentes referindo-se à sua mãe e à avó. — Vamos lá, olhos e ouvidos bem abertos. Reportem tudo ao Ghaelle — conclui ao se dirigir de novo ao grupo, que dispersa no mesmo instante, em disparada.

Umi e Wull se aproximam de nós.

— Ao norte não a viram passar, Kai. Acho que devemos…

Não esperava que vissem. Não tem lógica, porque ela veio do lado oposto.

— Posso sugerir uma coisa? — pergunto, interrompendo Umi.

— Diga. — Kai olha para mim atentamente, enquanto Umi me fuzila com o olhar.

— Ela saiu de Salt Lake, certo? Talvez algum Vigia a tenha visto. Acho que devíamos começar por aí. Confirmar quem a viu passar e a última pessoa que a avistou.

— Já me comuniquei com eles, só não obtive resposta do Jamal, no posto trinta e sete. Vamos até lá.

— Agora você vai dar ouvidos à pirralha? — berra Umi.

— Vamos. — Wull está furioso e a voz sai grave. — Não temos tempo a perder. E ela tem razão, Umi.

— Vão pelas escadas. A Rosialt e eu vamos por aqui. — Kai indica a estrada que acompanha o rio. — A gente se encontra nas passarelas.

— Vamos encontrá-la, amigo. — Boris bate nas costas de Kai, para reconfortá-lo.

— Não aceito outra possibilidade — responde, como se quisesse convencer sobretudo a si mesmo.

Kai e eu corremos até o caminho começar a estreitar e, mais ou menos uns duzentos metros antes da ponte de Salt Lake, ele para abruptamente. Não vimos ninguém, nem nenhum indício de Isla.

— Vamos subir — diz, referindo-se a escalar a parede para nos juntarmos aos outros. — Ainda não é tarde para desistir. — Noto angústia na sua voz.

— É aqui que preciso estar.

Ele começa a subir pela parede e me lembro da tuatara, seu réptil favorito. Só Kai para ter um réptil preferido.

Posiciono as mãos em duas frestas para iniciar a subida, mas assim que pouso o pé na parede, ele escorrega e eu não saio do lugar. O ambiente está ainda mais úmido do que o costume e pérolas de suor escorrem da minha testa para os olhos.

— Você vem, Rosialt? — pergunta Kai, já alguns metros acima da minha cabeça.

Neste momento, sinto que tenho de dar tudo de mim, nada pode dar errado. Se quiser acompanhá-los e não perder o ritmo, tenho de ser como eles. Aliás, eu já sou uma deles. Pelo menos é assim que me sinto agora.

Olho para os pés e me descalço. Noto, de novo, uma onda de bem-estar me percorrer, como se todos os níveis de energia do meu corpo estivessem sendo restabelecidos. Uma sensação de segurança e uma vitalidade que não me lembro de ter experimentado antes me fazem iniciar a escalada sem medo, sem hesitação. Nas últimas semanas, Kai me fez subir essas paredes vezes sem fim. Logo na segunda vez, fomos até o nível mais alto. Ainda bem que ele fez isso.

Alcanço-o no momento em que ele se estica para entrar na passarela. Surpreso por me ver ao seu lado, e sem nada nos pés, esboça um microscópico sorriso. O rosto brilha de suor.

Os outros se aproximam rapidamente, também correndo. Ao olhar com mais atenção, vejo todos os rostos carregados de apreensão. Até Umi agora deixa transparecer inquietude.

Corremos pelas passarelas e verifico que os buracos escavados na rocha, onde ficam os vigias, têm números gravados. Ao chegarmos ao número 37, paramos, e Kai pragueja alto.

— Jamal! — grita Kai, fazendo o sonolento rapaz despertar, em sobressalto, de uma maravilhosa soneca.

Jamal salta do chão e se põe em posição.

— Senhor! — diz, alarmado, ao ver o rosto exasperado de Kai.

— Você está dormindo em serviço? — Sem dizer mais nada, empurra-o com as duas mãos e lhe dá um murro na cara que o derruba.

— Ei, Kai! Não faça isso. Saia, eu falo com ele. Leve-o daqui, Wull — instrui Boris. — Há quanto tempo está dormindo? Viu a Isla Shore passar por aqui? — prossegue Boris, com o tom de voz extremamente controlado.

Wull continua a agarrar Kai, mas ele resiste.

— Por causa desse desgraçado, minha irmã pode estar morta! Devia te fazer dormir para sempre — continua Kai, em tom agressivo.

— Desculpe, Kai. Não sei como adormeci. — Jamal está aterrorizado. Todo seu corpo treme.

A situação me deixa horrorizada. Primeiro porque vejo o desespero cada vez mais evidente de Kai e o pânico de Jamal. E também porque, se acontecer alguma coisa a Isla, a culpa é minha.

— Kai — digo, descansando a mão no seu braço com cautela. — Respire. Sei que está preocupado, mas esse tipo de comportamento não fará encontrar a Isla mais rápido.

Ele me encara com fúria, mas, talvez ao perceber o meu carinho pela sua irmã, suas feições se suavizam. Neste momento, Umi dá dois passos e se põe ao nosso lado.

— Sim, calma. Vamos encontrá-la, Kai — diz. — Apesar de ter sido culpa sua, nós vamos encontrá-la. — Conclui com a voz amarga, de olhos fixos em mim.

Minhas mãos tremem e sinto um ardor subir pela garganta. Boris interrompe no momento em que vou lhe responder.

— Ele adormeceu praticamente no início do turno, portanto, não viu nada. Vai para casa assim que chegar o substituto. Depois você aplica o castigo que achar conveniente. Até este ponto, todos os vigias viram a Isla passar. Eles deviam estar à espreita e se aproveitaram do fato de o Jamal estar dormindo para levá-la.

— Então sabemos o que temos de fazer — constata Wull.

— A única coisa que nos resta fazer — diz Boris, com os olhos arregalados.

Kai aperta novamente o botão do aparelho na sua orelha e espera um momento antes de falar.

— Vamos buscá-la, pai. — Curto período de silêncio. — Não, não podemos esperar. Levarei minha equipe... Nós vamos trazê-la. — E, sem mais, vira-se para mim. — Os Albas levaram a Isla para os pântanos, Rosialt. E é extremamente perigoso, até para nós. Não posso pedir que você vá.

— Não está me pedindo nada.

— Você verá coisas que não conseguirá esquecer. Depois disso não há mais volta — explica Kai.

— Eu quero ir — insisto.

— Ele não está pedindo, está *dizendo* que não quer que você vá. Não entende? — intromete-se Umi.

Ignoro o comentário dela, porque não quero provocar mais aborrecimentos, e olho para Kai. Concentro-me em lhe enviar o primeiro pensamento intencional depois de várias semanas:

Quero ajudar, me deixe ir... Devo isso a Isla.

Ele me olha com aquele azul penetrante e juro que vejo um brilho irradiar dos seus olhos.

— Pode vir. — É a única coisa que diz antes de virar de costas e acelerar de novo o passo.

Suor escorre pelas minhas costas quando avisto Salt Lake como um ponto pequenino, lá em baixo, com seus bangalôs perfeitamente alinhados. Continuamos a correr até depararmos com a parede lisa de sal que envolve as casas. É verdade que todos esses caminhos improvisados servem para nos proteger, mas também são um convite aos Albas e facilitam muito sua entrada.

Há um pequeno buraco, onde acho que não caberá mais do que um cãozinho de porte pequeno, a uns quatro metros acima de nós. Kai se agacha e Boris sobe em seus ombros. Então ele se levanta e Boris se impulsiona para dentro do buraco; ressurge segundos depois com o tronco todo de fora e os braços esticados para puxar o próximo. Em seguida é a vez de Umi e depois a de Wull.

Wull puxa Kai e eu fico com os braços esticados como uma criança à espera de colo.

Kai me olha com um ar terno e tenho certeza de que ele pondera se vai me deixar ir ou não, com a intenção de me proteger. Sinto como se tivesse sido enganada, traída. Saber que vou ficar aqui, sozinha, enquanto eles vão à procura de Isla. Minha obrigação é ir também, não pode ser de outra forma. Sou a responsável por essa tragédia. Preciso estar na operação de resgate, por mais perigosa que seja.

E há também os rostos de Nwil e de Hensel gravados na minha memória, e as estranhas palavras da mãe de Kai e de Isla: "Mas ela é especial." Nunca me senti especial. Em nenhum sentido. Nunca me senti mais bonita, mais inteligente ou mais incrível do que ninguém. Eu me considero uma pessoa comum, com interesses peculiares. No entanto, desde que cheguei a Aquorea, sinto como se fizesse parte de uma sociedade, de um todo, e isso fez me sentir especial. Acho que é a primeira vez que reconheço e admito isso para mim mesma. Desde que comprovei a telepatia com Kai sei que sou especial, ou melhor, que somos especiais. E, por alguns momentos, nessas últimas semanas, deixei que meu orgulho ofuscasse uma das coisas mais importantes que já me aconteceram na vida.

Kai franze o cenho e baixa os braços para me puxar. As mãos dele me levantam com a mesma facilidade com que pegariam uma pena. Kai me puxa para junto dele e durante breves segundos fico perto do seu corpo quente, do seu toque. O coração dele pulsa forte e sinto um desejo enorme de agarrá-lo aqui mesmo, mas não posso. Seu cheiro é de suor, luar e mar.

Boris vai à frente no túnel estreito, sem ajuda de qualquer luz ou lanterna, como se enxergasse na escuridão. Engatinho em direção ao desconhecido e possivelmente prestes a enfrentar monstros ou criaturas horríveis. Só vejo breu. Aperto um botão do meu relógio e uma luz se acende, iluminando parcamente meu braço e a parte esquerda do meu rosto. O *trovisco* que prendi por baixo do relógio ontem está murcho e emana um aroma ainda mais intenso. Agora não o tiro nem para dormir, porque o aroma me tranquiliza.

Algo toca meu cabelo e minha respiração acelera. Minhas mãos batem nos pés de Kai. Ele para.

— Você está bem? — pergunta, inquieto, olhando para trás. Vejo perfeitamente seus olhos azul-esmeralda e quase diria que, no escuro, as pupilas dilatadas exibem uma fluorescência brilhante que nunca tinha percebido. *Será que eles enxergam no escuro?*

Assinto com a cabeça, mas me lembro de que ele não deve conseguir me ver.

— Sim — responde ele muito baixinho à pergunta que formulei mentalmente. — Temos facilidade em ajustar nossa visão no escuro.

Uau!

A fila diminui o ritmo e Boris avisa, num sussurro, que estamos chegando. O cheiro que emana do ar é lamacento, de peixe podre com enxofre. No entanto, o ar é frio, o que agradeço. Deve estar uns dez graus e meu corpo reage com arrepios repetidos.

Escondemo-nos atrás de uma rocha baixa e comprida. Os pântanos se estendem à nossa frente, como grandes piscinas naturais de água e lama. Estalagmites e estalactites, cobertas de algas e lodo, desabrocham das águas e do teto, como grandes troncos. A iluminação não é tão intensa como a de Aquorea, mas eu imaginei que vivessem em total escuridão. O cenário até poderia ser considerado bonito, não fossem as pessoas de um cinza mórbido que andam por aqui. Um vulto passa do outro lado da rocha e faço um esforço para meus olhos se ajustarem à escuridão e enxergar melhor o que vamos enfrentar. Assim que ele dobra a rocha e avança na nossa direção, Kai dispara três silenciosos arpões que lhe acertam no tórax. Os arpões de Kai são maiores do que os meus, talvez por o antebraço dele ser maior. O impacto do corpo caindo faz algum barulho, mas não o suficiente para alarmar os outros. Fico estática, nunca vi alguém ser morto. Era isso a que Kai se referia, ele queria me proteger.

— Não demorarão muito até perceberem a ausência dele. Temos de ser cautelosos e rápidos. Não podemos ser vistos até localizarmos a Isla, para não colocarmos a segurança dela em perigo — digo.

— Ali — indica Kai, apontando para uma construção precária guardada por dois daqueles seres. — É ali que ela está.

— Vamos nos dividir — propõe Wull. — Eu e a Umi faremos uma manobra de distração e vocês avançam. Não é, querida, eu e você, juntos? — diz para Umi.

Percebo que, afinal, o que eles todos têm é uma grande cumplicidade. Coisa que eu nunca tive com ninguém. Nunca. Nem mesmo com Colt, meu amigo mais querido. Meu coração se contrai de tristeza. Mas não é o momento para pensar neles: na minha família.

— Concentrem-se. Ali — repete Kai.

A uma distância considerável, em cima de uma enorme rocha com uma escadaria larga, onde no final há dois tronos de pedra esculpidos rodeados de tochas de fogo, sentam-se, imponentemente, dois Albas. Posso perceber pela altivez de um deles e pela forma como os outros o rodeiam que é diferente. É visivelmente maior e tem um manto preto sobre as costas. Os olhos brilham no escuro, como um felino, e tem uma barbicha que pende do queixo e ilumina seu corpo. Lembra um faraó egípcio. Como vivem em constante escuridão, desenvolveram alguma forma de bioluminescência para orientá-los. Mas ele é o único que possui essa característica, talvez por isso seja o alfa. Ao seu lado, no outro trono, uma figura mais baixa e esguia. Apesar de completamente coberta com uma burca vermelha, posso ver linhas mais femininas. Deve ser a mulher dele. A cerca de seis metros, atrás dos tronos, está a tal construção que Kai apontou como a potencial masmorra de Isla.

Avançamos devagar, curvados, sob a proteção das rochas, acelerando o passo nos espaços vazios. Meus pés se enterram no solo enlameado e malcheiroso e me arrependo de ter descartado os tênis. Na sola dos pés sinto pedras duras, folhas e talvez restos de comida. Ao sentir algo pegajoso, levanto o pé, aponto o relógio para conseguir ver alguma coisa e me deparo com uma orelha humana banhada em sangue. Reprimo um grito. Fecho os olhos com força e me obrigo a recuperar o controle. Salvar Isla a tempo é a única coisa que pode me preocupar agora. Não interessa se há pedaços de pessoas debaixo dos meus pés e se a lama pode não ser só lama, mas também poças de sangue coagulado. Fico agoniada. Não sei se terei coragem para lidar com tudo isso. Mas, de alguma forma, sei que sim. Já não sou a mesma menina que saiu de Atlanta há quase três meses para prestar a última homenagem ao seu avô. Sou uma guerreira. Faço parte de um todo. Mesmo que nem todos, nesse todo, me queiram aqui.

Meu peito sobe e desce rapidamente, enquanto gotas de suor frio escorrem lentamente pelas minhas costas.

De cada lado do casal real dos Albas há um guarda, vestido com uma armadura, que se estende até as coxas fortes, e um capacete. O rei tem na mão esquerda um robusto tridente dourado. As três pontas afiadas brilham. Esse objeto me faz olhar mais atentamente e compreender um pouco da sociedade deles. Fico surpresa por perceber que cada um tem uma função dentro dessa organização. As casas ao longe são baixas, mas parecem limpas. Alguns pescam, outros montam guarda. Em outro canto, as mulheres brincam com os filhos, que no colo das progenitoras aprendem algumas tarefas. Guinchos agudos e um som repetitivo, que lembra os estalidos dos golfinhos, quebram o silêncio. Parecem se comunicar. Muitos estão simplesmente deitados, dentro ou fora dos lagos. Estarão dormindo? Se sim, será bom para o nosso plano.

— Tente economizar oxigênio por causa do gás metano. Não dá para sentir, mas é fatal. Faça inspirações curtas e lentas — aconselha Umi. *Está preocupada com a minha saúde?* — Não quero ter de carregar você — acrescenta rapidamente.

Logo vi.

— Wull, Boris. Criem uma distração que faça os guardas saírem dos seus postos. — Kai aponta em direção a um dos locais onde se encontram alguns Albas e, em seguida, para cima, para a porta onde, possivelmente, aprisionam Isla. — Vocês duas vêm comigo. Temos de rastejar até aquela última rocha para não sermos vistos. Aí, subimos pela parte de trás da cela.

Seguimos em silêncio e Umi se posiciona imediatamente atrás de Kai, e não me deixa outra alternativa senão ficar, uma vez mais, no fim da fila. Os dedos se enterram no chão mole e frio. Tento abstrair e pensar que não são corpos em decomposição e sangue que inundam esta caverna com um cheiro nauseante de putrefação. Meus joelhos tremem e cada vez que levanto outro para engatinhar, penso que não serei capaz de avançar mais.

Quando chegamos ao final das baixas rochas que nos protegem, corremos para trás do grande rochedo onde está a cela e se sentam os reis.

Lentamente, escalamos a rocha, que não é alta, comparada com o que acabei de escalar. O fato de estar descalça facilita, porque consigo encontrar onde melhor me apoiar. Mas estou trêmula e com os pés banhados de lama, por isso tenho de contar com a força dos braços e do abdômen para me manter agarrada à pedra como uma craca. Desde que iniciei os treinos, meu corpo está mais definido, os músculos mais rígidos e tenho mais resistência. A ginástica que eu fazia diariamente em Atlanta também me ajudou a aprender e acompanhar mais rapidamente os outros, apesar de eles continuarem a insistir que é inato em mim.

Absorta nos meus pensamentos, só quando chego ao topo é que reparo que sou a primeira a chegar. Estamos nos fundos do barracão. Observo uma pequena fresta na parede. Salto e me empoleiro para espreitar para dentro. Meu coração para. Fico em choque. Reconheço o corpo de Isla. De pé, só de roupa de baixo, coberta de lama e com os braços abertos, formando um Y, presos pelos pulsos com correntes que se prendem ao teto. As pernas dispostas da mesma forma, abertas e presas com grossas correntes que se esticam até os cantos da cela. Ela está de costas para mim, a cabeça inerte; talvez esteja desmaiada ou dormindo. Não me permito pensar no pior, mas, sinceramente, acho que ela está morta.

16
CONFRONTO

DESÇO. OS OLHOS REPLETOS DE LÁGRIMAS, MAS COM VONTADE DE lutar. Lutar, não. Matar! Quero tirar a vida dos miseráveis que fizeram isso a uma menina tão meiga. O que ela terá sofrido nas mãos deles nas últimas horas? Não posso sequer imaginar. Kai e eu nos entreolhamos. Ele também está com os olhos marejados e cheios de raiva. E então percebo que lhe transmiti o que os meus olhos viram.

— O que foi? — pergunta Umi, em um sussurro. — É ela? Está aí?

— Sim — responde Kai, com a voz triste, mas determinada.

— Como é que você sabe, se nem sequer olhou! — exclama Umi, irritada.

— É ela — respondo, entrando na frente deles para que não olhem pelo estreito buraco. — Quero matar esses animais — digo, com a emoção tomando conta de mim.

— Você gosta mesmo dela, não gosta? — A pergunta de Umi é inesperada. O tom de voz é sincero e puro. E fico surpresa.

— Como se fosse minha irmã — respondo.

Os Albas estão em vantagem numérica e estão no seu ambiente. Sem dúvida, isso lhes será de grande utilidade. É a primeira vez que vou entrar numa luta para valer. Melhor, numa guerra, porque vou para matar ou morrer. Estou com medo, muito medo. Não vou negar. Mas também nunca me senti tão viva, tão completa. E enxoto para um local escondido o pensamento de como lidarei com a situação se tiver mesmo de matar alguém. Como estamos em desvantagem, temos de elaborar uma estratégia para garantir que sairemos daqui vivos. E com Isla.

— O que você viu? — insiste Umi.

— Ela está acorrentada, com correntes fortes — explico, para satisfazer sua curiosidade. O único motivo pelo qual não quero que a vejam assim é para poupá-los da dor. Mas só poupo Umi, já que Kai viu o mesmo que eu. — Esperamos pela distração e atacamos com tudo. Temos de encontrar as chaves, porque de outra forma não vamos conseguir tirá-la daquelas correntes.

Sim. Mas tenha cuidado, por favor.

Ouço essas palavras de Kai, que me olha com olhos profundos, carregados de inquietação.

Não se preocupe; aprendi com o melhor.

Esboçamos um sorriso silencioso.

— O que foi agora? — diz Umi, chateada por não entender o que se passa.

Não podemos deixar que ela perceba o que se passa, até porque não sei como explicar.

— Quanto mistério. Seria mais útil se concentrarem em resgatar a Isla. Não sei por que a trouxemos, só veio atrapalhar — continua para Kai, com um ar desconfiado.

Será que está desconfiada de alguma coisa? Mas como ela poderia saber? Não há como. A não ser que ela também compartilhe essa capacidade com alguém. Com Kai? Será possível? Não, não posso acreditar nisso. O que nós temos é especial. Único. Não é?...

— Chega. Vamos — ordena Kai, gesticulando com a mão para o seguirmos.

Vamos atrás dele, o mais silenciosamente que conseguimos. Quando chegamos à esquina da cela, espreitamos e vemos as costas dos guardas e os tronos do casal real. Estamos agora muito perto deles, a pouquíssimos metros. Medem quase dois metros de altura e são corpulentos, o que talvez reduza um pouco sua agilidade. Daqui conseguimos ver todo o pântano pela mesma perspectiva do rei, como o ser superior que deve se achar. Espero ansiosamente que Boris e Wull façam sua parte. Que distração eles vão criar?

Somos puxados da nossa apatia nervosa quando ouvimos gritos e guinchos agudos vindos de baixo, dos outros Albas. Alguma coisa nada nos pântanos. Boris e Wull se cobriram com lama, folhas e galhos e boiam como se fossem tubarões. Imaginação não lhes falta, pois os Albas olham com inquietação para aquele ser ainda mais aterrador que eles.

É a nossa chance.

Kai corre em direção a um dos guardas e eu e Umi vamos em direção ao outro. De braço esticado, começo a disparar assim que ele se volta para nós. Seus olhos verdes muito claros, com pupilas brancas, são demoníacos.

Consigo atingi-lo no ombro e ele solta um guincho de sofrimento que quase estoura meus tímpanos. Umi se agarra às costas dele, pelo pescoço, enquanto eu o chuto no estômago. Porém, com sua grande mão, ele me arremessa pelo ar a três metros de distância. Caio de costas e demoro a recuperar o fôlego. Umi ainda se debate, dando-lhe pancadas fortes na cabeça, e Kai acaba de derrubar seu adversário com um valente soco no queixo e um arpão na testa. Pelo canto do olho vejo a rainha fugir pela escadaria. Os outros, lá em baixo, já perceberam e começaram a correr para socorrer o rei. Mas nossos Protetores abandonaram os disfarces e lutam com todo vigor, atacando tudo que aparece pelo caminho. Kai procura no corpo do guarda as chaves da porta, mas reparo que nos vigia pelo canto do olho.

— Rosialt! Levanta! — A voz de Kai é trevas e luz, pânico e determinação.

Entretanto chegou outro soldado e ele recomeça a lutar.

O rei Alba corre agora na minha direção — tal qual um rinoceronte —, vindo pelo meu lado esquerdo. O guarda que está com Umi montada em suas costas me alcança primeiro pelo flanco direito. As unhas, muito afiadas, estão quase tocando meu rosto, mas disparo uma e outra vez enquanto tento me levantar. Acerto dois arpões na sua barriga e um na cabeça, fazendo-o cair em cima de mim. *Eu o matei! Eu o matei...* E, de fato, algo se quebra dentro de mim. Tento me livrar do peso com toda a força que consigo reunir, pois os meus sessenta quilos estão sendo esmagados. Para meu espanto, Umi me ajuda a me libertar, mas é lançada no chão com um golpe.

Levanto rapidamente, mas uma mão aperta minha nuca com violência.

— Para! — Umi se levanta de um pulo e parece muito aflita pelo meu bem-estar quando ataca o rei Alba para que ele me liberte.

Minhas costelas doem e grito quando ele aperta o braço em volta da minha garganta e me levanta do chão como uma boneca de pano.

— Atira, Umi. Mata esse desgraçado — grito.

— Cala a boca — grita ela, exasperada.

Ele me usa como escudo e ela não tem como acertá-lo sem correr o risco de me atingir.

— Atira, deixa de ser covarde — digo, num tom ríspido.

— Até tenho vontade, mas talvez outro dia — responde Umi, tentando esconder a aflição com sarcasmo. Então, ela se vira para o rei Alba e exige: — Solte-a.

Olho para cima, para o rosto do rei, e ele sorri para mim. Suas feições são muito semelhantes às nossas, mas a pele que está exposta é mais acinzentada. Os lábios dele são grossos e lembram os de um peixe-sapo. Os dentes são afiados.

— Deixe-a ir, Morfeu — repete Kai, já junto de nós. O rosto arranhado e ensanguentado, o uniforme rasgado no peito, sua expressão é de desespero. — Se quer lutar, lute comigo — acrescenta.

Kai tratou o rei Alba pelo nome, o que me indica que não é a primeira vez que se enfrentam. Morfeu funga em meu cabelo com força, como que para sentir meu cheiro e provocar Kai.

— Então você é a famosa Salvadora de Aquorea? — Ri com desdém. — Carne fresca; gosto. Não vejo a hora de cravar os dentes em você.

Fico surpresa e meu olhar deixa isso evidente, porque o encaro com um ar atônito. *Salvadora? O que ele quer dizer?*

— O que foi, achou que não tínhamos inteligência suficiente para dialogar? Temos para isso e muito mais. — O ar dele é desdenhoso.

Umi encara Kai com surpresa e irritação.

— É ela? — pergunta com a voz trêmula de raiva.

— Agora não, Umi — responde Kai secamente. — As chaves — grita, novamente com voz altiva.

— Vamos fazer o seguinte, Shore. Leve sua irmãzinha e deixe esta guloseima aqui comigo. Acho que é uma troca justa — diz Morfeu.

— Não vim aqui negociar. Já passamos dessa fase.

Já não me importo com meu bem-estar. Quero Isla sã e salva. Para mim é o mais importante. Não posso viver com esse peso. E se para isso tem de haver uma troca, então a considero uma troca justa. Ocuparei o lugar dela.

Atire, Kai. Salve a sua irmã. Atire em mim para matá-lo, digo-lhe por telepatia.

— Não. Não vou fazer isso, Rosialt. — A voz de Kai é extremamente controlada, enquanto me encara.

— Ela não falou — grita Umi, surpresa. — Ela não falou. É ela, não é?

— Sou o quê? — pergunto, irritada. — Parem com isso e matem esse nojento — grito com o pouco fôlego que me resta e com os nervos quase implodindo meu cérebro.

Todo meu corpo estremece como num terremoto, com as risadas eufóricas de Morfeu.

— Ela não sabe? — pergunta Morfeu, rindo compulsivamente durante demasiado tempo.

Não entendo do que estão falando, nem o motivo de tanta graça. Sinceramente, também não quero saber. A única coisa que me interessa é me libertar das garras desse homem asqueroso e levar Isla sã e salva daqui. Só desejo que ela ainda esteja viva. Num inesperado ato de coragem — ou de estômago forte —, cerro os dentes no braço dele e mordo com toda a força que a minha mandíbula permite, até o gosto do sangue encher minha boca.

— *Arghhhh!...* — grita ele ruidosamente, e me vejo livre de suas poderosas mãos.

Kai parte para atacá-lo, mas me posiciono imediatamente à sua frente e de Umi. Três Albas aparecem para proteger o soberano e me ponho na ponta dos pés, aproveitando minha formação de bailarina, estico o braço esquerdo para cima e aponto minha arma bem em frente ao seu nariz. Os braços dos meus colegas se voltam, esticados, para os soldados do rei.

— Não se atrevam. Não hesitarei nem por um segundo em espetar um arpão no olho dele caso se aproximem mais. A chave da porta. Já — exijo.

Ele me encara com aversão e não compreendo a confusão no seu rosto.

Morfeu joga a chave no chão.

— Pegue. Mas tire essa coisa da minha cara — reclama, com repulsa, dando dois passos para trás.

Kai se apressa para apanhar a chave e entra na cela.

Ela vai ficar bem, Kai me comunica.

Ele liberta Isla das correntes. Está desmaiada, mas viva. Uma tonelada sai de cima dos meus ombros.

— Entre — digo para Morfeu quando Kai sai da cela com Isla no colo.

— Vai. — Umi lhe dá um pontapé nas pernas para empurrá-lo. — E vocês também. — Ela mantém a arma apontada para os guardas que nos ameaçam, e eles se apressam em seguir o monarca.

Tranco-os dentro da cela e descemos as escadas, onde Boris e Wull cercaram um grupo e outros tantos estão caídos no chão.

Corremos em direção à entrada do túnel que leva a Aquorea. Boris abre caminho. Kai corre com a irmã no ombro, determinado e com o braço livre esticado, pronto para disparar. Wull nos segue na retaguarda e nos instiga a correr mais rápido.

— Boa luta, *Craca* — elogia Umi, e contemplo nela, pela primeira vez desde que a conheci, um sorriso divertido enquanto acompanhamos os outros na corrida.

— Você também não foi nada mal — devolvo.

— Lutando assim, ainda posso considerar ser sua amiga. — O tom de voz é brincalhão e exausto.

— No fundo, você gosta de mim.

— Acha que gosto de você? — retruca, irônica.

Rio e reparo que estou tão cansada que a voz sai com uma cadência estranha. O que será que a levou a, num espaço de tempo tão curto, mudar radicalmente de opinião e atitude em relação a mim? Não sei, nem me importo. Apesar de semimorta, estou feliz por termos resgatado Isla e por conhecer essa nova e melhorada Umi.

— Acho que você me adora.

— Apenas te vi com outros olhos. Você é corajosa e defende quem ama, assim como eu. E isso é de... — Cala-se quando um Alba salta de cima de uma rocha e intercepta nosso caminho com uma lança de pedra na mão e a atira na minha direção. — Não!

Ouço o grito de Umi e um braço me empurra com força para fora do caminho traçado pela lança. Caio desamparada e escuto um grito abafado de dor. O Alba tomba com os arpões que Wull o acerta.

Eu me levanto para agradecer a Wull, mas Umi está estendida no chão com a lança de pedra atravessada na barriga.

— Umi! Umi, você vai ficar bem — digo, para tranquilizá-la, ajoelhando perto dela.

Ponho as mãos sobre o ferimento e mexo na lança para ver se consigo tirá-la. Ela geme alto ao meu toque.

Wull dispara arpões incessantemente contra os inimigos que surgem atrás de nós. Ao escutar os gritos de dor, Kai passa Isla a Boris, que continua a correr. Ele se aproxima e se ajoelha ao nosso lado.

— Ela se jogou na minha frente.

— Aguenta firme, amiga. Vamos te tirar daqui. — A expressão de Kai é carregada de preocupação.

— Ela me salvou — balbucio, baixinho.

— Parece que não vou poder ir trabalhar amanhã — brinca ela, com dificuldade.

Uma poça de sangue quente se forma debaixo dos meus joelhos. Com a água do cantil que Mira me deu, dou-lhe de beber e limpo o sangue que escorre da sua boca.

— Claro que vai. Vamos cuidar de você — digo, e espero que não notem que minha esperança está por um fio.

— Vão. Vocês têm de ir. O cabeça-dura ali não vai aguentar sozinho muito mais tempo.

— Shhhh, não fale, poupe as forças.

— Kai, é ela — diz Umi, com uma piscadela para o amigo. A voz é falha. — Desculpe ter sido uma perfeita craca... só queria te proteger. Agora é a sua vez. É você, entende? — declara, olhando para mim.

— Temos que ir — berra Wull, que já recarregou a arma três vezes e continua matando quem atravessa seu caminho.

Não sei como consigo estar tão focada em Umi e mesmo assim perceber tudo que está acontecendo à nossa volta. Parece que o treino me tornou realmente eficiente.

— Calma. — Ponho a cabeça dela em cima dos meus joelhos para deixá-la mais confortável.

— A Profecia se cumpriu. Não a deixe ir embora, Kai. — Ela engasga e lágrimas escorrem pelo rosto pálido, juntando-se ao sangue. Ele pega a mão dela e a leva aos lábios, dando-lhe um beijo. — Continue a lutar por Aquorea, Ara. *Kia kaha* — repete as palavras que Kai me disse após o ataque de Asul. E os olhos se fecham com um último suspiro.

Aqui está minha arqui-inimiga, morta, e a única coisa que sinto é tristeza. Tristeza, porque sei que me tornei tão boa Protetora, em parte, graças aos seus ataques e provocações. Tristeza, porque agora sei que a única coisa que ela sempre quis foi a amizade e o bem-estar de Kai. E por algum motivo ela parecia achar que estou predestinada a ele. Mas não tem lógica. Eu nem sequer sou daqui.

— Não podemos deixá-la para trás, Kai. Eu a carrego, se for preciso, mas ela não fica aqui. — Falo com determinação, enquanto lágrimas quentes escorrem. — Não deixarei que ela seja devorada por esses animais.

A expressão do rosto dele muda. De triste a gélida. Repulsa borbulha nos seus olhos, agora num intimidante azul-escuro, quando nosso olhar se cruza. Já não via esse semblante desde que ele me mandou embora da sua festa. Não compreendo essa mudança repentina. Com a mão firme, puxa a lança do corpo de Umi. Encosta a cabeça da amiga contra o ombro, passa o braço por baixo dos seus joelhos, e a pega no colo.

Quando chegamos dos pântanos, a cidade já está desperta. Estamos imundos e exaustos. Os três rapazes exibem olheiras profundas devido ao cansaço e à dor da perda. Kai carrega Umi e Boris traz Isla, ainda inconsciente, aninhada em seus braços.

Pelo caminho, minha mente fervilha com tudo que aconteceu. Com aquilo que Morfeu e Umi disseram e que Kai fez tanta questão de ignorar. Que conversa foi aquela de eu ser a Salvadora? E por que Kai está de novo com a postura rígida das primeiras semanas da minha chegada a Aquorea? Será que me culpa pela morte de Umi? Claro que culpa, eu mesma me culpo. Se eu tivesse acompanhado Isla como sempre fiz, ela provavelmente teria chegado sã e salva e, por conseguinte, Umi ainda estaria viva.

Uma multidão espera, impaciente, a nossa chegada; seguem-nos à medida que percorremos a estrada que acompanha o Riwus. Semblantes carregados de temor e angústia. Várias pessoas perguntam como elas estão, mas nenhum de nós encontra coragem para proferir as palavras que vão, uma vez mais, desolar a Comunidade.

Meu peito está apertado por causa da adrenalina e sacudo as mãos para acalmar os nervos. O calor se impregna de novo em cada poro da minha pele. Nwil corre para sentir a pulsação da filha e expira longamente quando Boris, sem parar de andar, lhe diz algo que não ouço.

Depois, aproxima-se do filho e pousa a mão delicada repleta de anéis finos nas suas costas. Olha por cima do ombro, me puxa para o seu lado e entrelaça o braço no meu.

— Obrigada por trazer a minha menina. — Os olhos marejados de lágrimas. — Mas, infelizmente, à custa de outra vida. A Umi também é uma filha muito querida de Aquorea. — A voz de Nwil é um gemido.

Fico calada e me limito a escutar seus desabafos, sentindo, com suas palavras, abrirem-se ainda mais as feridas no meu peito. Kai mantém os olhos fixos na nuca de Wull, que caminha à nossa frente.

— Vamos levá-las para a enfermaria do Colégio Central — explica Nwil.

— Não. Elas vão para o GarEden. — A voz de Kai é ríspida, mas baixa.

— Filho, lá elas têm melhores condições e...

— Não. — Kai para de andar e eu desperto do meu estado taciturno. Ele gira o corpo para a mãe, ficando, inevitavelmente, também de frente para mim. — Mãe, quero que a vovó e o Arcas tratem delas. Não há discussão. — Está irredutível e determinado. Nwil assente com a cabeça e retomamos o caminho.

Acompanho-os à Clínica de Saúde do GarEden, onde Isla será tratada, e onde o corpo da Umi será limpo antes de ser levado para a Vigília de despedida. Na volta, Wull me explicou que a Vigília acontece sempre no dia seguinte à morte da pessoa. Também me tranquilizou em relação a consumirem as cinzas dos falecidos.

Imagino que Mira, Arcas e Hensel nos esperaram aqui a noite inteira, porque, assim que entramos num grande edifício de madeira, eles aparecem. Mira corre para mim e me abraça. Solto um soluço abafado enquanto lágrimas rolam pelo meu rosto.

— Está tudo bem. Você está bem. — Mira esfrega as minhas costas com as palmas das mãos e começo a relaxar, embora não pare de chorar. Ouço Nwil informar Arcas e Hensel de que Umi não resistiu. A avó de Kai desata a chorar e Arcas a acolhe com um abraço.

— A Umi morreu — digo, baixinho, sem controlar as emoções.

— Eu sei, querida. Eu sei…

Eles nos conduzem até uma sala, com palavras de encorajamento e condolências.

— Deite a Isla aqui. — A voz de Arcas soa triste. Boris obedece e Isla dá os primeiros sinais de despertar ao gemer quando sente o contato com a maca. — Mira, pode se encarregar da nossa querida Umi? Hensel, o licor de *castanhuco*, por favor. — Arcas dá as ordens de forma firme, mas delicada. Não sei como faz isso.

— Não seria melhor usarmos o de *floreja*? — pergunta Hensel.

— Não. Não sabemos o que lhe deram. Para desintoxicar, o *castanhuco* é o ideal e tem menos efeitos colaterais.

— Kai, venha comigo — diz Mira.

Apesar de ela não ter falado para mim, sigo-os para a sala ao lado. Mira coloca um lençol branco numa maca e Kai pousa a amiga gentilmente. Quando se abaixa para pousar um beijo afetuoso na testa suja e ensanguentada, vejo nitidamente o seixo que espreita pelo rasgo do uniforme. É o seixo que lhe dei, reconheceria aquela pedra dentre mil. Ele me olha de relance, leva a mão ao peito e sai.

Fico com Mira para ajudá-la. Ela me passa uma tesoura e vai até um armário. Corto a calça justa de Umi e depois a camiseta. Mira traz numa das mãos uma tigela com um preparado de um intenso aroma de flores e frutas, e na outra alguns panos secos. Dentro da tigela tem duas esponjas. Mira lava o rosto e o cabelo de Umi. Pego um braço inerte e começo a limpar. Passo a esponja cuidadosamente por todo o corpo evitando a cratera formada pela lança.

— Mira, vocês conseguem enxergar no escuro? — pergunto, num rompante, e estou admirada comigo mesma. Mas tenho de fazer um grande esforço para não fugir daqui e talvez essa seja a única solução: conversa trivial.

Mira, que agora penteia gentilmente Umi, levanta os olhos para me observar. Passo um pano seco pelo corpo de Umi e depois abro um lençol e a cubro até os ombros.

— Temos facilidade em adaptar nossa visão em lugares mais escuros, sim. Não quer dizer que a gente enxerga no escuro, como uma visão infravermelha, mas conseguimos nos orientar com bastante facilidade, porque, ao contrário da luminosidade mais intensa da Superfície, nosso organismo teve de se adaptar aos tons mais soturnos — explica, de olhos colados nos meus. — Ara, quer falar sobre alguma coisa? Desabafe comigo…

— Se não precisarem mais de mim, vou embora — diz Wull, aparecendo na soleira da porta.

— Eu também — diz Boris, aparecendo ao seu lado. — Ara, quer vir? Pode descansar com a Petra. — Boris é tão atencioso, um verdadeiro amigo. Nego com a cabeça e os dois saem.

— Como ela está? Como está minha menina? Ghaelle entra na sala ao lado como um búfalo enraivecido. Paramos o que estamos fazendo e vamos até lá.

Kai está sentado, imóvel, num banco. Levanta a cabeça e olha para o pai. Os olhos estão vermelhos e o rosto molhado. *Estava chorando.*

— Ela vai ficar bem. Está apenas desidratada e em choque — explica Arcas.

Ghaelle se ajoelha no chão, ao ver o corpo pequeno e debilitado da filha estendido na maca. Mesmo assim, fica muito mais alto. Dá um beijo no rosto da filha. Ela abre os olhos e sorri. Nwil se junta ao marido, mas permanece de pé.

— Papai.

— Estou aqui, meu amor. Estamos todos aqui.

— Tive um pesadelo.

— Descanse, estamos aqui. Durma. — Nwil afaga o pequeno rosto da filha.

A atenção de Ghaelle se volta agora para nós. Os jalecos ensanguentados e os semblantes pesados fazem com que ele perceba de imediato.

— Oh, Umi!

Ele se aproxima de nós e então entra na sala. Nós o seguimos.

Coloca-se atrás da cabeça de Umi e cola a testa na dela.

— *Wairua toa. Okioki i runga i te rangimarie** — entoa baixinho.

Não aguento mais. Estou aqui sem saber para onde olhar ou o que dizer. Estou confusa e magoada com toda a situação e, para complicar, não consigo decifrar o temperamento de Kai. Não quero desviar o foco para mim, mas sinto que estou prestes a desabar e que ele tem algumas explicações para me dar. Decido ir falar com ele.

— Kai, posso falar com você, por favor? — sussurro. Ele está com os cotovelos apoiados nos joelhos e a cabeça enterrada nas mãos. Não se move. Toco seu ombro e ele suspira. — Kai? — repito baixinho.

— Agora não, Rosialt. Vá descansar. — Sua voz transborda de mágoa.

Eu já devia estar habituada, mas até agora achava que era mais como um jogo de gato e rato, em que era divertido nos provocarmos. A verdade é que, desde que cheguei, Kai não fez outra coisa senão me proteger. Ele me resgatou de morrer afogada, foi atrás de mim (e me viu nua) quando pensou que havia me perdido, bateu no sujeito que me atacou. Sem falar de todos aqueles presentes, que ele de alguma forma achou que me trariam algum conforto. Mas, apesar de seu ocasional jeito rude e dos comportamentos incongruentes, conseguiu abrir caminho até meu coração. Até não sobrar mais nada nele, a não ser o espaço reservado inteiramente a Kai. Agora, precisamos de distância. Deixo as mãos penderem ao longo do corpo.

— Vocês estão exaustos e de coração partido com a perda de uma amiga, mas têm de se recompor. Tomem banho, hidratem-se e descansem. — Nwil dá a cada um de nós uma garrafa com um líquido rosa. A voz, normalmente frágil e meiga, soa assertiva.

— Sim. A Comunidade vai precisar de todo o apoio que conseguirmos prestar. — Arcas me envolve com o braço e me conduz até a porta. — Vou chamar alguém para te levar para casa.

---

* Alma guerreira. Descanse em paz.

Assinto, sem dizer nada. Sei que, se abrir a boca para falar, vou desatar a chorar. E ele continua:

— Ele está abalado, Arabela. Tem bom coração, sabe isso melhor do que ninguém, não sabe? — A frase soa mais como uma afirmação do que como uma pergunta.

Meus avós me esperam, preocupados e, obviamente, sem dormir. Estou exausta, porém também me sinto enérgica por ter lutado com aqueles seres malévolos e extraordinários. E estou profunda e genuinamente triste com a morte de Umi. Conto-lhes o que aconteceu, à exceção dos detalhes da sua morte e daquela história estranha de eu ser a Salvadora. Tenho, desde que cheguei, a permanente sensação de que me escondem algo de extrema importância. Mas agora tenho certeza. Há algo que não querem revelar; um segredo. No entanto, não é somente o comportamento deles que promove em mim essa sensação; noto isso no comportamento de muitas pessoas com as quais falo. Depois de lhes contar o que acho adequado, tomo banho para tirar o sangue e a lama do meu corpo e tento dormir. Quando vou ao armário para me vestir, os meus tênis estão na última prateleira do armário. *Quem será que os trouxe?*

Passados trinta minutos, como não consigo descansar, levanto, resignada, e vou treinar escalada antes do funeral. Funciona em mim como uma terapia e pretendo aperfeiçoar ao máximo essa técnica que me foi muito útil. Preciso também pensar no que vou falar com Kai assim que surgir a oportunidade. Ele *me bloqueou*. Não voltou a me dirigir um pensamento desde a morte da Umi.

A cidade está dormente, como se todos tivessem relaxado após o salvamento de Isla, e em coma por causa da morte de um dos seus jovens membros. Notas graves e contínuas de um búzio gigante anunciam que é hora do funeral de Umi e terei de encarar todos os que sabem que sou a culpada pela sua morte.

Ando lenta e pesadamente devido ao cansaço e à tristeza, como se meu corpo se recusasse a tomar o rumo que eu lhe indico. Misturo-me à multidão que segue pela Ponte-Mor. Uma pequena mão agarra a minha. Olho e Mira está ao meu lado, com o semblante pesado. Eu me sinto reconfortada e protegida. Andamos em fila indiana pela trilha até o Salão Ruby. Será lá o último adeus a Umi.

Quando entramos no Salão, uma multidão espera. Meus pés descalços sentem o chão liso e quente debaixo deles. E sua cor escarlate me traz à lembrança todo o sangue que Umi derramou no meu colo.

O corpo está em frente à janela de água do Salão e está em cima de um tampo transparente flutuante. Está com um vestido branco comprido com as mangas bordadas. O cabelo exibe uns caracóis grandes. Sei que foi trabalho de Mira.

— Ela está linda — digo.

— Está em paz — responde, com melancolia.

Os holofotes iluminam o mar e mostram os cardumes de enormes peixes cinzentos junto do barco abandonado.

Ghaelle entra no salão liderando um grande grupo de Protetores. As pessoas abrem um corredor para a sua passagem. O pequeno burburinho que se ouvia dá lugar ao silêncio. É um homem magnífico, encorpado, com um tom de pele admirável.

Kai não herdou os traços fisionômicos do pai, à exceção do tom de pele; não tão escuro, mas ainda assim um tom belo. Já Isla tem os olhos do pai, mas herdou a pele cor de marfim da mãe.

Petra, altiva como ela só, exibe um rosto impenetrável. Com uma trança larga presa de lado, veste, assim como os restantes, não o típico traje de treino, mas um uniforme mais elaborado. Uma farda estilizada verde-oliva, com faixas em metal e algumas insígnias, talvez medalhas conquistadas.

Sinto uma enorme vontade de segui-los, mas sei que não sou oficialmente uma Protetora. E após a morte de Umi, talvez nunca venha a ser. Fico junto de Mira, que pousa a mão no meu ombro, talvez para me dizer que não estou sozinha e que é aqui que devo permanecer. Vejo alguns rostos conhecidos, como o de Jamal, o rapaz que adormeceu em serviço; as olheiras e o olhar abatido demonstram que não está em boas condições. Kai marcha logo atrás do pai e de Adro. Não olha para mim uma única vez. Na sua passada sincronizada noto o corpo rígido e o rosto comovido.

Em frente ao corpo de Umi, o líder para e os Protetores assumem posição de sentido atrás dele. Assim ficam, imóveis, de cabeça baixa em sinal de respeito durante alguns segundos.

Mas num instante dispersam, iniciando um ritual de despedida feroz. Os Protetores estão abraçados e de cabeça baixa, formando seis anéis, um dentro do outro, com Ghaelle sozinho no centro. Ouve-se um som agressivo, como um grito de guerra:

— *Taua Ki uta, taua ki te wai** — alguém brada.

Apesar de não conseguir vê-lo, percebo que é a voz de Ghaelle.

Eles dispersam, e dos seis anéis fazem seis fileiras bem estruturadas, uma atrás da outra. Entoam um cântico brutal, em maori, e dançam uma coreografia com movimentos rudes e vigorosos. Palavras roucas e fortes — gritadas, não cantadas — dão a este momento um ar sombrio e inesquecível. Esse ritual cerimonial carregado de emoção faz meu corpo tremer. Despejam aqui todos os sentimentos de revolta, fúria e saudade. As pessoas que assistem pousam a mão direita sobre o ombro da pessoa ao seu lado, e eu faço o mesmo.

No fim, Ghaelle e Adro enviam o corpo pela janela. Ele é levado pela água, paira por uns segundos e depois começa a afundar lentamente. Essa despedida é extremamente emotiva e sofro com ela.

---

* Nós da terra, nós do mar.

No final, Petra e Mira me acompanham.

— Ara, como você está? — pergunta Mira, com preocupação na voz, enquanto fita a marca roxa em volta do meu pescoço. Dá para perceber perfeitamente a forma de uma grande mão desenhada.

— Nem sei…

— Conta, como foi? Nunca fui a um território hostil. O Kai nunca me deixou ir com eles, mas dizem que é repugnante — diz Petra, apertando as mãos.

— Foi violento e sujo — respondo, sem emoção.

— E como a Umi morreu?

— Petra! — repreende-a Mira, escandalizada. — Não tem um pingo de compaixão?

— O que foi? Também está mortinha de curiosidade, que eu sei — declara Petra, revirando os olhos.

— Morreu com honra. Lutou bem.

— Não se esqueça de que ela tentou te matar, pelo menos duas vezes, sem contar a tentativa de envenenamento — lembra Petra.

— Agora consigo entender seus motivos — afirmo, contemplando o vazio, ao pensar nas suas últimas palavras. Não sei se posso compartilhar com elas ou se elas também se recusarão a falar e a me contar a verdadeira razão da minha chegada a Aquorea. Ou se ao menos sabem.

— Como assim? — pergunta Mira.

Acho que não tenho mais nada a perder, portanto, arrisco.

— Quando tentávamos abrir a cela onde Isla estava presa, o líder dos Albas…

— O Morfeu — ruge Petra, sem me deixar terminar.

— Sim, o Morfeu. Ele me agarrou pelo pescoço — aponto para o hematoma — e disse que eu era a salvadora de Aquorea. — Encolho os ombros ao concluir que as palavras que acabei de dizer em voz alta são ridículas.

Elas se entreolham e eu percebo que sabem do que falo. Decido não mencionar a parte em que Umi percebeu a ligação telepática entre mim e Kai.

— A Umi, nos últimos momentos de vida, me pediu desculpa; pediu para eu continuar a lutar por Aquorea. Ela me salvou. Entrou na frente da lança que era destinada a mim. — E ao dizer isso não contenho as lágrimas que ardem em meus olhos.

— Calma, amiga. — Mira pousa a mão nas minhas, geladas e trêmulas.

— Ara, a culpa não foi sua — sentencia Petra, e sinto a tristeza refletida na voz.

— Por algum motivo, ela achou que estou predestinada ao Kai — recordo.

Elas me ouvem com atenção, mas não dizem nada. Mira pigarreia.

— É complicado, Ara. Não cabe a nós te explicar. Fale com seus avós. Você merece saber a verdade.

— Eles não me contam nada. Pelo que a minha avó me disse no dia da minha chegada, é a água que faz a triagem e só quem tem uma ligação muito forte com Aquorea é convidado a entrar, presumi que vim parar aqui devido ao forte vínculo que tenho com meu avô. Mas já não tenho tanta certeza.

— Talvez tenha razão. Foram poucas as pessoas que chegaram aqui como você, ao longo dos séculos. Mas o tempo demonstrou que todas elas tinham algum motivo para estar aqui.

— Meu bisavô também "mergulhou" para Aquorea, e mais tarde percebeu que a minha família teria um papel essencial no desenvolvimento das pesquisas na área da saúde. Quem sabe a água te trouxe por alguma aptidão especial sua. Precisa dar tempo ao tempo.

— Você é muito boa para lutar. Nasceu para ser uma Protetora. Talvez, na Superfície, nunca teria a chance de aproveitar sua habilidade — observa Petra, encolhendo os ombros.

Talvez essa aptidão especial esteja relacionada a ser capaz de ouvir os pensamentos de Kai.

— Mas estou com saudades da minha família, quero ir embora.

— E vai nos deixar? Não vai ter coragem, *Tampinha*! — exclama Petra e me envolve com um braço.

— Você está cansada. Por que não tenta descansar um pouco? — aconselha Mira, com os grandes olhos pretos brilhantes de inquietação, sua voz emana uma tranquilidade semelhante à do avô, o que me reconforta.

Havia planejado ir falar com Llyr hoje, mas terei de adiar para amanhã, porque com tudo que está acontecendo, não seria oportuno. Sigo o conselho das minhas amigas e vou para a casa dos meus avós.

17

TRAIÇÃO

Minhas mãos ensanguentadas, carne podre e uma cabeça perfurada por arpões, do Alba que matei, no meu colo. Abro os olhos, incomodada com a luz forte que entra pela janela, o corpo encharcado de suor. A dor pelo que aconteceu com Isla e a culpa pela morte de Umi e pela vida que roubei de um ser humano começam a me consumir a alma. Já é de manhã. Levanto com a cabeça confusa e reparo que ainda estou com a roupa de ontem.

Faço um esforço para ordenar as ideias e me lembro de que, devido à dor nas costelas ao respirar, decidi me deitar para descansar antes de tomar banho e parece que dormi o sono dos justos.

Me sinto melhor fisicamente, mas meu coração continua apertado e só penso em água para me refrescar.

No banheiro, tiro a roupa e prendo o cabelo em um coque desalinhado no alto da cabeça, mas quando vou colocar o elástico, ele arrebenta. Procuro nos armários embutidos na parede, mas como não encontro nenhum, volto ao quarto e procuro no guarda-roupa, em meio às joias que minha avó escolheu para mim e que ainda não tive coragem de usar. Tenho de arranjar uma forma de prender o cabelo; que está comprido demais, e como o lavei ontem, não tenho vontade de lavá-lo outra vez.

Eu me enrolo numa toalha e saio do quarto para pedir à minha avó um elástico emprestado. Na sala, chamo por eles em voz alta.

Silêncio. Não há sinal deles.
Na cozinha, encontro um bilhete sobre o balcão:

Estamos no CC. Coma e descanse.
Até logo.
Vovô

Subo as escadas para o piso superior e me dirijo ao quarto dos meus avós, na esperança de encontrar um elástico. Afinal de contas, ela também tem o cabelo comprido e costuma usar o cabelo preso. Paro ao chegar à porta do quarto deles e chamo, por via das dúvidas. Não obtenho resposta e me dirijo ao banheiro, que é onde imagino que irei encontrar o elástico. Abro, cautelosa, os armários e procuro cuidadosamente. Não encontro nada. Começo a ficar impaciente, e decido dar uma espiada rápida no armário do quarto e se também não encontrar nada, tomarei banho assim mesmo. Não quero sentir que estou invadindo a privacidade deles. Abro uma das portas do armário onde há um porta-joias grande, idêntico ao meu, com colares, brincos e acessórios de todo o tipo para o cabelo. Sorrio e pego o mais prático. A porta está quase fechada quando, pelo canto do olho, vejo parte de algo que reconheço. A minha mochila! Está escondida na parte de baixo do armário, coberta com algumas peças de roupa.

Enterro a mão entre a roupa e puxo a mochila. O porta-chaves de baleiazinha, que Colt me deu e que pendurei na presilha da parte de fora, já não está lá, mas o meu nome escrito com marcador permanente, no bolso externo, continua ali. Desbotado, mas perceptível. Não posso acreditar. Por que minha avó escondeu minhas coisas? Tenho de conversar com meu avô sobre isso.

Eu me apresso para verificar se está tudo intacto. Encontro lá dentro minha carteira, o livro *Jane Eyre*, uma barra de chocolate preto que não cheguei a abrir, uma lanterna e meu celular.

Levo a mochila para meu quarto e espalho as coisas em cima da cama para observar melhor todos os objetos que me identificam. Pego o celular e tento ligá-lo. Nada acontece. Está sem bateria. Ou talvez danificado. Apesar de a mochila ser impermeável, deve ter entrado água. Estou furiosa e quero pedir explicações à minha avó agora mesmo. Eu me visto às pressas e guardo os objetos dentro da mochila. Junto ao monte minha pistola de arpões e saio em direção ao Colégio Central.

Subo as escadas magistrais e entro no espaçoso hall com um balcão comprido de pedra branca opaca e pergunto ao rapaz a postos se pode chamar Raina e Anadir.

— No momento, eles não podem ser interrompidos. Estão em conferência — diz, num tom eficiente, o rapaz com olhos de falcão do lado oposto do balcão.

— Agradecerei se lhes disser que a neta deles está aqui e tem urgência em falar com eles.

— Vou ver o que posso fazer — responde, serenamente, o meu interlocutor.

Apenas aceno com a cabeça.

— Volto já. Aguarde, por favor.

Ele se levanta e sobe as escadas largas e imponentes.

Passados alguns minutos sem sinal dele ou dos meus avós, transponho a passagem ao lado do balcão para as escadas. Subo três andares até encontrar placas de identificação. Lado direito: sala virtual, de repouso e pensatório; lado esquerdo: salas de grupo, de leitura, de reuniões e Salão do Consílio. Arrisco ir para a esquerda.

As pessoas nos corredores olham para mim sem grande interesse, por isso continuo até encontrar uma porta com uma placa que diz "Salão do Consílio". Abro a porta com cuidado e espreito. É grande, com uma mesa de madeira brilhante e oval, onde há um pequeno grupo de pessoas sentado. Llyr encabeça a reunião. Do seu lado direito está Nwil. Do lado esquerdo, o casal Peacox.

Minha avó, Hensel e Arcas — que me olha intrigado assim que me vê — estão sentados na primeira de um conjunto de fileiras ordenadas e crescentes do anfiteatro. A sala é clara e bem iluminada, diferente do tom alaranjado que me acostumei a ver desde que cheguei aqui. Outras pessoas nas fileiras de trás ouvem com atenção o que é discutido na mesa. Meu avô está sentado numa dessas cadeiras, numa fileira na parte mais elevada da plateia. Entro e lhe faço sinal com a mão.

Ao me ver, ele se levanta rapidamente e vem até mim, me levando para fora da sala pelo braço.

— Você não devia estar… — diz.

— Sabe o que é isto? — interrompo-o. Tiro a mochila dos ombros e lhe mostro.

O rosto dele empalidece e se fecha. Ele empurra minha mão que segura a mochila para baixo com força.

— Conversamos em casa — responde entre dentes.

Pela expressão em seu rosto, tenho a certeza de que reconheceu minha mochila. Mal posso acreditar que esteve sempre perto de mim.

— Você sabia que minha avó a tinha guardado?

— Não foi a Raina… — lastima-se.

— O quê, foi você? Por quê?

— Ara, é mais complicado do que imagina.

— E você acha que não tenho capacidade para entender, é isso? Por isso prefere mentir para mim? — Sinto-me traída. Não esperava que, logo ele, me fizesse uma coisa dessas.

— Tem, óbvio que tem.

— Acho que está na hora de me dizer, de uma vez por todas, por que estou aqui. Sei que há algo maior acontecendo e tenho o direito de saber o que é.

— Conversamos à noite. Vá para…

— Deixa, não se dê ao trabalho. Estou farta das suas respostas evasivas e meias-verdades. Eu descubro sozinha.

Não quero ouvir mais nenhuma das desculpas que ele possa ter para me dar desta vez. Só quero sair daqui. Desato a correr na tentativa de extravasar a raiva que sinto.

Esse parece o momento perfeito para testar a teoria de encontrar um buraquinho na gruta onde me esconder. Passo a ponte larga em frente ao Colégio Central e, quando chego ao final, viro à esquerda em direção aos bazares. Percorro o caminho com rapidez, mas pelo canto do olho vejo as bancadas coloridas com roupas, utensílios, joias e comida. Tropeço e bato com os pés em algumas pedras salientes, mas nem isso me impede de continuar.

Penso ter ouvido meu nome algumas vezes, mas me limito a pôr um pé em frente ao outro, com velocidade.

Algumas centenas de metros depois, entro num túnel largo e pouco movimentado e ando sem olhar para trás. Quero ficar sozinha, me isolar. Preciso pôr a cabeça em ordem e tenho de encontrar um lugar onde ninguém me incomode.

Vagueio pelos túneis até estar cansada demais e me sentir perdida. Preciso descansar, me sentar um pouco, refletir. Não quero voltar para a casa dos meus avós, não tenho coragem de encará-los. Não depois do que meu avô fez. Ele sabia que eu tentaria entrar em contato com os meus pais. Mas por que mentiu em relação aos meus pertences? Por que não confiou em mim?

Desde que cheguei a Aquorea sou, na maioria das vezes, como um peixe dentro d'água: feliz e integrada. Aqui, neste lugar desconhecido, com pessoas igualmente desconhecidas, eu me sinto mais em casa do que já me senti em qualquer outro lugar. O fato de eu sonhar com Kai há tanto tempo também deve ser um fator determinante para a minha chegada. E a atração que sinto por ele é, sem dúvida, inexplicável, mas também importante. Afinal, será que vim parar aqui por causa do meu avô ou do Kai? Estou encurralada, presa. Fui trazida para cá contra a minha vontade e, sem perceber, fui feita prisioneira.

Estou uma bagunça. Gostaria de conseguir chorar, pois as lágrimas poderiam me trazer algum alívio. Queria poder avisar minha família de que estou viva e bem de saúde. Mas sei que é impossível avisá-los sem pôr em risco a segurança de toda a população de Aquorea.

Penso no olhar terno de Colt, em sua expressão carinhosa sempre que me olhava. Nas palavras de conforto e na forma como me tranquilizou sempre que precisei; sinto saudades da sua voz e do seu riso. Da vida simples e sem dramas. Também quero muito abraçar os meus pais e a minha irmã, tenho saudades deles. Por outro lado, não me imagino de volta à vida que tinha...

Mas tem de ser assim. Não posso pôr em risco a vida dos que conheci, aprendi a respeitar e a amar, tentando me comunicar com a Superfície. Tenho de ir embora e só consigo pensar em uma forma de fazer isso. Se é a água que decide, então é com ela que vou me entender.

Sinto a cabeça pesada e os olhos doloridos. O rosto de Kai preenche o meu pensamento. Parece tentar se comunicar comigo, me dizer algo. Tento bloqueá-lo. Penso na praia. No sol forte e quente de verão; e em todas as coisas que gosto de fazer na Superfície nesta época. Depois do que me parecem horas andando, deixo a mochila no chão e deito a cabeça em cima dela. O chão úmido e duro me faz estremecer, mas o cansaço vence. Meus olhos ficam mais e mais pesados até que sinto uma onda de calma me invadir.

A água é límpida, fresca e brilhante. Desliza pela pedra e pinga suavemente para a quietude do pequeno lago. Bate na minha cintura. Os seixos pretos, de diversos tamanhos, que o rodeiam parecem ter sido estrategicamente posicionados, um a um, de forma a trazer ainda maior perfeição a este fantástico cenário, mas há um azul-safira que me chama a atenção. Eu o pego. Fecho os olhos, inspiro devagar e longamente e afundo na água. Quero sair daqui. Ir para casa. E esta água terá de me levar de volta. De uma forma ou de outra, irei embora. Abro os olhos e vejo uma grande mão se aproximar do meu rosto. É Kai e ele está me empurrando para o fundo.

Com um sobressalto, acordo sufocada e suando. Está escuro, mas algo brilha ao meu lado. Ainda de olhos semiabertos e confusa pelo pesadelo, vejo uma janela de água a poucos metros de mim. Não me lembro de tê-la visto antes de adormecer.

Pisco várias vezes para focar a visão e descobrir onde estou. Sob o meu corpo, uma cama com lençóis de um branco puro, perfeitamente engomados, me convida a ficar mais um pouco. Levanto sem fazer barulho e vejo meu arpão numa pequena mesa de apoio, ao lado da cama. Apresso-me a colocá-lo. É também nesse momento que reparo que visto uma camiseta escura que vai até quase os joelhos. Sinto sua textura macia e o aroma agradável. Apesar de um sentimento de segurança, não sei onde estou nem como vim parar aqui. Num canto, há uma mesa grande de madeira, ornamentada com livros empilhados. Encostado à mesa, um saxofone preto e brilhante. Um sofá com aspecto confortável, de costas viradas para a cama, tem à frente outra mesa baixa onde estão mais livros e um lindo relógio com duas sereias esculpidas, uma de cada lado dos ponteiros.

Uma vitrine mal iluminada expõe com requinte as peças mais bonitas e antigas que já vi. Parecem peças encontradas em navios abandonados, mas estão bem conservadas e parecem ser estimadas por quem as colocou aqui. Chego mais perto para observar a bússola dourada com incrustações de rubi, quando um barulho se aproxima do meu lado direito e me viro, instintivamente.

— Vejo que já acordou. Como se sente? — pergunta Kai serenamente.

Continuo a olhar para ele com ar incrédulo. O que *ele* está fazendo aqui?

Onde estou?

— Dormir te fez bem, está menos reclamona. — Continua a olhar para mim.

Já sei onde estou...

— Quanto tempo dormi? — questiono.

— Apenas algumas horas. Apesar de eu achar que te faria bem descansar mais um pouco.

Foi ele quem me despiu?

— Vamos, Rosialt, pergunte o que quer saber. — O sorriso é provocador e divertido.

— O que estou fazendo aqui?

— O que você quer realmente saber, minha linda, é como veio parar aqui e quem te despiu. — Prende os polegares nos bolsos do short.

— Sim, também — digo assertivamente.

Minhas feições estão duras como a rocha das paredes. Os músculos do rosto latejam e doem. Desde o resgate de Isla e a morte de Umi, sei que temos muito que conversar. Não entendo o porquê de tanto segredo e por que razão todos insistem em mentir ou me contar meias-verdades. Sou uma prisioneira aqui. Um lugar que aprendi a amar, mas que não fui eu que escolhi. Alguém escolheu por mim, o meu livre-arbítrio me foi negado.

Minhas mãos transpiram. Inspiro fundo e fecho os olhos por um instante na tentativa de me acalmar.

— Da mesma forma que foi até o hospital no dia em que chegou: no meu colo. Está se tornando um hábito. Quanto à roupa, ou era uma camiseta velha, ou um encontro com a Dona Morte. Pelo bem da sua saúde, decidi por você — termina com um sorriso largo ao ver o quanto me deixa sem jeito.

Fico envergonhada, sem saber o que dizer.

— Lamento, mais uma vez, todo o trabalho que te dei. Vou embora — resmungo e começo a andar para pegar minhas coisas.

Ignorando minha total falta de gratidão, ele me pega pelo braço e me segura com sua mão forte. Eu paro e ele me solta.

— O que você tem na cabeça para ficar se escondendo em lugares que não conhece? Sabe o perigo que correu? — Vira de costas e pega um copo que está em cima da mesa baixa. — Beba, vai te fazer bem — diz, oferecendo o copo que tem na mão.

— Não quero.

— Você precisa ter cuidado por onde anda, Rosialt. — Kai passa os dedos agitados pelo cabelo e, com um ar sério, insiste: — Beba. — Coloca o copo na minha mão e vira as costas novamente. — Volto daqui a pouco. É bem-vinda, se quiser ficar. Eu durmo no sofá.

Embora me pareça mais uma ordem do que um convite, fico com o copo na mão e de boca aberta, pensando no que acabou de acontecer. Claro que vou embora, não ficarei aqui. Mas para onde vou? Não quero ver meus avós, estou decepcionada e chateada demais para confrontá-los de novo. Não quero explicar a Petra e a Mira o que meu avô fez, até porque ainda não sei os motivos reais e posso causar mal-entendidos. Falar com Isla e pedir guarida também não é uma opção, visto ser a família de Kai que me daria abrigo. E Isla ainda não está em condições de ter mais preocupações, pois precisa se recuperar do susto do sequestro e da violência que sofreu. Voltarei para os túneis escuros. Lá ninguém me encontrará. Só Kai, possivelmente. Todos esses pensamentos fervilham em minha mente.

Olho em volta e tento encontrar uma resposta para o meu dilema. Eu me sento numa poltrona bojuda e olho o mar. Na água, cardumes de pequenos peixes bioluminescentes dançam sem parar.

A luz alaranjada das pedras de sal é convidativa. Levanto e caminho pelo espaço. É pequeno, mas aconchegante. Simples e prático, típico de um homem. Um banheiro grande e claro, e uma pequena cozinha bem organizada e equipada. Um aroma de mar e perfume masculino invade minhas narinas, seguido de um arrepio que eriça todos os pelos do meu corpo. Cheira a Kai. As peças únicas dos destroços dos barcos dão ao ambiente um ar de museu, e os livros espalhados fazem eu querer me perder neles.

Acalmo a respiração, até me concentrar, e vou buscar minha mochila, que está em cima do sofá. Tenho de ligar o celular, preciso arranjar uma forma. E só me ocorre uma pessoa que pode ter os meios necessários; mais precisamente, a energia de que preciso. Visto minha roupa, já seca, e, com ousadia, abro o armário de Kai para procurar uma peça de roupa com capuz.

Saio depressa. Dirijo-me às plantações. Tenho de encontrar Gensay e suplicar que ele deixe de lado seu mau humor para me ajudar. Recordo que quando Beau me levou para conhecer os cultivos indicou a Sala de Energia, perto dos campos onde Gensay estava. Tento passar despercebida para que não me impeçam nem me questionem. Não tenho tempo a perder. Apesar de saber que é um tiro no escuro, preciso tentar. Só de pensar que há uma remota possibilidade de falar com os meus pais, sinto em mim uma energia renovada.

O colete de malha muito fino, com capuz, que "roubei" de Kai não está surtindo o efeito desejado de passar despercebida; algumas pessoas — muitas, até — me cumprimentam pelo nome. Cubro a cabeça com o capuz e penteio o cabelo para a frente de forma a tapar o máximo possível o rosto. Só espero não atrair ainda mais a atenção com esse ar suspeito. Minhas pernas tremem com a expectativa, e acelero o passo. Algum tempo depois, o cheiro de terra molhada e estrume me fazem perceber que estou muito perto das plantações. O brilho dos cristais é tão intenso que me obriga a semicerrar os olhos o resto do caminho. Me faz pensar que, para estarem assim tão claros e brilhantes, deve estar um dia de sol fantástico na Superfície. Um sol que amo e receio nunca mais sentir na minha pele. Avisto os Cultivadores de volta dos cuidados das hortas e dos animais, numa organização perfeita. Corredores de legumes bem delimitados brotam da terra como se realmente fossem banhados pelo sol. Um sistema de rega retira água do rio para irrigar as colheitas.

Pássaros multicoloridos, do tamanho de pombos, chilreiam e voam entre as plantações, bicando as sementes espalhadas pela terra. O aroma de terra, o som da água corrente e as cores vivas predominantes são a alma deste lugar.

Gensay corta uma planta com um caule alto e de grandes folhas verdes. Dispõe, com cuidado, as verduras num carrinho de mão e passa rapidamente a foice no caule seguinte com uma destreza impressionante. Está compenetrado nas suas tarefas. Observo-o por uns segundos antes de chamá-lo. Seu rosto é sereno, com um leve sorriso nos lábios. Apesar do ar carrancudo que costuma exibir, percebo que Gensay é, afinal, feliz.

Ele olha para mim e franze o cenho. Sorrio com tristeza. Após colocar a planta que cortou no carrinho, ele caminha na minha direção.

— O que veio fazer aqui? — pergunta, alarmado. — O Anadir está à sua procura. O que aconteceu? Ele está perguntando para todo mundo se alguém te viu. Se não te encontrar, vai acabar emitindo um alerta.

— Discutimos. Não foi nada de mais — minimizo. — Preciso da sua ajuda. Não arriscaria vir aqui se não fosse realmente importante. Você é o único que pode me ajudar.

Ele cora ao mesmo tempo que um ar curioso invade seu rosto.

— Podemos ir para um local mais reservado? — pergunto ao perceber que ele não responde.

— Venha comigo.

Sigo seus passos com rapidez por entre as plantações altas. Percorremos um labirinto de cabelos de milho, compridos e dourados. Paramos numa clareira pequena no fim dos terrenos de cultivo, já no início da floresta.

— Sabe o que é isto? — pergunto, ao lhe mostrar o celular.

— Claro, não sou ignorante — responde, um pouco irritado. — É um dispositivo eletrônico que usam na Superfície para se comunicar.

— Um celular — digo, com um meio sorriso. — É meu. Encontrei-o dentro da mochila que trazia quando me afoguei e vim parar aqui. Meu avô o escondeu. — Finalizo com um semblante triste, e vejo que ele percebe o motivo da minha discussão com meu avô.

— E precisa de mim para...?

— Preciso que me ajude a ligá-lo. Está sem bateria. Você consegue?

— Na remota hipótese de conseguirmos ligá-lo... Para que precisa dele?

— Quero tentar falar com os meus pais.

— Não pode. Não posso te ajudar. E se descobrirem que te ajudei, serei castigado. Vou limpar detritos de *jagwes* pelo resto da vida.

Nem me preocupo em perguntar o que é um *jagwes*.

— Só preciso lhes dizer que estou bem. Me ajude, Gensay, por favor — imploro, ao pousar a minha mão no seu antebraço nu. — Não vou fazer nada que possa prejudicar vocês. Prometo. Vocês já são a minha família.

Estou dizendo a verdade, mas uso todo o meu encanto para conseguir que ele faça o que eu preciso. Sinto como se fosse uma encantadora de serpentes e percebo o poder que as mulheres têm quando querem convencer um homem a fazer alguma coisa.

Ele olha para a minha mão e em seguida para o meu rosto. Suspira lentamente.

— Está bem, vamos tentar. Vou confiar em você, Ara. E eu não confio em ninguém. — Os olhos dele estão arregalados.

— Não vai se arrepender — asseguro.

Subimos o caminho de terra batida pela encosta, onde as casas estão encravadas e os seus telhados parecem um jardim. Fileiras de casas todas semelhantes, com a parte da frente em madeira e os telhados verdes salpicados de flores. Chegamos ao ponto mais alto da estrada, onde há um portão baixo e pouco intimidante, com um guarda de aspecto rude. Atrás dele fica a parede de rocha — o limite de Aquorea — com um largo túnel que ele guarda.

O que haverá lá dentro?

— Não fale — diz Gensay, olhando para trás.

Assinto, ainda com o capuz enfiado até os olhos.

— Muito trabalho, Ellem?

— Nem tanto — responde com pouco entusiasmo. — O que está fazendo aqui?

Viro as costas para a conversa de forma a parecer descontraída e para que o guarda não me reconheça. A vista daqui de cima é fabulosa. Dá para ver os telhados-jardim das casas em degrau e os campos bem organizados — como é típico de Aquorea. Do outro lado dos campos ficam as oficinas dos Tecelões aonde Beau me levou. É ali que, com algas e fibras de plantas e árvores, os Tecelões fabricam os tecidos usados por toda a população. Sinto a cabeça quente e olho para cima. Estamos muito próximos dos gigantescos cristais azuis e amarelos; se erguer o braço e me esticar bem, quase posso tocar num.

— Vamos, é rápido — ouço Gensay dizer. — Tenho de impressionar a garota, para ver se tenho sorte. Se é que está me entendendo — diz, com uma gargalhada seca, em voz baixa.

Rio com a ideia de Gensay tentar impressionar alguma garota e com a história elaborada que ele conta ao guarda para nos deixar passar. Para onde, permanece um mistério para mim. Mas confio em Gensay. Afinal, foi o único que teve o cuidado de me calçar e me levar para casa na minha primeira e única bebedeira.

— Está bem. Mas não demorem — diz, entregando uns óculos pretos, semelhantes a óculos de sol. — E nada de se despirem lá dentro — continua, com voz áspera. Abre o portão e se afasta para nos deixar passar.

Olho para o chão na tentativa de reprimir uma gargalhada e Gensay — vermelho como um tomate — simplesmente emite um grunhido, que imagino ser de pura vergonha diante da suposição do guarda.

Percorremos o túnel a passos largos. E, no final…

— Uau!

Estou boquiaberta.

É uma gruta repleta de cristais gigantes do teto ao chão. Há apenas alguns caminhos largos, moldados para permitir a passagem. Os óculos escuros fazem sentido agora. Está tão claro que se alguém entrar aqui sem óculos certamente perderá a visão.

— Tenho essa mesma reação sempre que venho aqui.

— Com as suas conquistas?

Ele me mostra um sorriso cheio de dentes brancos, com um dos incisivos encavalado no outro.

— Sim, são tantas que até as confundo.

— Sabe, você não é tão rabugento quanto quer parecer. No fundo, é um amor — afirmo, com toda a sinceridade. — E acho mesmo que este é um excelente lugar para impressionar uma garota. Portanto, se eu fosse você, consideraria a ideia.

— Vou pensar. Vamos, não temos muito tempo. — Aponta para uma rampa que leva a umas máquinas com centenas de botões e emaranhados de fios. — Esta é uma das principais fontes de energia de Aquorea. Temos também as turbinas hidráulicas que captam energia das correntes marinhas.

— É impressionante. — Ajusto os óculos.

— Pegue o *celular.*

Vasculho a mochila e lhe entrego o aparelho. Ele o observa, cuidadosamente, estudando com atenção as suas entradas, e toca na tela preta.

— Ele carrega com um fio que ligamos aqui — mostro, indicando o local de encaixe do carregador — e depois conectamos em uma tomada. Só que não tenho o carregador... Nem sei se funcionará. Apesar de a mochila ser impermeável, pode ter entrado água...

— Vamos ver o que conseguimos fazer — anuncia entusiasmado. — Essa energia não é igual à que vocês têm na Superfície, é muito mais potente. Com um cristal deste tamanho — abaixa-se e apanha uma pequena pedra de cristal amarelo que coloca na minha mão — conseguimos ter energia para quase um mês. Portanto, temos de ter cuidado para não fritá-lo — diz, referindo-se ao celular, enquanto o agita no ar.

— Faça o que puder. Ficarei muito agradecida, de qualquer forma.

— Pegue aquilo ali para mim — indica um complexo monte de fios junto da colossal rede de quadros de distribuição de eletricidade.

O suor escorre pelas minhas costas e testa, pingando das sobrancelhas. Entrego a ele o novelo de fios e tiro o colete — que jogo no chão —, ficando somente com a regata fina de alças. Com o celular na mão, ele pega múltiplos fios e começa a testar os que servem para o que pretende fazer.

— Qual o tempo médio até a bateria carregar totalmente? — pergunta.

— Mais ou menos duas horas, acho — respondo, sem grande certeza. — Onde vai ligar isso?

Gensay está com o mesmo ar sério de quando o conheci. Percebo que está extremamente concentrado, pois não obtenho resposta.

— Onde vai ligar isso? — repito.

— Hã?

— Vai ligar os fios ali? — Aponto para os grandes quadros de eletricidade cheios de botões e monitores.

— Sim, mas tenho de saber qual o tempo máximo que posso deixá-los ligados. Pelos meus cálculos, penso que será entre três e três segundos e meio.

— Só?

— Sim, mais tempo pode estragar a bateria. É melhor não arriscar. — Assim que ele encaixa um fio verde na extremidade do celular e se dirige a um dos quadros, ouvimos um grito.

— Ei — grita Ellem. — Onde estão vocês, seus desgraçados? — reclama. — Sabia que não devia ter deixado vocês entrarem. Malditos namoradinhos.

— Temos de nos apressar. — Gensay soa preocupado. — Assim que eu encostar o fio aqui — aponta para um pequeno disjuntor —, conte até três. É o tempo máximo. *Ok?*

— Sim. — Começo a remexer as pernas, sem sair do lugar.

O guarda já nos viu e começa a correr na nossa direção.

— O que estão fazendo aí? Parem!

— Agora — grita Gensay.

— Um — conto com a voz trêmula. — Dois — continuo. — Tira!

Ele foi rápido e fico grata por ver o celular intacto. Pelo menos, aparentemente, não vejo sinais de queimado. Mas acho impossível termos conseguido carregá-lo em apenas três segundos. E ainda resta saber se não foi danificado pela água. Pego a mochila, mas não tenho tempo de apanhar o colete do chão. Corremos na direção oposta ao guarda, que continua a proferir palavras desconhecidas, mas que suponho serem palavrões.

— Vai — ordena Gensay, me deixando passar à frente dele num estreito buraco por entre os cristais.

Passo e estico o braço para ajudá-lo, mas o guarda o agarra pela gola da camiseta.

— Ei, me larga — berra Gensay. Com as duas mãos, empurra o peito robusto do guarda, que se desequilibra, permitindo-lhe se esgueirar para junto de mim.

— Boa — parabenizo-o, com um sorriso.

Corremos em direção à saída, rindo como duas crianças depois de fazerem uma travessura. Continuamos colina abaixo e ouvimos os gritos de Ellem até estarmos protegidos pelas plantações.

— Toma. — Ele me passa o celular. — Agora é com você, espero que dê certo. Só peço que cumpra sua palavra.

— Prometo — respondo.

— Siga por aqui, você vai chegar na estrada. Eu distraio o Ellem. Ele não é muito rápido. Nem muito inteligente. — Ele ri e me indica um caminho estreito por entre as plantações.

— Obrigada por tudo. — Dou-lhe um beijo na bochecha.

Ele fica estático, sorri e começa a correr. Sigo o caminho indicado e em pouco mais de cinco minutos já avisto de novo a estrada que me levará para casa. Mas que casa? Dos meus avós? Ou volto para a casa do Kai, para ter que lidar com aquele comportamento que até hoje não consegui decifrar.

Sento para recuperar o fôlego e acalmar o nervosismo que domina meu corpo. De mãos trêmulas, suspiro. Não estou preparada para lidar com a decepção de não funcionar. Observo o celular.

Liga, por favor, peço em silêncio.

Inspiro, aperto o botão de ligar/desligar e espero. O ar dentro dos meus pulmões é pesado e dói. Nada acontece. Expiro e meus olhos ardem enquanto eu observo, ansiosa, o objeto nas minhas mãos. Deixo-o no chão, no meio das minhas pernas, e jogo o tronco para trás em desespero. Nada. Nem sinal. Como acreditei que seria possível? Carregar um celular com cristais. Que ridículo!

Desanimada, continuo deitada, perdida nos meus pensamentos e fascinada com as luzes da cidade, que agora são mais suaves — algo típico do início da noite, quando as pessoas saem do trabalho e vão para a praça, para os largos ou simplesmente para as suas casas.

E, de repente, um apito que me parece vir de muito longe.

Ergo o tronco e fito incrédula o visor do celular, que ganha vida com a mensagem de boas-vindas. Pego-o na mão e o encosto no rosto, inundada de alegria.

Lindo! Até lhe dou um beijo e espero que termine o processo de inicialização. Continuo a encará-lo e espero que dê algum sinal de rede. Mas nada acontece; nem um tracinho. Mesmo assim, estou radiante, é uma vitória termos conseguido ligá-lo. Continuo a observá-lo. O sinal de bateria está cheio. Gensay é um gênio. Conseguiu. Agora só tenho de arranjar um plano para poupar a bateria ao máximo até encontrar rede, porque será impossível chegar perto da sala de energia novamente sem sermos apanhados.

Eu me levanto e, por cima do topo das verduras que me camuflam, observo a estrada lotada de pessoas. Meu avô já deve ter posto meia cidade à minha procura. A não ser que Kai tenha lhe dito que estou bem. É bem provável, responsável como é. O celular vibra e ouço o toque de notificação de mensagem recebida. Encaro, perplexa, o aparelho que continua a vibrar. Mas o sinal de rede permanece morto. Com a cabeça rodopiando e a respiração ofegante, desbloqueio-o e teclo o número do correio de voz. Do outro lado ouço a mensagem padrão:

"Você tem três novas mensagens e trinta e duas chamadas perdidas. Nova mensagem de voz recebida no dia 12 de junho às 6h20. Mensagem de…" A voz familiar que ouço do outro lado faz o meu coração perder uma batida. "… Colt Patterson."

Sinto que meu coração não vai aguentar de tanta felicidade, quando ouço Kai:

Rosialt, se não aparecer rápido, vou te buscar. E, desta vez, não serei gentil.

18
LEGADO

ATÔNITA, COM MEDO DO QUE ESCUTAREI NA MENSAGEM, FECHO os olhos e abano a cabeça com força até a voz de Kai desaparecer. Ando de um lado para o outro e me concentro na voz de Colt. Foram tantos os dias que desejei ouvir novamente as vozes dos meus entes queridos e que me forcei a lembrar dos seus rostos, do timbre das suas vozes, com medo de me esquecer deles… E agora aqui está Colt, contra todas as possibilidades, enviando uma mensagem. Dia 12 de junho, apenas dois dias após testemunhar meu afogamento.

Ouve-se um longo suspiro e soluços. Colt chora… Meus olhos se enchem de lágrimas e também começo a soluçar baixinho.

"Ara, onde você está?" Sua voz é de desespero, medo. "Já se passaram dois dias e você não aparece. Por favor, apareça. Lute. Me dê um sinal." A voz dele é entrecortada por soluços. "Não consigo viver sem você. Sei que há muito tempo devia ter te dito o que realmente sinto. Mas tive medo… Medo de que se afastasse. Antes ser o seu melhor amigo do que não ser nada, pensava eu." Um longo suspiro seguido de uma fungada. Tenho a sensação de ouvi-lo limpar o muco em alguma coisa. E, conhecendo-o como conheço, talvez tenha sido na manga. "Vou te contar tudo que está acontecendo. Hoje fiz uma promessa: demore o tempo que demorar, vou te encontrar. E prometo nunca mais te largar. Eu... Eu te amo, Ara..."

O quê?! Não posso acreditar no que ouço. Sabia que ele gostava de mim, mesmo não sendo correspondido, mas nunca pensei que tivesse coragem de me dizer. Mas por ora prefiro não pensar muito nisso. Não estou em condições...

Ouço as instruções para guardar a mensagem e passar à seguinte.

Meu coração bate descontrolado. Sinto Kai, cada vez mais insistente, entrar na minha mente, mas não permitirei que ninguém, nem mesmo ele, interfira neste momento. Tento expulsá-lo da minha cabeça e me concentro na tarefa que tenho em mãos: ouvir a próxima mensagem.

Recosto na terra fresca e com a mão esquerda limpo as lágrimas. Enfio a cabeça entre os joelhos flexionados, aperto os olhos suavemente para me abstrair do burburinho causado pelas pessoas que passam na estrada e se preparam para uma noite de diversão, típica da véspera do dia de descanso. Sigo as instruções da mulher do correio de voz e pressiono dois para guardar a mensagem. A voz dinâmica e profissional anuncia uma nova mensagem e está prestes a dizer a data, quando uma mão arranca o celular da minha orelha e me levanta pelo cotovelo.

Aturdida, arregalo os olhos quando dou de cara com Kai, com o rosto vermelho e o olhar furioso.

— O que pensa que está fazendo, Rosialt?

Estremeço com o susto e, talvez por reflexo dos treinos, assumo uma posição defensiva e sem perceber fecho a mão, giro-a num ângulo de noventa graus e lhe dou um soco com o punho esquerdo cerrado, bem no queixo.

Ele leva a mão ao rosto, se encolhe e grita de dor.

— Merda, Rosialt! Para que isso?

Surpresa com o meu direto de esquerda, não sei se rio ou o insulto. Pisco os olhos algumas vezes antes de tomar uma decisão e decido partir para a ofensiva.

— Isso é o que eu te pergunto! Quem você pensa que é para vir me pedir explicações e tirar uma coisa que me pertence? — vocifero, do alto do meu pedestal. — Devolva meu celular já, Shore, antes que eu me irrite de verdade — exijo, enquanto passo as mãos úmidas pela calça de tecido fino. Minha mão dói.

— Tentei *falar* com você — diz pausadamente na tentativa de desanuviar o clima entre nós.

Entendo perfeitamente o que quer dizer, mas como estou cansada e irritada, não estou com a mínima vontade de facilitar as coisas. Ele só pode estar de brincadeira comigo. Praticamente desde que cheguei a Aquorea sei que podemos escutar os pensamentos um do outro. E mais tarde descobri que conseguimos ver o que o outro vê. Sempre que tentei falar sobre esse assunto, ele se recusou ou me ignorou, até o momento em que lhe convinha.

— Falar comigo? — pergunto, arrogante, com a sobrancelha arqueada e cruzando os braços num gesto exagerado.

— Você sabe muito bem — responde, mas logo se interrompe para inspecionar o celular quando escuta a voz de Colt. — Como se desativa isto? — pergunta, gesticulando com o aparelho no ar.

— Não, não sei. Explique para mim — provoco. — Mas, antes de mais nada, isso que tem na mão não é uma bomba para ser desativada. Devolva que eu desligo — digo, com a mão estendida, na tentativa de lhe tirar o celular. Estou com medo de que ele o quebre e, aí sim, teremos uma briga séria.

— Sabe muito bem, Rosialt — repete. — Como você não consegue guardar os pensamentos para você, eu *vi* o que estava prestes a fazer. Achei que fosse mais inteligente — diz com rispidez.

Minhas feições endurecem ainda mais e a vontade que tenho de gritar com ele aumenta também.

— Já te disse uma vez e torno a dizer: não devemos nada um ao outro. — Minha voz sai ponderada, mas num tom grave. — Só por termos uma conexão inexplicável não quer dizer que sejamos amigos. Nunca te pedi nada. Nem nunca sequer pedi para vir para cá, me trouxeram à força. Você não tem qualquer dever em relação a mim, nem precisa vir me socorrer quando pensa que estou em perigo. Não preciso que me proteja e muito menos que sinta qualquer obrigação ridícula porque sua mãe mandou que cuidasse de mim.

Falo tudo de uma vez, já sem fôlego na parte final.

Ele me lança um olhar inquisidor.

— E eu já te disse que tudo que possa colocar em perigo a *minha* Comunidade é da minha responsabilidade. Por isso, por causa da sua atitude leviana, tenho a obrigação de intervir.

Ele enfatiza a palavra "minha". Cretino!

— Já que pensa que sabe tanto sobre mim, fique sabendo que nunca faria nada que pudesse pôr em perigo a *sua* Comunidade. Por que, desde que cheguei aqui, é também a *minha* casa. Aliás, já era minha muito antes de eu chegar — declaro, com surpresa, por dizer em voz alta que este é o meu mundo também.

Os olhos dele sorriem com afeição e espanto ao ouvir minhas palavras. Estão de um azul-safira muito brilhante, que reconheço da vez em que ele me acompanhou de volta para casa e o espaço entre nós se reduziu a meros milímetros. Noto a luz ao nosso redor, já quase nula, em tons de pêssego. Lembra um belo pôr do sol na praia.

— Agora, devolva meu celular — exijo, com o braço esticado e certa cautela devido ao seu olhar penetrante.

Ele passa os dedos pelos dreads e expira pesadamente. A mão dele — ardente e áspera — toca a minha e os dedos se fecham devagar sobre o meu pulso. Ele me puxa e reluto em ceder. Mas sei que não consigo, como ele bem colocou, lutar contra o inegável. Eu o desejo. Minha pele se arrepia e me contorço de prazer.

— Vou te beijar. Posso ou você vai me bater outra vez, Rosialt? — pergunta, com um sorriso maroto que faz meu coração disparar como um foguete.

Se pode?

Pode.

Pode!

Apesar de negar com a cabeça, avanço passo a passo até ele. Nossos corpos estão muito próximos. O aroma estonteante do seu corpo me envolve e faz a minha cabeça girar. O sentimento que tenho por ele é muito mais do que uma simples paixão. É mais do que desejo ou luxúria. Somos um só, estamos ligados por uma força invisível que não me permite respirar sem ele. Sei, desde que me entendo por gente, que pertenço a esse homem. O fato de sonhar com ele simplesmente deu um rosto ao meu sentimento mais antigo e profundo.

— Tem razão. — Sua testa está encostada à minha, a voz é branda. — Sei que não tenho qualquer obrigação de te proteger, mas é mais forte do que eu. Cuido de você porque gosto. Não quero mais ficar longe de você, não quero te perder — murmura, enquanto nossos lábios se aproximam.

Seus braços me envolvem e os lábios pressionam os meus, com doçura. As línguas se encontram. A pulsação de ambos bate em sintonia e a respiração é ofegante, quase rítmica.

Com um grunhido de satisfação, aperto-o mais contra o corpo. Preciso senti-lo por inteiro. Estava enganada; nossa ligação é afeto, amizade, paixão e desejo. É tudo que seria de esperar de um amor criado entre dois mundos.

— Você tem de parar de ouvir o que eu penso — peço, com meu rosto encostado no ombro dele, quando ele se afasta por milímetros para me deixar respirar. — Ou tem de me deixar entrar. Por que se fecha? — sussurro a pergunta para o vazio, sem qualquer intenção de que me responda.

— Porque eu tinha medo das minhas emoções... Mas não vamos falar disso agora. — Ele beija minha testa. — Precisamos ir. — Coloca o celular na minha mão e segura a outra, me levando pela trilha de terra para a cidade.

Olho para o celular, que continua a falar ao longe, e o desligo para poupar a bateria.

Para onde ele vai me levar?

— Vamos ao GarEden — responde à pergunta que formulei mentalmente.

— Não é justo. Você ouve tudo que eu penso... Devia... — Mas ele não me deixa terminar.

— Tem razão. — Aperta suavemente meus dedos. — Prometo fazer um esforço. Foram tantos anos de prática, que é mais forte que eu.

— Anos?

— Sim, te ouço desde que éramos crianças. Eu não entendia o que estava acontecendo. Eu só respondia e conversava com você. Naquela época, você também falava comigo e éramos amigos. Todos pensavam que eu era apenas uma criança com uma imaginação fértil que tinha inventado um amigo imaginário.

Diminuo o passo e me ocorre neste instante que por volta dos cinco anos eu tinha um amigo a quem chamava de Blue, com quem brincava e que todos me diziam que não era real. Apenas meu avô me incentivou a acreditar, dizendo: "Se é fruto da sua imaginação, é porque pode ser real. Acredite e veja aonde vai te levar."

— Você era o *Blue*? — pergunto, perplexa.

Ele ri. O timbre do riso faz desabrochar em mim emoções que ainda não haviam florescido.

— Sim. Você me chamava assim por causa da cor dos meus olhos. Sorri e pisca o olho azul-ártico.

Estremeço e os joelhos fraquejam. O efeito que ele tem em mim é ao mesmo tempo devastador e excitante; como uma droga deve ser.

— Por volta dos seus seis anos, o Colt foi morar na casa vizinha à sua. Desde então, você começou a me ignorar, até se esquecer de mim. Tive muito ciúmes dele. Ele podia estar com você e eu não. Não entendia como podia sentir ciúmes de uma amiga imaginária. À medida que fui crescendo, percebi que você era real, não fruto dos meus sonhos, e aprendi a ver e ouvir você sem interferir na sua vida.

— Mas como sabia que eu era real? Como sabia que não estava apenas... louco? — Reviro os olhos e giro o dedo indicador no ar junto da têmpora.

Ele solta uma gargalhada sonora que também me faz rir com prazer.

— Vamos te explicar já. Enquanto isso, me deixe apreciar este momento. Estava com saudades de rir com você.

Coro e olho para os meus pés descalços e quentes. Não caibo em mim de felicidade, mas estou confusa com a súbita mudança de comportamento dele. *E se ele mudar outra vez para o Kai frio e impessoal? Acho que não vou aguentar.*

— Vamos? Quem?

— Já te disseram que é muito curiosa, Rosialt?

— Uma das minhas melhores qualidades.

— Sem dúvida.

Assim que nos aproximamos da estrada movimentada, Kai me dá um beijo carinhoso nas costas da mão e a solta.

— É melhor que não nos vejam assim — diz, com um tom grave.

Algo se parte dentro de mim. *Eu sabia.*

— Só por agora — acrescenta. — É apenas para te proteger.

Passeamos pela cidade brilhante e viva, lado a lado. Quem passa por nós cumprimenta e sorri. E tenho a sensação de que estou sendo observada.

Alguém se aproxima de nós e o corpo de Kai fica tenso.

— Shore, sabe que o avô dela a está procurando? — questiona, com autoridade, Fredek. A sua roupa aprumadinha identifica-o como tendo um cargo importante. A mulher, Alita, não está com ele. Sempre os vi juntos e de nenhuma das vezes gostei da postura deles.

— Sim, Fredek. Já a encontrei, sã e salva — resmunga, com pouca vontade e simpatia, apontando para mim. — Se encontrar com o Anadir, diga que ela está bem e mais tarde vai falar com ele. Agora vamos jantar — afirma com determinação sem olhar para ele enquanto nos afastamos.

Surpresa com a confiança dele, só mais à frente consigo voltar a verbalizar os meus pensamentos.

— Não sei se consigo encarar meu avô... Estou muito magoada e me sinto enganada. Toda a vida ele me preparou para este momento, sem nunca me revelar a verdade.

— Eu sei. Só disse isso porque ele vai já dizer ao Anadir que você está comigo. E, assim, ele ficará calmo.

— Ficará calmo por saber que estamos juntos?

— Ele está preocupado com você. — Ignora a minha pergunta. Ignoro também o comentário sobre a preocupação do meu avô. Ele demonstrou nos últimos meses que não se preocupa com ninguém além de si mesmo. Nem com o filho, a nora ou com a minha segurança ou mesmo a minha vontade.

A cidade está apaixonante. Ou será que estou me sentindo tão nas nuvens que a vejo de uma forma diferente? Mais viva, cheia de energia. Nas praças principais, as pessoas conversam, as crianças brincam. Nos terraços e nos largos, casais e grupos jantam e a música ecoa, cadenciada e harmoniosa, nas paredes de pedra da cidade. Estão todos entretidos.

Passamos por um restaurante onde um grupo de jovens está jantando com alguns dos nossos amigos. Boris subiu em uma cadeira para fazer o que faz melhor: provocar risadas. Olho para eles e me sinto distante daquela realidade. Por que minha vida não é assim, simples? Por que tive de nascer fora do meu mundo? Lembro-me de Isla e de que, com toda essa confusão, ainda não fui visitá-la. *Que bela amiga eu sou...* Meu coração se dilacera ao pensar na forma como a encontramos no pântano dos Albas; e na morte prematura de Umi.

— Ela está bem. Está em recuperação. Conseguimos salvá-la — diz com um ligeiro sorriso.

Fico grata pelas palavras dele, mas só consigo pensar em Umi e na forma como ela se sacrificou para me salvar.

— Temos muito que conversar. E tenho de te pedir desculpa pelas minhas atitudes... — acrescenta Kai.

Subimos a estrada íngreme e os aromas silvestres que emanam no ar, combinados com o número de horas que estou em jejum, abrem meu apetite. Coloco a mão na barriga.

— Você já vai comer.

— Sou mesmo um livro aberto. — Reviro os olhos.

— Para mim é. Não podia ser de outra forma.

Ele fala por enigmas, mas com o nível de cansaço e êxtase que sinto, não consigo reclamar.

Os jardins de um verde profundo e úmido do GarEden se estendem até onde a vista alcança. Subimos uma estreita ladeira de conchas polidas. No fundo da estrada, sem saída, há uma árvore grande com três troncos largos e vastos. E nela, uma estrutura robusta repousa, dando vida a uma linda casa de árvore.

— Que lindo… — observo, admirando aquela verdadeira obra arquitetônica.

Meu pai adoraria essa infraestrutura. Ele sempre disse que deveria ter cursado arquitetura em vez de direito. Sempre teve paixão por essa arte.

Kai permanece atrás de mim e descansa a mão nas minhas costas, indicando que eu suba a escada firme que se apoia no tronco marrom. Olho para o alto e subo.

— Aqui é a casa da sua avó — afirmo, porque já sei que a resposta dele seria positiva.

— Bem-vindos — diz uma voz alegre e melodiosa.

Paro por breves instantes e olho para cima para observar Hensel, que nos espera de braços abertos. O longo cabelo está preso num coque banana e os olhos reluzem de entusiasmo. O vestido comprido é cor de toranja.

— Olá — digo, continuando a subir. Dois archotes acesos de fogo ardem na entrada e banham o ambiente rústico com uma neblina âmbar repleta de misticismo. O som da água do Riwus tilinta no ar, e viro a cabeça para observá-lo. Largo e azul, de uma clareza translúcida, desliza encosta abaixo pela cidade. É tudo ainda mais belo visto daqui do alto. Inspiro fundo.

— Ara! Como está, minha querida? — Hensel pega minhas mãos e se aproxima, cumprimentando-me com dois beijos.

— Estou bem, obrigada. E a senhora?

— Senhora, não, Hensel. Senão, vou me sentir ainda mais velha do que realmente sou — conspira, com uma risada simpática. — Estou bem, estava esperando por vocês. Pensei que tivessem se engalfinhado pelo caminho, mas vejo que não. — Dá dois tapinhas nas costas da minha mão e balança a cabeça em sinal de confirmação.

Será que ela consegue saber o que aconteceu entre nós? O que Petra disse é verdade? Será que Hensel é uma bruxa?

— Vó... — Kai revira os olhos ao ouvir o comentário de Hensel e a cumprimenta com um beijo na bochecha.

— Ah, meu neto... Agora que é um homem feito, tem vergonha da avó. Quando era pequeno, era aqui que passava a maior parte do tempo. Venham.

Ela nos convida a entrar e, estranhamente, tenho a sensação de que conheço este lugar. Será que sonhei com ele? A fragrância apimentada que exala pelo ambiente me dá água na boca.

Arcas Lowell — o avô de Mira — está sentado numa poltrona larga com pássaros coloridos bordados, absorto na leitura de um livro. O cabelo é uma cascata de neve, em dreads largos, caindo sobre o traje peculiar. Uma calça clara e justa e uma túnica com mangas largas adornadas com cordões finos no peito e nos punhos lhe dão um ar jovial. Sorrio ao vê-lo.

Arcas desvia a atenção do livro, pousa-o, levanta e dá um abraço forte e sincero em Kai. Para meu espanto, faz exatamente igual comigo.

— Vejo que ainda não se engalfinharam — diz, imitando Hensel.

O comentário me faz corar. De novo.

— Ah, Arabela... não fique envergonhada. — Sorri e revela densas rugas no contorno dos olhos. — Dentro destas quatro paredes não há segredos.

— Deve estar com fome — afirma Hensel. — Vamos comer.

Kai olha para mim e encolhe os ombros, também nitidamente constrangido com a situação. Sorrio e lhe *transmito* que estou bem. O rosto dele relaxa.

Não vou me fazer de rogada, porque estou faminta e o aroma é divino. Sobre a mesa há um cesto com pão fino e crocante. Kai pega um, parte-o ao meio e me dá metade. Fico contente e nervosa com o gesto, que, apesar de simples, revela intimidade.

— Vamos, sentem-se — indica Hensel, apontando para as cadeiras que rodeiam a mesa oval, também de madeira.

E, sem parar de tagarelar, ela se retira para outro cômodo. Kai e Arcas conversam sobre as novas espécies de algas singelas que Mira apresentou no simpósio da semana anterior. Minhas mãos repousam, tímidas, sobre o colo, pois não sei o que fazer com elas.

Hensel retorna, ainda falando, e eu sorrio e aceno com a cabeça, para confirmar que estou escutando.

— Fiz carne de panela. Imagino que esteja com saudades, Ara. Com a quantidade de peixe que se come por aqui... — diz ao pousar uma enorme concha cor-de-rosa, que serve de travessa, em cima da mesa escura.

— Não façam cerimônia. Sirvam-se.

Kai, sentado do lado direito, pega meu prato e me serve uma generosa porção. Inspiro todos os aromas que saem numa espiral de vapor e observo o purê azul que acompanha a carne.

— É purê de minibatata. Não cresce muito por falta de sol. Mas é uma iguaria por aqui. Vai gostar — afirma Arcas, confirmando que é, de fato, comestível.

Durante o jantar falamos trivialidades. Arcas me conta que o pai nasceu na Tanzânia, onde ficou órfão muito cedo. Cresceu num orfanato, mas quando um padre percebeu sua perspicácia, levou-o para um colégio para ter acesso a melhor educação. Foi sempre o melhor da escola, o que lhe valeu uma bolsa de estudos na Inglaterra. Tinha acabado de se formar em Botânica e regressado ao seu país quando foi "chamado" para Aquorea.

Também me confidencia que o pai lhe contava do que mais sentia falta: o Sol. Digo que sinto falta de chocolate, e ele ri. O tempo passa rapidamente e lá fora ouvimos a noite no seu expoente máximo. Conversas, risos, música, gritos alegres. O som envolvente é como veludo para minha alma. Kai está descontraído e sorridente. Apoia os braços em cima da mesa e posso ver os músculos relaxados sob a camiseta.

Quando terminamos a sobremesa — *gima*, uma fruta doce quase com a consistência de um bolo molhado, a conversa ganha outro tom.

— Ara, você deve estar se perguntando por que a trouxemos aqui — começa Hensel.

— Para jantar — respondo ainda no espírito divertido da noite. Pressinto que o que vem aí não será fácil.

— Também. Há muito que queremos partilhar uma refeição com você e te conhecer melhor, mas não foi só para isso.

— Sim. Deduzo que não. Então, o que querem me perguntar?

— Como sabe?... — Hensel olha os dois homens e não termina a frase.

— Ara, o que você responderia se te disséssemos que desde antes do seu nascimento já estava predestinada a vir para Aquorea? — Arcas fala de supetão, sem rodeios. A testa franzida.

— A essa altura, diante de tudo isso... — desenho um círculo no ar tentando abranger Aquorea — ... não me surpreenderia.

— Bem. Não seria de esperar outra coisa vinda de você — intervém Hensel.

Kai, recostado na cadeira, permanece calado e pensativo. Bebo um pouco de água e espero que continuem.

— Conforme seus avós te contaram, até quanto sabemos, a existência de Aquorea data de milhares de anos. Houve uma grande evolução, embora diferente da evolução da Superfície — declara Hensel.

— Os Anciãos, os nossos antepassados, nos deixaram ferramentas importantes para não cometermos alguns dos erros que cometem *lá em cima* — acrescenta Arcas com sua voz anasalada. — No entanto, mesmo com toda a informação e a tecnologia que possuímos, corremos riscos, como qualquer nação. É típico do ser humano ansiar por guerra. Lutar por comida e terra desde os tempos mais remotos.

— A maior dádiva que os nossos antepassados nos deixaram são os Escritos. E nesses Escritos há uma Profecia que teria de se realizar nos dois últimos séculos, o que passou ou este, de forma que a nossa civilização perdure.

Kai se remexe na cadeira e eu olho para ele, mas está em *branco*. Não ouço nada. Ele é muito bom nisso; tenho certeza de que consegue escutar o caos mental que fervilha em minha cabeça. Meu rosto está quente; pego o cabelo e tento em vão prendê-lo de alguma forma. Hensel tira do seu pulso uma bonita pulseira elástica de pedras coloridas e me entrega, sorrindo em sinal de compreensão. Olho para a pulseira e me pergunto se as pedras são preciosas. Deixo o pensamento de lado e prendo o cabelo.

— Essa Profecia menciona a junção de dois mundos, dois sangues. — Arcas se inclina e pousa os cotovelos sobre a mesa, cruzando as mãos. Há algo na sua voz que me transmite serenidade.

— Quando o seu avô chegou aqui, muitos de nós pensamos que a Profecia estava prestes a se realizar. Mas quando tomou a decisão de partir com o seu pai, confirmamos que ainda não seria daquela vez.

— *Certo* — murmuro. — Então vocês acham que a minha vinda é um sinal da concretização da Profecia...

Os dedos de Kai estalam quando ele os comprime e pressiona as têmporas com força.

— Sim. A Profecia também diz que quando essa pessoa chegar, trará consigo um amor poderoso e mágico. E que poderá ser a salvação ou a condenação do nosso mundo — acrescenta Hensel, ajeitando o guardanapo sobre o colo.

— Bem, pelo menos essa é uma das inúmeras interpretações — discorda Arcas, com um grande sorriso para a amiga.

Eles me deixam absorver a informação com outro gole de água. Olho em volta e continuo:

— Está bem. Partindo do princípio de que estudaram bem essa tal Profecia, o que os leva a crer que ela se concretizará comigo?

— O momento da sua chegada coincide com algumas mudanças em Aquorea, e acontece pouco depois da virada do século. A última pessoa a "cair" antes de você foi o seu avô — diz Hensel, mexendo no guardanapo que agora pousou em cima da mesa.

Arcas pigarreia antes de falar.

— Essa pessoa chegará no momento em que Aquorea mais precisa, mas trará morte e vida em partes iguais. É assim a minha interpretação. Um pouco mais leve do que a da Hensel — diz, com um bonito sorriso para todos na mesa.

Ao ouvir essas palavras, percebo porque Kai não aceitou bem a minha chegada. Para ele, sou um sinal de morte… Meu pensamento vai, uma vez mais, para Umi. Ele suspira e sua respiração transborda revolta. Pela visão periférica vejo que ele me olha, mas é difícil demais encará-lo neste momento.

— Compreendo. Mas ainda não me explicaram por que acham que sou essa pessoa — insisto.

— Conheço bem o meu neto — diz Hensel. Olho para Kai, que continua a me observar com os olhos cerúleos fogosos. — Está apaixonado. E consigo perceber que o que os une é diferente, intenso. Ainda não entendi o que é, mas vocês são como ímãs que se movimentam em sintonia.

Recordo o beijo do início da noite e um calor trespassa meu corpo. Os olhos dele sorriem maliciosamente com meu pensamento. Kai cruza as pernas e os braços. *Filho da mãe convencido.*

— Se assim for, então qual o papel que tenho que desempenhar? O que se espera que eu faça, exatamente?

— Essa parte não nos foi revelada. Teremos de esperar e analisar os acontecimentos para entender, mas desde o momento em que vi meu neto se apaixonar por você e lutar contra esse sentimento, percebi que podia ser você. Falei com os seus avós, para que me deixassem te contar a verdade.

— Por que estão me contando só hoje?

— O Anadir nos procurou hoje, desesperado. E pediu a nossa ajuda. Ele nos contou que você encontrou a mochila que ele escondeu.

— Sim, acusei a minha avó injustamente...

— Sua reação foi mais do que natural. Todos os que vêm para cá têm um período de adaptação, de quarentena, digamos, para aos poucos se ambientarem e acostumarem à ideia de onde estão. Você não passou por isso, foi colocada de imediato em contato com a população e o ambiente.

— E como as pessoas reagem, normalmente? — Quero saber se aceitar quase automaticamente a existência de um mundo desconhecido é insanidade da minha parte.

— Quase sempre ficam deslumbradas, mas há quem não aceite bem a viagem — lamenta Arcas.

— E o que fazem nessas situações? Vocês as deixam sair novamente?

— Sim. Existem alguns portais espalhados, mesmo que alguém diga que esteve aqui ou fale da existência do nosso mundo, nunca conseguiria nos encontrar de novo.

Não posso deixar passar a janela de oportunidade que se apresenta e resolvo aproveitar:

— Quantos portais são ao certo?

— Ninguém sabe. Estão espalhados pelo mundo, mas desconfio que não são fixos, mudam de acordo com as necessidades de Aquorea em determinado momento. Por termos pessoas de todas as nacionalidades decidimos usar o inglês como língua comum. A informação que está nos livros nem sempre é a mais correta, Arabela — diz Arcas, com ar cúmplice e uma piscadinha.

Como ele sabe que retirei uma batelada de informação da biblioteca?

— E os que nascem aqui? São livres para sair, se assim o desejarem?

— Bem... Isso já é assunto para outra conversa. Longa e complexa — intervém Kai com um leve nervosismo na voz.

Arcas e Hensel se entreolham e eu os encaro para confirmar se entendi direito.

— Não são livres para ir embora daqui? — insisto.

— Infelizmente, não é assim tão simples — afirma Hensel, num tom sério.

— Desculpem, mas é muito simples — discordo. — Ou têm direito de sair ou não.

— Se quer uma resposta curta, é "não" — responde Kai, incomodado, ajeitando-se no assento.

— Então vocês são todos prisioneiros! — exclamo, angustiada.

— Olhe à sua volta, Rosialt. Não somos exatamente infelizes aqui. Temos tudo que vocês lá em cima almejam durante a vida inteira — afirma Kai.

— Concordo. — Viro para ele. — Mas o simples fato de não terem poder de decisão sobre a própria vida, de alguém escolher por vocês, torna qualquer paraíso uma prisão, certo?

Tudo isso me parece típico de alguém que sofre de síndrome de Estocolmo, mas aqui é em massa. Hensel me lança um olhar terno e meigo e coloca a mão sobre a minha.

— Há muitos anos, esse assunto foi a votação no Consílio, a maioria ganhou. Ficou decidido que os que nascem aqui não podem sair.

— É impossível todos serem felizes. Cada um quer e tem os próprios sonhos. Talvez, para alguns, seja ver o Sol, por exemplo. Ou andar numa montanha-russa. Ou viajar para o espaço — digo, exaltada.

— Me diga, Arabela. — Arcas fala baixo. — Lá em cima, todos têm à sua disposição um mundo aberto, quase sem fronteiras, onde a maioria é livre para fazer o que quiser e ir para onde o vento os levar. Você vê todas essas pessoas felizes e realizadas; completamente satisfeitas com a própria vida? Ou vê cada vez mais jovens divididos e confusos sobre o que fazer, o que querem ser, sobre o devem aprender e que profissão escolher? Sempre em busca de algo que os preencha. E sem nunca encontrar.

"Aqui podemos dizer que somos justos para a maioria. Porque, dentro das nossas limitações, todos podem desenvolver uma atividade pela qual se apaixonem e tenham vocação. E onde nada lhes faltará, porque cuidamos uns dos outros. Assim, não podemos abrir exceções. Somente para os que a água traz."

— A água é mágica, então?

— Para os que decidem acreditar em magia. — Hensel sorri. — Tudo é matéria e energia. Se as pessoas desenvolvem determinadas habilidades, na música ou na ginástica, isso faz delas bruxas?

Abano a cabeça em sinal de negação.

— Pois bem, nossa água desenvolveu essa capacidade especial de trazer para cá pessoas que são úteis à nossa sociedade. É só isso. O resto é fruto do nosso trabalho árduo e de muito estudo e pesquisa.

Recordo que Beau me disse que algumas pessoas saem para coletar informação.

— Mas muitas das bases dessa pesquisa vêm do mundo exterior, não é? Vocês têm tanta informação da Superfície, livros, música...

Arcas não me deixa continuar.

— Tem razão. Alguns escolhidos, de tempos em tempos, saem para recolher toda a informação que lhes é possível para que fique nos nossos registros e seja passada de geração em geração.

— Então, se eu quiser, posso ir embora? Tenho esse direito? — Minha voz sai quase um sussurro.

Kai se levanta sem olhar para ninguém e vai para a cozinha. Ouço-o mexer em qualquer coisa e depois o som de água corrente.

— Sim, você é livre para partir. Sempre foi — diz Arcas.

Para ir embora, basta dizer? Não há burocracias aqui, afinal. Passei semanas pesquisando e incomodando o Beau, para que me ajudasse, e tudo isso para nada.

— Então, por que me sinto uma prisioneira? Por que esconderam de mim todo esse tempo que eu tinha esse direito?

Arcas inspira fundo e prossegue:

— Você não é uma prisioneira. Sei que seus avós te contaram pouco. Desde a sua chegada, fui contra a abordagem que eles escolheram. Não foram totalmente sinceros com receio da sua reação e para protegê-la. Tentaram dar tempo ao tempo. Acho que tinham esperança de que, se a Profecia se concretizasse, você iria se apaixonar. Eles chegaram a pensar que seria pelo Beau.

Quase morro de vergonha. Hensel sorri e me dá tapinhas reconfortantes na mão.

— Então, se eu quiser sair, como faço?

— Se tomar essa decisão, explicaremos no devido tempo.

— Mas então o que devo fazer para cumprir a Profecia?

— Ninguém sabe. Você só saberá se ficar. E, então, saberemos também — responde Hensel.

— Estamos enfrentando tempos sombrios em Aquorea — murmura Arcas. — Os Albas estão cada dia mais fortes e têm invadido o nosso espaço.

— Por que vivem isolados? — Estou realmente interessada nesse assunto.

— A história remonta a tempos antigos, quando éramos um só povo e Aquorea não estava dividida como hoje. A área pantanosa era uma das mais bonitas, pelo que contam.

— Aquilo também faz parte de Aquorea?

— Claro. Aquorea não é só o que você vê aqui, é muito maior. Embora, agora as condições daquele lado sejam completamente diferentes de outrora. Alguns queriam mais liberdade e poder; e após disputas e rebeliões, essa minoria foi expulsa. Ficamos alguns anos sem confrontos, até que recomeçaram.

— Além de comida, eles têm roubado muitos cristais. Imagino que devido à escassez de luz e recursos, eles mutaram, transformando-se naquilo que são hoje. Mas nunca perderam o desejo de dominar Aquorea — explica Hensel.

— Uma força sombria paira sobre nós, pressinto. Nunca enfrentamos tantos desaparecimentos e mortes em tão curto espaço de tempo. Se continuar assim, podem destruir a nossa civilização. Acredito que a sua chegada esteja relacionada a isso — comenta Arcas.

— Mas se posso trazer a salvação ou a condenação, então não é melhor eu partir?

Kai retorna à sala com um jarro de água e enche o copo vazio à minha frente. Tem o cenho franzido e crivado de preocupação. Ele se inclina e sussurra ao meu ouvido:

— *Kia kaha*. — Então se senta e eu o olho intrigada com essas palavras cujo significado ainda não conheço, mas que já escutei algumas vezes.

A voz de Arcas me puxa de volta à conversa.

— Só se não quiser ficar para ver. Seu destino foi escrito há centenas de anos. Mas é sempre livre para escolher o seu caminho. Se decidir ficar, poderá traçá-lo de forma a fazer o bem. Tudo que acontece depende de nossas escolhas. Tudo acontece por um motivo, Arabela. O seu sempre foi vir para Aquorea. Se o seu avô tivesse ficado, o seu pai cresceria aqui e os filhos dele nasceriam aqui, também. Mas não seriam você e a sua irmã. Tudo aconteceu assim, para que você tivesse esse anseio e a sensação de que pertence a *outro* lugar. Que você não sabia onde era, até chegar aqui. Esse sentimento de vazio que sentia foi preenchido, não foi?

Não respondo. Olho em volta na expectativa de que algum deles fale. É verdade que nunca me senti tão feliz e completa. Mas também não é mentira que nunca estive tão triste.

— Agora já sabe. Não há mais segredos. Depois de hoje, não esconderemos mais nada de você — assegura Hensel, preenchendo o vazio do silêncio.

— Tem uma grande decisão nas mãos — constata Arcas, com voz condescendente.

Kai se levanta e se posiciona ao lado da minha cadeira.

— Ela está cansada. Foram dias complicados. — Pousa a mão no meu ombro. — Vamos?

Olho para ele, cansada e confusa.

— Vó, Arcas — despede-se Kai, com o típico gesto de cabeça enquanto eu me levanto sem entusiasmo.

Eu me despeço deles e, sem perceber, imito o seu gesto.

Os dois Anciãos se levantam e nos acompanham até a porta. Arcas dá dois tapinhas de reconforto nas costas de Kai.

— Temos certeza de que tudo se resolverá. Você tomará a decisão certa, Ara. Seja qual for — assegura Hensel, confiante.

Olho para eles, mas não sou capaz de dizer nada. Ao vislumbrar a cidade agora, a essa hora, já mais adormecida, não consigo vê-la com os mesmos olhos de apenas algumas horas atrás. Tudo me parece um pouco forçado, irreal e mais perigoso.

Caminhamos em silêncio e, ao perceber que Kai não se dirige para Salt Lake, pergunto:

— Não vai me levar para falar com o meu avô?

— Você quer ir?

— Não.

— Então só deve ir quando estiver pronta — conclui ele.

— Para onde vamos? — quero saber.

— Para casa. — Ele pega na minha mão enquanto atravessamos a Ponte-Mor que nos levará às instalações dos Protetores.

Uma sensação de felicidade me invade. Essa palavra tem, para mim, neste momento, mais significado do que em qualquer outro da minha vida. Pois sei que terá peso na decisão que preciso tomar. Ficar ou partir. Ficar onde está o meu coração ou ir para onde está a minha família. Mas nada disso interessa agora. Agora, vou para casa.

19
SUPERFÍCIE
— SETEMBRO —
COLT

— Segure o leme — ordena Luiz na sua voz rouca. — E estabilize.

Desde que Caspian, Mary e Benny voltaram para os Estados Unidos, muita coisa mudou.

Eles insistiram que eu regressasse com eles. Minha mãe ameaçou me deserdar se eu não fosse para a universidade e até fez meu pai me telefonar (coisa rara), mas com calma e muita paciência consegui convencê-los de que isso é o melhor para mim neste momento. Considero este tempo o ano sabático que Ara tanto falava em tirar para conhecer o mundo e fazer coisas novas. E estou, de fato, começando a me conhecer melhor.

— Sim, capitão — respondo ao seu comando. — Paro?

Ele acena afirmativamente, eu desligo o motor e jogo a âncora ao mar. Só estamos nós no pequeno barco, mas ele me trata como se eu fosse toda uma tripulação.

— Passe a rede.

Obedeço.

Não pretendo viver à custa da minha mãe, por isso, quando o procurei, uns dias depois de ficar sozinho, e lhe pedi que me ensinasse a arte da pesca e da navegação, ele riu na minha cara. Implicou comigo durante quase uma semana, até perceber que eu falava sério e me comprometeria a seguir as suas regras.

Saímos de terça a sexta-feira, quando a Lua começa a se pôr. Por volta da hora de almoço — depois de levar o peixe ao mercado, lavar o barco e organizar o material —, vou para casa e descanso. Ele me paga uma mixaria, por isso procurei outro trabalho para cobrir as despesas. Percebi que não preciso de muito para viver. Até porque tenho moradia de graça.

Quando Caspian me viu irredutível na minha decisão, pediu que eu me hospedasse na casa de Anadir e tomasse conta dela. Pedi que me deixasse ao menos pagar um aluguel, pois isso faria eu me sentir mais à vontade, mas ele recusou. Disse apenas para eu manter tudo arrumado e limpo. Assim, eu que antes tinha minha mãe para fazer tudo para mim, passei a cuidar sozinho de uma casa com quatro quartos e um jardim. Sim, jardim. Comecei a plantar algumas flores e já se vê cor além do verde e do marrom das árvores da floresta ao redor.

Meu celular vibra e eu o tiro do bolso. Eu o deixo sem som porque Luiz diz que espanta os peixes. É Mary. Lá são duas horas a menos. Deve estar no intervalo do turno da noite e quer conversar um pouquinho. Há três semanas que não toca numa gota de álcool e eu não podia estar mais orgulhoso.

— Vamos lá, moleque. Nada de celular aqui, já te avisei.

Guardo o aparelho no bolso. Ligarei mais tarde.

— Sim, Luiz.

Ele me lança um olhar enviesado.

— Sim, capitão — corrijo. E ele sorri por baixo da barba.

Ele tem me ensinado muito. Não só sobre pesca, mas sobre a vida. Perdeu um filho muito jovem, também afogado neste mesmo rio, com apenas onze anos. Já tem três netos de duas filhas; uma é professora numa grande cidade e a outra é peixeira, por isso fica com uma parte do pescado. Então acho que ele também fica contente em me ter por perto. Não passam fome, mas não levam uma vida folgada. É uma vida de muito trabalho e o dinheiro que junta é para ajudar as filhas. Já me disse, por duas vezes, que gostaria de encontrar o que Anadir encontrou. Assim talvez tivesse uma vida mais fácil, tal como o seu velho amigo. Está obcecado com isso e guarda rancor pelo fato de Anadir ter lutado por uma vida melhor, ao passo que ele continuou aqui. Mas não fico indiferente às histórias nem aos comentários que ele faz vez ou outra.

Hoje estou ansioso para voltar para casa e descansar. A bartender, que descobri se chamar Thaís, na verdade, é a proprietária do MEXI-NÃO e me arranjou um trabalho como auxiliar de garçom. Tem somente duas regras: "Trabalhe todos os dias das dez da noite às duas da manhã, e não transamos mais", porque isso vai contra os seus princípios. Sem hesitar, selei o acordo com um aperto de mão.

O fato de trabalhar quinze horas por dia, entre a pesca e o bar fez com que eu passasse a valorizar os pequenos momentos que tenho para mim. Penso em Ara todos os dias, mas já não penso nela todas as horas do meu dia. Sei que ela gostaria que seguíssemos com nossas vidas e tenho certeza de que aprovaria minha decisão de ficar no Brasil. Muitas vezes, me pego pensando que, se não fosse essa tragédia, eu nunca teria tido coragem de tomar as decisões que tomei, de mudar o rumo da minha vida de forma tão radical. Uma vez mais, devo isso a ela. Apesar de o vazio no meu peito ainda não estar preenchido, começo a sentir que tudo acontece por um motivo e minha vida começa a recuperar a cor. Sei que um dia vou reencontrá-la. Um dia, quando for velhinho e morrer, voltarei a vê-la. Até lá, viverei de um modo que ela também se orgulhe de mim.

Meu ombro trêmulo me acorda e percebo que é o celular vibrando debaixo dele. Lembro de que não retornei a chamada de Mary. Me repreendo mentalmente. Ainda sonolento, tateio a cama e nem olho para o visor quando atendo.

— Mary. Desculpe, me esqueci…

— Olá, Colt. — Uma voz feminina, mais jovem, me interrompe.

Pisco e olho para o celular. É a Benny?

— Benny? Tudo bem? Aconteceu alguma coisa?

— Está tudo bem. Acordei você? Parece que te acordei.

— Hum… Sim, eu estava dormindo.

— Desculpe.

— Não tem problema, Benny, você é de casa. Então, aconteceu alguma coisa? — pergunto de novo.

— Nada. Só estou ligando para te dar os parabéns, é isso… Parabéns!! — grita, animada, do outro lado da linha.

Ah, tinha me esquecido completamente. Afasto o lençol e me sento.

— Obrigado, Benny. Nem me lembrei de que era hoje, acredita?

— Como não? Está fazendo dezenove anos! Precisa comemorar. — Ela ri. — Uma pena eu não estar aí com você, mas foi melhor, sabe?

Como sei! Assim que voltaram para casa, Mary tratou de arranjar uma clínica para a filha começar a fazer uma desintoxicação. Não tem sido um processo fácil, principalmente porque vem associado ao luto da irmã. E não tínhamos nos falado desde então. Ela foi embora com muita raiva de mim, e me acusou de entregá-la para os pais. Disse inclusive que nunca mais me perdoaria por afastá-la do amor da vida dela. Não liguei para nada disso. Apenas desejei uma boa viagem e disse que sempre teria em mim um amigo para todas as situações.

— Sim, sem dúvida. Só quero que fique bem. Como se sente?

— Bem. — Ouço-a suspirar. — Sabe, a minha dependência era mais emocional do que física...

Sei, sei...

— Acredito.

— Não sei o que me levou a fazer aquelas coisas.

— A tristeza. Todos cometemos erros. — E eu também suspiro.

— Esse telefonema é também para te pedir desculpa... Fui uma perfeita estúpida. Você só queria me ajudar e eu fiz besteira. Parecia que estava possuída.

— Você estava consumida pela dor. Assim como nós.

— Não sei o que vi nele! Sinceramente, não fazia o meu tipo. Acho que tenho de descobrir. — A gargalhada dela me faz sorrir.

— Pior ainda, ele te usou como escudo humano. — Também me junto à brincadeira.

— Que horror! Mas foi isso mesmo. Voltou a vê-lo?

— Benny...

— Ah, não, não é nada do que está pensando. Não tenho saudades nem nada disso. É só por curiosidade mesmo. A última vez que estive com ele e aconteceu... aquilo... ele me contou que tinha sido demitido do estágio. Parecia desesperado, por isso precisava desabafar.

— Se era estágio, ele não foi demitido — brinco.

— Ah, você entendeu.

— Não. Nunca mais o vi, Benny.

Nos dias seguintes eu o procurei por toda parte, mas ninguém o vira. Por um lado, ainda bem, porque acho que o teria matado.

— E o seu pai, como está? — pergunto, dando por encerrado o assunto anterior.

Já não falo com Caspian há quase duas semanas. Passamos de uma necessidade de nos falar todos os dias para retomarmos nossas vidas e novas rotinas.

— Ele está bem. — E não deixo de reparar no seu tom alegre ao falar do pai.

— Que bom.

— Saiu do escritório, sabia?

— É sério? Não sabia.

— Sim, semana passada. Ah, deve estar esperando o momento certo para te contar a novidade. Passa muito mais tempo em casa e a minha mãe diz que também vai pedir no hospital para fazer só o turno do dia. Acho que com o que aconteceu com minha irmã e tudo mais... Não vão recusar.

Concordo.

A emoção na voz de Benny me transporta para a nossa vida passada. A vida fácil e plena que levávamos quando ainda éramos inocentes. Há apenas três meses, mas numa outra vida. Uma vida onde Ara ainda existia.

— Que bom, Benny. Fico mesmo muito feliz por te ver assim, animada.

— E você, como está?

— Estou ótimo. Cansado.

— A minha mãe me disse que virou pescador! — Sua voz é cética.

— Mais ou menos. Aprendiz. — Rio. — O Luiz está me ensinando umas coisas.

— O capitão Santos? — Ela começa a tossir quando tenta conter o riso. — Você é uma figura.

— Sim... isso mesmo — confirmo. — Obrigado por ter ligado, Benny. Foi uma boa surpresa.

— Queria ter ligado antes, mas...

— Sem problema. Vamos nos falando, pode ser?

— Combinado. Tchau, Colt.

São quase sete da noite. Tenho seis chamadas da minha mãe, duas de Mary, uma de Caspian e muitas mensagens não lidas de vários amigos. Tenho de pôr os telefonemas em dia, pelo menos os mais importantes. Ligo primeiro para minha mãe. Depois de quase trinta minutos matando as saudades e escutando todos os conselhos que ela resolveu me dar para os meus dezenove anos, decido tomar um banho rápido para sair de casa e jantar num lugar decente antes de iniciar o turno no bar.

Não como uma refeição que não seja enlatada ou requentada desde que Mary foi embora, por isso hoje mereço me mimar um pouco.

Faço a barba e visto uma camisa em vez de uma camiseta desbotada e calço botas em vez de tênis. Então me olho no espelho. Será que Ara iria gostar? Estou mais forte e acho que cresci. Os meus músculos se desenvolveram e fisicamente nunca me senti tão bem. Agora compreendo a obsessão de Ara por esportes. Este ano tínhamos planejado fazer uma festa de aniversário conjunta. Agora isso nunca acontecerá. Preciso ligar para ela.

Sei que esse ritual não me faz bem e não quero trocar uma dependência por outra, mas lidarei com isso mais tarde. Hoje é dia de festejar. Uma vez mais, digito seu número. Espero que a gravação com a voz dela termine e mal ouço o apito já começo a falar:

— Parabéns para mim! — digo, bem-humorado.

Para não me atrasar, uma vez que o meu turno começa às dez da noite, resolvo ligar para Mary e Caspian do carro. A essa hora, eles devem estar juntos, assim mato dois coelhos com uma cajadada só. Pego as chaves do carro velho que comprei e abro a porta da entrada. Dou de cara com Caspian subindo os degraus da varanda com uma mala de viagem pequena na mão.

— Caspian! — grito.

— Consegui te pegar em casa! — Ele sorri, pousa a mala no chão e me abraça. — Eu te liguei, mas você não atendeu.

— Pois é. Estava dormindo e quando acordei fiquei no telefone com minha mãe até agora há pouco. — Rio e ele me dá um tapinha amigável nas costas. — Ainda nem liguei para a Mary. Que boa surpresa! Podia ter me dito que vinha. Eu teria ido te buscar no aeroporto. — Eu me inclino para pegar a mala. Faço um gesto para ele entrar na casa dele e o sigo.

— Assim não seria surpresa. Parabéns! Como foi seu dia?

— Normal. Nem me lembrava de que era meu aniversário até a Benny me ligar.

— Ela te ligou?

— Sim, foi outra boa surpresa. Ela me pareceu bem. Como ela está?

— Está bem. E é exatamente por isso que estou aqui. — Franze os lábios.

— Como assim?

— Falamos depois. Pelo jeito que está todo arrumado, deve ter planos com alguma garota.

Se fosse há umas semanas, sem dúvida teria. Não com uma, mas várias. O ponto de virada que me fez despertar para a bagunça que minha vida estava virando foi quando vi Benny, em coma, coberta de vômito e seminua em cima da cama. Aquelas horas de espera no hospital me fizeram perceber que eles tinham razão, tínhamos todos de lidar com o luto por Ara, mas para isso teríamos também de assumir nossa parcela de culpa pelos comportamentos irracionais e perigosos que vínhamos tendo. Foi uma conversa longa e dolorosa, em que cada um de nós expurgou seus demônios. Uns dias depois, eles retornaram para os Estados Unidos, eu decidi ficar e mudar.

— Estava indo jantar. Sozinho. — Encolho os ombros. — Está com fome?

— Faminto.

— Então, vamos. — Volto para a varanda. — No seu carro. — Rio e aponto para o monte de sucata estacionado em frente à casa.

— O jardim está ficando lindo. Buganvílias! Meu pai teria adorado.

— É, tenho me mantido ocupado…

— Seu pedido, senhor. — A jovem sorri para Caspian. — E o seu. — Pousa o prato à minha frente. — Bom apetite.

Ela se retira e meu apetite se aguça ao ver o naco de carne bem preparado.

No caminho, enviei uma mensagem a Thaís para avisar que Caspian apareceu de surpresa e que hoje não vou trabalhar. Ela respondeu: "Com funcionários assim, vou à falência. Mas Ok. Amanhã você trabalha em dobro", e eu sorrio, porque sei que amanhã vai me fazer ficar lá para arrumar e limpar até o último grão de poeira.

— E eu que pensei que ia jantar sozinho.

— Achou mesmo que eu não viria comemorar com você? A sua mãe ficou muito triste por não poder vir, mas não conseguiu trocar os turnos. Mary e Benny mandaram um abraço. Também queriam vir, mas com o início das aulas e tudo…

— Claro.

Eu também não traria Benny para cá tão cedo, penso.

— Mas aqui estamos nós. — Ele sorri e começa a atacar a comida em seu prato. O sorriso, no entanto, está mascarado, é indecifrável.

— Caspian, o que aconteceu? Você disse que o que te trouxe aqui foi a Benny. Algum problema?

— Tem visto o Fabrici? — pergunta ele, de supetão.

— Não. Por quê?

— Há uns dias recebi este e-mail. — Caspian pega o telefone, mexe na tela e me entrega.

Uma notícia de jornal. No título, com letras em negrito, está escrito:

Nova desgraça na família Rosialt
Sexo e drogas deixam menor à beira da morte

Embaixo, fotografias de Benny. As fotos que ele tirou depois de enchê-la de drogas e abandoná-la. Como assunto do e-mail, uma pergunta: "Quer que seja publicado?"

A comida está prestes a voltar por onde entrou. Com a mão livre, bebo um gole de refrigerante.

— Filho da puta! Quanto ele quer? — Falo alto demais e as mesas ao nosso redor me repreendem com o olhar pelos meus maus modos.

— Vinte mil dólares.

— Precisamos encontrá-lo.

— Já fiz o pagamento. — Caspian suspira e cobre as mãos com o rosto.

— Sim? E então?

— Ele está ameaçando publicar se eu não lhe der mais vinte mil.

— Não pode pagar. Ele vai continuar te extorquindo.

— A notícia não pode vazar, Colt. Não entende, isso vai destruir a Benny. Ela começou a se recuperar, voltou a ter vontade de sair de casa, de comer... Está começando a voltar à normalidade. E a Mary não aguentaria tanto desgosto.

— Então, o que quer fazer?

— Encontrá-lo.

— Quando a Benny estava no hospital, eu o procurei por toda a parte, mas não o encontrei. Não deve mais estar aqui. Covarde como é, deve ter fugido da cidade. Ou do país.

— Pedi a um amigo que rastreasse a origem do e-mail. Ele está aqui. Hoje ao telefone, Benny me disse que ele estava desesperado porque tinha sido despedido. Precisa de dinheiro e encontrou uma galinha dos ovos de ouro.

— É sério? Então vamos encontrar o desgraçado.

20
REFÚGIO

Levanto da cama sem fazer barulho. Assim que chegamos à casa de Kai ontem, ele me deu um pouco de privacidade para me despir e me enfiar rapidamente debaixo do lençol, e foi dormir no sofá. Adormeci quase de imediato, nem me lembro de deitar a cabeça no travesseiro.

Ele permanece imóvel, pacífico e, se é que é possível, ainda mais bonito. Veste um short e uma camiseta. Um dos braços está acima da cabeça e o outro caído para fora do sofá. Tenho pena dele, pois o sofá é evidentemente pequeno para sua estatura. Quando acordar, vai se arrepender por ter me cedido a cama. O mar continua igual, com o mesmo tom escuro de sempre. E lá fora está ainda tudo muito silencioso.

Vou até a cozinha ver o que posso preparar para comermos.

Uma cesta com frutas variadas, que já conheço bem, e o pão fino e rústico estão em cima da bancada. Ponho água para ferver para fazer um chá de casca de *june*, uma fruta muito ácida, mas com uma casca surpreendentemente doce e fresca. Vasculho os armários. Ele tem poucos utensílios, mas estão extremamente organizados. A comida também é escassa. Abro a porta da geladeira e vejo uns ovos grandes de casca quase preta. Decido quebrar dentro da travessa que tiro do armário alto.

Cheiro. O aroma me agrada, então, pego um garfo e bato. Pelo tamanho do ovo, deduzo que apenas um bastará para nós dois. Encontro no armário central uma frigideira para fazer o ovo mexido e trabalho com o menor barulho que consigo. Cheiro algumas ervas que estão em vasos pendurados, com cordas, no teto. Arranco uma folha. Provo e gosto do toque salgado. Colho e pico mais algumas folhas e acrescento ao ovo.

Estou distraída e cantarolo baixinho quando uma mão quente toca minha cintura. Meu coração dá um salto e quase sai pela boca.

— Humm, que cheiro delicioso. — Kai cheira meu pescoço. Sorrio timidamente.

— Bom dia. Desculpe, fiz barulho.

— Não. Não te vi na cama e vim ver se estava bem. Mas estou vendo que sim. — Ele se afasta para se encostar no balcão da cozinha. — Posso ajudar?

O cabelo está desgrenhado e os olhos muito claros.

— Sim. Ponha os pratos, porque daqui a um minuto está pronto.

— Sim, chefe. Eu poderia fazer isso todos os dias...

Olho para ele sem saber o que dizer...

— Compartilhar uma refeição com você, é claro. Não ter você cozinhando para mim. — Ele pisca. *Ai, ai...* Suspiro mentalmente.

— Você sempre acorda assim, bem-humorado? — pergunto, de sobrancelha arqueada. Desde que cheguei a Aquorea, foram poucas as vezes que o vi sorrir. Para mim, claro...

Ele está de costas colocando os pratos na pequena mesa no canto, perto da porta.

— Normalmente, sim. E quando tenho mulheres bonitas para cozinhar para mim, fico mais ainda — diz. Mas reparo que seus ombros ficam tensos assim que as palavras saem da sua boca, pois provavelmente escutou o meu pensamento.

Tenho vontade de servir os ovos na cabeça dele, em vez de no prato. Em três passos, ele se aproxima de mim e põe as duas mãos em cima dos meus ombros para me manter imóvel.

— Estou brincando — afirma, num tom penitente.

— Você não me deve satisfações — bufo, tentando escapar das suas mãos fortes e parecer ocupada com alguma coisa.

— Desculpa, foi uma piada infeliz.

— Não precisa se desculpar. — O já conhecido sentimento de ciúme se apodera de mim. Imagino-o íntimo de outras garotas e trazendo-as para cá. Para a cama onde eu dormi. Respiro fundo e passo as mãos com força pelos olhos para tentar afastar os pensamentos.

— Rosialt. — A voz é profunda e rouca. — Sou só seu. Sempre fui. Nunca fui de mais ninguém. — Entende isso? — questiona, assentindo com a cabeça com um ar sério.

Escuto os seus pensamentos e descubro que ele nunca esteve com uma mulher. *O quê? Como é possível?*

— Não foi por falta de oportunidade. — Faz um trejeito sedutor e brincalhão com a boca.

— Acredito. Mas não entendo…

— Sempre soube que você era a única pessoa para mim. Nunca duvidei. Tive de ser paciente e ter esperança de que realmente um dia seria… minha.

É só meu. Meu. E eu sou dele…

— Do berço ao túmulo. Sempre você. Sempre nós — diz.

Olho para cima e os olhos dele estão profundos como o mar. Enrolo os braços em torno do seu pescoço e sussurro:

— Também sou só sua. — Meu rosto queima de vergonha enquanto o escondo no seu peito. Não sei bem como reagir. — Mas já sabe disso, porque sou um livro aberto para você.

Dou-lhe um beijo meigo nos lábios. O corpo dele relaxa nos meus braços, mas ele não se mexe.

— Nunca mais beije o Beau. — Ele cheira meu cabelo. — Nem nenhum outro homem. — Beija meu cabelo.

— Combinado. — Sorrio com o rosto encostado no bíceps rígido.

— Prometa… Quero que seja só minha.

— Prometo. Desde que não beije a Sofia de novo. Nem nenhuma outra.

Com os dedos longos, levanta o meu queixo. Pousa um beijo suave nos meus lábios.

— Do berço ao túmulo. Simplesmente VOCÊ — repete.

Outro beijo. Esse mais intenso e molhado. Nossas línguas juntas são um furacão que desencadeia um turbilhão de novas sensações e emoções. Ele me aperta ainda mais contra o corpo dele e o vazio entre nós deixa de existir. Suspiro quando ele para de me beijar. Dou a volta e fico nas suas costas.

— Vamos comer — diz Kai, pegando o prato com o ovo mexido. Coloca-o em cima da mesa. Vai buscar a infusão, que já está pronta, e se senta. Serve o meu prato e a minha xícara, depois se serve.

— Ainda fico confusa por não usarem relógio. Nunca sei que horas são.

— Nunca vi você se atrasar para nada.

— Ah, isso porque durmo pouco, por sua causa.

Olhamos um para o outro e rimos.

— Alguém já te explicou os intervalos de tempo? — pergunta ele.

— A Isla… Sua irmã já me explicou, sim. Durante vários jantares me obrigou a fazer a conversão. — Sorrio ao relembrar, com a boca cheia de um sabor divino. — Humm, que delícia!!

— São bons, não são? — Os olhos se iluminam. — São ovos de *camellus.*

— O quê? — Quase cuspo o ovo.

— É uma ave não voadora, da família da avestruz — explica, com uma gargalhada sonora, enquanto rouba um pouco de comida do meu prato com um ar travesso.

— Como você sabe o que é um avestruz e não sabe o que é uma jujuba?

— Nunca li nada sobre esse animal! — responde.

O chá jorra pelo meu nariz e quase caio da cadeira de tanto rir.

— Não é um animal, é uma guloseima, parecida com gelatina.

— Então está explicado! Olha, mudando de assunto; como sabe, hoje temos folga. Bem, nem todos... Ultimamente, fazemos turnos para que a cidade nunca fique sem proteção — diz, referindo-se aos Protetores.

— E você, vai trabalhar?

— Hoje não. Vou te levar a um lugar. Vista-se. Acho que vai gostar. — O tom de voz conspiratório faz algo dentro de mim vibrar.

— Foi aqui que te encontrei...

Sob nossos pés, os seixos escuros chocam uns nos outros ao sentirem nosso peso. Evito lembrar que já estive aqui com Beau. E duas vezes depois disso, para ver se a água me levava de volta.

— Nunca te agradeci de verdade por ter me ajudado tantas vezes.

— Não é do seu feitio agradecer — acrescenta, com um tom condescendente.

— Obrigada. — Baixo os olhos para um pequeno *trovisco* que capta minha atenção.

Kai se inclina para pegá-lo e o mergulha na água. Em contato com o líquido, as pétalas se transformam e ficam transparentes como vidro. Como eu ainda não tinha reparado nisso? Leva a flor ao meu nariz e o seu aroma é ainda mais intenso. Ele a prende debaixo do meu relógio como costumo fazer. Esse gesto me faz perceber que afinal ele presta muito mais atenção em mim do que eu imaginava.

— O que estava fazendo aqui, afinal? — pergunto, ainda de olhos fixos na flor.

— Gosto de vir aqui. É o meu refúgio. Onde todos se conhecem pelo nome, é difícil estarmos sozinhos. É como uma grande e chata família em que cada um tem sempre algo a opinar e a acrescentar. E porque ouvi o seu pedido de socorro.

— Ouviu?

— Bem alto, devo dizer.

— Mas o Beau — encolho os ombros — me disse que há mais pontos de entrada. Como sabia que eu vinha parar neste em particular?

Um pressentimento. Descobri este lugar quando tinha nove anos, pouco depois que você me *abandonou*... E achei que fazia sentido. — Ele passa os dedos pelo cabelo preso na nuca. Gosto de vê-lo assim, os maxilares fortes à mostra.

— Eu te entendo perfeitamente. Sempre gostei de ficar no meu canto. Talvez por nunca ter me integrado de verdade. Preferia muito mais a companhia dos meus livros e dos meus pensamentos do que de pessoas. É estranho que, desde que cheguei, pouco li, mas sinto falta.

— Está explorando este novo e pequeno mundo. — Seu rosto se ilumina de formas que só agora começo a perceber.

— Você também gosta de ler. Vi muitos livros na sua casa.

— Aqui somos incentivados a ler desde cedo. Aprendemos muito sobre a Superfície pelos livros. E há muitos que se apaixonam por ela exatamente por causa dos livros que leem. E se iludem com fantasias de que lá fora é tudo magnífico.

— Há muitas coisas boas. Não é certo falar o que não sabe.

— Tem razão.

— Não tem curiosidade em conhecer?

— Um pouco... — Suspira pesadamente.

— Pode ser que um dia conheça. — Tento espreitar seu pensamento, mas não *vejo* nada.

Ele não comenta, mas o sorriso fraco responde por ele. Não tem essa curiosidade, pois o amor e o sentimento de proteção que nutre pela Comunidade superam todo o resto. Meus ombros se encolhem com a tristeza que me assola.

— Pronta para explorar mais um pouco? — Seu tom tenta ser alegre. — O lago é bonito visto por fora, mas o que tem dentro é que o torna especial.

— Dentro?

A clareira é perfeita. De cores vivas, preenchida por aromas doces e pelo cheiro da terra. A água translúcida do lago e a relva de aspecto almofadado fazem este local ser merecedor de um prêmio. Como pode o que há dentro ser mais belo do que isso?

— Sim. Pronta para um mergulho, Rosialt? — Ele tira a camiseta e, mantendo a armadura do antebraço, mergulha para a água convidativa. Adoro ver o cordão com o seixo preto no pescoço dele. *A perfeição existe.*

Não vim preparada para isso, por isso decido mergulhar com a roupa que estou; um short e uma camiseta aberta nas costas. Meu corpo reage positivamente ao choque térmico e se arrepia de prazer.

— É só me seguir. — Kai mergulha, desaparecendo para a parte funda do pequeno lago.

Obedeço. Afundo a cabeça e, de olhos abertos, nado atrás dele. Nadamos em direção ao limite da lagoa, onde fica a parede de pedra. Kai mergulha um pouco mais fundo e passa por uma fenda que há numa das extremidades. Entramos num túnel e atravessamos para o outro lado da parede. Ele é rápido e ágil, move-se como um peixe. Vejo-o desaparecer, e rapidamente eu também saio do túnel e nado com certa dificuldade para fora da água.

— Uau! — O lugar me deixa deslumbrada e é a única coisa que consigo expressar ao mesmo tempo que o sigo devagar para a areia.

Ele sorri e caminha para a margem do lado oposto de onde saímos. Pequenas ondas quebram aos meus pés. Eu me abaixo e provo.

— É água salgada — murmuro. Mas ele não me ouve.

— Aqui é o meu refúgio.

— Eu poderia viver aqui. — Inspiro para recuperar o fôlego. — Uma casinha ali — brinco, indicando uma duna que se formou na areia cristalina que pisamos. E, para minha maior surpresa, há uma árvore, pequena e solitária, mas muito verde, carregada de *kerrysis* de aspecto doce e suculento.

Essa gruta contém uma pequena praia. O teto, bem no alto, é uma cúpula de cristal amarelo, ardente como fogo. A areia é de conchas reluzentes e fragmentos de corais, fina como farinha, que lhe dá uma maciez agradável ao toque. A cor da areia — um coral profundo — contrasta com o azul-celeste da água e o amarelo do ar. Na parte mais afastada emergem cascatas que se convergem para a lagoa de onde saímos. Fecho os olhos e abro os braços para sentir as pequenas partículas de neblina que se formam por causa das delicadas cascatas que vertem do teto. Se me concentrar, imagino o sol morno aquecendo minha pele.

— Há muito tempo que quero compartilhar este local com você.

— É lindo…

Será que já o compartilhou com mais alguém? Com a Sofia, talvez?

— Você é a primeira pessoa que trago aqui. Sabia que ia gostar.

Ele senta e eu me aninho ao lado dele.

— Entendo por que gosta de estar aqui. — Falo depois de alguns instantes. Meu coração permanece sereno. O silêncio entre nós não é constrangedor. Pelo contrário, é confortável e agradável.

— Desde que chegou, eu queria trazê-la aqui, mas não sabia como me aproximar de você. — Kai suspira de forma triste.

— Não se esforçou muito — digo baixinho, relembrando a maneira como ele costumava me tratar.

— Sei que errei, mas a verdade é que eu tinha medo. Medo dos meus sentimentos e do que poderia acontecer. Estava revoltado por te conhecer tão bem e você não saber sequer quem eu era. Tentei fazer tudo para te afastar, para que não quisesse ficar aqui. Para que fosse embora e tudo voltasse ao meu normal.

— Então você preferia que eu não tivesse vindo? — pergunto, igualmente triste, mas tranquila.

— Não. Sempre senti curiosidade em saber como você seria. Se era como eu te imaginava com base nas coisas que você, sem querer, compartilhava comigo. Houve um tempo que eu não me sentia bem por ouvir seus pensamentos, achava que estava invadindo a sua privacidade. Mas durou pouco tempo; não resistia a dar uma espiada para saber como você estava e o que fazia. — Solta uma gargalhada grave.

— Então ficou decepcionado ao me conhecer.

— É óbvio que não! Eu já te conhecia mesmo antes de te ver com meus próprios olhos. Entende? Você faz parte de mim, desde sempre.

— Mas você sabia da Profecia e isso te deu outra perspectiva…

— Sim, todos conhecemos, mas muitos ignoram. A grande maioria acha que é tolice acreditar em algo que foi pressagiado há centenas de anos. Mas eu sabia, sempre soube, que era real. Não compreendia o que precisava fazer com o que me foi oferecido, mas sabia que era importante para mim e para a Comunidade. Sempre a encarei com respeito e um certo temor pelo que ela poderia trazer. Por que, como já te explicamos, ela fala de morte.

— A Umi…

— Apesar de eu não precisar de mais nada para saber que está se realizando, não consegui controlar o meu ímpeto de enxotar você. Fiquei revoltado.

— Desculpe por ter te causado tanta tristeza. Ou ainda causar…

— Engano seu. Nunca fui totalmente feliz. Não até te ter na minha frente pela primeira vez. Acho que queria o melhor dos dois mundos. Um em que você estivesse a meu lado, mas em que a maldita Profecia não existisse. Nunca compartilhei com ninguém que você existia, que sabia que um dia você poderia chegar. Mas a minha avó soube, ela tem uma forma de saber de certas coisas. Já previu que algumas pessoas iam morrer antes de acontecer, ou que algo importante iria ocorrer. Também tem o dom de ver o que nos trará mais felicidade, por isso aconselha muitos nos seus caminhos, seja no trabalho ou no amor.

Recordo das palavras de Petra.

— Quase como uma vidente! A Petra tem um certo medo dos poderes da Hensel. Acha que é uma bruxa — digo, com uma risada.

— Bem, ela acerta muitas coisas, isso é verdade.

— Mas então foi por conhecer os Escritos que me recebeu tão mal? Ou existe outro motivo?

— Não te recebi mal! Estava apenas um pouco relutante.

Ergo as sobrancelhas e reviro os olhos. Ele continua:

— Sim… Tem razão. — Expira pesadamente. — Porque sei que a Profecia existe, porque a vivo em primeira mão. Além de curiosidade, tinha medo do que você poderia trazer quando chegasse. Ultimamente, sonhava com você quase todas as noites e acho que foi através dos sonhos que nos comunicamos. Eram sonhos, mas uma parte de mim ainda considerava a possibilidade de você nunca chegar, de se fechar de vez para essa parte da sua existência.

— Sempre soube que tinha de haver algo mais — concluo, me juntando às confidências. — Fui uma criança diferente, depois me tornei uma adolescente ainda mais estranha, um pouco revoltada com a vida. Nunca estava satisfeita com nada ou em lugar algum.

— Quando você chegou, eu não soube o que sentir e um turbilhão de sentimentos afundou minha alma — revela Kai. — Uma pessoa que eu conhecia tão bem e tanto queria, mas também sabia que traria coisas negativas: tristeza e morte. Eu devia ter te deixado em paz e não ter te trazido até aqui com a insistência dos meus pensamentos. Mas, principalmente, não devia ter colocado sua vida em risco.

— Por isso sua indiferença comigo — admito, tristemente.

— A revolta que eu sentia era comigo mesmo, não com você. Queria lutar contra o que sempre esteve presente em mim, contra os meus sentimentos, e me manter longe de você. Pensei que, talvez, se eu fosse inacessível e tornasse sua vida um inferno, você decidiria ir embora. Mas a verdade é que não consegui tirá-la do coração. De novo.

— Sou grudenta como uma rêmora humana. — Mostro a língua para ele. — Não entendia bem o seu comportamento irracional. Às vezes, era afetuoso e gentil. Eu via como você agia com as outras pessoas e concluí que minha presença te incomodava.

— Quero proteger a Comunidade, mas não quero te magoar.

— Sei que me culpa pela morte da Umi. Eu também me culpo e não consigo parar de pensar nela.

— Nunca te culpei — apressa-se Kai em corrigir. — Desculpe se te fiz pensar assim. A Umi era como uma irmã. Uma irmã impulsiva e inconsequente, mas que eu amava por seu jeito explosivo e superprotetor. A morte dela me fez perceber que nada do que eu fizer impedirá o que já está escrito.

— Mas você teve a vida toda para se preparar para isso, eu caí aqui de paraquedas. Pode me dizer por que razão aceitei tudo tão bem?

— Aquilo que Arcas disse, e você própria admite, é verdade; a vida toda você soube que pertencia a "outro" lugar.

— Por que acha que temos essa ligação, Kai?

— Não sei... Mas sei que esse laço que nos une, essa força invisível, só pode ser um sinal de que *precisamos* um do outro. Podemos deixar que nos destrua, que nos consuma, ou podemos fazer coisas grandiosas com ele. — Seu rosto calmo, puro. Como sempre o desejei ver, sem máscaras; finalmente, aqui está ele, para *mim*.

— E agora, ainda me odeia? — brinco para amenizar o clima.

— Sempre foi o oposto... — Suspira ao encarar o horizonte. — Agora vejo o quanto estava enganado em relação à sua chegada. Juntos somos mais fortes; trazemos luz, não trevas. E a nossa força é um trunfo para enfrentar o que quer que o destino nos reserve. Eu te admiro por isso, por ser forte e corajosa. Mesmo sem saber o que tem de enfrentar, você luta.

— Na sua opinião, o que acha que é? — instigo.

— Os Escritos são vagos, não falam de coisas concretas. Dizem, por exemplo, que um grande amor vai escutar o seu coração; que a *Thaiktvie*, que alguém há muitos anos traduziu como a "Salvadora", enfrentará a morte e restabelecerá a ordem onde a escuridão se instalou. Eu juntei as peças e percebi que se referia à nossa telepatia.

— Salvadora, telepatia... Que estranho! — Sorrio com algumas situações que me passam pela cabeça. O máximo que conseguia na Superfície era ser chamada de "esquisita". Resolvo ignorar, por enquanto, a parte do "enfrentará a morte...".

Ele me olha com estranheza.

— Esquisita? — Ri.

— Está me ouvindo de novo. Eu não era muito sociável, como bem sabe.

— Agora que tem toda essa informação à sua disposição, o que vai fazer com ela? — Ele se aproxima de mim e prende uma mecha de cabelo atrás da minha orelha.

— Pois é.... Não sei — suspiro longamente admirando o céu.

— Já não tem muito tempo para decidir. Sinto um clima estranho em Aquorea. Ouço coisas de que não gosto e há cada vez mais insegurança. Como se nossas defesas estivessem vulneráveis e, por mais Protetores que haja, não conseguíssemos evitar o que está para acontecer. Como se alguém quisesse o nosso mal.

— E será que não é isso mesmo? A ambição, a sede de poder pode levar as pessoas a fazerem coisas inimagináveis. E quando o espaço é limitado, essas características tendem a se intensificar.

— Será? — Percebo uma ponta de dúvida na sua voz.

— Sim, pode ser. Quem teria motivos para fazer mal às pessoas que conhece? Um psicopata dissimulado. Pode acontecer... não estão livres desse tipo de problemas aqui, certo?

Tento esconder meus pensamentos sobre Umi querer me fazer mal e de Asul ter me agredido, mas não tenho sucesso, porque ele me diz sem palavras:

Tem razão.

— Temos uma vida mais saudável, as pessoas vivem mais tempo — diz Kai em voz alta.

— É sério? — pergunto de cenho franzido.

— Sim, a Hensel tem cento e vinte e oito anos.

— O quê? Não acredito. — Arregalo os olhos, atônita, diante da revelação.

Ele ri e deita na areia fofa numa explosão de gargalhadas altas.

— Babaca!! — Bato no braço dele com a mão aberta e pouca força, para demonstrar a minha insatisfação com a brincadeira de tão mau gosto.

Ele me puxa para si. Deito na areia de barriga para cima com a mão no abdômen de tanto rir.

— Vou dizer à Hensel que você acreditou que ela tem quase cento e trinta anos. Ela não vai gostar nada, talvez até te transforme num sapo.

— E aí você terá de me beijar para me transformar numa princesa outra vez.

A confusão no rosto dele é evidente e seu pensamento é tão alto que me sinto na obrigação de explicar.

— Há um livro infantil que conta a história de um príncipe que foi transformado num sapo e só com um beijo de amor verdadeiro voltaria ao normal.

— Ah... entendi... Vamos testar essa teoria — diz ao meu ouvido, enquanto se aproxima mais e me beija com prazer.

A respiração dele fica ofegante à medida que o beijo se torna mais voraz. Nossa pedra, no pescoço dele, irradia luz de um azul muito brilhante e uma sensação de urgência e prazer emerge no meio das minhas pernas.

— Não fuja mais de mim — diz Kai com nossas testas encostadas.

— Vou pensar... — Provoco com um sorriso.

Uma das mãos envolve a minha nuca, outra a minha cintura, e eu começo a hiperventilar.

— Não vou deixar. — Arqueja e desvia a boca para me dar uma mordidinha no ombro descoberto. Minha pele arrepia e todos os meus sentidos estão hiperativos.

Imito o gesto no ombro dele, mas acho que mordo com muita força, porque ele faz uma careta. Não me importo, o gosto me satisfaz. Tem gosto de Kai. Ansiava por esse sabor há tanto tempo.

— Não preciso da sua autorização para fugir. — Passeio a minha mão nas suas costas e ele tem a mesma reação que eu: fica todo arrepiado. — Então, você é sensível — brinco.

— Sempre que está por perto... Você me faz perder a cabeça. Sabe há quanto tempo sonho com você nos meus braços e espero por isso?

— Terá de esperar mais um pouco. — Dou um beijinho na ponta do seu nariz. Ele sabe do que estou falando.

— O tempo que precisar. — Afasta meu cabelo e mordisca meu pescoço enquanto a mão quente e ágil descobre o que está por baixo da minha camiseta molhada. Meus mamilos formigam e meu corpo estremece. — Mas, até lá, vou te fazer sofrer.

Há calma e pureza em seu rosto.

Sabia que teria de encarar o meu avô mais cedo ou mais tarde, portanto, no dia seguinte, no fim do treino, decido ir a Salt Lake conversar com eles.

— Tem certeza de que não quer que eu te leve? — Kai está encostado no batente da porta do banheiro. Observa meus movimentos enquanto me penteio. Abri a porta depois de tomar banho e me vestir. Está com os braços cruzados sobre o peito.

— Preciso fazer isso sozinha.

E de algum tempo comigo mesma para refletir. Os nossos olhos se encontram no reflexo do espelho-d'água e sorrio. Os dele se alegram e ele volta para a sala. Como pensarei na importante decisão que tenho que tomar sem que Kai "ouça"? A verdade é que ele não escuta deliberadamente, mas, sim, porque tenho pensamentos muito "altos". Ainda não aprendi a fazer uma triagem do que posso compartilhar e do que pretendo guardar para mim. É um exercício que tenho de pôr em prática para não bombardeá-lo constantemente com minhas divagações e me proteger um pouco também.

— Mais tarde jantamos aqui na Fraternidade? — Kai segura um arpão grande na mão com um ar descontraído.

Um friozinho de nervoso percorre minha barriga, mas assinto. Coloco a mochila nos ombros. Fico na ponta dos pés e lhe dou um beijinho na bochecha. Saio de casa.

— É assim? — Ouço-o falar ao longe e não consigo evitar rir.

Logo mais vou cobrar esse e outros em atraso, ouço-o sem ele falar.

Antes de atravessar a ponte, observo os bazares repletos de pessoas que passeiam e fazem suas aquisições. Debaixo dos meus pés, o chão luminoso da Ponte-Mor está ainda mais radiante. Nas últimas semanas, principalmente nos dias de descanso, em que há um maior aglomerado de pessoas, e ao fim do dia, como agora, aumentam a intensidade da luz para dar mais segurança à cidade. O ruído é harmonioso e agradável.

Meus pés já se adaptaram ao chão cálido e úmido, e não senti necessidade de calçar os tênis desde que fiquei descalça no dia do resgate de Isla. Saio da ponte e viro à esquerda ao longo do rio, onde crianças brincam na água enquanto os adultos conversam e comem petiscos.

Alita e Fredek passeiam no meio da multidão com uma postura elegante e altiva, como que em campanha política, parando para cumprimentar e conversar com um e outro. Alita tem o cabelo num tom de laranja muito vivo. E, claro, um exuberante vestido combinando. Eles me veem, e Alita desvia imediatamente o olhar, colocando uma mão à frente da boca enquanto fala com alguém, como se esse gesto evite que eu a ouça a tantos metros de distância. As pessoas que escutam atentamente o que ela diz me olham com desdém; um dos homens do grupo finge cuspir no chão enquanto me olha com extremo desagrado. Estranhamente, não me sinto intimidada, mas fico bastante preocupada. O que estarão espalhando sobre mim?

Ao longo do percurso, muitas pessoas me viram a cara, manifestando seu desagrado, e outras chegam até a acelerar o passo na direção oposta quando me veem, como se sentissem repulsa ou medo. No entanto, outras me cumprimentam com afeto e tenho de parar várias vezes para conversar.

Quando finalmente consigo seguir o meu caminho, arrependida de não ter aceitado a oferta de Kai, vejo Adro — o guarda-costas de Llyr — sair de uma casa baixa no centro e tomar a mesma direção que eu, para o sul. Ele caminha rápido e furtivo à minha frente, junto às paredes onde a iluminação é mais fraca. Eu o vi poucas vezes e, apesar de estar de costas, reconheço o cabelo seboso e a falta de pescoço. Veste uma calça preta justa e um colete comprido que vai quase até o joelho. Para onde quer que vá, está com pressa e tenta passar despercebido.

Involuntariamente, acelero o passo e ainda com alguns metros de distância entre nós — que eu considero uma distância segura — não o perco de vista nem mesmo quando, numa curva, ele entra numa ruela apertada com inúmeros canais de pontes arqueadas — igualmente estreitas e curtas — e se enfia numa abertura existente entre duas casas à direita, derrubando por terra minha teoria de que poderia ir para casa. Seu ar é suspeito e tento bloquear Kai do meu cérebro. Faço um esforço e penso na praia secreta de Kai, a nossa praia. Não consigo conter um sorriso; cheiro o *trovisco* e o bálsamo me acalma.

Não quero que ele interfira nem me chame de irresponsável por seguir um homem com o cargo de Adro pela cidade. Mas não posso, nem quero ignorar meu instinto. Há a possibilidade de terminar mal, mas sempre posso alegar que me perdi, pois ainda não conheço bem as ruas dessa parte da cidade.

A luz é escassa e o som abafado dos passos na pedra é tão suave que eu tenho dificuldade em perceber se ele está mesmo à minha frente ou mais afastado. Penso em acender a luz do meu relógio, mas decido não fazê-lo. Semicerro os olhos na tentativa de aguçar a visão e identificar o caminho apertado que se estende à minha frente. Subo quatro degraus e ouço sussurros não muito longe. Encosto na parede fresca e deslizo a mão para me orientar na escuridão. A parede acaba e dá acesso a uma pequena gruta com pouquíssima iluminação. É o local ideal para conspirar. Minha respiração sai ofegante e acelerada. Cubro a boca e o nariz com a mão na tentativa de me acalmar e faço algumas inalações longas e silenciosas.

— Não foi seguido? — pergunta alguém a Adro.

— Não. E você?

— Fui cuidadoso — responde uma voz masculina e grave. — Trouxe as coisas? — A voz rouca e nítida não me é desconhecida. Um timbre que já escutei.

— Não. Guardei no cofre — responde Adro ao seu interlocutor.

— Temos de ter certeza. Não podemos falhar, há muito em jogo. Agora que ela está aqui, temos de ser certeiros.

— Confie em mim. Mas receio que Aquorea não volte a ser a mesma depois disso — diz Adro.

— A população está focada nos Albas. E agora isso joga a nosso favor.

A frase me assusta. *Eu sabia!* Sinto que Adro não é de confiança. Certamente há um dedo dele nas mortes e nos desaparecimentos dos habitantes. Chego um pouco mais perto do limite da parede, em direção à luz, para ver o rosto do outro homem. Espreito com cuidado para não fazer movimentos bruscos que me denunciem. Preciso descobrir quem é para compartilhar a informação com Kai e juntos os expormos ao Consílio.

Mesmo de costas, reconheço a cabeça raspada e o tom de pele do homem corpulento. As tatuagens confirmam minha suspeita. E se ainda houvesse dúvidas, aquele tom de voz não me é desconhecido, porque é semelhante ao som familiar da voz de Kai.

Ghaelle?!

O pai de Kai, sussurra com Adro em conluio; o que estarão tramando? Pelo tom da conversa, estão planejando o assassinato de alguém? O meu?

Minha garganta seca e engasgo. Quase tusso. Aperto o pescoço para evitar que saia algum som que me denuncie, e aperto ainda mais a mão em cima da boca. Adapto novamente os olhos à escuridão para fazer o caminho de volta, tateando a parede. Não posso acreditar que Ghaelle faça parte de algum plano cruel para prejudicar a sua gente.

Como vou contar isso para o Kai?

Corro até chegar à rua principal que me levará à casa dos meus avós, olhando por cima dos ombros para confirmar que não estou sendo seguida.

Quando chego à casa deles, passo a mão pelo pequeno visor do lado de fora e abro a cortina de água. Chamo pelo meu avô. Ele está na cozinha e responde com entusiasmo quando me ouve.

— Ara, como você está? — Mas logo se contém. — Parece assustada.

— Estou bem — respondo, forçando um sorriso suave.

Não me aproximo dele. Eu me sento em um dos bancos baixos que há no vestíbulo largo da entrada e que dá visibilidade direta para a cozinha.

— Cadê a vovó? — pergunto.

— Está descansando.

Aproxima-se de mim e senta ao meu lado.

— Quero pedir desculpa para ela. Eu a acusei injustamente.

— Se há alguém que merece um pedido de desculpa, é você. — O olhar dele é de constrangimento.

— Por que me escondeu isso durante tanto tempo, vô? — Minha voz sai triste.

— Foi errado da minha parte. Quando você era pequena, eu queria te contar. Contava as histórias e te via entusiasmada. Tentei fazer você acreditar que eram reais. Não sei se fui convincente.

— Eu acreditava. Naquela época eu acreditava. Mas depois você parou de contá-las.

— Depois... — Inspira pesadamente como se respirar fosse um esforço doloroso. — Achei que era tolice da minha parte compartilhar um mundo que talvez nunca viesse a conhecer. Conforme você foi crescendo, não fazia sentido te contar a verdade. Talvez me achasse um velho desmiolado. Tive receio de que isso nos afastasse. Não suportaria viver com essa mágoa.

— Mas quando cheguei, tive a sensação de que você sabia que eu viria.

— Sabia que havia uma grande possibilidade de isso acontecer, por causa dos seus sonhos recorrentes nos últimos meses. As coisas que me contava pareciam premonições, deduzi que algo te chamava. Por isso, no momento adequado, voltei. E começamos a preparar a sua eventual chegada.

— E depois eu *caí*.

— Tentei tornar a sua transição o mais suave possível, para que não se assustasse e para que você não tentasse ir embora. Sei que a sua chegada é muito importante para a Comunidade, que está destinada a grandes feitos. Não podia contar tudo isso assim... do nada. — Ele se levanta e começa a andar de um lado para o outro.

— Mas devia ter contado. A decisão de ficar tem de ser minha, não sua. Adoro estar aqui, mas não consigo evitar me sentir uma prisioneira.

— Não, Ara, não pense...

— Sim, vovô, prisioneira — interrompo. — Foi assim que me senti quando descobri que estava mentindo para mim. Quando descobri que teve este tempo todo para me contar sobre o meu destino, mas preferiu esconder. E quando me fez pensar que não havia outra alternativa senão ficar.

Levanto para ficar ao nível do seu olhar e, surpreendentemente, estou mais alta que ele. Ele tem uma estatura média para um homem, mas continua muito elegante.

— Errei, Ara. Sei que errei. Espero que um dia possa me perdoar. — Os ombros levemente encolhidos o fazem parecer mais baixo. E mais velho.

— Sei que a sua intenção era me proteger, não me magoar. — Sinto-me culpada ao vê-lo tão transtornado.

Seus olhos se suavizam e se enchem de lágrimas. O cabelo está mais comprido, e as olheiras, pela falta de sol e, talvez, de sono, lhe dão um ar abatido.

— Está tudo bem, vovô — continuo. — Só queria poder avisar os meus pais de que estou bem. Não consigo desligar esse botão. Não consigo esquecer, como você.

— Ara! — exclama, chateado. — Não pense nem por um segundo que eu os esqueci! Nunca. Partiu meu coração ter de fazer o que fiz. Mas fiz isso por um bem maior. — Sua respiração é rápida e ele tira o cachimbo do bolso da camisa. Sinal de que está nervoso. — E por você. Porque sabia que iria precisar de mim aqui — diz, com o indicador apontado para o chão.

— Bem... Não tinha pensado nas coisas por essa perspectiva — declaro. — Mas então como consegue se manter tão indiferente? Não falar neles?

— Falo deles a todo o instante e não há uma alma em Aquorea que não saiba o nome do meu filho, da minha nora e netos. — Sei que ele inclui Colt nesse rol. — E que não tenha escutado pelo menos uma história sobre vocês.

— Mas comigo... — As palavras ficam presas na minha garganta.

— Com você, eu não podia, tinha de ser forte e te dar tempo. Tempo para se encantar pela cidade, pela cultura, pelo povo. Não podia ficar te lembrando o tempo todo do que deixou para trás. Já é doloroso demais.

— E o sofrimento deles? Não significa nada? — provoco.

— Sei que estão sofrendo muito, assim como eu. Mas conheço bem o meu filho e a família que construiu. Sei que são fortes e conseguirão superar.

— Superar? A dor da perda de um filho?... Você superaria? — pergunto, irritada. — Acho que nunca se colocou na posição do meu pai e da minha mãe. Não reconheço você — digo, novamente com o timbre de voz grave e firme.

— Sei que é muito doloroso para todos nós. Talvez eu tenha sido egoísta. Egoísta por querer salvar a vida da mulher que amo e da qual abdiquei durante tantos anos. — Seu rosto se torna transtornado, sombrio.

— Pois bem. Ontem me garantiram que cabe a mim decidir. Se quero ir ou ficar.

— E o que decidiu? — pergunta, e um certo receio emana da sua voz.

— Ainda não sei. Tenho de tomar uma decisão. Enquanto isso, vou me juntar à Fraternidade dos Protetores em tempo integral. — Limpo a voz porque o que direi a seguir será embaraçoso. — Por isso decidi me mudar para lá. Preciso de espaço para pensar e tomar a minha decisão.

— Vai ficar com o Kai? — pergunta, com uma naturalidade surpreendente.

— Hum... — Acho que não vale a pena mentir. Sou quase maior de idade e todos me tratam há muito tempo como tal. Basta ver pelo peso que me colocaram nas costas: "Arabela, a Salvadora de Aquorea"! — Sim, preciso de espaço para pensar em tudo isso.

— Não sei até que ponto os seus pais estariam de acordo, mas vou confiar no seu bom senso. Já é uma mulher.

Eu o abraço. Seu abraço continua terno e aconchegante. Isso não mudou.

— Tenho de levar algumas das minhas coisas, está bem?

Eu me afasto escondendo o rosto para não demonstrar a vermelhidão por segurar as lágrimas que tentam sair. Seu colo é tão confortável, mas me lembra demais o do meu pai.

— Só mais uma coisa, Ara. E o Beau? Ele gosta de você.

— Nunca foi o Beau, vovô. Sempre foi o Kai. Era ele, mesmo antes de eu chegar aqui.

Ele assente.

Me viro para atravessar o corredor em direção ao quarto. Coloco algumas peças de roupa e os artigos de higiene na mochila. Trouxe-a comigo para carregar os meus poucos pertences, mas também porque preciso ouvir as mensagens restantes no meu celular. Decido não levar os tênis.

Quando volto para a cozinha, meus avós descem as escadas juntos. Os olhos da minha avó estão sem brilho e o cabelo que me habituei a ver sempre bem arrumado está solto e descuidado. Um manto escuro cobre o corpo pálido e ela parece desassossegada.

— Ara, minha menina. Ficamos muito preocupados com você. Desculpe — diz, inquieta.

— Estou bem, vó. Mas você não está.

Ela encolhe os ombros e afasta o cabelo dos olhos. Vejo que esconde sentimentos, mas decido não insistir, porque sei que é difícil para todos nós.

— Vim buscar umas coisas. — Parto do princípio de que o meu avô já a inteirou da minha mudança de casa.

— Ara... — diz minha avó num lamento, aconchegando minhas mãos. — Por favor, tenha cuidado. Agora que sabe da história inteira, todo o cuidado é pouco.

— Não se preocupem, ficarei bem. A gente se fala — tranquilizo-os.

As linhas ao redor dos olhos e da boca se evidenciam quando ela sussurra:

— Há pessoas que não gostam de você. — Ela me encara com os olhos marejados. — Como já deve ter percebido, o Fredek e a Alita se opuseram à sua permanência aqui desde o início. Querem mandá-la embora e todos os dias pressionam o Consílio e influenciam a população para a enviarmos de volta. Alguns cidadãos vêm até nós e nos contam seus receios, na maior parte das vezes influenciados por esse casal. Eles dizem às pessoas que você é a culpada pelas mortes e mencionam a realização da Profecia para te desacreditar e fazer com que as pessoas se oponham à sua permanência.

— Cruzei com eles quando vinha para cá. Tive a sensação de que falavam de mim, mas ignorei.

— Fazem parecer que é preocupação pela segurança da Comunidade, mas eles têm um plano. Ambicionam a Regência. E talvez mais — diz minha avó.

— Então por que o Llyr não os afasta?

— Lembre-se do ditado: mantenha seus amigos perto... — entoa o meu avô.

— ... e os inimigos mais perto ainda — complemento.

Ele nos acostumou com ditados populares e inúmeras vezes nos ensinava lições importantes com os provérbios que recitava. Às vezes nos fazia refletir sobre eles até entendermos seu significado.

Me despeço deles com um beijo em cada um e, com o peso do mundo no coração, parto em direção às instalações dos Protetores.

21

COM AMIGOS ASSIM...

Na volta para as instalações dos Protetores, pensativa e inquieta, reflito sobre onde poderei ouvir sossegada o resto das mensagens de voz. Tenho ainda algumas horas pela frente até o jantar e me lembro da floresta, dos campos e até da praia secreta; mas não irei para nenhum desses lugares. Não posso arriscar ir para um local onde posso ser encontrada ou vigiada.

Escutarei as mensagens na casa de Kai e ele terá de concordar, caso contrário, irei embora. E terei de encontrar rapidamente uma outra solução, pois por mais tentador que seja, não posso ficar na casa dele. Talvez fique nos alojamentos com meus colegas ou tente arranjar um apartamento, se me for permitido. Também terei de revelar o que os meus avós disseram sobre Fredek e Alita. E não sei como lhe dizer o que ouvi do seu pai e de Adro. Será que todos eles são possíveis traidores? Se for verdade, esse será, provavelmente, o maior desgosto que ele sofrerá. E, uma vez mais, serei eu a sujeitá-lo a essa dor.

Absorta nos meus pensamentos, dou um salto quando escuto o som agudo de uma sirene similar à de um quartel de bombeiros.

— Corram! — berra alguém. — Corram!

Observo por instantes o fluxo de pessoas agitadas à minha volta. Os pais pegam as crianças no colo e correm na direção das casas. Ainda sem entender o que se passa, penso que pode ser um ataque.

— O que aconteceu? — pergunto a uma jovem que corre com uma menina de cabelo louro encaracolado no colo.

— Os Albas — responde, sem fôlego. — Esconda-se. Venha comigo — continua, sem parar de correr.

Observo-a se afastar enquanto se junta a outras pessoas nas ruas estreitas.

Não posso me esconder. Tenho de ajudar as pessoas e combater os intrusos. Espero que meus avós estejam em segurança. Corro para a beira do rio, onde ainda estão algumas pessoas mais velhas que não se deslocam com tanta rapidez. Pego um homem com mobilidade reduzida pelo braço e ordeno a um grupo que se mantenha perto de mim. Enquanto ajudo o homem a caminhar, ouço gritos mais fortes e amedrontados dos que nos rodeavam.

— Onde mora? — pergunto ao idoso por cima do barulho.

O homem é bem mais velho do que meu avô e parece debilitado. Está apavorado e, ao observar melhor, reparo que foi ele que simulou o gesto de cuspir no chão quando passei mais cedo. Sem falar, aponta para uma rua estreita para onde se dirigem algumas pessoas, que desaparecem em seguida. Os Albas se aproximam a grande velocidade, quer pela estrada, quer pelas paredes, com uma destreza assustadora. Onde estão os Protetores numa hora dessas? Sei que Kai está no mar com Wull e agradeço por isso, pelo menos está em segurança. Mas penso em todas as pessoas que ele podia ajudar a salvar se estivesse aqui para combater e liderar. Então, resolvo lhe enviar um pedido mental de ajuda, esperando que dessa vez ele o receba sem outros pensamentos confusos associados.

Estamos sendo atacados. Precisamos de você.

— Não se preocupe, vou ajudá-lo. Ficará seguro — prometo ao idoso.

Estranho a forma como ele me olha. Como se não acreditasse que eu vá ajudá-lo. Parece estar com mais medo de mim do que dos invasores. Está em choque, só pode.

Consigo ver que os Albas estão cada vez mais perto. Não são muitos, uns cinco, mas esse número conseguirá fazer muitos estragos na população.

— Não se afastem de mim — grito para trás para os que nos seguem. Entretanto, alguém vai para o outro lado e começa a me ajudar a puxar o homem. É Beau. Fico contente por ver um rosto amigo.

— Para lá. — Beau aponta para uma rua estreita ladeada de casas baixas e sem saída.

— Ali não. Não tem saída.

— Confie em mim.

— Não sei se é uma boa ideia ir para as casas, são fáceis de invadir.

— Não! — grita alguém atrás de nós.

Paro abruptamente e olho para trás. Um Alba ataca violentamente uma mulher. Ela voa uns metros em direção ao rio novamente.

— Leve esse senhor daqui. Já me junto a vocês — grito a Beau.

— Não vá, ela não tem salvação. Tem de vir conosco. Vamos, Ara — suplica Beau.

— Não posso, tenho de ir. Leve-os para a segurança — berro, enquanto corro em direção à água.

Nas passarelas, os Protetores correm e disparam as armas. Alguns já estão aqui embaixo lutando e ajudando os habitantes.

Corro o mais rápido que consigo, e lamento não estar com minha pistola de arpões. Agito os braços e grito para que o Alba desvie a atenção da mulher que ele agride. Já vejo sangue e sei que Beau provavelmente tem razão. Mas tenho de tentar salvá-la.

Assobio alto e corro na direção deles. O Alba volta sua atenção para mim e salta nas duas pernas como se fosse um canguru. O corpo fedorento aterriza em cima de mim e sinto todo o seu peso me esmagar. Com as unhas compridas e afiadas, arranha meu rosto e o abdômen, na tentativa de espetar, mutilar e matar. Mas eu me defendo. Dou socos, com toda a força que consigo, nos seus braços, e com os joelhos tento atingir suas partes íntimas para feri-lo. Ele agarra meu braço e sinto as garras cravarem na minha pele como facas afiadas. Ele passa a tentar me morder, com um semblante vitorioso.

Com a mão, prende meu braço machucado no alto da cabeça e continua a tentar me morder. Esperneio e luto como posso. A boca dele se aproxima. Num ato de proteção, ponho a mão esquerda, que está livre, em frente ao meu rosto. Nesse movimento de milésimos de segundo vislumbro o relógio que foi presente da minha irmã e sinto o aroma do *trovisco* preso nele. O Alba continua a aproximar a boca e de repente para, brada um uivo esganiçado em sinal de descontentamento. De um salto, sai de cima de mim e começa a trepar numa parede em direção às passarelas.

Atordoada, levanto e olho em volta. Os Protetores lutam em maioria, mas eu não consigo ouvi-los por causa do sangue que pulsa em meus ouvidos. Já não há pessoas nas ruas ou em fuga. A mulher que foi atacada tenta rastejar e corro para ajudá-la.

— Você está bem? — pergunto. Ela não responde. Está com os olhos fechados e apenas murmura baixinho.

Ajoelho e a puxo pelos braços até conseguir colocá-la de pé. Felizmente, é mais leve que o outro homem, mas está em péssimo estado. As roupas rasgadas e ensanguentadas e o rosto gravemente ferido não me dão certeza de que viverá.

— Você vai ficar bem, aguenta firme. — Ela usa um vestido verde-alface cheio de babados que atrapalham um pouco, mas consigo carregá-la.

Caminho até a rua para onde Beau levou o grupo de pessoas resgatadas e reparo que as casas estão todas com as cortinas de água abertas e permanecem vazias. Onde está todo mundo? Olho para a mulher, que está agora inconsciente e cujo corpo eu, literalmente, arrasto. Sinto cada vez mais dor no meu braço direito e o sangue quente que escorre sem parar faz minha cabeça girar.

Sigo até ao final da rua, mas me deparo com uma parede de rocha branca rugosa. Pouso a mulher no chão a fim de descansar e pensar no que fazer a seguir. O som da sirene cessou e os gritos agora são de luta. Gritos de guerra, não de pavor. Penso em chamar por Beau, mas não quero atrair atenção para nós. Tenho de ser cuidadosa. Quero deixá-la em segurança e voltar para ajudar os meus colegas. Mas não posso simplesmente abandoná-la aqui. Não nesse estado. Penso em Kai e torço para que ele esteja bem.

Ouço passos rápidos atrás de nós e me viro pronta para combater. O vulto é enorme, do tamanho de um Alba e igualmente forte. Quando a luz bate no seu rosto, vejo Ghaelle. Gelo. A expressão dele é dura, impassível. Mas ao mesmo tempo parece seguro e confiável. Estou dividida por causa do forte sentimento que nutro pelo filho dele, mas não posso baixar a guarda e esquecer o que ouvi há poucas horas.

— Está bem?

— Sim. Mas ela não. — Indico a mulher estática aos meus pés. — Está assim há alguns minutos, foi brutalmente atacada. Está perdendo muito sangue.

Ele se abaixa e toca dois dedos no pescoço dela para verificar a pulsação. Faz um ligeiro aceno com a cabeça para confirmar que está viva.

— Você também. — Agarra meu braço direito com força ao mesmo tempo que olha em volta para verificar o perímetro.

Quase paro de respirar. Ele vai me matar, penso. Aproveitar que ninguém vai nos ver e liquidar o assunto. Pela primeira vez desde o início da luta, sinto medo. Será a sua oportunidade de fazer o que o ouvi combinar com o guarda-costas de Llyr. Sem testemunhas, serei apenas mais uma vítima do ataque. Dou um passo para trás e bato na parede de rocha. O corpo dele, à minha frente, parece feito do mesmo material. Ele é enorme e sei que nunca terei chance de vencer essa luta. Ele segura meu braço com mais firmeza.

— Não… — digo, na defensiva, agitando o braço na tentativa de me libertar. Cogito implorar para que não me mate, mas acho melhor agir com dignidade nos últimos momentos que me restam. Não irei sem lutar. Talvez, se eu gritar, alguém poderá me ouvir e vir em meu socorro.

— Fique parada. E calada.

Puxa uma manga da sua camiseta e a rasga. As tatuagens ficam totalmente à mostra e vejo uns círculos bem desenhados dentro de outros maiores. Parecem mundos diferentes; uns dentro dos outros. Acompanhados por labirintos e pelo Sol. Algumas espirais fazem lembrar o turbilhão das ondas. Todas essas tatuagens significam que ele é um dos que consegue ir à Superfície? Ou será apenas devoção pela Terra, na sua forma mais completa?

— São *ta moko* — diz.

Eu o encaro inexpressiva, por isso ele continua:

— As tatuagens. São maori, um tributo aos meus antepassados.

Com agilidade, ele enrola o pedaço de pano em volta do meu braço e o aperta com força. A dor é intensa. Ele me arrasta pelo braço para um canto escuro da parede e enfia a mão em uma pequena fresta.

— Eles ainda não descobriram esse segredo — diz, em tom conspiratório.

Após um chiar quase silencioso, uma pequena, mas espessa, porta se abre à nossa frente, revelando uma sala onde estão umas trinta pessoas, claramente assustadas. Beau e o grupo que ele levou estão sentados no chão em um canto. Fico tão feliz por vê-los que meu corpo relaxa. Beau está com o braço em volta dos ombros de uma garota de cabelos coloridos que chora copiosamente. Ele me olha de relance, mas não sorri ao me ver. Parece incomodado.

Ghaelle me empurra para dentro e vira as costas. Volta segundos depois com a mulher nos braços, como se ela não pesasse nada. Fecha a porta atrás de si. Fico perplexa. Como não sabia ainda da existência deste esconderijo? Provavelmente, já devem tê-lo usado algumas vezes nos últimos tempos. Como ninguém me falou dele?

— Ela precisa de ajuda. Vão buscar a caixa de instrumentos médicos — ordena. — Tem algum Curador aqui?

Um homem passa rapidamente pelos outros, a pega no colo e a pousa, com a ajuda de outras duas pessoas, numa cama encostada no canto da sala.

— Poucos teriam feito o que você fez — dispara o senhor que eu praticamente tive de arrastar antes da chegada de Beau.

— Fiz o que tinha de ser feito.

Pousa a mão dele no meu ombro e olha atentamente, como se estudasse minhas feições.

— Nem todos são capazes de colocar a própria vida em risco por alguém que não conhecem. Muitas vezes até por alguém que conhecem. — Olha para Beau ao dizer isso.

Será que se refere ao fato de Beau não ter voltado para ajudar a mulher que estava sendo atacada? Não é essa a função dele. Ele é um Mediador. Provavelmente, estava assustado como os outros e queria procurar abrigo. Reflito e continuo a achar que tomou a decisão certa.

— Estou sendo treinada para isso, cumpri minha função — concluo, com os olhos em Ghaelle.

— Agradeço por ter parado para me ajudar quando mais ninguém o fez, e acho que falo em nome de todos que aqui estão quando peço desculpas por a termos julgado erroneamente — lastima, com o olhar envergonhado.

Olho-o confusa. Talvez se refira ao que dizem a meu respeito: que trago a desgraça. Mas não foi isso mesmo que acabou de acontecer mais uma vez? Posso ter ajudado, mas apenas ajudei a consertar uma situação que fui eu que causei, pelo visto centenas de anos antes do meu nascimento.

— Está confusa, eu sei, mas agora tem de nos deixar tratar dessa lesão e descansar. E eu tenho de ter uma conversa muito séria com a minha filha e os demais Membros do Consílio, para que não a mandem embora. — A voz dele transborda afeição e agradecimento enquanto se encaminha para a beira da cama.

— A filha dele faz parte do Consílio? A Alita? — murmuro para o vazio.

— Afirmativo — diz Ghaelle, respondendo à minha pergunta.

— Você causou uma boa impressão.

— É o que parece.

— Precisa cuidar disso. — Ghaelle muda de assunto, e passa os dedos pelo meu ferimento para avaliar a gravidade. Seu timbre de voz é grave e profundo. — Não é fatal, mas se quer evitar que infeccione e deixe cicatriz, tem de tratar já.

Continuo calada e pensativa. Teve a oportunidade perfeita para se livrar de mim. Por que não o fez? Agora isso não interessa. Estou viva e posso continuar a fazer o que devo: proteger.

— Precisamos ir — digo, apertando meu braço ferido, que lateja. — Temos de ajudar os outros.

— Você fica aqui. Não está em condições de lutar. Cuide desse ferimento — diz em voz baixa.

— Mas eu quero ir — reclamo.

— É uma ordem direta, Rosialt. Não me questione. — Usa um tom autoritário, militar. — E quando puder, faça uma visita à minha filha, ela está com saudades. — Faz o leve aceno tão familiar.

Fico chateada por não poder ir, mas obedeço e vou até a mulher rodeada por alguns Curadores. Limpam os ferimentos e estancam o sangue. Me inclino ao lado dela na cama.

— Como ela está?

— Viva, graças a você — responde um homem baixo e redondo que também estava no grupo que tentei ajudar.

— Vai ficar bem? — pergunto angustiada ao ver que ela ainda permanece de olhos fechados.

— Sim. Logo que a situação lá fora estiver controlada, ela vai para a clínica. Lá temos o que é necessário para que se recupere rapidamente.

— Tire isso. — Mãos delicadas me ajudam a tirar as alças da mochila.

A roupa está colada ao meu corpo com o suor e o sangue. E só agora sinto dores nas costas. Levo uma mão para trás para massageá-la. Até este momento, não me lembrei de que estava nas minhas costas, nem me lembrei de tirá-la. Lutar com ela não foi uma boa ideia e, provavelmente, devo estar com muitos hematomas, pela dor que me inunda o corpo.

A sala é claramente um abrigo. É toda feita de rocha escura, sem qualquer conforto; obviamente, não foi projetada para se passar muito tempo aqui dentro. No entanto, tem algumas cadeiras espalhadas; do meu lado direito, ao longo de toda parede, estantes carregadas com caixas e potes com água, mantimentos e medicamentos. Vejo também alguns cobertores e há uma única cama, onde a mulher está sendo tratada.

Beau está sentado em cima de um cobertor com a cabeça encostada na parede, de olhos fechados, e parece dormir tranquilamente. Como consegue? O silêncio é total, à exceção dos pequenos soluços de choro da garota que ele abraçava antes, mas que agora está agarrada a outra da mesma idade.

Deixo que me façam o curativo, bebo um pouco de água e vou buscar um cobertor para ter algum conforto no chão frio. Fico encostada em um canto; não sei por quanto tempo ficarei aqui e quero me isolar e pensar em tudo que aconteceu hoje. O corpo começa a sentir os efeitos da descarga de adrenalina. Está moído. Resolvo vestir um moletom limpo. Abro o fecho da mochila e sobre a pilha de roupa está meu celular, mais uma vez, intacto. Aconchego-me ainda mais no canto e ligo o aparelho. Abafo o som que o aparelho faz ao ligar com a roupa. Já sei como vou matar o tempo enquanto estiver neste buraco. Vou ouvir as mensagens de Colt.

Fico contente ao ver que a bateria ainda está com carga total. Cubro a cabeça com o capuz, teclo rapidamente o número do correio de voz e obedeço a todas as instruções dadas pela voz da gravação. Tenho duas mensagens não ouvidas.

“Nova mensagem de voz. Mensagem de Colt Patterson.” É a voz dele. Recebida no dia 19 de julho às 23h45:

“Estava ouvindo essa música e me lembrei de você.”

A melodia de “You Are the Reason”, de Calum Scott, ressoa ao fundo.

“Você se lembra de combinarmos que, se não tivéssemos par para o baile, iríamos juntos?” Um riso profundo. “Pois bem, não tenho par. Nunca planejei ter e esperava que você também não, porque desde o início quis ir com você. Achei que quando chegasse a hora eu teria coragem para abrir meu coração. Você deve estar pensando que sou um bobo, não é? E sou."

Ele faz as perguntas e responde.

"Sempre que eu te pedia conselhos sobre outras garotas era só para ver se você reagia, se ficava com um pouco de… ciúme", confessa. "Sempre te conheci, mas nunca soube bem o que pensava. Às vezes parecia que você deixaria eu me aproximar, e eu tentava me declarar, mas quase no mesmo instante você se fechava novamente. É diferente de todas as garotas que conheço." Um longo suspiro. "Como não estamos no baile e o meu tempo de gravação é limitado, você me concede esta dança?"

O volume da música aumenta e é tudo que ouço. Meu coração se aquece. Fico aqui, de olhos fechados desfrutando o momento e pensando como seria se tivéssemos ido ao baile. Um verso chama minha atenção:

I'd climb every mountain
And swim every ocean
Just to be with you
And fix what I've broken
Oh, 'cause I need you to see
That you are the reason

E não tenho dúvida de que ele está fazendo tudo ao seu alcance para me encontrar. Se ele tivesse tido a coragem de se declarar, o que eu lhe diria? Aceitaria o seu sentimento e retribuiria? Imagino como seria estar em seus braços. Danço com ele ao som da música, quando, infelizmente, a gravação termina.

O sofrimento deles é imensurável. E aqui estou eu, sendo a causa da desgraça e da infelicidade dos que me amam e nunca desistirão de mim.

Olho ao redor e quase todos descansam, encostados uns nos outros, ou na parede. Outros estão deitados no chão em cima dos cobertores finos. Mas Beau está com os olhos arregalados na minha direção e um olhar reprovador e surpreso ao me ver com o aparelho. Desligo o celular correndo e abaixo o braço com naturalidade. Sorrio e recosto a cabeça na parede, na esperança vã de que ele não tenha visto.

Estou muito curiosa para ouvir a última mensagem, mas terei de esperar. Sei que eles estão sofrendo; no lugar deles sentiria o mesmo. Tenho de tomar uma decisão bem rápido; após ouvir isso não dá mais para adiar.

Meu corpo está todo dolorido devido à posição e ao chão duro, mas acho que acabei cochilando, porque acordo com alguém me chamando.

— Acorde, menina. Já podemos sair — diz em voz baixa uma mulher. Já saíram todos, restamos apenas nós duas. Fico surpresa por Beau não ter vindo me chamar quando a porta se abriu.

O ar do lado de fora não me parece o mesmo. É mórbido, rarefeito. Não se veem corpos, sangue nem pessoas feridas, apenas a normalidade de qualquer outra noite, mas a sinto diferente.

Vejo Hensel e me apresso em sua direção.

— Hensel... Você está bem? Está ferida? — pergunto quando, de cabeça baixa, ela enrola um xale colorido em volta do corpo.

— Ara! Os seus avós devem estar tão preocupados com você. — Não responde à minha pergunta, mas posso ver que fisicamente ela está sem um arranhão. — Vou avisá-los de que está bem.

— Estou bem. E eles... — Até tenho medo de acabar de formular a pergunta.

— Sim, estão bem. Não se preocupe. Salt Lake tem um dos melhores esconderijos de Aquorea, pois quase todos que vivem lá são idosos. — Sorri, com ar maroto, sem se incluir nesse rol. — Vai até a casa deles?

Não quero lhe dizer que vou até a casa do Kai, e que vou me mudar para lá de mala e cuia, por isso decido dizer:

— Tenho de ir às instalações dos Protetores. Estive presa este tempo todo. Quero ver como posso ajudar.

— O Regente aconselhou que todos se recolham em suas casas. Mas as pessoas querem saber se todos estão bem, se alguém foi levado ou morto e como estão os feridos.

— Sim, é compreensível. Por isso, vou ver se precisam de mim. Por favor, diga aos meus avós que estou bem e que, assim que possível, irei vê-los. — Num gesto irrefletido e surpreendente em mim, me inclino e lhe dou um beijo na bochecha.

— Digo sim, querida. Fique tranquila. E você, diga ao meu neto que os espero para jantar assim que possível. Cuide-se e cuide dele. O Kai tem tendência a esquecer de si mesmo em prol dos outros.

Faço um sinal de concordância com a cabeça.

— Combinado.

Atravesso a Ponte-Mor apressada. Quando chego às instalações dos Protetores, vou direto ao apartamento de Kai, mas o encontro vazio.

Desço novamente as escadas estreitas do corredor que leva à cantina e à sala de treinos. Ouço um barulho vindo da sala de treinos e corro para lá, mas paro abruptamente assim que chego à entrada. Está lotada. Os alunos, tanto do Primeiro como do Segundo Estágio, estão sentados no chão. Os Protetores, encostados na parede esquerda da sala, mantêm uma postura descontraída, porém, escutam atentamente. Ghaelle, de pé, fala com autoridade, mas lhes agradece todo o empenho e trabalho feito hoje. Kai está de um lado e Adro do outro.

— Rosialt? — A expressão de Kai é dura e os olhos estão vidrados de preocupação.

Ele atravessa apressadamente a sala na minha direção, passando no meio das pessoas que estão sentadas no chão. Alguns reclamam enquanto são pisados acidentalmente e todos os rostos se viram para trás. O cabelo está despenteado e o seu uniforme rasgado e ensanguentado na barriga e nas pernas. Lutou. Portanto, ouviu minha mensagem.

Gelo diante do seu olhar ansioso. Aproxima-se de mim e me segura pelos braços.

— Está ferida.

A voz revela pânico quando passa os dedos na atadura transparente no meu braço. Suas mãos envolvem meu rosto e os olhos procuram os meus, suavizando-se assim que me encara. Por um instante achei que fosse me beijar aqui mesmo.

— Nã…

Seus braços me envolvem, ávidos, e ele me puxa contra si com força, num abraço. Eu o abraço automaticamente pela cintura. Não consigo me mexer. Ele suspira com força contra o meu cabelo. E depois inspira calmamente algumas vezes.

Assobios e risinhos ecoam pela sala. Seguidos de um: "Mandou bem, Shore", vindo de Petra.

— Estou bem — digo, e me afasto um pouco. — Está todo mundo olhando — aviso baixinho, com os olhos arregalados para a plateia que nos observa.

— Que se danem — resmunga com a testa encostada à minha. Esse pequeno gesto, que ele faz tantas vezes comigo, sempre me deixa de pernas bambas.

— Como *você* está? — sussurro e passo os dedos pelo corte que tem na barriga.

— Bem, melhor agora. Ouvi a sua *mensagem*. Voltei o mais rápido que consegui.

— Sabia que ouviria.

— Vamos. — Tenta me puxar para fora da sala, mas agora que sei que ele está bem, podemos esperar um pouco mais. Quero ficar e saber o que aconteceu e o que Ghaelle tem para dizer.

— Não. Quero ouvir — friso. Ele larga minha mão.

— Está bem. Sente-se, então. — Aponta para o chão.

Encaminha-se novamente para junto do pai. Boris, sentado na primeira fila com um sorriso no rosto, faz um sinal de positivo. Kai o encara com um ar sério, o que faz o amigo tirar o ar abobalhado do rosto.

Petra tem sangue e lama no rosto e o cabelo emaranhado num rabo de cavalo parcialmente desfeito. Sinto vontade de ir até ela, procurar seu ombro amigo, mas não quero atrapalhar mais ainda, por isso decido me sentar no lugar onde estou.

— Bem-vinda, Arabela — entoa Ghaelle. — Ficamos todos muito felizes em saber que está bem, não só o meu primeiro-comandante aqui — acrescenta com uma piscadela para o filho, que mantém o rosto impassível e cruza os braços atrás das costas enrijecendo ainda mais a postura.

Um pensamento me ocorre: por que será que Ghaelle não contou ao Kai onde eu estava? Mas depois lembro que ele não sabia que estamos juntos, ou que o filho se preocupa comigo. Agora já sabe. Assim como todos os outros...

— Como eu estava dizendo: bom trabalho. Cada vez mais ataques, mas menos vítimas e desaparecidos. Estamos no caminho certo. Informo que não foram registradas mortes ou desaparecimentos. Há seis pessoas na clínica, mas todas estáveis e com excelente prognóstico de recuperação.

Ele me olha e assente com a cabeça. Esse gesto me informa que a mulher que ajudei irá sobreviver. Ótimo!

— Todos fizeram um excelente trabalho — continua. — Tanto os graduados como todos vocês. — Indica os que estão sentados no chão: os ainda aprendizes do Primeiro e Segundo Estágios. — Vamos continuar o trabalho para que os tempos de reação sejam mais curtos e todas as possíveis entradas estejam fechadas e vigiadas. Também quero patrulhas circulando pela cidade durante todo o dia. Eles já não escolhem apenas as horas de descanso para atacar, estão perdendo o medo e levam cada vez mais comida e cristais. Sei que estamos exigindo muito de vocês, mas este é o momento de mostrarmos do que somos feitos. Os escalados para o turno da noite: se estiverem feridos ou cansados demais, não precisam ir. Quem não estiver em condições é só vir falar comigo ou com o Adro; arranjaremos uma solução. Hoje será uma noite tranquila, eles não voltarão tão cedo. De qualquer maneira, farei a ronda a noite toda. Quero que a população durma tranquila.

Será esse o mesmo homem que ouvi conspirar com Adro? O que se apresenta agora diante de mim é um verdadeiro líder e parece legitimamente honesto e capaz de dar a própria vida em troca da segurança dos outros; não uma pessoa que conspira em cavernas.

— Ao trabalho. Quanto aos demais: cuidem desses ferimentos. E tomem banho — graceja Adro, num tom autoritário. — Tem um banquete sendo preparado para vocês neste momento, portanto, alimentem-se e descansem.

Os que estão sentados no chão se levantam. Alguns com certa dificuldade devido aos ferimentos. Petra vem falar comigo.

— Onde você se meteu? — questiona, com um abraço. Cheira a suor e a terra. — Estava preocupadíssima, e não era a única, pelo visto… — Abana os longos cílios do olho direito numa piscadela rápida.

Resolvo ignorar o comentário sarcástico. Kai e Ghaelle conversam, e Ghaelle sorri para o filho.

— Fui pega desprevenida. Vinha de Salt Lake, fui ver os meus avós. E aquele maldito alarme começou a apitar. Por que não me disse que havia um sinal sonoro de aviso para os ataques? — pergunto, simulando fúria, mas estou feliz por estar aqui com ela e estarmos todos bem.

— Nem me lembrei — admite. — Então você e o Shore, hein? Achei que nunca iam se entender.

Ignoro-a totalmente.

— Fui surpreendida no meio da confusão e lutei com um deles. Assim, neste estado. — Mostro a minha roupa pouco apropriada para uma luta. — Estava sem minha arma, portanto, teve de ser mano a mano para ajudar uma mulher.

— É sério? Está se tornando uma verdadeira *Salvadora*. Mas me conta, você e o Shore? Conte tudo. — Ela é persistente. — Eu também tenho novidades. — Cora com um sorriso que irradia por todo o rosto.

Suspiro de novo, sentindo a derrota. Ela não vai desistir. Mas, a essa altura, só não vê quem não quer.

— Sim, é verdade. A gente se entendeu. Pelo menos já não sentimos vontade de matar um ao outro a todo o instante. E você, qual a novidade? — pergunto na tentativa de mudar de assunto.

— Eu sei muito bem o que vocês querem matar — garante, com os olhos cintilando numa diversão maliciosa.

Esboço uma careta. Essa garota é impossível. E eu a adoro. Nunca antes tive uma melhor amiga. Tenho Benny, mas uma irmã acho que não conta. E como é mais nova, há coisas que não posso lhe contar ou desabafar.

— Conte logo o que tem a dizer, porque precisa ir tomar banho; está fedendo. E eu também — acrescento com um sorriso torto. — Desse jeito o Boris não vai querer encostar em você.

— O quê? Como sabe? — pergunta numa gargalhada sufocada, com as bochechas coradas.

— Porque você é tão sutil quanto um *tsunami*. Tenho andado mais ausente e distraída nos últimos tempos, mas só não vê quem não quer.

Ela faz beicinho, me abraçando apenas com um braço.

— Estou tão feliz. Pensei que ele nunca mais ia acordar para a vida. Tive de fazer das tripas coração para que ele reparasse em mim. — Exala com genuína impaciência.

— Imagino! Logo você, coitadinha. Que ninguém deseja e passa despercebida em qualquer lugar.

— Ah! Quem eu queria que me desejasse estava demorando demais. Você entende o que eu quero dizer.

Reparo que Boris se abstraiu da conversa com um grupo de pessoas e observa Petra. O olhar é terno e apaixonado.

— Bom, agora tem toda sua atenção — indico Boris com a cabeça e ela olha. Ele acorda do transe e vem até nós. Kai também se aproxima.

— Não diga nada, senão vai deixá-lo envergonhado — pede Petra.

— E você também não me envergonhe — exijo.

— Tudo bem, Ara? — pergunta Boris. — Você desapareceu.

— Pois é. Quer saber por quê? Porque parece que ninguém se lembra de compartilhar comigo as coisas importantes — reclamo, com o peito estufado.

— O que foi? — pergunta Kai, posicionando-se ao meu lado.

— Primeiro tomo um susto danado com o raio do alarme, parece o do Corpo de Bombeiros. Só que pior. E depois sou escondida num abrigo secreto. Pelo visto, há vários deles pela cidade.

Eles se entreolham e desatam a rir nervosamente.

— Você não disse para ela? — pergunta Boris a Kai.

O rosto dele empalidece.

— Não. Pensei que alguém já tivesse contado e estava mais interessado em lhe mostrar as partes agradáveis de Aquorea… — Coça a cabeça, envergonhado.

— Eu não te disse porque nunca surgiu a oportunidade. E também pensei que o Kai já tinha contado — acrescenta Petra.

— Bem, com amigos assim, estou perdida. Não sabia, e se não fosse o Ghaelle, talvez não vivesse para saber.

Kai estremece ao meu lado. Eles ficam sérios repentinamente com a possibilidade de me acontecer alguma coisa por negligência da parte deles.

— Há mais alguma coisa que eu deva saber, que seja importante para a nossa proteção?

— Não — assegura Kai.

— Muito bem. Vamos lá. Algum de vocês está de vigilância hoje? — pergunto, na tentativa de aliviar o clima.

— Nós não — responde Boris. — E o Kai também não.

— Então vamos nos limpar e comer. Estou faminta.

— Assim é que se fala — declara Petra, com entusiasmo.

— Estava muito *calada* essa tarde. — Kai segura minha mão enquanto caminhamos para sua casa.

— É mesmo? — pergunto, com uma pitada de ansiedade na voz.

— Já sabe esconder melhor.

— Ou você já não é tão curioso!

— Também pode ser.

Não vou lhe contar ainda o que vi. Até porque não sei ao certo o que ouvi e estou confusa em relação às verdadeiras intenções de Ghaelle. Terei de fazer um esforço enorme para não deixar que ele ouça sem querer meus pensamentos. Por isso lhe conto que enquanto estive enclausurada ouvi uma mensagem do meu celular.

— Ainda falta ouvir uma, não consegui acabar de ouvir porque o Beau me pegou no flagra e tive receio. Mas preciso escutá-la para saber se há mais alguma informação. Pode ser determinante para a minha decisão.

O rosto dele empalidece.

Depois de tomar banho, sento no chão e espero que ele saia do chuveiro. Tiro as roupas da mochila — que agora estão amarrotadas devido à luta — e espalho as outras coisas em cima do sofá. O celular, a lanterna, o livro, a minha carteira com os documentos e a barra de chocolate preto. Pego o chocolate e me viro para encostar no sofá. Kai sai do banheiro e se senta à minha frente.

— Já provou chocolate? — Quero ganhar algum tempo antes de passar à parte da mensagem.

— Não. É bom?

— Se é bom?!... É simplesmente o melhor alimento do mundo! — gracejo. — Você tem que provar.

Pelo sim, pelo não, olho para a data de validade. Ainda está dentro do prazo, mas já passou por muita coisa, não sei se está bom. Rasgo a embalagem e cheiro o conteúdo. Minha boca se enche de água com o aroma.

— Vou provar primeiro para não te envenenar.

— Gulosa.

Parto um pedaço. Sinto o chocolate derreter na boca e as papilas gustativas saboreiam esse sabor tão familiar. Parto outro pedaço e finjo que vou comer. Ele ri. Ponho o chocolate na sua boca e ele nem hesita. Morde como um pedaço de carne.

— Não faça assim! Deixe derreter na boca para saborear.

Ele estende a mão para pedir mais um pedacinho.

— Tenho de experimentar de novo. Tem razão, não fiz direito da primeira vez.

— Muito esperto! — Dou-lhe mais um pedaço. — E aí, gostou?

Vejo-o degustar o quadrado de chocolate. Os olhos dele estão ainda mais doces, repletos de promessas.

— É delicioso.

— É, não é?

— Sim, mas não tanto quanto você. De você sei que nunca vou enjoar. — Olho para as minhas mãos apoiadas nas pernas e coro. — Quer que eu saia para escutar sozinha a mensagem?

Acho muito cavalheiresco da parte dele me propor isso, uma vez que estamos em sua casa. Mas como frisou, e bem, quero acabar com os segredos entre nós.

— Não. Fique, por favor.

Ligo o celular e faço todo o processo para escutar a mensagem que falta. Para minha surpresa, a voz feminina diz que tenho duas novas mensagens. Empalideço.

Kai se acomoda no chão ao meu lado, mas sem deixar nada transparecer.

Essa é de 15 de agosto, às quatro da manhã. Ele não consegue dormir. A última que ouvi era de 19 de julho. Colt ficou um mês sem me enviar nada. O que será que aconteceu? Que egoísta sou. Eles é que estão sofrendo com o meu desaparecimento e ainda me acho no direito de exigir mensagens com mais frequência.

"Ara, preciso da sua ajuda. A Benny não anda bem. Está... revoltada. Eu tento chegar até ela, mas não consigo. Nenhum de nós consegue. Não sei o que fazer e os seus pais sentem que estão prestes a perder outra filha. Acho que eles estão tão focados em você que não veem o que está acontecendo. Ela conheceu um jornalista mais velho há um tempo atrás. O cara tem vinte e um anos... Não gosto dele, não é boa influência. Acho que se aproveita da Benny para obter todas as informações das buscas e poder ter as notícias mais frescas. Você saberia o que fazer. O que diria para ela?" Um longo suspiro.

— Para ela criar juízo. E lhe dava um puxão de orelha — digo para mim, em um tom de voz quase imperceptível, sem reparar que Kai me olha atentamente e com o cenho franzido. Passa os dedos pelo meu rosto e enxuga as lágrimas que derramo sem sentir.

Colt continua:

"As buscas foram canceladas. Não, não se preocupe. As buscas formais, claro. Começamos as buscas por conta própria. Um amigo de juventude de Anadir, que conhece o rio como a palma da mão, é o nosso capitão agora." Dá uma gargalhada como se risse de uma piada que só ele entende. "Nunca desistiríamos de você. Os seus pais são fantásticos e incansáveis. Portanto, quando estiver pronta... Estamos à sua espera."

Salvo a mensagem e passo rapidamente à seguinte.

"Nova mensagem de voz de Colt Patterson recebida hoje, 18 de setembro, às 19h49."

Hoje?

Olho para Kai, atordoada.

— Será hoje, hoje? — pergunto, confusa.

Ele faz que sim com a cabeça. E me incentiva a continuar.

"Parabéns para mim", diz Colt, num tom engraçado. "Você se lembra do ano passado? Demos o nosso primeiro beijo neste dia."

Não tenho coragem de encarar Kai, que se levanta para ir à cozinha.

"Desde esse dia que tento beijá-la de novo, mas você sempre foge."

Queria que Kai tivesse escutado essa parte.

"Já deve estar farta de me ouvir, eu sei..." Um longo suspiro com um riso baixo. A voz dele está arrastada e rouca, diferente da voz mais jovial que conheço. "Mas conforme combinado no dia em que desapareceu, vou te manter a par de tudo por aqui. Já se passaram três meses... E continuamos sem notícias suas. Os seus pais estão bem. Eu aprendi a gostar do rio, de navegá-lo. O vô Anadir ficaria orgulhoso de mim. Me sinto mais próximo de você, lá. O capitão Santos conta muitas histórias de juventude com o Anadir nesse rio, e outras aventuras que o seu avô nunca nos contou. Eram uns safados!" Dá uma gargalhada alta. "O capitão diz ter certeza de que, daquela vez que o Anadir desapareceu, foi parar em um reino mágico com criaturas fantásticas que o salvaram e acolheram, mas que o Anadir nunca revelou a verdade. Só rindo, coitado. São muitos anos perdido na água. E por causa das histórias estúpidas dele, tenho uns sonhos estranhos com pessoas de cabelos coloridos."

Kai, que enche um jarro com água, espreita pela porta com o mesmo olhar desorientado que eu.

"Seria tão bom se fosse verdade. Daria minha vida para saber que está realmente bem. Mas sei que, um dia, de uma forma ou de outra, vamos nos reencontrar."

De uma forma ou de outra? O que quer ele dizer com isso? Meu coração se aperta ainda mais.

Fico inquieta. Ele só falou dos meus pais. Disse que eles estão bem. Mas não falou de Benny. Não consigo evitar me preocupar ainda mais e todo meu corpo treme como se tivesse consumido cafeína em excesso. Colt sempre foi a pessoa mais sincera que conheço, se aconteceu alguma coisa com a minha irmã, ele prefere não falar no assunto do que ter de mentir.

Eu me encolho no chão, soluçando. Não consigo respirar.

Ouço os passos suaves de Kai, enquanto se deita ao meu lado e me abraça sem apertar demais. Passa a mão pelo meu cabelo na tentativa de me acalmar. Fica em silêncio nos vinte minutos seguintes, enquanto eu choro e soluço baixinho. O calor dele nas minhas costas é reconfortante. Sua respiração é lenta e compassada, como a de alguém dormindo. Meu corpo acalma e relaxa, estou sem forças. Se me pedissem para abrir um vidro de salsichas, não conseguiria, pois minha energia foi sugada. Quando me sinto em condições, viro de frente para Kai. Para minha surpresa, ele está de olhos abertos e me encara com um ar terno.

— Desculpe.

Ele passa a mão para enxugar meu rosto molhado e tira o cabelo da frente dos meus olhos.

— Quer ir embora? — A voz dele é calma e, se sente alguma insegurança, não deixa transparecer.

Não estava esperando essa pergunta tão direta. Pensei nisso muitas vezes desde que cheguei. Devido única e exclusivamente às saudades que sinto da minha família e ao sofrimento deles. Se sair, posso acabar com isso. Mas também sei que perderei o único lugar onde sou eu mesma, e por maior que seja o mundo lá fora, não é Aquorea. E ainda tem o Kai... Mas agora que sei que o meu "mergulho" tem uma explicação muito mais poderosa do que imaginava, não acho correto colocar tudo a perder.

— Não irei sem terminar o que me trouxe aqui. Sem saber qual o meu papel nessa tal Profecia, prometo. Mas também não posso continuar com esse peso no meu coração, sabendo que aqueles que eu mais amo estão em tanto sofrimento.

— Compreendo. — A voz dele é baixa e suave, bastante controlada até.

Se ao menos houvesse alguma forma de avisá-los que estou viva e bem...

Ele me beija como se pensasse no que dizer.

— Sempre soube que não era minha — desabafa. — Não totalmente... E que, mesmo que viesse, sempre teria a opção de partir. Só te peço que pense no que realmente quer. Pense por si mesma. Sei que é difícil; eu mesmo não conseguiria... Não será fácil para mim se quiser ir, mas respeitarei a sua decisão.

Meu coração esmorece um pouco mais. Talvez eu esperasse que ele lutasse, que me dissesse que não aguentaria viver sem mim. Que fosse o Shore autoritário e decidido. Mas uma parte de mim o admira mais ainda por ser tão compreensivo e respeitador. Abraço-o apenas e deixo que ouça os meus pensamentos.

Kai, preciso ir. Não já, não agora; mas assim que descobrirmos o que me trouxe até aqui e o que tenho de fazer. Não conseguiria viver comigo mesma se não o fizesse, digo-lhe, telepaticamente.

Sinto o seu rosto sorrir contra o meu e sorrio também.

O que importa é que agora está aqui, nos meus braços, responde ele da mesma forma.

Estamos vivos e juntos. Por ora, isso basta.

22
EQUÍVOCO

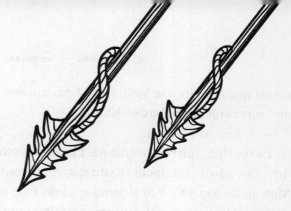

— Está pronta? — questiona Kai. — Pegamos raia hoje à tarde — conta num tom vitorioso. — Já está na cozinha sendo preparada.

Ele se refere à imensa cozinha da Fraternidade que alimenta instrutores, alunos e os Protetores que optam por viver nos alojamentos. Anteontem ele me levou até lá e fiquei pasma com a organização e a limpeza do espaço.

Visto-me no banheiro e mantenho a porta entreaberta para podermos conversar. Uma camiseta com decote V e uma saia curta colorida. Prendo o cabelo com uma presilha de safiras que minha avó me deu.

Passaram-se vários dias desde o ataque e Kai ainda não me deixou ir treinar. Meu braço está melhorando, mas ainda dói. E ontem, quando quis lhe provar que estava bem para o treino e lhe dei um murro com pouca força no ombro, o ferimento começou a sangrar de novo. Isso não ajudou em nada. Pedi também que ele me ajudasse a arranjar um quarto ou uma cama num alojamento. Ele disse que trataria do assunto. Aproveitei para pôr a leitura em dia. Encontrei um exemplar antiquíssimo de *Moby Dick*. Cheira a mofo e tenho dificuldade em ler algumas palavras desgastadas nas páginas amareladas, mas o desejo de me perder numa rotina que amo me faz bem. É também um dos poucos livros em inglês que encontrei nas pilhas de Kai.

— Estou pronta, sim.

Eu me sinto um pouco ansiosa. Encarar nossos amigos e colegas como um casal não é exatamente a situação mais confortável em que já estive. Mas, nesse aspecto, Kai é como eu, não é de falar muito ou chamar a atenção. Diz o essencial, sempre que fala é ouvido e as pessoas o respeitam e o admiram por isso. Com exceção do dia do ataque, em que me abraçou diante de todo o corpo de Protetores.

— E você? — pergunto de brincadeira, pois ele sempre fica pronto num instante.

Quando o vejo, meu queixo cai e minha garganta seca só de olhar para ele. Veste uma camisa clara, tipo linho, deixando um pouco do peito à mostra; no pescoço, o cordão com a pedra que lhe dei no aniversário, o seixo preto que irradia luz sempre que nos aproximamos. Não consigo deixar de sorrir. O cabelo, com os dreads finos e recém-lavados, está preso, deixando o rosto descoberto. Está tão distraído limpando o saxofone com um estranho pano que parece vivo, que não me vê.

— Sabe tocar isso ou é só para decoração? — Pela primeira vez, vejo-o envergonhado, um rápido rubor invade seu rosto, mas desaparece em seguida. Essa sua faceta é tão adorável e inesperada que sinto que posso desmaiar a qualquer momento.

— Toco umas coisas, nada de especial...

— Toca para mim, por favor — peço.

Ele hesita, mas atende ao meu pedido com uma melodia belíssima. Fico quieta, observando-o até que ele abre os olhos e me encara. Uma onda de calor toma conta do meu corpo e um fogo incendeia meu ventre. Ele para de tocar e pousa o saxofone.

— Você toca muito bem...

— E você está tão linda.

— Você também. — Minha voz sai rouca e arquejante. Ele me examina de alto a baixo e fico paralisada, em silêncio. Seu olhar se fixa no meu e ele se aproxima, me envolvendo com os braços largos.

— Você é linda — murmura contra o meu rosto.

Sinto o seu nariz no meu pescoço. Depois, a sua boca, escondida pelo meu cabelo, começa a me beijar. As mãos, lentamente, sobem e descem pela curva das minhas costas. Nossa respiração fica mais pesada e tento procurar os seus lábios, mas ele se demora beijando o meu queixo e as bochechas no caminho até a minha boca. O cheiro dele nas minhas narinas faz meu sangue ferver. Quando se encontram, nossas bocas explodem.

Abraço-o com mais força, deslizando as mãos apressadamente pelas suas costas, pelos braços e depois pelo seu rosto. Ele me pega no colo e enrosco as pernas em torno da sua cintura. As mãos grandes nas minhas nádegas. Minhas costas encontram a parede e Kai me beija com uma paixão intensa e desenfreada. Depois interrompe o beijo e afasta o rosto do meu, mas sem me colocar no chão. A parede é fria e eu agradeço o contraste que provoca no meu corpo neste momento. Vejo uma batalha silenciosa acontecendo no rosto de Kai, mas não consigo entender o que é..

— O que foi? — pergunto.

— Não gosto dessa camiseta. — Flexiona um pouco as pernas, onde me equilibra. E de repente, *zás!*, rasga minha camiseta e eu fico com os seios descobertos. Escolhi bem o dia para não usar sutiã. Ele já os sentiu, mas ainda não os viu.

O sorriso é o de uma criança que acabou de desembrulhar seu presente favorito. Esse lado indomável de Kai me deixa ainda mais excitada.

— E agora, está melhor? — Dou-lhe um beijo na mão e a coloco no meu seio. Gosto de sentir seu toque. É tão novo, mas tão familiar. Os olhos dele escurecem e o rosto, que há apenas uns segundos era de um menino, passa ao de um homem determinado.

— Muito melhor. Eu disse que te faria sofrer… — O sorriso é malicioso enquanto se inclina e beija meus mamilos. Nosso arfar aumenta, numa promessa do que está por vir.

Com a língua, Kai percorre o caminho desde os meus lábios, passando pelo pescoço até os meus seios, uma e outra vez. A sensação é inebriante e nem consigo responder.

Giro o quadril para senti-lo, as mãos dele comprimem ainda mais as minhas nádegas e ele pressiona o corpo contra o meu. Minha saia subiu; só o tecido fino da minha calcinha e o da sua calça nos separam. E com esse movimento consigo senti-lo. Duro. Ele mantém uma mão para me amparar, mas a outra aperta e brinca com os meus seios em sintonia com a língua ávida. Um crescendo de antecipação me invade e aperto os lábios com força. *Quero mais!* Kai, chupando, mordiscando, beijando, cada vez mais faminto, aumenta a pressão e o movimento no meio das minhas coxas e em êxtase eu grito de prazer.

— Ah, Kai! — gemo, o meu corpo se contrai, e espasmos de prazer percorrem todo o meu corpo. Eu me jogo para a frente, enroscando os braços nele e encaixando o rosto no seu pescoço. A cabeça leve, os ouvidos zunindo. Ele me mantém assim, no colo, sem dizer nada. Deixando que eu me recupere da euforia do orgasmo.

Minha cabeça está um turbilhão. Desde que me mudei para cá, temos tido muito cuidado para não deixarmos as coisas irem longe demais. Sei, como é óbvio, que Kai quer mais, mas pedi tempo e ele concordou sem qualquer restrição. Mas agora é meu corpo que o deseja, tanto que parece prestes a se desmanchar, não vai aguentar essa sensação de luxúria. Estou perdida em Kai. *Mas será que me sinto preparada para fazer isso?*

Minha respiração começa a abrandar e eu compreendo o grau de intimidade que tivemos aqui, agora. Ele apoia as duas mãos no meu rosto e me dá um beijinho na ponta do nariz.

— Não queria esperar? — brinca, com um sorriso malicioso estampado no rosto.

— Ahã… — Respiro fundo. — Ninguém disse que ia ser fácil, mas também ninguém me disse que ia ser tão difícil.

— *Kia kaha* — diz, baixinho, e me coloca no chão. Minhas pernas estão bambas e a cabeça zonza.

— O que é que isso quer dizer, afinal?

— Seja forte. — Ele ri e eu também, porque, de todas as vezes que ele já me disse essa expressão, esta é a situação a que melhor se adapta. Tenho mesmo de permanecer forte.

Então o que ele tem feito sem que eu percebesse é me oferecer palavras de encorajamento.

Kai se afasta lentamente com a minha mão na sua.

— Quero que tenha certeza. E ainda não tem.

— Você desarmou minhas defesas e me ouviu.

— Temos tempo — diz apenas. — Talvez seja melhor usar outra roupa.

Sorrimos e volto ao quarto para me trocar.

Estou tranquila quando saímos porta afora em direção ao salão de jantar.

— Como aprendeu a tocar saxofone?

Uma amiga da minha mãe, a Marianne, toca diversos instrumentos. Quando, há uns anos, numa das minhas pescas, encontrei este, pedi a ela que me ensinasse.

— Você toca muito bem.

— Ah, dou meu jeito. — Ele pisca para mim.

— Convencido!!

— *Hey* — chama Boris, ao longe, animado.

Vem ao lado de Petra, que usa um curtíssimo vestido azul-marinho e o cabelo preso com umas mechas soltas. O delineado preto na pálpebra é impecável e me repreendo por não ter me esforçado um pouco para estar mais apresentável. Não diria que estou desleixada, pois decidi usar o vestido preto que Isla me obrigou a adquirir no nosso dia de compras. Mas o rosto continua pálido e abatido.

— E aí, casalzinho? — Petra põe os braços ao nosso redor.

— Conrad! — Kai a cumprimenta pelo sobrenome. Petra revira os olhos, mas está sorrindo.

— Hoje é a grande noite — diz Petra, entusiasmada. — Chefinho, se tudo correr bem, amanhã você me dá folga? — pergunta, ainda com o braço pousado em volta do pescoço de Kai.

— Quero ver esse traseiro no posto, ao amanhecer, nem que tenha de se arrastar até lá.

— Nossa, que gentil! Não sei como você aguenta, Ara! "Será dos seus belos olhos azuis" — canta, num tom agudo, com a boca colada ao ouvido de Kai. — "Água-marinha? Meu primeiro namoradinho tinha olhos azuis de água-marinha. Mas eu não chegava perto dele: tinha medo. Porque água quieta é água funda e me dava calafrios" — declama.

— Clarice Lispector — digo. Conheço bem a citação, pois *Água viva* foi um dos primeiros livros que meu avô me deu para ler. É impressionante como sabem tanto sobre a literatura e o mundo lá de fora...

— Não seja intrometida. — Boris a levanta pela cintura como se fosse uma pluma. — Você não recita poesia sobre os meus olhos — reclama, pousando-a ao seu lado com uma palmadinha estalada no traseiro.

Ela guincha e o insulta carinhosamente. Consigo ver a satisfação de felicidade nos rostos deles. Estão apaixonados e é um privilégio ver esse amor florescer.

— "O meu café favorito será sempre o dos seus olhos" — entoa Petra, abanando os cílios de forma teatral para Boris.

— Se não aparecer amanhã, quem vai parar em um poço de água funda é você — frisa Kai, com uma faísca de diversão, enquanto me dá passagem para a enorme sala de jantar com um leve toque nas minhas costas. Rio e um calafrio percorre minhas costas nuas até a nuca.

Adoro a nossa conexão e o fato de, mesmo sem palavras, sabermos sempre o que o outro quer. E não é por literalmente conseguirmos saber o que o outro pensa. Acho que mesmo que não tivéssemos essa ligação telepática, continuaríamos a ter essa forte relação que temos.

— Estou morto de fome — brada Boris. Não é novidade para ninguém.

As mesas compridas já estão repletas de pessoas e de comida. O salão é grande, mas neste momento deve estar com apenas metade da lotação. As mesas são de madeira, o que me leva a pensar se serão das robustas árvores da floresta. Eu me sento ao lado de Petra. Kai e Boris se sentam à nossa frente. Na mesa estão alguns dos meus colegas, alunos de Kai, e outros instrutores. Cumprimento-os com um aceno de cabeça e um "*Hey*". Eles retribuem com um "beleza".

— Você anda sumida — afirma Shelby em um tom conspiratório. É baixa e robusta e extremamente prestativa. Foi minha parceira em alguns exercícios e me ajuda sempre que me surgem dúvidas.

— Continuo aqui. — Abro os braços para enfatizar minha presença.

— É difícil desaparecer dentro de uma gruta, Shelby — diz Petra, em meu auxílio. — Embora gigante, mas, ainda assim, uma gruta.

— Uma das coisas às quais tem que se habituar, agora que decidiu ficar, é que aqui todo mundo sabe de tudo — continua Shelby.

Desconfortável, coço o pescoço pensando no que responder.

— Sim, agora que vai se tornar uma Protetora — brada Suna, o namorado de Wull, do outro lado da mesa.

— Vou? — pergunto, séria, com os cotovelos pousados ao lado do prato.

— Shh... fiquem quietos — ordena Wull, levantando-se da outra extremidade da mesa. — Que povo que não sabe guardar um segredo!

Boris também se levanta e se afasta.

— Não vai? — Suna parece confuso.

— Shore... — Wull se posiciona atrás de mim e chama Kai.

Olho para trás e sorrio. Ele raspou o cabelo nas laterais da cabeça e usa um moicano trançado que lhe dá mais suavidade. Seu rosto tem traços fortes e bem delineados; é um rapaz lindo.

— Bom, era para ser uma surpresa. Mas, visto que não se consegue mesmo guardar um segredo... — frisa Kai. — Falei com o Consílio e os Representantes. Eles aceitaram a nossa petição para que você se torne membro da Fraternidade.

Boris se aproxima e me entrega um uniforme dos Protetores. Está perfeitamente dobrado e reconheço o tecido preto escamoso e macio.

Kai continua:

— Se aceitar, terá de continuar a frequentar as aulas supervisionadas por mim para que possa aperfeiçoar o que seu instinto já te proporciona — diz, com seu familiar tom de voz grave.

Sinto-me menos observada pelos demais, apesar de todos os presentes na sala estarem batendo palmas e entoando o cântico dos Amigos que ouvi no bar Underneath no aniversário de Kai.

Deduzo que falou com o pai e ele concordou em me integrar. Por que, é o que me cabe descobrir. *Serei um alvo mais fácil de abater se estiver em ação? Será mesmo isso que ele quer?* Estou confusa em relação a esse assunto desde o dia do último ataque e não consigo descobrir o que Ghaelle e Adro faziam ali no buraco.

Petra, agarrada ao meu pescoço, entoa alto e emocionada o último verso:

Oriundos da terra
Submergidos no mar
As trevas dirão
Se irá escapar

Kai me encara com ar de espanto e uma chama se acende dentro de mim quando percebo que ele ouviu o que eu pensei sobre o pai dele.

Me solto do abraço de Petra e faço um esforço para bloquear minha mente, mas é tarde demais. Agora não há como voltar, terei de lhe explicar o que ouvi no dia do ataque. Passo o resto do jantar tentando disfarçar a inquietação e a ansiedade que me devoram. Mas com Kai não há como esconder a verdade.

Assim que a porta de casa se fecha, Kai fica imóvel, de pé, me observando. Não diz nada, mas sei perfeitamente o que ele quer.

— Hu-hum... — pigarreio. — Na tarde do ataque, quando ia para casa dos meus avós, fiz um pequeno desvio — digo, com uma tentativa patética de um sorriso.

— Ah, é mesmo?! — exclama, cinicamente.

— Sim… — Não sei bem por onde começar a lhe explicar minha teoria de que o pai dele é um possível traidor. — Vi Adro com um ar um pouco suspeito e decidi segui-lo. — Ao dizer essa frase em voz alta, me sinto ridícula de tão absurda que soa.

— Sei o que viu e ouviu, Rosialt — brada ele, irritado. Seus olhos estão escuros e emanam nervosismo. — Então é por isso que tem estado tão *calada*. O que eu não entendo é o que te levou a, primeiro, pensar que ele estava com um ar suspeito a ponto de segui-lo; segundo, por que, mais uma vez, correr riscos desnecessários; e, terceiro, pensar, com base nas poucas palavras que ouviu, que o meu pai e Adro estão conspirando para te matar?

Colocadas dessa forma, de fato, as coisas parecem bem diferentes, mas ele não estava lá. Eu estava.

— Eu sei o que ouviu — afirma, demonstrando que continua a ouvir meus pensamentos. — Mas por que pensou logo o pior?

— Kai, me deixe explicar, por favor.

Ele me interrompe:

— Mas meus parabéns, pelo menos aprendeu a esconder alguns dos seus pensamentos.

— Não quis te preocupar. Foi por isso que não te contei. Sinceramente, achei que não aconteceria nada de mais. Mas, quando dei por mim, estava num buraco ouvindo a conversa deles. Aconteceu…

— Pois é, parece que você tem uma tendência a atrair esse tipo de *coisa*. Não basta tudo que tem acontecido ultimamente?

— Desde a minha chegada, você quer dizer? — rebato, pouco amigável.

— Sabe muito bem que os ataques já aconteciam antes da sua chegada — retruca.

— Mas pioraram desde que cheguei. E morreram mais pessoas. Só pensei em guardar para mim o que descobri, exatamente porque sabia que você poderia reagir assim.

— Como quer que eu reaja? Minha namorada anda por aí se expondo a perigos desnecessários e acusa o meu pai de conspirar contra Aquorea. O meu pai! Consegue imaginar os sacrifícios que ele fez ao longo da vida pelo bem-estar de todos?

Namorada! Este não é o momento certo para festejar. Controle-se, Ara.

— Não o acusei de nada. Estava tentando entender e coletar mais informações antes de falar com você. Se eu contasse o que vi, mas fosse outra pessoa, e não o seu pai, como reagiria?

Ele se senta no braço do sofá e cruza os braços, pensativo. Uma ruga surge entre os olhos. Expira.

— Tem razão. Eu teria investigado.

— Viu? Afinal…

— Vamos tirar esta história a limpo. Agora. — Ele levanta e me puxa com ele para a porta.

— Para onde vamos?

— Falar com o meu pai.

Não sei se estou pronta para encarar Ghaelle assim e dizer que o espionei. Sem querer, claro.

— É tarde, Kai, vamos amanhã. Você está de cabeça quente. Vamos conversar e assim você também ganha tempo para pensar no que vai dizer.

— Sei muito bem o que quero dizer. E sei que você também sabe.

Subimos o rio a toda velocidade. Kai está calado, mas posso ouvir todos os seus pensamentos. Ele não tenta me bloquear. Eu também não o bloqueio. Para que ele não pense que estou escondendo mais alguma coisa, acho por bem deixá-lo ouvir tudo. Ele está zangado e espera que o pai tenha uma ótima explicação para essa história. Tento acalmá-lo concordando que posso ter interpretado mal a situação.

Conversamos telepaticamente. No dia a dia, costumamos enviar pensamentos um ao outro quando estamos com outras pessoas. Ninguém sabe da nossa telepatia. Ninguém além de Umi, que descobriu no dia da sua morte. Quando não estamos juntos, costumamos compartilhar informações importantes ou simplesmente matamos as saudades, mas esta é a primeira vez que fazemos isso assim, tão livremente. E a sensação é ótima.

Atracamos no cais do *campus*, perto do Colégio Central.

Foi aqui que a minha avó nos apresentou. O dia em que eu finalmente conheci o dono dos olhos azuis que há meses perturbavam os meus sonhos.

Ele salta do barco e estende o braço dobrado num ângulo reto para que eu me segure. Quando saio, me abraça apertado e me dá um beijo.

Foi o dia mais feliz da minha vida. Ver você, finalmente.

Não pareceu. Parecia que tinha engolido um ouriço-do-mar. E hoje é um dos mais tristes. Tudo porque não consigo ficar quieta. Desculpe, a última coisa que queria era te deixar assim.

— Tenho certeza de que resolveremos essa situação rapidamente — diz Kai em voz alta.

Esse é o meu desejo, embora meu receio cresça. Estou muito nervosa e acho que não vou conseguir fazer isso. Não hoje e não dessa forma.

Ele encosta a testa na minha e me faz olhar para ele.

— *Kia kaha.*

Os Shore vivem bem no centro, muito próximo do Colégio Central. A porta de água de acesso ao edifício é larga. Kai rapidamente a desativa com uma passagem da mão pelo pequeno visor na parede. O hall é amplo e sem uma única peça de mobília. As paredes e o chão em selenita branca, reluzente, dão ainda mais amplitude ao local. Não há escadas para os pisos superiores. À nossa frente apenas um elevador com uma cabine totalmente transparente e sem cabos. Entramos. Kai digita um código numa tela. O elevador começa a subir e vislumbro um belo jardim no interior do complexo. É um jardim simples, sem a extravagância do GarEden, seja no tamanho, seja na quantidade de plantas. Esse deve ser usado, talvez, para relaxar. Muita relva e poucas árvores, baixas e coloridas, porém, de uma elegância suprema. Chegamos ao último andar, mas em vez de parar, o elevador inicia um trajeto para a esquerda. Um elevador que se move vertical e horizontalmente e sem um único ruído. Passados dez segundos, as portas se abrem. Kai pousa a mão nas minhas costas para que avance e saio para um terraço no topo do edifício. Veem-se outros terraços e outras pessoas, que jantam ou apenas conversam, e crianças brincando.

É uma cobertura duplex no terceiro e não muito alto andar. Tem uma vista esplendorosa para o Riwus. Ainda não visitei Isla desde o resgate nos pântanos e, agora que aqui estou, repreendo-me por isso. Não consigo evitar me culpar pelo que aconteceu e pela morte de Umi. E vê-la torna tudo vívido novamente. Sentada num enorme pufe suspenso, ela lê um livro grosso. Luminárias de cores cristalinas a iluminam.

— Ara! — exclama com imensa felicidade assim que me vê. Quando fecha o livro para nos cumprimentar, vejo que é sobre plantas. A sua decisão de ser Curadora, assim como a avó, está tomada.

Corre na minha direção e enrosca os braços na minha cintura, encostando o rosto no meu peito. Retribuo o abraço e percebo que ela está um pouco mais alta. E o seu ar angelical desapareceu.

— Obrigada por ter me salvado — diz Isla.

— Não fui eu…

— Ele me disse que você foi muito importante para a missão. — Olha para o irmão enquanto me dá um beijo na bochecha.

Fico sem jeito. Encaro Kai e sorrio em sinal de agradecimento.

— Como se sente? Desculpe não ter vindo antes…

— Muito bem — confirma com um rodopio. — Estou estudando as plantas semicarnívoras. O meu Primeiro Estágio está prestes a começar. E adivinha quem será a minha orientadora?

— A Mira? — arrisco.

Ela está concluindo o Segundo Estágio, portanto, será Curadora oficial. O ano letivo aqui está quase no fim. E, ao contrário do que acontece na Superfície, onde temos meses de férias no fim das aulas, aqui a rotina segue normalmente. Os que terminam o Primeiro Estágio passam para o Segundo, e os que terminam o Segundo passam a membros ativos da Comunidade.

— Sim! E sempre posso contar com minha avó para tirar minhas dúvidas. Neste livro estão registradas mais de duas mil plantas e já sei identificar todas — diz, orgulhosamente, dando dois passos para trás para pegar o livro. — Ah, e não precisa pedir desculpa. Sei que tem andado ocupada. — Lança um olhar cúmplice na direção de Kai.

Ainda tem um ar frágil, mas emocionalmente está melhor do que imaginei.

— Oi, pequena. — Kai puxa a irmã e a abraça. — Onde está nosso pai?

— No escritório. Desceram agora mesmo, por pouco não os encontraram.

— Vamos?

Assinto com a cabeça.

— Vocês estão juntos? — interrompe Isla.

— Não está nos vendo aqui? — Kai está impaciente.

— Sabe bem o que quero dizer. Não sei como o aguenta, Ara — resmunga ela. E eu recordo as mesmas palavras de Petra. — Quero saber se os rumores são verdadeiros. Se vocês estão juntos, *juntooos*? Sabem, tipo casal? — Solta uma risadinha estridente com a própria pergunta.

Fico estática, com as mãos agarradas uma à outra em frente ao corpo e coro até a raiz dos cabelos. Nego com a cabeça e olho para Kai em um evidente pedido de apoio. Claro que toda a Fraternidade dos Protetores viu o gesto de Kai. O próprio Ghaelle também sabe. Sem mencionar o fato de que estou morando com ele.

Num lugar onde todos se conhecem já devem ter começado os comentários e as especulações, mas sei que Kai nunca dirá abertamente que estamos juntos sem que as coisas entre nós estabilizem e sem saber que decisão eu tomarei. Partir ou ficar.

— Sim, estamos juntos. — Assume, entrelaçando os dedos nos meus.

Fico atônita, sem reação. Ele acabou mesmo de fazer isso? De confirmar que estamos namorando? Meu coração salta de alegria, mas meu corpo não acompanha a felicidade, pois estou paralisada pelo constrangimento.

— Iupiiii! — Isla comemora com os braços esticados ao máximo ao nosso redor num abraço gigante. — Ganhei uma irmã! E ainda por cima uma que eu a-do-ro!

O rosto dela transborda felicidade. Meu coração, porém, se aperta enquanto minha cabeça se inunda de memórias da minha irmã e de atitudes idênticas àquela. Penso em como me sentirei se optar por ir embora. Amo essa menina como se fosse, de fato, minha irmã. Mas também amo a minha irmã e tenho saudades dela.

— Agora temos de falar com nosso pai. Amanhã jantamos na vovó. Por que você não aparece lá também e conversam tudo que têm para conversar? — diz Kai.

Não me lembrava de que o jantar com Hensel já é amanhã. Espero que Arcas também esteja presente. Preciso falar com alguém que me compreenda e aconselhe.

— Combinado. Amanhã estarei lá.

Descemos umas escadas largas que dão para um piso com algumas portas abertas. São quartos. Tenho curiosidade para saber como seria o quarto de Kai aqui, na casa dos pais, mas descemos mais um lance de escadas para o piso inferior. Um *open space* com sala e cozinha mobilados com um design futurista, mas de extremo bom gosto.

A arquitetura é completamente diferente da de Salt Lake e do apartamento de Kai, que são mais tradicionais, apesar da mesma tecnologia. Aqui tudo é branco, com alguns toques de cor.

— Pai? — grita

— Estamos aqui — responde uma voz feminina.

Sigo Kai até um escritório onde Nwil e Ghaelle trabalham, lado a lado, numa ampla mesa.

Levantam-se assim que nos veem, e se ficam surpresos por me verem aqui também, não demonstram.

— Olá, meninos. Está tudo bem? — Percebo preocupação na voz de Nwil.

— Não. Precisamos conversar. Podemos nos sentar?

— Claro — responde Ghaelle, puxando uma cadeira para mim e indicando a disponível a Kai. — Não me digam que vamos ser avós? — brinca. Mas o seu olhar se torna preocupado.

— O que aconteceu? — pergunta Nwil, ainda mais assustada.

— É por isso que estamos aqui, para sabermos o que está acontecendo. Ara, quer fazer o favor de começar?

O quê?! Por essa eu não esperava. Concordei em acompanhá-lo porque, afinal de contas, fui eu que os vi, mas não esperava ser eu a confrontá-lo. Ainda por cima agora, que ele é tipo... meu chefe. E... meu sogro.

— Hum... Hum... — É a única coisa que consigo dizer.

Kai espera, calado, o que aumenta a minha tensão. Tento ganhar coragem para enfrentar o que está por vir. Agora que temos essa informação, não posso ignorá-la. Tenho de saber o que eles sabem para tentar descobrir como ajudar Aquorea. Se é esse o meu destino, tenho de encará-lo de frente.

— No dia do último ataque... Algumas horas antes, eu estava indo para Salt Lake... vi Adro e por instinto o segui.

A expressão no rosto de Ghaelle muda.

— Não me pergunte por que fiz isso, mas, desde o primeiro dia em que vi o Adro com o Regente, tive uma sensação estranha. E, Ghaelle, você sabe aonde ele foi, pois vocês se encontraram. Eu ouvi vocês falarem sobre...

— Eu avisei para serem mais cuidadosos — intervém Nwil com rispidez, mas as suas feições se suavizam ao olhar para o marido.

— Que merda está acontecendo, pai? A Rosialt acha que estão conspirando para matá-la! — exclama enquanto se levanta, irritado, da cadeira.

— Sente-se — diz calmamente para o filho enquanto alisa a camisa. — Tem razão. — Olha para a esposa. — Temos de ter muito cuidado onde falamos, por isso escolhemos locais pouco comuns e mais escondidos. Tem razão quando diz que parecia que estávamos conspirando,

Ara. Porque, de fato, estávamos. Mas não para matá-la. Aliás, não para matar ninguém.

Nwil olha para o marido e prossegue:

— Há algum tempo venho notando um comportamento bizarro. Ou melhor, ainda mais bizarro — corrige Nwil, enfatizando as palavras com um sorriso torto — no Fredek e na Alita. Ouvi alguns murmúrios nos corredores e, muitas vezes, após as Assembleias do Consílio, pediam reuniões privadas com o Regente. Nunca entendi o que não podiam dizer na minha frente, ou em frente aos Representantes das Fraternidades, mas como conheço a ambição deles, nunca dei muita importância. Achei que estivessem apenas bajulando o Llyr para o Fredek ter o seu apoio na próxima Nomeação e ficar com o cargo que tanto cobiça. Mas, uma das vezes, eles não perceberam que eu ainda estava no fundo da sala organizando um dossiê e os ouvi dizer qualquer coisa sobre como a sua chegada é perigosa e que têm de te mandar embora a qualquer custo.

— Assim que voltou para casa, ela falou comigo e me pediu para eu mantê-los sob vigilância — explica Ghaelle. — E assim fiz, com a ajuda do Adro. Vigiamos todos os seus movimentos. Eles podem não ter coragem de te fazer mal pessoalmente, mas são inteligentes e persuasivos o ponto de outros agirem instigados por eles.

— Mas o que isso tem a ver com o que a Rosialt ouviu da sua conversa com o Adro?

— Ara, como sabe, quando chegou aqui coletamos suas impressões digitais, bem como amostras de sangue e tecido para o seu DNA ficar registrado no sistema. Todos os habitantes de Aquorea precisam fazer isso. É uma medida de segurança. Foi desenvolvido há muitos anos e a sua função principal tem a ver com o estudo do corpo humano e da saúde. O que não deve saber é que esses dados podem também ser utilizados para rastrear alguém. Mas quero que saiba que não fazemos uso desse rastreamento de forma leviana — diz Ghaelle.

— Quando começamos a ser atacados pelos Albas, isso se mostrou uma ferramenta muito útil para localizarmos rapidamente o último local onde a pessoa que foi sequestrada esteve. As pesquisas que fazemos na biblioteca ou os locais onde deixamos a nossa impressão ou o DNA, seja em casas que visitamos ou na cortina de água de um restaurante — prossegue Nwil.

— Foi assim que eu soube onde estava a minha irmã. Por isso fui a Salt Lake primeiro — explica Kai.

— É uma ferramenta muito útil — enfatiza Ghaelle. — Somente quando queremos confirmar se determinada pessoa está tendo ou não um comportamento prejudicial para os demais, e para si próprio, é que a usamos.

— Há umas semanas, verifiquei que os Peacox têm feito bastante pesquisa sobre empresas que negociam metais e pedras preciosas. E ainda sobre o preço do jeremejevita e do *oricalco* na Superfície — diz Nwil.

— Oricalco? — pergunto.

— É um metal que temos aos montes, mas que "lá em cima" é muito raro e excessivamente caro — explica Kai, aproximando o corpo do meu.

— Mas isso não é tudo. Há alguns dias, ao pesquisar mais profundamente, verifiquei que eles têm mantido contato com pessoas da Superfície e já têm projetos de venda avançados — diz Ghaelle.

— O quê? — Levo a mão ao peito.

— Temos de impedi-los — rosna Kai. Seu olhar está injetado de sangue.

— Só conseguirão fazer isso por cima do meu cadáver, filho.

— Então por isso é que eles têm posto a Comunidade contra mim.

— Cada vez mais pessoas vêm conversar comigo e pedem para te mandarmos de volta — admite Nwil. — Dizem que não se sentem seguras com a sua presença. O Fredek e a Alita abordam as pessoas das mais variadas formas para lhes incutir medo da sua permanência.

— Nesse dia, eles conversavam com um grupo de pessoas junto ao rio, e quando eu passava, alguns me olharam com um ar bastante ameaçador. Um deles até fez de conta que cuspia no chão — relembro.

—É sério?! — pergunta Nwil, escandalizada.

Confirmo com a cabeça.

— Eles dizem que você é a Salvadora e que é por sua causa que os Albas atacam. Inventam histórias sem nexo de que os Albas querem que você os lidere. Espalham o pavor pela população, que parece se esquecer dos ataques que sofremos há anos. Os que acreditam focam cada vez mais na parte da Condenação.

— Desde que cheguei os ataques se intensificaram, certo? — pergunto. Quando dou por mim, estou torcendo a ponta da camiseta.

— Sim, isso é um fato. Achamos que está relacionado, mas ainda não temos certeza. De qualquer forma, estamos mais bem preparados — frisa Ghaelle. — Quando encontrei a tal pesquisa, pedi ao Adro que a guardasse no cofre particular até ser o momento certo de os confrontarmos e expormos tudo.

— Não entendo, o que ganham com a minha saída de Aquorea?

— Eles te veem como uma ameaça à liderança deles. Estão convencidos de que a população escolherá Fredek na próxima Nomeação do Regente, para talvez assim poderem pôr o seu plano em prática. E, a meu ver, temem que você possa roubar esse lugar — explica Ghaelle.

Eu?! Acho isso tão absurdo que nem comento.

— Estamos tentando reunir mais provas contra eles para apresentarmos perante o Consílio. Queríamos algo de mais concreto, mas eles são mais cuidadosos do que previmos — diz Nwil.

— Eles revelaram a localização de Aquorea? — indaga Kai.

— Não — responde Ghaelle. — Eles nunca dizem que este local existe. Procuram contatos, que é a única coisa que lhes interessa.

— Há mais alguma coisa que devamos saber? — pergunta Kai. Ele coloca a mão no meu joelho e noto algumas sardas muito claras sob os olhos.

— Não, filho. — Nwil se levanta e caminha até nós. Pousa a mão sobre o ombro do filho. — Percebemos que a chegada da Ara estava sendo difícil para você. Lidar com todos esses sentimentos. Não quisemos sobrecarregá-lo ainda mais com essa preocupação, mas fizemos mal em deixá-los de fora.

— Sempre mantivemos a Ara sob vigilância para que nunca conseguissem chegar perto dela. — Ghaelle fala para Kai, mas pisca para mim.

— Também percebemos que vocês não ficariam muito tempo afastados. Apesar de ambos lutarem de maneiras diferentes contra isso, a química entre vocês é palpável — observa Nwil, colocando um braço ao redor do meu ombro. — E aquilo que os une é tão forte que sabíamos que ela não estaria em melhores mãos do que nas suas, meu filho.

Coro.

— E agora, o que fazemos? — Kai não consegue relaxar.

— Abrimos o jogo, já protelamos demais. Vamos falar com o Llyr e deter o Fredek e a Alita — brada Ghaelle, levantando-se da cadeira rapidamente. — Vamos?

— Para onde? — pergunto, atordoada.

— Falar com o Llyr — repete Kai como se isso fosse a coisa mais óbvia.

— Agora? — sussurro para Kai.

Essa família não é mesmo de deixar para amanhã o que pode fazer hoje.

— Sim. Não podemos adiar mais. A Nwil tinha esperança de que tudo fosse um engano. Mas temos de contar ao Regente o que sabemos e levá-los para interrogatório antes que façam mais estragos. Não sabemos o que estão tramando e cada dia que passa é mais perigoso. Foi bom vocês terem vindo. Como está diretamente implicada em tudo isto, Arabela, será ótimo estar presente na reunião com o Llyr.

Como me veem hesitante, Ghaelle continua:

— Ouviu o que disse o próprio pai da Alita. Que falaria com a filha. Que você não é nada daquilo que eles insinuam.

— Tal como ele pensava, muitos outros também julgam que você é um demônio que veio para nos destruir. Eles estão fazendo tudo ao seu alcance para que pareça isso — explica Nwil.

— E se for verdade? A Hensel e o Arcas disseram que a tal pessoa pode trazer a salvação ou a condenação. E se eu trouxer a condenação? Já pensaram nisso?

— Não. Nem sequer cogitei essa hipótese — responde Nwil, serenamente.

— Eu também não. Meu filho não se apaixonaria por um demônio. Excelente escolha de palavras, amor. Não a assustou quase nada — graceja Ghaelle olhando para a mulher.

— E a mim, muito menos — reforça Kai com um breve sorriso enquanto se levanta da cadeira e me dá a mão para me incentivar a levantar. — Vamos?

A casa de Llyr não é bem uma casa, mas um palácio. Fica duas ruas atrás do Colégio Central, paralela à rua principal. Dois Protetores guardam a porta e, assim que veem Ghaelle e Kai, entoam um *"Hey"*.

— Viemos falar com o Regente — informa Ghaelle.

Devido à agilidade com que percorremos os corredores e à velocidade com que somos encaminhados para o escritório enquanto o mordomo vai verificar "se o Regente está disponível para visitas", não tenho muito tempo para apreciar o cenário. A casa está em silêncio total, mas é muito mais rica que todas as outras que vi até agora. O estilo, clássico: passadeiras vermelhas e ornamentadas adornam o chão; cortinas pesadas e aveludadas; sofás e poltronas antigos com estampas douradas e vermelhas; móveis de madeira maciça. Contudo, nenhum desses móveis levita, como nas outras casas.

Vislumbro uma escadaria larga para um jardim na parte de trás da casa. No centro, uma fonte em estilo barroco, de mármore bruto, jorra água por toda a volta.

Num corredor extenso, decorado com vasos altos e pesados nos dois lados, obras de arte de alguns pintores que reconheço adornam as paredes. Vejo *O retorno do filho pródigo* de Rembrandt e *O nascimento de Vênus* de Sandro Botticelli. Serão originais? Quase faço uma pausa para admirar *Bailarinas em azul* de Edgar Degas, mas o som da voz do mordomo interrompe meus pensamentos.

— Por aqui, senhores. — O mordomo indica uma grande biblioteca.

As paredes da sala são quase todas forradas com estantes altas de livros e mais livros. As que não são estão pintadas de um azul-cobalto, que contrasta lindamente com o bordô das luxuosas cortinas. Uma mesa ampla de nogueira deixa óbvio que não foi feita aqui. De todas as bibliotecas que vi ao vivo, em livros e on-line, esta tem uma entrada triunfal direta para o meu top 5. Mas o que mais me impressiona é a lareira gigante no centro da parede do fundo. É quase outro cômodo. Com o calor que faz aqui, para que querem uma lareira? O meu ar de espanto é tão evidente que Nwil se aproxima de mim.

— Esta casa foi construída pelo bisavô da Grisete, a mulher do Llyr. Suas ideias eram um pouco megalomaníacas, pelo que se conta — sussurra.

— Meus senhores. — Ouço a voz de Llyr nas minhas costas e me viro. Ele veste um roupão acetinado que quase poderia fazer par com as cortinas. Nos pés, chinelos adornados com dragões bordados. — E minhas senhoras — acrescenta, tentando disfarçar a perplexidade por me ver aqui. — A que devo a honra? Tudo bem, espero.

— Não, Llyr. O que nos traz aqui é um assunto muito delicado — diz Nwil.

— Sentem-se, sentem-se. — Aponta os sofás. Seu olhar é de preocupação. — Aceitam um chá?

— Estamos bem, obrigado — responde Ghaelle, ainda de pé e com os enormes braços cruzados em frente ao corpo. Kai permanece de pé ao seu lado.

Llyr se senta à mesa na nossa frente. É um homem um pouco barrigudo, além de não ser muito bonito, e descubro agora que é também excêntrico. Para quem anda sempre descalço, onde já se viu usar chinelos dentro de casa?

— Muito bem. O que está acontecendo? — pergunta com a testa franzida.

— Receio sermos portadores de provas comprometedoras contra dois dos mais nobres cidadãos de Aquorea — diz Kai, sem grandes rodeios.

Llyr passa as mãos pelo cabelo e a expressão sisuda se intensifica mais ainda.

— Verdade?

— Regente — começa Ghaelle —, temos observado alguns comportamentos preocupantes por parte de Fredek e Alita há algum tempo. Mais ou menos desde a chegada da Arabela. — Aponta para mim.

— No início eram apenas burburinhos que chegavam aos nossos ouvidos de que queriam mandá-la embora. Tentaram reunir o maior número de pessoas que os apoiasse — acrescenta Nwil.

— Eles te fizeram algum mal, Arabela?

— Não, Regente. Só percebi esta situação há pouco tempo, com os olhares e os comentários de algumas pessoas. Mas notei a animosidade deles por mim desde o momento em que os conheci.

— O que nos fez ficar de antenas ligadas foram as pesquisas e os contatos que fizeram sobre o valor do *oricalco* e de pedras preciosas na Superfície — explica Ghaelle.

Llyr estuda todas as palavras com extrema atenção. Os cotovelos pousados na mesa com as mãos entrelaçadas tapam parte do seu rosto.

— O Fredek? Não posso acreditar — lastima-se Llyr, ajeitando-se na cadeira de pele.

Ghaelle pousa uma espécie de tablet, totalmente transparente, em cima da mesa. Llyr lê o conteúdo e larga o aparelho.

— Como fizeram isso tudo nas minhas costas?

— Jamais desconfiaríamos de alguém na posição deles. Mas é evidente que a ambição vai muito além da sua cadeira, Llyr — declara Nwil.

— E eu que pensava seriamente em aconselhar a população a votar nele na próxima Nomeação. Sabe que minha primeira escolha é você, Nwil, mas como sempre afirmou que não almejava a Regência, o Fredek era a minha melhor opção. Estava enganado... — Suspira.

— Viemos aqui para comunicar pessoalmente que vou reunir uma equipe e emitir uma ordem de prisão ainda esta noite — explica Ghaelle, sem mais delongas.

— Prisão? Não para um, mas dois cidadãos? Dois Membros do Consílio! — grita Llyr. — Não é possível! Como isso aconteceu na *minha* Regência?

— Vim aqui apenas por respeito. Sabe que tenho autonomia para isso e mais — declara Ghaelle, com autoridade.

— Eu sei, Shore. — Llyr transborda calma. Levanta-se da cadeira e anda de um lado para o outro como um leão. Pensa em algo. — Só tenho a agradecer a consideração. Mas, no fim das contas, eu sou o Regente. Todas as decisões passam por mim, inclusive os cargos atribuídos a cada Fraternidade. — Uma ameaça implícita numa voz de cordeiro. Llyr reafirma sua autoridade e faz questão de mostrar quem manda. — Quero apenas te pedir um favor. Se for possível, evidentemente.

Os músculos do peito de Kai ficam tensos e ele cruza os braços atrás das costas. Talvez para não agredir Llyr.

— Se estiver ao meu alcance — afirma Ghaelle, num tom nitidamente indiferente à chamada de atenção.

— Façam a prisão apenas pela manhã. Quero estar presente, mas tenho de digerir bem toda essa situação e pensar no que vou lhes dizer. E mais, quero ter voz ativa no castigo que vamos aplicar. Na sua opinião, Arabela, qual seria a punição apropriada?

Não esperava a pergunta, por isso demoro uns segundos para responder.

— Acho que devem ser controlados, sim. E destituídos dos seus cargos. Todas suas regalias devem ser cortadas, mas presos não. Desde que cheguei, vi que as principais diferenças entre Aquorea e a Superfície estão no aspecto humano. Não é essa a forma de agir de vocês e acredito que retirá-los do convívio social não trará nenhum benefício. Acredito que o contato com a Comunidade talvez lhes faça bem. No mínimo deve gerar um pouco de vergonha e desconforto. E quem sabe, com isso, arrependimento e mudança.

— Você age e pensa como um verdadeiro líder, Arabela — entoa Llyr.

— O tempo nesses casos é crucial. Não devemos adiar mais — insiste Ghaelle.

— O Llyr tem razão, também te dará tempo para organizar a equipe e pensar no que vai fazer — diz Nwil.

— Três quartos da equipe já estão aqui. — Dá uma palmada no ombro de Kai e pisca para mim. — Peço permissão para levar o Adro conosco, Regente. Uma vez que ele me ajudou em toda a operação. Posso destacar outra pessoa amanhã para a sua segurança.

Llyr para repentinamente.

— O Adro?

— Sim. É o que está mais próximo do Consílio. Foi muitas vezes meus olhos e ouvidos.

— Claro — declara Llyr com um gesto rápido da mão. — Então, fica para as primeiras luzes da manhã? Enquanto todos ainda dormem. E não preciso de segurança amanhã, estarei com vocês.

Ghaelle nos olha como se confirmasse nosso apoio.

— Sim. Às primeiras luzes — responde.

23
EPIFANIA

Eu e Kai vamos para casa, mas passamos a madrugada deitados na cama conversando e comendo o chocolate que sobrou, bem como outras guloseimas que encontramos por lá, quando a fome apertou. Elaboramos teorias sobre o que levou os Peacox a trair o seu povo e os seus ideais por algo tão fútil como dinheiro. E nos perguntamos se a minha vinda teria apenas esse propósito.

— Nem fui eu que descobri — comento.

Kai permanece pensativo por alguns segundos.

— Já pensou que, se não viesse, eles podiam nunca se expor, como fizeram? Isto é, ao conspirarem para te eliminar — faz um sorriso travesso —, chamaram a atenção.

Ele me puxa pelo braço e deita de conchinha comigo. Conchinha! Quem diria.

— E você, já pensou que talvez eles tenham feito o que fizeram porque eu vim? Porque se sentiram intimidados e com medo de perder o poder — sussurro enquanto me encaixo ainda mais nele.

— É pouco provável. Já planejam isso há muito tempo.

— Pode ser…

Ghaelle nos informou de que me queria presente no momento da detenção, equipada com o uniforme. Ainda não tive oportunidade de experimentá-lo e, por isso também, fico empolgada. Mas estou ansiosa, principalmente, porque terei a oportunidade de encará-los e talvez ouvir da sua boca o motivo de tanto ódio.

Quero terminar com isso de vez. A cidade está adormecida, as ruas desertas, e nós percorremos o trajeto em completo silêncio. A luz é muito tênue quando nos aproximamos da entrada do complexo onde vivem os Shore. Fredek e Alita Peacox também moram nesse condomínio, por isso decidimos nos encontrar aqui.

No hall, Ghaelle e Adro já nos aguardam.

— *Hey* — entoamos baixinho.

Tenho certa dificuldade em encarar Adro. É a segunda vez que acuso alguém injustamente. Primeiro, a minha avó, quando pensei que tivesse escondido a minha mochila. E agora Adro.

— Senhor Adro, queria pedir desculpas. Sinto muito... Mas tudo indicava que...

Ele me interrompe.

— Foi uma ótima decisão. Se tivéssemos mais pessoas meticulosas como você, talvez situações como essa não aconteceriam. Fiquei contente quando o Ghaelle me contou que era alvo de espionagem. A minha vida tem sido bastante monótona nos últimos anos. Agora já tenho uma história para contar. — Ri pelo nariz, emitindo um ruído semelhante ao grunhido de um porco.

— Ainda assim, desculpe.

— Esqueça isso. E me trate por você.

Llyr se aproxima vestindo seu terno formal e camisa pretos. Com ele vem Beau com um terno idêntico. Já não via Beau desde o dia do ataque em que ficamos presos no bunker e ele nem me dirigiu a palavra.

— Bom dia — cumprimenta Llyr, num tom animado demais para o que está prestes a acontecer.

Beau se mantém atrás do pai e apenas faz um gesto com a cabeça, mas sem tirar os olhos do chão. Ainda está meio sonolento ou então está chateado por eu ter assumido uma relação com Kai e não ter falado com ele sobre isso. Não foi propriamente assumida, mas aqui tudo se sabe, portanto, deduzo que ele tenha sabido ao mesmo tempo que os outros.

Entramos no elevador.

Quando o elevador para no segundo piso, saímos e viramos à direita para a casa dos Peacox. Ghaelle passa a mão pelo visor para desligar a cortina de água opaca. Nada acontece.

— Estranho… — diz.

— Tente outra vez — pede Kai.

Ghaelle passa a mão várias vezes, mas nada acontece. Llyr tenta, depois Kai e finalmente Adro.

— Não abre, está bloqueado. Não entendo. Tinha de abrir com as minhas impressões digitais! — Ele me olha como se sentisse a obrigação de me dar uma explicação. — Eu e o Llyr somos os únicos autorizados a abrir qualquer porta em caso de emergência — explica Ghaelle.

— E não há outra forma de transpor a porta?

— Não — responde Adro. — Devido à forma como a água é trabalhada, atravessá-la é como sentir milhares de alfinetes rasgando a pele.

Sim, já me disseram.

Eles olham ao redor à procura de soluções, mas há apenas uma entrada. Kai mexe no visor e insere uns códigos de números e letras. Um texto encriptado corre rápido no visor e depois ouvimos um *bip-bip* que o permite acessar os *logs* para confirmar os registros de entradas e saídas.

Beau se remexe, impaciente.

— Pai! — exclama Kai, sobressaltado.

Os homens se aproximam da tela e depois me olham com expressões perplexas.

— O que foi? — pergunto.

Eles me ignoram e olham novamente para a tela.

— Não pode ser. Estivemos juntos e acordados a noite toda — diz Kai.

— A noite toda, hein? — pergunta Adro. — Os benefícios da juventude.

— É sério? Acha que é hora de brincar? — Kai arrasta as palavras.

— Mas como é possível, então? Foi ela — confirma Ghaelle, incrédulo, com os olhos fixos no monitor.

— Alguém pode me dizer o que está acontecendo? O que eu tenho a ver com o que estão falando? — pergunto, já sem conseguir esconder minha irritação.

— Rosialt, no visor de desbloqueio diz que a porta foi fechada pela última vez por você.

— O quê?

— Arabela! O que veio fazer aqui? — repreende Llyr.

— Não estive aqui! Estive a noite toda com você. — Aponto para Kai.

Beau tosse com a mão na frente da boca para tentar abafar o som.

— Eu sei. Isso não faz sentido, esse sistema é impenetrável — explica Kai.

— Isso eu não sei. Mas sei que nunca estive aqui sem ser agora, com vocês.

— Passe a sua mão pelo visor, Ara — intervém Beau, agora um pouco mais desperto.

Nem hesito. Levanto a mão para lhes provar que é impossível ter sido eu a abrir aquela cortina de água. Para meu choque, a cortina cessa assim que passo a mão pela tela.

— Não é possível… — asseguro, quase sem força, mais em um tom de desabafo.

— Isso agora não interessa. Vamos fazer o que viemos fazer e depois tratamos disso. Llyr e Beau, esperem aqui — prossegue Ghaelle ao entrar na sala.

Ele faz sinal para Adro ir pelo lado esquerdo e para mim e Kai para que o sigamos pelas escadas.

— Fique perto de mim — me diz Kai.

Assinto com a cabeça.

Apesar da pouca luz, dá para ver que a casa é muito extravagante. Cada parede com a sua cor. Tons quentes e fortes que combinam à perfeição com a personalidade do casal Peacox.

Reviramos a casa e não encontramos sinal deles. Nos armários faltam algumas roupas e o cofre está aberto e vazio.

— Levaram todas as joias. Fugiram — admite Adro.

— Chegamos tarde. Eu avisei que o tempo nesses casos é crucial — brada Ghaelle, furioso. Pega um vaso amarelo e o joga para longe. Desfaz-se em pedaços. Os músculos rígidos e tensos.

— Alguém deve tê-los visto, certo? Procurem o DNA deles no sistema — aconselho.

— Você ainda não entendeu? O sistema foi corrompido — afirma Beau num tom ríspido, já atrás de nós e com o pai ao seu lado. Seus olhos parecem soltar faíscas.

Eu o encaro e me preparo para colocá-lo no devido lugar, mas decido não lhe dar o gostinho de responder. Estamos todos tensos com a situação, gosto dele e espero que possamos continuar amigos.

— Por favor, verifiquem meu histórico no servidor central para ver se os dados coincidem. Pode ter sido alterado, certo?

Kai me olha e concorda.

— Ninguém aqui pensa que foi você, Arabela. Uma vez mais, eles tentaram te prejudicar. Quiseram fazer parecer que teve algo a ver com o desaparecimento deles — informa Llyr no seu tom de voz monocórdico e calmo.

— Eles podem estar em qualquer lugar, são dos poucos que têm acesso ao portal de saída — admite Adro.

Ghaelle se afasta um pouco. Escuta e fala com alguém por meio do dispositivo que tem no ouvido e reparo que uma luz azul pisca no interior da pele do seu pescoço quando fala. Será algum implante para que o escutem? Adro também tem o aparelho no ouvido e uma luz azul na lateral do pescoço, mas não está piscando.

— Ninguém nos postos de vigilância os viu. Na sede — diz Ghaelle, referindo-se à Fraternidade dos Protetores —, o último registro que há deles é a entrada aqui, em casa, ontem ao final da tarde. Vamos acionar patrulhas em todas as direções. Se ainda não saíram, estão escondidos num buraco qualquer. Kai, reúna duas equipes e vá para o norte. Nós vamos para o sul.

— Vamos. — Kai me dá a mão e me leva para fora sem dirigir a palavra a ninguém.

Kai forma as equipes. Uma liderada por ele próprio e outra liderada por Wull. No entanto, ele me coloca na equipe de Wull e leva Petra na equipe dele. São equipes pequenas, de cinco membros. Junto comigo estão também Boris, Suna — que, devido ao seu corpo esguio, cabe em lugares minúsculos — e uma garota — Jacca — alta e robusta, que já é Protetora e normalmente está na equipe comandada por Ghaelle. Antes de nos separarmos para áreas diferentes, Kai me puxa rapidamente para o lado.

— Cuidado. Não corra riscos desnecessários. E se precisar de alguma coisa, me avise. — Pisca um olho e me dá um beijo rápido nos lábios. — Logo mais à noite, se tudo correr bem, jantamos na casa da Hensel.

Vasculhamos toda a parte leste da Floresta, interrogamos pessoalmente os Protetores que estão de vigia, verificamos cada gruta, buraco e árvore, mas não encontramos vestígios de que tivessem passado por aqui, ou de alguém escondido. Os galhos e as folhas secas que se partem sob o nosso peso ressaltam ainda mais a quietude e a escuridão da floresta densa e úmida. Cada um de nós carrega uma pequena lanterna que ilumina melhor o caminho e me ajuda algumas vezes a evitar que caia. Hoje, as luzes da cidade estão ainda mais brilhantes, por ordem de Ghaelle. Juntamente com Llyr, ele decidiu não divulgar ainda o desaparecimento dos Peacox, até termos certeza absoluta do que realmente aconteceu.

— O uniforme caiu bem em você — comenta Jacca, que segue atrás de mim. Eu vou atrás de Boris, e Suna segue ao meu lado.

— Obrigada — respondo ofegante. Estou focada no caminho e concentrada em não pisar em nada, já que estou descalça.

— Gostaria que o meu ficasse assim, mas sou gorda — lamenta.

Quero lhe dizer que o uniforme fica muito bem nela, que não é gorda, mas de constituição grande, musculosa, mas não estou com vontade de conversar. Quero terminar o patrulhamento e falar com Kai, tirar a limpo a história de ter sido eu a entrar na casa dos Peacox. Quem tem capacidade para fazer isso? Mas ao ouvir o tom de voz desanimado de Jacca, olho para trás. Ela não tem o corpo delicado de uma princesa, mas, sim, o corpo muito bem trabalhado de uma Protetora.

— Não acho que fique feio em você — respondo e olho novamente para a frente. Sinto algo me espetar o dedão do pé e paro para arrancar um espinho.

— Já pedi à minha mãe para alargá-lo, mas largo fica ainda pior. Pareço ainda mais gorda.

— Você não é gorda. É musculosa, é diferente. E para o nosso trabalho, isso é até bom — relembro. Verifico, neste instante, que a cada dia que passa uso mais a palavra "nosso".

— Eu queria ser um pouco mais... magra. — Suspira. — Mas é de família, sabe?! Puxei à minha avó. Meu pai também é assim, corpulento.

— Entendo... mas é linda assim — respondo com sinceridade.

— A minha mãe é estilista — afirma.

— Interessante... — O suor escorre pela minha testa, mas o uniforme não me deixa transpirar. É justo e confortável, como uma segunda pele, e os movimentos continuam fluidos e leves. E, ao contrário do que eu pensava, mantém o corpo fresco.

— De vez em quando, peço para ela fazer algumas alterações, porque ficam sempre apertados nas pernas e nos braços. — Ah, aliás — brada como se tivesse tido uma epifania —, ela é a estilista pessoal dos Peacox! — exclama, lembrando-se de que a informação pode ser importante.

Aguço meus ouvidos.

— Verdade? E como eles são? — pergunto.

— Tão bizarros quanto parecem. — Solta uma gargalhada sonora.

Wull nos manda fazer pouco barulho e nós encolhemos os ombros e baixamos o tom de voz.

— Costuma ter contato com eles? — pergunto.

— Várias vezes. A minha mãe tem um ateliê desde que eles a escolheram para sua modista pessoal quando foram nomeados Mestres do Consílio. Pediram que ela não aceitasse trabalho de mais ninguém. Ela hesitou, porque achou que ficaria muito tempo parada, mas isso não aconteceu. Toda semana, mandam fazer vestidos e ternos novos para estrear.

— É sério? — pergunta Boris. Sorrio porque pensei que ele não estava atento à conversa.

— Às vezes, eu ajudo minha mãe quando eles vêm fazer as provas. É hilário. Só querem coisas esquisitas. Desde os tecidos, à combinação das cores e ao próprio design. Trazem livros com imagens de roupa dos estilistas lá da Superfície.

— Nós não nos vestimos assim — observo. Penso rapidamente em diversas exceções, principalmente algumas figuras públicas. — Bem, a grande maioria da população mundial, não — corrijo.

— Eles devem achar que sim, porque a cada dia que passa os seus gostos estão mais peculiares.

— E como eles são? Tirando o gosto extravagante… — pergunto.

— Até gosto deles, sabe. Eles não têm filhos; acho que um deles não pode. Sempre me trataram bem e acho que os habitantes gostam deles. Quando me contaram agora há pouco o que estava acontecendo, fiquei muito surpresa.

— Alguma vez notou algum comportamento estranho? — pergunta Boris.

— Agora que falamos nisso e à luz dos novos acontecimentos, sim. A semana passada, pediram uns trajes novos para uma ocasião muito especial. Como não há nenhuma comemoração programada nem foi comunicada nenhuma festa, pensei que fosse algo que estivessem preparando. O entusiasmo deles era contagiante.

— Só isso? Roupa nova? — pergunta Suna com a voz carregada de tédio.

— Não foi por ser roupa nova, mas pelo tipo de roupa que mandaram fazer. — Ela faz uma pausa como se estivesse tentando se lembrar. Paramos e nos juntamos a ela num círculo.

— E então? — Wull, que segue à frente, volta para trás e se junta ao grupo. — Que raio de roupa ela mandou fazer?

— Um vestido simples. E preto — explica.

Entreolhamo-nos.

— Um vestido preto? — pergunta Boris.

— Sim. Adornado somente com penas de *phasirum*. É um tipo de pavão — me explica. — Mas a plumagem é preta e o ocelo das plumas da cauda, quando expostas à luz, se torna luminescente e se transforma em prata; muito fina e maleável. São raras e magníficas. Achei incomum, só isso.

Vejo que ela fala com paixão do ofício que não é o dela, mas pelo qual compartilha o gosto.

— Sim, ela é extravagante, mas daí a isso ser um comportamento suspeito… — observa Boris.

— Não percebem? Era o vestido para um funeral. Quem sabe, o meu… — murmuro. Meus braços e pernas tremem.

— Acha mesmo?! — duvida Suna. — Eles podem ser muita coisa, mas não são assassinos.

— De fato, falavam muito mal de você, Ara. Ouvi por diversas vezes a Alita dizer à minha mãe que seria muito melhor que não tivesse vindo. Quando você iniciou o treino nos Protetores, ela chegou a dizer que sentia tristeza pelos seus avós, porque provavelmente não duraria muito tempo. Eu me limitei a responder que você era uma guerreira nata e que estava sendo treinada pelos melhores.

— Alguma vez ela disse por que motivo não me queria aqui?

— O Fredek diz que você traz instabilidade e desavença. Nunca entendi muito bem o que queria dizer, porque, a meu ver, tudo continua igual.

— Tem a ver com os planos deles! Filhos da mãe!! — diz Wull, com uma expressão rígida e agressiva no rosto.

— Pensavam que a população ia ficar tão encantada com você que a escolheria para o lugar que eles tanto desejam — observa Boris.

— Que lugar? — pergunta Suna, inocente.

— A Regência! — responde pacientemente Wull ao namorado.

— Bem, agora não adianta de nada especularmos. Se não os encontrarmos, é porque saíram para a Superfície. E aí, já não sou só eu que estou em perigo. Estamos todos.

— Sim, se o que planejam é verdade, então Aquorea está mesmo condenada — constata Boris.

— Vamos para a Fraternidade — diz Wull.

Os grupos de Kai e Ghaelle também não tiveram sorte. Não encontraram uma pista, um rastro, nada. Nenhum dos Protetores de vigia os viu passar. E, no sistema, o último registro que têm é em casa. Nada mais. À tarde, Ghaelle nos mandou inquirir a população sobre o paradeiro deles. Tivemos de anunciar que estão desaparecidos para que, se alguém souber alguma coisa, conte, mas não podemos revelar que provavelmente fugiram. Há muita choradeira por parte dos habitantes e muitos deles se recusam a falar comigo.

O treino da tarde é intenso. Luto com Petra e, pela primeira vez, com Wull. Kai acha que já estou pronta. No fim da luta confirmo que ele tem razão. Evoluí muito desde a minha chegada e nunca pensei que derrubaria Wull com a facilidade com que o fiz. Tenho ainda mais hematomas no corpo, mas não me preocupo. Esse esforço é bem-vindo. Preciso me distrair da ansiedade, cada vez mais presente, desde que ouvi as mensagens de Colt, e do sentimento de desalento por não saber afinal qual o meu propósito em Aquorea.

— Você está irritada — constata Wull.

— O quê?

— E distraída! — exclama Petra, enquanto continua a chutar um saco de boxe fixo no chão e apoiado por Wull. — O que aconteceu?

— Estou furiosa.

— Com o fato de quererem te matar? — pergunta Petra, usando o tom de voz mais natural, como se fosse algo trivial.

Eu a encaro, incrédula.

— O que foi? — Ela me olha rapidamente, esboça um sorriso e encolhe os ombros.

— Não tem um pingo de noção, Petra. — Wull parece chateado.

— As verdades precisam ser ditas, por mais difíceis que sejam de aceitar. Ela está pensando nisso, nós sabemos que está, então porque não conversamos abertamente e a ajudamos a sair desse marasmo?

— Você é inacreditável, Petra — reclama Wull, que ainda segura o saco de boxe.

— Eu sei. Sou fantástica. Outra das minhas melhores qualidades é a humildade — afirma com um sorriso sarcástico.

Bem, nesse aspecto, ela tem razão. Como sempre, vai direto ao assunto. Não é somente isso que me incomoda, mas, por ora, não quero compartilhar com mais ninguém que sei o que está acontecendo com a minha família. Iria exigir explicações demais e ainda posso causar problemas para Gensay.

— Petra... — Começo sem saber muito bem como dizer.

— Sim?

— Posso ficar na sua casa uns tempos?

Ela para abruptamente e Wull se desequilibra.

— Alguém quer água? — Wull sai, para nos dar privacidade.

— Sim, sim, traga. Para as duas — exige Petra com o braço no ar a enxotá-lo, sem sequer olhar para ele.

Sorrio para Wull e aceno com a cabeça em sinal de gratidão.

— O que aconteceu? — Ela me arrasta pela mão para fora da arena, onde me força a sentar. Está preocupada.

— Nada...

— Problemas com o Shore? O que ele fez? Vou partir a cara dele. — Ela procura Kai no *campus* e começa a se levantar.

Puxo-a com força pelo braço.

— Senta aqui! — reclamo, exasperada. Ela me encara, espantada. — Com a gente está tudo bem. Ele nem sabe que estou te pedindo isso. Mas preciso me afastar um pouco dele.

— O sexo é ruim? Não me diga! Sempre pensei que ele fosse o suprassumo nesse...

— Ai, dá para você calar a boca um minuto? — Estou irritada. Ela me olha atônita, com os olhos arregalados. — Não é nada disso. Nós ainda nem sequer... Você sabe... — Coro.

— Ainda não transaram? Como é que aguentam? Bem, isso não interessa... Claro que a resposta é sim. Pode ficar o tempo que quiser. Mas agora é sério, Ara, sei que sou uma desbocada, mas estou aqui para te ouvir e ajudar no que for preciso. Você é minha amiga e eu te adoro.

— Por ora, só preciso de um lugar para ficar e pensar em umas coisas. E de coragem para dizer ao Kai que vou sair da casa dele.

— Para isso com certeza vai precisar de sorte.

— Então te vejo logo mais à noite, depois do jantar, pode ser? Não vamos jantar na Fraternidade.

— Sim, o sofá estará à sua espera. Até mais, *Tampinha.*

A caminho da casa de Hensel ainda penso numa forma de conversar com Kai. Tenho de lhe falar sobre a minha decisão de ir para a casa de Petra. Já tínhamos comentado sobre isso e ele próprio disse que me ajudaria a procurar um lugar, mas a verdade é que não o fez. No meu íntimo, sei que não estou sendo justa com ele ou conosco. Afinal, não fez nada além de me apoiar e esperar pacientemente pela minha decisão de partir ou ficar.

Como estou de vestido, apesar de comprido, não subimos as escadas de madeira, mas, sim, a rampa em caracol. Estou entusiasmada para rever Isla e poder conversar num ambiente calmo e familiar, depois de tudo por que ela passou.

Para minha satisfação, Arcas está sentado na poltrona com estampa de pássaros; e, para minha surpresa, os pais de Kai e de Isla — Nwil e Ghaelle — também estão aqui. Sigo Kai e cumprimento todos os presentes com dois beijinhos no rosto.

— Ainda bem que chegaram. Estava aqui pensando… Eles saíram, certo? Tem de haver uma forma de os encontrarmos. Vamos analisar com cuidado as pesquisas que fizeram e seguir os seus passos. E, a seu tempo, temos de começar a pensar em ir buscá-los, filho — diz Ghaelle.

— Buscá-los? — pergunto.

— Sim — responde Kai mal-humorado. — Não conte comigo para isso. — Seu rosto é uma sombra carregada de fúria.

Quero falar, mas a voz não sai. Limpo a garganta.

— Você pode sair?

Ghaelle nos olha, surpreso.

— Não contou a ela? Falei mais do que devia. Desculpe, filho.

— Sim, é verdade que posso sair, mas não quero. Faço o que for necessário para defender os meus. Dou a minha vida por eles se for preciso. — Seu rosto está calmo e sério, desprovido de sentimento.

— Você disse que não havia mais segredos entre nós.

— Tem razão, peço desculpa. Conversamos em casa... — Ele coloca a mão dele sobre a minha.

— Kai, temos de explicar à Ara... Alguns de nós conseguimos sobreviver sem dificuldade na Superfície. Se decidíssemos viver lá em cima, conseguiríamos sem problemas, da mesma forma que você se adaptou aqui embaixo. — Ghaelle se aproxima e tenta dar uma explicação.

— Nada de conversas sérias hoje — diz Hensel, saindo da cozinha. Ela me dá dois beijinhos e me entrega um copo.

Após alguns minutos, começo a me sentir mais relaxada. Largo o copo que Hensel me ofereceu, já quase vazio, e me sento no sofá para conversar com Isla e Arcas, que conversam sobre plantas, como o esperado. Arcas, como experiente botânico que é, lhe dá os melhores conselhos e diz para ela começar a pensar num projeto para desenvolver, uma doença ou problema que ela gostaria de ver curados, e iniciar sua pesquisa profundamente nessa área, validando as espécies que podem ter impacto nesse assunto.

Kai conseguiu fugir e ajuda Hensel e Nwil na cozinha. Pelo som de risadas e brincadeira que vem da cozinha, deduzo que ele foi lá para tudo menos para ajudar. Ghaelle conserta a perna de uma cadeira e a testa com o peso do corpo. Parece satisfeito consigo mesmo quando se senta, levanta os pés do chão, remexe-se com força e ela não se desfaz.

Ele veste uma calça azul-escura e uma camisa de um tecido fresco de manga curta. Demoro um pouco mais nas suas tatuagens. Cada vez gosto mais delas. Gosto tanto que quero fazer uma... *Será que ele as faz lá em cima ou aqui? Será que o Kai tem alguma?*

Todo esse ambiente íntimo e caloroso me deixa melancólica. *A minha família é assim*, penso. *Também somos unidos, fazemos jantares barulhentos e divertidos. Tenho saudades deles.*

— Arabela, como vai a sua investigação sobre os portais? — pergunta Arcas em determinado momento.

Tanto eu como Isla somos apanhadas de surpresa. Ela fica séria e extremamente atenta à conversa.

— Encontrei um documento muito interessante. O único que me pareceu relevante, aliás. Chama-se...

— "Descent" — completa Arcas.

Arregalo os olhos de surpresa e Arcas continua:

— Esse documento é extremamente controverso entre os estudiosos.

— Controverso? — questiono.

— Há quem defenda que é a localização dos primeiros portais para Aquorea, que datam de milhares de anos. Como pôde ver, é um documento extremamente antigo, está em sumério. Essas mesmas pessoas admitem que as localizações mudaram ou se expandiram ao longo dos tempos.

— A verdade é que o Brasil está indicado. Eu estava em Foz de Iguaçu quando...

— Você viu a Tanzânia? — Arcas exprime um belo sorriso.

Encolho os ombros e franzo os lábios. De fato, não vi. E sei que foi de lá que veio o pai de Arcas.

— E a outra teoria? — pergunta Isla. Arcas a encara e sorri.

— Bem, essa é a minha favorita, meninas. Estão preparadas? — Chegamos mais perto e ele continua. — Há quem cogite a ideia de que são outros mundos, parecidos com o nosso.

— Outras Aquoreas? — pergunta Isla, intrigada e atenta.

— Não necessariamente... — explica Arcas com a sobrancelha erguida e preparado para continuar a sua explicação.

Estou tão relaxada e confortável que solto uma risada alta demais.

— Que bobagem. Quem acredita nisso? — pergunto ainda sorrindo.

Arcas aponta em direção à cozinha, de onde Hensel surge e também solta uma gargalhada.

— Todos para a mesa. — Hensel traz um cesto de madeira com pão escuro de algas.

Cubro a boca com a mão para conter o meu sorriso. Os três atendemos a ordem de Hensel.

Dessa vez, a refeição é um grande e carnudo peixe grelhado. Legumes coloridos exalam um cheiro avinagrado que me dá água na boca.

— Vou sentar ao seu lado, Ara. Temos muito que conversar. Arcas, você fica daquele lado. — Isla lhe indica o outro lugar vazio ao meu lado. — Ela e o Kai têm muito tempo para namorar.

Ela faz uma careta para o irmão.

— Também estou com saudades de você e dos nossos jantares — admito.

— Hoje terão muito tempo para pôr a conversa em dia. Mas não se esqueçam de comer — lembra Nwil.

Arcas serve Isla e depois pega o meu prato e faz o mesmo. Quero interrompê-lo quando ele enche demais o prato, mas escuto o meu estômago e logo me convenço de que darei conta do recado. Meu corpo mudou drasticamente. Apesar de sempre ter praticado esporte, nunca o levei ao limite como aqui. Nunca fiz atividades assim tão intensas e focadas. Todos os músculos são trabalhados, sem esquecer nenhum. E, óbvio, como a comida aqui é divina em todos os lugares, não me privo de comer.

— Antes de iniciarmos, quero apenas fazer um agradecimento aos Protetores pelo trabalho magnífico que têm feito. — Arcas levanta a xícara de chá. Todos erguem os respectivos copos ou xícaras e brindamos.

— Principalmente a você, Ara. Tem provado que pertence mais aqui do que alguns dos habitantes originais. Arriscou sua vida por mim. E nunca me esquecerei disso. Independentemente do caminho que possa escolher, já é minha irmã. E estamos gratos para sempre — diz Isla.

Essas palavras, tão emotivas, fazem brotar lágrimas nos meus olhos. Quero me controlar, mas não consigo.

— Não fiz nada de especial — declaro com um sorriso enquanto enxugo as lágrimas e fungo o muco que teima em sair.

Kai, sentado entre a avó e a mãe, sorri como nunca o tinha visto. Está feliz, apesar do momento constrangedor do início da noite, e ao mesmo tempo está gostando de me ver envergonhada.

— Claro que fez. No sequestro da Isla não tinha obrigação de ir, mas contrariou todas as nossas regras e, principalmente, contrariou o meu filho quando insistiu em ir — frisa Ghaelle.

— E no último ataque também não tinha de lutar — relembra Arcas. — Mas está no seu sangue, é mais forte que você.

— Enfrentou os Albas duas vezes — diz Hensel, com uma expressão de repugnância ao pronunciar o nome.

— E um deles não era um Alba qualquer. Era o Morfeu — relembra Isla.

— Fiz apenas o que senti que tinha de ser feito. Para ser sincera, nem pensei. Foi instintivo.

— Sim, não são muitos os que os enfrentam num espaço de tempo tão curto e vivem para contar a história — diz Nwil.

— Ela é forte. E luta bem. Não é de admirar... está aprendendo comigo — graceja Kai, recostado à cadeira que o pai consertou.

— Deu tudo certo, mas poderia não ter... — Não termino a frase. Olho para o pulso e mexo no meu relógio. Duas vezes. Lutei com dois Albas, em circunstâncias distintas e ambientes também diferentes. O que é que não mudou em ambas as situações? — Com licença. Volto já! — Arrasto a cadeira para trás e me levanto em um pulo.

— O que foi? — Kai, alarmado, também se levanta e me segue.

— Já volto — repito já abrindo a porta. Desço a rampa de madeira, apressada.

Corro alguns metros com os olhos bem abertos. Olho de um lado para o outro; quando finalmente encontro o que procuro, volto para casa no mesmo ritmo. Kai me espera, atento, no topo da íngreme rampa de acesso.

Quando entramos, vejo que todos pararam de comer e nos olham preocupados.

— O que aconteceu, Ara? — pergunta Isla. Acho que a assustei.

— Desculpem. Precisava fazer uma coisa.

— São gases? — questiona Arcas com um grande sorriso branco. — Todos temos e podem ser uma verdadeira aflição — garante, com um suspiro divertido.

Rio, mas ignoro o comentário. O que tenho para dizer é bem mais importante do que a flatulência universal.

— O que sabem sobre esta flor? — Estendo a mão e entrego uma flor a Arcas e outra a Hensel.

— É um *trovisco* — constata Arcas.

— São muito comuns por aqui. É uma planta original e não geneticamente alterada — acrescenta Isla, entusiasmada por colocar em prática o que aprendeu.

— A Rosialt desde que chegou aqui se sente atraída por elas — comenta Kai, percebendo aonde eu quero chegar. Ele está ao meu lado e põe o braço ao redor dos meus ombros.

— Sabem o que eu tinha em comum nas duas vezes que lutei com os Albas? Esta flor no meu pulso. — Levanto o braço. — E, das duas vezes, eles sentiram repulsa. Da primeira vez, com o Morfeu, pensei que sua reação fosse por ter uma arma apontada para a cabeça. Da última vez nem refleti. Pensei apenas que desistira, porque os outros já estavam em retirada por estarmos vencendo.

— Ela costuma usá-las sempre, durante vários dias — explica Kai.

— Prendo aqui, debaixo do relógio. Quando começam a murchar, o cheiro é ainda mais acentuado.

Hensel passa a flor a Nwil, que a cheira e a entrega a Isla.

— Molhe a flor, Kai — peço.

Ele pega a flor que está na mão da irmã. Molha-a no copo com água. Quando a tira, está transparente e sua fragrância se sobrepõe à da deliciosa comida.

— Eles não gostam do cheiro do *trovisco* — grito, entusiasmada, ainda em pé. Tenho vontade de pular de felicidade.

Arcas molha a dele na sua xícara, avalia e sente o aroma longamente.

— Pode ter alguma enzima à qual eles sejam alérgicos ou que seja tóxica para eles — afirma Arcas.

— Muito bem pensado, Ara. Se for verdade, temos aqui uma descoberta que pode mudar tudo. Aquorea poderá voltar a ser um lugar totalmente seguro — diz Ghaelle. Aperta a mão de Nwil, que me olha com afeição.

— Amanhã vamos iniciar o estudo — assegura Arcas.

Finalmente, relaxo e me sento, voltando a comer. A comida está maravilhosa e inunda minhas papilas gustativas. Quando, ao fim de algumas garfadas, faço uma pausa para recuperar o fôlego, reparo que ninguém está comendo e todos me olham com um sorriso estampado no rosto. Kai ainda em pé, atrás da minha cadeira, exibe um sorriso de orelha a orelha. Nem tenho tempo para ficar envergonhada, pois começamos todos às gargalhadas. Kai se inclina, me dá um beijo na cabeça e vai se sentar no seu lugar.

— Ainda não tinha comido nada hoje. Queria um tópico de estudo? Agora tem um que pode mudar a vida dos cidadãos de Aquorea, Isla — entoo, com um calor agradável invadindo meu corpo. Este, sim, é o meu propósito em Aquorea. Descobrir como enfrentar, e possivelmente derrotar os Albas e deixar a população em segurança. Sei agora que esse é o motivo da minha vinda para Aquorea.

Após o jantar, Kai e eu conversamos. Ele se desculpa novamente por omitir que é um dos que pode sobreviver na Superfície, se assim o desejar. Acho que, no fundo, já desconfiava, só não quis admitir para mim mesma. Meu coração não tem sequer de se preocupar em perdoá-lo, pois não há nada a perdoar. Sinto que tudo está bem entre nós, mas só preciso de espaço para tomar a minha decisão, com tranquilidade e sem interferências.

— Também quero conversar com você sobre outra coisa — digo.

— Você vai para casa da Petra. Eu sei... Desculpe, não consigo evitar te ouvir. Não é de propósito, mas você é muito "barulhenta" quando não está focada em esconder os seus pensamentos. E se eu não *desligar* por completo, sempre capto alguma coisa.

— E como faz para *desligar* por completo?

— É difícil. Mas não se esqueça de que tive anos de prática. Tenho que me concentrar muito.

— No que está fazendo?

— Não. Em afastar todo e qualquer desejo e curiosidade de te ouvir. — Ri, com uma gargalhada grave que abala toda minha estrutura. Vai ser difícil ficar longe dele, mas é o que devo fazer.

O sorriso dele continua lindo e amável. Detecto tristeza, mas não está chateado. Aconteceu tanta coisa nos últimos tempos, que nos fez aproximar e fortalecer a nossa relação. No entanto, será isso suficiente?

— Espero que compreenda, Kai. É uma decisão que tenho de tomar completamente sozinha. E para isso preciso me afastar um pouco.

— Claro, se é o que deseja, não nos vemos mais. — Seu sorriso desaparece.

— Não! — Quase grito. — Claro que não. Vamos estar sempre juntos. Só não vou dormir aqui. Não pense que vai se livrar de mim assim com tanta facilidade. — Meu sorriso não alcança os olhos e o meu coração se aperta.

Estamos sentados no sofá e ele me puxa, me envolvendo com os braços. Kai me senta em seu colo como se eu não pesasse nada.

— Acho bom. E prometo que, até tomar a sua decisão, não irei mais *te ouvir.* Vou desligar por completo.

Sorrio, pois sei que ele cumprirá a promessa. Afinal, teve anos de prática. Kai levanta meu queixo com os dedos e lentamente aproxima seus lábios dos meus. Esse beijo molhado, quente e longo quase me faz largar tudo e desistir de me mudar para a casa de Petra. Porém, contrariando aquilo que o meu corpo implora, me levanto, pego a mochila e saio.

Petra não está em casa, mas, como prometido, há lençóis dobrados em cima do grande sofá pérola que, como todos os outros móveis, levita. O apartamento dela tem uma atmosfera muito feminina. O pequeno estúdio é todo branco, imaculado e com muita luz. Uma janela de água dá para o oceano escuro. Três prateleiras fixas na parede, repletas de objetos em tons pastel. Duas garrafas de vidro antiquíssimas de Coca-Cola estão ao lado de um vaso verde e vermelho desbotado, rachado e sem planta. Ao observar com mais atenção os objetos de decoração, a cor que mais se destaca é o rosa antigo. Um livro, uma concha, um pássaro de porcelana. Tudo no mesmo tom. Uma das paredes da cozinha é um jardim vertical repleto de ervas aromáticas, plantas e flores coloridas que pendem de cabeça para baixo. Petra tem um ar de durona, mas afinal é uma romântica. Apesar de a porta do seu quarto estar aberta, eu não entro.

Como ela e Boris assumiram a relação há pouco tempo, não pretendo segurar vela, mas sei também que ela passa a maior parte das noites na casa dele, portanto, não serei assim um grande incômodo. Quando muito, serei apenas uma desculpa para ela ficar com ele mais vezes.

24

SUPERFÍCIE

— OUTUBRO —

COLT

— Acha que sou estúpido?

— Acho — respondo, com o máximo de calma que consigo.

— Quero uma transferência, como da primeira vez.

— Não será possível — repito, pela terceira vez. — O Caspian é advogado, e nos Estados Unidos as contas são muito controladas. Ele não pode ter saídas de dinheiro tão elevadas sem justificar. E, provavelmente, você não quer que ele tenha que se explicar perante as autoridades, não é?

Passaram-se duas semanas desde que Caspian chegou e, de lá para cá, temos revirado tudo à procura de Fabrici. Caspian respondeu ao e-mail dizendo que queria conversar pessoalmente, mas ele nunca respondeu. Tentamos o contato que Benny tinha, mas o número já não estava ativo. Parecia que tinha desaparecido da face da Terra, quando, há uns minutos, o meu celular tocou e Fabrici começou a fazer exigências.

Meu celular está no viva-voz em cima da mesa da sala e Caspian anda em círculos ao redor da mesa.

— Quero o meu dinheiro! — grita o chantagista com uma voz esganiçada.

— O seu dinheiro? Fabrici, você tem sorte de não levar é um tiro nessa cara. — Começo a me descontrolar e Caspian coloca a mão sobre meu ombro. Cerro os punhos e inspiro. — Olha, estamos te dando a oportunidade de ter o que quer, sem problemas. E sem nos criar problemas.

— Se não me der o que quero, vou te criar problemas maiores do que você consegue lidar, pode acreditar.

— Vamos resolver isso de maneira pacífica. Tenho certeza que se preocupa com a Benny. Sei que sim, que ela significa alguma coisa para você. E não quer vê-la sofrendo mais, não é? — Ele parece pensar durante uns instantes. Minha mão se fecha sobre a madeira e sinto os tendões repuxarem. — Aceite nossa proposta e todos saímos ganhando. Não vai fazer diferença, terá o que pediu.

— Então quero trinta mil. Em notas de vinte e cinquenta.

Olho para Caspian, que me diz para aceitar os termos.

— Está bem. Trinta mil, mas queremos uma garantia de que não vai publicar nada e não usará nenhuma informação para nos extorquir mais dinheiro.

— Tem a minha palavra.

Caspian emite um grunhido forte.

— A sua palavra não vale porra nenhuma. Quero um documento assinado. Documento esse que será redigido pelo Caspian e que você assinará quando te entregarmos o dinheiro.

— Quero que venha sozinho. Não quero ver o velho — diz, referindo-se a Caspian —, nem a polícia. Caso contrário, no dia seguinte verá a sua amiga nas primeiras páginas do *Gazeta Diário*.

— Está bem, estarei sozinho. Precisamos de uns dias para conseguir o dinheiro. Assim que o tivermos, ligo para este número.

— Você tem quarenta e oito horas — tenta exigir.

— Eu te ligo daqui a cinco dias, para confirmar se já temos tudo de que precisamos — digo secamente. — E aí combinamos o local e a hora da entrega. Até lá, não faça nenhuma merda. — E desligo sem lhe dar oportunidade de retrucar.

Caspian se senta numa cadeira do outro lado da mesa e apoia os cotovelos.

— Obrigado. Eu não conseguiria manter o sangue frio.

— Agora só temos de deixá-lo marinar. E depois o apanhamos e obrigamos a assinar o documento. Vai dar tudo certo, ele não tem escolha.

— Acho que vou pedir a opinião do doutor Rasteiro sobre isso. Ver se ele tem antecedentes e entregá-lo à polícia.

— Eu também queria ver o sujeito atrás das grades, mas o problema é que, se ele se sentir ameaçado, vai publicar. E se for preso então, sem nada a perder…

— Pois é… — Suspira. — Não consigo raciocinar direito quando se trata desse cara.

— É normal. Como advogado você quer fazer as coisas legalmente, como pai quer acabar com ele. É compreensível.

— Amanhã vou logo cedo ao banco.

— Vai mesmo sacar o dinheiro?

— Sim, quero estar prevenido para qualquer situação. Se não for usado, devolvo para a conta.

Na terça-feira seguinte, às duas da tarde em ponto, pego o celular e ligo para Fabrici. Ele atende ao primeiro toque.

— Está três dias atrasado.

— Arranjar todo esse dinheiro foi mais difícil do que pensávamos — rebato, apesar de não ser verdade.

— Hoje às oito da noite no lugar onde nos conhecemos. Sozinho.

E desliga.

Caspian me olha, intrigado.

— No local do acampamento das buscas da Ara. Ele tentou me entrevistar — explico.

— *Ok*. Vamos repassar o plano.

Apesar de já termos revisado o plano mil vezes, compreendo a ansiedade de Caspian. Isso tem de correr bem para o nosso lado. Se aquela notícia vier a público, será o fim desta família.

— Então… Vamos nos encontrar com ele no local combinado. Eu vou com o meu carro e você para o seu mais atrás, e faz o resto do caminho a pé. Só entrego o dinheiro quando tiver o documento assinado. Quando ele estiver distraído conferindo a mochila de dinheiro, você aparece e pegamos o dinheiro e o documento — resumo.

— Sim. Mas… — Caspian ainda hesita.

— Vai dar tudo certo. Ele é um covarde, por isso quer que eu vá sozinho. Tem medo — asseguro.

— Não se esqueça de que ele pode levar mais alguém.

— E ter de dividir o dinheiro com outra pessoa? Acho que não, mas vamos ficar atentos.

Por mais estranho que possa parecer, estou incrivelmente calmo. Ainda bem que não encontramos Fabrici quando Caspian me contou dessa situação, senão acho que o teria estrangulado. Esse tempo serviu para me tranquilizar e preparar. Sigo a estrada e penso no quanto a minha vida mudou em tão poucos meses. Quem diria que ia estar numa autêntica cena de filme de ação?

Paro o carro no acostamento. Pego a mochila com o dinheiro e atravesso a estrada para o lado do rio. Não há nenhum vestígio do miniquartel de busca e salvamento que fora montado aqui em junho. Fico à beira da estrada. Apesar de ainda não estar totalmente escuro, já é crepúsculo e não quero me enfiar para dentro da floresta. Olho ao redor e não vejo nada, nem carros nem pessoas. Nada.

As árvores mexem, os passarinhos voltam para os ninhos, são organizados, mas barulhentos. Tenho a impressão de escutar um assobio. Giro a cabeça, mas não vejo ninguém. Outro assobio. Olho com mais atenção e vejo Fabrici espreitar por trás de uma árvore.

— Jogue a mochila — grita, sem se aproximar.

— Primeiro tem de assinar isto. — Abano a folha no ar.

— Jogue o dinheiro. — Sai de trás da árvore com uma arma em punho.

— Ei! Abaixa isso, cara. — Tento manter a calma, mas, na verdade, estou com medo. — Ninguém precisa se machucar. Aqui está o dinheiro. — Abro a mochila e mostro o conteúdo.

Ele anda mais uns passos para a frente e os olhos sorriem quando vê as notas. Ainda com a mochila na mão, dou um passo para trás.

— Basta assinar isto para ir embora com o dinheiro.

— Não está em posição de negociar — diz num tom malicioso.

— Acho que estou. Você é um mau caráter, covarde e está perdido na vida, mas não é um assassino. Não vai me fazer mal.

— Não me tente. — Avança na minha direção com os dois braços estendidos. Uma com a arma e o outro para tentar alcançar a mochila.

— Cuidado, Colt. — A voz de Caspian é dura e alarmada. Quando olho para trás, levo uma coronhada na cabeça.

Eu me desequilibro e tento me agarrar ao meu agressor. É o sujeito que estava cheirando cocaína com Fabrici e Benny no bar. Caspian tinha razão afinal, ele não veio sozinho.

Tento tomar a arma das mãos dele.

— Pare. Senão eu atiro. — Fabrici está apavorado e grita para Caspian. Dispara um tiro para o ar e depois aponta novamente a arma para Caspian. Todo o seu corpo treme.

Aproveito o momento e parto para cima do meu agressor com toda a força. Sou muito maior, por isso estaria em vantagem, não fosse ele também ter uma arma na mão. Eu o empurro e ele cobre o rosto com as duas mãos. Dou-lhe um murro na barriga e, quando ele leva a mão livre ao estômago, acerto um soco na cara e o desarmo. Para evitar que eu pegue a arma, ele me segura com os dois braços como um *wrap* em volta do recheio.

Perco o equilíbrio e vamos os dois para o chão.

Coloco todo meu peso em cima dele e consigo dominá-lo. Dou-lhe mais um murro na cara e ele desmaia. Pego a arma. Caspian continua com os braços levantados em sinal de rendição, mas agora se aproxima de mim.

— Largue a arma! — grito para Fabrici, que parece dominado pelo pavor.

— Só me deixem ir embora — grita. Ele está com a mochila do dinheiro numa das mãos e a arma na outra. Alterna a direção da arma entre mim e Caspian, repetidamente. — Só quero ir embora. — O rosto encharcado de suor e trêmulo me diz que está em abstinência, por isso temos de ter cuidado.

— Pode ir. Só precisa assinar isso. Depois pode ir. — Caspian insiste que ele assine o maldito documento, mas não me parece que seja essa a prioridade dele, ou que tivesse sido alguma vez a sua intenção.

— Não! — grita Fabrici. Aponta a pistola para Caspian e começa a pressionar o gatilho, ao mesmo tempo que desvia os olhos para não ver o que vai fazer.

Bang!

Notas espalhadas pelo chão úmido esvoaçam como folhas de árvores. O corpo de Fabrici inanimado no chão. Do cano da minha arma saem os vestígios do tiro que acabei de dar, com uma pequena e distinta linha de fumaça.

— Colt! — Caspian se aproxima e tira a arma da minha mão.

— O que foi que eu fiz? — Corro em direção ao corpo, me ajoelho e começo a tentar reanimá-lo. Minhas mãos, cobertas de sangue quente, trabalham, frenéticas, no peito de Fabrici. Sei que não adiantará. Foi um tiro certeiro, direto no coração.

— Colt! Ele está morto — diz Caspian, baixinho, ajoelhado ao meu lado.

Ele me abraça e eu choro. Choro como não chorava desde a morte de Ara.

— O que foi que eu fiz? — repito.

— Ele ia atirar. Você me salvou. Foi em legítima defesa. Salvou minha vida — repete, com palmadinhas suaves nas minhas costas.

— Temos de chamar a polícia. — Me afasto de Caspian, mas me mantenho de joelhos na terra.

— Não. É tarde demais, agora não podemos. Temos de resolver isso sozinhos.

— Como? Jogando o corpo no rio? — Ele foca o olhar na água como quem pondera a hipótese. — Meu Deus, Caspian! Não! Vamos à polícia e explicamos tudo, desde o início. Que ele estava te chantageando. Mostramos os e-mails...

Um gemido chama a nossa atenção. O comparsa de Fabrici começa a despertar. Caspian se levanta e lhe dá um murro em cheio na cara que o nocauteia outra vez. Arregalo os olhos diante da cena. Ele sacode as mãos e continua falando. Eu me levanto e verifico, o sujeito ainda respira. *Graças a Deus!*

— Eles vão dizer que vir aqui foi premeditado. Vão nos culpar. Não posso deixar que vá para a prisão. Não. Vá embora.

— Não, Caspian. Diga o que vai fazer.

— Colt, nunca te pedi nada. Você é como um filho para mim. Por favor, faça o que estou pedindo. É a minha vez de proteger você. Vá embora e me deixe cuidar de tudo, vá para casa e não saia até eu chegar.

Abraço-o com força.

— Sei que fará justiça por suas filhas.

Aquorea – inspira

Dispo as roupas ensanguentadas e as deixo no chão do quarto. Achei que meu coração não pudesse se partir assim novamente depois da morte de Ara. Como estava enganado. A vida arranja formas novas e tortuosas de nos pôr à prova.

O que será que Caspian decidiu? Foi à polícia ou resolveu as coisas de outra forma? Não está mais nas minhas mãos. Prometi a ele que não voltaria lá. Amanhã vou saber qual foi a sua decisão. Se a notícia da morte de um jornalista aparecer nas primeiras páginas, é porque Caspian tomou a decisão certa. Agora só me resta esperar.

Me enfio na cama sem nem sequer me preocupar em tirar o sangue seco do meu corpo. Pego o telefone para ligar para Ara, mas o largo. Não tenho mais nada para lhe contar. Porque uma parte de mim — a parte da qual eu me orgulhava — também morreu.

25
DECLARAÇÃO

O MÊS SEGUINTE VOOU. FOI AGITADO E DE MUITO TRABALHO. Voltei a ligar várias vezes o celular para verificar se tinha novas mensagens, mas não chegou mais nenhuma. E cada vez que o faço, a minha preocupação só aumenta. Também digitei algumas mensagens e apertei o botão "enviar", mas nada aconteceu. Apesar de ter o tempo todo tomado, dividido entre os treinos, dos quais não posso nem quero abrir mão, as patrulhas ou a vigilância, e, claro, estar com Kai, penso friamente na decisão que tenho que tomar. Se a erradicação dos Albas se confirmar, o meu trabalho estará feito e eu não serei mais necessária em Aquorea. Meu coração continua dividido e sei que, seja qual for a minha decisão, sofrerei muito. Tenho plena consciência de que estou protelando minha deliberação, porque não quero ir embora.

Segundo os meus rascunhos, estamos em meados de outubro. Todos os dias de manhã, antes do treino, passo pelo GarEden, onde a equipe de Arcas trabalha sem parar no estudo do *trovisco*.

Apesar de não entender nada do que eles fazem lá, gosto de acompanhar a evolução da pesquisa. A única coisa que fiz foi ajudar na colheita;

os meus olhos são capazes de identificar um *trovisco* no meio de centenas de outras flores.

Portanto, neste momento, me dirijo ao Ateneu de Pesquisa e Descoberta. O procedimento, sempre que venho aqui, é esperar que o computador da porta principal autorize minha entrada. Ao contrário do Colégio Central, aqui não há nenhuma secretária à entrada para anunciar nossa chegada.

— Bem-vinda ao Ateneu de Pesquisa e Descoberta, Arabela Rosialt — diz a voz do computador enquanto abre a porta na qual pousei a palma da mão para análise.

Cumprimento Mira quando entro numa das salas de pesquisa. O aroma que invade meu nariz assim que entro é de *trovisco*. Não o aroma a que estou habituada, doce e suave, mas um cheiro agressivo e pungente que arde minhas narinas. Levo a mão ao rosto para conter um espirro. É cedo e ela ainda está sozinha na sala. Olha, concentrada, para o tampo da mesa e veste um macacão branco. Usa também máscara e luvas. Na mesa transparente, dezenas de *troviscos* cortados, dissecados, secos e dentro de frascos são estudados em detalhes.

— Coloque as luvas e a máscara — diz, sem nem sequer me olhar.

— Estamos bem-humoradas hoje, hein? — brinco ao pegar o material descartável. Ela desvia o olhar da mesa, me encara e esfrega os olhos com o braço.

— Ainda não dormi, estou meio irritada. Não vai acreditar no que descobri. Olha. — Indica um retângulo na mesa transparente onde se vê o que parecem células aumentadas milhares de vezes, como num microscópio. Neste momento, toda a irritação dela se transforma em entusiasmo. Fico confusa com o que estou vendo. Para mim são apenas borrões de cor. Verde, cinzento e marrom, que se movem rapidamente.

— Bonito. É um Picasso?

— O quê? Ah, você e as suas brincadeiras! Não sabe o que é? Ali? O que vê? — Pega minha cabeça e a empurra para junto do tampo da mesa, para eu ver mais de perto.

— Bolinhas coloridas em uma partida de futebol. Não sei qual time está ganhando. Sei lá o que é isso! Explique de uma vez, garota — resmungo, de brincadeira.

— Isso é um pouco de pele dos Albas com o *trovisco*. Se reparar bem, aqui — indica, tocando em cima da tela e aumentando ainda mais a imagem — conseguimos ver o *trovisco* destruir a amostra. É como um ácido que corrói a pele. Por isso eles não toleram nem o cheiro.

— Bom dia! — Arcas entra, alegre, na sala. O tom de voz sempre grave e profundo me transmite tanta calma e segurança, que quase me sinto embalada pelo seu timbre. Veste um traje de calça com colete comprido com um padrão de enormes flores estampadas. Por incrível que pareça, não lhe fica mal. Excêntrico, talvez. Mas eu adoro. — Que entusiasmo todo é esse, minha linda? — pergunta ele à neta com um sorriso radiante.

Isla entra logo atrás dele. Com o cabelo azul preso em dois coques laterais. Fica parecendo uma boneca, apesar de seu semblante já não ser tão angelical como quando a conheci apenas há alguns meses. Está mais mulher. Me pergunto se a minha irmã também estará mais madura. Apesar de as palavras de Colt martelarem no meu cérebro a todo o instante e eu saber que o comportamento errático que ele descreveu não se adapta à personalidade dela.

— Acabei de mostrar para Ara. Olhem isso. — Mira nem se preocupa em cumprimentá-los.

— Uau — diz Arcas. — Sabe o que isso significa? Temos aqui a solução para os nossos problemas.

— Agora só temos de isolar a enzima e produzir a toxina — conclui Isla, eufórica.

— Mas perdemos tanto tempo até descobrir a fórmula correta — lastima-se Mira.

— Foi o tempo necessário. Não pode se cobrar tanto, precisa celebrar as pequenas vitórias. E essa não é pequena — relembro.

— Exato. Muito bem, meninas! Estou orgulhoso de vocês — declara Arcas, enquanto abre os seus enormes braços num abraço coletivo e dá um beijo no topo da cabeça de cada uma de nós. — Que abraço maravilhoso. Adoro estar rodeado de mulheres inteligentes. E bonitas.

— Então, mãos à obra — dispara Mira.

— Você não vai fazer mais nada. Vá descansar. Já fez o suficiente. Está tão pálida que está quase transparente — diz ele, rindo efusivamente.

— Mas, vovô...

Arcas a interrompe.

— Nem mas nem meio mas. Vá dormir algumas horas e depois você volta. Estará tudo em boas mãos. Nós damos conta do recado. Não é, equipe?

— Claro — respondemos.

Contrariada, mas evidentemente cansada, Mira sai.

Outros pesquisadores e alunos do Primeiro e Segundo Estágios passam e conversam nos corredores. Um pesquisador e dois alunos entram na nossa sala, mas só dois deles nos cumprimentam. Isla já se equipou com o traje de proteção e está com as mãos carregadas de placas de vidro, frascos e pipetas. Traz também, dobrado no braço, um traje de proteção igual ao dela, que me entrega.

— Você pode ficar? Hoje precisamos de toda a ajuda possível.

— Claro. Só tenho de avisar que não vou ao treino — explico.

— Já avisei — diz, mostrando a língua para mim.

— Muito bem. Em que posso ajudar? — Apesar de ter vindo aqui muitas vezes durante o último mês, ainda não pude fazer grande coisa, porque de pesquisa não entendo nada.

— Preciso que corte o máximo de flores possível. Quanto mais intenso o cheiro, melhor.

— No nosso estudo concluímos que se as cortarmos e deixarmos *apodrecer* em ambiente selado, para preservar as propriedades, obtemos um sérum de melhor qualidade. São sensíveis demais para as cortarmos na máquina, perdem propriedades, por isso tem de ser tudo à mão — explica Arcas.

— Não me importo. É possível colocá-las na água? O cheiro fica ainda mais intenso quando molhadas.

— Sim, depois de cortadas irão para dentro de barris com água — responde Isla.

— E se em vez de água experimentarmos álcool, para ver se não perdem propriedades? Além de ser um líquido e conservar, acaba por nos dar aquilo que pretendemos: um tônico. Certo?

Isla me olha atentamente e sorri.

— Você é uma aquoreana da gema, Ara.

— Muito bem pensado. Vamos experimentar e ver se não se deteriora. Se tudo estiver *ok*, poupamos bastante tempo — enfatiza Arcas.

Estou contente por fazer parte de algo maior do que eu. Por saber que, se tudo correr conforme desejado, vamos conseguir proteger a população de Aquorea.

Apesar de ter um banco, fico em pé para cortar as flores em doze pedaços, conforme as minuciosas instruções de Arcas. Seco-as com um pano e as disponho dentro de caixas herméticas. Vedo e guardo as caixas nos enormes frigoríficos. Encho quarenta caixas de tamanho considerável e me sinto satisfeita com minha pequena contribuição.

— Quando vamos experimentar colocá-las em álcool? — pergunto no fim da minha tarefa. Me sento perto de Isla, que continua observando as alterações no monitor da mesa e faz anotações no bloco eletrônico ao lado.

— Ainda hoje. Vamos fazer uma experiência com água e outra com álcool. Quer fazer isso? — Arcas está sentado duas mesas depois da nossa, com um rapaz magrinho, de olhos verdes e cabelo ruivo. Acho que o reconheço. Falam baixo e com entusiasmo sobre algo.

— Quero, claro. — Pego duas caixas da câmara frigorífica. Encho uma delas com água e outra com a solução de álcool que Isla me dá. Depois volto a guardá-las sob refrigeração.

— Agora é só esperar. Daqui a algumas horas saberemos — diz Isla.

— Ótimo! Então, vamos almoçar? — Sorrio para tentar disfarçar o nervosismo que não consigo evitar. Desejo tanto que dê certo! Acho que nunca desejei tanto alguma coisa. Bem, com uma exceção, claro.

— Vamos. Arcas, você vem? — pergunta Isla, enquanto retira os equipamentos. Faço o mesmo.

Ele abana a cabeça em sinal negativo.

— Vão vocês. Devem ter muito que conversar. Eu almoço aqui com o Jeremi, que também gosta da minha companhia.

O rapaz sorri timidamente, mas sem emitir um som.

Nos corredores do edifício, o aroma das flores e um cheiro forte de resina perfumam o ambiente.

— Quem é aquele rapaz? Ele não fala?

— Está começando agora o Primeiro Estágio, assim como eu, mas é muito envergonhado. Os pais são Tecelões, mas ele optou por essa área. Acho que tem uma queda por mim, sabe? — comenta, num tom cúmplice.

— Espera aí, não foi com ele que você dançou a noite inteira no aniversário do seu irmão?

— Foi? Nem sei...

— Sei, sei. Ele é uma graça, mas se não fala, vai ser um relacionamento complicado. Você vai precisar tomar a iniciativa.

— Relacionamento? Não penso nisso agora. Quero alguém especial, que me arrebate. Você sabe, como aquilo que você e o meu irmão têm. — Suspira, pensativa.

Decido não lhe dizer que estou pensando em ir embora. Não quero magoá-la.

— E vai encontrar...

— Conheço todos aqui, Ara. E nenhum deles me atrai, acredita? — Volta a suspirar com um encolher de ombros.

— É porque ainda não está na hora. Você não tem de se preocupar com isso, é uma coisa que deve acontecer de forma natural. Um dia, vai olhar para alguém com outros olhos.

— Não estou preocupada. Sei que estou destinada a viver um amor fantástico, como o seu — conclui.

A ideia do álcool dá certo. Até intensifica o aroma e sem perder nenhuma das propriedades necessárias. Eles repetem todos os testes com tecido vivo de um Alba. Cinco dias depois, já temos alguns milhares de litros prontos. Espalham o líquido pela cidade, nos principais pontos de acesso, e, claro, reforçam a produção de *troviscos*. É uma planta selvagem, mas com essa colheita quase ficamos sem nenhuma. Criaram perfumes para os habitantes, bem como pingentes para usarem em cordões. Decidiram também que as pontas dos arpões e as flechas dos Protetores serão impregnadas com o líquido.

Três semanas se passam sem um único ataque. Graças ao meu empenho, Ghaelle decide me tornar oficialmente uma Protetora e me dá a primeira medalha para o meu uniforme formal, que também recebi.

Nos habitantes se observa serenidade. Muitos ainda me olham enviesado, mas a maioria sente gratidão e há quem me pergunte como tive a ideia de usar uma flor tão comum para fazer o elixir. Respondo sempre que foi um trabalho de equipe. Numa das vezes, um homem me disse:

— Se tivesse tido a ideia mais cedo, talvez os Mestres Peacox ainda estivessem entre nós — lamenta-se. Seu tom não é ofensivo, apenas triste.

Limito-me a acenar com a cabeça em sinal de compreensão.

O fato de Alita e Fredek terem desaparecido deixa um buraco no coração de muitos, pois Llyr optou por não contar a verdade, temendo que isso pudesse inspirar outros a seguirem o mesmo caminho. Portanto, os habitantes pensam que eles foram sequestrados pelos Albas. Kai convenceu Ghaelle de que não devem ir à procura deles, e isso me deixou bastante decepcionada, pois desde que descobri que Kai é um dos que pode sobreviver fora daqui, venho alimentando a esperança (e o sonho) de poder sair com ele para a Superfície.

— Está muito gata, *Tampinha.* — Petra enfatiza a palavra "gata", que eu lhe ensinei, quando me vê com o vestido longo com costas bem decotadas que me obrigou a adquirir nos bazares dois dias antes.

É raro estarmos juntas à noite e sempre que ela vem dormir em casa me pede que lhe conte coisas do mundo lá fora. Tem bastante curiosidade sobre nossas tradições e costumes. Hoje combinamos de ir jantar os quatro fora da Fraternidade. Eu e Kai, ela e Boris.

— Não é provocante demais, *Cenourinha*?

— Não existe estar provocante demais, nem maquiada demais. — Aponta para o meu rosto com um sorriso irônico. — Senta aí.

Estamos no quarto dela. Assim como o resto da casa, as paredes são brancas e a decoração é *vintage*, bem feminina e romântica. Tons de rosa e amarelo predominam na palheta de cores. Aos pés da cama, um grande espelho de água silenciosa cobre quase toda a parede, dando amplitude ao pequeno espaço. Há uma mesinha amarela muito clara de linhas simples e uma banqueta rosa antigo na parede do lado esquerdo da cama. É nela que me sento e Petra começa a pôr em prática a sua maestria.

— Não exagere, não quero parecer uma palhaça.

Ela para e me fuzila com o olhar.

— Acha que pareço uma palhaça? — pergunta, irritada, brandindo um pincel no ar com movimentos bruscos.

— Sabe bem o que quero dizer. Só não estou habituada a usar maquiagem, e se for muito pesada, vou me sentir estranha.

Ela me ignora e pega um frasquinho pequeno com um pó preto.

— A sua sorte é ter uma pele perfeita. Daria tudo para a minha ser assim. Feche os olhos.

Ao fim do que me parece uma eternidade, Petra me manda levantar e olhar no espelho.

— Veja se gosta. É bem capaz de o Shore, hoje, não te deixar vir dormir aqui.

Engulo em seco com essas palavras e sinto um nó apertado na garganta. Será que Kai vai gostar dessa versão 2.0?

Pego as pontas do vestido, que roça ligeiramente no chão, e me ponho em frente ao espelho de água. Os olhos antes abatidos já não têm olheiras e o verde se destaca como duas esmeraldas. O delineado está impecável e o blush cor de pêssego define o meu rosto.

— Nem pareço eu.

— É você. Apenas uma versão melhorada. Vou te ensinar todos os truques de maquiagem e na próxima folga vamos aos bazares. Vai trazer tudo que eu recomendar. Agora, para se integrar, terá de...

— Então... — digo, interrompendo-a. — Quanto a isso...

— O que foi? Não me diga que ainda anda com a ideia besta de ir embora? Seu lugar é aqui, Ara. De que mais provas você precisa? — Está irritada e se vira de costas para arrumar o material.

— Sim, você tem razão. Mas a minha família está lá fora sofrendo por mim. Não se esqueça de que fui arrastada para cá, não escolhi vir. Não assim, nessas circunstâncias.

— Não gosta daqui?

— Adoro. Aqui é a minha casa, Petra. Desde que cheguei, sinto que este é o meu lugar.

— Então do que mais precisa?

— Petra — digo, com a maior calma que consigo —, preciso saber que a minha família está bem e que saibam que não estou apodrecendo na água.

Ela se senta na banqueta rosa.

— Tem razão. Estou sendo egoísta. Gosto tanto de te ter aqui, que já não imagino a minha vida sem você.

Ela se levanta e me abraça. Somos da mesma altura, mas ela é mais robusta devido aos anos de luta que tem a mais. Demora-se no abraço e sou surpreendida com um fungar. Afasto-a pelos ombros.

— Está chorando?

— Imagina! Não seja convencida. Estou com alergia a esse perfume de *trovisco* que você insiste em usar.

— Quem diria, você tem coração, afinal — digo, ao puxá-la de novo para mim. Abraço-a com força. — Também te adoro, querida amiga. Se eu for embora, sentirei imensas saudades suas. Mas não vamos pensar nisso agora. Hoje temos um encontro com os nossos amados.

Ela passa um lenço no rosto, delicadamente, e com as pontas dos dedos *alisa* as bolsas que se formam sob os olhos devido ao choro.

— O Shore sabe? Como ele está lidando com tudo isso?

— Sabe... Ele está bem, vai ficar bem. Vamos? — Repito a mesma história da qual tenho tentado me convencer. Sei que ele não ficará bem. Sei que eu também ficarei muito longe de estar bem.

Ela assente com a cabeça, em silêncio.

Encontramo-nos com Kai e Boris num restaurante no limite da cidade, à entrada da Floresta. O aroma das árvores é intenso e as luzes delicadas. Assim que entramos no restaurante, vejo-os sentados a uma mesa de madeira muito lustrosa e elegante, conversando. Kai sorri, descontraído. Ele nos vê entrar, mas vira a cara e continua a falar com Boris. Durante um milésimo de segundo, até perceber que sou eu. E então se levanta como um foguete.

Ele me alcança antes de eu conseguir chegar à mesa. Petra passa ao nosso lado e vai até Boris, que a aguarda em pé.

Kai me abraça com a mão pousada nas minhas costas nuas.

— Assim meu coração não aguenta — sussurra na minha orelha.

Eu me arrepio toda e me arrependo por ter dado ouvidos a Petra e não estar usando um protetor de mamilos. Ele me dá um beijo longo e quente que me deixa de pernas trêmulas.

Fico envergonhada, pois o restaurante está cheio. Quando se afasta, olho ao redor. Sorrio e aceno às pessoas que me cumprimentam de volta. Petra tinha razão: todos se vestem de forma elegante e as mulheres exibem maquiagens impecáveis. Alguns mais extravagantes, com cabelos coloridos e maquiagem vistosas, chamam a minha atenção, mas uma mulher em especial se destaca; o cabelo volumoso pintado de verde e um tailleur de manga comprida cor de bronze. Ela me olha com um largo sorriso. Sorrio de volta e só depois vejo que está sentada a uma mesa com Llyr, Beau e uma outra garota mais ou menos da nossa idade, que usa o cabelo comprido e escorrido, exatamente da mesma cor. Pelas semelhanças, acredito que seja sua filha. E agora que observo melhor, sei que já a vi com Beau. No dia do ataque, no *bunker*. Ele a reconfortou.

Llyr cumprimenta com um aceno de mão e Beau com um aceno de cabeça. Seus olhos brilham e parece mais descontraído e até animado. Será a sua namorada?

Kai segura minha mão, sem medo de assumir que estamos juntos. Ele me leva até a mesa e me faz sinal para que eu sente, acomodando-se depois a meu lado. Os nossos braços se tocam ligeiramente. É tão agradável sentir o seu calor.

— Ainda bem que chegaram. Assim já podemos pedir, estou cheio de fome.

— E quando é que você não está com fome, Boris? — pergunto.

Pedimos e rapidamente a comida chega. Boris me surpreende ao servir "as damas" primeiro e só depois se servir, deixando Kai por último. O meu prato tem um naco de carne tenra e suculenta. Malpassada, como eu gosto.

— É carne de quê? — Derrete na boca e o sabor é forte, mas agradável.

— De *dulasmin*. Já deve ter visto nos pastos, são aqueles com listras brancas e amarelas — responde Kai.

— É ótimo. Acho que é das melhores que já comi aqui.

— Pode comer todos os dias, se ficar — diz, quase num sussurro.

Porém não tão baixo assim, pois Petra levanta os olhos do seu prato e me olha. Seu olhar me pergunta o que vou fazer.

— O Boris também gosta. Não gosta, Boris? — pergunto, em tom de brincadeira.

— Hã?! — Boris levanta os olhos do prato e, em vez de me olhar diretamente, olha para algo que chama a sua atenção atrás de mim.

— Regente — cumprimenta Boris.

Petra esboça um dos seus sorrisos doces e provocantes e eu e Kai giramos o corpo para encará-lo.

— Boa noite, Regente — digo. A mulher de cabelo verde está ao seu lado. Suor escorre da sua testa para os olhos, derretendo a maquiagem forte das bochechas. Se eu, com esse vestido leve de tecido fino, estou com calor, imagina ela com um blazer de mangas compridas. Ao fundo, Beau continua a conversar alegremente com a garota enquanto se dirigem à saída do restaurante. Antes de sair, ele dá passagem à jovem, olha para trás e pisca para mim, virando-se logo em seguida, não me dando tempo de retribuir.

— Que formalidade, Ara. Llyr basta. — Pousa a mão no meu ombro descoberto. Kai a segue com o olhar e se levanta. Llyr olha para Kai com tranquilidade e tira a mão, sorridente.

— Regente. Podemos ajudar em alguma coisa? — pergunta Kai.

Eu me levanto e me posiciono ao lado dele. Petra e Boris permanecem sentados e retomam a refeição.

— Não, não. Está tudo bem. Mais do que bem, até. Não quero interromper a noite de vocês, mas não podia ir embora sem vir aqui cumprimentar e dar uma notícia maravilhosa em primeira mão. Ara, esta é a senhora

Darcy T'Shian, a gestora de eventos de Aquorea. Tem muita experiência. Foi ela que organizou o meu casamento com a Grisete e posso dizer que foi a melhor festa que tivemos até hoje. Darcy, quer dar a boa nova?

Darcy? Certamente, deve ser um nome fictício.

— Claro, Regente. Vamos dar um baile em honra da nossa Salvadora, Arabela — grita, efusivamente, batendo palmas silenciosas.

Quase perco o chão e me apoio no braço de Kai para não cair. Ele me dá a mão.

— Já temos tudo planejado. Minha filha, um doce de menina, que agora está seguindo meus passos, vai me ajudar. Ela também tem muito bom gosto, vamos fazer uma festa inesquecível.

— Regente... — Limpo a garganta e repito, tentando manter a calma. — Llyr, agradeço muito a atenção, mas não é necessário.

— Claro que é.

— Não, não é — insisto. — Se quiserem fazer uma festa, tudo bem. Para todos e em homenagem a todos. Depois de tudo pelo que a Comunidade passou, será bem-vinda, mas não em minha honra. Foi sempre um trabalho conjunto, não fiz nada sozinha.

Darcy franze o cenho.

— Não quer uma festa? Que tipo de pessoa recusa uma festa? — Retorce o nariz e arqueia as sobrancelhas pretas, que contrastam com o verde do cabelo.

Está ofendida e faz questão de demonstrar. Llyr dá suaves tapinhas em suas costas para reconfortá-la. Não é minha intenção ofendê-la, mas não quero mesmo outra festa. E continuam insistindo, apesar da minha aversão a reuniões sociais.

— Não é isso, senhora Darcy. É que já me fizeram uma festa antes e não acho justo monopolizar a atenção quando o trabalho não foi meu...

Ela me interrompe.

— Não vou admitir que não queira a festa. Já tenho tudo planejado. Aqui! — Toca com o dedo indicador na têmpora.

— Agradeço a sua ideia. Proponho, então, que façamos o seguinte. Não me importo de ser uma das homenageadas, mas a festa terá de ser para todas as Fraternidades que trabalharam para que vencêssemos essa luta. É o mais justo.

— A ideia não foi minha. Foi do Beau, o filho do nosso querido Regente. E tudo que eles me pedem passa a ser uma ordem. Ele foi bem específico sobre o que deseja. Uma festa de arromba, na qual eu possa usar e abusar da minha maravilhosa imaginação e bom gosto. E toda a Comunidade estará presente para te agradecer. Agora que a ameaça dos Albas foi eliminada, os Protetores não precisam mais ficar de vigia, todos poderão comparecer.

Esse pensamento já me ocorreu algumas vezes nos últimos dias. Sem a ameaça constante dos Albas, o trabalho dos Protetores será muito menor. Será que deixei um bando de gente desempregada? Essa ideia me faz sorrir e me preocupar, ao mesmo tempo. Direcionarão, com certeza, o seu foco de trabalho para outra coisa. E certamente os Protetores terão de continuar a fazer as rondas e vigilâncias. Nada garante que os Albas não arranjem uma forma de entrar.

— O Beau? — A voz de Kai é controlada, mas intensa.

— Que amável da parte do Beau, Regente — interrompe Petra, que levanta e se posiciona ao lado de Kai com a mão tocando de leve no seu braço. Kai não olha para ela, mas suas feições se suavizam e ele envolve a minha cintura com o braço esquerdo.

Llyr ajeita o colarinho da camisa e, mesmo sob a parca luz, quase posso jurar que vi suas bochechas corarem com o tom meloso de Petra.

— Contudo, o nosso querido Regente ainda tem muitos anos para nos guiar antes de passar o seu legado — Darcy se apressa a dizer, pousando a mão no braço nu de Llyr.

Ela se esforça demais para ser a próxima primeira-dama. Cada dedo tem um anel colorido, maior do que o outro, tão grandes que mal consegue fechar a mão. As mãos inchadas estão roxas e acredito que, se não tirar rapidamente todas aquelas joias, os dedos vão começar a necrosar. É uma imagem nojenta e engraçada ao mesmo tempo. Darcy é, sem dúvida, uma das pessoas mais excêntricas que já vi, aqui em baixo ou na Superfície. A Alita, comparada com ela, é completamente banal.

— Ahã, Rosialt, espetacular. Uma festa. Claro que você quer! Vai haver muito *jellyfish* lá — diz Boris, ainda sentado, com a boca cheia de comida. Pousa as mãos cerradas com os talheres na vertical em cima da mesa. Sorri e pisca para mim, lembrando-me da minha primeira e única bebedeira na ida ao Underneath. Está claro que ele não deixa nada nem ninguém interferir em sua alimentação. Suas prioridades estão bem definidas.

Eu, Kai e Petra olhamos para ele com olhar reprovador.

— Que foi? — questiona, surpreso.

— Seu amiguinho tem razão — diz Darcy, empolgada. — Está decidido. Daqui a vinte e oito intervalos de tempo teremos um baile. Quer participar de alguma decisão? — pergunta, com a voz estridente esmaecendo ao final da frase. — Ah, óbvio que não. Tem muito com que se preocupar e já reparou o meu bom gosto, não é, querida? Não se preocupe com nada, será memorável — guincha com o próprio entusiasmo.

— Tenham uma ótima noite, jovens. Vamos, senhora T'Shian — conclui Llyr com um sorriso aberto na nossa direção.

Sentamo-nos os três novamente e encaramos Boris, que continua a se deliciar com a comida que já se serviu pela terceira vez.

— Que foi? — repete, de olhos arregalados e confusos.

Desatamos os três a gargalhar, pois sua distração quando está fora de serviço é surreal. Ele não percebeu que eu não quero uma festa dada em minha honra e muito menos que Kai teve uma crise de ciúme quando Beau foi mencionado.

— Você não existe mesmo, cara. Como se diz na minha terra: se você não existisse, tinha de ser inventado — digo.

— Mas a sua terra é a mesma que a minha. Só vivemos em andares diferentes — gesticula, como se indicasse o vigésimo andar e o subsolo.

Kai me puxa pelo banco inteiriço de madeira. Encosto a cabeça no seu ombro e relaxo ao sentir o aroma intenso, com notas de madeira, da versão do perfume masculino de *trovisco*. Esse aroma, misturado com o cheiro de Kai, faz a minha cabeça rodopiar de prazer. Não há no mundo um cheiro igual. E é só meu. Ele beija o topo da minha cabeça, como faz inúmeras vezes, e procura os meus lábios para me dar um beijo quente e doce. Retribuo com prazer sem me importar onde estamos. Sinto como se estivesse livre e destemida. Pela primeira vez na vida, sou eu mesma. Foi preciso viajar até ao centro da Terra para me encontrar.

— Arranjem um quarto — brinca Petra.

— Por falar nisso, já contou para Ara? — pergunta Boris.

— O quê? — pergunto.

— Não é a hora nem o lugar — frisa Petra.

— Claro que é — insiste Boris.

Olho para Kai, que sorri com cumplicidade para os amigos.

— Estou curiosa.

— Já era para ter te contado, mas você tem andado tão ocupada, que não encontrei o momento certo — começa Petra. — Se quiser, pode ficar com a minha casa. É que…

— Eu a pedi em casamento e ela aceitou — dispara Boris, sem deixá-la terminar. Ela o encara chocada com a interrupção, mas sorri.

— O quê? Não acredito — grito de pura felicidade, me levantando para abraçá-los.

— Ela me fisgou direitinho. Quando a gente sabe, sabe, não é? — Boris se levanta para retribuir o meu abraço.

— Parabéns! — Dou tapinhas carinhosos nas costas dele e depois abraço Petra.

Concentrado nesse abraço está todo o carinho do Universo. A felicidade que sinto por eles é tão grande quanto a minha.

— Então, "somos Protetoras, não somos românticas", hein?

— Ah, somos todas iguais. Não resistimos a esses cabeças-duras — retruca entre dentes, com algumas lágrimas rolando pelas bochechas.

Fungamos juntas e continuamos a nos olhar de mãos dadas.

— Estou tão feliz por você. Por vocês — corrijo. Ela é a felicidade em estado puro.

— Devo isso a você, sabia? Foi graças à sua força que reuni coragem para me declarar. Pensei: "Se a *Tampinha* da Superfície consegue fazer todas essas coisas incríveis, será que eu não consigo conquistar aquele troglodita?"

— Tudo que fiz desde que cheguei devo a todos vocês, principalmente a vocês dois, por acreditarem que eu era capaz e desafiarem seu chefe. — Olho para Kai e mostro a língua na última parte.

— Você é minha inspiração. Quero que seja a minha dama de honra. Achei tão linda essa tradição lá de cima. Quer? — pergunta Petra.

Solto uma gargalhada.

— Madrinha — corrijo, mas nem hesito. — Claro. Já têm data? Para quando é?

— Sim. Ontem finalmente chegamos a um acordo. Vai ser na próxima festa da colheita, daqui a trinta e seis intervalos de tempo.

— Dezoito dias?

— Sim!! — Ela explode de emoção. — Esta semana vamos escolher os vestidos para o baile e aproveitamos para planejar também o vestido de noiva. Você vai ter muito o que fazer. — Suspira sonhando acordada.

Tenho certeza de que sim, mas não me importo. Farei tudo para que tenham o seu dia de sonho. Kai e Boris, ao nosso lado, se abraçam e ouço Boris dizer, extasiado:

— Vocês são os próximos, irmão.

— Se ela me quiser — responde Kai.

Finjo que não ouço e faço sinal ao garçom para que se aproxime.

— Temos de comemorar. Com o que se brinda por aqui?

Kai me puxa para os seus braços. Fico na ponta dos pés e ele inclina a cabeça para o meu olhar.

— Retiro o que te disse há algum tempo. Devia ter vindo. Eu te amo, Ara. — Sussurra ao meu ouvido. Ele se afasta e os olhos azuis me encaram, radiantes.

Paraliso.

— Você me chamou de Ara! Pela primeira vez.

Aperto-o contra o meu peito e me perco neste momento, que ecoará no meu coração por toda a eternidade.

26
REVELAÇÃO

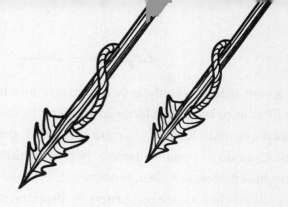

— Quer ficar com esta? — Petra põe uma calça cinzenta em frente ao corpo. Talvez fiquem um pouco largas, mas são lindas. E como comecei a apreciar usar estilos de roupa diferentes, mais ousados até, não recuso.

— Sim. Mas não vai te fazer falta? As roupas que está me dando são novas — comento.

— Ah, é só mais uma desculpa para poder adquirir peças novas. Se não passá-las para alguém que as use, levo tudo para a reutilização. Aqui nada se perde, tudo se transforma. Literalmente.

— Acho ótimo.

— Está muito calada. Tudo bem?

— Ahã.

Estou concentrada em guardar, dentro de um cesto, as poucas coisas que ela levará para casa de Boris. Sua casa nova.

— Não fique triste por eu ir embora. Estaremos sempre juntas. E assim poderá ter um espaço só para você, para quando quiser fugir dos abraços apertados do Kai — conclui com um largo sorriso, abanando os longos cílios.

Sorrio, mas sem vontade de rir. Passaram-se três dias desde que Kai me disse as palavras que todas as mulheres sonham ouvir dos lábios da pessoa que mais desejam — "eu te amo". De forma tão simples, tão sincera. Quando eu menos esperava. Não consegui responder e ainda não estivemos juntos, sozinhos, novamente.

Ontem, ele foi com um grupo de Protetores para a floresta e decidiu não me escalar. Estou fazendo patrulhamento e vigilância em dias alternados. Ele não me procurou e confesso que eu também não tive coragem de procurá-lo. Estou com receio de abrir o meu coração para a verdade. Sei que, uma vez aberta essa porta, a decisão que tenho de tomar se tornará impossível. Decisão esta que não tenho como adiar mais.

Nos últimos dias, Petra não me deu tempo para pensar em mais nada a não ser nos vestidos para o baile e depois para o seu casamento. Fala disso no patrulhamento, no almoço, no jantar, quando está em casa e sempre que estamos juntas. Ontem, dormiu em casa e me acordou no meio da noite para perguntar de que cor eu mais gostava para o seu vestido. "Amarelo ou rosa?", perguntou, entusiasmada, segurando pedaços de tecidos que nem consegui enxergar direito no escuro. Virei para o outro lado sem me dignar a responder.

— Eu sei que estaremos sempre juntas — confirmo, passado um longo momento de introspeção.

— O que você tem, *Tampinha*? Ciúmes? A sua vez vai chegar. Ele até já se declarou. — Ela se joga em cima do colchão.

Eu a olho com espanto.

— Como é que você sabe que…

— Ouvi. Vocês estavam bem do nosso lado. E ele não foi sutil, mas foi tão fofo. Nunca pensei ver o Shore apaixonado.

— Não? E a Sofia?

— Já te disse que aquilo não foi nada, foi só uma… coisinha. Está cismada? Nunca apareceu uma garota que fosse boa o suficiente para ele. Parecia que estava à sua espera, que sabia que viria, ou algo assim. E sabia mesmo, não é?

— Pelo visto — confirmo, sem revelar mais nada. — E não, não estou com ciúmes. Pelo contrário, estou felicíssima por vocês. Acho que são perfeitos um para o outro e é ótimo vê-los assim: apaixonados. Mas me acho nova demais para casar.

— Sou só dois anos mais velha que você. Acho que é a idade perfeita. Assim, temos a vida toda para ficarmos juntos. — Vira-se de barriga para cima e encara o teto com ar sonhador.

— Um ano — corrijo.

— Você não tem dezessete?

— Acho que já fiz dezoito. Se não fiz, devo estar prestes a fazer. Faço dezoito em novembro. Nos nossos meses, lá em cima.

— Ah... Então, vamos comemorar os seu aniversário no nosso casamento, também — explode, sem conseguir conter o entusiasmo.

— Se eu ainda estiver aqui... — Eu me deito na cama com a cabeça ao lado dos seus pés. Não pretendia que esse desabafo tivesse saído da minha boca.

— O quê? — Ela se senta na cama e me olha com uma expressão de censura. — É por isso que está assim. Está pensando em ir embora. E antes do meu casamento?! Eu te mato.

— Não sei...

— Tem de ficar, Ara. — Detecto preocupação na sua voz.

— É uma decisão que tenho de tomar sozinha, Petra. E que já adiei demais.

— Eu sei. O que quero dizer é que devia ficar. Quer dizer, gostaria muito que ficasse...

— Eu sei, querida. Também queria muito que as coisas fossem diferentes para eu poder ficar, sem qualquer remorso. Mas não são. Tenho uma família que amo e que precisa de mim. Talvez mais do que eu preciso estar aqui.

— Aqui já somos a sua família. Vai tomar a decisão certa, tenho certeza.

Sem pressão, pelo visto, penso.

— Sim, vou.

— Vamos tratar dos vestidos. — Salta da cama e joga no chão o monte de roupa que eu dobrei. É novamente a Petra alegre e extrovertida que conheço e adoro. — Falta pouco para o baile. A Darcy nos arranjou uma das melhores estilistas de Aquorea. A mãe de Jacca. Agora que os Peacox já não a sobrecarregam de trabalho, está com a agenda mais livre.

Sinto um calafrio ao pensar no que Jacca me disse da última vez que conversamos, e no vestido preto que Alita mandou fazer.

Os dias seguintes foram uma correria. Recebemos novas instruções de Ghaelle em relação à nossa conduta. Temos de nos preparar para a eventualidade de a enzima do *trovisco* não funcionar e os Albas aparecerem novamente. Ghaelle ainda considera essa hipótese uma ameaça real e iminente.

Conforme prometido, Kai nunca mais *se comunicou* comigo telepaticamente. Apesar de gostar desse espaço e estar grata por ter cumprido com sua palavra, me sinto sozinha. Ele está tentando fazer com que eu sinta a sua falta. E deu certo. A cada intervalo de tempo que passa, as saudades aumentam e o meu coração se aperta quando penso que, se for embora, posso nunca mais vê-lo. *Como ficará o meu coração? Vou ter uma vida mal vivida e me tornar uma pessoa amarga.*

O meu cérebro vai fundir.

Preciso tomar uma decisão e me manter firme, seja ela qual for. Tenho de tirar esse peso dos ombros e enfrentar as consequências.

Quando Kai aparece no meu posto de vigia, no dia anterior ao baile, fico felicíssima por vê-lo. Tão feliz que me jogo nos seus braços.

— *Hey!* — Ele tenta manter o equilíbrio. Está vestido com o uniforme dos Protetores, tal como eu. — Também estou feliz em te ver. — Ri e me dá um beijo nos lábios. A voz está rouca e ainda mais forte. Será por não ouvi-la há alguns dias que reparo nas notas graves e profundas da sua voz? E no que ela faz ao meu corpo?

— Olá! — Sorrio.

— Venha comigo. O Noa fica aqui — explica, indicando o rapaz que espreita timidamente atrás dele. Eu coro e aceno para ele. — Fique até alguém vir te substituir. Olhos e ouvidos bem atentos — ordena.

— Para onde vamos?

— Namorar — responde, num tom conspiratório.

Sinto uma pressão no peito. Ele tem sobre o meu corpo uma influência que eu não controlo. É como a Lua sobre as marés.

— Estava com saudades — admito.

Ele pega na minha mão e a aperta suavemente. Amo a profundidade desse gesto, é como se me dissesse que nunca vai me deixar. A não ser que eu vá embora, claro.

— Eu também. Isso de não poder te dizer bom-dia já se tornou muito complicado para mim.

— Para mim também. Mas agradeço o fato de manter sua palavra e não *se comunicar*. Deve ser difí…

Ele me interrompe.

— Não. Quero mesmo te dar bom-dia. Pessoalmente. Quero que seja a primeira pessoa que vejo quando acordo, poder te abraçar e sussurrar ao seu ouvido.

Humm…

— Kai, isso não é jogar limpo.

— Estou apenas fazendo o que me pediu, te dando espaço. Não é fácil, mas sei que você precisa disso.

Caminhamos em direção à cidade. Está um rebuliço devido aos últimos preparativos para o baile. Panos riquíssimos prateados decoram as pontes e dezenas de pessoas andam de um lado para o outro carregando flores, cestos com comida, mesas e peças de decoração.

Os vestidos para o baile estão prontos e Petra, com o seu jeito sedutor, convenceu a mãe de Jacca a fazer seu vestido de noiva.

Caminhamos de mãos dadas. Não quero deixar de vê-lo, de tocá-lo. Nunca. Jamais. Mas para isso tenho de ficar. Passamos pelos campos e pastagens. Pequenos animais saltam e se movem desajeitadamente entre as videiras baixas. Um deles corre tão rápido na nossa direção que parece voar. Aninha-se nas minhas pernas e tem uma flor cor-de-rosa na boca. É o mesmo curioso que conheci quando vim com Beau aos campos de cultivo, mas está maior. A manchinha branca da orelha também está mais acentuada.

— Isso é um *dhihilo* — explica Kai.

— Ah, finalmente!

— Gostou de você.

Pego-o no colo e faço carinho na barriguinha.

— E eu dele. Isso é para mim? — pergunto, e o bichinho me deixa pegar a flor.

— Ei, cara, ela é minha. — Kai sorri. Faz carinho na cabeça dele e quase o soterra com sua mão enorme.

— Como se chama, fofura? Vou te chamar de *Flyer, o Aviador.*

Pouso-o no chão e ele corre para a família.

Kai ri da minha brincadeira.

— Podemos ir ao refúgio?

— Sim, podemos. Hoje é você quem escolhe.

A água da cascata que desemboca no pequeno lago envolto com seixos pretos hoje ruge, furiosa. A relva baixa e fofa está agora mais escura.

Kai despe o uniforme, ficando apenas com a armadura de antebraço, a cueca e o cordão no pescoço. Não tenho coragem de olhar diretamente para ele, mas não consigo desgrudar os olhos dessa perfeição de homem e tenho de obrigar meus olhos a se fixarem no seu rosto. Parece que estou com um tique nervoso, alternando o olhar entre o chão e ele a cada segundo. Ele pousa o uniforme no chão, atrás de um pequeno arbusto, e entra na água.

— Vai me deixar esperando?

A voz é paciente e o sorriso malicioso. Fico encabulada e sem saber bem o que fazer. Ele já me viu com menos roupa, aliás, ele já me viu nua e já tivemos alguns momentos íntimos. Repito o gesto dele e me dispo, ficando apenas de calcinha e sutiã. Não são daqueles sensuais, são mais confortáveis e bem básicos, a cor é preta, o que me deixa mais confortável. Fico um pouco constrangida, porque parece que estou me despindo para ele, mas decido fingir que estou de biquíni e me enfio rapidamente dentro de água.

Mergulhamos, passando pelo túnel estreito, e vamos para a nossa ilha deserta.

Quando saio da água, deparo com uma toalha bege junto à *kerrysis*, que se destaca na areia de coral. Em cima da toalha, um pequeno banquete e flores. Duas almofadas de aspecto confortável para nos sentarmos. Kai me abraça por trás e sussurra ao meu ouvido:

— Parabéns...

Viro de frente para ele. O rosto é tão puro e sincero que me faz amá-lo ainda mais. Ele sabia e se lembrou. E sabe que eu não gosto de festas. É o local perfeito, com a companhia perfeita.

— Eu te amo, Kai — digo, por fim, o que já não aguento mais aprisionar dentro de mim. Ele encosta a testa à minha, fecha os olhos e expira, como se ansiasse por esse momento.

— Eu te amo, Ara. Mais do que tudo.

— Então, onde eu quiser, hein?

— Ainda bem que escolheu vir aqui, senão seria um desperdício de comida.

— Não sabia que era romântico.

— Precisávamos comer, resolvi escolher um lugar diferente, para celebrarmos o seu dia.

Sei, sei...

Ele me puxa pela mão e nos sentamos. Os pãezinhos finos de que eu gosto, a fruta turquesa e os bolinhos de algas. Está tudo aqui.

— Só não consegui arranjar chocolate — lastima.

— Está maravilhoso. Que tal não irmos ao baile, ficamos aqui...

— Por mim, tudo bem. Todos vão ficar nos procurando, mas eu topo.

— Por outro lado... Tenho um vestido fabuloso para estrear.

— Tem, é?

Ele passa os dedos longos na maçã do meu rosto e me acaricia até o pescoço. Todo o meu corpo entra em convulsão.

Puf! Meu cérebro para de funcionar.

— Sim...

— Estou ansioso para ver seu vestido fabuloso — sussurra, com os lábios aproximando-se dos meus. — Mas sem ele você também é maravilhosa.

Seus lábios roçam os meus, sem me beijar. Toco seu peito nu. Ao meu toque, o seu corpo se contrai sob a pele e isso me dá tanta satisfação que me faz querer tocar mais ainda. Abro a mão ao máximo. O meu corpo pede mais e não sei quanto tempo aguentarei sem senti-lo em toda a sua plenitude. Kai me puxa pela cintura e me pousa no seu colo de pernas abertas. Envolvo os braços em volta do seu pescoço e enterro os dedos no seu cabelo.

— Você me faz perder a cabeça — diz Kai contra os meus lábios.

— Você também.

Vagueio pelos seus ombros e as costas fortes enquanto as nossas línguas se encontram e se enroscam.

— Se soubesse as coisas sórdidas que já fiz com você na minha imaginação... — murmura com um sorriso.

Nosso olhar se encontra e vejo seus instintos primitivos, algo selvagem prestes a ser descoberto. Inclino a cabeça para trás. Os lábios sugam meu pescoço, traçando uma linha invisível de beijos.

As mãos quentes e grandes percorrem o meu corpo com suavidade, deixando um rastro de eletricidade nas coxas nuas. O olhar é intenso, ardente, apaixonado, e timidamente começo a mover meu quadril contra o dele ao sentir a rigidez sob meu corpo. Ele geme contra a minha pele e me aperta com mais força.

Um gemido foge da minha boca quando Kai desliza os dedos devagar sobre o algodão da minha calcinha, massageando meu clitóris. Espasmos de prazer torturam o meu corpo. Não vou resistir. Quero que a minha primeira vez seja especial, e que outra ocasião mais especial do que agora, com Kai? Kai, que esperou por mim e que quer ser só meu. Sua língua encontra a minha orelha e ele a mordisca, porque sabe que esse é o meu ponto mais sensível.

Numa voz rouca, sussurra o meu nome, com prazer.

— Ara...

— Eu sonhei com isso — suspiro.

— Eu também. — Ele ofega e sinto seu sorriso no meu pescoço. Os movimentos do seu peito arquejante me distraem por alguns instantes.

— Não. Eu sonhei com isso, literalmente — sibilo, sem conseguir discernir muito bem os pensamentos.

Ele me dá um beijo leve no pescoço e me olha, atento.

— Quando? — Parece realmente interessado.

Com as mãos sob minhas coxas, me levanta um pouco e me senta mais afastada, ainda nas suas pernas. Os olhos brilham e as pupilas estão tão dilatadas, que só vejo um finíssimo aro azul. Parecem os olhos de um predador e me pergunto se eu também estou assim, magnífica. Fico frustrada por perder o contato *naquele ponto.*

— Antes de te conhecer.

— Ara, não há nada que eu queira mais do que isso, como eu sonhei com este momento. Mas não foi para isso que eu te trouxe aqui hoje. — Fala contra a minha boca.

Ah, não... Que vergonha!

— Quero que tenha certeza do que está fazendo, porque depois não haverá volta — diz.

— Você não me deseja?

Ele fica perplexo com a minha pergunta.

— Parece que não te desejo? Aliás, só desejo você. Sempre desejei *só* você, com todas as forças do meu ser. Espero por esse momento há tanto tempo e, acredite em mim, tem sido doloroso. — Ri e olha para baixo, para o próprio corpo. Minhas bochechas se tingem de vermelho vivo. — Mas quero que esteja segura da sua decisão.

Percebo rapidamente aonde ele quer chegar. Ainda não decidi se vou ou fico, agora que o meu trabalho aqui está feito. Sei que ele é a pessoa certa para mim, mas e se eu for embora... Não sofrerei mais ainda por não me entregar ao amor da minha vida, mesmo sabendo que poderei nunca mais vê-lo?

Minha cabeça mergulha numa tamanha confusão que sinto um peso no peito. O que faço? Queria tanto que a minha vida fosse simples. Só uma garota e um rapaz apaixonados.

O que faço?

— Está tudo bem. Estamos aqui, juntos. Isso basta. — Ele me abraça, carinhosamente, e começa a se posicionar para que eu saia de cima das suas pernas.

Interrompe o movimento quando eu me coloco outra vez em cima dele e toco seu rosto. Eu sei o que quero. Quero Kai. E ele me quer. Independentemente da minha decisão, precisamos disso.

— Quero fazer amor com você.

Ele não me pergunta de novo se tenho certeza ou se estou preparada. Ele vê todas essas respostas nos meus olhos.

Beijo-o para confirmar que isso vai mesmo acontecer. Tenho receio da minha inexperiência, mas, no fim das contas, ele também é inexperiente. E vamos embarcar nessa viagem juntos, pela primeira vez. Meu corpo estremece de ansiedade e pânico. Ele me abraça e aprofunda o beijo. A língua é agora ávida, sedenta por mais, contudo, todos os seus movimentos são mais lentos do que antes. Acho que ele também percebeu a realidade do que está prestes a acontecer.

Ele segura minhas coxas e, com facilidade, me deita de costas. Pega uma almofada e a ajeita sob minha cabeça. Depois fica de joelhos sorrindo para mim.

— O que foi? — pergunto.

— Você é deslumbrante.

Sorrio e ele se abaixa. Sinto o toque dele no meu pé. E logo a seguir pousa um beijo terno no meu tornozelo. Vai saboreando a perna com beijos quentes até a coxa. Com a outra mão na minha outra perna, percorre o mesmo caminho dos lábios.

Minhas pernas tremem involuntariamente quando sinto o hálito quente por cima da minha calcinha.

— É a nossa primeira vez. Estamos nisso juntos. Se não gostar de alguma coisa, tem que me dizer.

— Está bem — digo.

As mãos dele seguram minha calcinha de lado e começam a puxá-la devagar, como que à espera da minha permissão.

Desfruto de cada momento. Sua respiração consegue ser rápida e entrecortada ao mesmo tempo, e os nossos olhos nunca se desgrudam, nem por um segundo.

Bem, pelo menos até ele desaparecer no meio das minhas coxas.

Antes de começar o que eu anseio, ele me dá mais um beijo no interior da perna, bem perto da minha virilha em brasa. Depois beija o ponto de origem de toda essa ebulição. Sei que estou molhada. Sou virgem, mas sei do que gosto. Aprendi a saciar meus desejos quando conheci as maravilhas da masturbação.

A língua de Kai é macia e seus movimentos são lentos e localizados. A sensação é deliciosa. Com a mão, agarro o cabelo dele e o pressiono mais contra mim. Acaricio um seio. Ele para de me chupar, e eu o encaro. Então ele desliza a mão grande pela minha barriga pousando-a sobre o meu coração acelerado. Leva dois dedos à minha boca, que eu sugo, e depois levanta o elástico do sutiã. Aperta meu mamilo com a pressão certa e volta a atenção para o ponto inchado que é o meu clitóris. Meus quadris se contorcem e rebolam, é um prazer enlouquecedor. O toque dele são exigências silenciosas suaves e os meus joelhos tremem.

Muito melhor que a masturbação.

O meu desejo aumenta, tenho tanta vontade de senti-lo. Quero tocá-lo e prová-lo da mesma forma que ele me saboreia.

Sinto a ponta de um de seus dedos me penetrar.

— Não quero que doa. Vamos devagar. Quero que seja bom para você.

Apenas assinto e arquejo, porque não consigo pensar, quanto mais falar. As ondas do nosso pequeno mar privado quebram ao nosso redor, o som é apaziguador e excitante. Devagar, Kai enfia um dedo, para trás e para a frente, ao mesmo tempo que continua a me chupar. A pressão no meu peito aumenta e minha boca seca. As pernas estão tensas, os batimentos cardíacos fortes. Ele realmente sabe o que faz, não há como negar. *Estou prestes a explodir.*

Mas essa é a nossa primeira vez, por isso quero que seja inesquecível para ele, como está sendo para mim.

Pouso as mãos no cabelo dele e o afasto em um movimento um tanto brusco.

— Ei! Está gostando, que eu sei — diz ele.

O seu sorriso é genuíno e malandro. Como se estivesse escutando cada som proferido pelo meu inconsciente. Eu sei que está. E não me importo. Sou dele. E quero que ele seja meu.

É a minha primeira vez, eu deveria estar envergonhada com o meu corpo, com a falta de jeito, com tudo que posso fazer de errado, mas não é assim que me sinto.

— Também quero que seja bom para você — digo e pouso a palma da mão por cima da cueca, para senti-lo. E para reivindicá-lo para mim. — Você é meu.

— Sou seu. Do berço ao túmulo. Sempre você, sempre nós.

Seu rosto é sério e transmite segurança absoluta na sua resposta.

Com toda a confiança, me deito de lado e o conduzo para que ele se deite na mesma posição, mas com os pés virados para o lado da minha cabeça. Parecemos o símbolo do *yin-yang*.

Ganho coragem e dispo o pouco tecido que o cobre. A minha boca seca quando o vejo. Eu o toco e ele sussurra um palavrão, sem nunca parar de me olhar. Rio baixinho e jogo um beijo. Fecho a minha mão ao redor dele para sentir a sua rigidez e o deslizo devagar para dentro da minha boca. Não sei bem o que fazer, por isso, por ora, me concentro em não morder. Ele está deitado com o braço apoiado e os músculos tensos, mas os olhos são de uma suavidade inebriante. Deslizo a boca lentamente para me habituar e minha língua acompanha o comprimento. Ele arfa, e esse pequeno som me dá segurança para aumentar o ritmo. O sabor é salgado e a pele quente, e a sensação é tão deliciosa que, se achava que não podia ficar mais excitada, me enganei redondamente.

Kai deixa o braço escorregar e a cabeça pousa no chão. A respiração dele está agora em perfeita sintonia com as ondas. Puxa as minhas pernas para si, para continuar a me satisfazer com a língua. Com uma mão agarra novamente meus seios, o que faz aumentar as investidas da minha boca.

Dedos grossos e longos abrem novamente caminho para a junção das minhas coxas e fico à beira do clímax.

E então ele para.

Ele me pega pela cintura e, num piscar de olhos, estou novamente deitada de costas. Os pontos vermelhos salpicados entre a folhagem verde da *kerrysis* chamam a minha atenção. Kai se posiciona cuidadosamente em cima de mim, os cotovelos apoiados na areia. Ele é tão grande, em todos os sentidos, e parece quase descontrolado pelo desejo, mas não me sinto intimidada. Kai puxa o pedaço de tecido que cobre meu peito e lambe, mordisca e beija lentamente um e outro mamilo.

— Adoro seus seios.

— E eu não aguento mais. Quero te sentir dentro de mim, Kai. Faz amor comigo.

— Pensei que nunca fosse me pedir — brinca. — Não trouxe proteção. Não sabia que íamos...

Abraço-o e o puxo para mim. O rosto dele está úmido e febril, tal como o meu. E a pedra no cordão brilha como um fogo celestial incandescente. Ele também repara, e uma neblina de pura magia surge à nossa volta. Sua boca colide contra a minha com emoção, e neste momento me lembro das palavras de Petra: "Quando precisar, já sabe, coma *kerrysis*."

— *Kerrysis* — digo, sem fôlego.

Ele continua a me beijar.

— *Kerrysis* — repito.

Kai abre os olhos e encontra os meus. Repito a palavra. Ele olha para cima e sorri. Ergue o braço para um ramo baixo e arranca um cacho. Tira uma e coloca na sua boca. Com um beijo doce, deposita a fruta suculenta na minha boca; mordo de uma vez e engulo. Ainda bem que não tem caroço. Coloca o cacho perto do meu rosto e com a boca puxo mais uma *kerrysis*. E não sei por que, esse gesto torna tudo ainda mais sensual.

Abro as pernas, pronta para recebê-lo.

Sua língua penetra minha boca profundamente. Nossos olhos se encontram uma vez mais e nunca se desprendem enquanto ele desliza para dentro de mim lentamente. A dor é imensa, mas o prazer que sinto é igualmente intenso. As preliminares facilitaram o avanço dele. Ele deixa que eu controle o ritmo, por isso começo a mover o quadril para me habituar ao corpo estranho dentro de mim. Como se soubesse que vai aliviar a dor, ele suga meus mamilos. O gesto parece ter uma ligação direta com o prazer que sinto lá embaixo, por isso aumento o ritmo.

Meus dedos percorrem as grandes costas dele até as minhas unhas cravarem nas suas nádegas. Aperto-o contra mim com força e sinto que ele também perdeu o controle. As investidas dele são fortes e profundas. Como se estivesse dentro da minha cabeça e soubesse que é exatamente do que eu preciso agora. O que me faz implorar por mais.

— Continua — gemo, quase sufocada.

O cheiro dele é inebriante e chupo seu pescoço numa tentativa de saborear tudo que for possível. Mordo seu ombro com força e ele geme. Estou quente e molhada, os nossos corpos encharcados de suor estão em perfeita sintonia e à beira do clímax.

— Ara... — Ele ofega.

— Eu sei...

Ele se afunda mais em mim e vai aumentando o ritmo até quase um estado selvagem; eu acompanho, minhas coxas doem, mas o inevitável está prestes a acontecer.

Gemo e com um grito de alívio explodo com violência, enroscando ainda mais as minhas pernas em torno dele. Meu corpo fica tenso, as costas arqueiam, e os meus espasmos dão continuidade ao prazer que persiste.

Kai pragueja algo contra o meu pescoço e, com um som gutural, sinto o seu sêmen quente jorrar dentro de mim.

Deixa a cabeça cair ao lado da minha. Não sei se está olhando para mim, porque não tenho força para abrir os olhos. A respiração dos nossos corpos ardentes é ritmada e forte. Foi a nossa primeira vez. *Não sei como foi para ele, mas para mim foi perfeito.* Abro agora os olhos e ele está de olhos fechados com um sorriso de satisfação no rosto.

— Perfeito — sussurra ele, ainda dentro de mim.

— Acho que te machuquei. — Indico o seu ombro.

Ele vira a cabeça e sorri ao ver as marcas dos meus dentes na sua pele.

— Espero que fique a marca. Gosta de morder, hein?

Acaricia meu braço, para cima e para baixo. Lentamente. Muiiitooo, lentamente... Eriçando cada pelo do meu corpo.

— Parece que sim. — Coro e sorrio.

— Do que mais você gosta?

— Hum... De implicar com você.

— Isso com certeza. — Kai se senta, me pega e me coloca no colo. As minhas costas contra o seu peito. Afasta meu cabelo para um lado, beija o pescoço, lambe a orelha e as suas mãos fazem conchas perfeitas nos meus seios. O toque é suave, delicado.

— Hummm... — gemo.

— Vamos descobrir juntos? — pergunta em um sussurro que me arrepia e eu o sinto enrijecer de novo.

— Vamos comer? — sugere Kai, animado. Ele me beija mais uma vez. Acho que esta deve ser a milionésima vez que ele me beija no espaço de poucas horas.

Concordo com a cabeça, porque meu corpo está mole. Estamos abraçados e enroscados, testa com testa. Ele é tão meigo e tenta fazer com que eu me sinta confortável. Ao observar nossos corpos nus e a pele exposta, lembro-me das tatuagens.

— Kai, aqui fazem tatuagens? O seu pai tem tatuagens tão bonitas...

Ele estende o braço, leva um tempo para desatar os cordões da armadura preta revelando a pele brilhante. *Ah!.... Por isso nunca a tinha visto.* É algum tipo de lagarto em forma de uma meia-lua. Não gosto de nenhum tipo de répteis, mas essa tatuagem é lindíssima.

— Tuatara. Por isso achei engraçado quando me comparou a um réptil da primeira vez que fizemos escalada — diz com um largo sorriso. — Como sabe, o meu pai é descendente de um povo oriundo da Nova Zelândia: os maori. Eles têm o costume de quase cobrir seus corpos com *ta moko*, tatuagens, ao longo da vida. E cada uma tem um significado.

— O que significa a sua?

— A tuatara é considerada *tapu*, ou sagrada, na cultura maori, e é vista como um mensageiro do deus da morte e do desastre. Sempre senti grande ligação com esse símbolo e a fiz para enfrentar meus medos. No entanto, duas significam muito mais. A tuatara tem um terceiro olho na nuca, e duas tuataras em círculo significam um portal para um plano espiritual, um elo, por assim dizer. Como o nosso...

— É sério? Quero fazer uma, quero fazer essa! — digo, eufórica.

— Quer? — O olhar dele é radiante. — Então vamos fazer os dois.

E só depois me vem à ideia o desenho que copiei do documento dos portais, o "Descent". Dos dois lagartos que formam um círculo perfeito.

— Linda!

Sofia se afasta para admirar seu trabalho. Darcy insistiu em enviar profissionais para nos pentear e maquiar, mas eu recusei. Apesar de as meninas não terem sido da mesma opinião e terem ficado um pouco emburradas. Estamos as cinco no meu apartamento. Petra já retirou todas as suas coisas e se mudou para a casa do Boris na condição de eu a deixar dormir aqui na véspera do casamento. Contei-lhe também a tradição da Superfície de os noivos não se verem na noite antes da cerimônia, e ela adorou a ideia.

Levanto e me olho no espelho para admirar a maquiagem. Sofia se esmerou. Estava com medo de que ela me transformasse num ogro, por despeito. Pensei que fosse fazer uma cena quando soube de mim e de Kai. Ou que ia deixar de falar comigo e ficar com ciúmes. Mas a verdade é que não o fez e lidou muito bem com a situação. Petra maquia bem, mas Sofia fez do meu rosto uma obra de arte, ressaltando os meus olhos, deixando os lábios carnudos em tons nude.

Mira está pronta e sentada, de semblante triste, em cima da cama. Escolheu um vestido vermelho, com uma saia curta tipo bailarina. O tecido é um tule fino e um pouco transparente.

— O que você tem, Mira? — pergunto.

— Nada. — A voz sai baixa e melancólica.

— Você está lindíssima.

— Como se isso adiantasse alguma coisa.

— É o Beau — cochicha Isla, de testa franzida. Eu não digo nada, pois sei que não é verdade. Mas não cabe a mim contar. — Está dando em cima da filha da Darcy, a Pearl. Ou melhor, ela é que dá em cima dele. Se quer saber a minha opinião, ainda bem. Acho que você é capaz de arranjar alguém muito melhor, Mira — diz, aumentando o tom de voz, o que faz Mira erguer os olhos e olhar para nós.

— Vocês falam porque as pessoas de quem gostam estão aos seus pés. — A voz é gélida. Eu me sinto mal por Mira. Não tenho estado com ela tanto quanto deveria, estou focada nos meus próprios problemas e sei que tenho sido egoísta.

— Eu não tenho ninguém, nem quero. Quero esperar pela pessoa certa — retruca Isla.

Sento ao lado de Mira e percebo, ao vê-la de perto, que esteve chorando.

— A pessoa certa vai aparecer, você vai ver. O que tiver de ser, será. Confie. Nunca se sabe se hoje não é o dia que seu coração será arrebatado.

Aperto a mão dela que está pousada nas pernas.

Não entendo o seu receio de assumir perante os amigos que é lésbica. Se há coisa que esta sociedade é, é livre e respeitadora da intimidade e das escolhas de cada um. Mas Mira está reprimindo os sentimentos ao ponto de entrar em depressão.

Ela me olha e esboça um breve sorriso.

— Deixe de choradeira. Você é linda. Conheço pelo menos uns vinte rapazes que adorariam ficar perto de você. — Petra fala de modo prático. — Hoje vai conhecer alguns e pode escolher um ou dois que coloquem o bobalhão do Beau no chinelo. Quem é que prefere *aquilo* em vez disso? — Faz um gesto de alto a baixo ao longo de Mira, para indicar o que ele está perdendo.

Mira inspira longamente.

— Mas não é com *eles* que eu quero ficar perto — explica Mira. Eu a encaro e a encorajo a continuar falando. — É com *elas.*

— O quê? — Petra olha para a amiga e se aproxima de nós.

— Você ouviu direito. Sou gay. Portanto, se estão chateadas ou alguma de vocês tem problemas com isso, me digam logo — responde Mira.

Sofia para de se maquiar e vem até nós.

— Por que acha que ficaríamos chateadas com você, Mira?

A voz de Isla é doce.

— E por que acha que não aceitaríamos? — continua Sofia.

— Que bobagem, não entende que gostamos de você como é? — Petra a abraça. — Para mim tanto faz se você gosta de morango ou de banana, desde que seja feliz. E, sendo assim, reformulo: conheço pelo menos umas vinte garotas que adorariam ficar perto de você.

Desatamos a rir diante do comentário de Petra e damos um abraço coletivo em Mira, que suspira profundamente, mas parece relaxar. Fico contente por ela ter tomado essa decisão e entender que todos a aceitarão bem.

— Quando vínhamos para cá, as portas do Salão Ruby estavam abertas. Está coberto de prateado, vermelho e violeta. Cores riquíssimas. Você está combinando perfeitamente com o tema da festa, Mira. — Isla sai do abraço e tenta animar a amiga.

— A Darcy não se poupou mesmo em nada. Pôs os Tecelões para trabalhar nos tecidos com os bordados e os adornos que queria. Vi muito brilho, portanto, devem ser incrustados com pedras. E os arranjos das mesas são altos e as flores todas brancas — conta Sofia.

— Não conte mais, não quero saber. Senão o impacto não será o mesmo — protesta Mira, mais animada.

— *Tudo bem*. Vou indo. A minha mãe é uma das chefs e pediu para eu levar o vestido dela. — Sofia mostra uma capa de vestido em tecido e sai.

Vou até o armário buscar meu vestido e não consigo esconder o entusiasmo. Nunca tive um assim e feito sob medida. É longo, num corte estilo sereia, costas nuas, num tecido que se ajusta perfeitamente às minhas novas curvas, deixando-as mais evidentes. É todo prata, com franjas de cristais também prateados que recobrem todo o vestido. Isla me ajuda a puxá-lo para baixo. E eu giro o corpo, dando vida às franjas.

— Está tão linda! Meu irmão tem tanta sorte, vai ficar de queixo caído.

— Está mesmo — concorda Mira. — E descalça, viu só? Não precisa daquilo para nada.

É verdade. Desde o momento em que me descalcei para o resgate de Isla não voltei a calçar os tênis e não senti falta alguma.

— Muito obrigada, meninas. Estamos todas muito bonitas.

— Todas prontas? — Petra está com um vestido totalmente preto e brilhante com um enorme laço adornando a cintura na parte posterior. O cabelo, com uma trança lateral, cai sobre o ombro direito até o peito. Usa uns brincos longos e finos que escorrem ao longo do pescoço.

— Vão indo. Preciso de mais uns minutos. Já alcanço vocês — digo.

— Até já.

Mira e Isla se encaminham para a porta, mas Petra fica para trás e se aproxima de mim.

— Está bem?

— Sim, preciso apenas de uns instantes a sós. — Suspiro e ela percebe o que me consome.

— Sei que não quer falar sobre isso. Mas já decidiu?

É praticamente a única coisa em que penso nos últimos dias. E agora que ela me pergunta, de repente, sei a minha resposta. Meu coração acelera e meu peito se aperta.

— Já.

— Ótimo. — Ela nunca me perguntaria qual é. Mantém as emoções guardadas para si nessas situações, e respeita o fato de eu ter de contar a Kai primeiro. — Até já, então. — Ela me dá um beijinho e sai atrás das outras.

De repente, me sinto fraquejar e me arrependo de ter mandado as meninas embora. As pernas dormentes e sem força, as mãos suadas, a boca seca. Saio do quarto e vou à cozinha buscar um copo com água. Em cima do balcão há um bloco de papel e lápis.

Sento no chão, junto à pequena janela de água. Gosto mais da janela da casa de Kai. É maior e a luz permite ver melhor o oceano. Mas isso agora não tem importância nenhuma. Começo a escrever:

Aquorea, novembro

Não há um dia perfeito para dizer o que quero te dizer, mas hoje me parece um dia mais apropriado do que todos os outros.

Não é uma despedida. É um "até sempre".

Durante muito tempo me faltou a coragem para tomar a decisão certa. Com você aprendi que a coragem não está necessariamente nos grandes atos. Nos menores detalhes — muitas vezes imperceptíveis — é que está a força.

As palavras fluem e preencho duas páginas. Levanto, arranco as folhas e as dobro. Queria colocá-las dentro de um envelope, mas como não tenho um à mão, guardo-as debaixo dos travesseiros da minha cama.

Inspiro fundo algumas vezes e ajeito o magnífico vestido. Não me olho novamente no espelho. Me sinto em paz com a decisão que acabo de tomar.

A neblina que emerge do rio para a estreita trilha que leva ao Salão Ruby cobre os meus pés até os tornozelos, e faz parecer que estou levitando. O som de passos me seguindo na escuridão me assusta. Quando uma sombra se aproxima por trás de mim, o meu corpo se retesa, mas são apenas duas Protetoras que passam por mim com vestidos acetinados. Um é rosa-pálido, mas muito brilhante, com uma cauda longa que ela segura na mão. O outro, lilás fluorescente, com camadas de tecido leve que lhe confere o volume digno de uma princesa.

— Vamos, Ara. Já começou. Não pode chegar atrasada, porque a festa é para você — diz uma delas, nitidamente feliz. Ouço-as conversar e rir enquanto se distanciam.

Penso na melhor forma de comunicar a minha decisão a Kai, quando um som oco, acompanhado de uma dor aguda, me faz levar a mão à cabeça e me desequilibra. Como primeiro instinto, tento me agarrar ao corrimão para não estragar o vestido, mas a segunda pancada me apaga por completo.

Quando recupero os sentidos, sinto me puxarem pelos braços, que estão amarrados acima da cabeça. Sou arrastada pelo chão como um trenó, mas em vez de neve fofa, deslizo por rocha dura que corta e arranha minhas costas e pernas a cada passo. Passos. Ouço passos! Passos pesados e estrondosos de... Botas? Serão botas? Tento gritar, mas a mordaça que tenho enfiada até a goela me faz tossir, por isso me acalmo para não sufocar. Uma venda nos olhos não me deixa ver onde estou nem quem me arrasta. Forço as amarras das mãos e dos pés, mas sem qualquer resultado. O silêncio é interrompido somente pelas tentativas de grito que se estrangulam no meu peito. Com a língua tento cuspir o pano, mas alguma coisa o segura com força contra a minha boca aberta.

A estrada muda de dura e morna para fria e lamacenta. Pelo cheiro nauseabundo que se entranha nas narinas, acho que estou nos pântanos dos Albas. Como eles entraram? O projeto do *trovisco* fracassou. Será que nunca foram intolerantes e foi tudo parte de um plano para nos apanharem desprevenidos? Se foi, conseguiram, pois estão todos no baile. Até os vigias tiveram permissão para ir à festa. Me repreendo por não ter vindo armada. Será que capturaram mais alguém?

Meu traseiro conta quatro degraus e sou jogada contra uma parede dura. Contudo, o chão já não é de lama, mas de terra novamente.

Os braços erguidos e presos acima da cabeça me obrigam a endireitar as costas, e é então que sinto todo o ardor das feridas. Sinto calor perto do meu rosto e ouço uma longa fungada. Fico enojada e viro o rosto para o outro lado, bruscamente. A mordaça é retirada e, antes mesmo de recuperar o fôlego, começo a gritar:

— Onde estou? O que vocês querem? Seu covarde, me solte e lute. Uma mão segura minha cabeça. Depois desce até o pescoço, me acariciando, e toma a liberdade de ir até o meu decote.

— Pare. Você me dá nojo. Deixe eu te ver — exijo.

Um grunhido e a mão se afasta repentinamente. Não gosta de insultos, portanto, continuo.

— Tire essa venda e me deixe olhar para a sua cara feia, porco imundo.

Irei provocá-lo até conseguir uma reação da sua parte. Seja qual for a reação, terei de arcar com as consequências. Continuo a me debater e a insultar, mas já não ouço nenhum barulho.

— Você é uma vagabunda insensível, Ara. — Uma voz feminina, conhecida, fala ao meu ouvido com amargura.

— Sofia?

27
DECISÕES

SOFIA TIRA MINHA VENDA. NÃO POSSO ACREDITAR. PISCO OS olhos, que se adaptam à pouca luz. Ela está de pé à minha frente. Veste uma farda dos Protetores e uma bota com biqueira de aço.

Botas! No cinto, um coldre com uma pistola.

— O *dhihilo* comeu sua língua?

— Por quê? — questiono.

— Por quê? POR QUÊ?! — grita.

— Por causa do Kai? — arrisco.

No canto direito, algumas velas de resina iluminam parcamente o ambiente onde estamos. É uma pequena sala com cerca de nove metros quadrados. Na sombra, os olhos de uma ratazana cintilam. Os pelos da minha nuca se eriçam.

— Ha, ha, ha! O Kai? Acha que isso é uma vingançazinha doentia por causa de ciúmes de um homem? Nããão. Nossos planos são maiores, muito maiores do que você e o seu príncipe.

— Tem alguém te ajudando!

A mão dela esfrega meu rosto com força contra a parede e borra ainda mais minha maquiagem.

— Estava tão linda, tão perfeita. A perfeita Salvadora de Aquorea, nas minhas mãos. Ha, ha, ha, ha. — A voz é rude, áspera; e o riso é enlouquecido.

— Você é doente! O que é assim tão importante para que você traia sua própria família?

— Nossa, você é burra como uma porta! — Bate minha cabeça na parede com força e líquido quente escorre pela nuca até o pescoço. — Quero mais. Meus pais têm mentalidade de gentinha infeliz. Queriam que eu ficasse *servindo* naquela miséria de restaurante o resto da minha miserável vida, assim como eles. Mas meus planos sempre foram outros, maiores. Mal sabem o que está para lhes acontecer.

— Dinheiro? Poder? Você tem tudo aqui.

— Você deveria entender melhor do que ninguém o que o dinheiro pode fazer. Quero sair deste buraco, e essa é a minha oportunidade.

Recordo o episódio da crise alérgica no restaurante dos pais dela e o olhar de surpresa nos olhos de Umi quando a acusei.

— Foi você que colocou frutos secos na minha comida!

— Foi tão engraçado ver você se contorcer no chão. E colocar a culpa na Umi.

Debocha, sarcasticamente, antes de continuar:

— Tudo eu! O ataque do meu amigo Asul, no Underneath? Ao longo da noite fui lhe dando dicas sutis de que gostava de algo mais bruto. E como o imbecil que é, creditou. O sequestro da Isla? Euzinha! Só tive de dar um chazinho ao pobre Jamal. A única coisa da qual a Umi teve culpa foi amar o Shore como um irmão. Coitada. E de não ir com a sua cara. As marés se alinharam com perfeição. Quando você a matou, tive de...

— Eu não a matei, sua desgraçada — vocifero.

— Se é essa a mentira que precisa contar a si mesma para conseguir dormir, por mim tudo bem. — Encolhe os ombros com um ar maléfico.

— Me solta! — Estico as cordas que prendem meus pulsos, mas logo elas me fazem bater com as costelas na rocha.

— O seu *timing* foi admirável. Toda aquela história da Profecia já estava me dando nos nervos. Pessoas esperançosas aceitam tudo que lhes é dado. Só tive de ser paciente. E, claro, fazer o meu trabalho de Mediadora. É nisso que sou boa. Aproveitei a sua chegada para instigar o medo e a esperança. É como acreditarem no Bicho Papão e no Papai Noel, entende? Aumentar os ataques e arranjar alguém sobre quem jogar a culpa. Ao mesmo tempo que a Salvadora soluciona o maior problema que a Comunidade já enfrentou: os Albas.

— E me escolheu para arcar com a culpa?

Ela coça a cabeça e reparo que o penteado, alinhado numa trança, permanece arrumado, sem um único fio de cabelo solto.

— Você não sabe nem a metade. Enquanto todos estavam distraídos com os ataques, eu me preparei. E você é minha passagem de saída daqui para fora.

— Eu? Eu não sei ir embora. Não acha que, se soubesse, já teria ido?

— Uiii. Essa doeu. O Kai sabe disso?

Ignoro a provocação.

— Quem está te ajudando? Fale!

— Hum… Isso já é outra história. Digamos que não tenho grande afinidade com essa gente.

— Eu vou te matar. — Minhas mãos tremem e estou encharcada de suor.

— Não, minha cara A-ra-be-la. Quem vai te cortar em pedacinhos e alimentar os peixinhos sou eu. — Move a perna para trás e com força me dá um pontapé nas costelas. O som de algo estalando e uma dor aguda quase me faz perder os sentidos. — Como já fiz a outras almas. Afinal de contas, a prática leva à perfeição. Mas antes disso, você vai me tirar daqui.

Lembro na mesma hora de Edgar, caído na porta do salão Ruby. Sinto como se todo o sangue esvaísse do meu corpo e minha cabeça rodopia com o impacto dessas palavras.

— Foi você. Você matou o Edgar. Sua desgraçada! Quando eu te pegar, vou te matar — digo, com dificuldade.

— Ora, ora, afinal você não é assim tão magnânima quanto dizem. — Abre um sorriso perverso.

— Acha que tenho medo de você? Me solte e vai ver que não tenho nada de perfeita.

— Shhh, Ara. Shhh… — Descansa um dedo sobre meus lábios. — Eu não sou o seu pior pesadelo. Sou o seu inferno na Terra.

Ela venda meus olhos de novo.

— Agora tenho de ir a uma festa. — O tom de voz é divertido e despreocupado.

— O Kai não vai parar até me encontrar — digo, sentindo ainda a sua presença.

— Hum… Isso se eu não tivesse pensado em tudo. Não faço as coisas pela metade. Para todos os efeitos, amiga, você teve a oportunidade de sair para a Superfície e a aproveitou.

— Nunca! Ele nunca vai acreditar nisso.

— Não se preocupe, eu cuidarei bem dele e estarei lá para consolá-lo nos próximos dias. — Um riso colérico ecoa na pequena gruta.

Ouço os passos dela se afastarem até se tornarem inaudíveis. Respiro fundo pelo nariz para baixar o ritmo cardíaco e é então que sinto algo subir pelas minhas pernas, devagar.

Uma ratazana!

Esperneio, grito, mas a criatura não sai. Ela se agarra ao meu vestido destruído com suas garras afiadas. Eu me debato até que ela salta para o chão.

Sei que daqui a pouco tempo alguém dará pela minha falta. Kai, com certeza, virá à minha procura e não desistirá até me encontrar. O que tenho a fazer neste momento é me acalmar e tentar me comunicar com ele. Ele vai me escutar.

Ele vai me escutar.

Kai, estou em perigo. É a Sofia. Ela me capturou na saída de casa. Acho que estou nos pântanos. Era ela por trás de tudo isso.

Não parece funcionar…

— Kai, se pode me ouvir, por favor, me ajude. Fui atacada, estou no pântano, acho. É a Sofia. É a Sofia a culpada — murmuro.

Aquorea – inspira

Fico assim durante o que me parecem horas. Tenho dificuldade para respirar e a dor nas costelas é agora constante. Sei que já apaguei diversas vezes quando a dor se torna mais aguda. Sinto um aperto no peito por causa da garganta seca de tanta sede. O cheiro de terra é cada vez mais difícil de aguentar e estou fraca demais para continuar a me comunicar com Kai. Não consigo nenhuma resposta da parte dele, vou morrer aqui. O sangue mal circula pelos meus braços e o peso do corpo, que eu não consigo sustentar, força mais ainda os pulsos presos. Estou num limbo entre o sono e a vigília, quando sinto várias mãos me tocarem.

— Hã? O quê? Não!

— Shhh. Não fale, vou te desamarrar. — Uma voz masculina.

Fui encontrada.

— Kai?

— Shhh — repete.

Alguém solta minhas mãos enquanto outra pessoa desata meus pés. E, por fim, me tiram a venda. Pisco os olhos várias vezes. Ardem e doem. Quando vejo os dois rostos à minha frente, a primeira reação é agredi-los. Chuto, com dificuldade, para me proteger antes mesmo de conseguir me pôr de pé.

— Pare. Poupe suas forças. Não somos nós o inimigo — diz Alita.

— Como me encontraram?

— Vou buscar um pouco de água — diz Fredek à esposa.

Quando ele se afasta, pouco mais de dois metros, reparo que se move com dificuldade, como se fosse um velhinho de cem anos com muito reumatismo. O chocalhar de metal me chama a atenção. Olho para os pés de Alita e vejo que ambos estão presos com correntes grossas. As correntes estão fixas na parede de rocha. Recordo Isla presa com correntes semelhantes.

Eles não me encontraram. Estão aqui presos. Enclausurados. Como eu.

— Vocês... Vocês não fugiram?

Alita se ajoelha ao meu lado e me dá um pouco de água numa pequena tigela de madeira. Minhas mãos tremem, por isso ela me ajuda e a leva aos meus lábios, com cuidado.

— Por que fugiríamos? — pergunta, como se estivesse admirada. — Desencoste. Tenho de limpar essas feridas antes que infeccionem. — Ela passa um pano úmido nas feridas, que ardem ao toque. Mas, ao mesmo tempo, a sensação fresca é agradável.

— Nós descobrimos seus planos... — digo, percebendo agora que foi tudo uma armadilha. — De venderem *oricalco* e jeremejevita para a Superfície.

— O quê?! — grita Fredek, exasperado.

Alita coloca uma das suas mãos sobre a do marido e ele a olha com ternura. Isso basta para que as próximas palavras saiam mais controladas.

— Nós nunca faríamos isso! A única coisa que nos interessa é o bem-estar e o progresso da Comunidade.

— Foi tudo orquestrado pela Sofia para parecer que foram vocês — digo.

— Conte tudo que sabe. — Alita continua a tarefa de me limpar. Agora, ela lava cuidadosamente meus braços. Rasga um pouco mais o meu vestido na área da barriga, do qual espreita um grande hematoma. Franze a testa e sei que posso estar com uma hemorragia interna.

Estamos os três sentados no chão. As roupas deles estão gastas e encardidas, os rostos magros e sujos, mas Alita, muito cuidadosa com sua aparência, tenta manter o penteado com volume. Estão aqui há tantas semanas e nunca nos ocorreu que pudessem ter sido vítimas de uma armadilha. Simplesmente, somamos dois mais dois diante das provas e os julgamos de imediato. Tenho de arranjar uma forma de sairmos daqui.

Contei a eles que Nwil havia notado alguns comportamentos suspeitos por parte deles e ouvido a conversa com Llyr sobre eu ser um perigo para a Comunidade. Das provas que Ghaelle encontrou de que estariam em negociações com empresas nos Estados Unidos. E, finalmente, que, quando fomos à casa deles para os determos, encontramos os armários vazios.

— Que vergonha. — Alita tapa o rosto com as mãos e começa a chorar.

— Pedimos desculpa. Não nos orgulhamos do nosso comportamento em relação a você, Arabela. Hoje vemos quão errados estávamos — admite Fredek.

— É verdade. Não fomos a favor da sua chegada, porque todos sabemos o que significa. Conversamos algumas vezes com o Llyr para que te mandasse embora. Tivemos medo. E grande parte da população estava receosa e inquieta, daí a nossa atitude, mas, afinal, o perigo nunca foi você.

— Mas tem mais... O Ghaelle não conseguiu abrir a cortina de água da casa de vocês. Nenhum deles conseguiu. Só eu — explico.

— Como assim? — Fredek fala num tom esganiçado.

— O registro dos *logs* indicou que eu fui a última pessoa a entrar na casa de vocês, para me incriminar no desaparecimento. Estão nos usando como bodes expiatórios.

— Como ela conseguiu fazer isso sem que ninguém percebesse? — pergunta Alita.

— Há pouco, ela falou no plural. Tem ajuda de alguém que sabe muito bem o que está fazendo.

— Ah... Ela quer incriminar nós três. — A voz de Alita é quase um sussurro. Levanta-se lentamente e, quando volta, traz um pedaço de pão seco. — Coma.

Não é só pelo aspecto ressecado e bolorento do pão, mas, sim, porque nada vai descer pela minha garganta.

— Não estou com fome. Obrigada.

Ela parte metade e dá ao marido, que começa a mordiscar.

— Sofia disse que eu era a passagem de saída dela para a Superfície. Imagino que ela não saiba como sair e para isso precisa de vocês.

— Se você está aqui, é porque o plano já está concluído. Temos muito pouco tempo.

— Vocês sabem onde estamos? — questiono.

— Não conseguimos identificar o lugar. Ela só vem deixar comida e água, que passa por aquele buraco. — Olho para onde ela aponta. Um buraco na porta gradeada de metal. — Hoje, pela primeira vez, ela nos tirou daqui, mas fomos vendados. E quando nos trouxe de volta, você já estava aqui.

— Ela vem todos os dias?

— Sim. Nunca fica muito tempo sem vir. Já deve estar voltando.

— Então devemos estar perto da cidade — concluo.

Eles assentem como se fosse uma ideia que ainda não haviam cogitado.

— Desapareceu mais alguém depois de nós? — pergunta Alita.

— Não. Encontramos uma forma de manter os Albas à distância. Porém já não sei se é verdade...

— É? Como? — Ela esboça um breve sorriso.

— O *trovisco*. A flor. Tem uma enzima à qual acreditamos que eles sejam alérgicos, e os Curadores fizeram um elixir que espalharam por toda a cidade.

— Mas que boa notícia.

— Depois do que a Sofia disse, já não acredito que seja verdade. Acho que tudo não passou de uma manobra de distração para me trazer para cá.

Alita recomeça a chorar e pouso a minha mão na dela para consolá-la.

— Calma. Respire... Vamos sair daqui. Prometo.

— Tem algum plano? — pergunta Fredek, esperançoso.

— Terei.

Com muito custo, me levanto e bato com a cabeça no teto.

— Ai — reclamo.

— Mas por que está usando esse vestido? Costuma andar sempre tão desleixada e hoje está assim!

— Fredek! — Alita chama a atenção do marido.

— Estava a caminho de uma festa...

Festa... Esta festa foi a distração perfeita para eu desaparecer!

— Uma festa? — A voz de Alita está carregada de desapontamento. — Nós aqui apodrecendo e eles fazendo festas. Já nos esqueceram…

— Pudera, meu amor, pensam que os traímos. — Fredek parece soltar faíscas pelos olhos.

— Nada disso. O Regente fez questão de não dar essa informação à Comunidade. Para todos os efeitos, foram sequestrados pelos Albas. E todos estão sofrendo muito.

As feições do casal se amenizam.

Vou até a porta e tento forçá-la a abrir. Nem se mexe. Dou um pontapé.

— Ai! — protesto, outra vez. Não é um bom dia para estar descalça. Espreito entre as barras e só vejo um corredor que se estende para um lado e o outro da cela. Um molho de chaves pendurado na parede, dois metros à frente, chama a minha atenção. *Será?*

— Sabem que naquela parede do lado de fora está a chave desta porta, não sabem?

Eles se entreolham, surpresos.

— Nós não conseguimos chegar até a porta. As correntes… — Alita aponta para o tornozelo.

Tenho de arranjar algum objeto para alcançar as chaves ou abrir a porta, por isso vou até a parte mais escura da caverna ver o que encontro.

— Ai! — Dou um salto e grito de susto. — *Flyer*? É você? Afinal, não era uma ratazana. — Rio.

O pequeno *dhihilo* se enrola num canto e está tão assustado quanto eu. Eu me agacho e estendo o braço. Ele me reconhece e vem até mim.

— O que foi? — grita Alita, assustada.

— Quem diabos é *Flyer*?! — grita Fredek.

— É ele. — Saio da penumbra com o *Aviador* no colo.

— Ah, que fofinho. — Alita o acaricia.

— Foi você que me seguiu. Foram as suas patinhas que eu ouvi.

— Ele é muito bonito, realmente. Mas consegue ir buscar a chave? — O tom de Fredek me faz perceber que há alguma esperança de sairmos daqui.

Encaro-o, pensativa.

— Não sei. Consegue, *Flyer*? — Levo-o até a porta e o coloco no chão, perto do buraco onde Sofia passa a água e a escassa comida. Consegue ir buscar aquilo, ali? — Aponto para a parede.

Flyer parece não entender e vira de barriga para cima à espera de carinho.

— Estamos perdidos. — Fredek suspira, exasperado.

— Calma. Ele só precisa se concentrar. Não é, bichinho? Ponho-o de pé novamente e com o braço indico a chave que está pendurada na parede, mais ou menos a um metro e meio do chão.

— Ele mede vinte centímetros. Como espera que ele consiga chegar até lá? — A voz de Fredek é um misto de descrença e desilusão pelo meu plano mal elaborado.

— Devia ter te chamado de *Jumper*, não é verdade? Ele gosta de correr e saltar. Ele consegue.

Passo-o para fora da cela e o incentivo a trazer a chave.

— Anda. Vai lá. — Fredek agora também incentiva o pequeno animal.

Passos pesados de botas ecoam na escuridão. Meu coração dispara e *Flyer* corre para se esconder num pequeno buraco.

— Vem alguém aí — sussurro. Penso rápido. Não tenho onde me esconder para apanhá-la desprevenida. Decido me sentar outra vez e amarrar a corda nos pés. — Prendam minhas mãos. Rápido. Mas de forma que consiga me soltar.

— Cuidado, ela está armada.

Alita amarra minhas mãos e prende a corda no gancho da parede. O som da porta batendo nos faz estremecer. Alita se deita no chão.

Observo-a entrar tranquilamente, como se fosse um dia normal no seu cotidiano. E é. Apesar de usar um vestido de festa, ainda está com as botas.

— Ora, ora. Como estão meus reféns?

— Solte a gente — murmura Alita.

Sofia, ao ver a mulher esquelética implorando para ter a vida de volta, cospe nela e dá um pontapé em Fredek. Debruça-se um pouco sobre o corpo caído e indefeso e sorri, como se observasse troféus.

Apesar da onda de dor lancinante, uma ainda mais forte de fúria explode das partes mais profundas do meu ser. Não aguento mais, é o momento de agir. Desato facilmente as mãos e afrouxo a corda dos pés num segundo. Levanto e a arremesso contra a parede de rocha irregular em frente.

— Aiiiii.

Prendo meu antebraço no seu pescoço de forma a imobilizá-la e evitar que revide. Nossos rostos estão próximos e eu vejo nela uma determinação que me assusta.

— Já está na hora de resolvermos isso de uma vez por todas. — Minha voz sai fria, distante de mim.

— Pode apostar. — Sofia tenta sacar a arma, mas eu agarro seu braço e ela me dá uma cabeçada na cara.

O sangue quente se mistura com os resquícios do batom doce que ela mesma havia passado em meus lábios algumas horas antes; não é dos meus sabores favoritos.

Cambaleio, mas não caio. Tantos anos de prática de dança me deram equilíbrio. Ela lança uma perna no ar. Ainda tento bloquear, mas a bota dura encontra o meu estômago novamente.

Pow!

O ar foge dos meus pulmões e caio prostrada no chão. Grito e choro enquanto o pé dela bate repetidamente nas minhas costelas quebradas. Uma e outra vez. E de novo.

Ara! Ara!, ouço finalmente a voz de Kai me chamar, mas não consigo responder. Não tenho forças...

— Olha para você. Não vale nada — diz Sofia, irritada. — Por mais que eu queira, não posso te matar já.

Ela se afasta e os meus braços se dobram enquanto me agarro à parede e luto para me erguer.

Alita e Fredek assistem ansiosamente, como se estudassem cada movimento com o coração nas mãos.

Rosialt, lute! Kai grita em meus ouvidos, ou assim me parece, como se desse ordens.

Não sei de onde vem, mas uma onda de energia e força me ajuda a levantar os braços. Desfiro um golpe, atingindo Sofia no flanco. Outro murro e um corte se abre na sua sobrancelha. Continuo a bombardeá-la com socos. O cabelo dela, antes arrumado, está molhado e o penteado desfeito. O corpo dela começa a ficar mole, está ficando sem forças e eu tenho de aproveitar. Sofia consegue sacar a arma. Dou um chute na sua mão e só depois percebo que fiz um *attitude devant*, uma das posições de balé. Dá certo, porque a pistola é lançada para longe de nós, perto da porta da cela.

— Peguem a arma — grito.

Fredek e Alita correm em direção à arma, mas o chacoalhar das correntes me faz perceber que elas não têm comprimento suficiente para a alcançarem.

— Acha que pode nos impedir? — Sofia arfa.

— Quem está te ajudando?

Ela ri enquanto recupera o fôlego e eu não lhe dou trégua. Bato repetidamente, atingindo-a em cheio na boca, no nariz, no queixo. Ela cai de joelhos, mas o sorriso doentio se mantém no rosto.

O som de patinhas me distrai por alguns instantes e olho de relance para ver o pequeno *Flyer* arrastar a arma, com imensa dificuldade, até Fredek, que está de joelhos, com um pedaço de pão na mão, para incentivá-lo a lhe dar a arma. Volto a concentrar toda a minha atenção no nosso principal problema.

— Diga, quem é? — exijo.

— Nunca saberá até ser tarde demais — vangloria-se Sofia com um sorriso malicioso.

— Nem que seja a última coisa que faça, você vai me dizer quem é o seu cúmplice. Mas não agora. E não aqui.

— Pode me matar, mas o nosso legado vai continuar.

O sangue que escorre pelo seu nariz é espesso e escuro e o que ela cospe no chão é brilhante e vivo.

— Seu pseudolegado acaba aqui. Não vai machucar mais ninguém.

Nunca fui uma pessoa violenta, mas não permitirei que esta mulher, que eu considerava minha amiga, traia a confiança de mais alguém.

Um último golpe a atira de costas no chão.

Fico em cima dela e a imobilizo com o peso do meu corpo, apesar de ela ainda se contorcer.

— Peguem a corda.

Alita, que já tinha se antecipado, joga a corda sem se aproximar de nós. Descalço Sofia e amarro as mãos e os pés com várias voltas de corda. Não quero que ela pense em se mexer.

— Vamos sair daqui — digo, com um meio sorriso que logo se desfaz.

Fredek empunha a arma e a aponta para a cabeça de Sofia com um olhar feroz.

— Fredek, não! — O meu grito é ao mesmo tempo uma súplica e uma ordem.

— Essa desgraçada acabou com a nossa vida, a nossa reputação.

— Não é verdade, Fredek. Sua reputação está intacta. Mas se matá-la, aí, sim, terá de conviver com essa decisão. E prometo que nunca mais será o mesmo. Você é um homem bom, não quer esse fardo sobre os ombros. — Chego perto dele, devagar, com o braço esticado. Ele treme.

— Não. Não. Ela tem de pagar pelo que nos fez passar. Pelo que fez à minha mulher — insiste Fredek, quase falando consigo mesmo.

Olho para Alita, que está abalada, e vejo incerteza em seu olhar. Como se ponderasse se deve dizer ao marido para continuar ou não.

Não posso permitir que a matem. Ao ver a dúvida no seu rosto, continuo.

— A reputação dela é que ficará manchada, e vocês, como Mestres do Consílio, poderão aplicar a pena que acharem conveniente. Alita! Ajude aqui. É um erro e vocês sabem disso.

Ela sai daquele torpor.

— Querido. — A voz de Alita sai trêmula e baixa. — Querido — repete, ao perceber que o marido continua com os olhos cravados em Sofia. — Não, não faça isso. A Ara tem razão. Ela não vale a pena. Eu até já sei o castigo que vamos lhe dar. — Ela esboça um sorriso cúmplice.

Ele me entrega a arma.

— Eu sabia que você era um frouxo — diz Sofia. E eu instintivamente lhe dou mais um pontapé que a faz desmaiar.

— Vamos sair daqui — digo.

Alita me mostra o tornozelo algemado, como se explicasse que não conseguem ir a lugar nenhum.

— *Ok*. Vamos cuidar disso.

Eu me arrasto pelo vão e vou buscar o molho de chaves. Pelo caminho, pego *Flyer* e lhe dou um beijinho no topo da cabeça. Pouso-o no meu ombro e ele fica empoleirado como um papagaio.

Que demais!

— Obrigada — digo para *Flyer*. — Eu sabia que ele era corajoso.

Pisco para o casal, que agora está abraçado.

Abaixo perto da perna de Alita e peço licença para examiná-la. Ela assente. A corrente é da grossura do meu pulso. Mexo e remexo durante alguns segundos até que finalmente ouço um *click*.

— Funcionou! — Fredek comemora com mais um abraço na mulher. Vejo lágrimas rolarem pelas suas bochechas.

— Agora a sua — digo.

Ele posiciona a perna e eu tento fazer o mesmo. Demoro menos tempo do que demorei com Alita.

— Obrigado, Ara. Fomos tão injustos com você. Pedimos desculpa. Você realmente veio para nos ajudar — diz Fredek, emocionado.

— Não se preocupe com isso. Agora só precisamos de mais um pequeno esforço conjunto para a arrastarmos até a cidade.

— Isso eu consigo fazer. — Fredek se abaixa e, determinado, começa a puxar Sofia pela corda que amarra seus pés. Ainda bem que ele assume a tarefa, porque eu não sei quantos passos mais conseguirei dar.

Saímos da cela e vamos para o lado esquerdo, de onde Sofia veio. Andamos devagar. Alita vai à frente com uma vela em cada mão para iluminar o caminho estreito e desnivelado. Após uns quinze minutos, Sofia começa a dar sinal de que está recuperando a consciência.

— Assim que ela acordar, desamarro os pés dela para que vá andando.

— Acha isso uma boa ideia? — pergunta Fredek.

— Sim, porque chegaremos mais rápido.

Neste momento só consigo pensar em encontrar Kai. Por que não tentou se comunicar comigo mais cedo? O que será que Sofia lhe disse? Será que ela lhe fez algum mal? Não entendo o porquê da dificuldade na nossa comunicação, mas sei que foi a força que ele me transmitiu que me fez derrotar Sofia.

— Shhh! Ouçam — diz Alita.

Ficamos em silêncio e escutamos barulho indistinto e longínquo de vozes.

— Estamos perto — digo. E um sorriso se espalha por nossos rostos.

— Ei, me soltem!

— Olha, ela acordou — diz Fredek.

Abaixo e tiro as cordas dos pés dela.

— Levante, sua desgraçada — ordeno com a arma apontada. — Se tentar alguma coisa, não vou ser benevolente como o Fredek.

Ele me olha e eu encolho os ombros. Neste momento, tenho de ser forte. Tenho de ser Arabela, *a Salvadora*.

Sofia anda ao lado de Fredek e eu vou atrás para garantir que não fuja. O estreito caminho nos leva até a porta do Salão Ruby. Está tudo calmo, nem um som. Mesmo assim, abro as portas para verificar.

— Está vazio — concluo. Ainda há vestígios de uma festa. Pratos, copos e comida em cima das mesas, mas não há ninguém à vista.

Cadê você, Kai?...

Ara, onde você está? Vou te buscar, ouço, por fim.

Estou chegando...

E basta isso para que meu coração se tranquilize.

— O som das vozes vem do Centro — explica Fredek.

— Então vamos para lá.

Pego a ponta da corda que prende as mãos de Sofia. Enquanto atravessamos a Ponte-Mor, que está deserta, avistamos um grande aglomerado de gente em frente ao Colégio Central. Parecem em polvorosa debatendo algo importante. Llyr está no topo da escadaria da entrada principal do

Colégio Central e escuta os clamores enérgicos da população. Beau está ao seu lado e é ele que responde a uma pergunta:

— Não se preocupem, não vamos permitir — diz, exasperado.

Alita, para meu espanto, reúne forças e começa a correr e agitar os braços.

— É a Alita! — grita alguém.

— São os Mestres Peacox. E a Ara.

As pessoas gritam vivas e hurras e correm na nossa direção. Assim que alguém alcança Alita, ela desaba em seus braços. Acho que não aguenta mais de emoção e exaustão.

A multidão rapidamente nos cerca e eu tento encontrar rostos conhecidos, mas nenhum deles é aquele que meu coração mais anseia encontrar. Com o rebuliço, *Flyer* se assusta, salta para o chão e desaparece no meio de tantos pés. Onde está Kai? Petra, Mira, os meus avós? Boris? A cabeça de Wull surge atrás de algumas pessoas, reconheço o seu penteado.

— Wull — grito e aceno. Ele rapidamente se esconde no meio da multidão e desaparece.

— Fredek! Alita! — A voz de Llyr sai entrecortada e descrente. — Por que a menina Ravnak está amarrada? Soltem-na — exige.

— Ara? — Beau fica transtornado com o meu estado, mas permanece junto do pai. Talvez por saber que Kai pode aparecer a qualquer instante.

— Regente, os Mestres Peacox foram sequestrados pela Sofia, e não pelos Albas. — A população não sabe que encobrimos o seu desaparecimento porque tínhamos provas incriminatórias, portanto, digo apenas o essencial. — Antes da festa, ela me sequestrou também.

— O quê? — Llyr está desconcertado.

— Filha, o que você fez? — Os pais de Sofia aparecem no meio da multidão. A mãe aos prantos.

— O que nenhum de vocês, gentinha, teve coragem de fazer. — Sua voz amarga corta como facas afiadas. — Luto pelo que é meu por direito. Quero sair deste buraco.

Puxo a corda que prende suas mãos para contê-la. Ela me olha e sei que, se pudesse, me mataria aqui mesmo.

— A Sofia nos manteve esse tempo todo em cativeiro, numa gruta a leste, nos túneis subterrâneos do Salão Ruby — explica Fredek.

Beau olha para Sofia e os olhos dele soltam faíscas.

— Llyr, eles não são culpados. De nada — confidencio, largando a corda e me afastando um pouco. Ele me olha, ainda desconfiado. — A Sofia afirma ter um cúmplice, mas não diz quem é. Diz que tudo não passou de manobras de distração para me isolar e eu levá-la para a Superfície. Mas não sei se é verdade. Ou toda a verdade.

— Está bem, está bem. Vamos tirar essa história a limpo. Será tudo muito bem analisado, mas agora vocês precisam ir para a Clínica, para serem tratados.

— O que está acontecendo aqui, Regente? Por que estão todos aqui em Assembleia? — pergunto.

— Muita coisa aconteceu em pouco tempo, Ara. O povo convocou uma reunião de emergência.

O que pode ter acontecido de tão grave e em tão poucas horas para o tranquilo povo de Aquorea exigir um conclave?

— Não! — Um grito de temor coletivo me chama a atenção. Sofia tem uma faca encostada no pescoço de Fredek. *Ah, não!* Como ela conseguiu se libertar? E onde estava a faca?

Aponto a arma para ela.

— Solte-o, Sofia — grito.

Mais gritos coletivos e súplicas vindas dos pais de Sofia para eu não lhe fazer mal. Não olho para ninguém.

— Você não tem coragem. — Ela sorri, desconfiada.

— Não quero, mas se for preciso, eu te mato.

Dou um passo à frente.

— Não, pare aí mesmo. Você acabou com o meu sonho. Vai ficar para sempre com o peso da morte dele na sua consciência.

Agora o silêncio da multidão é absoluto, à exceção de Fredek, que solta um gemido. A ponta da faca afunda no pescoço dele. Sei que, se não reagir prontamente, ela o matará, mas será que consigo lidar com as consequências de tirar a vida dela? Já tenho de viver com a culpa da morte de Umi na minha consciência. Esse peso nunca sairá do meu peito.

— Não vi quem você realmente era, Sofia, mas você nem sequer se deu ao trabalho de me conhecer. Caso contrário, teria percebido que faço tudo pelas pessoas que amo. E eu amo essas pessoas, são o meu povo. Você não vai machucar mais ninguém.

A faca afunda mais um pouco e eu congelo, incapaz de agir. Alguém tira a arma da minha mão e dispara três tiros estridentes e ensurdecedores no corpo de Sofia, que cai no chão. Fredek leva a mão ao pescoço, mas seus pés não se movem. Está em choque. Assim como eu. Os pais de Sofia correm e se ajoelham ao lado do corpo da filha.

28
DECEPÇÃO

Ao meu lado, estendidos no ar, estão os braços da pessoa que disparou a arma. Olho e encontro Llyr estático, de olhos esbugalhados e marejados de lágrimas. E, ao lado dele, Beau petrificado.

— Llyr. — Tiro a arma das suas mãos.

— Ela ia matá-lo. Tive de fazer isso, você não...

— Eu sei, eu sei — conforto-o.

— Pai! — chama Beau e o abraça.

Vou até Sofia e me ajoelho ao seu lado.

— Sofia... Não tinha de ser assim — desabafo, com tristeza. O rosto dela começa a perder o tom rosado nas bochechas e a mancha vermelha fica mais evidente.

— Está viva... — murmura Sofia.

— O quê?

— Ela... vive...

— Quem? Quem está viva, Sofia? — Inclino mais um pouco, com o meu ouvido perto dos seus lábios.

E um último suspiro passa pela sua traqueia.

Beau, que vê o pai em estado de choque, percebe que tem de controlar a situação e restabelecer a ordem.

— Quero todos em suas casas, agora — impõe. — Amanhã, tudo será explicado.

As pessoas dispersam imediatamente.

— Curadores? Levem os Mestres Peacox e a Ara para o centro médico para os cuidados. E a Sofia para a preparação — continua Beau.

Olho para os pais de Sofia e eles estão arrasados, em farrapos.

Será que meus pais também estão assim?

Braços me envolvem e quando levanto a cabeça é Kai que vejo.

O rosto apavorado.

— Onde você estava? — pergunto.

— Desculpe, meu amor. — É tudo que ele diz, antes de me pegar no colo e me beijar o rosto todo sem parar.

A medicação que me dão é fantástica. Sinto-me relaxada e sem uma única dor no corpo. Sinto até minha alma um pouco mais leve e entorpecida.

Recordo a sensação quando bebi demais no aniversário de Kai. É parecida, mas agora não sinto náuseas. Estou numa enfermaria ampla, muito branca e limpa. O cheiro do elixir do *trovisco* atinge rapidamente meu nariz e eu sorrio. Os Curadores que me trataram queriam me deitar numa maca, mas recusei. Estou sentada numa poltrona fofa e confortável, apenas esperando uma distração para poder fugir daqui.

Fecho os olhos e, quando volto a abri-los, estão todos ao meu redor. E por todos quero dizer: meus avós, Kai, Petra e Boris, Mira, Isla, Arcas e Hensel, Nwil e Ghaelle. E Gensay.

Arregalo os olhos e me endireito na poltrona.

— O que aconteceu?

Cada um me olha à sua maneira. Ora com preocupação, amor, alívio, carinho, amizade, orgulho, mas ninguém me responde.

Kai vem para junto de mim e se ajoelha aos meus pés. Enterra a cabeça nas minhas pernas e suspira. Pouso a minha mão no seu cabelo e o acaricio.

— O que foi? — repito.

Ele me olha e lágrimas pesadas descem pelo seu rosto cansado e atormentado.

— Achei que tivesse te perdido — desabafa por fim.

— Não, nunca. — Sorrio e sinto que não tenho controle dos meus músculos faciais. A droga da medicação.

Kai se levanta e me abraça. Petra vem logo a seguir e Isla atrás.

— Que susto você nos deu, *Tampinha.*

— Só posso assustar a quem tem coração. — Sorrio debaixo de todos os braços que me confortam, mas reparo que Mira não se juntou a eles.

Suspiro e eles se afastam para me dar espaço.

— Vocês já sabem o que aconteceu? — pergunto, com semblante triste, os olhos fixos em Mira.

— Sim — responde meu avô. — Já nos contaram.

— Onde vocês estavam, afinal? E o que aconteceu para a cidade estar em Assembleia?

— Agora precisa descansar, Arabela — diz Arcas.

— Gosto tanto da sua voz, Arcas. Parece um rio de mel morno. — Rio da minha descrição.

Que viagem!

Ouço risos ao meu redor.

— Você tem que descansar, amiga. Não tem hemorragia, só umas costelas quebradas, mas precisa de repouso. Estou na sala ao lado, daqui a pouco eu volto. — Mira me dá um beijo na bochecha e sai de cabeça baixa.

— Bem, vamos deixá-la em paz. — Hensel fala e todos saem da sala. Gensay toca meu ombro e sai também.

— Eu fico — diz Kai.

— Ela deve descansar. — A voz de Hensel é firme.

— Vou ficar, vó.

— Está bem. — Ela suspira e sai.

Após uns minutos — não sei se muitos ou poucos, mas sem dúvida um momento de muita animação na minha cabeça —, Kai quebra o silêncio.

— Desculpe. Desculpe. Devia ter te protegido.

Ele está sentado no chão com os dedos entrelaçados nos meus.

— Estou bem. Fique tranquilo… — digo.

— Se acontecesse alguma coisa com você, não sei o que eu faria.

— Mas não aconteceu. Foi a Sofia, sabia?

Ele faz que sim com a cabeça.

— Sou mesmo péssima em julgar pessoas. — Rio. — Sabia que foi ela que pôs os frutos secos na minha comida? E que incitou o Asul a me atacar no seu aniversário?

— O quê? — A voz dele, ao contrário da minha, não tem nada de descontraída.

— Sim, é verdade. Ela mesma me disse. E claro, uma vez mais, julguei mal outra pessoa: a Umi. Primeiro, minha avó, depois, o Adro e a Umi. A Umi que se sacrificou por minha causa, porque sabia que eu era importante para você.

Um aperto no peito estrangula minhas palavras.

— Você não tinha como saber. Até eu duvidei da Umi.

— Não. Você é bom para avaliar o caráter das pessoas — digo.

— Estou vendo!

— Por que não se comunicou comigo? Tentei durante tanto tempo, mas você não me respondeu.

O olhar dele se entristece.

— Não te ouvi… — explica e baixa o olhar para as mãos. Desde que conheço Kai, sempre manteve contato visual e agora está com dificuldade em olhar para mim.

— A Sofia te disse alguma coisa na festa?

— Só que você estava atrasada…

— Ela morreu — digo, sem rodeios. — Não tive coragem de matá-la. Achei que teria, mas depois, na hora H, não consegui. O Llyr a matou — digo, pensativa e tranquila como se não fosse nada de especial.

Esse medicamento é bom mesmo para anestesiar sentimentos.

— Eu sei. — Ele desenha círculos na minha mão.

— Ela disse que tem alguém a ajudando. Não disse quem. Não é você, não é?

O rosto dele se transforma por instantes.

— Estou brincando. É só porque… sabe… a minha falta de sensibilidade para avaliar as pessoas.

— Não tem graça, Rosialt.

— Rosialt? Quanta formalidade. Calma, rapaz, estou só brincando. Esse remédio é maravilhoso. Pede um pouquinho para você, está precisando. — Levo a mão à boca para disfarçar uma risada.

— Tente descansar. Não vou sair daqui, prometo.

— Acho que é o Wull — digo.

— O quê?

— O cúmplice. Acho que é o Wull.

Estou de olhos fechados e revejo a cena de agora há pouco.

— Por que diz isso? — pergunta Kai.

— Quando chegamos à cidade, fomos cercados por uma multidão, mas eu não vi nenhum de vocês. Quando vi o Wull, chamei e acenei, mas ele fugiu.

— Ele só veio nos avisar do que estava acontecendo no Centro. Veio me chamar.

— Onde vocês estavam, afinal?

O peito dele oscila, nervosamente.

— Estávamos aqui — admite.

— Fazendo o quê? À minha espera?

— Durma. Não vou sair daqui.

Reparo que ele está vestido formalmente. Com uma calça de corte mais clássico e uma camisa igualmente escura que lhe cai com perfeição e evidencia os músculos. O seixo preto, no pescoço, discreto. Está magnífico, tenho vontade de agarrá-lo e tirar sua roupa aqui mesmo.

— Me beija — peço.

Ele pousa um beijo suave nos meus lábios e se afasta.

Agarro-o pelo colarinho.

— De língua. Quero fazer amor com você outra vez... — desabafo entre dentes.

Ele sorri, agarra meu cabelo e me dá um beijo que faz minha cabeça rodopiar. Ou será efeito da medicação?

— Espera aí. O que estavam fazendo aqui? — pergunto. — Não me respondeu.

— Ara, descanse um pouco. Quando acordar, a gente conversa.

— Não. — Tento levantar, mas logo volto a sentar. Estou tão zonza que não me aguento de pé. — Quero falar agora. O que está me escondendo?

— Ara... — Ele bufa de nervosismo.

— Kai... Não há mais segredos entre nós, lembra?

— Está bem. — Ele se levanta e me puxa com cuidado até que eu fique de pé. Eu me apoio toda no seu corpo e ele anda devagar, comigo debaixo do seu abraço.

— Aonde vamos? — pergunto.

— Já vai ver.

Paramos. Kai se vira de frente para mim, mas sem me olhar nos olhos.

— Nunca se esqueça de que eu te amo. E tudo que faço é por amor — diz com o rosto carregado de preocupação.

— Você está me assustando.

Saímos para o corredor e entramos na sala ao lado. Um grupo de cinco pessoas — meus avós, Mira, Hensel e Arcas — rodeia uma cama. Não consigo ver quem está deitado.

— Ela não devia estar aqui. Não agora — diz meu avô.

— Ela tem de saber — insiste Kai.

Nenhum deles se move, como se protegessem a pessoa em questão.

Será Sofia? Talvez tenha sobrevivido e eles temam minha reação, mas eu ficaria até aliviada se ela não tivesse morrido.

— Está tudo bem, eu estou bem. Quero saber o que está acontecendo.

À medida que me aproximo, Arcas e o meu avô saem da frente e eu estremeço. Kai me agarra com mais força e não me deixa cair.

Eles não estão protegendo a pessoa na maca, estão me protegendo.

— Colt? — digo, quase sem voz.

É ele. É ele mesmo.

— Como? Quando aconteceu? — quero saber.

— Há apenas algumas horas — explica meu avô.

Colt está aqui, bem na minha frente. Durante todos esses meses afastada, pensei em como seria encontrá-lo novamente. Está deitado e parece dormir pacificamente. A pele muito bronzeada e o cabelo mais comprido, além de uma barba de alguns dias, fazem com que pareça mais velho. Mas é o Colt, o meu Colt.

Eu me solto das mãos preocupadas de Kai e caminho até a cama. Sobre toda a parte inferior do rosto, do nariz para baixo, há uma máscara transparente com um aspecto gelatinoso, parecida com uma água-viva. A respiração é lenta, mas firme.

— Ele está bem? O que aconteceu? — pergunto.

— Só está dormindo. Nós o sedamos para que o corpo se habitue à baixa pressão e não entre em choque — explica Hensel.

— Vai ficar assim algum tempo. Vamos monitorando os sinais vitais e, quando o corpo dele reagir, o despertamos — diz Arcas.

— *Ok*.

Vou até a frente da cama e com os pés empurro o banco de madeira até ficar no lugar que quero. Sento-me e pego a mão de Colt. Está fria e instintivamente a cubro com a outra mão.

— *Ok* — repito. — Você está bem, vai ficar bem. Como é possível? — pergunto, me virando para trás.

Estou tão confusa. Afinal, quantas pessoas da minha família virão parar aqui? Será que os meus pais são os próximos? Ou a Benny?

— Não sabemos, mas tem de haver um motivo muito forte — responde Arcas.

E há. Mais forte do que eu pensei.

— Será que a vinda dele também está relacionada com a Profecia?

— Pode ser. Não sabemos, estamos tão confusos quanto você. Contudo, por ora, podemos apenas presumir que foi a amizade de vocês e a determinação dele que o trouxe aqui — conclui meu avô.

— Por ora devemos deixá-lo descansar. E você também, Ara, devia descansar — intervém Hensel.

— Vou ficar aqui até ele acordar.

Hensel olha para o meu avô e pelo canto do olho vejo que ele acena com a cabeça. Ele me conhece bem demais para saber que não sairei do lado de Colt. Todos se encaminham para a porta, exceto Kai. Quando pousa a mão no meu ombro, olho para ele.

— Ele vai ficar bem.

— Sim — concordo.

— Ara, tenho de te…

— Kai, venha também. — A voz do meu avô é serena, mas soa como uma ordem.

— Sim.

Ele se inclina, beija o topo da minha cabeça e sai.

Não sei descrever a sensação de ter Colt aqui comigo. Como é possível? São tantas as perguntas que borbulham no meu cérebro que não tenho tempo para responder a cada hipótese que formulo mentalmente. Será que ele encontrou um portal? Mas, se encontrou, não precisa da aprovação da água para entrar? Ou é tudo balela e, encontrando o portal, qualquer um pode entrar? Não. Se a água o trouxe, é porque há um forte motivo. Serei eu esse motivo? Ele disse que nunca ia desistir de me encontrar. E encontrou.

— Nunca faltou com uma promessa — sussurro.

Eu me levanto e passo a mão pelo seu rosto. A pele está áspera. De quem passou muito tempo ao sol e não usou protetor. *Claro.* Deito em cima do lençol e me encolho em posição fetal, olhando para ele.

— Estava com tantas saudades… — digo. Não consigo parar de olhar para ele. Tenho medo de que, se piscar os olhos, ele possa desaparecer.

Uma melodia soa no ar e sinto que estou levitando.

— Você me concede esta dança? — Colt estende o braço. O olhar é meigo e apaixonado.

— Sim. — Dou a mão a ele.

Envolve os braços em minha cintura e sinto o calor do seu corpo.

— Não fuja de mim de novo — murmura.

— Não fugi. — Sinto uma angústia apertar meu peito.

— Fugiu, sim, mas nós te encontramos.

Os rostos dos meus pais e de Benny aparecem na escuridão do salão. Não sorriem ao me ver, porque estão pálidos e cadavéricos.

— Benny? — digo. Mas Colt continua a dançar ao som da música. — Eu não fugi. Não fugi. — Minha cabeça está no ombro dele e as lágrimas molham sua roupa. Não tenho forças para continuar mentindo. Sei que, se até agora não voltei para eles, foi porque não quis. E eles sabem disso.

— Ara. — Ele me dá a mão. — Ara — sussurra novamente.

Acordo exatamente na mesma posição em que me deitei, mas é a mão de Kai que aperto.

— Kai?

— Estava tendo um pesadelo — explica.

Colt continua dormindo, mas a respiração parece mais agitada. Fico envergonhada por Kai me encontrar deitada ao lado de Colt. Sento na cama e esfrego os olhos. Apesar de ansiosa por causa do sonho, estou revigorada, como se tivesse dormido vários dias.

— Quanto tempo dormi?

— Algumas horas.

Kai veste um short e uma camiseta. Há olheiras profundas sob seus olhos. Ponho as pernas para fora da cama.

— Já descobriram alguma coisa?

Ele nega com a cabeça.

— Você está bem? Parece cansado.

— Só estou preocupado com você.

— Não fique. Está tudo bem. — Olho para Colt e sorrio. — Quero ir para casa tomar banho e trocar de roupa. Fica aqui com ele enquanto faço isso?

— Fico. Depois preciso te contar uma coisa.

— Está bem. — Sorrio porque ele parece encabulado. — Se quiser, podemos conversar agora para você tirar esse ar de cachorrinho abandonado do rosto.

Saio da cama e lhe dou um beijinho. Ele me prende com os braços macios e baixa os olhos para os meus.

— Sabe que eu te amo, não sabe? — O olhar é de aflição e a voz angustiada.

— Eu também te amo. — Abraço-o e o aperto o máximo que consigo para que ele sinta o meu coração bater por ele.

Será que se sente intimidado com a presença do Colt?

— Tudo que faço é por…

Um murmúrio rouco nas minhas costas o interrompe. Kai me solta e ambos olhamos para Colt. Ele mexe as mãos e tenta tirar a máscara.

— Está acordando!

Corro para o outro lado da cama e começo a puxar a máscara.

— Não sei se devia fazer isso — intervém Kai.

Mas eu já a tirei.

— Colt. — Pouso uma mão de cada lado do seu rosto. — Colt? Está me ouvindo? Chame alguém, Kai.

Ele sai da sala.

Os olhos de Colt começam a abrir devagar. E eu tento manter a cabeça dele estabilizada para que me veja assim que abrir os olhos.

— Colt, sou eu. A Ara.

Ele abre os olhos e leva a mão a uma das minhas, que está no seu rosto. Kai entra com Mira logo atrás.

— Ara? — sibila Colt.

— Sou eu, amigo. Sou eu. — Sorrio.

— Ara, é você? — repete ele. — É você...

— Sim, sou eu.

Não sei de onde ele tira forças para me abraçar, mas é o que ele faz.

— Ara... Como? — diz ele com um suspiro.

Mira se coloca entre nós, e o faz se recostar na cama de novo. Ela pressiona o polegar e o indicador contra o pulso dele.

— Ele acordou — digo a Mira, constatando o óbvio.

— Sente tonturas, Colt? — pergunta Mira.

Colt abana com a cabeça.

— Pressão no peito?

— Não.

Mira apalpa os gânglios na região da garganta.

— Dor de cabeça?

— Não. Só sede.

Pego um jarro de água da mesa de apoio e encho um copo.

— Tem de beber devagar — explica Mira. Ergo a cabeça de Colt e o ajudo a beber.

Kai está parado aos pés da cama e parece nem respirar. Colt segue o meu olhar e levanta um pouco mais a cabeça.

— Kai? — pergunta Colt.

Olho para ele, confusa. E depois para Kai. *Como Colt o conhece?*

— Ele chegou aqui acordado? — pergunto.

— Não. — Kai se aproxima de mim e pousa a mão no meu braço. — Era sobre isso que eu queria falar.

— Vocês se conhecem? — pergunta Colt, também confuso, e volta a pousar a cabeça no travesseiro como se sentisse tonturas.

— O que está acontecendo, Kai? — Estou assustada, mas nem espero que ele me responda, porque já sei. — Você saiu. Foi para a Superfície, não foi?

Kai está pálido. Não me responde, apenas assente com a cabeça. Nem consigo falar, estou tão furiosa com ele que só quero que desapareça.

— Só fiz isso porque sabia o quanto você estava sofrendo. Queria me certificar de que eles estavam bem, para poder te tranquilizar.

— Que estavam bem? Está de brincadeira? Meus pais pensam que eu morri! — Estou totalmente descontrolada, como um touro enraivecido.

— Querida, por favor, tenha calma. Isso não faz bem para o Colt.

A voz calma de Mira me puxa de volta à realidade.

— Como pôde fazer uma coisa dessas? — Baixo o tom de voz.

— Precisávamos saber que eles ficariam bem. Sua família é forte. Só estava esperando o momento certo para te contar.

Ele tenta me tocar, mas eu me afasto.

— Não, Kai, o que eu precisava era ir embora daqui. Ver com os meus próprios olhos que eles estavam bem.

Começo a andar de um lado para o outro.

— Ir embora daqui? De onde? — Colt ergue o corpo e pousa os cotovelos na cama.

— Já te explico. — Sou um pouco rude na forma como falo com ele e me recrimino mentalmente. — Se você pode sair a hora que quiser, por que não me levou?

— Sei que errei, mas tive medo de que não quisesse voltar, porra! — grita, desesperado.

— Então não me conhece bem o suficiente. Nem tem noção do tamanho do amor que eu tinha por você.

— Tinha? — A voz é fraca.

— Você sabia que eu só queria ver se a minha família estava bem. Sabe meus pensamentos mais íntimos. Queria poder dizer a eles que estava feliz aqui. Você mentiu para mim descaradamente. Quando foi isso?

Sinto que meu rosto vai explodir de tanto calor, devo estar vermelha como um pimentão.

— Depois de te ver discutindo com o Anadir na festa do Salão Ruby... Soube que tinha de fazer alguma coisa para tentar minimizar a sua dor, visto que não te dariam autorização para sair tão cedo... — As palavras morrem na sua garganta e ele olha para os pés. — Tentei tantas vezes te contar.

— Eu não precisava da autorização de ninguém, Kai. Só precisava da sua ajuda, e você não quis me ajudar. Por isso desapareceu durante tantos dias... Estava todos aqueles dias lá fora.

— Sim. Fui egoísta, eu sei. Não queria te perder.

— Pare de dizer isso. Não é um motivo válido. Você deveria ter me ajudado. Já me perdeu, não entende? Acabou de me perder.

Gesticulo com os braços no ar e estou aos berros outra vez.

Minha vontade é bater nele, só para descarregar a raiva que sinto e para que ele sinta um pouco da minha dor.

— Não diga isso... — pede.

Há muito tempo que não me sentia tão furiosa ou chateada com Kai. Mas dessa vez é pior, muito pior. Estou decepcionada. E apesar de todos os seus comportamentos, por vezes incompreensíveis, Kai nunca me decepcionou. Até agora.

Por favor, não pense assim, ouço-o dizer.

— Não se atreva. — Semicerro os olhos. Ele que nem ouse usar nossa telepatia para analisar meus sentimentos. — Por favor, Kai, vá embora.

Ele assente e olha para Colt.

— Fico feliz por te ver bem, Colt — diz. E sai.

— Eu também, amigo — sussurra Colt para as suas costas.

Sinto emoções contraditórias e confusas. Quero segui-lo e pedir mais explicações, entender por que ele fez isso. Por outro lado, desejo nunca mais vê-lo.

— Ara, você está bem? — Mira está na minha frente com um copo de água na mão. Estou parada no meio do quarto, perto da porta e de costas para a cama onde Colt repousa.

— Sim.

— Ele teve os motivos dele para fazer o que fez, com certeza — opina Mira.

— Não o defenda, Mira. Os motivos dele foram em seu próprio benefício.

— Ele te ama. Disso não tenho a menor dúvida. Não agiu bem, mas tenho certeza de que o fez com boa intenção. O Kai não é maldoso — assegura ela.

— Se a desculpa dele é que agiu assim por amor, é um tipo de amor que não me interessa.

— Está de cabeça quente. Dê tempo ao tempo.

— Tempo? Mira, eu quero ir embora daqui. Se possível, ainda hoje.

Ela arregala os olhos.

— O Colt não está em condições de subir novamente.

Olho para trás e Colt está de pé, ao lado da cama. Sorrio.

— Vou deixar vocês a sós. Ele precisa beber bastante água. E você também.

— Devia estar deitado — digo a Colt.

— E você também. — Ele aponta para o meu estado lastimável e sorri.

Chego mais perto e o abraço. Como nunca o abracei. Com saudade, muita saudade. O coração dele martela no peito e sinto músculos rijos onde antes eram ossos.

— O que foi aquilo? Como conhece o Kai? — Ele finalmente corta o silêncio e vai direto ao assunto.

Como você conhece o Kai?, dispara meu cérebro. Mas não quero falar sobre ele agora. Preciso saber como ele conseguiu chegar aqui. E como estão meus pais.

— Uma longa história. Colt, como chegou aqui? Você se lembra?

— Também é uma longa história... Espere. Aqui, onde? Onde estamos, Ara? — Ele olha em volta.

— Acho melhor você se sentar.

— É assim tão terrível?

Penso um pouco.

— Hum... não. Apenas diferente.

Nós estamos na cama em posição de lótus. Ele pega minha mão, mas não fala. Apenas me olha. Sem medo, sem vergonha, como nunca me olhou. Meu rosto fica afogueado sem que eu consiga perceber o porquê.

— Eu estava com tantas saudades. Pensei que nunca mais te veria — confessa.

— E eu de você... Desculpe.

Olho para as unhas dos meus pés.

— Por quê? Por se afogar?

— Por não ter lutado para que me deixassem ir embora.

— Está presa aqui? — Seu rosto revela pânico.

Presa? Sem dúvida. Apaixonada por este mundo e por tudo que o habita.

— De certa forma — digo.

Suspiro e continuo.

— Mas não contra a minha vontade. Lembra-se da sensação que tive quando recebemos a carta do Brasil dizendo que o vovô Anadir tinha morrido?

— Lembro. Você tinha certeza de que ele estava bem.

— E está. Bem, quero dizer. Ele está vivo.

Colt me olha desconfiado.

— Resumindo, meu avô realmente encontrou um lugar mágico com pessoas extraordinárias. Onde conheceu a minha avó e se apaixonou. Quando meu pai nasceu, eles decidiram que era melhor o vovô ir embora em busca de outras oportunidades, "lá fora".

— Sim, ele conheceu a sua avó em São Paulo. Pensei que ele só tinha ido para os Estados Unidos depois que ela morreu.

Rio.

— Não está prestando atenção. Você não está mais no Brasil.

— Não? Onde estamos, então?

— Bem, meu amigo... Bem-vindo a Aquorea.

Ele esfrega o pescoço com vigor.

— Ara...

Não o deixo continuar. Ele precisa ver.

— Acha que consegue dar uma volta?

— Sim.

— Então, vista-se. Espero ali fora. Ah, aliás, não precisa se calçar.

— É tão parecido com o *Condado.*

Eu sabia que ele ia dizer isso.

Fizemos todo o trajeto do rio a pé e agora passeamos perto das plantações. *Flyer*, quando me vê, vem voando para meu colo. Não o via desde ontem, quando chegamos ao Colégio Central e ele desapareceu. Fica apenas uns segundos e corre para junto dos outros.

— É parecido, sim. Acho que ainda é mais bonito aqui. — Sorrio.

— E onde está o Anadir?

— Em Salt Lake.

— City? — pergunta, com um tom meio bobo.

Rio e lhe dou uma cotovelada de brincadeira.

— Au.

— Ops, desculpe.

— Você está forte — admira-se Colt.

— Digamos que tenho treinado.

— Estou vendo. Então estamos dentro de uma bolha? — pergunta ele.

— Só a chamam assim de brincadeira. É uma caverna gigantesca com muito oxigênio e muita magia, eu diria.

— É mágica, sem dúvida.

— Como você está aceitando isto tudo tão bem? Melhor do que eu.

— Porque você está aqui — responde, simplesmente.

Ele anda devagar e olha encantado para tudo, provavelmente da mesma forma como eu olhei da primeira vez. Mas olha para mim com ainda mais encantamento.

— Colt... Como estão meus pais? E a Benny?

Ele para de andar.

Tem sido difícil para todos. Muito difícil, mas agora estão começando a se recuperar — conta com alguma esperança no olhar.

— Ainda estão no Brasil?

— Não. Só eu fiquei.

— E a universidade? Não foi?

— Tinha outras prioridades.

— Colt…

Como vou conseguir reparar o mal que fiz na vida de cada um deles? Recomeço a andar e ele me acompanha. Quero apanhar um barco para Salt Lake na Doca da Tecelagem.

— A única coisa que me importa é que esteja viva, Ara. O resto é bobagem. Tudo bobagem. Foi isso que aprendi nos últimos meses. Seus pais não vão acreditar quando te virem de novo. Nem sei como prepará-los para o choque.

Os meus pais. Quero voltar a ver os meus pais e a Benny. Suspiro. Minha decisão já estava tomada. Deixei-a escrita numa carta. E agora? Agora, ao ver Colt aqui, na minha frente, minha vontade de vê-los aumenta, claro. Porém tenho também a possibilidade de que seja Colt a lhes dar a notícia de que estou bem. Será que acreditariam nele? Será que Colt aceitaria?

— Não. Nem pense — diz ele.

— O que foi? Não disse nada.

— Nem precisa, conheço esse olhar. Não está pensando em ficar aqui, não é?

Eu me esqueci de que com Colt não preciso de telepatia, ele me conhece melhor do que ninguém e é capaz de decifrar cada microexpressão. Portanto, não há forma de esconder.

— Colt… É mais complicado do que imagina.

— É o Kai?

Inspiro.

— Também. Mas não só ele. É tudo. Sabe que toda a vida me senti deslocada. Sempre à procura de algo que me preenchesse. Você via a minha dificuldade em fazer amizades, em estar com outras pessoas, até para decidir que curso escolher.

— Ei! Eu sou seu amigo.

— Ah, você não conta. É como um irmão.

As bochechas dele coram e ele gesticula.

— Não concordo.

Fico um pouco ansiosa por estar novamente com Colt. Alguma coisa mudou na nossa dinâmica, como se ele fosse uma pessoa totalmente diferente, um homem que sabe o que quer. E isso é novo e intimidante.

— Você sabe o que eu quero dizer. Sempre tive dificuldade em pertencer, em me enquadrar. Só quando cheguei aqui é que percebi que não sou de lá, sou daqui. Aqui é o meu lugar. Tenho um grupo de amigos, sou uma Protetora.

Ele revira os olhos.

— Uma o quê? — pergunta, perplexo.

— Sei lutar e defendo a população.

— Eu compreendo... Mas e os seus pais? A Benny? E eu? Não importamos?

— É óbvio que sim...

Respondo que sim, mas sei que tenho pensado somente em mim. Fiquei chateada com o Kai por ter feito o que fez, mas se não fui embora até agora, foi simplesmente porque não quis. Arcas me disse, há mais de dois meses, com todas as letras, que eu era livre para ir embora quando quisesse. E, mesmo assim, escolhi ficar. Escolhi sacrificá-los em prol da minha felicidade. Mas como podia ir? Havia crises que precisavam ser evitadas, tinha que ajudar a Comunidade. E descobri que aqui tenho objetivos e um propósito. Tenho uma vida e me sinto completa. Quase completa. Só me faltam eles.

— Não pode ficar. Precisa voltar comigo. Seus pais...

— Eu sei, eu sei. Só achei que você poderia...

— Voltar e dizer: "Pessoal, a sua irmã e a sua filha está viva e bem de saúde. Decidiu viver num mundo encantado no fundo do mar, portanto, podem deixar de se sentir consumidos pela culpa, de se entupir de álcool, comprimidos, drogas e de focar somente no trabalho, porque ela está bem, mas prefere não nos ver mais."

Suas palavras são como um baque nas minhas costelas. O golpe mais duro que podiam me dar. Colt é um homem feito e decidido. Não há vestígios daquele rapazinho brincalhão e atrapalhado. Mas a forma como fala comigo é a mesma de sempre: honesta e convincente.

— Drogas?

Ele assente em silêncio.

— A Benny?

— Sim. Mas está se recuperando. Vai ficar bem. Sabe que só quero a sua felicidade, mas faz ideia de tudo que passamos. Nós também precisamos de você.

Meus olhos começam a arder e sinto um oceano de lágrimas se formar, mas tento em vão não chorar, não tenho esse direito.

— Ara, não chore. — Ele descansa as mãos nos meus ombros. Ergue meu queixo e me obriga a olhá-lo nos olhos. O âmbar brilha, sedutor. Há algo diferente nele, mais... Mais *sexy*? — Vamos, não gosto de te ver assim. É um momento feliz, estamos juntos. Ou não está feliz em me ver?

— Claro que estou. Não podia estar mais feliz. A não ser que todos tivessem *caído* aqui.

Minha tentativa de fazer uma piada dá certo e rimos os dois. Aproveito para me soltar das suas mãos confortáveis.

— Não quero perder mais um minuto sem te dizer o que sinto, Ara, porque não sei se vamos estar vivos daqui a pouco. Já fui covarde tempo demais ao te esconder o que sinto.

Tenho de lhe dizer que ouvi as mensagens dele.

— Colt, eu...

— Sou apaixonado por você — diz, de rompante. — Desde o dia em que brincamos juntos a primeira vez e você me emprestou os legos, eu soube que era especial. E crescer ao seu lado foi um privilégio.

— Colt... — Tento interrompê-lo.

— Não. Por favor, me deixa continuar. Você me fez querer ser um homem melhor, uma pessoa melhor. Foi preciso eu te perder para me encontrar, para encontrar o meu verdadeiro eu.

— Eu ouvi suas mensagens. Consegui ligar o celular e de alguma forma elas chegaram. Ouvi tudo.

— Tudo?

— Sim. Sei que acha que está apaixonado por mim e que está confuso. Mas sei também que a nossa amizade é um dos amores mais fortes que conheço. Está confundindo a nossa amizade com outros sentimentos.

— Até pode ser, mas pelo menos você fica sabendo o que significa para mim.

Assinto.

Sei o que tenho de fazer. Entramos num barco e fomos para Salt Lake.

— Quer ver o Anadir? — pergunto.

— Com certeza.

Colt conheceu minha avó Raina e matou saudades do vô Anadir. Comemos e inteiramos Colt de tudo que aconteceu desde o meu desaparecimento. Decidi começar pela Profecia para ele entender a origem de tudo. Ele também nos contou tudo que está acontecendo na Superfície e meus avós choraram como nunca os vi chorar. Acho que só agora meu avô percebeu o quanto contribuiu para essa situação.

Kai tentou se comunicar comigo várias vezes, mas nunca lhe respondi. Estou magoada e revoltada, mas, ao mesmo tempo, não consigo odiá-lo. Para ele, Aquorea e o seu povo significam tudo, e sei o que ele sente em relação a sair para a Superfície. Portanto, a decisão de sair não foi fácil, mas ele foi mesmo assim, por mim. Mas não me contou.

Aquorea – inspira

Algumas horas mais tarde, vou até o meu quarto para finalmente tomar banho e trocar de roupa. Já pronta, fico mais alguns minutos sentada na cama. Apenas sentada.

Levanto-me, olho para os pés e acho estranho calçar os tênis novamente. Coloco a mochila nos ombros e volto à sala.

— Estou preparada para ir.

— Para onde, querida? — pergunta a minha avó.

— Para casa.

Colt se levanta e vem ao meu encontro.

— É sério? Vamos?

— Acha que consegue? — desafio-o.

— Ao seu lado, sempre.

O meu avô também se levanta, mas a minha avó continua no sofá.

— Sim. Tem de ir, filha. Eles precisam de você, tinha razão.

— Como fazemos isso. Como vamos embora? — pergunta Colt.

Encolho os ombros e encaro a minha avó. Ela se levanta e me abraça.

— Vou sentir muito a sua falta.

— Eu também, vovó. O que devo dizer ao meu pai?

Ela me olha e depois para o meu avô.

— A verdade — responde ele.

Enrugo a testa.

— Ele merece saber a verdade — continua o meu avô.

— E ele vai acreditar? — questiono.

— É nosso filho — acrescenta a minha avó, com um sorriso suave.

— E seu pai. Ele vai acreditar. — Colt pisca para mim.

— Tem tudo de que precisa? — pergunta meu avô.

— Tenho.

Só me falta o Kai...

— Vamos ao Colégio Central, então.

O barco nos leva para o norte e Colt faz exatamente as mesmas perguntas sobre o porquê de ser tão silencioso e não tocar na água. O meu avô lhe explica o melhor que pode.

Meu coração está apertado e sinto que vou desmaiar. Tenho vontade de fugir. Não posso ir embora assim, não dessa maneira, sem me despedir. Preciso ver os meus amigos… e Kai.

— Vovô, tenho de fazer uma coisa antes de ir — explico, quando o barco está quase chegando ao destino.

— Acho que não vai precisar. — Meu avô aponta com o queixo para um pequeno grupo de pessoas à espera no cais.

Arcas e Hensel.

Os Mestres Peacox.

Isla.

Mira.

O Regente Llyr e o seu filho Beau.

Gensay.

Boris e Petra.

Wull e Suna.

Falta Kai.

Olho para o campo de treino e o encontro vazio. As luzes estão baixas e amareladas e há poucas pessoas nas ruas. O ar fresco arrepia os pelos dos meus braços.

— Como eles sabiam? — pergunto.

— Depois de o Colt ter aparecido, era inevitável que quisesse ir embora. Então, quando foi para o quarto, pedi ao Dáguio para ir avisá-los, mas ele não conseguiu encontrar o Kai.

Eu sei onde ele está.

— Não faz mal...

Isla é a primeira a correr na minha direção assim que o barco encosta.

— Não vá, maninha.

Abraço-a e estamos quase da mesma altura.

— Vou sentir tanto a sua falta — digo.

— E das nossas conversas. É ele? — pergunta, indicando Colt com um sorriso.

— Sim. Este é o Colt — explico.

Colt se aproxima e a cumprimenta com um aperto de mão demorado. Os sorrisos de ambos se alargam e estranhamente me sinto sobrando. Sorrio ao recordar a conversa de Colt sobre estar apaixonado por mim. Ele não faz ideia do que é estar apaixonado. Mas eu sei...

— Prazer — dizem em sincronia. Colt olha ao redor e encara Petra como se a reconhecesse.

Mira me abraça. Sei que está desolada por Sofia, e não tenho como consolá-la. Ela beija minha bochecha. Num impulso, tiro o relógio e o ponho no pulso dela.

— Para que se lembre de mim e saiba que estarei pensando em você a toda hora.

Houve lágrimas, pedidos de desculpa, conselhos e sorrisos. Me despeço e agradeço a cada um deles individualmente. Cada uma dessas pessoas teve um impacto profundo em mim, naquilo que sou hoje, na mulher que me tornei. Cada um deles me fez crescer, me sentir bem-vinda, especial e amada. E também por isso nunca os esquecerei. Petra é a última.

— *Tampinha.* — As lágrimas correm como rios nas suas bochechas.

— Não vou poder ser sua "dama de honra", *Cenourinha*. Desculpe... Mas acho que você tem duas ainda melhores — digo ao apontar para Isla e Mira.

— Não quero saber disso. Só queria que ficasse.

— Não posso.

Ela assente.

— Adoro você. Obrigada por ser minha amiga.

Abraço-a e sussurro ao seu ouvido:

— Também te adoro. Diga ao Kai que... — *Eu o amo*, penso. — Não guardo rancor.

— Prometo — diz ela, baixinho, ao meu ouvido.

Não quero prolongar mais esse suplício, portanto, peço instruções sobre o que fazer, e assim que Alita me explica que a partir daqui temos de ir só nós três, me despeço de todos. Dos meus avós, inclusive. Entramos no Colégio Central. Apenas eu, Colt e Alita.

Percorremos uma série de corredores estreitos, bem protegidos com portas e códigos. Depois descemos num elevador que parece nos levar às entranhas da Terra.

No centro de uma enorme gruta, pouco iluminada, muito lisa e limpa, uma coluna grossa, de água translúcida, jorra para o teto.

— É um gêiser — diz Colt.

— É, mas este é permanente e com força constante — explica Alita.

— É um portal? — pergunto, já ciente da resposta.

— Sim.

— E vai nos levar para onde, exatamente? — questiono.

— Concentrem-se em onde querem ir ou quem querem ver.

Vai ser difícil...

— É um processo muito rápido. Normalmente, são recebidos por águas calmas, não há perigo. Mas podem sentir náuseas e vomitar, por isso assim que chegarem, hidratem-se e repousem.

— Alita, algum dia conseguirei voltar?

Ela encolhe os ombros e se prepara para me responder.

— Ara? — A voz de Kai, atrás de mim, me surpreende e alivia o aperto do meu coração.

Kai está parado com o cabelo e as roupas molhados.

— Como conseguiu entrar? — Alita o repreende com a voz estridente, mas ele a ignora.

Ela se afasta, mas Colt permanece imóvel. Está determinado em marcar o seu território.

— Quero ser altruísta e dizer para você ir, mas não posso. Por favor, Ara, eu te imploro... Fica. — Os olhos escuros e raiados de vermelho. Seu ar de derrota se reflete na postura.

— O lugar dela é ao lado da família. — Colt fala com firmeza, sem sombra do menino que outrora conheci.

O corpo de Kai enrijece.

— Colt, entendo todos os motivos pelos quais ela deve partir, acredite. Mas o lugar dela é aqui. E se você...

Colt o interrompe.

— Eu só vim para levá-la para casa, Kai. Agradeço a sua ajuda naquele dia no bar, e a sua preocupação, mas ela tem que voltar para a família. Você viu com os próprios olhos o que aconteceu.

— Parem com isso. Está decidido, Kai. — Minha voz sai branda e suave. Toda a mágoa que sentia há poucas horas desapareceu. É a última vez que verei Kai e parece que a vida está se esvaindo do meu corpo. Estou quase sem forças, minha respiração é fraca e meus movimentos são lentos, como se não tivesse controle sobre o meu corpo. É como se, sem Kai, não me restasse mais nada.

— Pensei que estava fazendo o certo ao ir vê-los, mas quando voltei você começou a se integrar e eu não consegui arranjar coragem para te contar como eles estavam sofrendo com a sua ausência. Fui mesquinho e egoísta. Sei que não mereço o seu perdão, mas prometo que, se me deixar, passarei o resto das nossas longas e felizes vidas tentando me redimir.

— Sei que tudo que você fez desde que cheguei aqui foi por bondade, Kai. Mas você também sabe que nada foi decidido por mim. Mudaram a minha vida, a vida da minha família, sem o meu consentimento. Foi algo imposto, não pedido por mim. E está na hora de eu mudar isso.

— Eu sabia que você partiria assim que tivesse a oportunidade. Que essa sempre seria a sua escolha.

— Não. Não foi.

Ele fica confuso, por isso eu continuo.

— Eu tinha decido ficar. Pretendia te contar no dia da festa, mas depois a Sofia...

— Está falando sério? — pergunta Colt, dando mais um passo na nossa direção.

Olho para ele com severidade e ele para.

— Deixei uma carta na minha casa. Quer dizer, na casa da Petra... Está debaixo dos travesseiros. Leia, por favor.

Kai assente em silêncio. Leva as mãos à nuca e tira o cordão com o seixo preto que lhe dei no seu aniversário. Quando o coloca no meu pescoço, a pedra se ilumina num azul brilhante.

Não aguento mais e o abraço com tanta força que fico sem ar.

— Fica. Nós pertencemos um ao outro. Aqui será sempre a sua casa — sussurra Kai contra a minha orelha.

— Venha comigo...

— Não posso. Entenda, por favor. Precisam de mim.

— Eles também.

— Eu sei....

— Se eu conseguir voltar, você me apanha de novo? — sussurro também.

— Sempre. Prometo nunca mais te deixar cair.

E sei que ele se refere à decepção que me causou. Ele me beija com paixão e eu sinto arrepios. Por mais que a maior parte de mim grite para eu desistir, agora não posso voltar atrás. Me afasto dele.

— Vamos? — Colt aproveita a oportunidade e pega minha mão. Andamos alguns metros até ficarmos perto da água, mas para imediatamente antes de entrar. — Ara, aquela garota de cabelo azul...

— A Isla?

— Sim, a Isla. Eu já tinha a visto...

— Onde? — pergunto.

Será que a Isla saiu para a Superfície com o Kai?

— Em alguns dos meus sonhos. — E, então, me puxa para o interior do gêiser.

Kia kaha, Rosialt, é o último pensamento que Kai me envia antes de eu voltar à minha antiga vida. Uma vida que, tal como eu, nunca mais voltará a ser a mesma.

EPÍLOGO
KAI

FICO PARADO EM FRENTE AO GÊISER. SEI QUE SÃO SOMENTE ALGUNS minutos, mas parecem uma eternidade. Minha esperança é que a vontade de Ara ficar seja maior; assim, a água a trará de volta. Mas não acontece. Sinto como se tivessem rasgado meu peito e arrancado meu coração.

— Kai, está ouvindo? Você está bem? — pergunta Alita.

Eu a encaro.

Que porra de pergunta é essa? É óbvio que não estou bem. Estou o oposto de bem. Estou arrasado, na merda, perdido.

Alita continua falando, mas não ouço suas palavras.

Desde cedo soube que pertencia a Ara, mas uma coisa eram as visões que tinha, outra completamente diferente foi tê-la nos meus braços.

Não deveria ter deixado que ela partisse! Se não tivesse me comportado como um cretino, feito ela se sentir indesejada e a afastado durante meses, talvez ela tivesse ficado.

Mas ela acabou de me dizer que tinha escolhido ficar. Será?

Corro o máximo que posso e ouço a voz estridente de Alita ficar para trás.

Abro a porta da casa de Ara com medo. Medo de não aguentar. De todas as batalhas que enfrentei, essa é a pior de todas. O cheiro dela ainda permanece no ar e isso ameniza um pouco as feridas. Roupas espalhadas em cima da cama e a bancada de maquiagem desarrumada são os vestígios da preparação dela e das meninas para o baile.

Nunca vou me perdoar pelo que aconteceu. E pelo que podia ter acontecido! Ela poderia estar morta e eu não a escutei. Como deixei que isso acontecesse? Falhei miseravelmente. Não a protegi, e isso vai me assombrar para sempre.

Debaixo dos travesseiros encontro papéis. Desdobro-os. Tem uma letra bonita…

Aquorea, novembro

Não há um dia perfeito para dizer o que quero te dizer, mas hoje me parece um dia mais apropriado do que todos os outros.

Não é uma despedida. É um "até sempre".

Durante muito tempo me faltou coragem para tomar a decisão certa. Com você, aprendi que a coragem não está necessariamente nos grandes atos. Nos menores detalhes — muitas vezes imperceptíveis — é que está a força.

Sim, nos menores atos. Repreender quando necessário; enxugar uma lágrima com uma palavra amiga; ignorar um comentário maldoso.

A coragem está em perceber que a vida não pode nos dar tudo e que por vezes as escolhas que se apresentam são becos sem saída. Mas podemos tentar transpô-los, lutando por aquilo em que acreditamos e sem medo do amanhã.

Quero que saiba que, no dia em que morri, comecei a viver. Era feliz? Sim. Às vezes é preciso uma vida para compreender a essência, o que realmente importa e tem valor.

Este, porém, não é um desses pequenos atos, e foram necessários meses para reunir forças para tomar a decisão que irá mudar as nossas vidas para sempre. É um tudo ou nada. Já sinto a falta de cada um de vocês. Dos abraços; dos cheiros; das implicâncias; dos gestos de carinho.

Mas você me ensinou que a coragem está dentro de mim.

Sim, VOCÊ me ensinou. Aprendi com você, meu pai.

Com você, minha mãe.

Com você, minha irmã.

Com você, meu amigo.

Enfim, encontrei o meu caminho. Não sei se algum dia voltarei a vê-los, ouvi-los, abraçá-los. Só posso desejar que a magia que me trouxe para o meu lugar lhes dê forças para superar a minha perda. Que de alguma forma faça com que sintam que estou bem e isso lhes dê o necessário para seguir em frente.

Que cada um de vocês encontre a energia necessária para viver o amanhã, porque o meu será sempre um pouco mais vazio... Nunca, nunca se esqueçam de que amo vocês. É a decisão mais difícil que terei de tomar em toda a minha vida, pois, por mais que eu viva, sei que nunca mais enfrentarei uma provação semelhante.

Só espero ter a coragem para um dia me perdoar pelo que fiz a vocês.

Da sua filha, irmã e amiga que os ama muito.

Ara

Desabo no chão. Tenho de reler e reler.

Ela escolheu ficar! Ela me escolheu. A garota mais carinhosa, teimosa e forte que conheço tinha decidido deixar a vida dela para ficar em Aquorea. Como nunca me coloquei no lugar dela? Como não pensei na dor que sentiu todos esses meses com a ausência da família? Eu não teria coragem de fazer o mesmo. O covarde sou eu, afinal. Sempre fui eu. Ela chegou aqui, logo se adaptou, conheceu e aceitou tudo e todos sem pedir nada em troca. Venceu minha resistência, lutou e ajudou o nosso povo. E mesmo assim a escolha dela não era partir.

Que mulher!

E que filho da mãe egoísta eu sou. Nunca demonstrei ter metade da coragem que ela teve. E a coragem que precisou ter para ir embora agora. Não sei como suportou.

Mas agora entendo: foi tudo por amor. Todas as decisões dela são atos puros de amor. E eu não posso falhar com ela. Nunca mais.

Ela estava disposta a desistir de tudo por mim, é a minha vez de demonstrar que faço tudo que for preciso por ela.

Levanto, levo a mão ao peito para segurar na nossa pedra, mas ela não está aqui, está no pescoço de Ara. Respiro fundo e sei o que fazer.

— Meu amor, estou indo te encontrar.

Este livro foi composto na tipografia Minion Pro,
em corpo 11,5/16, e impresso em
papel off-white no Sistema Cameron da
Divisão Gráfica da Distribuidora Record.